Unterwegs
in die Welt von morgen

Unterwegs in die Welt von morgen

Utopische Geschichten
und Science-fiction-Romane

Verlag Das Beste
Stuttgart · Zürich · Wien

Die Texte in diesem Buch
erscheinen mit Genehmigung der Verleger

111

PRINTED IN GERMANY
ISBN 3 87070 328 8

FLIEGEN SIE ZUR
VENUS

Eine
Handvoll Venus
und ehrbare
Kaufleute
von FREDERIK POHL und
CYRIL M. KORNBLUTH
Ins Deutsche übertragen von
Helga Wingert-Uhde
Illustrationen:
Swen Papenbrock

1

ALS ich mich an jenem Morgen anzog, ging ich im Geiste die lange Liste von Statistiken, Ausflüchten und Übertreibungen durch, die man in meinem Bericht erwartete. Meine Abteilung – Produktion – hatte sich mit einer Serie von Krankheitsfällen und Kündigungen herumschlagen müssen, und die Arbeit läßt sich nicht erledigen, wenn keine Leute da sind. Für die Direktion allerdings würde das kaum als Entschuldigung gelten.

Ich rieb mein Gesicht mit Enthaarungsseife ein und spülte es anschließend unter dem kümmerlichen Rinnsal aus dem Frischwasserhahn ab. Das ist natürlich Verschwendung, aber ich zahle schließlich Steuern, und mein Gesicht verträgt Salzwasser nicht. Bevor die letzten Stoppeln fortgespült waren, versiegte das Süßwasser. Ich fluchte vor mich hin und beendete meine Reinigungsprozedur mit Salzwasser.

Das war in letzter Zeit häufiger vorgekommen; einige Leute machten Natschu-Saboteure dafür verantwortlich. Überall in New York fanden Überfälle auf die Wasserversorgungsgesellschaft statt; bisher war nichts Gutes dabei herausgekommen.

Einen Augenblick fesselten mich die Nachrichten im Fernseher über dem Rasierspiegel ... die Ansprache des Präsidenten vom vergangenen Abend, ein kurzer Blick auf die Venusrakete, die mächtig und silbern im Sand von Arizona kauerte, Aufstände in Panama ... ich schaltete den Apparat ab, als das viertelstündliche Signal ertönte.

Es sah so aus, als würde ich mich verspäten. Und das würde gewiß nicht zur Besänftigung der Direktion beitragen.

Ich sparte fünf Minuten ein, indem ich das Hemd vom Vortag noch einmal anzog, anstatt mir ein sauberes fertigzumachen, und ließ meinen Frückstückssaft auf dem Tisch warm und klebrig werden. Aber ich verlor die fünf Minuten wieder, weil ich versuchte, Kathy anzurufen. Sie ging nicht ans Telefon, und ich würde zu spät ins Büro kommen. Glücklicherweise – und das war noch nie dagewesen – verspätete sich auch Fowler Schocken.

Bei uns im Büro ist es üblich, daß Fowler einmal die Woche fünfzehn Minuten vor dem regulären Arbeitsbeginn eine Direktorenkonferenz abhält. Angestellte und Stenotypistinnen werden so auf Trab gehalten, und für Fowler ist es weiter nicht unbequem. Er verbringt den Morgen ohnehin im Büro, und der beginnt für ihn mit Sonnenaufgang.

Heute hatte ich allerdings noch Zeit genug, um die Berichte durchzusehen, die meine Sekretärin auf den Schreibtisch gelegt hatte. Als Fowler Schocken mit einer höflichen Entschuldigung für seine Unpünktlichkeit eintrat, saß ich so entspannt und sicher an meinem Platz am Ende des Tisches, wie es nur ein Gesellschafter von Fowler Schocken sein kann.

„Guten Morgen", sagte Fowler, und wir elf gaben das übliche idiotische Gemurmel von uns. Er setzte sich nicht. Er blieb stehen und starrte uns eineinhalb Minuten väterlich an. Dann schaute er sich mit dem Gesichtsausdruck eines Touristen in Xanadu langsam und aufmerksam im Raum um.

„Ich habe über unser Konferenzzimmer nachgedacht", fuhr er fort, und wir alle blickten uns um. Der Raum ist nicht groß, aber auch nicht klein; etwa zehn mal zwölf Meter. Doch er ist kühl, gut beleuchtet und höchst eindrucksvoll möbliert. Die Klimaanlage ist geschickt hinter Friesen versteckt; der Teppich ist dick und weich; jedes Möbelstück besteht ganz und gar aus echtem, fachmännisch ausgewähltem makellosem Holz.

Fowler Schocken sagte: „Wir haben wirklich ein hübsches Konferenzzimmer. Und das ist auch richtig, denn schließlich ist Fowler die größte Werbeagentur der Stadt. Wir setzen jährlich eine Million mehr um als jede andere in der Gegend. Und" – er blickte uns alle an – „ich glaube, Sie werden mir zustimmen, wenn ich behaupte, daß wir alle davon profitieren. Ich glaube nicht, daß sich in diesem Zimmer auch nur ein einziger befindet, der nicht wenigstens ein Zweizimmerappartement bewohnt." Er zwinkerte mir zu. „Sogar die Junggesellen. Und was mich selbst betrifft, so kann ich nicht klagen. Mein Sommersitz grenzt direkt an einen der größten Parks von Long Island. Seit Jahren esse ich kein Protein, sondern echtes, frisches Fleisch, und wenn ich eine kleine Spritztour mache, steht mir ein Cadillac zur Verfügung. Ich kann nicht klagen, und ich glaube, Sie alle können von sich dasselbe sagen, stimmt's?" Die Hand unseres Marktforschungsdirektors schoß in die Höhe, und Fowler nickte ihm zu: „Ja, Matthew?"

Matt Runstead weiß, woher seine Brötchen kommen. Er warf einen angriffslustigen Blick in die Runde. „Ich wollte nur meine Zustimmung ausdrücken, Mr. Schocken – meine hundertprozentige Zustimmung!" sagte er knapp und kurz.

Fowler Schocken neigte den Kopf. „Danke, Matthew." Und er meinte es so. Es dauerte einen Augenblick, bis er weitersprechen konnte. „Es ist uns allen klar", sagte er, „warum wir es so weit gebracht haben. Wir erinnern uns an Starrzelius Verily Etat und daran, wie wir Indiastry aus dem Boden stampften. Der erste Sphärentrust. Die Verschmelzung eines ganzen Subkontinents zu einem einzigen Fabrikationskomplex. Schocken AG leistete Pionierarbeit. Niemand kann sagen, wir seien lahm. Aber das ist vorbei. Leute! Ich möchte eines wissen. Sagt es mir ehrlich – lassen wir nach?" Er ließ sich Zeit und schaute jedem von uns prüfend ins Gesicht, ignorierte den Wald von ausgestreckten Händen. Du lieber Himmel, auch ich hatte die Hand erhoben. Dann nickte er dem Mann zu seiner Rechten zu. „Du zuerst, Ben", sagte er.

Ben Winston erhob sich und begann mit tiefer Stimme: „Von der Abteilung Industrieanthropologie aus betrachtet ist das nicht der Fall! Hören Sie sich den heutigen Fortschrittsbericht an – Sie werden ihn mittags ohnehin bekommen –, ich möchte ihn jetzt kurz zusammenfassen: Nach den Tabellen von Mitternacht zu urteilen, benutzen mittlerweile alle Grundschulen östlich des Mississippi unsere Verpackung für die Schulspeisung. Sojaburger und künstliche Steaks" – es gab nicht einen am Tisch, den es bei dem Gedanken an Sojaburger und künstliche Steaks nicht schauderte – „sind in Behältern verpackt, die denselben Grünton haben wie die Universalprodukte. Bonbons, Eiskrem und Kiddiebuttzigaretten jedoch sind in leuchtendes Starrzelius-Rot eingewickelt. Wenn diese Kinder heranwachsen ...", er hob die Augen triumphierend von seinen Notizen. „Gemäß unserer Extrapolation sind die Universalprodukte in fünfzehn Jahren bankrott und völlig vom Markt verschwunden!"

Er setzte sich unter allgemeinem Applaus. Auch Schocken klatschte in die Hände und strahlte uns an. Ich beugte mich vor, nachdem ich Ausdruck Nummer eins auf mein Gesicht gezaubert hatte – Eifer, Intelligenz, Fähigkeit –, aber ich hätte mir die Mühe sparen können. Fowler deutete auf den hageren Mann neben Winston, Harvey Bruner.

„Ich brauche Ihnen nicht zu sagen, daß es im Verkauf ganz spezielle Probleme gibt", sagte Harvey und blähte seine eingefallenen

Wangen auf. „Ich schwöre, diese verdammte Regierung ist durch und durch von Natschus infiltriert! Sie wissen ja, was die fertiggebracht haben! Unterschallgeschwindigkeit in unserer Auralwerbung wurde verboten – aber wir haben mit einer ganzen Liste semantischer Schlüsselwörter zurückgeschlagen, die jedes Trauma und jede Neurose des modernen amerikanischen Lebens ansprechen. Man hat auf die Sicherheitsvorschriften hingewiesen und uns verboten, Reklame auf den Fenstern der Luftbusse anzubringen – aber wir ließen uns nicht unterkriegen. Ich habe vom Labor erfahren", er nickte unserem Forschungsdirektor zu, der auf der anderen Seite des Tisches saß, „daß wir in Kürze ein System testen werden, das direkt auf die Netzhaut des Auges überträgt.

Und das ist nicht alles, wir machen weitere Fortschritte. Als Beispiel möchte ich nur Coffiest nen-", er hielt inne. „Entschuldigen Sie, Mr. Schocken", flüsterte er, „ist dieses Zimmer vom Sicherheitsdienst überprüft worden?"

Fowler Schocken nickte. „Absolut sauber. Nur die üblichen Abhörmikrofone vom Auswärtigen Amt und vom Repräsentantenhaus. Für die spielen wir natürlich frisierte Playbackaufnahmen ab."

Harvey entspannte sich wieder. „Also zu Coffiest", sagte er. „Wir verteilen Proben in fünfzehn Schlüsselstädten. Unser normales Angebot – dreizehn Wochen kostenlos Coffiest, tausend Dollar in bar und ein Wochenendurlaub an der Ligurischen Riviera für jeden, der mitmacht. Aber – und aus diesem Grunde ist die Kampagne meiner Meinung nach wirklich fantastisch – jede Coffiestprobe enthält drei Milligramm einfaches Alkaloid. Nicht schädlich. Aber auf jeden Fall besteht Gewöhnungsgefahr. Nach zehn Wochen haben wir den Kunden lebenslänglich. Eine Kur würde mindestens fünftausend Dollar kosten, es ist also einfacher, weiterhin Coffiest zu trinken – drei Tassen zu jeder Mahlzeit und eine Kanne auf dem Nachtschrank, wie's auf dem Glas steht."

Fowler Schocken strahlte, und ich setzte wieder Ausdruck Nummer eins auf.

Neben Harvey saß Tildy Mathis, Personalchefin, von Schocken persönlich ausgesucht. Aber bei Direktionssitzungen erteilte er Frauen nicht das Wort, und neben Tildy saß ich.

Ich sortierte im Geiste gerade meine Eröffnungsworte, als mich Fowler Schocken mit einem Lächeln befreite. Er sagte: „Ich werde nicht jede Abteilung um Berichterstattung bitten. Wir haben keine Zeit. Aber ich habe Ihre Antwort, meine Herren. Eine Antwort, die mir gefällt. Bisher haben Sie jeder Herausforderung getrotzt. Und jetzt – biete ich Ihnen eine neue Herausforderung."

Er drückte auf einen Knopf an seinem Schaltbrett und schwenkte seinen Drehstuhl herum. Das Licht ging aus; der projizierte Picasso hinter Schockens Sessel verschwand, und die gefleckte Oberfläche des Bildschirms wurde sichtbar. Ein neues Bild begann sich zu formen.

Ich hatte an jenem Tag bereits etwas Ähnliches gesehen, und zwar in den Nachrichten, auf dem Bildschirm über meinem Rasierspiegel.

Es war die Venusrakete, ein dreihundert Meter langes Monstrum, das aufgedunsene Kind der schlanken V-25 und der untersetzten Mondraketen der Vergangenheit. Auf einem Gerüst aus Stahl und Aluminium wimmelte es von winzigen Gestalten, die mit blauweißflammenden Schweißgeräten hantierten.

Es war offensichtlich ein altes Bild; es zeigte die Rakete in einem früheren Konstruktionsstadium, das Wochen oder Monate zurücklag, nicht aufgerichtet und startklar, wie ich sie gesehen hatte.

Eine Stimme vom Bildschirm sagte triumphierend und ungenau: „Dieses Schiff wird eine Brücke zu den Sternen schlagen!" Ich erkannte die Orgelstimme eines Kommentators aus der Abteilung „Aurale Wirkung", der Text stammte ohne Zweifel aus Tildys Büro. Diese geniale Schlampigkeit, die Venus mit einem Stern zu verwechseln, konnte nur aus Tildys Abteilung kommen.

„Dieses Schiff wird von einem modernen Kolumbus durch den Weltraum gesteuert", fuhr die Stimme fort. „Sechseinhalb Millionen Tonnen eingefangener Blitz und Stahl – eine Arche für achtzehnhundert Männer und Frauen und alles, was sie brauchen, um sich eine neue Welt zur Heimat zu machen. Wer wird mitfliegen? Welche glücklichen Pioniere werden dem reichen, frischen Boden einer anderen Welt ein Imperium entreißen? Ich werde sie Ihnen vorstellen – ein Mann und seine Frau, zwei unerschrockene ..."

Die Stimme sprach weiter. Ein neues Bild wurde eingeblendet, eine geräumige, gutbürgerliche Wohnkabine am frühen Morgen.

Der Mann schob gerade das Bett beiseite und ließ die Trennwände zur Kinderecke herunter; die Frau holte Frühstück und stellte den Tisch auf. Am Frühstückstisch (für jede Person selbstverständlich ein Becher dampfendes Coffiest) redeten sie beschwörend aufeinander ein, sprachen davon, wie klug und tapfer es doch sei, sich um einen Platz in der Venusrakete zu bewerben. Und die abschließende Frage des Jüngsten („Mami, wenn ich groß bin, kann ich meine kleinen

Jungen und Mädchen dann auch an einen so hübschen Ort wie die Venus bringen?") leitete über zu einem Bildschnitt und einer Reihe höchst phantasievoller Aufnahmen von der Venus, wie sie einmal aussähe, wenn das Kind erwachsen sein würde – grüne Täler, kristallene Seen, ein herrliches Gebirgspanorama. Der Kommentator verschwieg die jahrzehntelange Wasserkultur und das Leben in hermetisch geschlossenen Kabinen, das die Pioniere in Kauf nehmen müßten, während sie in der Atmosphäre, in der man nicht atmen konnte, und an der wasserlosen Chemie der Venus arbeiteten, zwar nicht ausdrücklich, aber er ging auch nicht näher darauf ein.

Instinktiv hatte ich den Zeitnehmer meiner Uhr eingestellt, als der Film begann. Als er zu Ende war, schaute ich nach: neun Minuten! Dreimal so lang wie jeder normale Werbefilm. Eine volle Minute länger, als uns normalerweise genehmigt wurde.

Erst als das Licht wieder eingeschaltet war, die Zigaretten brannten und Fowler Schocken wieder sprach, wurde mir allmählich klar, wie das hatte passieren können. Er begann in der umständlichen, langatmigen Weise, die zu unserer Branche gehört. Er lenkte unsere Aufmerksamkeit auf die Geschichte der Werbung – von der einfachen Aufgabe, fertige Waren zu verkaufen, bis zum gegenwärtigen Problem, neue Industrien zu schaffen und die Lebensweise der Welt neu zu gestalten, um den Bedürfnissen des Handels zu entsprechen. Mehr als einmal erwähnte er, was wir, die Fowler Schocken AG, geschaffen hatten.

„Es gibt ein altes amerikanisches Sprichwort: ‚Die Welt ist unsere Auster.' Wir haben es wahr gemacht. Doch wir haben die Auster gegessen." Langsam drückte er seine Zigarette aus. „Wir haben sie gegessen", wiederholte er. „Wir haben die Welt wirklich und wahrhaftig erobert. Wie Alexander weinen wir nach neuen Welten, die es zu erobern gilt. Und dort" – er deutete auf den Bildschirm hinter sich –, „dort haben Sie gerade die erste dieser Welten gesehen."

Ich habe Matt Runstead, wie Sie wohl gemerkt haben, nie gemocht. Er steckt seine Nase in alles, und ich habe ihn im Verdacht, daß er selbst innerhalb der Firma die Leitungen anzapft. Er mußte schon vorher vom Venusprojekt erfahren haben, denn nicht einmal jemand mit ungewöhnlicher Reaktionsfähigkeit hätte es auf Anhieb fertiggebracht, so eine kleine Ansprache zu halten, wie er es tat. Während wir übrigen noch damit beschäftigt waren, das, was Fowler Schocken gerade verkündet hatte, zu verdauen, sprang Runstead auf.

„Meine Herren", sagte er leidenschaftlich, „dies ist wahrlich das Werk eines Genies. Nicht einfach Indien. Nicht einfach eine Ware. Ein ganzer Planet wird verkauft. Ich gratuliere Ihnen, Fowler Schokken – der Clive, der Bolivar, der John Jacob Astor einer neuen Welt!"

Matt war, wie ich bereits sagte, der erste, aber wir alle erhoben uns und sagten nacheinander dasselbe. Ich auch. Es war einfach; ich tat es seit Jahren. Kathy hatte es nie verstehen können, obgleich ich versuchte, es ihr zu erklären, ich versuchte ihr klarzumachen, daß es eine Art religiöses Ritual war – wie die Sektflasche, die man am Bug des Schiffes zerschellen läßt, oder die Jungfrau, die man opfert, um eine gute Maisernte zu bekommen. Aber selbst mit dieser Einstellung trieb ich es nie zu weit. Ich glaube nicht, daß einer von uns, Matt Runstead vielleicht ausgenommen, nur des Geldes wegen die Welt mit Opiumderivaten gefüttert hätte. Aber wenn wir Fowler Schocken sprechen hörten, wenn wir uns selbst mit den antiphonischen Antworten hypnotisierten, waren wir zu jeder Tat fähig, die unserem Götzen Verkauf diente.

Ich will damit nicht sagen, daß wir Kriminelle waren. Der Alkaloidgehalt im Coffiest war, wie Harvey bereits ausgeführt hatte, nicht schädlich.

Als wir alle durch waren, drückte Fowler Schocken auf einen anderen Knopf und zeigte uns eine Karte. Er erklärte sie sorgfältig, Stück für Stück; er zeigte uns Tabellen, Grafiken und Diagramme der gesamten neuen Abteilung der Fowler Schocken AG, die eingerichtet werden sollte, um die Entwicklung und Ausbeutung des Planeten Venus zu leiten. Er sprach über die langwierigen Vorarbeiten, die Lobby und das Freundschaftswerben beim Kongreß; auf diese Weise hatten wir das Exklusivrecht zur Nutzung des Planeten erlangt – und allmählich wurde mir klar, warum er ohne weiteres einen Werbefilm von neun Minuten Länge senden konnte. Er erklärte, die Regierung – es ist seltsam, daß wir noch immer von dieser Börse für Beziehungen denken und sprechen, als sei es eine Einheit mit eigenem Willen –, die Regierung wünsche, daß die Venus ein amerikanischer Planet werde und daß man das speziell amerikanische Talent zur Werbung gewählt hatte, um das möglich zu machen. Während er sprach, sprang der Funke auf uns über. Ich beneidete den Mann, der die Venus-Sektion leiten würde; jeder von uns wäre stolz gewesen, diese Aufgabe zu übernehmen.

Er sprach von den Schwierigkeiten mit dem Senator von Du Pont Chemicals, der fünfundvierzig Stimmen besaß, und von seinem mühelosen Sieg über den Senator von Nash-Kelvinator mit nur sechs Stimmen. Er sprach stolz über die vorsätzlich provozierte Natschu-Demonstration gegen Fowler Schocken, die den Innenminister, der ein fanatischer Gegner dieser Gruppe war, auf den Plan gerufen hatte. Die Abteilung „Anschauungsmaterial" hatte gute Arbeit geleistet, dennoch schauten wir beinahe eine Stunde die Tabellen an und lauschten Fowlers Vorstellungen und Plänen.

Aber schließlich schaltete er den Projektor ab. „Das wär's. Das ist unser neuer Werbefeldzug. Und er beginnt auf der Stelle – sofort. Ich habe nur noch eines zu sagen, dann gehen wir alle an die Arbeit."

Fowler Schocken ist ein guter Schauspieler. Er suchte umständlich nach einem Stück Papier, um einen Satz abzulesen, den der unfähigste unserer Texter aus dem Handgelenk geschüttelt hätte. „Präsident der Venus-Sektion", las er vor, „ist Mitchell Courtenay."

Und das war die allergrößte Überraschung, denn Mitchell Courtenay bin ich.

2

Ich blieb noch drei oder vier Minuten bei Fowler, während die übrigen Direktoren wieder in ihre Büros zurückkehrten; die Fahrt im Lift nach unten in mein Büro im sechsundachtzigsten Stock dauerte nur wenige Sekunden. Hester räumte bereits meinen Schreibtisch aus, als ich ankam.

„Herzlichen Glückwunsch, Mr. Courtenay", sagte sie. „Sie ziehen jetzt in den neunundachtzigsten. Ist das nicht herrlich? Und ich habe auch ein eigenes Büro!"

Ich bedankte mich und zog mir den Telefonapparat heran. Als erstes mußte ich meine Mannschaft um mich scharen und die Zügel der Produktion in andere Hände legen; Tom Gillespie war Rangältester. Zuvor aber rief ich schnell bei Kathy an. Ich erhielt noch immer keine Antwort und ließ meine Mitarbeiter kommen.

Es tat ihnen wirklich leid, daß ich ging, aber ebensosehr freuten sie sich darüber, daß jeder auf einen besseren Posten rückte.

Und dann war Mittagszeit; ich verschob die Probleme des Venusprojektes auf den Nachmittag.

Ich telefonierte, aß schnell in der Kantine, fuhr mit dem Fahrstuhl zur Haltestelle hinunter und dann mit dem Pedicab sechzehn Blöcke weiter nach Süden. Als ich ausstieg, war ich zum erstenmal an diesem

Tag an der frischen Luft und holte meine Anti-Ruß-Stöpsel heraus, allerdings ohne sie zu benutzen.

Es nieselte etwas, und die Luft war sauberer als sonst. Es war ein heißer, stickiger Sommertag; die Menschenmenge, die auf dem Bürgersteig entlangkroch, zog es ebenso schnell wie mich in die Gebäude. Ich mußte mir einen Weg durchs Gewühl bahnen und verschwand dann in einem Haus.

Der Fahrstuhl brachte mich ins vierzehnte Stockwerk. Es war ein altes Haus mit mangelhafter Klimaanlage, und ich fröstelte in meinem feuchten Anzug. Ich dachte flüchtig daran, diese Tatsache auszuschlachten, statt die Geschichte zum besten zu geben, die ich mir zurechtgelegt hatte, aber ich verwarf den Gedanken wieder.

Ein Mädchen in gestärkter weißer Uniform blickte auf, als ich ins Büro trat. Ich sagte: „Mein Name ist Silver. Walter P. Silver. Ich bin angemeldet."

„Ja, Mr. Silver", erinnerte sie sich. „Ihr Herz – Sie sagten, es sei dringend."

„Stimmt. Natürlich ist es vermutlich psychosomatisch, aber ich dachte –"

„Natürlich." Sie bat mich, Platz zu nehmen. „Dr. Nevin wird Sie gleich zu sich bitten."

Es dauerte zehn Minuten. Eine junge Frau kam aus dem Arztzimmer, und ein Mann, der vor mir im Warteraum gesessen hatte, ging hinein; dann kam auch er wieder heraus, und die Schwester sagte: „Würden Sie jetzt bitte zu Dr. Nevin hineingehen?" Ich ging hinein. Kathy, sehr adrett und hübsch in ihrem Doktorkittel, legte gerade eine Karteikarte auf den Schreibtisch. Als sie aufblickte, sagte sie: „O Mitch", und es klang recht ärgerlich.

„Ich habe nur einmal gelogen", erwiderte ich. „Ich habe einen falschen Namen genannt. Aber es ist dringend. Und um mein Herz geht es wirklich."

Es schien, als wolle sie lächeln, aber das Lächeln gelang ihr nicht. „Aber nicht medizinisch gesehen."

„Ich habe dem Mädchen gesagt, die Sache sei vermutlich psychosomatisch. Sie meinte, ich solle trotzdem hineingehen."

„Ich werde mit ihr reden. Mitch, du weißt, daß ich während der Arbeitszeit nicht mit dir sprechen kann. Bitte."

Ich setzte mich an ihren Schreibtisch. „Du willst mich überhaupt nicht mehr sehen, Kathy. Was ist los?"

„Nichts ist los. Bitte geh, Mitch. Ich bin Ärztin, ich muß arbeiten."

„Nichts ist so wichtig wie das hier, Kathy, ich habe gestern abend und heute morgen vergeblich versucht, dich anzurufen."

Sie zündete sich eine Zigarette an, ohne mich anzuschauen. „Ich war nicht zu Hause", sagte sie.

„Nein." Ich lehnte mich vor, nahm ihr die Zigarette aus der Hand und inhalierte. Sie zögerte, zuckte die Schultern und nahm sich eine neue. Ich sagte: „Vermutlich habe ich kein Recht, meine Frau zu fragen, wo sie ihre Zeit verbringt?"

Kathy fuhr auf: „Verdammt, Mitch, du weißt –" Das Telefon klingelte. Sie schloß einen Augenblick lang die Augen. Dann nahm sie den Hörer ab, lehnte sich zurück, blickte entspannt durch den Raum, ganz die Ärztin, die einen Patienten beruhigt.

Es dauerte nur ein paar Sekunden. Aber danach war sie vollkommen beherrscht.

„Bitte geh", meinte sie und drückte die Zigarette aus.

„Nicht bevor du mir gesagt hast, wann wir uns treffen."

„Ich ... ich habe keine Zeit, Mitch. Ich bin nicht deine Frau. Du hast kein Recht, mich zu belästigen. Ich könnte es dir verbieten oder dich festnehmen lassen."

„Meine Urkunde liegt bei den Akten", erinnerte ich sie.

„Aber meine nicht. Und sie wird niemals dort sein. Sobald das Jahr um ist, sind wir geschiedene Leute, Mitch."

„Ich wollte dir etwas erzählen." Neugier war Kathys Schwäche.

Es entstand eine lange Pause, und schließlich sagte sie: „Nun, und was ist es?"

„Es ist etwas Großes. Es muß gefeiert werden. Und ich werde es als Vorwand benutzen, dich heute abend zu sehen. Bitte, Kathy – ich liebe dich sehr, und ich verspreche, dir keine Szene zu machen."

„... Nein!"

Aber sie hatte gezögert. Ich sagte: „Bitte!"

„Gut –" Während sie überlegte, läutete das Telefon. „Ruf mich zu Hause an. Um sieben. Jetzt muß ich mich um die Patienten kümmern."

Sie nahm den Hörer ab. Ich verließ das Büro, während sie sprach; sie sah mir nicht nach.

ALS ich eintrat, saß Fowler Schocken an seinem Schreibtisch über die neueste Ausgabe von *Taunton's Weekly* gebeugt. Die Zeitschrift blitzte grell auf, wenn die Farbmoleküle, die Photonen in kleinen Mengen sammelten, sie gebündelt wieder freigaben. Er wedelte mir mit den glitzernden Seiten zu und fragte: „Was halten Sie hiervon, Mitch?"

„Billige Werbung", erwiderte ich prompt. „Wenn wir uns so weit herabließen, eine Zeitung wie die der Taunton AG zu fördern – na, dann würde ich lieber kündigen. Der Trick ist zu billig."

„Hm." Er legte das Heft mit der Titelseite nach unten auf den Tisch; die blitzenden Farben leuchteten noch einmal auf, dann erloschen sie, nachdem die Lichtquelle abgeschnitten war.

„Stimmt, ein billiger Trick", sagte er nachdenklich. „Aber man kann ihnen Unternehmungsgeist nicht absprechen. Taunton hat pro Woche sechzehneinhalb Millionen Leser für seine Anzeigen. Nur Taunton-Kunden. Und ich hoffe, das mit der Kündigung haben Sie nicht wörtlich gemeint. Ich habe Harvey gerade grünes Licht gegeben für *Schock*. Die erste Nummer erscheint im Herbst, mit einer Auflage von zwanzig Millionen. Nein –" Er hob gnädig die Hand und schnitt meine gestammelte Erklärung ab. „Ich weiß, was Sie meinen, Mitch. Sie haben etwas gegen billige Werbung. Ich auch. Taunton ist für mich der Inbegriff all dessen, was die Werbung daran hindert, den angemessenen Platz bei Klerus und Medizinern einzunehmen, er ist ein Hindernis. Es gibt keinen schäbigen Trick, den er nicht anwenden würde, von der Bestechung eines Richters bis zur Entführung eines Angestellten. Mitch, Sie müssen sich vor ihm in acht nehmen."

„Warum? Ich meine, warum gerade ich?"

Schocken lachte auf. „Weil wir ihm die Venus gestohlen haben. Ich sagte Ihnen doch, er hat Unternehmungsgeist. Er hatte denselben Gedanken wie ich. Es war nicht leicht, die Regierung dazu zu bringen, das Projekt uns zu überlassen."

„Ach so", sagte ich und begriff nun. Unser Repräsentantenhaus ist heute vielleicht repräsentativer als jemals zuvor in seiner Geschichte. Es ist nicht unbedingt repräsentativ per capita, gewiß jedoch ad valorem. Wenn Sie sich gern mit philosophischen Problemen herumschlagen, hier haben Sie eins: Sollte jeder Mensch eine einzige Stimme haben, wie es die Gesetzbücher sagen und wie es die Gründer unserer Nation angeblich wünschten? Oder sollte eine Wählerstimme nach Weisheit, Macht und Einfluß bemessen werden – das heißt nach dem Reichtum des entsprechenden Wählers? Für Sie ist das ein philosophisches Problem, für mich nicht. Ich bin Pragmatiker, zudem ein Pragmatiker, der von Fowler Schocken bezahlt wird.

Eines beunruhigte mich allerdings. „Wird Taunton nicht – na ja, direkte Aktionen unternehmen?"

„Oh, er wird versuchen, sie zurückzustehlen“, sagte Fowler milde.

„Das meine ich nicht. Sie erinnern sich doch daran, was bei der Ausbeutung der Antarktis geschah.“

„Ich war dabei. Hundertvierzig Todesfälle auf unserer Seite. Gott weiß, wieviel Leute die verloren haben.“

„Und da ging's nur um einen Kontinent. Taunton nimmt diese Dinge ziemlich persönlich. Wenn er um einen lausigen vereisten Kontinent schon eine Fehde beginnt, was wird er dann erst wegen eines ganzen Planeten unternehmen?“

Fowler sagte ruhig: „Nein, Mitch. Das würde er nicht wagen. Fehden sind kostspielig. Außerdem geben wir ihm keinen Anlaß – keinen Anlaß jedenfalls, der vor Gericht ins Gewicht fiele. Und drittens ... würde ihm das verdammt schlecht bekommen.“

„Kann schon sein“, entgegnete ich und fühlte mich wohler. Glauben Sie mir, ich bin ein loyaler Schocken-Angestellter. Seit meiner Ausbildung habe ich versucht, für die Firma und für den Verkauf zu leben. Industriefehden jedoch können selbst in unserer Branche ziemlich heikel werden. Erst vor wenigen Jahrzehnten entfachte eine kleine, aber tatkräftige Agentur in London eine Fehde gegen die englische Filiale von B.B.D. & Co. und tötete alle Angestellten bis auf zwei, Bartons und einen Minderjährigen namens Osborn. Und es heißt, noch heute könne man Blutflecken auf den Stufen der Hauptpost sehen, wo die Western Union und der American Railway Express um den Postkontrakt kämpften.

Schocken sprach weiter. „Es gibt noch etwas, worauf Sie achten müssen: all die angeknacksten Typen. Dies ist ein geeignetes Projekt, alle verrückten Typen anzulocken. Jede dieser irren Organisationen, von den Natschus bis zur G.O.P., wird dafür oder dagegen Stellung nehmen. Sorgen Sie dafür, daß sie alle auf unserer Seite stehen; sie bringen Stimmen.“

„Auch die Natschus?“ krächzte ich.

„Nein, die natürlich nicht. Die wären eher eine Belastung.“ Sein weißes Haar schimmerte, als er nachdenklich nickte. „Hm. Vielleicht könnten Sie das Gerücht ausstreuen, Raumflug und Naturschutz ständen sich diametral gegenüber. Man brauchte zu viel Rohmaterial, Beeinträchtigung des Lebensstandards – na, Sie wissen schon. Bringen Sie das Faktum hinein, daß für die Herstellung von Brennstoff organisches Material benutzt wird, das nach Ansicht der Natschus zu Dünger verarbeitet werden sollte –“

Ich schaue gern einem Experten bei der Arbeit zu. Fowler Schocken bereitete für mich gerade eine vollständige Subkampagne vor; ich brauchte nur noch die Details einzufügen. Mit den Natschus wurde ich leicht fertig, mit diesen wild dreinschauenden Eiferern, die behaupten, die moderne Zivilisation beute unseren Planeten aus. Albernes Zeug. Die Wissenschaft ist dem Versiegen natürlicher Rohstoffquellen immer einen Schritt voraus. Als echtes Fleisch knapp wurde, hatten wir schließlich Sojaburger parat. Als das Öl versiegte, wurde das Pedicab als Autoersatz entwickelt.

Ich hatte meine Erfahrungen mit den Natschus, ihre ganzen Argumente liefen auf das eine hinaus: Die natürliche Lebensweise sei die einzig richtige. Quatsch. Wenn die „Natur" unbedingt wollte, daß wir frisches Gemüse essen, dann hätte sie uns keine Nikotinsäure oder Ascorbinsäure gegeben.

Noch zwanzig Minuten hörte ich Fowler Schocken zu und machte dann eine Entdeckung, die ich bereits früher gemacht hatte: Kurz und gebrauchsfertig hatte er mir jede nötige Tatsache und Instruktion geliefert.

Die Einzelheiten überließ er mir, aber ich beherrschte meine Aufgabe: Die Venus sollte von Amerikanern besiedelt werden. Dazu waren drei Dinge notwendig: Kolonisten; eine Möglichkeit, sie zur Venus zu transportieren; und eine Beschäftigung für die Leute, sobald sie angekommen waren.

Der erste Punkt ließ sich durch direkte Werbung leicht erledigen. Schockens Fernsehwerbespot war das perfekte Muster, nach dem wir die restlichen Aspekte dieses Appells ausrichten konnten. Es ist immer leicht, einen Verbraucher davon zu überzeugen, daß das Gras woanders grüner ist. Ich hatte bereits eine Probekampagne entworfen, die weniger als eine Million kostete. Mehr wäre extravagant gewesen.

Der zweite Punkt war nur teilweise ein Problem. Die Raumschiffe waren bereits entworfen – von der Republic Aviation, Bell Telephone Lab. und U.S. Steel, glaube ich, im Auftrag des Verteidigungsministeriums. Unsere Aufgabe war es, den Leuten den Transport zur Venus schmackhaft zu machen. Wenn Ihre Frau zum Beispiel feststellt, daß es keine Ersatzteile für den ausgebrannten Toaster gibt, weil das Nikkelchromelement Teil der Hauptantriebsdüse der Venusrakete ist, oder wenn der unvermeidliche, mißgelaunte Kongreßabgeordnete einer kleinen unbedeutenden Firma ein Bewilligungsformular herumschwenkt und davon spricht, daß die Regierung Geld an Schwindelunternehmen verschwendet, dann beginnt unsere Arbeit: Wir müssen Ihre Frau davon überzeugen, daß Raketen wichtiger sind als Toaster;

wir müssen die Firma des Kongreßabgeordneten davon überzeugen, daß ihre Taktik unpopulär ist und teuer werden kann.

Ich dachte flüchtig an eine Sparkampagne, verwarf jedoch den Gedanken. Die anderen Etats würden eben leiden müssen. Eine religiöse Bewegung vielleicht – etwas, das den achthundert Millionen, die nicht selbst in der Rakete sein konnten, Ersatz bot ...

Ich vermerkte den Einfall; Bruner konnte mir dabei helfen.

Dann kam ich zu Punkt drei: Ich mußte mir irgendeine Beschäftigung für die Kolonisten einfallen lassen.

Darauf, das wußte ich, hatte Fowler Schocken sein Augenmerk gerichtet. Das Geld von der Regierung für die grundlegende Kampagne füllte unser Jahresbudget ganz hübsch auf, aber Fowler Schokken war zu groß für einmalige Gewinne. Wir wollten einen wichtigen, zuverlässigen Industriekomplex; die Kolonisten und ihre Kinder sollten unseren Umsatz steigern. Fowler hoffte natürlich, unseren unglaublichen Erfolg mit Indiastries in weitaus größerem Maßstab zu wiederholen. Er und seine Direktoren hatten Indien zu einem einzigen gigantischen Kartell organisiert, wo jeder einzelne geflochtene Korb, jeder Iridiumbarren und jede Opiumplatte durch Fowler Schokkens Werbung verkauft wurde. Jetzt hatte er dasselbe mit der Venus vor. Potentiell war dies Objekt jeden einzelnen existierenden Dollar wert! Ein ganzer Planet, von der Größe der Erde, in Zukunft ebenso reich wie die Erde – und jedes Mikron, jedes Milligramm davon gehörte uns.

Ich blickte auf die Uhr. Fast vier; meine Verabredung mit Kathy war um sieben. Ich hatte nicht viel Zeit. Ich rief Hester an und bat sie, mir einen Platz im Flugzeug nach Washington zu buchen, während ich den Mann anrief, dessen Namen mir Fowler gegeben hatte. Er hieß Jack O'Shea und war der einzige Mensch, der – bisher – die Venus besucht hatte. Seine Stimme klang jung und forsch, als er einen Termin mit mir vereinbarte.

WIR mußten über Washington fünf Minuten kreisen, ehe wir landen konnten, dann entstand an der Rampe ein wildes Durcheinander. Wachtposten von Brink's Express umschwärmten unser Flugzeug, und der Leutnant verlangte von jedem einzelnen Passagier, der das Flugzeug verließ, die Ausweispapiere.

Als ich an der Reihe war, fragte ich, was los sei. Er blickte nachdenklich auf die niedrige Nummer meiner Sozialversicherungskarte und salutierte dann.

„Tut mir leid, daß ich Sie belästigen muß, Mr. Courtenay", entschuldigte er sich. „Es ist wegen des Natschu-Bombardements bei Topeka. Wir haben einen Tip, daß sich der Mann an Bord der Vieruhrfünfmaschine aus New York befindet. Scheint eine Niete gewesen zu sein."

„Was für ein Bombardement war es denn?"

„Die Du Pont Rohmaterialabteilung – wir sind für den Schutz der Firma verantwortlich, wissen Sie – ist auf ein Kohlevorkommen gestoßen, unter den Maisfeldern, die ihnen da draußen gehören. Sie haben eine hübsche kleine Feier daraus gemacht, und gerade als die hydraulische Bohrmaschine begann, die Muttererde beiseite zu schieben, warf jemand aus der Menge eine Bombe. Der Maschinenführer, sein Assistent und ein Vizepräsident wurden getötet. Der Mann entkam in der Menge, wurde jedoch identifiziert. Wir werden ihn in den nächsten Tagen fassen."

„Viel Glück, Leutnant", sagte ich und eilte in das Flughafenrestaurant. O'Shea wartete in einem Sessel am Fenster, offensichtlich verärgert, aber er grinste, als ich mich entschuldigte.

„Das kann jedem passieren", sagte er, schwang seine kurzen Beine herum und rief den Kellner. Als wir unsere Bestellung aufgegeben hatten, lehnte er sich zurück und sagte: „Nun?"

Ich blickte ihn über den Tisch hinweg an und dann aus dem Fenster. Im Süden blinkte das Leuchtsignal am riesigen Pfeiler des F.D.R.-Denkmals. Dahinter lag die winzige glanzlose Kuppel des alten Capitols.

Ich, ein gewandter Werbemensch, wußte kaum, wo ich beginnen sollte. O'Shea genoß die Situation.

„Nun?" fragte er noch einmal amüsiert, und ich wußte, was er damit meinte: Jetzt kommt ihr zu mir, wie gefällt euch das mal zur Abwechslung?

Ich stürzte mit der Tür ins Haus. „Wie ist es auf der Venus?" fragte ich.

„Sand und Rauch", erwiderte er prompt. „Haben Sie meinen Bericht nicht gelesen?"

„Natürlich. Ich möchte mehr wissen."

„Alles steht in dem Bericht. Du lieber Himmel, man hat mich ganze drei Tage lang ausgefragt, als ich zurückkam. Wenn ich etwas vergessen habe, dann ist es für immer verloren."

„Das meine ich nicht, Jack. Wer will schon sein Leben mit Berichtelesen verbringen? In der Forschungsabteilung habe ich fünfzehn

Leute, die nichts anderes tun, als für mich Berichte zusammenzufassen, damit ich sie nicht zu lesen brauche. Ich möchte mehr wissen. Ich möchte wissen, wie man sich auf dem Planeten fühlt. Es gibt nur eine Möglichkeit, das zu erfahren, weil nur ein einziger Mensch dort gewesen ist."

„Und manchmal wünsche ich, ich wäre nicht dort gewesen", sagte O'Shea verdrießlich. „Gut, wo soll ich anfangen? Sie wissen, wie man mich ausgesucht hat – den einzigen Zwerg der Welt mit Pilotenausbildung. Und Sie wissen alles über das Raumschiff. Sie haben die Untersuchungsberichte über die Bodenproben gelesen, die ich mitgebracht habe. Das besagt allerdings nicht viel. Ich habe nur an einer Stelle Proben entnommen, fünf Meilen weiter ist die Geologie möglicherweise völlig anders."

„Das weiß ich alles. Sehen Sie, Jack, versuchen Sie, es einmal so zu sehen. Angenommen, Sie wollten erreichen, daß viele Menschen zur Venus fliegen. Was würden Sie ihnen von dem Planeten erzählen?"

Er lachte. „Ich würde ihnen eine verdammte Menge dicker Lügen auftischen. Fangen Sie doch mal von vorn an, ja? Worum geht's eigentlich?"

Ich berichtete ihm, was die Schocken AG plante, während er mich mit seinen runden kleinen Augen anblickte. Die Züge von Zwergen haben etwas Undurchsichtiges, wie Porzellan: Als hätte das Schicksal, das ihnen eine winzige Gestalt verlieh, sie gleichzeitig vollkommener und vollendeter geschaffen als gewöhnliche Menschen, um zu zeigen, daß ihr Mangel an Größe nicht Mangel an Vollkommenheit bedeutet. Er schlürfte genüßlich sein Getränk, ich schluckte meines zwischen den Gesprächspausen hinunter.

Als ich fertig war, wußte ich immer noch nicht, ob er auf meiner Seite war oder nicht, und darauf kam es an. Er war keine Marionette der Regierung, die nach Fowler Schockens Pfeife tanzte. Er war auch kein Zivilist, den man mit einem winzigen Bruchteil unseres Etats kaufen konnte. Fowler hatte ihm geholfen, seinen Ruhm in Geld zu verwandeln, indem er ihm Gutachten und Vortragsmöglichkeiten verschaffte; er war uns also ein wenig zu Dank verpflichtet, mehr nicht.

Er sagte: „Ich wollte, ich könnte Ihnen helfen", und das machte die Sache leichter.

„Das können Sie", entgegnete ich. „Deshalb bin ich ja hier. Erzählen Sie mir, was die Venus zu bieten hat."

„Verdammt wenig", meinte er, und seine glatte Porzellanstirn kräuselte sich ein wenig. „Wo soll ich anfangen? Soll ich von der Atmosphäre erzählen? Es gibt freien Formaldehyd, wie Sie wissen – Balsamierungsflüssigkeit. Oder die Hitze? Sie liegt im Durchschnitt über dem Siedepunkt des Wassers – wenn es überhaupt Wasser auf der Venus gäbe. Und das ist nicht der Fall. Zumindest ist es nicht zugänglich. Und die Winde? Ich habe eine Geschwindigkeit von fünfhundert Meilen pro Stunde gemessen."

„Nein, das meine ich eigentlich nicht", sagte ich. „Das weiß ich alles. Und offen gestanden, Jack, gibt es auf all dieses eine Antwort. Ich möchte wissen, wie man sich dort fühlt, was Sie dachten, als Sie dort waren, wie Sie reagierten. Reden Sie einfach drauflos. Ich sage Ihnen dann schon Bescheid, wenn ich genug weiß."

Die untere Zahnreihe grub sich in seine rosarote Marmorlippe. „Gut", sagte er, „beginnen wir von vorn. Bestellen Sie bitte noch etwas zu trinken?"

Der Kellner kam, nahm unsere Bestellung entgegen und brachte Rheinwein. Jack trommelte mit den Fingern auf den Tisch, schlürfte seinen Wein mit Selters und erzählte.

ER BEGANN ganz von vorn, und das war gut. Ich wollte das Wesentliche erfahren, die schwer faßbare, undefinierbare, subjektive Stimmung, die sich hinter den technischen Berichten über den Planeten Venus verbarg, das Grundgefühl, das unserem Projekt Dringlichkeit und Überzeugungskraft verleihen würde.

Er erzählte mir von seinem Vater, dem ein Meter achtzig großen Chemiker, und von seiner Mutter, der pummeligen, lebhaften Hausfrau. Ich konnte ihre Verzweiflung und die innige Liebe für ihren Sohn, der einen Meter maß, nachempfinden. Er war elf Jahre alt, als man zum erstenmal über sein zukünftiges Leben sprach. Er erinnerte sich daran, wie unglücklich seine Mutter ausgesehen hatte, als er spontan vorschlug, zum Zirkus zu gehen. Es war größtenteils ihr Verdienst, daß man nie wieder über diese Sache sprach. Den Eltern war es auch zu danken, daß Jacks Wunsch in Erfüllung ging; er lernte Raketentechnik und wurde Testpilot; sie bezahlten die Ausbildung und halfen ihm, jedes Hindernis, alle Demütigungen und abschlägigen Bescheide der Schulen zu überwinden.

Durch den Flug zur Venus hatte sich natürlich alles ausgezahlt.

DIE Konstrukteure der Venusrakete standen damals vor einem entscheidenden Problem. Es war leicht gewesen, eine Rakete zu dem eine viertel Million Meilen entfernten Mond zu schicken; theoretisch war es nicht wesentlich schwerer, eine Rakete durch den Weltraum zum nächsten Planeten, der Venus, zu schießen. Es war eine Frage der Umlaufbahnen und der Zeit; das Raumschiff müßte gesteuert, kontrolliert und wieder zurückgebracht werden. Darin lag das Problem. Man hätte das Raumschiff zwar innerhalb weniger Tage zur Venus schießen können, aber mit einem derartigen Brennstoffverbrauch, daß zehn Raumschiffe nicht gereicht hätten, ihn zu transportieren. Oder man hätte es gemütlich auf den natürlichen Umlaufbahnen zur Venus ziehen lassen wie eine Barke, die gemächlich den Fluß hinuntertreibt – so sparte man zwar Brennstoff, die Reise jedoch würde um Monate verlängert. In achtzig Tagen ißt der Mensch das Doppelte seines Gewichtes, atmet neunmal soviel Luft und trinkt Wassermengen, die ausreichen, eine Jolle darauf schwimmen zu lassen. Jemand sagte: Destilliert doch einfach das Wasser aus den Abfallprodukten und rezirkuliert es; macht dasselbe mit der Nahrung; macht dasselbe mit der Luft. Verzeihung.

Eine derartige Apparatur wiegt mehr als Nahrung, Luft und Wasser zusammen. Ein menschlicher Pilot kam also offensichtlich nicht in Frage.

Ein Konstruktionsteam ging daran, einen automatischen Piloten zu entwerfen. Als er fertig war, funktionierte er vorzüglich. Und wog viereinhalb Tonnen – trotz der winzigen Schaltkreise und Relais, die unter dem Mikroskop entstanden waren.

An diesem Punkt blieb das Projekt stecken, bis jemand an den perfektesten aller Servo-Mechanismen dachte: an einen sechzig Pfund schweren Zwerg. Jack O'Shea wog ein Drittel eines normalen Mannes, aß ein Drittel, atmete ein Drittel. Mit seinem Fliegengewicht und den für ihn erforderlichen Wasser- und Luftregeneratoren lag Jack gerade unterhalb der Grenze und errang auf diese Weise unsterblichen Ruhm.

ER BRÜTETE vor sich hin, ein wenig benommen vom Alkohol. „Sie haben mich in die Rakete gestopft wie einen Finger in den Handschuh. Sie wissen vermutlich, wie das Schiff aussah. Aber wußten Sie auch, daß man mich mit einem Reißverschluß im Pilotensitz festmachte? Es war nämlich gar kein richtiger Sitz, mehr eine Art Taucheranzug; die einzige Luft des Raumschiffs befand sich in diesem Anzug, das Wasser gelangte durch einen Schlauch an meine Lippen. So sparte man Gewicht ..."

Und die nächsten achtzig Tage verbrachte er in diesem Anzug, der ihn mit Essen und Trinken versorgte, seine Ausdünstungen der Luft entzog und die Ausscheidungen entfernte. Im Notfall hätte der Apparat sogar Novocain in einen gebrochenen Arm spritzen, eine zerschnittene Oberschenkelpartie zusammenpressen oder anstelle einer geplatzten Lunge Luft pumpen können. Es war eine regelrechte Plazenta, wenn auch eine ziemlich unbequeme.

Dreiunddreißig Tage hin, einundvierzig Tage zurück. Die sechs dazwischenliegenden Tage waren der eigentliche Grund der Reise.

Jack hatte sein Raumschiff völlig blind gesteuert. Gaswolken verdeckten die Sicht und brachten das Radarnetz durcheinander, er landete mit dem Fahrzeug auf der Oberfläche einer unbekannten Welt.

Er war bereits auf dreihundert Meter herunter, als er in dem wirbelnden Gelb etwas erkennen konnte. Dann landete er.

„Ich konnte natürlich nicht aussteigen", sagte er. „Aus hundert Gründen wird ein anderer Mensch als erster seinen Fuß auf die Venus setzen. Jemand, dem das Atmen nicht besonders wichtig ist, nehme ich an. Ich war jedenfalls da und habe mir die Gegend angesehen." Er zuckte irritiert mit den Schultern und fluchte leise. „Ich habe es dutzendmal bei meinen Vorträgen erzählt, aber es hat dennoch seinen Reiz für mich nicht verloren. Ich habe immer gesagt, die kalifornische Wüste ist der Venus vielleicht am ähnlichsten. Vielleicht stimmt's; ich bin nie da gewesen.

Ein starker Wind bläst auf der Venus und zerstört die Felsen. Der weiche Fels wird abgetragen, und Staubstürme entstehen. Der harte Kern – ja, der ragt in eigenartigen Formen und Farben bizarr in die Luft. Einige Felsen bilden phantastische, gigantische Monumente. Es ist die zerklüftetste Gebirgslandschaft, die man sich vorstellen kann. Es ist so ähnlich wie in einer Höhle, allerdings heller. Das Licht ist – seltsam. Kein Mensch hat auf der Erde jemals solches Licht gesehen. Orangebraun leuchtend, ziemlich bedrohlich. So ähnlich wie der Himmel im Sommer bei Sonnenuntergang unmittelbar vor einem heftigen Gewitter, weil kein Tropfen Wasser vorhanden ist." Er zögerte. „Es gibt Blitze. Eine Menge, aber niemals auch nur den geringsten Regen ... Ich weiß nicht, Mitch", sagte er abrupt. „Hilft Ihnen das überhaupt weiter?"

Ich ließ mir mit der Antwort Zeit. Rasch blickte ich auf die Uhr und sah, daß mein Flugzeug gleich abfliegen würde. Ich beugte mich vor und stellte das Tonband in meiner Aktentasche ab. „Sie haben mir sehr geholfen, Jack", sagte ich. „Aber ich muß jetzt gehen. Könnten

Sie nicht nach New York kommen und eine Weile mit mir zusammenarbeiten? Ich habe alles, was Sie gesagt haben, auf dem Band, aber ich möchte auch Visuelles. Unsere Künstler können zwar nach den Fotos, die Sie mitgebracht haben, arbeiten, aber wir brauchen mehr. Und für unsere Zwecke sind Sie weitaus nützlicher als die Fotos." Ich erwähnte nicht, daß die Bilder die Venus so darstellen würden, wie sie aussähe, wenn alles anders wäre. „Wie steht's?"

Jack lehnte sich zurück und lächelte freundlich, aber ich geriet ins Schwitzen, als er kurz nachdachte, welche Termine sein Vortragsagent für die nächsten Wochen abgeschlossen hatte. Dann stimmte er zu. Ein Vortrag konnte ohne weiteres abgesagt werden, und die Verabredung mit seinen Ghostwritern konnte ebensogut in New York stattfinden.

Wir vereinbarten gerade einen Termin für den folgenden Tag, als die Lautsprecheranlage verkündete, daß mein Flug fällig war.

„Ich bringe Sie zum Flugzeug", erbot sich Jack. Er glitt vom Stuhl und legte eine Banknote für den Kellner auf den Tisch. Wir strebten durch die engen Gänge der Bar hinaus ins Freie. Jack grinste und spreizte sich ein wenig, als Ahs und Ohs ertönten, weil man ihn erkannte. Das Flugfeld war fast dunkel, und der Lichtschein von Washington bildete einen rötlichen Hintergrund für die Silhouetten der Flugzeuge. Ein großer Transporthubschrauber, ein Fünfzigtonner, kam direkt auf uns zu, seine stromlinienförmige Kanzel glänzte vom Widerschein der Lichter in allen Farben. Er war kaum fünfzehn Meter hoch in der Luft, und ich mußte meinen Hut festhalten, sonst hätte ihn mir der Fallstrom der wirbelnden Propeller vom Kopf gerissen.

„Diese verdammten Busfahrer", grunzte Jack und blickte zum Hubschrauber hinauf. „Man sollte so was melden. Bloß weil die Kisten leicht zu manövrieren sind, denken diese Idioten, sie könnten alles damit machen. Wenn ich mit einer Düsenmaschine so umginge – Weg! Weg!" Plötzlich schrie er mich an und stieß mich mit seinen kleinen Händen beiseite. Ich blickte ihn fassungslos an. Alles geschah zu plötzlich und unvermittelt, als daß ich einen Sinn darin hätte erkennen können. Er sprang auf mich zu, warf sich mit seinem kleinen Körper gegen mich, so daß ich ein paar Schritte vorwärts taumelte.

„Was, zum Teufel ...?" Ich wollte mich wütend beklagen, verstand jedoch meine eigenen Worte nicht. Sie gingen unter in einem mechanischen, schnappenden Ton und dem Vibrieren der Motoren, dann folgte ein irrsinnig lautes Krachen, als die Frachtkanzel des Hubschraubers einen Meter von uns entfernt den Betonboden berührte. Das Metall wurde aufgerissen, und Kartons mit gewalzten Haferflokken von Starrzelius Verily fielen heraus. Einer der purpurnen Zylinder rollte mir vor die Füße, wie betäubt hob ich ihn auf und betrachtete ihn.

Über unseren Köpfen knatterte der um seine Fracht erleichterte Hubschrauber und flog auf und davon, aber ich war wie betäubt und sah ihn nicht.

„Um Himmels willen, kommen Sie schnell!" schrie Jack und zerrte mich fort. Wir waren nicht allein auf dem Flugplatz. Aus dem verbogenen Aluminiumhaufen ragte ein Arm mit einer Aktentasche heraus, und über den Lärm hinweg hörte ich Schmerzensschreie. Das also meinte er. Wir sollten den Mann befreien. Ich ließ mich widerstandslos zur Unglücksstelle zerren, und wir versuchten, das Metall zu heben. Ich verletzte mir die Hand, mein Jackett bekam einen Riß, dann erschienen die Leute vom Flugplatz und befahlen uns barsch weiterzugehen.

Ich konnte mich nicht erinnern, wie ich dorthin gekommen war, aber nach und nach wurde mir klar, daß ich auf einem Koffer saß und an der Mauer des Flugplatzgebäudes lehnte; Jack O'Shea sprach aufgeregt auf mich ein. Er verfluchte die gesamte Innung der Hubschrauberpiloten und beschimpfte mich, ich hätte wie ein Idiot dagestanden, als sich die Frachtkanzel des Hubschraubers öffnete; er sagte noch viel mehr, was ich nicht begriff. Ich erinnere mich, daß er mir die zylindrische rote Packung mit Frühstücksflocken unwirsch aus der Hand schlug.

Nach Ansicht der Psychologen bin ich nicht übermäßig sensibel oder ängstlich, doch ich hatte einen Schock erlitten, der sich erst gab, nachdem Jack mich in mein Flugzeug gesetzt hatte.

SPÄTER erzählte mir die Stewardeß, fünf Menschen seien von dem Hubschrauber erfaßt worden.

Allmählich kam Klarheit in die ganze Geschichte; allerdings erst, als ich halbwegs in New York war. Bis dahin war das einzig Wichtige, woran ich mich erinnerte, daß Jack immer wieder mit einem Ausdruck von Bitternis und Wut in seinem Porzellangesicht gesagt hatte: „Zu viele Menschen, Mitch. Es sind zu viele Menschen. Ich bin auf Ihrer Seite. Wir brauchen die Venus, Mitch, wir brauchen Raum ..."

3

KATHYS Wohnung in Bensonhurst war nicht groß, aber gemütlich. Sie war bequem, vernünftig und gleichzeitig geschmackvoll eingerichtet. Wer sollte das besser wissen als ich? Ich drückte auf den Knopf oberhalb des Schildes „Dr. Nevin" und lächelte, als sie mir öffnete.

Sie erwiderte das Lächeln nicht. Sie sagte zwei Dinge: „Du kommst zu spät, Mitch" und: „Ich dachte, du würdest vorher anrufen."

Ich ging hinein und setzte mich. „Ich komme zu spät, weil ich beinahe getötet worden wäre, und habe nicht angerufen, weil ich zu spät komme. Ist die Sache damit erledigt?"

Sie fragte genau das, was ich bezweckt hatte, und ich erzählte ihr, wie nah der Tod an mir vorbeigegangen war.

Kathy ist eine schöne Frau mit einem warmen, freundlichen Gesicht, das Haar ist stets makellos in zwei verschiedenen Blondtönen gefärbt, ihre Augen lächeln meistens. Ich habe viel Zeit damit zugebracht, sie anzuschauen, aber niemals habe ich sie aufmerksamer betrachtet als in dem Augenblick, als ich ihr erzählte, wie ich gerade um Haaresbreite der Frachtkanzel des Hubschraubers entgangen war. Insgesamt war ihre Reaktion enttäuschend. Sie machte sich tatsächlich Sorgen um mich, daran bestand kein Zweifel. Aber Kathys Herz öffnet sich Hunderten von Leuten, und ich konnte auf ihrem Gesicht nichts entdecken, das zu der Annahme berechtigte, sie kümmerte sich um mich mehr als um andere Leute, die sie seit Jahren kannte.

Ich verkündete ihr also die andere große Neuigkeit, erzählte ihr vom Venusprojekt und meiner Beförderung zum Präsidenten der Abteilung; sie war überrascht, aufgeregt und glücklich und küßte mich in einem Anflug von Überschwenglichkeit. Aber als ich versuchte, sie zu küssen, was ich schon seit Monaten hatte tun wollen, zog sie sich zurück und ging unter dem Vorwand, Getränke zu holen, ans andere Ende des Zimmers.

„Das mußt du feiern, Mitch", sagte sie lächelnd. „Mindestens mit Champagner. Lieber Mitch, das ist eine wunderbare Neuigkeit."

Ich packte die Gelegenheit beim Schopf. „Hilfst du mir, das zu feiern? Richtig zu feiern?"

Ihre braunen Augen wurden vorsichtig. „Hm", sagte sie, und nach einer Pause: „Natürlich, Mitch. Wir stellen die Stadt auf den Kopf –

auf meine Kosten, keine Widerrede. Allerdings muß ich um Mitternacht wieder zu Hause sein. Ich schlafe heute nacht in der Klinik. Morgen früh habe ich eine schwierige Operation und darf nicht zu spät ins Bett gehen und auch nicht zu viel trinken."

Aber sie lächelte.

Erneut beschloß ich, die Dinge nicht auf die Spitze zu treiben. „Phantastisch", sagte ich und meinte es auch. Kathy ist eine Frau, mit der man ohne weiteres die Stadt auf den Kopf stellen kann. „Darf ich mal telefonieren?"

Als unsere Getränke kamen, hatte ich Karten für eine Show, einen Tisch fürs Dinner und Plätze in einer Bar für unseren Schlummertrunk bestellt.

Kathy sah ein bißchen skeptisch drein. „Für fünf Stunden ist das ein beachtliches Programm, Mitch", sagte sie. „Der morgigen Operation bekommt es gar nicht gut, wenn meine Hände zittern." Aber das redete ich ihr aus. Kathy ist nämlich ziemlich zäh. Einmal hat sie morgens sogar eine komplizierte Schädeloperation durchgeführt, nachdem wir die ganze Nacht damit verbracht hatten, uns anzuschreien – und die Operation war erfolgreich verlaufen.

Ich fand, das Essen war ein Reinfall. Ich will nicht behaupten, daß ich einer jener Feinschmecker bin, die grundsätzlich nur Frischfleisch essen. Aber ganz entschieden bin ich ein Mensch, der sauer reagiert, wenn er frisches Protein bezahlt und künstliches Fleisch vorgesetzt bekommt. Das Schaschlik, das wir beide bestellt hatten, sah zwar ganz gut aus, doch der Beigeschmack ließ sich nicht leugnen. Ich strich das Restaurant von meiner Liste und entschuldigte mich bei Kathy. Aber sie lachte nur, und die Show danach war gut. Hypnose verursacht mir häufig Kopfschmerzen, aber diesmal geriet ich sofort in einen Trancezustand, als der Film begann, und fühlte mich auch hinterher ausgezeichnet.

Der Nachtclub war überfüllt, und der Oberkellner hatte sich bei der Reservierung in der Zeit geirrt. Wir mußten fünf Minuten im Vorraum warten, und Kathy schüttelte sehr entschieden den Kopf, als ich um eine Verschiebung des Zapfenstreichs bat.

Aber als uns der Oberkellner schließlich unter vielen Entschuldigungen und Verbeugungen an unsere Plätze zur Bar führte und die Getränke kamen, neigte sie sich zu mir herüber und küßte mich noch einmal. Ich war glücklich.

„DANKE“, sagte sie, „das war ein herrlicher Abend, Mitch. Bitte, laß dich öfter befördern. Mir gefällt's.“

Ich zündete ihr eine Zigarette an, für mich auch eine, und öffnete den Mund, um etwas zu sagen. Ich hielt aber dann inne.

„Na los, heraus damit“, meinte Kathy.

„Nun ja, ich wollte gerade sagen, daß wir eigentlich immer Spaß miteinander hatten.“

„Das habe ich gewußt. Und ich wollte gerade sagen, daß ich weiß, worauf du hinauswillst, und daß die Antwort noch immer nein lautet.“

„Das habe ich gewußt“, erklärte ich düster. „Gehen wir.“

Sie zahlte. Nachdem wir unsere Anti-Ruß-Stöpsel eingesetzt hatten, traten wir auf die Straße. „Taxi, Sir?“ fragte der Portier.

„Ja, bitte“, sagte Kathy. „Ein Tandem.“

Er pfiff ein Zwei-Mann-Pedicab heran, und Kathy gab dem ersten der Jungen die Adresse der Klinik. „Du kannst mitkommen, wenn du willst, Mitch“, sagte sie, und ich kletterte hinein. Der Portier schob uns an, und ächzend setzte sich das Vehikel in Bewegung.

Ungefragt schloß ich das Verdeck. Einen Augenblick lang war es wieder wie in der ersten Zeit unserer Bekanntschaft: die freundliche Dunkelheit, der leicht staubige Geruch des Segeltuchverdecks, das Quietschen der Federn. Aber dieses Gefühl dauerte nur einen Augenblick. „Paß auf, Mitch“, sagte sie warnend.

„Bitte, Kathy“, antwortete ich vorsichtig, „ich möchte es trotzdem sagen. Es dauert nicht lange.“ Sie erwiderte nichts. „Wir sind seit acht Monaten verheiratet – gut“, sagte ich schnell, als sie mich unterbrechen wollte, „es war keine endgültige Heirat. Aber wir haben den vorläufigen Eid abgelegt. Erinnerst du dich, warum wir das taten?“

Nach einem Augenblick sagte sie ruhig: „Wir waren verliebt.“

„Stimmt. Ich liebte dich, und du liebtest mich. Und beide dachten wir an unsere Arbeit und wußten, daß es manchmal ein bißchen schwer sein würde, miteinander auszukommen. Darum entschieden wir uns für eine vorläufige Ehe. Der Vertrag muß ein Jahr laufen, bevor wir uns entscheiden, ob er endgültig sein soll.“ Ich berührte ihre Hand, und sie zog sie nicht zurück. „Kathy, Liebling, meinst du nicht, daß wir wußten, was wir taten? Können wir nicht – können wir es nicht wenigstens ein Jahr lang versuchen? Es sind noch fünf Monate. Laß es uns versuchen. Wenn das Jahr abgelaufen ist und du nicht willst – na ja, dann kann ich wenigstens nicht sagen, du hättest mir keine Chance gegeben. Was mich betrifft, ich brauche nicht zu warten. Mein Zertifikat liegt bereits bei den Akten, und ich werde meinen Entschluß nicht ändern."

Wir kamen an einer Straßenlaterne vorbei, und ich konnte erkennen, daß sich ihr Mund verzog; ich konnte diesen Ausdruck nicht ganz deuten. „O verdammt noch mal, Mitch", sagte sie unglücklich. „Ich weiß, daß du deinen Entschluß nicht änderst. Das macht ja alles so schrecklich. Muß ich dir erst Schimpfwörter an den Kopf werfen, um dich davon zu überzeugen, daß es keinen Zweck hat? Muß ich dir sagen, daß du ein launisches, ränkeschmiedendes, machiavellistisches, egoistisches Schwein bist, mit dem man nicht zusammenleben kann? Ich hielt dich zuerst für einen liebenswürdigen Kerl, Mitch. Für einen Idealisten, dem Prinzipien und Ethik mehr bedeuten als Geld. Ich hatte allen Grund, das anzunehmen. Du hast es mir selbst gesagt, sehr überzeugend sogar. Du warst auch begeistert von meiner Arbeit. Du hast dich in die Medizin hineingekniet, hast mir dreimal die Woche beim Operieren zugeschaut und all deinen Freunden in meiner Gegenwart gesagt, wie stolz du darauf seiest, mit einer Chirurgin verheiratet zu sein. Ich brauchte drei Monate, um herauszufinden, was du damit gemeint hast. Jeder x-beliebige kann ein Mädchen heiraten, das Hausfrau sein möchte. Aber nur ein Mitchell Courtenay kann eine erstklassige Chirurgin heiraten und sie zur Hausfrau machen." Ihre Stimme bebte. „Ich konnte es nicht ertragen, Mitch. Ich werde es nie können. Auch die Streitereien kann ich nicht ausstehen, deine schlechte Laune und das ewige Argumentieren. Ich bin Ärztin. Manchmal liegt ein Leben in meiner Hand. Wenn ich innerlich derart von Streitereien mit meinem Mann zerrissen bin, ist dieses Leben nicht sicher, Mitch. Verstehst du das?"

Es klang, als schluchze sie.

Ich fragte ruhig: „Kathy, liebst du mich noch?"

Sie war einen Augenblick absolut still. Dann lachte sie abrupt und heftig auf. „Hier ist die Klinik, Mitch", sagte sie. „Es ist Mitternacht."

Ich schlug das Verdeck zurück, und wir stiegen aus. „Warten Sie", sagte ich zum Fahrer und brachte sie zur Tür. Sie gab mir keinen Gutenachtkuß, und wir verabredeten uns auch nicht. Ich stand zwanzig Minuten in der Halle, um sicher zu sein, daß sie wirklich über Nacht in der Klinik blieb, dann stieg ich in das Taxi und ließ mich zur nächsten Station bringen.

Ich war miserabler Laune. Sie wurde nicht besser, als mich der Fahrer, nachdem ich bezahlt hatte, arglos fragte: „Sagen Sie, Mister, was ist machiavellistisch?"

„Das ist spanisch und bedeutet ‚scher dich um deinen eigenen Dreck'", sagte ich mühsam beherrscht. In der Bahn grübelte ich darüber nach, wie reich ich eigentlich sein müßte, um mir eine undurchdringliche Privatsphäre kaufen zu können.

MEINE Laune hatte sich nicht gebessert, als ich am nächsten Morgen ins Büro kam. Hester mußte ihr ganzes Taktgefühl aufwenden, um mich daran zu hindern, ihr nicht gleich in den ersten Minuten den Kopf abzureißen, und Gott sei Dank war an diesem Tage keine Direktorenkonferenz. Nachdem meine Post und die Berichte, die sich über Nacht angesammelt hatten, vor mir lagen, verschwand Hester klugerweise für eine Weile. Als sie zurückkehrte, brachte sie mir eine Tasse Kaffee – echten Kaffee, auf einer Plantage gewachsen. „Die Wärterin in der Damentoilette kocht ihn heimlich", erklärte sie mir. „Gewöhnlich dürfen wir ihn nicht mitnehmen, weil sie vor dem Coffiest-Team Angst hat. Aber jetzt, wo Sie in der Starklasse sind –"

Ich bedankte mich und gab ihr das Tonband mit Jack O'Sheas Bericht. Dann ging ich an die Arbeit.

Zuerst beschäftigte ich mich mit dem Testgebiet, und dafür brauchte ich Matt Runstead; er machte mir Schwierigkeiten. Er war in der Marktforschung, und ich mußte auf jeden Fall mit ihm zusammenarbeiten. Aber er zeigte sich wenig kooperativ. Ich schob eine Landkarte von Südkalifornien in den Projektor, während Matt und zwei seiner gesichtslosen Assistenten Zigarettenasche auf meinen Fußboden streuten.

Mit dem Zeigestock deutete ich auf die Testgebiete und Kontrollpunkte: „San Diego bis Tijuana, die Hälfte der Gemeinden um Los Angeles und der untere Teil von Monterey. Das sind die Kontrollpunkte. Den Rest von Los Angeles abwärts nehmen wir als Testgebiet. Sie werden wohl an Ort und Stelle sein müssen, Matt; ich würde unser Büro in San Diego als Hauptquartier vorschlagen. Turner leitet es, und der ist ein fähiger Mann."

Runstead grunzte. „Das ganze Jahr über nicht eine einzige Schneeflocke. Selbst wenn man eine Sklavin als Zugabe böte, könnte man dort unten keinen Mantel verkaufen. Um Himmels willen, Mensch, warum überlassen Sie die Marktforschung nicht jemandem, der was davon versteht? Sehen Sie denn nicht, daß Ihnen das Klima einen Strich durch die Rechnung macht?"

Der jüngere der starrgesichtigen Assistenten wollte seinen Chef unterstützen, aber ich schnitt ihm das Wort ab. Runstead mußte über das Testgebiet Auskunft geben – das war sein Job. Aber die Venus war mein Projekt, und ich würde es durchziehen. Ich sagte ein bißchen gereizt: „Regional- und Welteinkommen, Alter, Bevölkerungsdichte, Gesundheit, psychische Eigenarten, Verteilung der Altersgruppen, Todesfälle und -quoten – alles phantastische Durchschnittswerte, Matt. Dieser Zipfel wurde vom lieben Gott höchstpersönlich als perfektes Testgebiet entworfen. In einem winzigen Universum von weniger als hundert Millionen Seelen ist jedes wichtige Segment Nordamerikas vertreten. Ich werde mein Vorhaben nicht aufgeben, wir bleiben wie vorgesehen bei diesem Gebiet." Ich betonte das Wörtchen ‚mein'.

Matt erwiderte: „Es wird nicht funktionieren. Die Temperatur ist der Hauptfaktor. Das müßte doch jeder einsehen können."

„Ich bin aber nicht jeder, Matt. Ich trage die Verantwortung für das Projekt."

Matt Runstead drückte seine Zigarette aus und erhob sich. „Reden wir mit Fowler darüber", sagte er und verließ das Zimmer.

Mir blieb nichts übrig, als ihm zu folgen. Als ich hinausging, hörte ich, wie der ältere Assistent per Telefon Fowler Schockens Sekretärin davon unterrichtete, daß wir kämen. Er hatte wirklich eine gute Mannschaft, dieser Runstead.

Ich dachte kurz darüber nach, wie ich mir ein solches Team schaffen könnte, dann überlegte ich, wie ich Fowler meinen Plan beibringen sollte.

Aber Fowler Schocken hatte eine zuverlässige Methode, interne Schwierigkeiten beizulegen. Er nahm uns den Wind aus den Segeln. Als wir eintraten, rief er überschwenglich: „Da sind Sie ja! Genau die beiden Männer, die ich sprechen möchte! Matt, können Sie für mich die Kastanien aus dem Feuer holen? Es geht um die AIG-Leute. Sie behaupten, die Tatsache, daß wir GravNon betreuen, beeinträchtige ihren Umsatz. Sie drohen, zu Taunton zu gehen, wenn wir GravNon nicht fallenlassen. Ihr Etat ist nicht besonders hoch, aber ich habe den leisen Verdacht, daß Taunton ihnen diesen Floh ins Ohr gesetzt hat." Er setzte uns ausführlich die Feinheiten unserer Verbindung zum AIG, dem Amerikanischen Institut für Gynäkologie, auseinander. Ich hörte nur mit einem Ohr zu; unsere Kampagne „Junge oder Mädchen gefällig?" für ihr Geschlechtsbestimmungsprojekt hatte die normale Geburtenrate um mindestens zwanzig Prozent gesteigert. Demzufolge müßten sie eigentlich sichere Kunden sein. Runstead war derselben Meinung.

Er sagte: „Einen konkreten Grund haben sie nicht, Fowler. Wir verkaufen ja auch Alkohol und gleichzeitig Anti-Kater-Mittel. Unsere anderen Geschäfte gehen sie überhaupt nichts an. Im übrigen, was, zum Teufel, hat das mit Marktforschung zu tun?"

Fowler lachte übermütig. „Da liegt der Hase im Pfeffer!" krächzte er. „Wir drehen den Spieß um. Sie erwarten, daß sich die Buchhaltung um sie kümmert. Statt dessen werden Sie höchstpersönlich den Fall übernehmen. Überschütten Sie die Leute mit Tabellen und Statistiken, die beweisen, daß GravNon keinesfalls Ehepaare daran hindert, ein Baby zu bekommen; das Präparat ermöglicht es ihnen lediglich, Schwangerschaften auf einen ihren Plänen entsprechenden Termin zu verschieben. Mit anderen Worten, die Verkaufseinheit steigt, das Volumen bleibt dasselbe. Und – damit haben wir Taunton eins ausgewischt. Rechtsanwälte werden vom Gericht ausgeschlossen, wenn sie widersprüchliche Interessen vertreten. Das hat viele von ihnen eine Stange Geld gekostet. Wir müssen ganz sicher sein, daß jeder Versuch, dasselbe Prinzip in unserer Branche einzuführen, im Keim erstickt wird. Glauben Sie, daß Sie das für einen alten Mann tun können, Matt?"

„Teufel auch, natürlich", brummte Runstead. „Und was ist mit dem Venusprojekt?"

Fowler zwinkerte mir zu. „Wie steht's? Können Sie Matt für eine Weile entbehren?"

„Für immer", erwiderte ich. „Aus diesem Grunde wollte ich Sie nämlich sprechen. Matt hat Angst vor Südkalifornien."

Runstead ließ seine Zigarette fallen; er hob sie nicht wieder auf, die Glut versengte den Nylonveloursteppich. „Was, zum Teufel –", begann er wütend.

„Immer mit der Ruhe", sagte Fowler, „berichten Sie, Matt."

Runstead warf mir einen zornigen Blick zu. „Ich habe lediglich gesagt, Südkalifornien sei nicht das richtige Testgebiet. Was ist denn der große Unterschied zwischen der Venus und der Erde? Die Hitze! Wir brauchen ein Testgebiet mit durchschnittlichem Kontinentalklima. Jemand aus Neuengland findet die Hitze auf der Venus vielleicht attraktiv, jemand aus Tijuana keinesfalls. Dem ist es schon in Südkalifornien viel zu heiß."

„Hm", sagte Fowler Schocken. „Ich will Ihnen was sagen, Matt. Wir müssen anfangen, und Sie werden mit der AIG-Angelegenheit alle Hände voll zu tun haben. Suchen Sie einen guten Mann aus, der Sie beim Venusprojekt vertritt, solange Sie nicht da sind. Wir sprechen morgen nachmittag bei der Konferenz noch einmal über die

Sache. Einstweilen" – er blickte auf die Uhr –, „Senator Danton wartet bereits seit sieben Minuten. Fertig?"

Runstead war offensichtlich nicht zufrieden, und das stimmte mich für den restlichen Tag recht heiter. Die Dinge liefen gut. Die Abteilung „Entwicklung" legte einen Bericht über O'Sheas Tonband und alles vorhandene Material vor. Man hatte die Proben untersucht; die organischen Stoffe, die in der „Luft" der Venus, wie wir es scherzhaft nannten, herumschwammen, waren inzwischen analysiert worden. Eine der Untersuchungen hatte reines Eisen nachgewiesen: und zwar nicht neunkommaneunprozentiges oder neunundneunzigkommaneunprozentiges Eisen, sondern absolut reines Eisen, das sich auf einem Sauerstoffplaneten wie der Erde niemals finden oder herstellen ließe. Die Laboratorien würden gut dafür bezahlen. Außerdem hatte die Abteilung „Entwicklung" ein bemerkenswertes kleines Ding entdeckt, das sie „Hilsch-Hochfrequenzröhre" nannten. Ohne jede Energie konnte man damit die Häuser der Pioniere kühlen, indem man die Tornados auf der Venus ausnutzte. Es war eine einfache Vorrichtung, die seit 1943 herumlag. Bisher hatte niemand Verwendung dafür gehabt, weil niemand bisher mit derart heißen Winden zu tun gehabt hatte. Tracy Collier, der Verbindungsmann der Abteilungen „Entwicklung" und „Venusprojekt", versuchte, mir etwas über die nitrogenfestigenden Katalysatoren zu erzählen.

Von Zeit zu Zeit nickte ich interessiert und begriff gerade so viel, daß Platinschwamm auf der Venus ausgesetzt werden sollte, der dann in Verbindung mit den unaufhörlichen, entsetzlichen Blitzen veranlassen würde, daß es Nitrate schneite und Hydrokarbon regnete. Dadurch würde die Atmosphäre von Formaldehyd und Ammoniak gereinigt werden.

„Ist das teuer?" fragte ich vorsichtig.

„Kommt drauf an", erwiderte er. „Wie Sie wissen, verbraucht sich Platin nicht. Man nehme ein Gramm und warte eine Million Jahre oder etwas länger. Wenn man mehr Platin nimmt, dauert es natürlich nicht so lange."

Im Grunde begriff ich es nicht, aber offensichtlich waren das gute Nachrichten. Ich klopfte ihm auf die Schulter und entließ ihn.

Die Abteilung „Industrie-Anthropologie" verdarb mir meine gute Laune wieder. Ben Winston schimpfte: „Man kann die Leute nicht dazu bringen, in einer dampfbeheizten Sardinenbüchse wohnen zu wollen. Wer will schon sechzig Millionen Meilen weit reisen, um den Rest seines Lebens in einer Blechbaracke zu verbringen – wenn er hier auf der Erde bleiben kann mit Korridoren, Aufzügen, Straßen, Dachgärten und all dem freien Raum, der dem Menschen zur Verfügung steht? Das ist wider die menschliche Natur, Mitch."

Ich diskutierte mit ihm. Es nützte nicht viel. Er fuhr fort, mir vom amerikanischen Leben zu erzählen, trat mit mir ans Fenster und zeigte auf das schier endlose Meer von Dachgärten; dort konnten Männer und Frauen die frische Luft genießen, sie brauchten nur einfache Anti-Ruß-Stöpsel in die Nase zu stecken – von den unbequemen Sauerstoffhelmen war nicht mehr die Rede.

Schliesslich wurde ich ärgerlich. Ich sagte: „Irgend jemand muß aber auf die Venus wollen. Warum kaufen die Leute denn wie verrückt Jack O'Sheas Buch? Warum befürworten die Wähler noch immer mehr als eine Milliarde für Raketenbau? Eigentlich sollte ich Ihnen Ihre Arbeit nicht abnehmen und Sie mit der Nase draufstoßen, aber Sie sollten folgendes tun: Sehen Sie sich die Leute an, die das Buch kaufen, sprechen Sie mit den Leuten, die sich wiederholt die Sendungen von O'Shea im Fernsehen anschauen, und mit denen, die schon vorzeitig zu seinen Vorträgen erscheinen und umherstehen und sich hinterher im Foyer unterhalten. O'Shea steht auf unserer Lohnliste – holen Sie alles aus ihm heraus, was möglich ist. Erkundigen Sie sich über die Mondkolonie – stellen Sie fest, was für Menschen das sind. Und dann wissen wir, an wen wir uns wenden müssen. Noch irgendwelche Einwände, zum Donnerwetter?"

Hester hatte mit der Aufstellung des Terminplans für diesen ersten Tag ein wahres Wunder vollbracht, und jedes Gespräch mit den einzelnen Abteilungsleitern führte mich ein Stück weiter. Aber schließlich konnte sie nicht für mich lesen, und am Ende der offiziellen Arbeitszeit hatte sich ein zwanzig Zentimeter hoher Papierstapel auf meinem Schreibtisch angesammelt. Hester erbot sich, länger zu bleiben, aber sie konnte mir eigentlich nicht helfen. Ich bat sie, mir belegte Brote und noch eine Tasse Kaffee zu bringen, und schickte sie nach Hause.

Es war schon nach elf, als ich endlich fertig war. Bevor ich mich auf den Heimweg machte, ging ich in das Restaurant im fünfzehnten Stock, das die ganze Nacht über geöffnet ist. Im Restaurant, einem fensterlosen Kasten, roch der Kaffee nach Hefe, aus der er auch hergestellt wurde, und der Schinken sah nach Soja aus. Doch das fand ich nicht weiter schlimm und vergaß es gleich wieder. Als ich dann die Tür zu meiner Wohnung öffnete, gab es ein klickendes Geräusch und eine Explosion, und neben meinem Kopf schlug etwas in den Türrahmen.

Ich duckte mich und schrie. Vor dem Fenster pendelte eine Gestalt an einer Strickleiter und verschwand gerade, die Waffe noch in der Hand.

Ich war dumm genug, ans Fenster zu laufen, um der Gestalt, die von einem Hubschrauber herabhing, nachzustarren. Ich gab ein großartiges Ziel ab, zum Glück schlingerte der Kerl so stark, daß er nicht schießen konnte.

Überrascht von meiner Ruhe, rief ich den Städtischen Bewachungsschutz an.

„Sind Sie Mitglied, Sir?" fragte die Dame in der Zentrale.

„Ja, verdammt. Seit sechs Jahren. Schicken Sie einen Mann her! Schicken Sie eine ganze Mannschaft!"

„Einen Augenblick, Mr. Courtenay ... Mr. Mitchell Courtenay? Texter, Starklasse?"

„Nein", sagte ich erbost. „Ich bin von Beruf Zielscheibe. Würden Sie bitte jemanden herüberschicken, am besten bevor der Typ, der auf mich geschossen hat, zurückkommt?"

„Entschuldigen Sie, Mr. Courtenay", säuselte die süße Stimme unbeeindruckt. „Sagten Sie nicht, Sie wären Texter, Starklasse?"

Ich knirschte mit den Zähnen. „Ja, ich bin Starklasse", sagte ich.

„Vielen Dank, Sir. Ich habe Ihre Karte vor mir liegen. Tut mir leid, Sir, aber Sie sind mit der Zahlung im Rückstand. Starklasse führen wir nicht zu den normalen Beitragsraten, weil da das Risiko der Industriefehden besteht." Sie nannte eine derart hohe Summe, daß sich mir jedes Haar einzeln sträubte.

Ich regte mich nicht weiter auf; sie war schließlich nur ein Werkzeug. „Danke", sagte ich schwer atmend und legte auf. Ich schob die Spule „Programmdruck bis Quarzhandel" in den Apparat und wählte die Sparte „Protektionsfirmen". Drei oder vier Detekteien wiesen mich ab, schließlich jedoch erklärte sich ein Privatdetektiv mit schläfriger Stimme einverstanden, für ein gesalzenes Honorar herüberzukommen.

Er erschien nach einer halben Stunde, und ich bezahlte ihn gleich. Als Dank dafür belästigte er mich mit Fragen, die ich nicht beantworten konnte, und hielt nach nicht vorhandenen Fingerabdrücken Ausschau.

Nach einer Weile ging er wieder, nachdem er mir mitgeteilt hatte, er würde an dem Fall weiterarbeiten.

Ich legte mich ins Bett und schlief schließlich ein; eine offene Frage ging mir unaufhörlich durch den Kopf: Wer hatte schon Interesse daran, einen einfachen, harmlosen Werbemenschen wie mich zu erschießen?

4

ICH nahm all meinen Mut zusammen und schritt forsch über den Korridor auf Fowler Schockens Büro zu. Ich brauchte eine Antwort, und er kannte sie vielleicht. Vielleicht warf er mich auch hinaus. Aber ich brauchte eine Antwort.

Es war offenbar nicht gerade der günstigste Augenblick, um Fowler Fragen zu stellen. Vor mir öffnete sich explosionsartig die Tür, und Tildy Mathis schoß heraus. Ihr Gesicht bebte vor Wut. Sie starrte mich an, aber ich schwöre, sie wußte meinen Namen nicht. „Noch mal schreiben", zischte sie wütend. „Ich schufte wie eine Sklavin für diese weißhaarige alte Ratte, und was habe ich davon? Noch mal schreiben. ‚Dies ist ein guter Text, aber ich erwarte von Ihnen mehr als nur einen guten Text', sagte er. ‚Ich will Farbe', sagte er, ‚ich will Schwung und Schönheit und einfache menschliche Wärme und Ekstase und alle sanften, traurigen Emotionen Ihres süßen weiblichen Herzens', sagt er, ‚und zwar in fünfzehn Worten.' Er wird seine fünfzehn Worte bekommen", schluchzte sie und drängte sich an mir vorbei auf den Flur. „Ich werde diesem scheinheiligen, honigsüßen, aufgeblasenen, blasierten, genieverschlingenden alten Moloch von –"

Die Tür von Tildys Büro schlug zu, und ich konnte den Rest nicht mehr verstehen. Schade, es war sicher etwas Gutes.

Ich räusperte mich, klopfte kurz an und betrat Fowlers Büro. Das Lächeln, mit dem er mich begrüßte, verriet nicht, daß er gerade mit Tildy Krach gehabt hatte. Sein rosafarbenes Gesicht mit den klaren Augen ließ meinen Verdacht zusammenschrumpfen – aber man hatte auf mich geschossen. „Es dauert nur eine Minute, Fowler", sagte ich. „Ich möchte gern wissen, ob Sie's bei Taunton mit Gewalt versucht haben."

„Ich gehe immer hart ran", sagte er augenzwinkernd, „hart, aber sauber."

„Ich meine sehr, sehr hart und sehr, sehr schmutzig. Haben Sie vielleicht zufällig versucht, ein paar von seinen Leuten zu erschießen?"

„Mitch! Ich muß doch wirklich bitten!"

„Ich frage deshalb", sagte ich hartnäckig, „weil gestern abend, als ich nach Hause kam, ein Scharfschütze, der an einer Strickleiter von einem Hubschrauber herunterhing, mich kaltzumachen versuchte. Ich habe keine Ahnung, aus welcher Ecke das kommen könnte, wenn es keine Vergeltungsmaßnahme von Taunton ist."

„Taunton können Sie von Ihrer Liste streichen", sagte er bestimmt.

Ich holte tief Luft. „Fowler, von Mann zu Mann: Man hat Sie nicht etwa informiert? Vielleicht liege ich falsch, aber ich muß fragen. Es geht nicht nur um mich, sondern auch um das Venusprojekt."

In diesem Augenblick waren Fowlers Wangen nicht mehr rosig, und ich konnte seinen Augen ablesen, daß mein Posten und meine Starklasse-Position an einem seidenen Faden hingen.

Er sagte: „Mitch, ich habe Sie in die Starklasse aufsteigen lassen, weil ich glaubte, Sie würden mit der Verantwortung, die diese Stellung mit sich bringt, fertig werden. Es ist nicht nur die Arbeit. Ich weiß, daß Sie der gewachsen sind. Ich dachte auch, Sie könnten sich an das allgemeine Verhalten und die Arbeitsmethoden gewöhnen."

Ich gab klein bei. „Ja, Sir", sagte ich.

Er setzte sich und zündete sich eine Starr an. Er ließ genau den richtigen Bruchteil einer Sekunde verstreichen, bevor er mir das Paket reichte. „Mitch, Sie sind noch jung und erst kurze Zeit in der Starklasse. Aber Sie haben Macht. Ein paar Worte von Ihnen, und innerhalb von Wochen oder Monaten hat sich das Leben einer Million Verbraucher völlig verändert. Das ist Macht, Mitch, absolute Macht. Sie kennen doch das alte Sprichwort: Macht adelt. Absolute Macht adelt absolut."

„Ja, Sir", erwiderte ich.

Ich kannte all die alten Sprichwörter. Ich wußte aber auch, daß er meine Frage schließlich doch noch beantworten würde.

„Ja, Mitch", meinte er träumerisch und schwenkte die Zigarette. „Wir haben unsere eigenen Privilegien und Pflichten und unser eigenes Risiko. Man bekommt das eine nicht ohne das andere. Wenn es keine Fehden gäbe, würde das gesamte Banksystem aus den Fugen geraten."

„Fowler", sagte ich außerordentlich kühn, „Sie wissen, daß ich mich nicht über das System beklage. Es funktioniert; darüber braucht man kein Wort zu verlieren. Ich weiß auch, daß wir die Fehden brauchen. Und es ist selbstverständlich, daß man sich nach dem Kodex richtet, wenn zum Beispiel Taunton eine Fehde gegen uns vom

Zaun bricht. Ich weiß, daß Sie die Nachricht nicht in die Welt hinausposaunen könnten; jeder einzelne Angestellte hier im Laden würde in Deckung gehen, anstatt zu arbeiten. Aber – das Venusprojekt ist in meinem Kopf, Fowler. Auf diese Weise komme ich besser voran. Wenn ich alles schriftlich mache, komme ich langsamer vorwärts."

„Natürlich", sagte er.

„Angenommen, Sie wären informiert worden, und angenommen, ich wäre der erste, den die Taunton-Leute abschießen wollen – was geschähe dann mit dem Venusprojekt?"

„Das ist ein Argument", gab er zu. „Ich werde Ihnen reinen Wein einschenken, Mitch. Ich bin nicht benachrichtigt worden."

„Danke, Fowler", sagte ich herzlich. „Man hat aber auf mich geschossen. Und dann dieser Unfall in Washington – vielleicht war es gar kein Unfall. Könnten Sie sich vorstellen, daß Taunton ohne Ankündigung etwas unternehmen würde?"

„Soweit habe ich ihn eigentlich nicht provoziert, und er und seine Leute würden derartiges nicht wagen. Es sind billige Kerle, Betrüger, aber sie kennen die Spielregeln. Wenn man während einer Industriefehde tötet, so ist das ein minderes Delikt. Tötet man jedoch ohne Ankündigung, dann ist das ein *Handelsvergehen*. Sie haben nicht zufällig im falschen Bett gelegen?"

„Nein", sagte ich. „Mein Leben ist ziemlich eintönig. Das Ganze ist einfach verrückt. Es muß ein Irrtum gewesen sein. Immerhin bin ich froh, daß der Scharfschütze nicht schießen konnte."

„Ich auch, Mitch, ich auch. Genug über Ihr Privatleben. Wir sind hier im Dienst. Haben Sie O'Shea schon gesprochen?" Er hatte den Anschlag bereits aus seinen Gedanken verbannt.

„Ja. Er kommt heute hierher. Er wird eng mit mir zusammenarbeiten."

„Vorzüglich! Wenn wir unsere Karten richtig ausspielen, bleibt ein Teil seines Ruhms an Fowler Schocken hängen. Knien Sie sich rein, Mitch. Wie, das brauche ich Ihnen ja nicht zu sagen." Damit war ich entlassen.

O'SHEA wartete im Vorraum meines Büros. Er hat sich nicht gerade beklagen können; der größte Teil des weiblichen Personals hatte sich um ihn geschart und bewunderte ihn, wie er da auf dem Schreibtisch saß und barsch und autoritär daherredete. Der Ausdruck in den Augen der Damen war eindeutig.

Er war ein Knirps, einen Meter groß, aber er besaß Geld und Ruhm, die beiden Dinge, die wir den Leuten als wichtig einbleuen. O'Shea hätte sich die Besten aussuchen können. Ich fragte mich im stillen, wie viele er sich bereits ausgesucht hatte, seit er ruhmreich zur Erde zurückgekehrt war.

Bei uns im Büro geht es eigentlich recht straff zu, doch die Mädchen kicherten und schwatzten, bis ich mich räusperte.

„Morgen, Mitch", sagte O'Shea. „Haben Sie den Schock überwunden?"

„Gewiß. Und sofort einen neuen erlitten. Jemand hat versucht, mich zu erschießen." Ich erzählte ihm die Geschichte, und er brummte nachdenklich vor sich hin.

„Haben Sie schon mal daran gedacht, sich eine Leibwache zuzulegen?" erkundigte er sich.

„Natürlich. Ich tu's aber nicht. Es muß ein Irrtum vorliegen."

„Wie die Sache mit dem Hubschrauber?"

Ich schwieg. „Jack, können wir bitte von etwas anderem sprechen? Sonst kriege ich es mit der Angst."

„Genehmigt", strahlte er. „Machen wir uns an die Arbeit – was liegt an?"

„Zuerst einmal Wörter. Wir wollen Wörter, die mit der Venus zusammenhängen, Wörter, die die Leute kitzeln. Sie von den Sesseln reißen. Sie veranlassen, sich einmal Gedanken zu machen über Veränderung, Weltraum und dergleichen. Wörter, die sie ein wenig unzufrieden machen mit dem, was sie sind, und die andeuten, was sie sein könnten. Wörter, die ihnen das Gefühl vermitteln, edel zu sein. Wörter, die all dieses hervorrufen und die die Leute obendrein glücklich machen, daß es Indiastries und Starrzelius Verily und die Fowler Schocken AG gibt. Wörter, die all dieses veranlassen und sie gleichzeitig unglücklich machen über die Existenz der Universalprodukte und Taunton AG."

Er starrte mich mit offenem Munde an. „Sie scherzen", brachte er schließlich heraus.

„Jetzt wissen Sie Bescheid", sagte ich einfach. „So arbeiten wir. So haben wir auch Sie bearbeitet."

„Wie meinen Sie das?"

„Sie tragen Kleider und Schuhe von Starrzelius Verily, Jack. Das bedeutet, daß wir Sie erreicht haben. Taunton und Universal haben Sie bearbeitet; Starrzelius und Schocken haben Sie bearbeitet. Sie haben sich für Starrzelius entschieden. Wir haben Sie erreicht. Leise, ohne daß Sie sich darüber klar wurden, was geschah, haben wir Sie davon überzeugt, daß Starrzeliuskleider und -schuhe schön sind, während Universalkleider und -schuhe häßlich sind."

„Ich lese keine Anzeigen", sagte er trotzig.

Ich grinste. „In dieser Behauptung liegt unser letzter Triumph."

„Ich schwöre feierlich", sagte O'Shea, „daß ich, sobald ich wieder in meinem Hotelzimmer bin, meine Kleidung in den Müllschlucker werfe –"

„Auch das Gepäck?" fragte ich. „Starrzeliusgepäck?"

Er sah einen Augenblick verwirrt aus, dann hatte er sich wieder gefangen. „Auch das Starrzeliusgepäck", sagte er. „Und dann werde ich zum Telefon greifen und eine komplette Ausrüstung Universalgepäck und -kleidung bestellen. Und Sie können überhaupt nichts dagegen unternehmen."

„Daran würde ich nicht im Traum denken, Jack! Das bedeutet Umsatz für Starrzelius. Ich will Ihnen sagen, was geschieht: Sie erhalten Ihre komplette Ausrüstung Universalgepäck und -kleidung. Sie benutzen das Gepäck und tragen die Kleidung eine Zeitlang mit einem unbestimmten, unbewußten Unbehagen. Es arbeitet an Ihrer Libido, weil unsere Anzeigen für Starrzelius – auch wenn Sie sagen, Sie lesen keine – Sie davon überzeugt haben, daß es ein wenig unmännlich ist, von einer anderen Firma zu kaufen. Ihre Selbstsicherheit wird leiden; tief drinnen wissen Sie, daß Sie nicht das Beste tragen. Ihr Unterbewußtsein wird das nicht lange mitmachen. Sie werden feststellen, daß Sie nach und nach Stücke der Universalausrüstung ‚verlieren'. ‚Zufällig' reißen Sie ein Loch in Ihre Universalhosen. Sie packen zuviel in Ihre Universalkoffer und fluchen über die Firma, weil sie keine größeren herstellt. Sie gehen in einen Laden, und in einem Anfall von vorübergehender Geistesabwesenheit kaufen Sie Starrzeliusartikel. Gott segne Sie."

O'Shea lachte unsicher. „Und das alles haben Sie mit Worten gemacht?"

„Worte und Bilder. Sehen, hören, riechen, schmecken und fühlen. Und das wichtigste sind Worte. Lesen Sie Gedichte?"

„Mein Gott, natürlich nicht; wer tut das denn schon?"

„Ich meine nicht den heutigen Kram; da haben Sie völlig recht. Ich meine Keats, Swinburne, Wylie – die großen Lyriker."

„Die habe ich mal gelesen", gestand er vorsichtig. „Was ist damit?"

„Ich wollte Sie bitten, den Vormittag und den Nachmittag mit einem der größten Lyriker der Welt zu verbringen: einem Mädchen namens Tildy Mathis. Sie weiß nicht, daß sie eine Dichterin ist; sie hält sich für die Chef-Texterin. Schenken Sie ihr keinen reinen Wein ein. Sie könnte unglücklich darüber sein. Vor dem großen Aufschwung der Werbung hätte sie Lyrik geschrieben. Der Zusammenhang ist klar. Die Werbung steigt im Kurs, Poesie fällt. Es gibt immer nur eine begrenzte Zahl von Menschen, die bewegende, rührende, klingende Wörter aneinanderfügen können. Als es möglich wurde, sich mit dieser Fähigkeit in der Werbung einen guten Lebensunterhalt zu verdienen, überließ man die lyrische Poesie untalentierten Exzentrikern, die nach Aufmerksamkeit schrien und durch ihre Exzentrik auffallen wollten –"

„Warum erzählen Sie mir das alles?" fragte er.

„Ich sagte doch, Sie gehören jetzt zu den Eingeweihten, Jack. Macht bringt Verantwortung mit sich. In unserem Beruf erreichen wir die Seelen der Menschen. Wir bringen bestimmte Saiten zum Klingen – und funktionieren um. Niemand sollte mit Menschenleben spielen, wie wir es tun, es sei denn, man wird von den höchsten Idealen geleitet."

„Ich habe verstanden", sagte er leise. „Machen Sie sich keine Sorgen wegen meiner Motive. Ich bin nicht wegen Geld oder Ruhm in die Sache eingestiegen. Ich möchte, daß die menschliche Rasse wieder ein wenig Ellenbogenfreiheit und Würde erlangt."

„Richtig", antwortete ich und setzte Gesichtsausdruck Nummer eins auf. Innerlich jedoch war ich verwirrt. Das „höchste Ideal", an das ich gedacht hatte, war der Verkauf. Ich läutete nach Tildy. „Sprechen Sie mit ihr", sagte ich. „Beantworten Sie ihre Fragen. Fragen Sie selbst. Machen Sie eine lange, freundliche Unterhaltung draus. Teilen Sie ihr Ihre Erfahrungen mit. Ohne es zu wissen, wird sie lyrische Fragmente niederschreiben, die direkt in die Herzen und Seelen unserer Leser eindringen. Verheimlichen Sie ihr nichts."

„Gewiß nicht. Hm, Mitch, wird sie mir etwas verheimlichen?" Sein Gesichtsausdruck glich dem eines hoffnungsvollen jungen Satyrs.

„Nein", versprach ich feierlich. Jedermann wußte über Tildy Bescheid.

An diesem Nachmittag rief Kathy zum erstenmal seit vier Wochen an.

„Ist etwas geschehen?" fragte ich schnell. „Kann ich etwas für dich tun?"

Sie kicherte. „Nein, es ist nichts passiert, Mitch. Ich wollte dir nur guten Tag sagen und mich für den herrlichen Abend bedanken."

„Wie wär's mit einer Wiederholung?" erkundigte ich mich prompt.

„Wäre es dir recht, bei mir zu Hause zu essen?"

„Aber sicher. Gern. Welche Farbe hat das Kleid, das du trägst? Ich werde dir eine richtige Blume schenken!"

„Oh, Mitch, du brauchst nicht gleich extravagant zu werden. Wir sind nicht in den Flitterwochen, und ich weiß bereits, daß du mehr Geld hast als der liebe Gott. Aber du sollst nicht mit leeren Händen kommen."

„Nun?"

„Bring Jack O'Shea mit. Kannst du das einrichten? Ich weiß aus den Nachrichten, daß er heute morgen angekommen ist. Vermutlich arbeitet er mit dir zusammen."

Sehr gedämpft erwiderte ich: „Ja, das stimmt. Ich will ihn fragen und rufe dann wieder an. Bist du in der Klinik?"

„Ja. Und vielen Dank. Ich möchte ihn wirklich gern kennenlernen."

Ich rief O'Shea in Tildys Büro an.

„Haben Sie heute abend etwas vor?" fragte ich.

„Hmmmm ... könnte schon sein", erwiderte er. O'Shea lernte Tildy offensichtlich gerade näher kennen.

„Ich mache Ihnen einen Vorschlag. Ein ruhiges Abendessen mit meiner Frau und mir. Sie ist wunderschön, eine gute Köchin, eine erstklassige Chirurgin und eine ausgezeichnete Gesellschafterin."

„Sie haben gewonnen."

Ich rief also Kathy wieder an und teilte ihr mit, daß ich den Salonlöwen gegen sieben Uhr mitbringen würde.

Um sechs Uhr trat er brummend in mein Büro. „Also, das Abendessen muß schon besonders gut werden, Mitch. Ihre Miß Mathis gefällt mir. Ein einziger Rausch! Hat sie auch Verstand genug, gelegentlich wieder zu sich zu kommen?"

„Keine Ahnung", sagte ich. „Aber Keats ließ sich von einer ränkevollen Dame angeln, und Byron hatte auch nicht genug Verstand, um die Finger von diesen Dingen zu lassen. Swinburne verpfuschte tragischerweise sein Leben. Muß ich noch mehr aufzählen?"

„Bitte nicht. Was für eine Ehe führen Sie?"

„Eine vorläufige", sagte ich ein wenig gequält.

Er hob die Augenbrauen ein wenig. „Vielleicht hängt es mit meiner Erziehung zusammen, aber derartige Absprachen bringen mich immer zur Weißglut."

„Mich auch", sagte ich, „wenigstens in meinem Fall. Falls Tildy es Ihnen noch nicht erzählt hat, meine wunderschöne, talentierte Frau will die Ehe nicht für gültig erklären lassen, wir leben nicht zusammen, und wenn es mir nicht gelingt, innerhalb der nächsten vier Monate ihre Einstellung zu ändern, ist es vorbei."

„Das hat Tildy mir nicht erzählt", sagte er. „Das macht Ihnen ziemlich zu schaffen, scheint mir."

Ich hätte mich um ein Haar dem Selbstmitleid überlassen und beinahe an sein Mitleid appelliert. Ich hätte ihm fast erzählt, wie hart es war, wie sehr ich sie liebte, daß sie es nicht fertigbrachte, einfach Schluß zu machen, daß ich alles versuchte, daß sie aber einfach nicht zu überzeugen war. Und dann fiel mir wieder ein, daß ich alles einem Zwerg von sechzig Pfund Gewicht erzählen würde, der, wenn er verheiratet wäre, jederzeit zum hilflosen Spielzeug oder zur Zielscheibe des Spottes seiner Ehefrau werden könnte. „Ziemlich", sagte ich deshalb. „Gehen wir, Jack. Es ist Zeit für einen Drink, anschließend fahren wir."

Kathy hatte niemals hübscher ausgesehen, und ich wünschte, ich hätte es mir nicht ausreden lassen, bei Gartier für das Gehalt einiger Tage einen Blumenstrauß zu kaufen.

Sie begrüßte O'Shea, und er sagte sofort: „Sie gefallen mir. In Ihren Augen glitzert es nicht. Kein ‚Ist er nicht drollig?', kein ‚Himmel, muß der reich und frustriert sein!', kein ‚Man hat schließlich ein Recht darauf, alles einmal auszuprobieren'. Kurz, Sie mögen mich, und ich mag Sie."

Sie haben richtig vermutet: Er war ein wenig betrunken. „Sie werden jetzt etwas Kaffee trinken, Mr. O'Shea", sagte sie. „Ich habe mich ruiniert und echtes Schweinefleisch mit Apfelsauce beschafft; es wird Ihnen schmecken."

„Kaffee?" sagte er. „Coffiest für mich, Madam. Wenn ich Kaffee tränke, so wäre das treulos gegenüber der großen Firma Fowler Schocken AG, mit der ich zusammenarbeite. Stimmt das nicht, Mitch?"

„Dieses eine Mal will ich Ihnen verzeihen", entgegnete ich. „Kathy glaubt übrigens nicht, daß das harmlose Alkaloid in Coffiest harmlos ist." Glücklicherweise war sie gerade in der Kochnische und wandte uns den Rücken zu, als ich das sagte, und sie überhörte meine Bemerkung oder konnte wenigstens so tun. Wir hatten uns vier Stunden lang über dieses Thema gestritten, mit Ausdrücken wie „Kindervergifter" und „bekloppter Spinner" und einigen anderen, die kürzer und häßlicher waren.

Der Kaffee wurde serviert und löschte O'Sheas milde Glut. Das Essen war phantastisch. Hinterher fühlten wir uns alle entspannter.

„Sie waren sicher schon auf dem Mond?" fragte Kathy O'Shea.

„Bisher nicht. Aber es wird dieser Tage geschehen."

„Da oben ist überhaupt nichts los", sagte ich. „Es ist glatte Zeitverschwendung. Eines unserer langweiligsten, inhaltslosesten Projekte. Ich nehme an, wir haben es nur der Erfahrung wegen unternommen, im Hinblick auf die Venus. Ein paar tausend Menschen im Bergbau – weiter nichts."

„Entschuldigen Sie mich", erklärte O'Shea und zog sich zurück.

Ich packte die Gelegenheit beim Schopf. „Kathy, Liebste", sagte ich. „Es war sehr lieb von dir, mich einzuladen. Hat das etwas zu bedeuten?"

Sie rieb Daumen und Zeigefinger der rechten Hand aneinander, und ich wußte, daß sie lügen würde. „Vielleicht, Mitch", sagte sie freundlich. „Du mußt mir Zeit lassen."

Ich verriet meine Geheimwaffe. „Du lügst", bemerkte ich aufgebracht. „Das tust du immer, bevor du mich anlügst – ich weiß nicht, wie es bei anderen Leuten ist." Ich zeigte es ihr, und sie lachte kurz auf.

„Fair ist fair", sagte sie bitter. „Du hältst immer den Atem an und schaust mir direkt in die Augen, wenn du mich belügst – ich weiß nicht, wie es bei deinen Kunden und Kollegen ist."

O'Shea kehrte zurück und spürte die Spannung sofort. „Ich sollte jetzt lieber gehen", sagte er. „Mitch, gehen wir zusammen?"

Kathy nickte, und ich sagte: „Ja."

An der Tür wurden die üblichen Höflichkeiten ausgetauscht, und Kathy gab mir einen Gutenachtkuß. Es war ein langer, warmer, zärtlicher Kuß; alles in allem von jener Sorte, mit der ein Abend beginnen und nicht enden sollte. Ihr Puls ging schneller – ich spürte es! –, aber kühl schloß sie hinter uns die Tür.

„Haben Sie noch einmal über eine Leibwache nachgedacht?" fragte O'Shea.

„Es war ein Irrtum", beharrte ich dickköpfig.

„Gehen wir noch auf einen Drink zu Ihnen", sagte er geschickt. Die Situation war fast rührend. Der winzige Jack O'Shea beschützte mich.

„Gewiß", erwiderte ich. Wir fuhren zu mir. Er betrat mein Zimmer zuerst und drehte das Licht an. Nichts geschah. Während er einen sehr schwachen Whisky mit Soda schlürfte, ging er durch meine Wohnung, untersuchte Fensterverschlüsse, Türangeln und ähnliches.

„Dieser Sessel würde sich da drüben besser machen", sagte er. Natürlich, dort war er nämlich aus der Feuerlinie. Ich schob ihn beiseite.

„Passen Sie auf sich auf, Mitch", sagte er, als er ging. „Diese schöne Frau und Ihre Freunde würden Sie vermissen, falls Ihnen etwas zustieße."

Das einzige, was geschah, war, daß ich mein Schienbein abschürfte, als ich das Bett aufstellte, und das war nichts Neues. Selbst Kathy, mit den exakten, genauen Bewegungen einer Chirurgin, trug diese Narben, die das Leben in einer Stadtwohnung schlägt. Man stellt das Bett abends auf, morgens baut man es wieder ab, man stellt den Frühstückstisch auf, und wenn man zur Tür will, muß man ihn wieder zusammenklappen. Kein Wunder, daß einige kurzsichtige Leute den alten Zeiten mit dem großzügigen Platz nachtrauern, dachte ich und machte es mir für die Nacht gemütlich.

5

NACH einer Woche liefen die Dinge. Runstead störte mich nicht mehr, weil er sich mit der GravNon-AIG-Geschichte herumschlug, und ich konnte die Zügel übernehmen.

Tildy entwarf die Texte gemeinsam mit ihren Leuten – alles temperamentvolle Geschöpfe, manchmal brachten sie unter Qualen am Tag eine Zeile zu Papier, dann wieder füllten sie Seite auf Seite mühelos, mit glänzenden Augen, als seien sie besessen. Tildy dirigierte und redigierte die Texte und gab nur das Beste an mich weiter: einen Werbespot von neun Minuten Länge, Bildmaterial, Artikel für die Grundlagen der Kampagne, neue Geschichten, Anzeigen, Schlüsselworte für die Flüsterkampagne, Wortspiele (saubere und schmutzige), die durchs Land ziehen würden.

Die Abteilung „Visuelles" lief auf Hochtouren. Es machte den Leuten großen Spaß, mit Spritzpistole und Kamera einen Planeten zu formen. Sie lieferten das Optimale an „Vorher-und-nachher"-Werbung. Sie gingen völlig in ihrer Arbeit auf.

Die Abteilung „Entwicklung" zauberte Kaninchen aus dem Hut. Als ich Collier einmal darauf hinwies, daß er vielleicht zu optimistisch sei, erklärte er es mir so: „Das ist *Energie,* Mr. Courtenay. Auf der Venus gibt es unheimliche Energie. Sie ist der Sonne näher. Die Sonne überschüttet den Planeten mit Energie in Form von Hitze,

Molekularketten und schnellen Partikeln. Hier auf der Erde kennen wir diesen Grad freier Energie überhaupt nicht. Wir zapfen mit Windmühlen die kinetische Energie der Atmosphäre an. Auf der Venus werden wir Turbinen verwenden. Wenn wir auf der Venus Elektrizität brauchen, bauen wir einfach einen Akkumulator, montieren einen Blitzableiter daran und machen einen großen Satz beiseite. Es handelt sich da um eine völlig andere Dimension."

Die Abteilung „Marktforschung/Industrieanthropologie" arbeitete in San Diego, prüfte Tildys Texte, die Layouts der Abteilung „Visuelles" und Filme, extrapolierte und interpolierte. Ich hatte eine direkte Verbindung zum Schreibtisch von Ham Harris, Runsteads Vertreter in San Diego.

Ein normaler Tag begann mit einer Venus-Sektions-Konferenz: Zuerst hielt ich eine anfeuernde Rede, dann kamen Fortschrittsberichte von allen Seiten, Kritik und Vorschläge von einer Abteilung für eine andere. Harris nahm per Telefon teil und teilte zum Beispiel Tildy mit, daß „heitere Atmosphäre" sich in seinem Versuchsgebiet nicht als Schlüsselwort eigne und daß sie eine Liste von Alternativvorschlägen fertigstellen solle.

Tildy fragte Collier, ob man in einem manipulierten Artikel ruhig von „Topas-Sand" reden könne, um anzudeuten, daß es auf der Venus von rohen Edel- und Halbedelsteinen nur so wimmle. Collier wieder instruierte zum Beispiel die Abteilung „Visuelles", die Atmosphäre auf einem „Vorher"-Panorama müsse einen Ton röter sein. Und ich sagte Collier, er solle sich zufriedengeben, das sei durchaus noch im Rahmen des Vertretbaren.

Nach der Sitzung machte sich jedermann an die Arbeit. Ich verbrachte meine Zeit damit, Komplikationen beiseite zu schaffen, zu koordinieren und genaue Anweisungen für die Durchführung des Projekts auszuarbeiten. Vor Feierabend hielten wir eine weitere Konferenz ab, die jeweils unter einem bestimmten Thema stand, wie zum Beispiel: „Die Integration der Starrzeliusprodukte in die Venuswirtschaft" oder: „Einkommensberechnung der künftigen Venuskolonisten zur Erreichung optimaler Kaufkraft zwanzig Jahre nach der Ankunft".

Und dann kam der beste Teil des Tages. Kathy und ich sahen uns wieder regelmäßig. Wir lebten noch immer getrennt, aber ich war inzwischen zuversichtlich und sicher, daß das nicht mehr lange dauern würde. Manchmal rief sie mich an, manchmal verabredete ich mich mit ihr. Wir gingen aus und hatten Freude daran, gut zu essen, gut zu trinken, uns gut anzuziehen und zu spüren, daß wir zwei gutaussehende Menschen waren, die das Leben genossen.

Wir führten kaum ernste Gespräche. Sie ermutigte mich nicht dazu, und ich forcierte es nicht. Ich dachte, die Zeit sei auf meiner Seite. Einmal begleitete uns Jack O'Shea, bevor er zu einem Vortrag nach Miami abreisen mußte. Auch das gefiel mir: Wir waren gutgekleidete, gutaussehende Menschen, so weit oben, daß wir mit der berühmtesten Persönlichkeit der Welt ausgehen konnten. Das Leben war schön –

Nach einer Woche greifbaren, zufriedenstellenden Fortschritts sagte ich Kathy, es sei an der Zeit, daß ich die außerhalb gelegenen Anlagen einmal aufsuchte – den Raketenstartplatz in Arizona und das Hauptquartier für das Testgebiet in San Diego.

„Fein", sagte sie. „Kann ich mitkommen?"

Ich war überglücklich über ihren Vorschlag; jetzt würde es nicht mehr lange dauern.

Der Besuch auf dem Raketenversuchsgelände war eine Routineangelegenheit. Ich hatte dort ein paar Verbindungsleute zur Armee, zur Republic Aviation, Bell Telephone Laboratories und zur U.S. Steel Company. Sie führten Kathy und mich durch die Monsteranlage, geschwätzig wie Touristenführer: „... riesige Stahlmuschel ... mehr Rauminhalt als das durchschnittliche Bürogebäude in New York ... geschlossener Kreis der Nahrungs-, Wasser- und Luftregenerierung ... ein Drittel Antrieb, ein Drittel Fracht, ein Drittel Lebensraum ... heroische Pioniere ... Isolierung ... Haushaltsenergie ... Sonnenseite-Schattenseite, Hitzepumpen ... nie dagewesener industrieller Aufwand ... nationales Opfer ... nationale Sicherheit ..."

Seltsamerweise beeindruckte mich nicht die Rakete am meisten, sondern der breite Streifen Land, der sie umgab. Man hatte das Gebiet im Umkreis geräumt; es gab keine Häuser, keine Gewächshäuser, keine Nahrungsspeicher, keine Scheidevorrichtungen für das Sonnenlicht. Teils hing das mit der Sicherheit zusammen, teils mit der Strahlungsgefahr.

Der glitzernde Sand, von Bewässerungsrohren durchzogen, sah eigenartig aus. Vermutlich gab es in ganz Nordamerika keinen vergleichbaren Anblick. Meine Augen schmerzten. Seit Jahren hatte ich nur wenige Meter weit blicken müssen.

„Wie seltsam", sagte Kathy an meiner Seite. „Können wir hinausgehen?"

„Leider nicht, Dr. Nevin", meinte einer der Verbindungsleute. „Das

Gebiet ist gesperrt. Die Wachen auf den Türmen haben Order, auf jeden zu schießen, der sich draußen zeigt."

„Dann erteilen Sie einen Gegenbefehl", erklärte ich. „Dr. Nevin und ich möchten einen Spaziergang machen."

„Natürlich, Mr. Courtenay", sagte der Mann sehr bestürzt. „Ich will mein Bestes tun, aber es wird ein bißchen dauern. Ich muß die Sache erst mit dem CIC, der Naval Intelligence, dem CIA, FBI, der AEC Security und der Intelligence besprechen."

Ich schaute Kathy an, die ratlos und belustigt die Schultern zuckte. „Sparen Sie sich die Mühe", sagte ich.

„Gott sei Dank", atmete der Verbindungsmann auf. „Verzeihen Sie, Mr. Courtenay. Es ist noch nie vorgekommen, und es gibt keine Hintertürchen, durch die man das arrangieren könnte. Sie wissen ja, was das bedeutet."

„Das kann man wohl sagen", erwiderte ich aus tiefstem Herzen. „Sagen Sie, haben sich denn all diese Sicherheitsvorkehrungen bisher bezahlt gemacht?"

„Scheint so, Mr. Courtenay. Soweit wir wissen, gab es bisher keine Sabotageakte und keine Spionage, weder von den Natschus noch aus dem Ausland." Er klopfte feierlich mit dem Finger der rechten Hand gegen einen hübschen Verlobungsring aus Eichenholz, den er am Mittelfinger der linken Hand trug.

Im Geiste notierte ich, daß ich mir einmal sein Budget anschauen mußte. Ein Mann seiner Gehaltsgruppe sollte eigentlich nicht solchen Schmuck tragen.

„Haben die Natschus Interesse?" erkundigte ich mich.

„Wer weiß? CIC, CIA und AECS sagen ja. Naval Intelligence, FBI und SRS sagen nein. Möchten Sie mit Commander MacDonald sprechen? Er ist der Chef der ONI. Ein Spezialist für Natschus."

„Möchtest du einen Natschu-Spezialisten kennenlernen, Kathy?" fragte ich.

„Wenn wir genug Zeit haben", erwiderte sie.

„Notfalls werde ich das Flugzeug solange warten lassen", sagte der Verbindungsmann, eifrig bemüht, das Fiasko mit den Wachen wettzumachen. Er führte uns durch das Gewirr von Konstruktionsbaracken und Lagerhäusern zum Verwaltungsgebäude und dann, an sieben Sicherheitskontrollstellen vorbei, ins Büro des Kommandanten.

MacDonald war einer jener Karriereoffiziere, in deren Gegenwart man sich freut, amerikanischer Staatsbürger zu sein – ruhig, zuverlässig, stark. Seine Insignien und Schulterklappen verrieten, daß er Vertragsspezialist war, im Geheimdienst arbeitete und im dritten Jahr der fünften Anwärterschaft für die Pinkerton-Detektei stand. Er war Berufssoldat und trug den Klassenring der Pinkerton-Akademie für Kriminalistik und Militärischen Geheimdienst Inc. Ein Ring aus Kiefernholz mit einem eingravierten geöffneten Auge; keine kunstvolle Einlegearbeit, aber ein Markenzeichen, es bedeutete, daß man es mit Qualität zu tun hat.

„Sie wollen etwas über die Natschus wissen?" fragte er ruhig. „Dann sind Sie an der richtigen Stelle. Ich habe mein Leben ihrer Vernichtung gewidmet."

„Eine persönliche Angelegenheit, Commander?" fragte ich und dachte, jetzt würde eine dramatische Geschichte folgen.

„Nein. Altmodische Auffassung von Arbeitsmoral, wenn überhaupt. Außerdem liebe ich die Aufregung der Jagd, aber da gibt's nicht viel zu jagen. Natschus fängt man, indem man Fallen stellt. Haben Sie von dem Topeka-Bombenanschlag gehört? Natürlich will ich die Konkurrenz nicht schlechtmachen, aber die Wachen hätten wissen müssen, daß es genau die richtige Gelegenheit für eine Natschu-Demonstration war."

„Warum denn eigentlich, Commander?" fragte Kathy.

Er lächelte weise. „Gefühl", sagte er. „Das läßt sich schwer in Worte fassen. Die Natschus haben was gegen hydraulischen Bergbau. Man braucht ihnen nur eine Chance zu geben, ihren Unwillen kundzutun, schon tun sie's, wenn es nur irgend möglich ist."

„Aber warum haben sie denn etwas gegen hydraulischen Bergbau?" bohrte sie hartnäckig weiter. „Wir brauchen doch schließlich Kohle und Eisen, nicht?"

„Ja", sagte er mit gespielter, humorvoller Resignation, „nun verlangen Sie von mir, die Gedanken eines Natschus zu lesen. Ich habe einige schon bis zu sechs Stunden ununterbrochen verhört, und kein einziger hat je ein vernünftiges Argument gebracht. Wenn ich zum Beispiel den Natschu von Topeka finge, würde er freiwillig reden – es wäre jedoch nur leeres Geschwätz. Er würde behaupten, Hydraulik zerstöre den Mutterboden. Ich würde erwidern: ‚Ja, na und?' Er würde antworten: ‚Kapieren Sie das denn nicht?' Ich würde sagen: ‚Was?' Er würde sagen: ‚Mutterboden läßt sich nicht ersetzen.' Ich würde sagen: ‚Stimmt nicht, wenn es sein müßte, ließe sich das schon machen; und außerdem ist der Anbau in Tanks besser.' Er würde faseln, die Tanks böten keine Unterkunft für Tiere und so weiter. Es endet immer damit, daß sie mir erzählen, die Welt ginge zum Teufel, das müsse man den Leuten klarmachen – und ich sage ihnen, daß wir es bisher immer irgendwie geschafft haben und daß wir es auch diesmal schaffen werden."

Kathy lachte ungläubig, und der Commander fuhr fort: „Es sind Narren, aber sie sind zäh. Sie haben Disziplin. Ein Zellensystem. Wenn man einen Natschu schnappt, hat man gleichzeitig auch die zwei oder drei anderen aus seiner Gruppe; aber damit ist meistens Schluß. Zwischen den einzelnen Zellen bestehen keine Kontakte, und die Verbindung zu höherstehenden Personen findet durch Mittelsmänner statt. Ja, ich denke, ich kenne sie, und aus diesem Grunde mache ich mir eigentlich keine Sorgen, daß hier Sabotage oder eine Demonstration stattfinden könnte. Es gibt keinen stichhaltigen Grund."

Auf dem Rückflug schauten Kathy und ich uns die Werbung im Passagierabteil des Düsenflugzeugs an. Da war der gute alte Kiddiebutt-Slogan, den ich vor vielen Jahren, als ich noch in der Lehre war, ausgebrütet hatte. Ich stieß Kathy an und erzählte ihr davon, als gerade ein Licht aufblinkte und eine Erkennungsmelodie erklang.

Die Werbung verschwand, und eine öffentliche Bekanntmachung ohne Geräuscheffekte wurde durchgegeben: „In Übereinstimmung mit dem Bundesgesetz informieren wir hiermit die Passagiere, daß wir die San-Andreas-Schlucht überfliegen und uns über dem Erdbebengebiet befinden. Alle Versicherungen für Verluste und Beschädigung durch Erdbeben sind ab sofort ungültig und treten erst dann wieder in Kraft, wenn die Passagiere das Erdbebengebiet verlassen haben."

Dann folgte wieder Werbung.

„Irgendwo steht sicher auch noch in winzig kleiner Schrift, daß eine Versicherung gegen Yakbisse außerordentlich wichtig ist, allerdings für Tibet nicht gilt", sagte Kathy.

„Versicherung gegen Yakbisse?" fragte ich erstaunt. „Wozu, zum Teufel, soll das denn gut sein?"

„Man kann schließlich nie wissen, ob man nicht einem unfreundlichen Yak über den Weg läuft, nicht wahr?"

„Daraus schließe ich, daß du Spaß machst", sagte ich würdevoll. „In wenigen Minuten müßten wir landen. Ich persönlich würde gern unvorbereitet über Ham Harris hereinbrechen. Er ist ein netter Mensch, aber möglicherweise hat Runstead ihn mit seinem Defätismus infiziert. In unserer Branche gibt es nichts Schlimmeres als das."

„Wenn ich darf, komme ich gern mit, Mitch."

Wir starrten wie Touristen durch die Fenster, als die Düsenmaschine über San Diego hinwegglitt und monoton über dem Flughafen kreiste, bis die Landeerlaubnis vom Turm erfolgte. Kathy war noch nie hier gewesen. Ich kannte San Diego bereits, aber es gibt stets etwas Neues zu sehen, weil die Gebäude immerzu einstürzen und neue errichtet werden. Und was für Gebäude! Sie sehen aus wie Kunststoffzelte auf Kunststoffgerüsten. Dank dieser Bauart sind sie elastisch und bei Erdbeben widerstandsfähiger. Und wenn ein Erdbeben wirklich einmal so heftig ist, daß das Gerüst einstürzt, so ist der Verlust nicht so groß – lediglich ein bißchen Kunststoff, der in den Falzen gerissen ist, und noch ein paar geborstene Kunststoffträger, die meistens noch zu retten sind.

Wirtschaftlich gesehen ist es vernünftig, in Südkalifornien nicht allzuviel für Gebäude zu investieren. Seit den H-Bomben-Versuchen in der San-Andreas-Schlucht besteht durchaus die Möglichkeit, daß das gesamte Gebiet eines schönen Tages in den Pazifik rutscht – im Grunde könnte das jeden Tag passieren. Doch als wir hinunterschauten, war die Stadt noch da, und wie jeder andere wußten wir, daß sie wahrscheinlich auch die Dauer unseres Aufenthaltes noch überstehen würde.

Vor meiner Zeit herrschte anfangs eine gewisse Panik, als täglich Erdbeben stattfanden, aber das hing wohl weitgehend mit den altertümlichen Gebäuden zusammen, die einstürzten und die Menschen gefährdeten. Schließlich gewöhnte man sich daran und war – wie in Südkalifornien nicht anders zu erwarten – sogar noch stolz darauf. Ortsansässige leierten endlose Statistiken herunter, die bewiesen, daß man mit größerer Wahrscheinlichkeit vom Blitz oder von einem Meteoriten getroffen werden konnte, als bei einem ihrer Erdbeben ums Leben zu kommen. Eine schnelle Drei-Mann-Limousine brachte uns zur Zweigstelle der Fowler Schocken AG. Mein leichtes Unbehagen gegenüber der Abteilung „Marktforschung" verstärkte sich, und es schoß mir durch den Sinn, Ham Harris könne vielleicht einen Spitzel auf dem Flugplatz postiert haben, der ihn rechtzeitig vor einer Inspektion warnen sollte.

Die Dame im Empfang enttäuschte mich. Sie kannte mich weder dem Aussehen noch dem Namen nach. Sie sagte träge: „Ich will nachschauen, ob Mr. Harris zu sprechen ist, Mr. Conelly."

„Mr. Courtenay, meine Dame. Ich bin der Chef von Mr. Harris." Kathy und ich spazierten durch eine Atmosphäre der Müßigkeit und Faulheit, die mir die Haare zu Berge stehen ließ.

Harris spielte in Hemdsärmeln mit zwei jungen Angestellten Karten. Zwei andere Männer saßen glotzäugig vor einem Hypnoteleapparat und befanden sich offensichtlich in Trance. Ein sechster Mann tippte lässig mit einem Finger auf der Rechenmaschine herum.

„Harris!" brüllte ich.

Mit Ausnahme der beiden in Trance befindlichen Männer fuhren alle herum. Ich ging zum Apparat und schaltete ihn ab. Sie kamen langsam zu sich.

„Mmmm-mmm-mmmister Courtenay", stotterte Harris. „Wir haben Sie nicht erwartet –"

„Das sehe ich. Die übrigen verschwinden bitte. Harris, wir gehen in Ihr Büro." Kathy folgte uns unauffällig.

„Harris", sagte ich, „gute Arbeit entschuldigt vieles. Sie haben für dieses Projekt verdammt viel gute Arbeit geliefert. Die Atmosphäre überrascht mich, ich bin bestürzt. Aber das läßt sich in Ordnung bringen –"

Sein Telefon läutete, ich nahm den Hörer ab.

Eine Stimme sprudelte aufgeregt: „Ham? Er ist da. Mach schnell; er hat eine Limousine genommen."

„Danke", sagte ich und legte auf. „Ihr Spion vom Flugplatz", sagte ich zu Harris. Er wurde weiß im Gesicht. „Zeigen Sie mir jetzt Ihre Listen", fuhr ich fort, „und die Interview-Formulare. Den Lochkartencode. Die Matrizen. Die Entwicklungs-Tabellen. Die Vorarbeiten. Kurzum, alles, von dem Sie nicht annehmen, daß ich es mir ansehen will. Holen Sie die Unterlagen."

Er verharrte lange Zeit regungslos, dann sagte er schließlich: „Die existieren nicht."

„Was können Sie mir zeigen?"

„Endergebnisse", murmelte er. „Zusammenstellungen."

„Fälschungen, meinen Sie? Fingiertes Material, wie das, was Sie uns per Telefon durchgegeben haben?"

Er nickte. Sein Gesicht war grünlich.

„Wie konnten Sie das nur tun, Harris?" fragte ich. „Wie konnten ausgerechnet Sie das tun?"

Ein unkontrollierter Schwall von Worten ergoß sich aus seinem Mund. Er hatte es nicht tun wollen. Es sei seine erste selbständige Arbeit gewesen. Vielleicht sei er ein Versager. Er hatte versucht, wenigstens das Fußvolk auf Trab zu halten, während er selbst schuftete, aber es gelang ihm nicht; sie spürten seine Unsicherheit und nahmen sich Freiheiten heraus, und er wagte nicht, etwas dagegen zu unternehmen. Das Selbstmitleid schwand aus seiner Stimme, er wurde beinahe angriffslustig. Was für einen Unterschied machte es denn schon? Es war doch schließlich nur eine Vorarbeit, ohnehin rein hypothetisch. Das spielte doch überhaupt keine Rolle. Außerdem würde das ganze Unternehmen letztlich vielleicht doch im Sande verlaufen. Warum sollte er es nicht auf die leichte Schulter nehmen; es gab so viele andere Leute, die es sich nicht besonders schwer machten und mit allem durchkamen.

„Nein", sagte ich. „Da irren Sie sich, und Sie sollten es eigentlich wissen. Werbung ist eine Kunst, aber sie ist abhängig von Wissenschaft, von Tests und von Kundenforschung. Sie haben die Stützpfeiler unter unserem Projekt fortgezogen. Wir retten, was zu retten ist, und beginnen von vorn."

Er machte einen letzten schwachen Versuch. „Sie verschwenden Ihre Zeit, wenn Sie das tun, Mr. Courtenay. Ich habe lange mit Mr. Runstead zusammengearbeitet. Ich weiß, wie er denkt, und er ist mindestens ebenso fähig wie Sie. Er meint, Papierkrieg sei nur eine Menge überflüssiger Unsinn."

Ich kannte Matt Runstead besser. Ich wußte, daß er ein fähiger Mann war. „Womit", fragte ich scharf, „wollen Sie diese Behauptung stützen? Mit Briefen? Memos? Mit mitgeschnittenen Anrufen?"

„Ja, etwas in der Art muß ich haben", sagte er und wühlte in seinem Schreibtisch. Er kramte in Briefen und Memos und spielte minutenlang Tonbandbruchstücke ab, während sich der Ausdruck von Furcht und Frustration auf seinem Gesicht vertiefte. Schließlich sagte er verstört: „Ich kann nichts finden – aber ich bin sicher –"

Natürlich war er sicher. Unsere Kunst besteht ja gerade darin, den Kunden zu überzeugen, ohne daß er es merkt. Runstead hatte diesem Schwächling eine unrealistische Arbeitsmethode eingeimpft und ihn dann an mein Projekt gesetzt, damit er es gründlich vermasselte.

„Sie sind entlassen, Harris", sagte ich. „Hauen Sie ab, und lassen Sie sich nicht wieder blicken. Ich würde Ihnen raten, sich einen Job außerhalb der Werbebranche zu suchen."

Ich ging ins Büro und verkündete: „Sie sind entlassen, meine Herren, allesamt. Nehmen Sie Ihre persönlichen Sachen, und verlassen Sie das Büro. Die Schecks werden Ihnen per Post zugeschickt."

Sie starrten mich mit offenem Mund an. Neben mir murmelte Kathy: „Mitch, ist das denn wirklich nötig?"

„Allerdings, verdammt nötig. Hat einer von ihnen dem Hauptbüro einen Tip gegeben, was hier gespielt wird? Nein; sie haben sich einfach gehenlassen und eine ruhige Kugel geschoben." Ham Harris drückte sich an uns vorbei zur Tür, Verletzung und Bestürzung standen auf seinem Gesicht.

Er war so sicher gewesen, daß Runstead ihm die Stange halten würde. Er trug die vollgestopfte Aktentasche in der einen Hand, den Regenmantel in der anderen. Er sah mich nicht an.

Ich ging in sein verwaistes Büro und setzte mich über den direkten Draht mit New York in Verbindung. „Hester? Hier spricht Courtenay. Ich habe gerade unsere gesamte Zweigstelle in San Diego entlassen. Verständigen Sie bitte das Personalbüro und veranlassen Sie, daß man die Leute auszahlt. Und jetzt verbinden Sie mich mit Mr. Runstead." Ich trommelte ungeduldig eine lange Minute mit den Fingern auf den Tisch, dann sagte Hester: „Tut mir leid, Mr. Courtenay, daß Sie warten mußten. Mr. Runsteads Sekretärin sagt, er sei nach Klein-Amerika geflogen. Er hat die Sache mit der AIG erledigt und hat nun einen kleinen Urlaub verdient."

„Einen kleinen Urlaub. Ach du lieber Gott. Hester, buchen Sie einen Flug von New York nach Klein-Amerika. Ich nehme die nächste Düsenmaschine. Ich will den Boden möglichst gar nicht erst berühren, ehe ich zum Pol weiterfliege, verstanden?"

„Ja, Mr. Courtenay."

Ich legte auf und sah, daß Kathy mich anstarrte. „Weißt du, Mitch", sagte sie, „ich habe dich damals lieblos behandelt und immer auf deiner schlechten Laune herumgehackt. Ich kann jetzt verstehen, wie es dazu kommt, wenn dies ein typischer Geschäftsvorgang ist."

„Er ist nicht typisch", sagte ich. „Dies ist der schlimmste Fall schamloser Obstruktionspolitik, der mir jemals vorgekommen ist. Aber das ist kein Einzelfall. Jeder versucht, jeden in ein schlechtes Licht zu setzen. Liebling, ich muß jetzt zum Flugplatz, willst du mich begleiten?"

Sie zögerte. „Macht es dir etwas aus, wenn ich bleibe und mir die Stadt noch ein wenig anschaue?"

„Nein, natürlich nicht. Unterhalte dich gut, und wenn du nach New York zurückkommst, bin ich wieder da."

Wir küßten uns, und ich rannte hinaus. Das Büro war bereits leer, und ich bat den Gebäudeverwalter, es bis auf weiteres zu schließen, wenn Kathy fort war.

Als ich unten auf der Straße war, schaute ich hinauf, und sie winkte mir aus dem merkwürdigen, unstabilen Gebäude zu.

6

In New York verließ ich das Flugzeug; Hester wartete bereits auf mich.

„Gut gemacht", sagte ich zu ihr. „Wann geht die Rakete zum Pol?"

„In zwölf Minuten, von Landeplatz sechs, Mr. Courtenay. Hier sind Flug- und Platzkarte. Und ein bißchen was zu essen, falls –"

„Prima. Zum Essen bin ich bisher nicht gekommen." Wir gingen zum Landeplatz sechs. Im Gehen kaute ich ein Brot mit künstlichem Käse. „Was gibt's Neues im Büro?" fragte ich unbestimmt.

„Große Aufregung darüber, daß Sie die Leute in San Diego gefeuert haben. Die Personalabteilung hat sich bei Mr. Schocken beschwert, und er hat Ihnen die Stange gehalten – etwa Windstärke vier."

Das war nicht allzu gut. Windstärke zwölf – Hurrikan – wäre ein einziges Donnern aus seinem Büro gewesen: Wie könnt ihr Verwaltungsmenschen es wagen, die Entscheidung eines Vorstandsmitgliedes, das ein eigenes Projekt bearbeitet, in Frage zu stellen? Laßt euch nicht noch einmal dabei erwischen – und so weiter. Windstärke vier – leichter Sturm, kleine Fahrzeuge laufen den Hafen an – klang etwa so: Meine Herren, ich bin sicher, daß Mr. Courtenay sehr gute Gründe für sein Handeln hatte. Die reinen Routinearbeiter unserer Organisation verlieren leicht das Gesamtbild aus den Augen –

Ich fragte Hester: „Ist Runsteads Sekretärin eine normale Angestellte oder –", ich wollte gerade „Handlanger" sagen, besann mich jedoch eines Besseren, „eine seiner Vertrauten?"

„Sie steht ihm ziemlich nahe", antwortete Hester vorsichtig.

„Wie hat sie auf die San-Diego-Geschichte reagiert?"

„Ich habe gehört, sie hat sich halb totgelacht, Mr. Courtenay."

Ich drang nicht weiter in sie. Es war legitim, daß ich versuchte herauszufinden, wie meine Situation aussah. Sie jedoch um Hilfe zu bitten hieße sie aufzuhetzen. „Ich rechne damit, sofort wieder zurückzufliegen", sagte ich zu ihr. „Ich will lediglich eine Angelegenheit mit Runstead ins reine bringen."

„Ihre Frau begleitet Sie nicht?" fragte sie.

„Nein. Sie ist Ärztin. Ich werde Runstead in Stücke reißen; wenn Dr. Nevin dabei wäre, würde sie möglicherweise versuchen, ihn wieder zusammenzuflicken."

Hester lachte höflich und sagte: „Guten Flug, Mr. Courtenay." Wir hatten die Rampe von Landeplatz sechs erreicht.

ES WAR kein angenehmer Flug; es war eine miserable Fahrt in einer miserablen engen Touristenrakete. Wir flogen niedrig, und alle Sitze hatten Prismenfenster, bei denen mir sowieso immer übel wird. Man wendet den Kopf, blickt hinaus und geradewegs nach unten. Noch schlimmer war, daß alle Anzeigen von Taunton stammten. Man blickt aus dem Fenster und hat seinen Magen kaum davon überzeugt, daß alles in bester Ordnung sei, und redet sich gut zu, daß da unten ein interessantes Land liege – und schon verdunkelt eine billige sexüberladene Tauntonanzeige für irgendein lausiges Produkt das Fenster, und einer ihrer dämlichen Verse dröhnt einem in den Ohren.

Über dem Amazonastal wurde es interessant; ich betrachtete gerade Electric Three, den größten Energiestaudamm der Welt, und schon ging es wieder los:

Straff-BH, Straff-BH,
Strafft den Busen prall;
keine Falten und kein Hängen,
die Figur ist drall!

Die dazugehörigen „Vorher-und-nachher"-Bilder waren ungewöhnlich schlecht, und ich ertappte mich dabei, wie ich dem lieben Gott wieder einmal dafür dankte, daß ich für die Fowler Schocken AG arbeitete.

Über Feuerland war es dasselbe. Wir machten einen Bogen, so daß man die Walfischerei betrachten konnte; unter uns erstreckte sich ein weites Seegebiet, das von Schleusen eingefaßt war, durch die Plankton hereinkam, ohne daß die Wale herauskonnten. Ich beobachtete fasziniert, wie eine Walkuh ihr Junges säugte, und mußte dabei unweigerlich an das Auftankmanöver eines Flugzeugs in der Luft denken – als sich plötzlich das Fenster verdunkelte und ich erneut von Tauntons Schockbehandlung bearbeitet wurde:

Susi, riechst du auch so für dein Gspusi?

Geruch strömte durch die Kabine; es war wirklich das allerletzte. Ich mußte die Tüte benutzen, während es weiterging:

Kein Wunder, daß du ihn nicht kriegst,
wenn du so nach Schweiß riechst;
nimm Duftan, und er beißt an.

Und ein schnulziges Trio dudelte dazu eine flotte Weise:

Transpirieren muß sein,
aber Schweiß riecht gemein.

Dann folgte ein kurzer, medizinisch gefärbter Prosatext: VERSUCHEN SIE NICHT, DIE TRANSPIRATION ZU STOPPEN. DAS IST SELBSTMORD. DIE ÄRZTE RATEN ZU EINEM DEODORANT. BENUTZEN SIE KEIN ADSTRINGENT.

Schließlich wiederholte sich die erste Zeile samt Geruch. Diesmal machte es mir nichts weiter aus; ich hatte nichts mehr im Magen.

Tauntons große Masche war der knappe, scheinbar objektive medizinische Text. Man konnte fast meinen, das sei deren ureigene Erfindung.

Mein Nachbar, ein unauffälliger Verbraucher in Universalkleidung, schaute amüsiert zu, wie ich würgte. „Zuviel für Sie, mein Freund, was?" fragte er und legte die enervierende Überlegenheit an den Tag, die Menschen, die an Luftkrankheit leiden, nur zu gut kennen.

„Hm", sagte ich.

„Einige dieser Anzeigen sind aber auch ein regelrechtes Brechmittel", sagte er; meine schlagfertige Antwort hatte ihn offensichtlich sehr ermutigt.

Das konnte ich nicht durchgehen lassen. „Was wollen Sie damit sagen?" fragte ich ungerührt.

Das schüchterte ihn ein. „Ich wollte damit nur sagen, daß es ein wenig streng roch", erklärte er hastig. „Nur dieser eine Werbespot. Ich meine nicht Werbung im allgemeinen. Ich bin an sich ganz in Ordnung, mein Freund!"

„Wie gut für Sie", sagte ich und wandte mich ab.

Er war noch immer beunruhigt und wiederholte: „Ich bin wirklich völlig in Ordnung, mein Freund. Ich stamme aus einer guten Familie, habe eine gute Schule besucht. Ich bin selber in der Produktion – Fabrikant in Philly –, und ich weiß, daß das Zeugs verkauft werden muß. Verteilerkanäle, Märkte müssen aufgebaut werden. Vertikale Integration. Verstehen Sie? Ich bin völlig intakt!"

„Gut", grunzte ich. „Dann passen Sie auf, was Sie reden."

Er kroch in seinen Sitz zurück. Es hatte mir keinen Spaß gemacht, ihn aus der Fassung zu bringen, aber es ging ums Prinzip. Er hätte es wissen müssen.

Wir wurden über Klein-Amerika aufgehalten, weil einige andere Touristenmaschinen landeten. Eine davon kam aus Indien, bei ihrem

Anblick wurde mir ganz warm ums Herz. Vom Bug bis zur Heckflosse war das Fahrzeug ein Produkt von Indiastry. Die Mannschaft war von Indiastry ausgebildet und angestellt. Die Passagiere zollten Tag und Nacht, im Wachen und Schlafen, jede einzelne Minute Tribut an Indiastry. Und Indiastry wiederum zollte der Fowler Schocken AG Tribut.

Ein Schlepper zog uns in den großen doppelwandigen Plastikpfannkuchen – Klein-Amerika geheißen. Es hat nur eine einzige Kontrollstelle. Klein-Amerika ist eine phantastische Geldquelle – eine Dollarfalle für Touristen aus aller Welt, ein Gebiet ohne jeden militärischen Aspekt. (Es gibt zwar militärische Polarbasen, aber sie sind klein und liegen tief unter dem Eis.)

Ein kleiner Thorium-Reaktor beheizt den Ort und versorgt ihn mit Energie. Selbst wenn eine Nation, auf der verzweifelten Suche nach spaltbarem Material, Klein-Amerika erobert, würde sie keine militärischen Werte erbeuten. Es gibt ein paar Servopropeller, die den Thorium-Reaktor unterstützen, und eine „Hitzepumpen"-Vorrichtung, deren Funktion ich nicht ganz verstehe, die aber mit den Propellern zusammenhängt.

An der Kontrollstelle fragte ich nach Runstead. Der Beamte schlug nach und sagte: „Er ist auf einer zweitägigen Tour, die von New York aus gebucht wurde. Über Thomas Cook und Sohn. Er wohnt in III-C-2205." Er zog einen Stadtplan hervor und zeigte mir, was diese Adresse bedeutete: dritter Ring von innen, dritter Korridor, fünfter Sektor, Zimmer 22. „Sie können es gar nicht verfehlen. Ich kann Ihnen ein Zimmer in der Nähe geben, Mr. Courtenay."

„Vielen Dank. Später." Ich ging davon und bahnte mir einen Weg durch die Menge, die in einem Dutzend Sprachen durcheinanderschnatterte, und erreichte schließlich III-C-2205. Ich läutete. Nichts rührte sich.

Ein netter junger Mann sagte zu mir: „Ich bin Mr. Cameron, Leiter der Touristenorganisation. Kann ich Ihnen behilflich sein?"

„Wo ist Mr. Runstead? Ich muß ihn geschäftlich sprechen."

„Ach du liebe Güte. Und wir versuchen gerade, von alldem fortzukommen – ich werde mal nachschauen, wenn Sie einen Augenblick warten wollen."

Er nahm mich mit in seine Büro-Schlafzimmer-Bad-Kabine, die einen Sektor höher lag, und blätterte in einem Register. „Die Starrzelius-Gletscher-Wanderung", sagte er. „Du großer Gott. Er ist allein unterwegs. Ging um 7 Uhr morgens, holte sich den Elektroanzug mit

Radioanlage und Verpflegung. Er müßte in fünf Stunden zurück sein. Haben Sie sich schon eine Unterkunft besorgt, Mr. –?"

„Noch nicht. Ich will Runstead nachgehen. Es ist dringend." Und das war es in der Tat. Ich würde einen Schlaganfall bekommen, wenn ich ihm nicht bald an die Kehle gehen konnte.

Der leicht indignierte Reiseleiter brauchte etwa fünf Minuten, um mich davon zu überzeugen, daß es am einfachsten sei, wenn ich bei ihm buchte; er würde dann schon alles für mich regeln. Sonst müßte ich erst von Pontius zu Pilatus rennen, um nur die notwendige Ausrüstung zu leihen; dann würde ich wahrscheinlich am Kontrollpunkt zurückgewiesen werden. Und fände anschließend die Verleiher nicht wieder und würde so meinen Urlaub vertrödeln. Ich unterschrieb, und er strahlte. Er gab mir ein Zimmer im gleichen Sektor – ungemein luxuriös. Der Raum war fast zwölf mal achtzehn Meter groß, lief allerdings ein wenig keilförmig zu.

Innerhalb von fünf Minuten übergab er mir bereits meine Ausrüstung. „Netzgerät – das wird so angeschnallt. Das ist das einzige, womit etwas schiefgehen kann; wenn das Funkgerät ausfällt, nehmen Sie eine Schlaftablette, und machen Sie sich keine Sorgen. Sie werden zwar frieren, aber wir finden Sie, bevor Gewebeschäden eintreten. Stiefel: Die werden so angezogen. Handschuhe: So befestigen. Overall, Kapuze, Schneebrille, Peilfunk. Sie sagen der Wache am Kontrollpunkt lediglich ‚Starrzelius-Gletscher', dann stellt er das Gerät ein. Zwei einfache Schalter mit der Aufschrift ‚Hin' und ‚Zurück'. Hin ist: ‚piep-piep' – steigend. Zurück: ‚piep-piep' – fallend. Sie brauchen nur daran zu denken: den Gletscher hinauf, und der Ton steigt; den Gletscher hinunter, und der Ton sinkt. Notsignal – ein großer roter Griff. Sie brauchen nur daran zu ziehen, schon senden Sie. Die Flugzeuge sind in fünfzehn Minuten draußen. Sie müssen die Unkosten für Suche und Bergung tragen, ich würde den Griff also nicht unbedingt ziehen, wenn Sie nur einen bequemen Heimweg haben wollen. Man kann sich ausruhen, ein bißchen Coffiest trinken und dann weitergehen. Die Routen sind auf der Karte eingezeichnet. Hier sind Schneeschuhe. Kreiselkompaß. Verpflegung. Mr. Courtenay, Sie sind ausgerüstet. Ich bringe Sie zum Kontrollpunkt."

Die Ausrüstung war gar nicht so schlecht. Man hatte mich schon umständlicher verpackt, zum Beispiel gegen den Winterwind in Chicago. Die schweren, massigen Gegenstände wie Funkgerät, Peilung und Verpflegung waren gut verteilt. Die Schneeschuhe ließen sich zu Stöcken zusammenfalten, die mit Stahlspitzen versehen waren, um damit auf dem Eis klettern zu können. Sie steckten in einem Köcher auf meinem Rücken.

Die Kontrolle war sehr gründlich. Erst wurde mein Herz untersucht, und dann ging man die gesamte Ausrüstung durch; besonders sorgfältig wurde das Funkgerät geprüft. Ich bestand die Prüfung, man stellte das Peilgerät auf den Starrzelius-Gletscher ein und entließ mich mit vielen Mahnungen, nicht zu übertreiben.

Es war nicht kalt, wenigstens nicht in dem Anzug. Einen Augenblick nur öffnete ich das Visier, klappte es aber blitzschnell wieder zu. Vierzig Grad unter Null hatte man mir gesagt – eine leere Zahl, bis meine Nase für den Bruchteil einer Sekunde mit der Realität in Berührung kam.

Am Fuße des aufragenden Kunststoffpfannkuchens brauchte ich die Schneeschuhe noch nicht; meine Nagelschuhe knirschten im verharschten Schnee. Ich stellte mit Hilfe des kleinen Kreiselkompasses und der Karte die Richtung fest und stapfte schwerfällig durch die weiße Landschaft. Von Zeit zu Zeit drückte ich auf den Knopf des Peilgerätes an meinem linken Ärmel und hörte ein fröhliches, beruhigendes „Piep-piep. Piep-piep. Piep-piep".

Ich kam an einer Gesellschaft heiterer, ausgelassener Menschen vorbei und winkte ihnen freundlich zu. Es waren offenbar Chinesen oder Inder. Was für ein Abenteuer das für sie sein mußte! Aber wie mittelmäßige Schwimmer, die sich an ein Floß klammern, vergnügten sie sich fast nur im Schatten Klein-Amerikas. Etwas weiter draußen spielten Leute ein Spiel, das ich nicht kannte. Sie hatten an den Enden eines abgesteckten rechteckigen Spielfeldes Pfosten mit Körben ohne Boden aufgestellt, und es ging darum, einen großen Silikonball in diese Körbe zu werfen. Noch weiter draußen traf ich eine Gruppe von Skischülern mit Lehrern in roten Anzügen. Ich schaute mich um, nachdem ich, wie ich glaubte, nur wenige Minuten weitergegangen war, aber ich konnte die roten Anzüge schon nicht mehr entdecken. Ich sah auch die Einzelheiten von Klein-Amerika nicht mehr – nur noch einen grauweißen Schatten. „Piep-piep" machte mein Funkgerät, und ich ging weiter. Runstead würde bald von mir hören.

Die Einsamkeit war eigenartig, aber nicht unheimlich. Klein-Amerika war nicht mehr zu erkennen, nicht einmal mehr als grauweißer Schleier.

Das machte mir nichts aus. Hatte sich Jack O'Shea so gefühlt? Suchte er darum nach Worten, um die Venus zu beschreiben, und war er darum niemals zufrieden mit den Worten, die er fand?

Ich geriet mit den Füßen in eine Schneewehe, holte die Skier aus meinem Gepäck und klappte sie auseinander. Sie ließen sich mühelos befestigen, und nach einigen unbeholfenen Versuchen kam ich ganz gut voran, eine bemerkenswert angenehme, gleitende Art der Fortbewegung. Kein Schweben, aber auch nicht das solide Gehen, bei dem die Schuhsohle das feste Pflaster berührt – die einzige Art, die ich bis jetzt in meinen gut dreißig Jahren kennengelernt hatte.

Ich hielt die Richtung ein, indem ich Orientierungspunkte wählte und auf sie zuhielt; einen merkwürdig zurückgebogenen Eishügel zum Beispiel, oder einen blauen Schatten in einer Schneesenke. Das Peilgerät bestätigte die Richtigkeit meines Kurses. Ich war stolz darauf, daß ich die Wildnis meisterte, und nach zwei Stunden hatte ich plötzlich einen fürchterlichen Hunger.

Ich mußte mich niederkauern und eine Glocke aus Silikongewebe öffnen, in die ich genau hineinpaßte. Von Zeit zu Zeit steckte ich vorsichtig prüfend die Nase aus meinem Anzug, und nach fünf Minuten war es warm genug. Gierig verschlang ich ein selbsterhitztes Eintopfgericht und Tee und versuchte, eine Zigarette zu rauchen. Beim zweiten Zug war das kleine Zelt voller Rauch, und mir standen Tränen in den Augen. Reumütig drückte ich die Zigarette an meinem Schuh aus, schloß die Gesichtsmaske, verstaute das Zelt und reckte mich zufrieden.

Nachdem ich mich noch einmal davon überzeugt hatte, daß die Richtung stimmte, machte ich mich wieder auf den Weg. Teufel auch, sagte ich zu mir. Diese Geschichte mit Runstead ist nur eine Frage des Temperaments. Er kann die offenen Flächen, das weite Land, einfach nicht sehen. Er meint es nicht böse. Er hält das Projekt für eine verrückte Idee, weil er nicht merkt, daß es Menschen gibt, die so etwas gut finden. Man muß es ihm nur erklären.

Dieses Argument, aus dem Gefühl des Wohlbehagens geboren, fiel bei der ersten Berührung mit der Vernunft in sich zusammen. Auch Runstead war auf dem Gletscher. Ganz sicher hatte er Sinn für Raum und Weite, wenn er sich unter allen Orten der Erde gerade den Starrzelius-Gletscher als Erholungsort auswählte. Nun, in Kürze würde die Begegnung stattfinden. „Piep-piep."

Ich sah auf den Kompaß und peilte einen schwarzen Gegenstand an, der sich genau auf meinem Kurs befand. Ich konnte nicht richtig erkennen, was es war, aber es war deutlich sichtbar und bewegte sich nicht. Ich fiel in einen schlürfenden Laufschritt, kam ins Keuchen und verlangsamte gegen meinen Willen das Tempo. Es war ein Mensch.

Als ich noch zwanzig Meter entfernt war, blickte der Mann ungeduldig auf die Uhr, und ich begann wieder unbeholfen zu laufen.

„Matt!“ sagte ich. „Matt Runstead!“

„Ganz richtig, Mitch“, sagte er, unhöflich wie immer. „Sie sind ja heute schwer in Form.“ Ich betrachtete ihn sehr eingehend und gründlich, während ich mir meine Eröffnungsworte zurechtlegte. Er hatte die zusammengeklappten Skier neben sich in den Schnee gesteckt.

„Was ist – was ist –?“ stotterte ich.

„Ich habe zwar viel Zeit“, sagte er, „aber Sie haben bereits zuviel davon verschwendet. Auf Wiedersehen, Mitch.“

Während ich verblüfft dastand, nahm er die Skier, schwang sie durch die Luft und versetzte mir einen Schlag damit. Ich fiel nach hinten über; Schmerz, Bestürzung und ohnmächtige Wut drohten meinen Kopf zu sprengen. Ich spürte, wie er an meiner Brust herumfingerte, dann fühlte ich eine ganze Weile überhaupt nichts mehr.

Als ich erwachte, glaubte ich, meine Decke sei fortgeglitten, und fand es ziemlich kalt für den Frühherbst. Dann schnitt mir der eisblaue antarktische Himmel wie ein Messer in die Augen, und ich spürte den körnigen Schnee unter mir. Die Wirklichkeit hatte mich wieder. Mein Kopf schmerzte fürchterlich, und mir war kalt. Zu kalt. Ich tastete nach dem Funkgerät und merkte, daß es verschwunden war. Anzug, Handschuhe und Stiefel waren ungeheizt. Das Peilgerät funktionierte nicht mehr. Es hatte keinen Sinn, den Griff des Notsignals zu ziehen. Ich stand auf, taumelte; die Kälte packte mich wie ein Schraubstock. Im Schnee waren Fußstapfen, die von mir fortführten – wohin? Da war auch die Spur meiner Skier. Steif machte ich einen Schritt zurück entlang der Spur, dann noch einen und noch einen.

Die Verpflegung. Ich konnte sie in den Anzug werfen, das Hitzesiegel erbrechen und mich auf diese Weise vorübergehend erwärmen. Schritt für Schritt stapfte ich mühsam voran und überlegte: Soll ich anhalten und ausruhen, während ich mich wärme, oder lieber weitergehen? Du brauchst eine Verschnaufpause, sagte ich mir. Etwas Unmögliches ist geschehen, dein Kopf schmerzt. Du wirst dich wohler fühlen, wenn du dich jetzt einen Augenblick setzt, ein oder zwei Rationen öffnest und dann weitergehst.

Ich setzte mich nicht nieder. Ich wußte, was das bedeuten würde; langsam und unbeholfen holte ich mit schmerzenden, klammen Fingern eine Coffiest-Dose aus der Tasche und schob sie in meinen

Anzug. Die Finger gehorchten mir kaum. Mein Daumen schien nicht einmal mehr kräftig genug, um das Siegel zu erbrechen, und ich sagte mir: Setz dich einen Augenblick, und sammle deine Kräfte. Du brauchst dich ja gar nicht hinzulegen, so angenehm das auch wäre ... mein Daumen löste das Siegel, die kribbelnde Hitze tat weh.

Die Landschaft verschwamm mir vor den Augen. Ich öffnete weitere Dosen, dann konnte ich sie nicht mehr aus ihrer Verpackung lösen. Ich setzte mich schließlich doch und stand wieder auf. Dann setzte ich mich wieder voller Schuld und Scham über meine Verweichlichung und beschloß, in der nächsten Sekunde um Kathys willen aufzustehen, noch zwei Sekunden für Kathy, drei Sekunden für Kathy.

Aber ich tat es nicht.

7

ICH legte mich auf einem Eisberg schlafen; ich erwachte in einem klopfenden, hämmernden Inferno mit rotem Feuer und brutal aussehenden Teufeln. Genau dorthin hätte ich einen Texter von Taunton geschickt. Es verwirrte mich, daß statt dessen ich hier war.

Die Verwirrung hielt nicht lange an. Einer der Teufel rüttelte mich roh an der Schulter und sagte: „Los, pack an, Schlafmütze. Ich muß meine Hängematte unterbringen.“ Mein Kopf wurde klar. Es stand eindeutig fest, daß er nichts anderes als ein Verbraucher der unteren Klasse war – vielleicht Krankenpfleger?

„Was ist das hier?“ fragte ich. „Sind wir wieder in Klein-Amerika?“

„Mann, du machst vielleicht Witze“, sagte er. „Faß an, ja?“

„Keinesfalls!“ antwortete ich. „Ich bin ein Texter der Starklasse.“

Er blickte mich mitleidig an, sagte „Idiot“ und verschwand in der hämmernden, rotglühenden Dunkelheit.

Ich stand auf, schwankte und packte einen an mir vorbeieilenden Mann am Ellenbogen. „Entschuldigen Sie. Wo bin ich hier? Ist das ein Krankenhaus?“

Auch dieser Mann war ein einfacher Verbraucher, ebenso schlecht gelaunt wie der erste. „Laß meinen Arm los!“ grunzte er. „Wenn du dich krank melden willst, warte, bis wir an Land sind.“

„Land?“

„Ja, Land. Hör mal, Kumpel, weißt du nicht, wofür du dich verpflichtet hast?“

„Verpflichtet? Nein; weiß ich nicht. Aber Sie werden ein bißchen zu persönlich. Ich bin ein Texter der Starklasse."

Sein Gesichtsausdruck veränderte sich. „Aha", sagte er wissend. „Da kann ich dir helfen. Sekunde, Kumpel. Bin gleich wieder da mit dem Zeug."

Und er hielt Wort. „Das Zeug" war eine kleine grüne Kapsel. „Nur fünfhundert", schwatzte er weiter. „Vielleicht die letzte an Bord. Kannst wohl die Erschütterungen nicht ertragen, was? Das hier macht dich fit für die Landung."

„Was für eine Landung?" rief ich. „Was soll das Ganze? Ich habe keine Ahnung, und ich will Ihr Betäubungsmittel nicht. Sagen Sie mir, wo ich bin und wofür ich mich angeblich verpflichtet habe, das genügt."

Er blickte mich prüfend an und sagte: „Dich hat's ja schlimm erwischt. Vielleicht ein Schlag auf den Kopf? Na ja, Kumpel, du bist in Laderaum Nummer sechs auf dem Arbeiterfrachter ‚Thomas R. Malthus'. Wind und Wetter, unwesentlich. Kurs 273 Grad. Geschwindigkeit 300, Bestimmungsort Costa Rica, Fracht: Arbeitskräfte für die Chlorella-Plantagen." Es klang wie das Geleier eines abgelösten Wachoffiziers oder wie eine grobe Karikatur dessen.

„Sie sind –" Ich zögerte.

„Degradiert", vollendete er bitter meinen Satz und starrte auf die grüne Kapsel in seiner Hand. Unvermittelt schluckte er sie und fuhr dann fort: „Aber ich komme zurück." Ein Glitzern erschien in seinen Augen. „Ich werde in diesen Plantagen neue und wirksame Methoden einführen. Ich werde innerhalb einer Woche Vorarbeiter. In einem Monat bin ich Werksleiter. In einem Jahr Direktor. Und dann kaufe ich die Cunard Line auf und verkleide alle Leuchtraketen mit purem Gold. Nur erstklassige Quartiere. Das Beste für meine Passagiere. Sie war immer gut in Schuß auf der Atlantikroute. Ich werde dir eine vergoldete Luxuskabine an Bord meines Flaggschiffes einrichten, Kumpel. Das Beste ist gerade gut genug für meinen Freund. Wenn du kein Gold magst, nehme ich Platin. Wenn du kein –" Zentimeter für Zentimeter zog ich mich zurück, ohne daß er es bemerkte. Er leierte seine wirre Litanei herunter. Ich war froh, daß ich niemals Drogen genommen hatte.

Ich kam an ein Schott, setzte mich und lehnte mich entmutigt dagegen. Jemand setzte sich neben mich und sagte: „Hallo." Es klang zutraulich.

„Hallo", erwiderte ich. „Sind wir wirklich nach Costa Rica unterwegs? Muß unbedingt einen Schiffsoffizier sprechen, wie kann ich das anstellen? Das Ganze ist ein unglaublicher Irrtum."

„Oh", sagte der Mann, „warum sich darüber Gedanken machen? Leben und leben lassen. Iß, trink und sei guten Mutes, das ist mein Wahlspruch."

„Nimm deine gottverdammten Hände weg!" rief ich.

Er wurde ausfallend und beleidigend, ich stand auf und ging weiter, stolperte über Beine und Leiber.

Mir kam plötzlich in den Sinn, daß ich eigentlich niemals einfache Verbraucher kennengelernt hatte, ich hatte mit ihnen nur in den kurzen Augenblicken zu tun, wenn sie mich bedienten. Mir fiel ein, daß ich sie akzeptiert und ausgenutzt hatte, ohne mir jemals klarzumachen, was das in Wirklichkeit bedeutete. Ich wünschte von ganzem Herzen, ich könnte Laderaum Nummer sechs verlassen. Ich wollte zurück nach New York und feststellen, welchen Streich Runstead mir da gespielt hatte, zurück zu Kathy, zu Jack O'Shea und meiner großartigen Stellung bei Fowler Schocken. Ich hatte zu tun.

Eines der roten Lichter trug die Aufschrift „Notausgang". Ich dachte an die Hunderte von Menschen, die hier zusammengepfercht waren und die sich in einem Notfall durch diese Tür quetschen würden; mich schauderte.

„Entschuldigung, Kumpel", sagte jemand mit heiserer Stimme zu mir. „Gehen Sie lieber beiseite." Er begann sich zu erbrechen, und offenbar gab es an Bord eines Arbeiterfrachters keine Papiertüten oder andere Behälter.

Ich öffnete die Tür des Notausgangs und glitt ins Freie.

„Na?" brummte ein riesiger Wachtposten.

„Ich möchte einen Schiffsoffizier sprechen", sagte ich. „Ich bin irrtümlich hier. Ich heiße Mitchell Courtenay und bin Texter bei der Fowler Schocken AG."

„Die Nummer", bellte er.

„16-156-187", erwiderte ich und muß gestehen, daß ein wenig Stolz in meiner Stimme lag. Man kann Geld, Gesundheit und Freundschaften verlieren, aber die niedrige Sozialversicherungsnummer kann einem niemand nehmen ...

Er rollte den Ärmel auf, und im nächsten Augenblick wirbelte ich gegen das Schott, auf meinem Gesicht brannte eine Ohrfeige. „Zurück unter Deck, du Wanze!" brüllte der Mann. „Du bist hier nicht auf einem Vergnügungsdampfer, und ich halte nichts von dummen Scherzen."

Ungläubig starrte ich auf meine Armbeuge. Die tätowierte Nummer lautete 1304-9974-1416-156-187723. Meine eigene Nummer war darin verborgen; die Farbe paßte ausgezeichnet. Die Zahlen sahen ein wenig anders aus – aber außer mir konnte es niemandem auffallen.

„Worauf wartest du noch?" fragte der Wachtposten. „Haste deine Nummer noch nie gesehen?"

„Nein", sagte ich gefaßt, aber meine Beine zitterten. Ich hatte Angst – entsetzliche Angst. „Ich habe diese Nummer noch nie gesehen. Sie ist um meine wirkliche Nummer herumtätowiert worden. Ich bin Courtenay, wenn ich es Ihnen doch sage! Ich kann es beweisen. Ich werde Sie bezahlen." Ich suchte in meinen Taschen und fand kein Geld. Plötzlich fiel mir auf, daß ich einen merkwürdigen, schäbigen Anzug von Universal trug, befleckt mit Essensresten und Schlimmerem.

„Na, dann zahlen Sie doch", sagte der Wachtposten ungerührt.

„Ich werde Ihnen das Geld später geben", sagte ich. „Holen Sie einen Verantwortlichen."

Ein schmucker junger Leutnant in Panagra-Uniform bog in den engen Gang ein. „Was ist hier los?" erkundigte er sich. „Das Licht in der Luke brennt noch. Können Sie an Deck keine Ordnung halten? Sie wissen doch, Ihre Agentur bekommt einen Fähigkeitsbericht über Sie." Mich übersah er völlig.

„Tut mir leid, Mr. Kobler", sagte der Wachtposten, nahm Haltung an und riß sich zusammen. „Dieser Mann scheint unter Drogen zu stehen. Er ist herausgekommen und behauptet, er wäre Texter der Starklasse, er wäre irrtümlich an Bord."

„Schauen Sie sich meine Nummer an!" schrie ich den Leutnant an.

Sein Gesicht verzog sich, als ich ihm meinen entblößten Ellenbogen unter die Nase hielt. Der Wachtposten packte mich und drohte: „Wagen Sie nicht –"

„Einen Augenblick", unterbrach ihn der Offizier. „Ich erledige das schon. Er hat eine hohe Nummer. Was wollen Sie beweisen, indem Sie mir das zeigen?"

„Man hat vorn und hinten Zahlen angehängt. Meine wirkliche Nummer ist 16-156-187. Sehen Sie? Die anderen Zahlen sind etwas anders. Das ist eine Verfälschung!"

Mit angehaltenem Atem betrachtete der Leutnant die Nummer von nahem. Er sagte: „Hm. Kaum möglich ... folgen Sie mir."

Der Wachtposten öffnete hastig eine Korridortür für ihn und mich.

Er machte einen verängstigten Eindruck. Der Leutnant führte mich durch lärmende Maschinenräume in das kleine Büro des Zahlmeisters. Der Zahlmeister war ein Gnom mit scharfen Gesichtszügen, der seine Panagra-Uniform trug, als wäre sie ein Sack. „Zeigen Sie ihm Ihre Nummer", forderte der Leutnant mich auf, und ich tat es. Zum Zahlmeister sagte er: „Die Geschichte dieses Mannes?"

Der Zahlmeister schob eine Spule in den Leseapparat und schaltete ein. „1304-9974-1416-156-187723", las er schließlich vor. „Groby, William George; 26, Junggeselle, gestörte häusliche Verhältnisse (Vater verließ die Familie); drittes von fünf Kindern; männlich 1; Gesundheit 2,9; sieben Jahre Angehöriger der Berufsklasse 2; drei Monate 1,5; Ausbildung 9; Arbeitsvertrag B unterzeichnet." Er schaute zum Offizier auf. „Ziemlich durchschnittlich, Leutnant. Gibt es einen bestimmten Grund, warum ich mich für diesen Mann interessieren sollte?"

Der Leutnant sagte: „Er behauptet, Texter zu sein, seine Anwesenheit an Bord sei ein Irrtum. Er sagt, jemand habe seine Nummer gefälscht. Und er spricht etwas kultivierter als in seiner Klasse üblich."

„Tja", meinte der Zahlmeister, „das will weiter nichts heißen. Er kommt aus gestörten Verhältnissen; Heranwachsende aus den unteren Schichten lesen und beobachten häufig besonders viel, um etwas weiterzukommen. Aber Sie werden schon merken ..."

„Das reicht!" fuhr ich den kleinen Mann an, ich hatte genug. „Ich bin Mitchell Courtenay. Ich kann Sie kaufen und verkaufen, ohne mein Taschengeldbudget zu strapazieren. Ich arbeite bei der Fowler Schocken AG und leite das Venusprojekt. Ich verlange, daß Sie auf der Stelle in New York anrufen, damit diese Farce ein Ende findet. Beeilen Sie sich, verdammt noch mal!"

Der Leutnant schien überrascht und griff nach dem Telefon, aber der Zahlmeister lächelte und nahm ihm den Hörer aus der Hand. „Mitchell Courtenay wollen Sie sein?" erkundigte er sich freundlich. Er griff nach einer anderen Spule und schob sie in den Leseapparat. „Sehen Sie sich das mal an", sagte er und kicherte. Der Leutnant und ich lasen.

Es war das Titelblatt der New York Times. In der ersten Spalte stand ein Nachruf auf Mitchell Courtenay, Leiter der Venus-Abteilung bei Fowler Schocken AG. Man hatte mich erfroren auf dem Starrzelius-Gletscher in der Nähe von Klein-Amerika aufgefunden. Ich hatte mein Funkgerät unsachgemäß behandelt, und es hatte versagt. Ich las noch lange weiter, nachdem der Leutnant bereits das Interesse verloren hatte. Matt Runstead übernahm die Venus-Sektion. Man beklagte meinen Verlust. Meine Frau, Dr. Kathy Nevin, hatte sich geweigert, ein Interview zu geben. Fowler Schocken hielt einen glühenden Nachruf auf mich. Ich war ein persönlicher Freund des Venuspioniers Jack O'Shea, der bei der Nachricht von meinem Tode Bestürzung und Trauer empfand.

Der Zahlmeister sagte: „Das habe ich aus Kapstadt. Leutnant, bringen Sie diesen verrückten Schweinehund wieder hinunter, ja?"

Der Wachtposten kam. Den ganzen Weg zurück in den Laderaum Nummer sechs schlug und trat er mich.

Als mich der Wachtposten unsanft durch die Tür in die rote Dunkelheit stieß, prallte ich gegen einen Menschen.

Nach der verhältnismäßig reinen Luft draußen war der Gestank fast unerträglich.

„Was hast du gemacht?" fragte mich das menschliche Kissen freundlich und richtete sich auf.

„Ich habe versucht ihm zu erzählen, wer ich bin ..." Das würde mich auch nicht weiterbringen. „Was geschieht als nächstes?" fragte ich.

„Wir landen. Wir werden einquartiert. Wir müssen arbeiten. Welchen Kontrakt hast du unterschrieben?"

„Arbeitskontrakt B sagen sie."

Er pfiff durch die Zähne. „Dann hatten sie dich wohl ganz schön in der Mangel, was?"

„Was meinen Sie damit? Was hat das alles zu bedeuten?"

„Du hast wohl blind unterschrieben, was? Pech gehabt. Kontrakt B dauert fünf Jahre. Für Flüchtlinge, Idioten und alle, die sich beschwindeln lassen. Es gibt eine Führungsklausel. Mir hat man Kontrakt B auch angeboten, aber ich habe ihnen gesagt, wenn sie mir nichts Besseres bieten können, gehe ich wieder und melde mich freiwillig bei Brink's Express. Ich konnte sie zu einem F-Kontrakt bringen; sie müssen wirklich dringend Arbeitskräfte gebraucht haben. Das ist für ein Jahr; ich kann außerhalb der betriebseigenen Läden kaufen und so."

Ich hielt meinen Kopf, weil ich das Gefühl hatte, er würde sonst explodieren. „So schlimm kann es doch gar nicht sein", sagte ich. „Landleben – Landarbeit – frische Luft und Sonnenschein."

„Hm", sagte der Mann etwas zurückhaltend. „Besser als Chemikalien bestimmt. Vielleicht nicht so gut wie Bergbau. Du wirst es schon merken."

Er ging, und ich fiel in leichten Schlummer, anstatt Pläne zu schmieden.

Es gab kein Landesignal. Wir landeten einfach, und zwar ziemlich unsanft. Eine Luke öffnete sich, und blendendes tropisches Sonnenlicht flutete in den Laderaum. Es schmerzte nach der langen Dunkelheit in den Augen. Herein wehte nicht etwa frische Landluft, sondern eine Wolke von Desinfektionsmitteln. Ich löste mich aus einem Knäuel fluchender Arbeiter und trieb im Strom der Menschen auf den Hafen zu.

„Halt, du Idiot", sagte ein Mann mit harten Gesichtszügen; sein Abzeichen ließ erkennen, daß er zum Fabrikschutz gehörte. Er warf eine Kordel mit einer Plakette, auf der eine Nummer stand, um meinen Hals. Jeder bekam so eine und stellte sich dann hinter dem Schiff vor einem Tisch an.

Der Kai lag direkt im Schatten des Chlorella-Haupthauses, eines achtzig Stockwerke hohen Gebäudes, das aussah wie die aufeinandergestapelten Kästen für ein- und ausgehende Post in den Büros. Überall an den Terrassen waren Spiegelblenden angebracht. Im weiteren Umkreis um das große Gebäude waren massenhaft weitere Spiegelblenden aufgestellt, die das Sonnenlicht auffingen, um es auf die Spiegel der Terrassen zu reflektieren, die es ihrerseits zu den Photosynthesetanks weiterleiteten. Von oben gesehen ein spektakulärer, wenn auch nicht ungewöhnlicher Anblick; von unten einfach höllisch.

Ich hätte Pläne schmieden sollen. Aber mein Verstand wurde blokkiert von den Worten: „Aus den sonnendurchtränkten Plantagen Costa Ricas, gezüchtet von den geschickten Händen freier Farmer, die ihrer Arbeit mit Freude und Stolz nachgehen, kommt das saftige, reife Chlorella-Protein ..." Ja; ich selbst hatte diese Worte geschrieben.

„Weitergehen!" brüllte ein Mann vom Fabrikschutz.

„Weitergehen, ihr gottverdammten Kerle! Weitergehen!"

Ich beschattete meine Augen und schlurfte vorwärts, während die Reihe am Tisch vorbeimarschierte. Ein Mann mit Sonnenbrille fragte nach meinem Namen.

„Mitchell Court..."

„Das ist der, von dem ich Ihnen erzählt habe", sagte die Stimme des Zahlmeisters.

„Gut, vielen Dank", und zu mir: „Groby, wir hatten schon früher mal Leute, die versuchten, aus dem B-Kontrakt herauszukommen.

Die haben es hinterher bitter bereut. Wissen Sie zufällig, wie hoch der Jahresetat von Costa Rica ist?"

„Nein", murmelte ich.

„Er beläuft sich auf hundertdreiundachtzig Milliarden Dollar. Und wissen Sie vielleicht, wie hoch die jährlichen Steuern der Chlorella-Gesellschaft sind?"

„Nein, verdammt, Mensch –"

Er unterbrach mich: „Etwa hundertachtzig Milliarden Dollar. Und daraus kann ein kluger Bursche wie Sie schließen, daß die Regierung – und die Gerichte – von Costa Rica genau das tun, was Chlorella verlangt. Wenn wir an einem Kontraktbrüchigen ein Exempel statuieren wollen, dann tun sie das für uns. Da können Sie Ihr Leben drauf wetten. Wie ist also Ihr Name, Groby?"

„Groby", sagte ich heiser.

„Vorname? Ausbildung? Klasse?"

„Ich weiß nicht. Aber wenn Sie mir das mal auf ein Stück Papier schreiben, werde ich mir die Daten merken."

Ich hörte den Zahlmeister lachen: „Der wird schon werden", sagte er.

„Gut, Groby", meinte der Mann mit der Sonnenbrille jovial. „Alles in Ordnung. Hier sind Ihre Unterlagen und der Vertrag. Wir machen einen Abschöpfer aus Ihnen. Weitergehen."

Ich ging weiter. Ein Mann vom Fabrikschutz nahm mir den Vertrag ab und brüllte: „Abschöpfer da entlang!" „Da entlang" führte in das unterste Stockwerk in noch grelleres Licht, über einen Gang, vorbei an übelriechenden flachen Tanks und schließlich durch eine Tür in die Kernsäule des Gebäudes in einen hellerleuchteten Raum, der nach der dreifach reflektierten tropischen Sonne draußen in Dämmerlicht getaucht zu sein schien.

„Abschöpfer?" fragte ein Mann. Ich blinzelte und nickte ihm zu. „Ich bin Mullane – Verlader. Ich habe eine Frage, Groby." Er sah sich meine Karte an. „Wir brauchen einen Abschöpfer im siebenundsechzigsten Stock, und wir brauchen einen Abschöpfer im einundvierzigsten Stock. Ihre Schlafstelle ist im dreiundvierzigsten Stock der Kernsäule. Wo möchten Sie lieber arbeiten? Ich muß noch hinzufügen, daß es für Abschöpfer und Mitglieder der Klasse 2 keine Aufzüge gibt."

„Den Job im einundvierzigsten", sagte ich und versuchte, seinen Gesichtsausdruck zu enträtseln.

„Das ist sehr vernünftig", sagte er. „Sehr, sehr vernünftig." Und dann stand er einfach da, die Zeit verstrich. Schließlich fügte er hinzu: „Ich hab's gern, wenn ein vernünftiger Mensch vernünftig handelt."

Wieder entstand eine lange Pause.

„Ich habe kein Geld bei mir", sagte ich.

„Schon gut", sagte er. „Ich leihe Ihnen was. Unterschreiben Sie hier, dann können wir die Sache am Zahltag regeln. Es ist ein einfacher Schuldschein über fünf Dollar."

Ich las den Zettel durch und unterschrieb. Ich mußte erneut auf meine Karte blicken; ich hatte meinen Vornamen vergessen. Mullane kritzelte hastig „41" und seine Anfangsbuchstaben unter den Schein und eilte davon, ohne mir die fünf Dollar zu leihen. Ich lief ihm nicht nach.

„Ich bin Mrs. Horrocks, verantwortlich für die Unterbringung", sagte eine Frau mit sanfter Stimme. „Willkommen in der Chlorella-Familie, Mr. Groby. Ich hoffe, Sie werden viele glückliche Jahre bei uns verbringen. Und nun zur Arbeit. Mr. Mullane sagte Ihnen wohl schon, daß die Bande – ich meine die gegenwärtige Gruppe von Vertragsarbeitern – im dreiundvierzigsten Stock untergebracht wird. Es ist meine Aufgabe, dafür zu sorgen, daß Sie in eine passende Gruppe von Kollegen kommen."

Ihr Gesicht ließ mich an eine Tarantel denken, als sie fortfuhr: „Wir haben ein leeres Bett in Zimmer sieben. Alles nette junge Männer. Vielleicht gefällt es Ihnen dort. Es ist so wichtig, daß man unter seinesgleichen ist."

Ich begriff, worauf sie anspielte, und erwiderte, ich hätte kein Interesse an Zimmer sieben.

Strahlend fuhr sie fort: „Dann haben wir noch Zimmer zwölf. Eine ziemlich rohe Bande, fürchte ich, aber Bettler haben schließlich keine Wahl, nicht wahr? Die von Zimmer zwölf würden sich freuen, wenn ein so netter junger Mann zu ihnen zöge. Und wie! Aber Sie können ja ein Messer oder ähnliches bei sich tragen. Soll ich Sie für Zimmer zwölf eintragen, Mr. Groby?"

„Nein", sagte ich. „Was haben Sie sonst noch? Übrigens, könnten Sie mir vielleicht bis zum Zahltag fünf Dollar leihen?"

„Ich werde Sie für Zimmer zehn buchen", sagte sie und kritzelte etwas auf einen Block. „Natürlich kann ich Ihnen Geld leihen. Zehn Dollar? Sie brauchen nur zu unterschreiben und diesen Schuldschein mit Ihrem Fingerabdruck zu versehen, Mr. Groby. Vielen Dank." Sie eilte davon, auf der Suche nach dem nächsten Neuling.

Ein rotgesichtiger Mann packte meine Hand und sagte: „Bruder, ich heiße dich willkommen in den Reihen der Vereinigten Schleimstoff-Protein-Arbeiter von Panamerika, Ortsgruppe Chlorella, Costa Rica. Diese Broschüre wird dich darüber informieren, wie die VSPA die Arbeiter auf dem Feld vor den zahllosen Gefahren und Unannehmlichkeiten schützt, die es in dieser Branche gibt. Dein Einstand und die Beiträge werden automatisch vom Lohn abgezogen, diese wertvolle Broschüre ist nicht inbegriffen."

Ich fragte ihn: „Bruder, was kann mir schlimmstenfalls passieren, wenn ich sie nicht kaufe?"

„Man fällt hier ganz schön tief", sagte er schlicht. Er lieh mir fünf Dollar, damit ich die Broschüre kaufen konnte.

Ich brauchte nicht zu Fuß in den einundvierzigsten Stock zu steigen, um zu Zimmer zehn zu gelangen. Es gab zwar keinen Aufzug für Leute der Klasse 2, statt dessen aber ein ständig kreisendes Frachtnetz, von dem wir uns transportieren lassen konnten. Es war ein wenig gefährlich, auf- und abzuspringen, und die Luken waren recht klein. Wenn man seinen Hintern nicht schnell genug einzog, konnte man damit rechnen, daß er einem abrasiert wurde.

Der Schlafraum war vollgestopft mit etwa sechzig Kojen, jeweils drei übereinander. Die Produktion lief nur bei Tageslicht, es wurde nicht schichtweise geschlafen, jeder hatte also sein eigenes Bett. Meine Koje gehörte mir allein, vierundzwanzig Stunden am Tag. Tolle Sache.

Ein mißgelaunter alter Mann scheuerte nachlässig den Haupteingang, als ich ankam. „Ein Neuer?" fragte er und besah meine Papiere. „Da ist deine Koje. Ich bin Pine. Sorge hier für Ordnung. Weißt du, wie man schöpft?"

„Nein", sagte ich. „Sagen Sie, Mr. Pine, wo kann man hier telefonieren?"

„Im Tagesraum", sagte er und deutete mit dem Daumen in eine Richtung. Ich ging in den angrenzenden Tagesraum. Dort stand ein Telefon und ein riesiger Hypoteleapparat, außerdem lagen Bücher, Spulen und Zeitschriften aus. Ich knirschte mit den Zähnen, als mir *Taunton's Weekly* vom Zeitungsstand entgegenschillerte. Zum Telefonieren brauchte ich natürlich Münzen.

Ich eilte zurück in den Schlafraum. „Mr. Pine", sagte ich, „können Sie mir etwa zwanzig Dollar in Münzen leihen? Ich muß ein Ferngespräch führen."

„Fünfundzwanzig für zwanzig?" fragte er gerissen.

„Gewiß. Wenn Sie wollen."

Umständlich schrieb er einen Schuldschein aus, ich unterzeichnete und versah ihn mit meinen Fingerabdrücken. Dann zählte er sorgfältig das Geld aus seinen ausgebeulten Taschen ab. Ich wollte Kathy anrufen, wagte es jedoch nicht. Vielleicht war sie in ihrer Wohnung, vielleicht in der Klinik. Ich würde sie vermutlich nicht antreffen. Ich wählte die fünfzehnstellige Nummer der Fowler Schocken AG, nachdem ich einen klingelnden Strom von Münzen eingeworfen hatte. Ich wartete darauf, daß die Telefonzentrale sagen würde: „Fowler Schokken AG, guten Tag: Für Fowler-Schocken-Angestellte und ihre Kunden ist stets ein guter Tag. Was kann ich für Sie tun?"

Doch das hörte ich nicht. Aus dem Telefon erklang es vielmehr: *„Su número de prioridad, por favor?"*

Dringlichkeitsnummer für Ferngespräche. Ich hatte keine. Eine Firma mußte mit mindestens einer Milliarde eingestuft sein und einen Haufen Geld zahlen, bevor sie eine vierstellige Dringlichkeitsnummer für Ferngespräche erhielt. Derart überlastet waren die Telefonleitungen der Welt, daß es für einen Privatmann ganz unmöglich war, eine Nummer zu bekommen. Das hatte mir natürlich nichts ausgemacht, solange ich meine Ferngespräche von der Firma aus, und zwar über die Dringlichkeitsnummer von Fowler Schocken, erledigen konnte. Eine Dringlichkeitsnummer gehörte offenbar zu jenen kleinen Luxusartikeln, auf die zu verzichten ich jetzt lernen mußte.

Ich legte langsam den Hörer auf. Die Münzen kamen nicht wieder heraus.

Ich kann ja schreiben, dachte ich. Ich konnte an Kathy und Jack O'Shea und Fowler und Collier und Hester und Tildy schreiben. Ich mußte alles versuchen. Liebe Frau (oder Chef): Hiermit teile ich Dir mit, daß Dein Mann (Ihr Angestellter), der nach Deinen Informationen tot ist, in Wirklichkeit lebt und auf rätselhafte Weise als Vertragsarbeiter für Chlorella in Costa Rica gelandet ist; bitte, laß alles liegen und stehen und hol ihn heraus. Gezeichnet, Dein Dich liebender Mann (oder Mitarbeiter) Mitchell Courtenay.

Aber da gab es die Fabrikzensur.

Entmutigt ging ich wieder in den Schlafraum. Allmählich füllte sich das Zimmer.

„Ein Neuer!" schrien sie, als sie mich sahen.

„Das Gericht ruft zur Ordnung!" trompetete ein anderer. Ich habe vergessen, was im einzelnen geschah. Es war Tradition, eine Unterbrechung der Monotonie, eine Möglichkeit, sich vor jemandem aufzuspielen, der noch schlechter dran war als man selbst; etwas, das alle durchgemacht hatten. Ich nehme an, in Raum sieben wäre es ein unvergeßliches, bösartiges Erlebnis gewesen, und in Zimmer zwölf hätte ich es vielleicht nicht überlebt. In Zimmer zehn herrschte einfach Hochstimmung. Ich entrichtete meinen „Tribut" – noch mehr Schuldscheine – und ließ die Prügel über mich ergehen, ich sprach den blasphemischen Eid nach und war dann ein vollwertiges Mitglied des Schlafraumes.

Als die anderen zum Essen in den Speisesaal gingen, schloß ich mich ihnen nicht an. Ich blieb in meiner Koje liegen und wünschte, ich wäre tot, so wie es der Rest der Welt glaubte.

8

DAS Abschöpfen war schnell gelernt. Man stand bei Morgengrauen auf. Verschlang sein Frühstück – ein Stück *Chicken Little,* das mit Coffiest hinuntergespült wurde –, zog seinen Overall über und fuhr mit dem Frachtnetz in sein Stockwerk. In der brüllenden Hitze schritt man von Sonnenaufgang bis Sonnenuntergang durch die flachen, mit Algen verkrusteten Tanks. Wenn man langsam ging, fand man etwa alle dreißig Sekunden ein Bündel reifer Algen voll köstlicher Kohlenhydrate. Man schöpfte das Bündel mit dem Sieb ab und warf es in den Trichter. Dort wurde es zu Ballen gepreßt und zu Futter für *Chicken Little* oder zu Glukose verarbeitet.

Chicken Little ist für alle Menschen von Baffinland bis Klein-Amerika ein wichtiges Nahrungsmittel. Jede Stunde konnte man einmal aus der Feldflasche trinken und eine Salztablette schlucken. Alle zwei Stunden hatte man fünf Minuten Pause. Bei Sonnenuntergang zog man den Overall wieder aus und ging zum Essen – wieder ein Stück *Chicken Little* –, dann hatte man frei. Man konnte sich unterhalten, lesen, sich vor dem Hypnoteleapparat im Tagesraum in Trance versetzen lassen, man konnte einkaufen gehen, einen Streit vom Zaun brechen, sich mit dem Gedanken, was hätte sein können, verrückt machen, oder man konnte schlafen gehen.

Meistens legte man sich schlafen.

Ich schrieb viele Briefe und versuchte, viel zu schlafen. Der Zahltag kam überraschend schnell. Ich hatte keine Ahnung, daß bereits zwei Wochen vergangen waren. Ich schuldete Chlorella Protein jetzt nur noch etwas über achtzig Dollar. Außer den diversen Schuldscheinen, die ich unterschrieben hatte, gab es noch den Wohlfahrtsfonds der Angestellten (soweit ich herausbekommen konnte, hieß das, daß ich für Chlorella die Steuern zahlte); Gewerkschaftsbeiträge und Einstandsgebühr; Steuerabgaben (diesmal meine eigenen); Versicherung für Krankenhausaufenthalt (aber versuch mal reinzukommen, sagten die Älteren unter uns) und Altersversicherung.

Ein gewisser, wenn auch schwacher Trost war für mich der Gedanke, daß ich, sobald ich wieder herauskäme – mit besonderer Betonung auf dem „sobald" –, den Verbraucher besser kennen würde als jeder andere aus der Werbebranche. Natürlich gab es auch bei Fowler Schocken einfache Verbraucher, meist Stipendiaten aus den unteren Schichten; aber ich wußte jetzt, daß sie zu aufgeblasen waren, als daß sie einem die tatsächlichen Fakten über das Leben und Denken der einfachen Verbraucher mitgeteilt hätten. Oder vielleicht wagten sie nicht einmal, sich selbst einzugestehen, was sie einmal gewesen waren.

Ich glaube, ich begriff, daß Anzeigen stärker auf das Unterbewußtsein wirken, als selbst wir Professionellen je geglaubt hatten. Es schockierte mich, wiederholt zu hören, daß man von der Werbung einfach als „Quatsch" redete. Zuerst war ich verwirrt, doch dann stellte ich befriedigt fest, daß sie trotzdem ihre Wirkung nicht verfehlte. Mein größtes Interesse galt natürlich der Reaktion auf das Projekt der Venusrakete. Eine Woche lang beobachtete ich, so oft es mir möglich war, die wachsende Begeisterung dieser Menschen, die nie zur Venus würden reisen können und die niemanden kannten, der je zur Venus fahren würde. Ich hörte, wie sie über die Verse lachten, die wir von der Fowler Schocken AG in Umlauf gebracht hatten, die alle die verschlüsselte Botschaft trugen, die Venus steigere die männliche Potenz. Ben Winstons Unterabteilung „Volksgut" war, wie ich immer betont hatte, eine der wichtigsten Abteilungen des gesamten Schokken-Unternehmens. Ihre Stärke lag in Wortspielen, in derbem Humor und Sex. Und der stärkste Antrieb der menschlichen Rasse ist nun einmal Sex. Und was ist im Grunde wichtiger im Leben, als die reißenden Tiefenströmungen menschlicher Emotionen in die richtigen Bahnen zu lenken?

(Ich entschuldige keinesfalls jene Abtrünnigen, die schwärmerisch von einem imaginären „Todessehnen" reden, um den Verkauf zu steigern. Das überlasse ich den Tauntons unserer Branche; es ist schmutzig, es ist unmoralisch, damit will ich nichts zu schaffen haben. Außerdem stößt diese Methode auf die Dauer gesehen die meisten Kunden ab, sobald sie einmal gründlich über die Sache nachdenken.)

Es steht außer Zweifel, daß man mit der Methode, die Verkaufsbotschaft mit einem der großen primären Triebe des Menschen zu verbinden, mehr erreicht als lediglich eine Verkaufssteigerung bestimmter Güter; der Trieb selbst wird dadurch verstärkt, er artikuliert sich und wird gleich auf ein Objekt bezogen. Und daher sind wir überzeugt vom stetigen jährlichen Kundenzuwachs, der für Expansionen so wesentlich ist.

Erfreut stellte ich fest, daß sich Chlorella in dieser Hinsicht außerordentlich intensiv um das Wohlergehen seiner Arbeiter kümmerte. Das Essen erhielt eine angemessene Hormonbeimengung, und im fünfzigsten Stockwerk befand sich ein Erholungsraum mit tausend Betten. Die Gesellschaft stellte eine einzige Bedingung, und zwar die, daß Kinder, die auf dem Werksgelände geboren wurden, automatisch Chlorella verpflichtet wurden, wenn ein Elternteil am zehnten Geburtstag des Kindes noch im Werk angestellt war. Aber ich hatte keine Zeit für den Erholungsraum. Ich lernte, mich zurechtzufinden, studierte das Milieu, wartete auf eine günstige Gelegenheit. Wenn diese Gelegenheit nicht bald käme, würde ich nachhelfen; aber zunächst mußte ich genau beobachten und lernen.

Einstweilen hielt ich die Ohren offen, um mich über die Ergebnisse der Venuskampagne zu informieren. Es lief vorzüglich – eine Zeitlang wenigstens. Die Verse, die manipulierten Artikel in den Zeitschriften, die fröhlichen kleinen Lieder taten ihre Wirkung.

Dann trat eine Veränderung ein. Ich stellte einen Abwärtstrend fest. Es dauerte einen Tag, bis ich es bemerkte, und eine Woche, bis ich glauben konnte, daß es stimmte. Das Wort „Venus" verschwand aus der Unterhaltung. Wenn die Raumrakete überhaupt erwähnt wurde, dann in Verbindung mit Begriffen wie „Strahlungsverseuchung", „Steuern", „Opfer". Es gab eine neue Form von Volksgut-Parolen – „Kennst du schon die Geschichte von dem blöden Kerl, der in seinem Raumanzug steckenblieb?"

Man konnte diese Vorgänge nicht ohne weiteres erkennen, und Fowler Schocken hatte bei der Durchsicht der täglichen Zusammenfassung der Auszüge schematisierter Berichte über die Fortschrittstabellen des Venusprojekts überhaupt keine Möglichkeit, das vorliegende Material in Frage zu stellen oder anzuzweifeln. Ich aber kannte das Venusprojekt. Und ich wußte, was los war.

Matt Runstead hatte das Projekt übernommen.

DER Fürst im Schlafraum zehn war Herrera. In den zehn Jahren, die er bei Chlorella arbeitete, hatte er seinen Weg nach oben gemacht – topographisch nach unten –, und zwar hatte er es bis zum Meister-Schneider gebracht. Er arbeitete in dem großen, kühlen unterirdischen Gewölbe, wo *Chicken Little* wuchs, das von ihm und anderen Handwerkern geschnitten wurde. Er schwang eine Art zweischneidiges Schwert, das große Gewebestücke abschnitt, die dann von den in der Hierarchie weiter unten stehenden Packern und Trimmern und deren Gehilfen gewogen, geformt, eingefroren, gekocht, gewürzt, verpackt und in alle Welt verschifft wurden. Herrera war kein einfacher Arbeiter. Er war der verantwortliche Mann für *Chicken Little. Chicken Little* wuchs und wuchs schon seit Jahrzehnten. Es hatte als ein Klumpen Herzgewebe begonnen und tat nichts anderes, als ständig um einen Fremdkörper herum zu wachsen. Es erfüllte das Betongewölbe mit seinem Wuchs und stapelte und verdichtete seine Zellen. Solange es Nahrung erhielt, wuchs es unermüdlich weiter. Herrera sorgte dafür, daß es rund und dick wurde, daß kein Gewebe alt und zäh wurde, bevor es abgeschnitten wurde, und daß alle Seiten „gleichmäßig behandelt" wurden.

Diese Verantwortung wurde angemessen bezahlt, trotzdem hatte Herrera keine Frau und keine Wohnung in einer der oberen Etagen. Er unternahm Ausflüge, die Gegenstand obszöner Unterhaltungen waren, während er unterwegs war – in seiner Gegenwart jedoch sprach man nur ausgesprochen höflich darüber. Er trug sein zweischneidiges Messer stets bei sich und wetzte die Schneide sorgfältig an einem Schleifstein. Diesen Mann mußte ich kennenlernen. Er hatte Geld – nach zehn Jahren mußte er einfach Geld haben –, und ich brauchte es.

Das Schema des Arbeitsvertrags B war mir inzwischen klar. Man wurde seine Schulden niemals los. Teil des Systems war, daß man ohne weiteres Kredite bekam, desgleichen die vielen Verlockungen, die einen praktisch zwangen, von allen Krediten Gebrauch zu machen. Wenn ich pro Woche mehr als zehn Dollar im Rückstand blieb, schuldete ich Chlorella am Ende meines Kontraktes eintausendeinhundert Dollar und müßte weiterarbeiten, bis die Schuld getilgt wäre. Und während ich arbeitete, würden sich neue Schulden anhäufen.

Ich brauchte Herreras Geld, um mir den Weg aus der Chlorellafabrik zurück nach New York freizukaufen: Kathy, meine Frau; das Venusprojekt, meine Arbeit. Runstead tat Dinge, die mir nicht gefielen. Und Gott allein wußte, was Kathy tat, die unter dem Eindruck stehen mußte, ich sei tot. Ich bemühte mich, besonders an eines nicht zu denken: an Jack O'Shea und Kathy. Der kleine Mann hatte eine Menge nachzuholen. Bis zum Alter von fünfundzwanzig Jahren war er ein lächerlicher Zwerg von sechzig Pfund gewesen, dem etwas Groteskes anhaftete, weil er mit allen Mitteln durchgesetzt hatte, Testpilot zu werden.

Im Alter von sechsundzwanzig Jahren war er dann plötzlich der berühmteste Mann der Welt; der erste Mensch, der mit einem Raumschiff auf der Venus gelandet war – kaum erwachsen, trug er schon einen Hauch von Unsterblichkeit. Er hatte in der Liebe viel versäumt. Es hieß, er habe es auf seinen Vortragsreisen zu absoluten Rekorden gebracht. Das gefiel mir nicht. Mir gefiel auch nicht, daß er Kathy mochte und daß Kathy ihn mochte.

Und wieder verging ein Tag; aufstehen im Morgengrauen, Frühstück, Overall und Schutzbrille, Frachtnetz, abschöpfen und in den Trichter schleudern; eine glühendheiße Stunde nach der anderen; essen, dann Aufenthaltsraum und, wenn es sich einrichten ließ, eine kurze Unterhaltung mit Herrera.

„Eine feine Schneide hat das Messer, Gus. Es gibt nur zwei Sorten von Menschen auf der Welt: diejenigen, die sich nicht um ihr Werkzeug kümmern, und dann die Klugen."

Er warf mir einen mißtrauischen Blick aus seinen Aztekenaugen zu. „Zahlt sich aus, alles gründlich zu machen. Du bist neu, nicht?"

„Ja. Zum erstenmal hier. Was meinst du, soll ich bleiben?"

Er begriff nicht. „Du mußt. Der Vertrag." Damit ging er zum Zeitungsständer.

Morgen war auch ein Tag.

„Hallo, Gus. Müde?"

„Hallo, George. Ja, ein bißchen. Zehn Stunden das Messer geschwungen. Das geht in die Arme."

„Kann ich mir vorstellen. Abschöpfen ist leicht, dazu braucht man keinen Verstand."

„Na ja, eines Tages wirst du vielleicht befördert. Ich werde mich ein bißchen vor den Hypnoteleapparat setzen."

Und am nächsten Tag: „Hallo, George. Wie geht's?"

„Kann nicht klagen, Gus. Zumindest werde ich schön braun."

„Das kann man wohl sagen. Bist bald so dunkel wie ich. Haha! Wie findest du das?"

„Porque no, amigo?"

„He, tu hablas español! Cuando aprendiste la lengua?"

„Nicht so schnell, Gus. Nur ein paar Worte hier und da. Ich wünschte, ich könnte mehr. Eines Tages, wenn ich ein paar Lappen auf die Seite gelegt habe, gehe ich in die Stadt und schaue mir die Mädchen an."

„Oh, die sprechen alle englisch, zumindest gebrochen. Wenn du ein nettes kleines Mädchen findest, könntest du ein bißchen Spanisch lernen. Es würde ihr gefallen. Die meisten können aber Englisch, und für einen Lappen sagen sie dir das kleine englische Gedicht auf, was du dafür kriegst. Haha!"

Und ein anderer Tag – ein erstaunlicher Tag.

Es hatte wieder einmal Geld gegeben, meine Schulden hatten sich um acht Dollar erhöht. Ich zermarterte mir das Gehirn, um herauszubekommen, wo das Geld blieb, aber ich wußte es ja. Es war alles genau geplant: Ich kam ausgedörrt von der Schicht, nahm einen Schluck Popsie aus dem Automaten, nachdem ich meine Zahlenkombination gedrückt hatte – fünfundzwanzig Cent wurden von meinem Lohn abgezogen. Ein Schluck reichte nicht aus, ich nahm einen zweiten – fünfzig Cent.

Das Essen war langweilig wie üblich; ich konnte nicht mehr als einen oder zwei Bissen *Chicken Little* hinunterwürgen. Später war ich hungrig, und in der Kantine gab es Crunchies auf Kredit. Die Kekse riefen Mangelerscheinungen hervor, die man nur beilegen konnte, indem man wieder zwei Schluck Popsie trank. Popsie wiederum verursachte Entziehungssymptome, die sich nur beseitigen ließen, wenn man Starr-Zigaretten rauchte, die wiederum Appetit auf Crunchies erzeugten ...

Hatte sich Fowler Schocken dies alles ausgedacht, als er Starrzelius Verily organisierte, den ersten Sphärentrust? Von Popsie zu Crunchies, dann zu Starr-Zigaretten, zurück zu Popsie?

Und für den Vorschuß zahlte man sechs Prozent Zinsen.

Es mußte schnell etwas geschehen. Wenn ich nicht bald herauskam, würde ich es niemals mehr schaffen. Ich spürte meine Initiative nachlassen, spürte, wie sie Zelle um Zelle in mir abstarb. Die winzigen Alkaloiddosen zehrten an meiner Willenskraft; am schlimmsten aber war dieses entmutigende Gefühl der Ausweglosigkeit, daß die Dinge nun einmal so waren und immer so bleiben würden, daß es eigentlich gar nicht so schlimm sei, daß man sich ja jederzeit vor den Hypnoteleapparat setzen, an Popsie berauschen oder vielleicht eine der grünen Kapseln versuchen könnte, die zu unterschiedlichen Preisen von Hand zu Hand gingen; Kredite dafür würden freimütig gewährt werden.

Es mußte bald geschehen.

„Como 'stá, Gustavo?"

Er setzte sich und grinste mich mit seinem Aztekengesicht an. *„Como 'stá, amigo Jorge? Se fuma?"* Er hielt mir eine Zigarettenpakkung hin. Es waren Mentholzigaretten mit Filter.

Automatisch sagte ich: „Nein, danke. Ich rauche Starr; die haben mehr Geschmack." Und automatisch zündete ich mir eine an. Ich wurde allmählich genau der Verbraucher, den wir liebten. Denk an Rauchen, denk an Starr, zünde dir eine Starr an. Zünde dir eine Starr an, denk an Popsie, nimm einen Schluck. Nimm einen Schluck, denk an Crunchies, kauf dir eine Packung. Kauf eine Packung, denk an Rauchen, zünde dir eine Starr an. Und leiere bei jedem Schritt die Lobpreisungen herunter, die man dir durch deine Augen, Ohren und Poren eingehämmert hat.

„Ich rauche Starr; die haben mehr Geschmack. Ich trinke Popsie; das gibt Schwung. Ich esse Crunchies; sie zergehen auf der Zunge. Ich rauche –"

Gus sagte zu mir: „Du siehst nicht besonders glücklich aus, Jorge."

„Bin ich auch nicht, Amigo." Das war es. „Ich bin in einer ziemlich merkwürdigen Situation." Jetzt mußte er reagieren.

„Ich habe mir schon gedacht, daß etwas nicht stimmt. Ein intelligenter Bursche wie du, jemand, der herumgekommen ist. Vielleicht brauchst du Hilfe?"

Großartig, großartig. „Es soll nicht dein Schaden sein, Gus. Du gehst ein Risiko ein, aber es wird nicht dein Schaden sein. Die Geschichte ist so –"

„Scht! Nicht hier!" fuhr er mich an. Leise fuhr er fort: „Es ist immer ein Risiko. Aber es lohnt sich jedesmal, wenn ich einen aufgeweckten jungen Mann sehe, der sich seine Gedanken macht und etwas unternehmen will. Eines Tages werde ich einen Fehler machen, *seguro*. Dann erwischen sie mich, vielleicht brennen sie mein Gedächtnis aus. Zum Teufel, darüber kann ich nur lachen. Ich habe das Meinige getan. Hier! Ich brauche dir nicht zu sagen, daß du vorsichtig sein mußt, wenn du dies öffnest." Er schüttelte mir die Hand, und ich spürte, wie etwas an meiner Handfläche klebenblieb. Dann ging er durch den Tagesraum zum Hypnoteleapparat, drückte seine Lochkartennummer für eine halbe Stunde Dauer und fiel in Trance, wie die übrigen Zuschauer.

Ich ging in den Waschraum und gab meine Zahlenkombination für eine zehnminütige Kabinenbenutzung an – wieder war mein Gehalt verringert –, und dann betrat ich den Raum. In der Hand hatte ich ein Blatt Durchschlagpapier, auf dem stand:

EIN LEBEN LIEGT IN IHRER HAND

Dies ist das Kontaktblatt Nummer eins der Welt-Naturschutz-Gesellschaft, im Volksmund auch „Natschus“ genannt. Ein Mitglied der WNG hat Ihnen dieses Blatt überreicht in dem Glauben, Sie seien a) intelligent; b) über den gegenwärtigen Zustand der Welt bestürzt; c) von potentiellem Wert für unsere Organisation. Sein Leben liegt nun in Ihrer Hand. Wir bitten Sie weiterzulesen, bevor Sie etwas unternehmen.

FAKTEN ÜBER DIE WNG

Fakten: Die WNG ist eine Geheimorganisation, die von allen Regierungen der Welt verfolgt wird. Wir glauben, daß die rücksichtslose Ausbeutung der natürlichen Rohstoffquellen und Bodenschätze unnötige Armut und unnötiges menschliches Elend hervorgerufen hat. Wir glauben, daß eine andauernde Ausbeutung das Ende menschlichen Lebens auf der Erde bedeutet. Wir glauben, daß dieser Trend rückläufig gemacht werden kann, wenn wir die Menschen der Erde dazu bringen, daß sie eine Bevölkerungsplanung fordern, daß sie ein Wiederaufforsten der Wälder, die Bildung neuen Ackerbodens, eine Deurbanisierung und die Einstellung der überflüssigen Produktion von Apparaten und Artikeln, für die kein natürlicher Bedarf besteht, verlangen. Dieses Erziehungsprogramm wird durch Propaganda weiter vermittelt und durch gewaltsame Demonstrationen und Sabotage in jenen Fabriken, die überflüssige Artikel herstellen, unterstützt.

FALSCHMELDUNGEN ÜBER DIE WNG

Sie haben vermutlich schon gehört, daß die „Natschus“ Mörder, Psychopathen und verantwortungslose Leute seien, die aus irrationalen Motiven oder aus Neid töten und zerstören. Keine dieser Behauptungen ist wahr. Die Mitglieder der WNG sind humane, ausgeglichene Personen; viele von ihnen sind in den Augen der Öffentlichkeit erfolgreich. Gegenteilige Gerüchte werden eifrig von jenen Leuten unter-

stützt, die von der Ausbeutung, die wir korrigieren möchten, profitieren. Es gibt unvernünftige, unausgeglichene Kriminelle, die im Namen unserer Organisation Verbrechen begehen, teils aus Idealismus, teils um einen Vorwand für Plünderungsaktionen zu haben. Die WNG distanziert sich von diesen Leuten und betrachtet ihre Taten mit Abscheu.

WAS WERDEN SIE ALS NÄCHSTES TUN?

Das bleibt Ihnen überlassen. Sie können a) die Person, die Ihnen dieses Kontaktblatt überreicht hat, denunzieren ; b) dieses Formular zerstören und die Sache vergessen; c) die Person, die Ihnen das Formular gegeben hat, aufsuchen und um weitere Informationen bitten. Überlegen Sie, bevor Sie etwas unternehmen.

Ich dachte angestrengt nach. Die Schrift war meiner Ansicht nach a) der dümmste, stümperhafteste Text, den ich in meinem ganzen Leben gelesen hatte; b) eine ziemlich verzerrte Version der Wirklichkeit; c) ein möglicher Fluchtweg aus den Chlorellawerken zurück zu Kathy.

Das also waren die gefürchteten Natschus! All dieses widersprüchliche Gewäsch – aber es war nicht ohne Reiz. Die Schrift war – ganz sicher unbewußt – so verfaßt, wie wir pharmazeutische Broschüren für Ärzte gestalten. Ruhig, gebildet, nach dem Motto: Wir alle besitzen ein gesundes Urteilsvermögen; wir können offen über grundlegende Meinungsverschiedenheiten sprechen. Leidet Ihr Patient an Hyperspasmus, Herr Doktor?

Es war ein Appell an die Vernunft, und das ist immer gefährlich. Der Vernunft kann man nicht trauen. Wir haben sie bereits vor langer Zeit aus der Werbebranche verbannt und bisher nicht vermißt.

Offensichtlich gab es zwei Möglichkeiten für mich. Ich konnte ins Hauptbüro gehen und Herrera anzeigen. Vielleicht verschaffte mir das sogar ein bißchen Publicity; man würde mich vielleicht anhören und mir so weit Glauben schenken, daß man meine Angaben überprüfte. Doch dann fiel mir ein, daß Menschen, die Natschus denunzierten, manchmal der Gehirnwäsche unterzogen werden, weil sie dem Virus ausgesetzt waren, und man befürchtet, nach der ersten gesunden Reaktion könne die Wirkung vielleicht später einsetzen. Das war kein guter Weg. Der zweite war riskanter, aber auch heldenhafter: Ich konnte mich zum Schein auf das Spiel einlassen. Wenn die

WNG wirklich weltweit organisiert war, wie sie behauptete, gab es keinen Grund, warum ich nicht nach New York gelangen und ihnen später den Garaus machen sollte.

Ich zweifelte nicht einen Augenblick daran, daß ich es schaffen würde. Es juckte mir in den Fingern, zu gern hätte ich das Formular redigiert, an den Sätzen gefeilt, die Langeweile verbannt und statt dessen Sehen-hören-schmecken-fühlen-Wörter mit präziser Wirkung eingesetzt. Es wäre nötig gewesen.

Die Kabinentür öffnete sich; meine zehn Minuten waren um. Hastig spülte ich das Formular in den Abfluß und ging in den Tagesraum. Herrera war noch immer in Trance.

Ich wartete etwa zwanzig Minuten. Schließlich schüttelte er sich, blinzelte und blickte sich um. Er sah mich, sein Gesicht war ausdruckslos und steinern.

Ich lächelte und nickte ihm zu, er kam zu mir herüber. „Alles in Ordnung, *compañero?*" fragte er ruhig.

„Alles in Ordnung", sagte ich. „Du brauchst mir nur Bescheid zu sagen, wann, Gus."

„Es wird schon bald sein", meinte er. „Ich setze mich jedesmal nach einer solchen Sache vor den Hypnoteleapparat. Ich kann die Spannung des Wartens nicht ertragen. Eines Tages werde ich aus der Trance aufwachen und feststellen, daß die Bullen auf mich einprügeln." Er begann, die Schneide seines Messers am Schleifstein zu wetzen.

Ich schaute ihm mit neuem Verständnis zu. „Für die Bullen?" fragte ich.

Sein Gesicht zeigte einen schockierten Ausdruck. „Nein", sagte er. „Da liegst du ein bißchen falsch, Jorge. Für mich. Dann habe ich keine Möglichkeit mehr überzulaufen."

Selbst in diesem Zusammenhang klangen seine Worte edel. Ich haßte jene verrückten Leute, die einem so prächtigen Verbraucher wie Gus so etwas angetan hatten. Es war beinahe Mord. Er hätte seine Rolle in der Welt spielen können; kaufen, verbrauchen, Arbeit und Profit schaffen für all seine Brüder auf der Erde; durch ständig wachsende Wünsche und Bedürfnisse Arbeit und Profit aller Menschen im Verbraucherkreis steigern und seine Kinder zu echten Verbrauchern erziehen. Es schmerzte auch, ihn als sterilen, pervertierten Eiferer sehen zu müssen.

Ich beschloß, mein möglichstes für ihn zu tun, wenn ich die Organisation in die Luft gehen ließ. Er hatte keine Schuld. Diejenigen, die ihm die Welt verleidet hatten, sollten zahlen. Es gab gewiß eine Heilbehandlung für Natschus wie Gus, die nur Betrogene waren. Ich würde fragen – nein, besser nicht fragen. Das könnte Verdacht erwekken. Ich hörte es bereits: „Ich will nicht sagen, daß Mitch nicht ganz in Ordnung ist, aber die Sache ist doch etwas sonderbar." „Ja, einmal Natschu, immer Natschu." „Das weiß doch jeder. Ich will nicht sagen, daß auf Mitch kein Verlaß ist, bewahre, aber –"

Zum Teufel mit Herrera. Er hatte seine Chance wie jeder andere auch. Wenn sich jemand daranmacht, die Welt aus den Angeln zu heben, so darf er sich nicht beschweren, wenn er sich die Finger dabei klemmt.

9

Die Tage schlichen dahin wie Wochen. Herrera sprach kaum mit mir, bis er mich eines Abends im Aufenthaltsraum unvermittelt fragte: „Hast du *Gallina* schon mal gesehen?" Das war *Chicken Little*. Ich sagte nein. „Dann komm herunter. Ich kann dich hereinlassen. Sie ist wirklich sehenswert."

Wir durchquerten lange Gänge und sprangen auf das hinunterführende Frachtnetz. Ich schloß die Augen. Wenn man direkt hinunterblickt, wird es einem schwindelig. Vierzig, dreißig, zwanzig, zehn, null, minus zehn.

„Abspringen, Jorge", sagte Herrera. „Unter minus zehn liegt der Maschinenraum." Ich sprang.

In Minus zehn herrschte Dämmerlicht, Kondenswasser rann von den Betonwänden. Das Dach wurde von riesigen Pfeilern getragen. Ein Gewirr von Rohren füllte den Gang, in dem wir abgesprungen waren. „Nahrungsflüssigkeit", sagte Herrera.

Ich fragte nach dem offenbar ungeheuren Gewicht der Decke.

„Das ist Zement und Blei. Hält kosmische Strahlung ab. Manchmal kriegt eine *Gallina* Krebs." Er spuckte aus. „Nicht eßbar. Muß alles verbrannt werden, wenn man nicht wirklich schnell ist und –" Er schwang sein glitzerndes Messer in blitzendem Bogen, um mir zu zeigen, was er mit „schnell" meinte.

Er stieß eine Tür auf. „Das ist ihr Nest", sagte er stolz. Ich warf einen Blick hinein und schluckte.

Die große Zementkuppel mit Betonfußboden wurde fast völlig von *Chicken Little* ausgefüllt. Es war eine graubraune, gummiartige Halbkugel von etwa fünfzehn Meter Durchmesser. Dutzende von Röhren führten in das pulsierende Fleisch. Man sah, daß sie lebte.

Herrera sagte zu mir: „Den ganzen Tag gehe ich um sie herum. Ich sehe, wie ein Teil schnell wächst, sieht es gut und zart aus, schneide ich es ab." Wieder beschrieb sein zweischneidiges Messer einen blitzenden Bogen. Diesmal trennte es ein etwa zwei Zentimeter dickes Steak von *Chicken Little* ab. „Die Leute hinter mir zerschneiden es dann und legen es auf das Fließband." An der Peripherie des Raumes befanden sich Tunnelöffnungen, in denen Fließbänder zu sehen waren.

„Wächst sie denn über Nacht nicht?"

„Nein. Man führt ihr nur ein Minimum an Nahrung zu, die Abfallprodukte stauen sich. Jede Nacht ist sie nahe daran zu sterben. Jeden Morgen wird sie aufs neue zum Leben erweckt wie der heilige Lazarus. Aber niemand kommt auf die Idee, für *Gallina* zu beten, was?" Er versetzte der Gummimasse mit der flachen Seite der Messerschneide einen liebevollen Hieb.

„Du magst sie wohl", bemerkte ich einfallslos.

„Sicher, Jorge. Sie hilft mir." Er blickte sich um, dann schritt er um das Nest herum und schaute in jede Tunnelöffnung, zog eine kurze Querstange hervor und drückte sie lässig gegen die Tür. Sie paßte genau zwischen den Türgriff und ein scheinbar zufälliges Loch in dem Zementfußboden. Das Ganze gab ein gutes Schloß ab.

„Ich zeige dir den Trick", sagte er mit seinem Aztekengrinsen. Mit der geübten Geste eines Zauberers zog er eine Art Flötpfeife aus der Tasche, der offenbar das Mundstück fehlte. Statt dessen hatte sie einen Lufttank, der durch eine kleine Handpumpe gefüllt wurde. „Die habe ich nicht gemacht", versicherte er mir hastig. „Das Ding ist eine Galtonpfeife, aber ich weiß nicht, wer dieser Galton ist. Paß auf und hör zu."

Er betätigte die Pumpe und deutete mit der Pfeife direkt auf *Chicken Little*. Ich vernahm keinen Ton, aber es überlief mich kalt, als sich das gummiartige Protoplasma halbkreisförmig nach innen wölbte, als wolle es vor der Pfeife fliehen. „Hab keine Angst, *compañero*", beruhigte er mich. „Folge mir nur."

Er pumpte stärker und reichte mir eine Taschenlampe, die ich benommen anknipste. Herrera blies *Chicken Little* seine lautlosen Töne entgegen. Es reagierte, indem es sich weiter zurückzog, aus der Höhle wurde schließlich ein überwölbter Gang auf dem Betonboden des Nestes.

Herrera betrat den Gang und sagte: „Folge mir!" Ich gehorchte, während mein Herz angstvoll klopfte. Er ging unter ständigem Pumpen Schritt für Schritt voran, der Bogengang wurde zur Kuppel. Der Eingang hinter uns wurde kleiner, kleiner und kleiner ...

Wir befanden uns nun in einer halbkugelförmigen Blase, bewegten uns langsam durch einen hundert Tonnen schweren Klumpen graubraunen Gummifleisches hindurch.

„Leuchte auf den Boden, *compañero!"* befahl er. Auf dem Zement waren Linien, die wie zufällig aussahen, aber Herrera richtete sich nach ihnen. Wir gingen langsam weiter, und ich überlegte, was wohl geschehen würde, wenn die Galtonpfeife kaputtginge ...

Nachdem wir uns eine Ewigkeit lang Zentimeter um Zentimeter vorangeschoben hatten, fiel der Schein der Taschenlampe auf einen metallenen Halbmond. Herrera blies weiter, die Blase wölbte sich, und der Halbmond wurde zur Scheibe. Noch immer pumpend, stampfte Herrera dreimal auf den Boden. Die Scheibe öffnete sich wie ein Lukendeckel. „Du zuerst", sagte er, und ich tauchte hinunter, ohne auch nur einen Gedanken daran zu verschwenden, ob ich nun hart oder weich landen würde. Es war eine weiche Landung; schaudernd blieb ich liegen. Einen Augenblick später landete Herrera neben mir, und die Luke über uns schloß sich. Er stand auf und massierte seinen Arm. „Harte Arbeit", sagte er. „Ich pumpe und pumpe und höre nichts. Eines Tages wird es nicht mehr funktionieren, und ich merke es erst, wenn –" Wieder grinste er.

„GEORGE GROBY", stellte Herrera mich vor. „Das hier ist Ronnie Bowen." Bowen war ein kleiner, phlegmatischer Verbraucher, dessen Kleidung erkennen ließ, daß er im Zentralbüro arbeitete. „Und das ist Arturo Denzer." Denzer war sehr jung und sehr nervös.

Wir befanden uns in einem gutbeleuchteten kleinen Betonbüro mit Luftregeneratoren, Schreibtischen und Kommunikationsvorrichtungen. Kaum zu glauben, daß es nur einen einzigen Weg hierher gab, der noch dazu von einem Protoplasmaberg versperrt war. Noch schwerer war es, sich vorzustellen, daß die unhörbaren Hochfrequenzwellen diese gefühllose Masse dazu brachten, beiseite zu rükken und Durchlaß zu gewähren.

Bowen führte die Unterhaltung. „Wir freuen uns, Sie bei uns begrüßen zu können, Groby", sagte er. „Herrera meint, Sie hätten Verstand. Wir wollen hier keinen ausführlichen Lebenslauf, ich brauche nur kurz Ihre persönlichen Daten."

Ich nannte ihm Grobys Personalien, und er notierte sie. Sein Mund wurde schmal vor Mißtrauen, als ich den niedrigen Bildungsgrad angab. „Ich will ganz offen sein", sagte er. „Sie sprechen nicht wie ein Ungebildeter."

„Sie wissen doch, wie das ist", sagte ich. „Ich habe meine Zeit mit Lesen und Beobachten verbracht. Es ist nicht leicht, mittleres Kind von fünf Geschwistern zu sein. Man ist nicht alt genug, um respektiert zu werden, und nicht jung genug, um Nesthäkchen zu sein. Ich fühlte mich einsam und versuchte, meine Situation zu verbessern."

Das akzeptierte er. „Gut, was können Sie also?"

„Ja ... ich glaube, ich könnte zum Beispiel ein Kontaktblatt schreiben, das besser ist als das, was augenblicklich verwendet wird."

„Nun ja. Und was noch?"

„Nun, Propaganda im allgemeinen. Sie könnten Gerüchte in Umlauf setzen, ohne daß die Leute überhaupt ahnen, daß sie von den Nat –, daß sie von uns stammen. Gerüchte, die ein Unbehagen in ihnen wecken und sie wachrütteln."

„Das ist ein sehr interessanter Aspekt. Nennen Sie mir doch ein Beispiel."

Mein Gehirn funktionierte reibungslos. „Streuen Sie einfach im Speisesaal das Gerücht aus, man habe eine neue Methode der Proteinproduktion entwickelt. Behaupten Sie, es schmecke haargenau wie Roastbeef und man könne es für einen Dollar pro Pfund kaufen. Behaupten Sie, in drei Tagen würde man es anbieten. Wenn drei Tage vergangen sind und von einem Angebot nicht die Rede sein kann, setzen Sie einen Witz in Umlauf. Zum Beispiel: ‚Was ist der Unterschied zwischen Roastbeef und *Chicken Little*?' Antwort: ‚Hundertfünfzig Jahre Fortschritt.' So etwas bleibt hängen, und die Leute werden wehmütig an die alten Zeiten denken."

Es fiel mir leicht. Nicht zum erstenmal warb ich für ein Produkt, das mir persönlich gleichgültig war.

Bowen tippte auf einer schallgedämpften Schreibmaschine. „Gut", sagte er. „Sehr genial, Groby, das werden wir ausprobieren. Warum haben Sie gesagt ‚drei Tage'?"

Ich konnte ihm schlecht sagen, daß drei Tage die optimale Zündperiode ist, nach der die Auslösung durch eine katalytische Schlüsselphase stattfindet. Statt dessen sagte ich schlicht: „Ich hatte den Eindruck, das sei der richtige Zeitraum."

„Gut, wir werden es versuchen. Groby, Sie werden jetzt studieren. Wir haben die klassischen Texte der Naturschutzbewegung hier, und die sollten Sie lesen. Wir haben ganz spezielle Publikationen, die für uns wichtig sind: statistische Abhandlungen. Das Jahrbuch der Raumfahrt; Biometrika, Landwirtschaftliches Mitteilungsblatt und eine Menge anderer Bücher. Wenn Sie nicht weiter wissen, und das wird vermutlich ziemlich häufig der Fall sein, fragen Sie. Zum Schluß sollten Sie sich dann ein Thema aussuchen, das Ihnen besonders gut liegt, und sich spezialisieren, und zwar mit einem Auge auf die Forschung gerichtet. Ein informiertes WNG-Mitglied ist ein nützliches Mitglied."

„Warum das ‚Jahrbuch der Raumfahrt'?" fragte ich mit wachsender Erregung. Plötzlich schien es eine Antwort zu geben: Runsteads Sabotage, meine Entführung, die endlosen Verzögerungen und Zusammenbrüche des Projektes. Waren es Natschu-Anschläge? Hatten die Natschus mit ihren exzentrischen, unlogischen Ansichten vielleicht beschlossen, daß der Raumflug mit dem Überleben nicht zu vereinbaren sei?

„Das ist sehr wichtig", sagte Bowen. „Sie müssen alles darüber wissen."

Ich tastete weiter. „Sie meinen, wir können die Sache vereiteln?"

„Natürlich nicht!" explodierte Bowen. „Guter Gott, Groby; überlegen Sie mal, was die Venus für uns bedeutet – ein unberührter Planet, mit allen Schätzen, die die Menschheit braucht, mit Feldern, Nahrung und Rohmaterial. Denken Sie nach, Mann!"

„Oh", sagte ich. Der gordische Knoten blieb ungelöst.

Ich ging daran, „Biometrika" zu lesen, und von Zeit zu Zeit bat ich um eine Erklärung, die ich nicht brauchte. Biometrie gehörte zu den alltäglichen Werkzeugen eines Texters. Es ging um Bevölkerungsverschiebungen, Veränderungen des Intelligenzquotienten, die Quote der Todesfälle und Todesursachen und so weiter. Fast jede Ausgabe enthielt gute Nachrichten für uns – Nachrichten, die diese Natschus mißbilligten.

Bevölkerungszuwachs war immer eine gute Nachricht für uns. Mehr Menschen, mehr Käufer, weniger Verstand, mehr Umsatz. Aber diese exzentrischen Fanatiker konnten das nicht einsehen, und ich mußte so tun, als stünde ich auf ihrer Seite.

Nach einer Weile machte ich mich an das Jahrbuch der Raumfahrt. Die Nachrichten waren schlecht – ja miserabel. Die Öffentlichkeit war apathisch; die Verknappung, die durch die Konstruktion der Venusrakete entstand, erzeugte mürrische Ablehnung; über die Errichtung einer Venuskolonie herrschten defätistische Ansichten; es war fraglich, ob die Kolonie überhaupt etwas nützen würde, wenn sie jemals zustande käme.

Dieser verdammte Runstead!

Aber die schlimmste Nachricht brachte das Titelblatt der neuesten Ausgabe. Die Schlagzeile lautete: „Jack O'Shea lächelt, als ihm eine hübsche Freundin nach der Verleihung der Ehrenmedaille durch den Präsidenten mit einem Kuß gratuliert." Die hübsche Freundin war meine Frau Kathy. Sie hatte niemals lieblicher ausgesehen.

ICH wurde mit der Natschu-Zelle vertraut und machte Fortschritte. Innerhalb von drei Tagen brodelte überall Unzufriedenheit über das Essen. Nach einer Woche sagten die Verbraucher: „Ich wollte, ich wäre vor hundert Jahren auf die Welt gekommen ... Ich wollte, dieser verdammte Schlafraum wäre nicht so überfüllt ... Ich wollte, ich könnte irgendwo ein Stück Land bekommen und für mich allein arbeiten." Die winzige Zelle war in gehobener Stimmung. Anscheinend hatte ich in einer Woche mehr getan als sie in einem Jahr. Bowen – er war in der Personalabteilung tätig – sagte zu mir: „Wir brauchen Ihren hellen Kopf, Groby. Sie werden sich nicht bis an Ihr Lebensende als Abschöpfer plagen müssen. In den nächsten Tagen wird der Chef Sie fragen, ob Sie etwas von Nahrungsmittelchemie verstehen. Sie werden ja sagen. Ich gebe Ihnen einen Schnellkurs über das, was sie wissen müssen. Dann kommen Sie wenigstens aus der Sonne."

Das geschah nach Ablauf einer Woche, als jedermann sagte: „Wäre doch ganz hübsch, mal wieder im Wald spazierenzugehen. Kannst du dir vorstellen, wie viele Bäume es damals gab?" Und: „Diese verdammte Salzwasserseife!" – Zuvor war es niemandem in den Sinn gekommen, die Dinge von dieser Seite aus zu betrachten. Der Chef kam zu mir und sagte wie erwartet: „Groby! Verstehen Sie etwas von Nahrungsmittelchemie?"

„Seltsam, daß Sie fragen", erwiderte ich. „Ich habe mich ein bißchen damit beschäftigt. Ich kenne die Sulfur-Phosphor-Carbon-Oxygen-Hydrogen-Nitrogen-Mischung für Chlorella, ich kenne die optimalen Temperaturen und dergleichen."

Das war offensichtlich mehr, als er selbst wußte. Er brummte: „Ja?" und ging beeindruckt davon.

Eine Woche später erzählte sich jedermann schmutzige Witze über den Starrzelius Verily Trust, und ich wurde befördert.

Ich hatte jetzt einen Achtstundenjob und beaufsichtigte in der Kernsäule Meßgeräte und Ventile, die die Ernährungsflüssigkeit der

Chlorellatanks kontrollierten. Es war leichte, einfache Arbeit. Ich verbrachte meine Zeit unter *Chicken Little* – mit einer Galtonpfeife ausgerüstet konnte ich unter dem Koloß hindurchgehen, beinahe ohne mich bücken zu müssen – und schrieb das unglaublich naive Kontaktblatt Nummer eins der Natschus um:

KÖNNEN SIE SICH FÜR EINE ERSTKLASSIGE POSITION QUALIFIZIEREN?

Sie und nur Sie allein können diese wichtigen Fragen beantworten: Sind Sie intelligent, aufgeschlossen, im Alter zwischen 14 und 50 Jahren?

Besitzen Sie die Energie und den Ehrgeiz, die man braucht, um die wirklich guten Positionen ausfüllen zu können, die die Zukunft bringt?

Kann man Ihnen die größte, hoffnungsvollste Nachricht unserer Zeit anvertrauen – wirklich anvertrauen?

Wenn Sie nicht, ohne zu zögern, jede dieser Fragen mit JA! beantworten können, dann lesen Sie bitte nicht weiter!

Wenn Sie es jedoch können, dann besteht für Sie und Ihre Freunde oder Familie ...

Und so weiter. Bowen war verblüfft. „Meinen Sie nicht, daß der Appell an die höhere Intelligenz zu sehr einschränkt?" fragte er besorgt.

Ich erzählte ihm nicht, daß der einzige Unterschied zwischen Arbeitern der Klasse 12 und dem Durchschnitt darin bestand, daß erstere die Nachricht nur hörten, weil sie nicht lesen konnten. Ich sagte nur, daß sei meiner Ansicht nach nicht der Fall. Er nickte.

„Sie sind der geborene Texter, Groby", sagte er ernst. „In einem vom WNG regierten Amerika wären Sie in der Starklasse." Ich verhielt mich zurückhaltend. Er fuhr fort: „Ich kann Sie nicht hierbehalten; ich muß Sie an eine höhere Ebene weitergeben. Es wäre nicht richtig, Ihre Talente in einer kleinen Zelle zu vergeuden. Ich habe einen Bericht über Sie weitergereicht." Er deutete auf den Kommunikator. „Und ich erwarte ständig, daß man Sie abberuft. Das wäre nur angemessen, auch wenn ich Sie nicht gern weglasse, so ziehe ich doch bereits verschiedene Fäden für Sie. Hier ist das Handbuch des Chlorella-Einkäufers ..."

Mein Herz klopfte wild. Ich wußte, daß Chlorella mit einer Anzahl von Absatzmärkten in New York Verträge abschloß.

„Vielen Dank", murmelte ich. „Ich werde dort arbeiten, wo ich am meisten nützen kann."

„Das weiß ich, Groby", sagte er freundlich. „Hm – noch eins, bevor Sie gehen. Es ist nicht offiziell, George, aber – tja, ich schreibe auch ein wenig. Ich habe einige Arbeiten hier – Entwürfe könnte man sie wohl nennen, und ich wäre Ihnen dankbar, wenn Sie sie mitnehmen und einmal hineinschauen . . ."

SCHLIESSLICH konnte ich gehen, ausgerüstet mit dem Handbuch und nur vierzehn von Bowens „Entwürfen". Es waren ungeschickte, schlechte Texte, soweit ich sehen konnte, völlig unbrauchbar und ohne jeden Verkaufsappell.

Bowen versicherte mir, er besitze noch eine ganze Reihe weiterer Texte, an denen er und ich feilen könnten.

Das Handbuch hatte ich mir sauer verdient.

Nach der Arbeit an den Ventilen fühlte ich mich abends frischer als nach einem Tag Schöpfen; und Bowen sorgte dafür, daß meine Natschu-Arbeit so leicht wie möglich war, um mir Zeit zu geben, an seinen Entwürfen zu arbeiten. Zum erstenmal hatte ich dadurch Zeit, meine Umwelt genauer zu studieren. Herrera nahm mich einmal mit in die Stadt, und ich entdeckte, was er an jenen Wochenenden, über die nie gesprochen wurde, wirklich tat. Ich war schockiert, ohne jedoch abgestoßen zu sein. Ich wurde daran erinnert, daß die Kluft zwischen leitenden Persönlichkeiten und dem einfachen Verbraucher nicht durch etwas so Abstraktes und Unwirkliches wie „Freundschaft" überbrückt werden konnte.

Nachdem wir die altmodische Luftdruck-Untergrundbahn verlassen hatten und im Nieselregen standen, besuchten wir zuerst ein drittklassiges Restaurant und nahmen eine Mahlzeit ein. Herrera bestand darauf, für jeden von uns eine Kartoffel zu bestellen, und weigerte sich, mich dafür bezahlen zu lassen. „Nein, Jorge, nenn es einfach eine Feier. Du hast mich weiterleben lassen, nachdem du das Kontaktblatt bekommen hast. Wir feiern jetzt." Während des Essens war Herrera ein brillanter Gesellschafter, er unterhielt sich lebhaft in zwei Sprachen mit den Kellnern und mir. Das Funkeln seiner Augen, die schnelle, leidenschaftliche Sprechweise, das leichte, unvermittelte Lachen erinnerten an die Fröhlichkeit eines jungen Mannes, der einem Rendezvous entgegensieht.

Ein junger Mann und sein Rendezvous. Ich mußte an mein erstes Rendezvous mit Kathy denken, jener lange Nachmittag im Central

Park, als wir Hand in Hand durch die dämmrig beleuchteten Gänge schritten, das Tanzlokal, die Ewigkeit, die wir vor seiner Tür standen ...

Herrera beugte sich zu mir herüber und klopfte mir auf die Schulter; ich merkte, daß er und der Kellner lachten. Ich lachte zurückhaltend mit, und ihr Gelächter verdoppelte sich; offensichtlich ging der Scherz auf meine Kosten.

„Mach dir nichts draus, Jorge", sagte Herrera und wurde wieder ernst, „wir gehen jetzt. Ich glaube, was wir jetzt tun, wird dir gefallen." Er zahlte, und der Kellner hob eine Augenbraue.

„Nach hinten?"

„Nach hinten", sagte Herrera. „Komm, Jorge."

Wir bahnten uns einen Weg durch die Tische, der Kellner ging voran. Er öffnete eine Tür und zischte Herrera schnell ein paar Worte auf spanisch zu. „Oh, mach dir deshalb keine Sorgen", erwiderte Herrera. „Es wird nicht lange dauern."

„Hinten" war – eine Bibliothek.

Ich spürte Herreras Blick auf mir ruhen, und ich glaube, man merkte mir nicht an, was ich empfand. Ich blieb sogar etwa eine Stunde bei ihm, während er eine abgegriffene Ausgabe von „Moby Dick", so hieß das Buch, glaube ich, verschlang, und blätterte ein halbes Dutzend alte Zeitschriften durch. Einige dieser ehrwürdigen Klassiker waren sogar recht unterhaltsam – es gab tatsächlich eine alte Ausgabe von „Machen auch Sie diese Fehler im Englischen?" und einige andere sehr schöne Exemplare, die sich gut an der Wand meines Büros bei Fowler Schocken gemacht hätten. Aber ich konnte mich in Gegenwart so vieler Bücher ohne eine einzige Anzeige nicht entspannen. Ich habe nichts gegen ausgefallene Vergnügen, solange sie einem nützlichen Zweck dienen. Aber meine Toleranz hat Grenzen.

Herrera wußte vermutlich, daß ich log, als ich sagte, ich hätte Kopfschmerzen. Als er sehr viel später zurückkehrte und in den Schlafraum kam, wandte ich den Kopf ab. Danach sprachen wir kaum noch miteinander.

Eine Woche später, nachdem im Speisesaal beinahe ein Aufstand ausgebrochen wäre – ausgelöst durch das Gerücht, die Hefestücke seien mit Sägespänen verfälscht –, wurde ich ins Hauptbüro gerufen.

Nachdem ich eine Stunde gewartet hatte, kümmerte sich der Vizepräsident der Personalabteilung um mich. „Groby?"

„Ja, Mr. Milo?"

„Sie haben erstaunliche Fortschritte gemacht. Sehr bemerkenswert. Wie ich dem Rapport entnehme, sind Sie ein sehr tüchtiger Mann."

Das war Bowens Werk. Er verfaßte die Berichte. Es hatte fünf Jahre gedauert, bis es ihm gelungen war, diesen Posten zu bekommen. „Vielen Dank, Mr. Milo."

„Keine Ursache. Wir, hm, haben zufällig bald eine unbesetzte Stelle. Einer unserer Leute im Norden geht. Seine Leistung läßt offenbar merklich nach."

Nicht seine Leistung – das, was hinter seiner Leistung stand; das, was Bowen über seine Leistung aussagte. Allmählich begann ich die ungewöhnliche Macht, die die Natschus an den Tag legten, zu schätzen.

„Haben Sie zufällig Interesse am Einkauf, Groby?"

„Merkwürdig, daß Sie gerade das fragen, Mr. Milo", sagte ich ungerührt. „Es hat mir schon immer Spaß gemacht. Ich glaube, ich wäre ein guter Einkäufer."

Er schaute mich skeptisch an; das war eine nichtssagende Antwort. Er begann, mich mit Fragen zu befeuern, und ich schoß entsprechend zurück, gab Antworten aus meinem Chlorella-Handbuch. Er hatte es vor mehr als zwanzig Jahren einmal auswendig gelernt, ich jedoch erst vor einer Woche. Er war kein gleichwertiger Gegner für mich. Nach einer Stunde war er überzeugt, George Groby sei Chlorellas große Hoffnung und müsse unverzüglich an die Front versetzt werden.

Am gleichen Abend berichtete ich der Zelle davon.

„Das bedeutet New York", sagte Bowen zufrieden. Ich konnte einen tiefen Seufzer nicht unterdrücken. Kathy, dachte ich. Unbekümmert fuhr er fort: „Ich muß Sie jetzt in einige besondere Dinge einweihen. Beginnen wir mit – den Erkennungszeichen."

Ich lernte die Erkennungszeichen. Es gab einen Händedruck für direkte Begegnungen, ein langgezogenes Rufzeichen für mittlere Entfernungen. Für große Projekte benutzte man einen Anzeigencode, und zwar einen ziemlich guten.

Ich mußte die Zeichen üben und den Code auswendig lernen. Es dauerte bis in die frühen Morgenstunden.

Als wir *Chicken Little* verließen, merkte ich, daß ich Herrera den ganzen Tag nicht gesehen hatte. Ich fragte, als wir wieder draußen waren, was geschehen sei.

„Ausgeflippt", erwiderte Bowen schlicht.

Ich schwieg. Es war eine Art Geheimsprache unter Natschus. „Der und der ist ausgeflippt" bedeutete soviel wie: „Der und der hat jahrelang für die Sache der WNG geschuftet. Er hat für sie auf all sein Geld und auf die wenigen Vergnügen, die er sich dafür hätte leisten können, verzichtet. Er hat nicht geheiratet und mit keiner Frau geschlafen, weil das die Sicherheit gefährdet hätte. Wurde dann aber von geheimen Zweifeln befallen, so geheim, daß er sie nicht einmal sich selbst oder uns eingestehen konnte. Die Zweifel und Ängste steigerten sich. Er war zu zerrissen, er legte Hand an sich und starb."

„Herrera ist ausgeflippt", sagte ich benommen.

„Grübeln Sie nicht darüber nach", sagte Bowen. „Sie gehen nach Norden. Sie haben einen Auftrag."

Ja, das hatte ich tatsächlich.

10

FAST luxuriös kehrte ich nach New York zurück; ich trug einen billigen Anzug und befand mich an Bord einer Touristenrakete, Zwischendeck. Über mir brachen die respektablen Verbraucher von Costa Rica in Ahs und Ohs aus, wenn sie aus den Prismenfenstern schauten, andere zählten ängstlich ihre Pennies und überlegten, wieviel sie dafür im Norden kaufen konnten.

Wir im Zwischendeck waren eine schäbigere, ungehobeltere Bande, aber es war wenigstens kein Arbeiterfrachter. Es gab zwar keine Fenster, aber Licht, Verkaufsautomaten und Spucktüten. Kurz vor dem Abflug hatte ein Angehöriger des Fabrikschutzes eine kleine Rede gehalten: „Ihr geht nach Norden, verlaßt die Gerichtsbarkeit Costa Ricas. Ihr bekommt bessere Stellungen. Aber vergeßt nicht, daß das Arbeit bedeutet. Ich möchte, daß jeder einzelne von euch daran denkt, daß ihr einen Vertrag mit Chlorella habt und daß Chlorellas Anspruch auf euch vorrangig ist. Wenn einer von euch meint, er könnte den Vertrag brechen, wird er bald feststellen, wie schnell und reibungslos die Auslieferung wegen Handelsvergehen über die Bühne geht. Und falls einer von euch denkt, er könnte einfach verschwinden, dann soll er's ruhig versuchen. Chlorella zahlt der Burns-Detektei pro Jahr sieben Milliarden Dollar, und Burns liefert Ergebnisse. Wenn uns einer von euch ein bißchen Training verschaffen will, nur zu; wir warten darauf. Alles klar?" Alles war klar. „Gut, Jungs. Geht an Bord und viel Glück. Ihr habt eure Karten. Grüßt den Broadway."

Ohne Zwischenfall landeten wir in Montauk. Wir warteten zunächst, bis die Verbraucher der Touristenklasse ausgestiegen waren. Dann warteten wir, als die Zollinspektoren mit den rot-weißen

A-&-P-Armbinden lautstark mit den Stewards über die überzähligen Rationen diskutierten – vier von uns waren unterwegs gestorben, und die Stewards hatten die *Chicken-Little*-Karbonaden natürlich zurückbehalten, um sie auf dem Schwarzmarkt zu verkaufen. Wir saßen da und warteten.

Schließlich erhielten wir Befehl auszusteigen. Wir stellten uns in einer Reihe auf, und man stempelte uns die Einreisegenehmigung aufs Handgelenk. Gruppenweise marschierten wir ab. Ich hatte Glück. Meine Gruppe bekam ein Frachtabteil.

An der Arbeitsbörse wurden wir ausgesucht und unserer jeweiligen Arbeit zugeteilt. Es entstand bange Unruhe, als sich herausstellte, daß Chlorella zwanzig Arbeitsverträge an die IG Farben verkauft hatte – in den Uranminen will niemand arbeiten –, aber ich machte mir keine Sorgen.

Der Mann neben mir starrte trübe vor sich hin, als die Wachtposten die zwanzig Unglücklichen aussuchten und zusammentrieben. „Die behandeln uns wie Sklaven", sagte er bitter und zupfte mich am Ärmel. „Ein Verbrechen. Meinst du nicht auch, Kumpel? Die grundlegende Würde des Arbeiters wird vergewaltigt."

Ich warf ihm einen zornigen Blick zu. Der Mann war ein Natschu, daran bestand kein Zweifel. Dann fiel mir ein, daß auch ich ein Natschu war, wenigstens vorübergehend. Ich überlegte, ob ich ihm die Hand drücken sollte, entschied mich aber dagegen. Er konnte wertvoll sein, falls ich einmal Hilfe brauchte; wenn ich mich jedoch vorzeitig zu erkennen gäbe, verlangte er möglicherweise Hilfe von mir.

Wir wurden ins Chlorelladepot im Vorort Nyack gebracht. Wie in jeder großen Stadt auf der Welt führt unterhalb New Yorks ein Kanalisationsnetz zu einer Reihe von Sammelbecken. Wie jeder Bürger wußte ich, daß der organische Abfall von dreiundzwanzig Millionen Menschen durch das geäderte Netzwerk befördert wird; daß die Salze durch Ionenaustausch neutralisiert, die flüssigen Rückstände den Tangfarmen im Long Island Sund zugeleitet, die festen Rückstände in Tankbarken gepumpt und zur Chlorella-Fabrik transportiert werden. Ich wußte das alles, hatte es jedoch noch nie gesehen.

Ich trug den Titel Verbindungskuppler, Klasse 0. Meine Aufgabe war es, die flexiblen Schläuche zu verbinden, durch die der Schlamm floß. Nach dem ersten Arbeitstag gab ich einen ganzen Wochenlohn für Anti-Ruß-Stöpsel aus; sie filterten zwar den Geruch nicht vollständig, machten ihn aber zumindest erträglicher.

Am dritten Tage hatte ich Schichtwechsel und ging als erstes in den Duschraum. Das hatte ich mir vorher überlegt: Nach sechs Stunden im Tank, wo es keine Verkaufsautomaten gab, weil begreiflicherweise in dieser Atmosphäre niemand essen, trinken oder rauchen konnte, verweilten die Verbraucher, deren Gelüste solange unterdrückt worden waren, eine halbe Stunde beim Popsie-Crunchie-Starr-Zyklus, bevor der erste unter die Dusche ging. Ich unterdrückte mein Verlangen, das bei mir ja schwächer war als bei den meisten, weil es nicht so lange Zeit gehabt hatte, sich festzusetzen, und es gelang mir, fast allein in der Duschkabine zu sein. Als die anderen kamen, ging ich gerade an die Verkaufsautomaten. Es war einfach eine Frage der Intelligenz, und wenn das nicht der wesentliche Unterschied zwischen der Mentalität eines einfachen Verbrauchers und der eines Texters ist, was sonst? Natürlich waren, wie gesagt, die Gewohnheiten in mir nicht so stark ausgeprägt.

Noch ein anderer Mann stand unter der Dusche, aber wir sprachen nicht miteinander. Als ich eintrat, reichte er mir die Seife; ich seifte mich ein und ließ das Wasser über meinen Körper rinnen. Ich merkte kaum, daß er anwesend war. Aber als ich ihm die Seife zurückgab, spürte ich seinen Mittelfinger an meinem Handgelenk, der Zeigefinger kreiste um meinen Daumen.

„Oh", sagte ich verblüfft und erwiderte den Händedruck. „Sind Sie mein Nat–"

„Psst!" zischte er. Er deutete ärgerlich auf das Abhörgerät, das von der Decke herunterhing. Er wandte mir den Rücken zu und seifte sich noch einmal gründlich ein.

Als er mir die Seife zurückgab, klebte ein Stück Papier daran. Im Umkleideraum drückte ich das nasse Papier aus und glättete es. Darauf stand: „Heute ist Ausgang. Gehen Sie zum Metropolitan-Museum, Abteilung Klassik. Warten Sie vor der Frauenbüste beim Eingang zur Sonderausstellung, genau fünf Minuten, bevor geschlossen wird."

Sobald ich angekleidet war, stellte ich mich mit den anderen am Tisch des Aufsichtführenden an. In weniger als einer halben Stunde besaß ich einen gestempelten Ausweis, der mich dazu berechtigte, abends den Zapfenstreich zu überschreiten. Ich kehrte zu meiner Koje zurück und holte meine Habseligkeiten, warnte den neuen Besitzer des Bettes, daß der Mann im Bett über ihm im Schlaf sprach, gab meinen Schlafsack im Versorgungsraum ab und erwischte gerade noch den Zug nach Bronxville. Ich stieg um in eine Lokalbahn, die nach Norden führte, bog dann nach Süden ab und stieg beim Fowler-

Schocken-Hochhaus aus. Anscheinend folgte mir niemand. Ich hatte es auch nicht erwartet, aber man soll sich nie auf sein Glück verlassen.

Mein Natschu-Rendezvous im Museum sollte erst in vier Stunden stattfinden. Ich hielt mich in der Lobby auf, bis ein Polizist, der verächtlich meine billige Kleidung musterte, auf mich zukam. Ich hatte gehofft, Hester oder vielleicht sogar Fowler Schocken selbst würde hier vorbeikommen; aber ich hatte kein Glück. Ich sah natürlich viele bekannte Gesichter, aber keines schien mir vertrauenswürdig genug. Und bevor ich nicht wußte, was hinter dem Schwindel vom Starrzelius-Gletscher steckte, hatte ich nicht vor, jemandem auf die Nase zu binden, daß ich noch lebte.

Der Mann von der Pinkerton-Detektei brüllte mich an: „Wollen Sie Fowler Schocken etwa Arbeit bringen? Haben Sie vielleicht einen dicken Fisch für die Agentur?"

„Verzeihung", sagte ich und strebte der Ausgangstür zu. Ich vermutete, daß er mir nicht durch die belebte Halle folgen würde, und ich hatte recht. Ich schlenderte durch den Erfrischungsraum, wo sich eine Verbrauchergruppe eine Liebesgeschichte von GravNon anschaute und Probetassen Coffiest erhielt, und glitt in den Dienstaufzug.

„Achtzigster Stock", sagte ich zum Liftführer und merkte sofort, daß ich einen Fehler gemacht hatte. Die Stimme aus der Zentrale klang scharf durch das Sprechgitter: „Dienstaufzüge gehen nur bis ins siebzigste Stockwerk. Sie da in Kabine fünf. Was wollen Sie?"

„Ich bin Bote", log ich nicht sehr überzeugend. „Ich soll aus Fowler Schockens Büro etwas abholen. Ich hab gleich gesagt, daß man einen Kerl wie mich nicht in Mr. Schockens Büro läßt. Ich hab gesagt: ‚Mann, der hat sicher fünfundzwanzig Sekretärinnen, an denen ich erst vorbei muß, bis ich ihn sprechen kann', hab ich gesagt –"

„Der Postraum ist im fünfundvierzigsten", sagte die Stimme ein wenig freundlicher. „Stellen Sie sich vor die Tür, damit ich Sie sehen kann."

Ich stellte mich vor das Ikonoskop. Es gefiel mir nicht, aber was sollte ich tun? Ich glaubte, ein Geräusch zu hören, war mir dessen aber nicht sicher. Ich war noch nie in der tausend Fuß unter mir liegenden Fahrstuhlzentrale gewesen, in der die Knöpfe betätigt wurden, die die Kabinen in den verzahnten Schächten hinauf- und hinunterjagten, aber ich hätte ein Jahresgehalt dafür gegeben, jetzt hineinschauen zu können.

Eine halbe Minute wartete ich. Dann sagte die Stimme unverbindlich: „Gut, gehen Sie zurück in die Kabine. Fünfundvierzigstes Stockwerk, erste Tür links."

Die übrigen Leute in der Kabine starrten mich durch einen Schleier von Coffiest-Alkaloid an, bis ich ausstieg. Ich betrat das Laufband, das nach links führt, ging an der Tür mit der Aufschrift „Postraum" vorbei bis zur Abzweigung, wo das Laufband aufhört. Es dauerte eine Weile, bis ich die Treppe gefunden hatte, aber das war nicht weiter schlimm. Ich brauchte Zeit, um meine Flüche loszuwerden. Ich wagte nicht, noch einmal einen Fahrstuhl zu betreten.

Sind Sie schon einmal vierunddreißig Stockwerke gestiegen?

ALS ich fast oben war, fiel mir das Steigen schwer. Mein Körper schmerzte vom Zeh bis zum Nabel, und ich verschwendete meine ohnehin knappe Zeit. Außerdem war es schon fast zehn Uhr, so daß die Verbraucher, die hier auf den Treppen übernachteten, allmählich eintrafen. Ich war so vorsichtig wie möglich, aber im vierundsiebzigsten Stockwerk kam es beinahe zu einem Handgemenge, weil der Mann auf der dritten Stufe längere Beine hatte, als ich dachte.

Oberhalb des achtundsiebzigsten Stockwerks waren glücklicherweise keine Schläfer mehr; ich befand mich im Verwaltungsgebiet.

Ich schlich durch die Gänge und wußte sehr genau, daß die erste Person, der ich auffiel, mich entweder erkennen oder hinauswerfen würde. Es befanden sich nur Angestellte auf den Fluren, und keinen von ihnen kannte ich näher; das Glück war offenbar auf meiner Seite.

Aber nicht mehr lange. Fowler Schockens Büro war verschlossen. Ich glitt ins Büro seiner Sekretärin, das verlassen dalag, und überlegte. Nach der Arbeit war Fowler gewöhnlich im Club und spielte ein wenig Golf.

Es war zwar schon ziemlich spät, aber ich wollte es riskieren – bis zum Club waren es nur noch vier Stockwerke.

Ich überstand die Strapaze. Der Club ist geschmackvoll eingerichtet, und das ist nur recht und billig, denn der Beitrag ist nicht gerade niedrig. Außer dem Golfplatz, dem Tennisplatz und den anderen Sportanlagen besteht der gesamte Nordteil des Raumes aus Wald – es gibt mehr als ein Dutzend herrlich nachgebildeter Bäume – und mindestens zwanzig Erholungskabinen zum Lesen, Fernsehen und zu anderen unterhaltsamen Dingen.

Eine gemischte Vierergruppe spielte Golf. Ich näherte mich ihnen so unauffällig wie möglich. Sie waren intensiv mit ihren Skalen und

Knöpfen beschäftigt, von denen sie gerade zum zwölften Loch dirigiert wurden. Mit sinkendem Mut las ich die Punkte an der Tafel; sie lagen alle hoch in den Neunzigern. Idioten. Fowler Schockens Durchschnitt lag unter achtzig. In einer solchen Gruppe konnte er unmöglich mitspielen, und als ich näher kam, stellte ich fest, daß ich die beiden Männer der Gruppe nicht kannte.

Ich zögerte, bevor ich mich zurückzog, und versuchte mich zu entscheiden, was als nächstes zu tun sei.

Schocken war weit und breit nicht zu entdecken. Vielleicht saß er in einer der Erholungskabinen, doch ich konnte unmöglich alle Türen öffnen, um nachzuschauen. Man würde mich sofort hinauswerfen, wenn ich eine besetzte Kabine betrat; es sei denn, das Glück wäre mir hold und Fowler säße darin.

Die Unterhaltung der beiden Golfspieler erregte meine Aufmerksamkeit. Eines der beiden Mädchen hatte gerade mit einem vorsichtigen Schlag den Ball ins Loch befördert; sie lächelte glücklich, als die anderen ihr gratulierten, und beugte sich vor, um den Hebel zu bedienen, der die mechanischen Spieler bewegte; ich erhaschte einen Blick auf ihr Gesicht. Es war Hester, meine Sekretärin.

Nun war alles einfach. Ich konnte mir zwar nicht so recht vorstellen, wie Hester in den Club gekommen war; aber ich wußte alles andere, was man über Hester wissen mußte. Ich zog mich in eine Nische in der Nähe der Eingangstür zur Damentoilette zurück; es dauerte nur zehn Minuten, bis sie erschien.

Sie fiel natürlich in Ohnmacht. Ich fluchte, trug sie in die Nische, wo sich eine Couch befand, und legte sie dort nieder. Dann schloß ich die Tür.

Sie blinzelte, als sie wieder zu sich kam. „Mitch", sagte sie in einem Ton, der zwischen Flüstern und Schreien lag.

„Ich bin nicht tot", erwiderte ich. „Jemand anders ist gestorben, und man hat die Leichen vertauscht. Ich weiß nicht, wer das war, aber ich jedenfalls bin nicht tot. Ja, ich bin's wirklich. Mitch Courtenay, Ihr Chef. Ich kann es beweisen. Erinnern Sie sich zum Beispiel an die Weihnachtsfeier im vergangenen Jahr, als Sie sich so große Sorgen machten –"

„O ja", sagte sie hastig. „Mein Gott, Mitch – ich meine Mr. Courtenay –"

„Mitch genügt", meinte ich. Ich ließ Hesters Hand los, die ich massiert hatte, und sie richtete sich auf, um mich besser sehen zu können. „Hören Sie zu", sagte ich. „Ich lebe, aber ich stecke in einem verzwickten Schlamassel. Ich muß mich mit Fowler Schocken in Verbindung setzen. Können Sie das bewerkstelligen – auf der Stelle?"

„Hm." Sie schluckte und griff nach einer Zigarette. Automatisch nahm ich mir eine Starr. „Nein, Mitch, geht nicht. Mr. Schocken ist auf dem Mond. Es ist ein großes Geheimnis, aber ich glaube, Ihnen kann ich es ruhig verraten. Es hängt mit dem Venusprojekt zusammen. Nachdem Sie gestorben waren – na ja, Sie wissen, was ich meine –, danach jedenfalls beschloß er, die Sache selbst in die Hand zu nehmen. Ich habe ihm Ihre ganzen Notizen gegeben. Eine bezog sich auf den Mond, glaube ich; na ja, vor ein paar Tagen ist er jedenfalls abgeflogen."

„Verdammt! Wer vertritt ihn denn hier? Harvey Bruner? Können Sie ihn erreichen?"

Hester schüttelte den Kopf. „Nein, nicht Mr. Bruner, Mitch. Mr. Runstead vertritt ihn. Mr. Schocken ist so überstürzt abgereist, daß niemand außer Mr. Runstead seinen Posten übernehmen konnte. Aber ich kann ihn sofort erreichen."

„Nein", sagte ich, blickte auf die Uhr und stöhnte. Ich konnte es gerade noch rechtzeitig bis zum Museum schaffen. „Hören Sie, ich muß wieder fort. Sagen Sie keinem Menschen auch nur ein Sterbenswörtchen, verstanden? Ich denke mir etwas aus und rufe Sie wieder an. Wie machen wir alles am besten – wie war noch der Name des Arztes Ihrer Mutter? –, ja, ich melde mich dann als Dr. Gallant. Und ich verabrede einen Termin mit Ihnen und sage Ihnen dann alles Weitere. Ich kann doch auf Sie zählen, Hester?"

„Gewiß, Mitch", antwortete sie atemlos.

„Fein", erwiderte ich. „Jetzt müssen Sie mich im Fahrstuhl hinunterbringen. Ich habe keine Zeit zum Treppensteigen, und es gibt Schwierigkeiten, wenn jemand wie ich auf dem Korridor zum Club erwischt wird." Ich schwieg und schaute sie an. „Dabei fällt mir ein – was um alles in der Welt tun Sie eigentlich hier?"

Hester errötete. „Na, Sie wissen doch, wie das ist", sagte sie unglücklich. „Als Sie fort waren, war kein anderer Posten für eine Sekretärin frei; die übrigen Abteilungsleiter hatten alle welche, und ich konnte ja nicht einfach wieder Verbraucher werden, Mitch, nicht mit all den Rechnungen und so weiter. Und – nun, da ergab sich eben diese Möglichkeit ..."

„Ach so", sagte ich. Ich hoffte, daß mein Gesichtsausdruck nicht verriet, was ich dachte; jedenfalls gab ich mir große Mühe.

Der Teufel soll dich holen, Runstead, sagte ich zu mir selbst bei dem Gedanken an Hesters Mutter und an den jungen Mann, den jungen Mann, den sie vielleicht eines Tages geheiratet hätte. Die Ungerechtigkeit eines Mannes wie Runstead, der das Gesetz in seine eigenen Hände nahm und rücksichtslos das Leben von leitenden Angestellten – wie das meine – und vom Personal – das von Hester zum Beispiel – verpfuschte und uns zu einfachen Verbrauchern degradierte, stank zum Himmel.

„Keine Angst, Hester", sagte ich freundlich. „Ich stehe in Ihrer Schuld. Und verlassen Sie sich darauf, Sie werden mich nicht daran erinnern müssen. Ich bringe alles wieder in Ordnung." Und ich wußte auch schon genau, wie. Vielen der Mädchen, die unter ZZ-Vertrag stehen, gelingt es, die automatische Umbesetzung und Degradierung zu umgehen. Es würde für mich verdammt schwer werden, sie vor Ablauf des Jahres vom Vertrag zu lösen, das käme also nicht in Frage; aber einige Mädchen hatten nach ihrem ersten Jahr bei einzelnen Abteilungsleitern ein ganz gutes Leben. Und meine Position war so bedeutend, daß es ein Abteilungsleiter oder Bürovorsteher kaum wagen würde, einen Hinweis von mir zu ignorieren oder sie gar schlecht zu behandeln.

Ich halte in geschäftlichen Angelegenheiten nichts von Sentimentalität, aber wie man sieht, bin ich in persönlichen Dingen nicht dagegen gefeit.

HESTER bestand darauf, mir etwas Geld zu leihen; ich fuhr also mit einem Taxi zum Museum. Obgleich ich den Fahrer im voraus bezahlt hatte, konnte er sich eine ungehörige Bemerkung über Verbraucher, die über ihre Verhältnisse leben, nicht verkneifen; hätte ich nicht wichtigere Dinge im Kopf gehabt, hätte ich ihm auf der Stelle eine Lektion erteilt.

Ich hatte schon immer eine Schwäche für das Metropolitan. Ich mache mir nicht viel aus Religion – zum Teil vermutlich, weil Religion von Taunton betreut wird –, aber die großen alten Meisterwerke des Museums umgibt eine feierliche, erhabene Atmosphäre, die mich immer friedlich und ehrfürchtig stimmt. Ich stellte fest, daß ich ein paar Minuten zu früh dort war. Die verbrachte ich schweigend vor der Büste G. Washington Hills, und ich fühlte mich so entspannt wie nie seit jenem ersten Nachmittag am Südpol.

Genau fünf Minuten vor Mitternacht stand ich vor der großen Frauenbüste, Katalognummer fünfunddreißig, als ich bemerkte, daß jemand auf dem Gang hinter mir pfiff. Die Melodie spielte keine

Rolle; die Kadenz bildete ein Erkennungszeichen, das ich in dem Versteck unter *Chicken Little* erlernt hatte.

Eine Wärterin entfernte sich. Sie warf einen Blick über die Schulter und lächelte mir zu. Für einen Außenstehenden muß es wie eine zufällige Begegnung ausgesehen haben. Wir hakten uns ein, und ich spürte den Druck ihrer Finger an meinem Handgelenk, als sie mir per Code mitteilte: „Nicht sprechen, wenn ich Sie allein lasse. Gehen Sie in den hinteren Raum, und warten Sie dort."

Ich nickte. Sie führte mich an eine Kunststofftür, öffnete sie, deutete hinein. Ich trat allein in den Raum.

Da saßen zehn bis fünfzehn Verbraucher auf Stühlen mit geraden Lehnen und blickten auf einen älteren Verbraucher mit gelehrtenhaft aussehendem Spitzbart. Ich fand einen Platz im hinteren Teil des Raumes und setzte mich. Niemand schenkte mir besondere Aufmerksamkeit.

Der Vortragende sprach über die Glanzlichter einer besonders langweiligen präkommerziellen Periode. Ich hörte mit halbem Ohr zu und versuchte, eine Ähnlichkeit zwischen all den verschiedenen Typen festzustellen. Ich war ziemlich sicher, daß sie alle Natschus waren – warum wäre ich sonst hier? Aber die äußeren Anzeichen, die ihren inneren Fanatismus hätten erkennen lassen müssen, entgingen mir. Alle waren Verbraucher und trugen den gequälten Gesichtsausdruck, den Sojaburger und Hefebonbons unvermeidlich hinterlassen; aber ich wäre an jedem von ihnen auf der Straße vorübergegangen, ohne mich umzuschauen. Und doch – dies war New York, und Bowen hatte angedeutet, daß die Natschus, denen ich hier begegnen würde, einen ziemlich hohen Rang bekleideten, die Trotzkis und Tom Paines der Bewegung.

Noch ein anderer Gedanke ging mir durch den Kopf. Sobald ich aus diesem Schlamassel herauskäme – sobald ich Fowler Schocken erreichte und meine Situation klärte –, wäre ich vermutlich in der Lage, diese ganze verdammte Verschwörung aufzudecken, vorausgesetzt, ich spielte meine Karten richtig aus. Ich schaute mir die Anwesenden genauer an, prägte mir ihre Züge ein. Ich wollte sie wiedererkennen, wenn ich noch einmal mit ihnen in Berührung käme.

Es mußte irgendein Signal gegeben worden sein, das mir entgangen war. Der Vortragende schwieg mitten im Satz, und ein untersetzter, kleiner, spitzbärtiger Mann in der ersten Reihe erhob sich. „Gut", sagte er im Gesprächston, „wir sind jetzt alle anwesend, und es lohnt sich nicht, noch mehr Zeit zu verschwenden. Wir sind gegen jede Verschwendung; darum sind wir ja hier." Er betrat das niedrige Podium. „Kein Lärm", mahnte er, „keine Namen. Wir werden Nummern verwenden. Sie nennen mich ‚eins', Sie sind ‚zwei'", er deutete auf den Mann, der neben ihm saß, „und so weiter, der Reihe nach. Alles klar? Gut, hören Sie jetzt genau zu. Wir haben uns hier versammelt, weil Sie alle neu sind. Sie befinden sich jetzt in den hohen Rängen. Dies ist das Welt-Operationshauptquartier, hier mitten im Herzen von New York; höher geht's nicht mehr. Jeder einzelne von Ihnen wurde aus einem bestimmten Grunde, aufgrund einer speziellen Fähigkeit ausgewählt. Darüber wissen Sie ja selbst am besten Bescheid. Sie alle bekommen heute noch Anweisungen. Bevor Sie sie jedoch ausführen, möchte ich auf eines hinweisen. Sie kennen mich nicht, und ich kenne Sie nicht; über jeden einzelnen von Ihnen liegt ein hervorragender Bericht der letzten Zelle vor, aber die Leute draußen sind manchmal ein wenig zu enthusiastisch. Wenn sie sich in Ihnen getäuscht haben ... Nun, Sie verstehen mich, ja?"

Alle nickten. Ich nickte auch und versuchte angestrengt, mir diesen gedrungenen kleinen Spitzbärtigen ganz besonders gut einzuprägen. Wir nannten unsere Nummer, die Neuen erhoben sich nacheinander, sprachen kurz mit dem Spitzbärtigen und verließen zu zweit oder dritt mit unbekanntem Ziel den Raum. Ich wurde als vorletzter aufgerufen; außer mir befand sich nur noch ein sehr junges, etwas schielendes Mädchen mit rotem Haar im Raum.

„Ihr zwei", sagte der Spitzbärtige. „Ihr werdet zusammenarbeiten und könnt eure Namen erfahren. Groby, das ist Celia Corvin. Groby ist so etwas wie ein Texter, Celia ist Künstlerin."

„Hm", sagte sie und zündete sich mit der Glut ihrer Zigarette eine neue Starr an. Sie wäre der vollkommene Verbrauchertyp, wenn diese Eiferer sie nicht verdorben hätten; ich bemerkte, wie ihre Kiefer den Kaugummi zermalmten, während sie pausenlos rauchte.

„Wir werden gut miteinander auskommen", sagte ich ermunternd.

„Sicher", sagte der Spitzbärtige. „Das müssen Sie auch, Sie verstehen das, Groby. Damit Sie eine Möglichkeit haben, Ihr Talent zu beweisen, müssen wir Ihnen vieles offenbaren, was wir nicht gerade in der Morgenzeitung lesen möchten. Wenn Sie unsere Erwartungen nicht erfüllen, Groby", sagte er freundlich „dann stecken wir, wie Sie sicher verstehen werden, in einer bösen Klemme und müssen uns etwas anderes für Sie ausdenken." Er schlug gegen ein kleines Fläschchen mit farbloser Flüssigkeit, das auf dem Pult stand.

Das leichte Rasseln des Aluminiumverschlusses klang ebenso

schwach wie meine Stimme, als ich sagte: „Ja, Sir." Ich wußte, was ein kleines Fläschchen mit farbloser Flüssigkeit enthält.

Es stellte sich jedoch heraus, daß es keine wirklichen Probleme gab. Ich verbrachte drei anstrengende Stunden in dem kleinen Raum, wies dann darauf hin, daß ich, falls ich nicht gleich zu den Baracken zurückkehrte, den Morgenappell verpassen würde. Also ließ man mich gehen.

Aber ich verpaßte dennoch den Morgenappell. Als ich aus dem Museum trat, empfing mich ein herrlicher Frühlingsmorgen; ich war alles in allem mit dem Leben zufrieden.

Eine Gestalt löste sich aus dem Nebel und starrte mir ins Gesicht. Ich erkannte den Taxifahrer, der mich zum Museum gebracht hatte. Er sagte munter: „Hallo, Mr. Courtenay", dann fiel mir der Obelisk, der vorm Museum stand, oder ein ähnlich schwerer Gegenstand auf den Hinterkopf.

11

„– ERWACHT in wenigen Minuten", hörte ich jemanden sagen. „Ist er bereit für Hedy?"

„Du lieber Himmel, nein!"

„Ich hab ja nur gefragt."

„Das sollten Sie eigentlich besser wissen. Zuerst gebt ihr ihm Amphetamin, Plasma und vielleicht noch eine Megaeinheit Nikotin. Dann soll er für Hedy bereit sein. Sie kann es nicht leiden, wenn die Leute immerzu in Ohnmacht fallen. Sie bekommt davon schlechte Laune."

Ein nervöses Gelächter erklang.

Ich öffnete die Augen und sagte: „Gott sei Dank!" Denn ich erblickte eine graue Decke, genau in dem Farbton, den man nur im „Grübelzimmer" einer Werbeagentur findet. Ich war sicher in den Armen der Fowler Schocken AG – oder etwa nicht? Ich konnte das Gesicht, das sich über mich beugte, nicht erkennen.

„Warum denn so erfreut, Courtenay?" erkundigte sich das Gesicht. „Wissen Sie nicht, wo Sie sind?" Jetzt war es leicht zu erraten. „Bei Taunton!" krächzte ich. „Genau."

Ich merkte, daß meine Arme und Beine mir nicht gehorchten. Ich wußte nicht, ob das an Drogen lag oder an einer Plastikhülle. „Hören Sie", sagte ich mit fester Stimme, „ich weiß zwar nicht, was Sie vorhaben, aber ich rate Ihnen, dieses Spiel einzustellen. Offenbar ist dies eine Entführung aus geschäftlichen Gründen. Sie lassen mich entweder frei oder töten mich. Wenn Sie mich ohne Ankündigung töten, ist Ihnen das Cerebrin sicher. Sie werden mich also nicht umbringen. Sie müssen mich letztlich doch laufenlassen, ich schlage also vor, Sie tun es gleich."

„Sie töten, Courtenay?" fragte das Gesicht mit gespieltem Erstaunen. „Wie sollten wir das wohl anstellen? Sie sind doch schon tot. Jeder weiß das. Sie sind auf dem Starrzelius-Gletscher erfroren, erinnern Sie sich nicht?"

Ich versuchte erneut, mich zu befreien, ohne Erfolg. „Man wird Ihnen das Gehirn ausbrennen", sagte ich. „Seid ihr denn verrückt? Wer will sich schon das Gehirn ausbrennen lassen?"

Das Gesicht sagte überheblich: „Sie werden überrascht sein." Und zu einem Danebenstehenden: „Sag Hedy, daß er bald soweit ist." Jemand hantierte an mir herum, es klickte, und dann half man mir, mich aufzurichten. Das Ziehen an meinen Gelenken bedeutete, daß ich in einer Plastikhülle steckte und daß ich meine Kräfte sparen konnte. Es hatte keinen Sinn zu versuchen, da herauszukommen.

Ein Summton erklang, und man sagte mir barsch: „Verhalten Sie sich respektvoll, Courtenay. Mr. Taunton kommt."

B. J. Taunton torkelte betrunken ins Zimmer. Er sah genau so aus, wie ich ihn auf Hunderten von Veranstaltungen erlebt hatte: blühend, beleibt, zu gut angezogen – und betrunken.

Er musterte mich mit gespreizten Beinen, die Hände ruhten auf den Hüften, und nur ganz leicht schwankend. „Courtenay", sagte er. „Pech gehabt. Aus Ihnen hätte wirklich etwas werden können, wenn Sie sich nicht mit diesem verlogenen Schweinehund Schocken zusammengetan hätten. Pech gehabt."

Er war betrunken, er war eine Schande für die Branche, unzählige Verbrechen gingen auf sein Konto, dennoch konnte ich einen gewissen Respekt für den Unternehmer nicht aus meiner Stimme verbannen. „Sir", sagte ich beherrscht, „es muß sich um ein Mißverständnis handeln. Niemand hat Taunton zu einem kommerziellen Mord provoziert – oder?"

„Nein", sagte er mit schwerer Zunge. „Jedenfalls nicht im juristischen Sinn. Dieser Bastard Schocken hat mich nur meiner Grundlage beraubt, meine Senatoren abgeworben, meine Zeugen bestochen und die Venus gestohlen!" Seine Stimme mündete in einen abrupten Schrei. Normal fuhr er fort: „Nein, keine Provokation. Er hat sich zurückgehalten und keinen meiner Leute umgebracht – der gerissene Schocken – der ethische Schocken – der verfluchte Schocken!" brüllte er.

Er starrte mich aus glasigen Augen an. „Sie Bastard!" sagte er. „Von allen niedrigen, gemeinen, lausigen, ehrlosen billigen Tricks, die man mir je gespielt hat, war Ihrer der mieseste. Ich –", er deutete mit dem Daumen auf seine Brust und gefährdete vorübergehend sein Gleichgewicht, „ich habe eine Möglichkeit gefunden, wie man einen kommerziellen Mord begehen kann, ohne ein Risiko einzugehen, und Sie haben sich so saudumm wie eine verängstigte Ratte verhalten. Sie sind gerannt wie ein Hase, Sie Hund."

„Sir", sagte ich verzweifelt. „Ich bin sicher, Sie wissen nicht, was Sie tun." Das jahrelange Trinken, schoß es mir durch den Sinn, hat ihn nun doch noch ruiniert. Was er sagte, konnte nur dem Gehirn eines Irren entspringen.

Unbedacht setzte er sich; einer seiner Männer konnte in letzter Sekunde einen Sessel unter seinen gedrungenen Körper schieben. Mit weit ausholender Geste sagte B. J. Taunton zu mir: „Courtenay, eigentlich bin ich ein Künstler. Ich träume Träume; ich webe Visionen." Ich hatte das unwirkliche Gefühl, doppelt zu sehen. Mir war, als sähe ich Fowler Schocken hier sitzen und nicht seinen Rivalen, den Mann, der das absolute Gegenteil von Fowler Schocken verkörperte. „Ich wollte die Venus haben, Courtenay, und ich werde sie bekommen. Schocken hat sie mir gestohlen, aber ich werde sie wieder in meinen Besitz bringen. Die Art und Weise, wie Fowler Schokken das Venusprojekt handhabt, stinkt zum Himmel. Keine Rakete unter Schockens Regie wird jemals die Erde verlassen, und wenn ich jeden seiner Arbeiter einzeln bestechen und die Abteilungsleiter umbringen muß. Denn eigentlich bin ich ein Künstler."

„Mr. Taunton", sagte ich mit fester Stimme, „Sie können Abteilungsleiter nicht so ohne weiteres umbringen. Man wird Ihnen das Gehirn ausbrennen. Man wird Ihnen Cerebrin geben. Sie werden niemanden finden, der das Risiko auf sich nimmt. Niemand möchte zwanzig Jahre in der Hölle verbringen."

Er sagte träumerisch: „Ich habe einen Mechaniker gefunden, der die Frachtkabine des Hubschraubers auf Sie geworfen hat, nicht wahr? Ich habe einen Kerl, der keine Beschäftigung fand, dazu gebracht, durch Ihr Fenster zu schießen, oder nicht? Leider haben beide ihr Ziel verfehlt. Und dann haben Sie unsere Pläne durchkreuzt mit Ihrer feigen Flucht auf dem Gletscher."

Ich erwiderte nichts. Die Flucht vom Gletscher war nicht meine Idee gewesen. Gott allein wußte, wer veranlaßt hatte, daß Runstead mich niederschlug, verschleppte und eine Ersatzleiche an Ort und Stelle hinterließ.

„Beinahe wären Sie entkommen", sagte Taunton. „Wenn ich nicht ein paar einfache, loyale Diener gehabt hätte – einen Taxichauffeur, ein paar andere –, wir hätten Sie niemals zurückbekommen. Aber ich habe meine Werkzeuge, Courtenay.

Sie könnten besser sein, sie könnten aber auch schlechter sein; es ist mein Schicksal, Träume zu träumen und Visionen zu weben. Die Größe eines Künstlers ist seine Schlichtheit, Courtenay. Sie sagen: ‚Niemand will sich das Gehirn ausbrennen lassen.' Das sagen Sie, weil Sie nur mittelmäßig sind. Ich aber sage: ‚Man suche sich jemanden, der sich das Gehirn ausbrennen lassen möchte, und benutze ihn als Werkzeug.' Und das sage ich, weil ich einer der Großen bin."

„... jemanden, der sich das Gehirn ausbrennen lassen möchte", wiederholte ich benommen. „Der sich das Gehirn ausbrennen lassen möchte."

„Erklären Sie es ihm", sagte Taunton zu einem Assistenten. „Ich will ihn gründlich davon überzeugen, daß wir es ernst meinen." Einer der Männer sagte sachlich: „Es ist eine Frage der Bevölkerung, Courtenay. Haben Sie jemals von Albert Fish gehört?"

„Nein."

„Er war ein Phänomen der Frühzeit; in den ersten Anfängen des Zeitalters der Vernunft – so etwa um 1920. Albert Fish stach sich Nadeln in den Leib, brachte sich mit alkoholgetränkten Wattebäuschchen Verbrennungen bei, peitschte sich – das gefiel ihm. Ich wette, ihm hätte auch Gehirnausbrennen gefallen. Es wären für ihn zwanzig Jahre voller Schmerzen, Würgen, Ersticken und Ekel gewesen. Ein Traum wäre für Albert Fish Wirklichkeit geworden.

Damals gab es nur einen Albert Fish. Ungewöhnliche Belastungen und Leistungsdruck sind nötig, um einen Albert Fish hervorzubringen. Es wäre unrealistisch zu erwarten, die kleine, zerstreut lebende Bevölkerung jener Zeit – es waren weniger als drei Milliarden – hätte mehr als einen Albert Fish produzieren können. Bei der heutigen weitaus größeren Bevölkerung gibt es viele Leute vom Schlage des Albert Fish unter uns. Man muß sie nur finden. Mit unseren einmaligen Forschungsmöglichkeiten hier bei Taunton haben wir einige aufgespürt. Man findet sie in Kliniken, manchmal in unglaublichem Zustand. Sie sind willige potentielle Mörder; sie lechzen nach der

Wonne der Bestrafung. Ein Mann wie Sie behauptet, wir könnten keine Mörder dingen, weil die Menschen Angst vor der Strafe haben. Mr. Taunton aber sagt, wir können durchaus einen Mörder dingen, wenn wir jemanden finden, dem es gefällt, bestraft zu werden. Und das Beste an der Sache ist, daß Menschen, die gern Schmerzen erleiden, auch anderen gern Schmerzen bereiten. Zum Beispiel – Ihnen."

Mir stockte das Blut in den Adern. Es war etwas dran an dem, was er sagte. Unsere Generation muß ziemlich abgehärtet sein; Berichte über unglaubliche Heldentaten und abgrundtiefe Verderbtheit füllen unsere Nachrichten – ich wußte aus wissenschaftlichen Untersuchungen, daß die Menschen früher nicht dieses Maß an Mut oder Entartung aufgebracht haben. Eine Tatsache, die ich erstaunlich fand.

Heutzutage gibt es Menschen wie Malone, der sechs Jahre unbemerkt seine Tunnels grub und dann eines Sonntagmorgens die Red Bank in New Jersey in die Luft sprengte. Ein Verkehrsschutzmann hatte ihn beleidigt. Auf der anderen Seite gibt es auch Leute wie James Revere, den Helden der Katastrophe „Weiße Wolke". Er war ein unscheinbarer, schüchterner Steward der Touristenklasse und hatte auf seinen Schultern sechsundsiebzig Passagiere gerettet; er war immer wieder in die Flammen zurückgekehrt, die sein Fleisch bis auf die Knochen verschmorten; blind hatte er sich mit seinen Handstümpfen an den rotglühenden Schotten entlanggetastet. Taunton hatte recht. Wenn es genug Menschen gibt, findet man stets jemanden, der selbst das Unmögliche macht. Taunton war ein Künstler. Er hatte diese einfache Tatsache erfaßt und ausgenützt. Für mich bedeutete das, daß ich so gut wie tot war. Kathy, dachte ich. Meine Kathy.

Tauntons schwankende Stimme unterbrach meine Gedanken. „Haben Sie das Prinzip begriffen?" fragte er. „Sehen Sie den Zusammenhang? Das Thema? Die Botschaft? Es läuft alles darauf hinaus, daß ich die Venus wieder in meinen Besitz bringen werde. Jetzt wollen wir von vorn beginnen. Erzählen Sie ein bißchen von der Schocken-Agentur. All die kleinen Geheimnisse, all die kleinen Schwächen, Eingänge, Ausgänge, die bestechlichen Angestellten, Finanzen, Kontakte in Washington – Sie wissen schon."

Ich war ein toter Mann und hätte ohnehin nichts mehr zu verlieren, dachte ich. „Nein", sagte ich.

Einer von Tauntons Leuten sagte unvermittelt: „Er ist bereit für Hedy", stand auf und ging hinaus.

Taunton sagte: „Sie haben Frühgeschichte studiert, Courtenay. Sie erinnern sich vielleicht an Gilles de Rais." Ich erinnerte mich und verspürte ein Prickeln auf der Kopfhaut, so als trüge ich einen langsam schrumpfenden Helm.

„In der frühgeschichtlichen Zeit lebten, alle Generationen zusammengenommen, insgesamt schätzungsweise fünf Milliarden Menschen", sagte Taunton. „Sie alle brachten nur einen einzigen Gilles de Rais hervor, im Volksmund auch Blaubart genannt. Heute steht uns von diesem Typ eine ganze Auswahl zur Verfügung. Von all den Leuten, die mir für diese spezielle kleine Aufgabe geeignet schienen, habe ich Hedy auserwählt. Sie werden sehen, warum."

Die Tür öffnete sich und ein bleiches, offenbar drüsenkrankes Mädchen mit dünnem blondem Haar erschien. Sie hatte ein albernes Grinsen auf dem Gesicht; die Lippen waren schmal und blutleer. In einer Hand trug sie eine fünfzehn Zentimeter lange Nadel mit einem Plastikgriff.

Ich blickte in ihre Augen und begann zu schreien. Ich kam erst wieder zu mir, nachdem man sie rausgebracht und die Tür wieder geschlossen hatte; ich war völlig fertig.

„Taunton", flüsterte ich schließlich. „Bitte –"

Er beugte sich herablassend vor und sagte: „Heraus damit."

Ich versuchte zu sprechen, brachte jedoch kein einziges Wort heraus. Meine Stimme gehorchte mir nicht, mein Gedächtnis ließ mich im Stich. Ich konnte mich zum Beispiel nicht erinnern, ob meine Firma Fowler Schocken hieß oder Schocken Fowler.

Taunton gab es schließlich auf und sagte: „Wir legen Sie eine Weile auf Eis, Courtenay, damit Sie wieder zu sich kommen. Ich könnte auch einen Drink vertragen." Er schüttelte sich unwillkürlich, dann strahlte er wieder. „Schlafen Sie mal drüber", riet er mir und ging schwankend aus dem Zimmer.

Zwei seiner Leute schoben mich aus dem Arbeitsraum über einen Korridor durch eine sehr solide Tür in ein winziges leeres Zimmer. Es war offenbar Nacht. In den Büros, an denen wir vorbeikamen, rührte sich nichts; die Lichter brannten schwach, und ein einsamer Wächter gähnte hinter seinem Schreibtisch. Ich fragte unsicher: „Nehmen Sie mir die Plastikhülle ab? Sonst bleibt von mir nicht mehr viel übrig."

„Ist nicht befohlen worden", sagte einer der Männer kurz; sie warfen die stabile Tür zu und schlossen ab. Ich wälzte mich auf dem Fußboden hin und her und suchte etwas Scharfkantiges, um das Kunststoffgewebe einzuschneiden und leichter zerreißen zu können, fand aber nichts. Nach unglaublichen Verrenkungen und einem Dutzend unangenehmer Stürze wußte ich mit absoluter Sicherheit, daß ich mich nicht auf die Füße stellen könnte. Die Türklinke hatte eine sehr, sehr ferne schwache Hoffnung geweckt, aber so, wie die Dinge standen, hätte sie ebensogut eine Million Meilen entfernt sein können.

Mitchell Courtenay, Texter. Mitchell Courtenay, Schlüsselfigur der Venusabteilung. Mitchell Courtenay, zukünftiger Vernichter der Natschus. Dieser Mitchell Courtenay wälzte sich auf dem Fußboden der miesesten, übelsten Agentur, die es jemals in unserer Branche gegeben hat; bar jeder Hoffnung, verraten und verloren; das Beste, was ihm noch passieren könnte, wäre ein schneller Tod. Kathy wenigstens würde niemals etwas davon erfahren. Sie würde glauben, ich sei wie ein Narr auf dem Gletscher gestorben, hätte an der Funkanlage herumgespielt...

Jemand rüttelte am Türschloß. Sie wollten mich holen. Als sich aber die Tür öffnete, erblickte ich vom Boden aus nicht, wie erwartet, einen Wald von Männerbeinen, sondern nur zwei streichholzdünne Fußgelenke in Nylonstrümpfen.

„Ich liebe dich", sagte eine fremde, tote Frauenstimme. „Ich habe zwar Befehl, noch zu warten, aber ich kann nicht mehr warten." Das war Hedy. Sie hatte ihre Nadel mitgebracht. Ich versuchte, um Hilfe zu rufen, aber meine Brust war wie gelähmt, als sie mit glitzernden Augen neben mir niederkniete. Die Zimmertemperatur schien um zehn Grad zu sinken. Sie preßte ihre blutlosen Lippen auf meinen Mund, sie waren wie glühendes Eisen, und dann glaubte ich, meine linke Gesichts- und Kopfhälfte werden abgerissen. Das dauerte einige Sekunden, und dann ging alles in einem roten Nebel und in Bewußtlosigkeit unter.

„Wach auf", sagte die tote Stimme. „Ich will dich besitzen. Wach auf." Mein rechter Ellenbogen brannte wie Feuer; ich kam zu mir und warf meinen Arm herum. Mein Arm bewegte sich – er bewegte sich wirklich.

Die blutlosen Lippen neigten sich wieder zu mir herab, erneut rammte sie die Nadel in meinen Kiefer, wahrscheinlich suchte sie den Trigeminusnerv. Sie fand ihn. Ich kämpfte gegen den roten Nebel, der mich wieder zu verschlingen drohte. Mein Arm hatte sich bewegt. Sie hatte die Membrane des Plastikkokons durchlöchert, und ich konnte ihn zerreißen. Die Nadel suchte erneut, diesmal zog der Schmerz bis in meinen rechten Arm. Mit einem heftigen Ruck war er frei.

Ich glaube, ich packte ihren Hals und drückte zu. Ich bin nicht sicher. Ich will es nicht genau wissen. Aber nach fünf Minuten spielten sie und ihre Liebe keine Rolle mehr. Ich zerriß den Kunststoff und befreite mich, dann stand ich vorsichtig auf und stöhnte vor Steifheit und Schmerz.

Die Wache im Flur konnte kein Hindernis mehr sein. Wenn der Mann auf meine Schreie nicht reagiert hatte, würde er nie mehr kommen.

Ich verließ den Raum und fand den Wächter scheinbar schlafend an seinem Schreibtisch. Ich beugte mich über ihn und entdeckte ein kleines Rinnsal von einem Gemisch aus etwas Blut und Serum an seinem faltigen, alten Nacken. Ein einziger Stich ins Rückenmark hatte Hedy genügt. Ich konnte bezeugen, daß ihre Kenntnis des Nervensystems vollkommen war.

Der Wächter trug eine Waffe. Einen Augenblick zögerte ich, verwarf den Gedanken wieder. In seinen Taschen fand ich ein paar Dollar, die würden nützlicher sein. Ich eilte zur Treppe. Die Schreibtischuhr zeigte sechs Uhr fünf an.

Meine Lektion im Treppenhinaufsteigen hatte ich bereits hinter mir; jetzt lernte ich, wie man Treppen hinuntersteigt. Wenn mit dem Herzen alles in Ordnung ist, macht es kaum einen Unterschied aus. Bei meiner Verfassung brauchte ich etwa dreißig Minuten, bis ich die oberen Stockwerke der leitenden Angestellten hinter mir hatte und wieder unten auf den belebten Treppen war. Die ersten Verbraucher befanden sich bereits auf dem Weg zur Arbeit. Ich überstand ein Dutzend erbitterter Faustkämpfe und trug einen Messerstich davon. Die Leute, die im Taunton-Gebäude übernachteten, waren eine primitive, schmutzige Bande, die das Schocken-Hochhaus niemals hätten betreten dürfen, augenblicklich aber hatte das auch seine Vorteile. Ich erregte in meinen schmutzigen Kleidern und mit der frischen Wunde im Gesicht kein Aufsehen. Einige unverheiratete Mädchen pfiffen mir sogar nach, aber das war auch alles. Die Leute in den alten, heruntergekommenen Slumgebäuden wie RCA und Empire State hätten mich fertiggemacht, wenn ich ihnen unter die Augen gekommen wäre.

Ich hatte Glück. Ich verließ die Halle in einer dichten Menge, die sich brodelnd durch die Türen wälzte und auf die Bahn zusteuerte, die sie zu ihren scheußlichen Arbeitsplätzen bringen würde. Es kam mir vor, als suchten Männer in Zivilkleidern aus den Fenstern des zweiten Stockwerks die Menge ab, ich schaute jedoch nicht hinauf und gelangte unbehelligt zur Bahnstation.

Am Wechselschalter wechselte ich die Banknoten und betrat den

Waschraum. „Wollen wir uns eine Dusche teilen?" fragte mich jemand. Ich wollte auf jeden Fall unter die Dusche und wäre gern ein wenig allein gewesen, aber ich fürchtete, mich durch vornehme Allüren zu verrraten. Die Frau und ich warfen unsere Münzen zusammen für fünf Minuten Salzwasser und dreißig Sekunden Frischwasser mit Seife. Ich stellte fest, daß ich immer wieder meine rechte Hand schrubbte. Ich merkte, daß meine linke Gesichtshälfte noch immer fast unerträglich schmerzte, wenn sie mit kaltem Wasser in Berührung kam.

Nach dem Duschen zwängte ich mich in die Bahn und fuhr zwei Stunden kreuz und quer unter der Stadt hin und her. Schließlich stieg ich am Times Square, mitten im Herzen des Marktviertels, aus. Es war hauptsächlich eine Frachtstation. Während fluchende Verbraucher Proteinkisten für verschiedene Stadtteile auf die Förderbänder schleppten, versuchte ich erneut, Kathy zu erreichen. Wieder ging niemand ans Telefon.

Ich erreichte Hester im Schocken-Hochhaus und sagte ihr: „Ich möchte, daß Sie jeden Cent, den Sie kriegen können, zusammenraffen, leihen Sie Geld, nehmen Sie Ihre Ersparnisse, kaufen Sie mir eine Starrzelius-Ausrüstung, und kommen Sie so schnell wie möglich dorthin, wo Ihre Mutter sich vor zwei Jahren das Bein brach. Genau an die Stelle, erinnern Sie sich?"

„Mitch", sagte sie. „Ja, ich erinnere mich. Aber mein Vertrag –"

„Wollen Sie, daß ich erst lange bitte, Hester?" drängte ich. „Vertrauen Sie mir. Ich helfe Ihnen später. Um Himmels willen, beeilen Sie sich. Und – sollte ich bereits festgenommen sein, wenn Sie ankommen, dann kennen Sie mich nicht. Und jetzt los."

Ich legte auf und versuchte, mich in der Telefonzelle etwas auszuruhen, bis der nächste ungeduldig gegen die Tür hämmerte. Langsam trat ich auf den Bahnsteig, trank Coffiest, aß ein Käsebrot und lieh mir am Stand eine Zeitung.

Meine Geschichte war ein langweiliger kurzer Artikel auf Seite drei, der vorletzten also: GESUCHT WEGEN HV & FRAUENMORD. Es stand darin zu lesen, George Groby sei nicht an seinen Arbeitsplatz bei der Chlorella-Gesellschaft zurückgekehrt; er habe seine Freizeit dazu benutzt, ins Angestelltenterritorium des Tauntongebäudes einzubrechen, sei dabei von einer Sekretärin überrascht worden, habe sie ermordet und sei dann geflohen.

Hester erschien eine halbe Stunde später an der Laderampe, von der vor zwei Jahren eine Kiste heruntergerutscht war und ihrer Mutter das Bein gebrochen hatte. Sie machte einen sehr verängstigten Eindruck; sie hatte sich ebenso des Vertragsbruches schuldig gemacht wie „George Groby".

Ich nahm ihr die Schachtel mit der Kleidung ab und fragte: „Haben Sie noch fünfzehnhundert Dollar übrig?"

„Ja, ungefähr. Meine Mutter war außer sich –"

„Reservieren Sie uns Plätze auf der nächsten Mondfähre; wenn möglich noch heute. Wir treffen uns hier wieder; ich trage dann die neuen Kleider."

„Wir? Zum Mond?" brachte sie mühsam hervor.

„Ja, wir. Ich muß weg von der Erde, bevor man mich umbringt. Denn diesmal wird es endgültig sein."

12

MEINE kleine Hester nahm all ihren Mut zusammen und begann Wunder zu vollbringen. Zehn Stunden später stöhnten wir Seite an Seite unter der Startbeschleunigung des Mondschiffes *David Ricardo*. Sie hatte sich kaltblütig als Schocken-Angestellte mit Sonderauftrag für den Mond ausgegeben und mich als Groby, einen Verkaufsanalytiker der Gruppe 6. Natürlich hatte man das Fangnetz für Groby, Verbindungskuppler Klasse 9, nicht auf den Astoria-Startplatz für Raumschiffe ausgedehnt. Kanalisationsarbeiter, die wegen Handelsverbrechen und Mord auf der Flucht sind, haben im allgemeinen nicht das Geld, in eine Rakete springen zu können.

Wir nahmen eine Einzelkabine und die maximale Verpflegung. Die *David Ricardo* war so konstruiert, daß die meisten Passagiere eine eigene Kabine und die maximale Verpflegung buchen konnten. Eine Mondreise war nichts für gelangweilte Neugierige oder für die unterdrückten fünfzehn Sechzehntel der Bevölkerung. Der Mond war nur etwas für Geschäftsleute, hauptsächlich Bergbau – und ein bißchen Tourismus war auch dabei.

Die übrigen Passagiere, soweit wir sie auf der Rampe sehen konnten, waren Ingenieure, ein paar Arbeiter, die im winzigen Zwischendeck saßen, und blasierte Reiche, die nachher sagen konnten, sie seien einmal dagewesen.

Nach dem Start war Hester eine Weile vergnügt und überdreht, dann schlug ihre Stimmung um. Sie schluchzte an meiner Schulter; das Ungeheuerliche, das sie getan hatte, ängstigte sie. Sie kam aus einem durch und durch moralischen, handelsfürchtigen Elternhaus, und man konnte nicht erwarten, daß sie ein so schweres Handelsverbrechen wie Vertragsbruch begehen könne, ohne unter fürchterlichen Bedenken und Zweifeln zu leiden.

Sie schluchzte: „Mr. Courtenay – Mitch –, wenn ich doch nur sicher wäre, daß alles richtig war! Ich weiß, daß Sie immer gut zu mir waren, und ich weiß, daß Sie nichts Falsches tun würden, aber ich habe solche Angst und fühle mich so elend."

Ich trocknete ihr die Tränen und faßte einen Entschluß.

„Ich werde Ihnen alles genau erzählen, Hester", begann ich. „Sie sollen dann selbst urteilen. Taunton hat eine grauenhafte Entdeckung gemacht. Er hat herausgefunden, daß es Menschen gibt, die es nicht schreckt, mit Cerebrin für einen nicht provozierten Handelsmord bestraft zu werden. Er glaubt, Mr. Schocken habe ihm das Venusprojekt unrechtmäßig entwendet, und er macht vor nichts halt, um es zurückzubekommen. Wenigstens zweimal hat er versucht, mich umzubringen. Ich hielt Mr. Runstead für einen seiner Spione, die damit beauftragt waren, Schockens Venusprojekt zum Scheitern zu bringen. Jetzt bin ich mir da nicht mehr so sicher. Mr. Runstead hat mich niedergeschlagen, als ich ihm zum Südpol nachgereist bin, er hat dafür gesorgt, daß ich mit falscher Identität auf einem Arbeiterfrachter verschwand, und hat statt meiner eine andere Leiche im Schnee zurückgelassen. Und", fügte ich vorsichtig hinzu, „die Natschus haben ihre Finger in der Angelegenheit."

Sie stieß einen kleinen Schrei aus.

„Ich habe keine Ahnung, wie das genau zusammenhängt", sagte ich. „Aber ich war selbst in einer Natschu-Zelle –"

„Mister Courtenay!"

„Doch nicht aus Überzeugung", erklärte ich hastig. „Ich saß in der Chlorellafabrik in Costa Rica fest, und der einzige Weg nach Norden führte über das Netzwerk der Natschus. Sie hatten in der Fabrik eine Zelle, ich wurde Mitglied, ließ mein Talent leuchten und wurde nach New York versetzt. Den Rest kennen Sie."

Sie schwieg lange Zeit und fragte dann: „Sind Sie sicher, daß es richtig ist?"

Ich wünschte mir verzweifelt, recht zu haben, und sagte mit fester Stimme: „Natürlich, Hester."

Sie lächelte mir zu: „Ich hole die Verpflegung", sagte sie wieder fröhlich. „Sie bleiben besser hier."

VIERZIG Stunden später sagte ich zu Hester: „Dieser verdammte Steward geht wirklich zu weit! Sehen Sie sich das einmal an! Der denkt nur an den Schwarzmarkt." Ich zeigte ihr mein Wassergefäß und meine Verpflegungsschachtel. An beiden war das Siegel erbrochen, und offensichtlich fehlte Wasser. „Maximale Rationen", fuhr ich fort, „sollen eigentlich tadellos verpackt sein, dies ist regelrechter Einbruch. Wie sieht's bei Ihnen aus?"

„Dasselbe", erwiderte sie einsilbig. „Man kann nichts daran ändern. Lassen Sie uns mit dem Essen noch ein bißchen warten, Mr. Courtenay." Sie versuchte krampfhaft, unternehmungslustig zu wirken. „Wie wäre es mit Tennis?"

„Gut", brummte ich und baute das Feld auf, das wir uns aus der Unterhaltungskabine des Schiffes geliehen hatten. Sie war im Tennis besser als ich, aber ich machte es ihr nicht gerade leicht. Ihre Koordination war nicht besonders gut. Entweder versuchte sie, einen Ball im rechten Aufschlagfeld zu erwischen, und verfehlte dabei den Knopf, oder sie schickte den Ball ins Netz, weil sie vergessen hatte, mit der linken Hand den Rheostaten zu bedienen. Eine halbe Stunde Ablenkung tat uns beiden ausgesprochen gut. Sie wurde wieder heiter und aß anschließend ihre Ration mit großem Appetit.

Das Tennisspiel vor dem Essen wurde zur festen Gewohnheit. In dem engen Quartier konnte man nur wenig unternehmen. Alle acht Stunden holte sie unsere Verpflegung. Ich schimpfte über die angezapften Rationen. Wir spielten Tennis, und anschließend aßen wir dann. Die übrige Zeit verbrachten wir damit, daß wir uns die Werbung anschauten, die an den Wänden eingeblendet wurde – alle von Schocken. Sehr gut, dachte ich. Schocken ist auf dem Mond, und niemand wird mich mehr zurückhalten. Die Dinge schienen sich zu klären. Vom Mond zu Schocken, von dort zu Kathy – eine Fülle von Gefühlen wurde in mir wach. Ich hätte Hester unauffällig fragen können, was sie von Jack O'Shea gehört hatte, doch ich tat es nicht. Ich hatte Angst, es würde mir vielleicht nicht gefallen, was sie über den Zwergenhelden und seine Triumphzüge von Stadt zu Stadt und von Frau zu Frau berichtete.

Eine monotone Durchsage unterbrach schließlich die Werbung: KÖCHE IN DIE KOMBÜSE (die *David Ricardo* war ein britisches Raumschiff) ZUR LETZTEN FLÜSSIGEN MAHLZEIT. WIR LANDEN IN ACHT STUNDEN, BIS ZUR LANDUNG WIRD KEINE WEITERE FLÜSSIGE NAHRUNG AUSGETEILT.

Hester lächelte und ging mit unserem Tablett hinaus.

Wie gewöhnlich dauerte es zehn Minuten, bis sie zurückkehrte.

Man spürte bereits die Anziehungskraft des Mondes: Es genügte, um mir Übelkeit zu verursachen. Während ich wartete, mußte ich wiederholt unangenehm aufstoßen. Sie kehrte mit zwei Coffiestflaschen zurück und sagte fröhlich: „Nanu, Mitch, Sie haben den Tennisplatz ja noch nicht aufgebaut."

„Mir war nicht danach. Lassen Sie uns essen." Ich streckte meine Hand nach der Flasche aus. Sie gab sie mir nicht.

„Nun?"

„Nur ein Spielchen?" fragte sie neckisch.

„Zum Teufel, haben Sie nicht verstanden?" fauchte ich sie an. „Wir wollen nicht vergessen, wer der Chef ist." Ich hätte es, glaube ich, nicht gesagt, wenn es nicht Coffiest gewesen wäre.

Die starrzeliusrote Flasche löste in mir allerhand Empfindungen aus – die nagenden Geister der Entzugssyndrome. Ich hatte schon lange kein Coffiest mehr getrunken, aber es gibt kein Loskommen.

Sie erstarrte. „Tut mir leid, Mr. Courtenay." Und dann preßte sie die Hände gegen den Leib, ihr Gesicht verzerrte sich. Überrascht packte ich sie. Sie war totenbleich und schlaff; sie stöhnte vor Schmerzen.

„Hester", sagte ich, „was ist los? – Was?"

„Nicht trinken", stöhnte sie, die Hand gegen den Leib gepreßt. „Das Coffiest. Gift. Ihre Rationen. Ich habe sie vorher probiert." Ihre Nägel zerrissen den Stoff des Kleides, dann die Haut; sie wand sich vor Schmerzen.

„Einen Arzt!" rief ich ins Mikrofon. „Hier stirbt eine Frau!"

Die Stimme des Chefstewards antwortete: „Sofort, Sir. Der Bordarzt wird gleich da sein."

Hesters verzerrtes Gesicht entspannte sich, ich ängstigte mich wahnsinnig.

Sie sagte leise: „Diese verfluchte Kathy. Hat Sie fertiggemacht. Sie sind zu gut für sie. Sie hätte ihr Leben nicht für Sie riskiert. Ich ja." Wieder ging ein Zucken über ihr Gesicht. „Ehefrau contra Sekretärin. Zum Lachen. Immer dasselbe. Sie haben mich nicht einmal geküßt."

Dazu hatte ich auch keine Gelegenheit mehr. Sie war bewußtlos, als der Schiffsarzt herbeigeeilt kam. Sein Gesicht verdüsterte sich. Wir brachten sie ins Lazarett, und er schloß sie an die Herzmassage-Maschine an; ihr Herz begann wieder zu schlagen. Ihre Brust hob und senkte sich, sie öffnete die Augen.

„Wo – sind – Sie?" fragte der Arzt laut und deutlich.

Sie bewegte leicht den Kopf, und Hoffnung durchzuckte mich. „Reaktion?" flüsterte ich dem Arzt zu.

„Zufall", sagte er mit berufsmäßiger Sachlichkeit. Er hatte recht. Ihr Kopf bewegte sich noch ein paarmal, die Augenlider flatterten nervös und unkontrolliert. Er stellte unaufhörlich Fragen. „Wo – sind Sie?" Eine Falte entstand zwischen ihren Augen, die Lippen bebten, das war alles. Es dauerte ungefähr eine Minute, dann war sie tot.

Der Arzt begann mir freundlicherweise zu erklären: „Ich werde die Maschine jetzt abstellen. Sie müssen mir glauben, daß wirklich keine Hoffnung mehr besteht. Der klinische Tod ist eindeutig und unwiderruflich eingetreten. Menschen, die einem Sterbenden sehr nahe stehen, weigern sich oft, das zu glauben."

Ich sah, wie ihre Augenlider unkontrolliert flatterten.

„Stellen Sie sie ab", sagte ich heiser. Eigentlich meinte ich mit ‚sie' Hester und nicht die Maschine. Er unterbrach den Stromkreis und zog die Nadel aus ihrem Körper.

„Hatte sie einen Schwindelanfall?" fragte er.

Ich nickte.

„Ihr erster Raumflug?" Ich nickte. „Schmerzen im Unterleib?" Ich nickte. „Keine vorherigen Beschwerden?" Ich schüttelte den Kopf. „Frühere Schwindelanfälle?" Ich nickte, obgleich ich keine Ahnung hatte. Er wollte auf etwas ganz Bestimmtes hinaus. Er stellte weitere Fragen, und ich wußte genau, welche Antworten er erwartete. Allergien, häufige Blutungen, Kopfschmerzen, schmerzhafte Mensis, nachmittägliche Ermüdungserscheinungen – schließlich sagte er entschlossen: „Ich glaube, es ist die Fleischmannsche Krankheit. Wir wissen nicht viel darüber. Sie hängt unserer Meinung nach mit einer Beeinträchtigung der Funktion der Adrenokortikotropkörper beim freien Flug zusammen. Dadurch wird eine Kettenreaktion der Gewebsunverträglichkeit ausgelöst, und wiederum beeinträchtigt die Cerebrospinalflüssigkeit –"

Er blickte mich an, und sein Ton veränderte sich. „Ich habe etwas Alkohol in meinem Schapp", sagte er. „Möchten Sie –"

Ich griff nach der Flasche, dann erinnerte ich mich wieder.

„Trinken Sie einen Schluck mit", sagte ich.

Er nickte und trank, ohne zu zögern, aus der Flasche, die zwei Öffnungen hatte. Ich sah, wie sich sein Adamsapfel bewegte. „Nicht zuviel", warnte er mich. „Wir landen in Kürze."

Ein paar Minuten überbrückte ich mit alltäglicher Unterhaltung und beobachtete ihn dabei aufmerksam, dann schluckte ich ein

Viertel hundertprozentigen Alkohol. Ich fand kaum zurück ins Abteil.

Kater, Trauer, Furcht und das rote Landungssignal, das mich fast verrückt machte. Ich hatte mich offenbar ziemlich dumm benommen. Ein paarmal hörte ich, wie jemand von der Besatzung zu den Flugplatzbeamten sagte: „Seien Sie freundlich zu dem Mann. Er hat unterwegs sein Mädchen verloren."

In der überfüllten Empfangshalle mußte ich endlose Fragebögen ausfüllen; ich hatte keine Ahnung, was der offizielle Grund für mein Hiersein war. Ich gab an, ich sei Groby, Klasse 6, und sollte am besten direkt zu Fowler Schocken geschickt werden. Ich konnte mir gerade noch soviel zusammenreimen, daß wir uns vermutlich bei ihm melden sollten. Das nahm man mir nicht ab und schickte mich wieder auf eine Bank mit der Anweisung zu warten, bis man bei der Schockenfiliale in Luna City Nachforschungen angestellt hatte.

Ich wartete, schaute mich um und versuchte nachzudenken. Das war nicht leicht. Die hin und her wogende Menge in der Empfangshalle bestand aus Leuten, die alle feste Pläne und Absichten hatten und zielstrebig umhergingen. Ich paßte nicht ins Muster; ich war verdächtig. Sie würden mich fassen ...

Am Schreibtisch, einige Meter von mir entfernt, sprang eine Leuchtröhre an und blinkte. Ich las mit halbgeschlossenen Augen: *Schocken an Empfang. Betrifft Nachfrage. Kein Kurier mit diesem Flug erwartet. Bei uns kein Groby angestellt. Fowler Schocken wurde nicht befragt, aber unmöglich, daß jemand, der nicht in der Starklasse ist, ihm eine Nachricht überbringt. Mit Vorsicht zu behandeln. Offensichtlich faul. Ende.*

Ja, tatsächlich – Ende. Sie schauten mich an und unterhielten sich leise. Im nächsten Augenblick würden die Detektive, die überall herumstanden, einen Wink bekommen.

Ich erhob mich und mischte mich unter die Menge, mir blieb nur noch eine Möglichkeit, und die war beängstigend. Ich führte eine Reihe unauffälliger Gesten aus, die durch Reihenfolge und Dauer anzeigen, daß sich ein Natschu in großer Gefahr befindet.

Ein Wachtposten von Burns bahnte sich einen Weg durch die Menge und packte mich am Arm. „Wollen Sie Unruhe stiften?" fragte er.

„Nein", sagte ich mit belegter Stimme.

Er winkte beruhigend zum Schreibtisch hinüber, man erwiderte grinsend das Zeichen. Er drückte mir den Schlagstock in den Rücken, und wir gingen durch die erstaunte Menge. Benommen ließ ich mich von ihm aus der Empfangshalle in eine tunnelähnliche Einkaufsstraße führen.

ANDENKEN VOM MOND zu einmaligen Preisen; IHR SÜSSER BONBONLADEN AUF DEM MOND – DIE ZEITUNG IHRER HEIMATSTADT – MONDANZÜGE ZU VERMIETEN, „50 Jahre ohne Panne" ... ZUVERLÄSSIGER MONDANZUGVERLEIH & CO., „73 Jahre ohne Panne"; MONDJUNGFRAUMODE: tolle Modelle ... Beweisen Sie, daß Sie hier waren! ... Warren Astron, DPS, nur nach Vereinbarung ...

Reklame blinkte und leuchtete aus den Schaufenstern, vor denen die Neuankömmlinge staunend herumflanierten.

„Halt", brummte der Wachtposten. Wir blieben vor dem Schild „Warren Astron" stehen. Er murmelte: „Nehmen Sie mir den Schlagstock fort. Versetzen Sie mir einen festen Schlag auf den Kopf. Schießen Sie dann auf die Straßenbeleuchtung, und verschwinden Sie hier im Haus. Geben Sie sich bei Astron mit dem Signal zu erkennen. Viel Glück – und brechen Sie mir nach Möglichkeit nicht den Schädel."

„Sie sind – Sie sind –", stotterte ich.

„Ja", sagte er trocken. „Ich wünschte, ich hätte Ihr Signal nicht gesehen. Das wird mich zwei Streifen und eine Beförderung kosten. Los, vorwärts."

Gesagt, getan. Er gab mir den Schlagstock, und ich versuchte, nicht zu schwach und nicht zu heftig zuzuschlagen. Ich feuerte die Schrotladung ab und zerstörte die Straßenbeleuchtung; Passanten schrien auf. Es klang in der überdachten Straße wie Donner. Ich verschwand wie der Blitz hinter der weißen Tür von Astron, befand mich plötzlich im Dunkeln und stand einem schlanken, hageren Mann mit Spitzbart gegenüber.

„Was soll das denn?" fragte er. „Ich bin nur nach Vereinbarung zu sprechen –" Ich machte das Zeichen. „Auf der Flucht?" fragte er, und seine professorale Zerstreutheit verschwand.

„Ja, beeilen Sie sich."

Er führte mich durch sein Sprechzimmer in ein kleines, hohes Observatorium mit transparenter Kuppel, einem Refraktor, Hindu-Sternkarten, Uhren und Tischen. Einen dieser Tische hob er mit einem kräftigen Ruck hoch und klappte ihn an Scharnieren zurück. Darunter befand sich eine Öffnung. „Da hinunter", sagte er.

Ich verschwand in der Dunkelheit.

Das Loch war etwa einsachtzig tief und zwei Quadratmeter groß. Es schien noch nicht fertig zu sein. An einer Wand lehnten Hacke,

Schaufel und ein paar Eimer voller Mondgestein. Offenbar war die Arbeit noch nicht abgeschlossen. Ich drehte einen Eimer um und setzte mich. Nach fünfhundertsechsundsiebzig Pulsschlägen setzte ich mich auf den Boden und hörte auf zu zählen. Als mir das zu ungemütlich wurde, versuchte ich, das Mondgestein ein wenig beiseite zu räumen und mich auszustrecken. Nachdem ich die gesamte Prozedur fünfmal durchgemacht hatte, hörte ich direkt über mir Stimmen. Einmal die fahrige professorale Stimme Astrons und dann die geschwätzige, quengelige Stimme einer Frau. Die beiden schienen sich an den Tisch gesetzt zu haben, der den Eingang zu meinem Versteck verbarg.

„– wirklich etwas übertrieben, mein lieber Doktor."

„Wie Sie meinen, gnädige Frau. Wenn Sie mich bitte entschuldigen wollen, ich möchte zu meinen Ephemeriden zurückkehren –"

„Aber Dr. Astron, ich wollte damit doch nicht sagen, daß –"

„Sie müssen mir vergeben, gnädige Frau, daß ich es so verstanden hatte, als wollten Sie mir mein übliches Honorar nicht bewilligen ... ja, das habe ich gedacht. Jetzt bitte Geburtsdatum und Stunde?"

Sie murmelte die Daten, und ich überlegte kurz, welchem Problem Astron gegenüberstand, wenn Frauen bei ihrer Altersangabe schwindelten.

„So ... Venus im Haus des Mars ... Merkur am Aszendenten im Trigonalaspekt ..."

„Was ist das denn?" fragte sie mit schriller, mißtrauischer Stimme. „Ich verstehe eine ganze Menge von der Großen Kunst, aber das habe ich noch nie gehört."

Höflich: „Sie müssen sich klarmachen, gnädige Frau, daß in einem Mondobservatorium vieles möglich wird, wovon Sie noch nie gehört haben. Beobachtungen vom Mond aus ermöglichen es, die Große Kunst in einem Maße zu verfeinern, wie es ehedem, als die Beobachtungen notgedrungen durch die verschmutzte Lufthülle der Erde gemacht werden mußten, einfach undenkbar war."

„Ja – ja natürlich. Davon habe ich selbstverständlich schon gehört. Bitte fahren Sie fort, Dr. Astron. Kann ich durch Ihr Teleskop schauen und meine Planeten betrachten?"

„Später, gnädige Frau. So ... Merkur am Aszendenten im Trigonalaspekt, der Planet des Zwistes und der Rechtsverdrehung, dennoch verbunden mit Jupiter, dem Spender des Reichtums, also ..."

Es ging noch etwa eine halbe Stunde so weiter, zwei andere Kunden folgten, dann war alles still.

Ich war eingeschlafen und wurde von einer Stimme geweckt. Der Tisch war wieder zurückgeklappt worden, und Astrons Kopf erschien in der rechtwinkligen Öffnung. „Kommen Sie heraus", sagte er. „Für zwölf Stunden sind wir jetzt sicher."

Steifgliedrig kletterte ich hinauf und entdeckte, daß die Kuppel des Observatoriums nicht mehr durchsichtig war.

„Sie sind Groby", stellte er fest.

„Ja", sagte ich mit undurchdringlicher Miene.

„Wir haben durch unseren Kurier an Bord der *Ricardo* einen Bericht über Sie bekommen. Wer weiß, was Sie vorhaben; ich schau da nicht durch." Ich bemerkte, daß seine Hand in der Hüfttasche steckte. „Sie erscheinen bei Chlorella, Sie sind ein Naturtalent von Texter, Sie werden nach New York versetzt, Sie werden direkt vor dem Museum entführt – echt oder vorgetäuscht –, Sie töten ein Mädchen und verschwinden, und jetzt sind Sie auf dem Mond. Gott allein weiß, was Sie vorhaben. Da bin ich überfordert. In Kürze wird ein Mitglied des Zentralkomitees hier sein und versuchen herauszufinden, wo Sie eigentlich stehen. Möchten Sie mir irgend etwas sagen? Zum Beispiel gestehen, daß Sie ein *agent provocateur* sind? Oder manisch-depressiv?"

Ich schwieg.

„Ist schon gut", sagte er. Irgendwo wurde eine Tür geöffnet und wieder geschlossen. „Das wird sie sein", sagte er.

Meine Frau Kathy betrat das Observatorium.

13

„Mitch", sagte sie verwirrt. „Mein Gott, Mitch." Sie lachte mit einem Anklang von Hysterie. „Du kannst nicht warten, nicht wahr? Dich kann man nicht auf Eis legen."

Der Astrologe zog die Pistole aus der Tasche und fragte: „Ist etwas –?"

„Nein, Warren. Alles in Ordnung. Ich kenne ihn. Sie können uns allein lassen. Bitte."

Er ließ uns allein. Kathy ließ sich zitternd in einen Sessel fallen. Ich war wie versteinert. Meine Frau war ein Natschumitglied von Rang. Ich hatte geglaubt, sie zu kennen, und hatte mich geirrt. Sie hatte mich ununterbrochen angelogen, und ich hatte es nicht einmal geahnt.

„Willst du nichts sagen?“ fragte ich mit gepreßter Stimme. Man konnte förmlich sehen, wie sie sich zusammennahm.

„Überrascht?“ fragte sie. „Du, Texter der Starklasse, verheiratet mit einem Mitglied der Natschus? Hast du Angst, das könnte sich rumsprechen und dir geschäftlich schaden?“ Sie zwang ein höhnisches Lächeln auf ihr Gesicht; es fiel aber wieder zusammen, als ich sie ansah. „Verdammt“, schrie sie zornig, „das einzige, worum ich jemals gebeten habe, nachdem ich mich wieder besonnen hatte, war, daß du aus meinem Leben verschwindest und draußen bleibst! Als ich Taunton zurückhielt, dich zu töten, beging ich den größten Fehler meines Lebens.“

„Du hast veranlaßt, daß Runstead mich entführte?“

„Und ich war ein Narr. Was, um Himmels willen, tust du hier? Was für Tricks hast du jetzt wieder auf Lager? Warum kannst du mich nicht zufrieden lassen?“ Ihre Stimme überschlug sich. Kathy war ein Natschu. Runstead war ein Natschu. Sie überlegten, was für den armen Mitch das beste sei, und veranlaßten dann das Entsprechende. Taunton überlegte, was für den armen Mitch am besten sei, und handelte dann entsprechend. Kreuz und quer wurde ich über das Schachbrett geschoben.

„Bauer verwandelt sich in Dame“, sagte ich, zog sie empor und schlug ihr ins Gesicht. Das Starre verschwand aus ihren Augen, und sie sah überrascht aus. „Hol diesen Burschen her“, sagte ich.

„Mitch, was hast du vor?“ Jetzt klang ihre Stimme wieder normal.

„Ruf ihn!“

„Du kannst mir keine Befehle erteilen.“

„Du!“ brüllte ich. „Den Zauberer!“

Er kam angerannt und landete direkt in meinen Armen. Kathy hing an meinem Halse und gebärdete sich wie eine Wildkatze, als ich seine Taschen durchsuchte.

Ich fand die Pistole – eine geladene 25er – und schleuderte Kathy zu Boden. Sie blickte mich erstaunt an und rieb mechanisch über ihre angestoßene Hüfte. „Du bist ein übler Schweinehund“, murmelte sie leise.

„Ach, auf einmal“, sagte ich. „Weiß Fowler Schocken, daß du auf dem Mond bist?“

„Nein“, sagte sie und rieb Daumen und Zeigefinger gegeneinander.

„Du lügst.“

„Mein kleiner Lügendetektor“, schrie sie höhnisch. „Mein kleiner feuerfressender Texter –“

„Komm zu dir", sagte ich, „oder du kriegst dieses Ding ins Gesicht."

„Guter Gott", sagte sie, „du meinst es ernst." Sie führte langsam die Hand ans Gesicht und blickte auf die Pistole.

„Wie gut, daß du das kapiert hast. Weiß Fowler Schocken, daß du auf dem Mond bist?"

„Eigentlich nicht", sagte sie und blickte noch immer auf die Pistole. „Er riet mir, diesen Ausflug zu unternehmen – damit ich über meinen Verlust hinwegkäme."

„Ruf ihn an. Sag ihm, er soll herkommen."

Sie erwiderte nichts und ging auch nicht ans Telefon.

„Hör zu", sagte ich. „Hier spricht Groby. Groby wurde verprügelt, niedergemacht, beraubt und entführt. Er mußte zusehen, wie der einzige Freund, den er auf der Welt hatte, vor wenigen Stunden vergiftet wurde. Er wurde einer Sadistin vorgesetzt, die sich an ihm vergnügt hat und sich verdammt gut in Anatomie auskannte. Er hat sie getötet und war froh darüber. Er ist so hoch bei Chlorella verschuldet, daß er dort nie wieder herauskommen kann. Er wird wegen Mordes und Handelsverbrechens gesucht. Die Frau, die er zu lieben glaubte, ist eine fanatische Lügnerin und eine Hure. Dieser Groby hat nichts zu verlieren. Ich kann ein Loch in die Kuppel schießen, dann werden wir allesamt in den Weltraum gesogen. Ich kann auf die Straße gehen, mich stellen und erzählen, was ich weiß. Man wird mir nicht glauben, aber man wird Nachforschungen anstellen, und früher oder später werden sich meine Angaben bestätigen – nachdem man mir das Gehirn ausgebrannt hat, aber das macht nichts. Ich habe nichts zu verlieren."

„Und", sagte sie kaum hörbar, „was hast du zu gewinnen?"

„Hör auf, Zeit herauszuschinden. Ruf Schocken an."

„Nicht, ohne es vorher noch einmal zu versuchen, Mitch. Besonders ein Wort hat mich getroffen – fanatisch. Aus zweierlei Gründen habe ich Runstead gebeten, dich zu entführen. Ich wollte verhindern, daß du Tauntons Mördern in die Hände fällst, und ich wollte, daß du erfährst, wie Verbraucher wirklich leben. Ich dachte – ich weiß nicht. Ich dachte, du würdest erkennen, wie verfahren die Situation ist. Wenn man oben in der Starklasse sitzt, merkt man davon kaum etwas. Unten kriegt man da mehr mit. Ich dachte, du würdest zur Vernunft kommen, und wir könnten gemeinsam für die einzig sinnvolle Sache arbeiten. Es hat nicht geklappt. Dein verdammter Verstand – so fähig und so verdorben. All deine Bemühungen zielen darauf hin, wieder in die Starklasse zu kommen, ein bißchen besser essen, trinken und schlafen zu können als die anderen. Schade, daß du nicht auch ein Fanatiker bist. Derselbe alte Mitch. Immerhin, ich habe es versucht.

Mach so weiter, tu, was du für richtig hältst. Kümmere dich nicht darum, daß du mir weh tun könntest. Es kann nicht schlimmer werden als früher, wenn wir uns anschrien. Oder wenn ich für die Natschus zu tun hatte und es dir nicht sagen konnte und zusehen mußte, wie du eifersüchtig wurdest. Oder als ich dich in die Chlorellafabrik bringen ließ und versuchte, aus dir einen gesunden, vernünftigen Menschen zu machen, trotz all der Texterei. Oder daß ich dich niemals richtig lieben konnte, mich dir niemals ganz hingeben konnte, weder seelisch noch körperlich, weil dieses Geheimnis zwischen uns stand. Es hat mir weh getan. Ein Schlag mit einer Pistole ist nichts gegen den Schmerz, den ich ertragen habe."

Es entstand eine Pause, die eine Ewigkeit zu dauern schien. „Ruf Schocken an", sagte ich dann. „Sag ihm, er soll hierherkommen, dann geh und nimm den Sterngucker mit. Ich – ich weiß nicht, was ich ihm sagen werde. Aber ich gebe dir und deinen Freunden ein paar Tage Galgenfrist. Damit ihr die Hauptquartiere verlegen, die Signale und all den übrigen Unsinn verändern könnt. Ruf Schocken an und mach, daß du fortkommst. Ich will dich nie wieder sehen."

Ich konnte ihr Gesicht nicht sehen, als sie den Hörer abnahm und eine Nummer wählte.

„Die Sekretärin von Mr. Schocken bitte", sagte sie. „Hier spricht Dr. Nevin – die Witwe von Mr. Courtenay. Ich stehe, glaube ich, auf der Liste ... vielen Dank. Die Sekretärin von Mr. Schocken bitte. Hier spricht Dr. Nevin, die Witwe von Mr. Courtenay. Kann ich bitte Mr. Schockens Sekretärin sprechen? Ich stehe auf der Liste ... vielen Dank ... Hallo, Miß Grice; hier ist Dr. Nevin. Kann ich bitte Mr. Schocken sprechen? ... Gewiß ... vielen Dank ..." Sie wandte sich zu mir um und sagte: „Ich muß warten." Die Minuten vergingen schweigend, dann sagte sie: „Hallo, Mr. Schocken ... Ja, vielen Dank. Könnten Sie vielleicht vorbeikommen, es geht um eine wichtige Angelegenheit ... geschäftlich *und* persönlich ... je eher, desto besser, fürchte ich ... Einkaufsstraße eins, direkt an der Empfangshalle bei Dr. Astron ... nein, nein. Das ist ein Ort, wo man sich sehr gut treffen kann. Vielen Dank, Mr. Schocken."

Ich entwand ihr den Hörer und hörte, wie Fowler Schockens Stimme sagte: „Schon gut, meine Liebe. Das ist ja sehr geheimnisvoll und spannend. Auf Wiedersehen." Klick. Ich hätte ihr durchaus zugetraut, eine einseitige Unterhaltung vorzutäuschen. Die Stimme war jedoch unverkennbar. Sie weckte Erinnerungen an morgendliche Konferenzen mit den brillanten dialektischen Einlagen, an harte, befriedigende Arbeitsstunden, deren Höhepunkte ein „Ausgezeichnet“ war, und an ausgeklügelte Manöver und Taktiken. Heimweh überwältigte mich. Ich war fast wieder daheim.

Schweigend nahm Kathy den schlaffen Körper des Sternguckers auf die Schulter. Ohne ein Wort verließ sie das Observatorium. Eine Tür wurde geöffnet und fiel dann ins Schloß.

Zum Teufel mit ihr ...

Minuten vergingen, dann erklang die fröhliche Stimme von Fowler Schocken: „Kathy! Ist jemand da?“

„Herein!“ rief ich.

Zwei unserer Leute von Brink und Fowler Schocken traten ein. Sein Gesicht lief purpurrot an. „Wo ist –“, begann er. Und dann: „Sie sehen aus wie – Sie sind es! Mitch!“ Er packte mich und tanzte mit mir ausgelassen durch den runden Raum, während die Wachtposten mit offenem Munde dastanden. „Warum haben Sie einem alten Mann einen so schmutzigen Streich gespielt? Was ist passiert, Junge? Wo ist Kathy?“ Er hielt inne und schnaufte vor Anstrengung.

„Ich habe ein bißchen im Untergrund gearbeitet“, sagte ich, „und fürchte, ich bin dabei in Schwierigkeiten geraten. Würden Sie bitte noch mehr Wachtposten rufen? Es könnte sein, daß es zu einem Zusammenstoß kommt mit Burns' Leuten.“ Bei dieser Vorstellung ging ein glückliches Grinsen über die Gesichter unserer Brinkleute, die stolz auf ihre Arbeit waren.

„Gewiß, Mitch. Erledigen Sie das“, sagte er zu dem Sergeanten, der fröhlich ans Telefon ging. „Nun erzählen Sie, was los ist.“

„Im Augenblick“, erwiderte ich, „möchte ich nichts weiter sagen, als daß ich mich an die Außenarbeit gewagt habe und daß die Sache schiefgegangen ist. Sagen wir, ich habe mich vorübergehend freiwillig degradiert, um zu erfahren, wie die Verbraucher zum Venusprojekt stehen – das ging ins Auge. Fowler, bitte, ersparen Sie mir weitere Einzelheiten. Es geht mir nicht gut. Ich bin hungrig, müde, besorgt und schmutzig.“

„Gut, Mitch. Sie kennen meine Politik. Wenn man ein gutes Pferd hat, soll man ihm die Zügel schießen lassen und es bis zur äußersten Grenze unterstützen. Sie haben mich nie enttäuscht – und bei Gott, bin ich froh, daß Sie wieder da sind. Die Venussektion braucht Sie. Alles geht schief. Die Tabellen für Nordamerika liegen bei 3.77 statt bei 4.0 oder darüber. Und die Leute? Gott! Die Arbeitskräfte wechseln ständig! Ich bin hier, um ein paar Nachforschungen anzustellen: ein kleiner Überfall auf die Luna City Inc. Mondminen und die übrigen Läden. Ich versuchte, einige Leute zu bekommen, die an den Weltraum gewöhnt sind."

Es war gut, wieder daheim zu sein. „Wer leitet das Projekt?" fragte ich.

„Ich. Wir haben ein paar Direktoren ausgewechselt, konnten aber beim besten Willen keinen geeigneten Mann finden, dem wir die Leitung hätten anvertrauen können. Trotz meiner anderen Aufgaben mußte ich die Venussektion selbst übernehmen. Bin ich froh, daß Sie wieder da sind!"

„Runstead?"

„Er ist mein Stellvertreter, der arme Mann. Warum sind Sie eigentlich in Schwierigkeiten mit den Wachtposten geraten? Und wo ist Kathy?"

„Später bitte ... ich werde auf der Erde gesucht wegen Mordes und Handelsverbrechens. Hier oben bin ich ein verdächtiges Subjekt ohne Passierschein und Aufenthaltsgenehmigung. Außerdem habe ich mich der Festnahme widersetzt, einen Wachtposten niedergeschlagen und Eigentum von Luna City beschädigt."

Er sah ernst aus. „Sie wissen ja, daß ich bei Handelsverbrechen keinen Spaß verstehe", sagte er. „Ich nehme an, der Kontrakt wies Mängel auf?"

„Verschiedene", versicherte ich ihm.

Er strahlte wieder. „Dann zahlen wir die Geldstrafe und gehen wegen des Handelsverbrechens vor die Handelskammer, wenn's sein muß. Welche Firma?"

„Chlorella, Costa Rica."

„Hmmm. Mittlere Größe, aber solide. Ausgezeichnete Leute, allesamt. Ein Vergnügen, mit ihnen Geschäfte zu machen."

Aber nicht, wenn man unten sitzt, dachte ich, schwieg aber.

„Ich bin sicher, daß die vernünftig sind. Und wenn nicht – ich habe ohnehin die Mehrheit der Handelskammer in der Tasche. Ich muß doch schließlich etwas für meine Gefolgsleute tun, was?"

Er versetzte mir einen freundschaftlichen Stoß in die Rippen. Seine Erleichterung darüber, daß er die Venussektion vom Halse hatte, war überwältigend.

Ein Dutzend Brinkleute schwärmten in den Raum. „Das sollte genügen", strahlte Fowler Schocken. „Leutnant, die Leute von Burns,

Luna City Inc. könnten versuchen, Mr. Courtenay zu verhaften. Das wollen wir doch nicht, oder?"

„Nein, Sir", sagte der Leutnant, ohne mit der Wimper zu zucken. „Dann wollen wir gehen."

Wir schlenderten die Einkaufsstraße entlang, zum Staunen einiger Nachtschwärmer. Von der Einkaufsstraße kamen wir auf die Handelsstraße.

„He, Sie!" rief ein Posten von Burns, der durch die Straßen patrouillierte. Wir gingen in lockerer Formation, er hatte offenbar nicht erkannt, daß die Brinkleute mich eskortierten.

„Geh nach Hause, und spiel mit deinen Murmeln, Kleiner", sagte ein Sergeant zu ihm.

Er wurde bleich, schlug Alarm und ging in einem Gewirr von Fäusten und Stiefeln zu Boden.

Wachtposten von Burns eilten mit grotesken Sprüngen durch die tunnelähnliche Straße. In den Türen erschienen Gesichter. Der Leiter unserer Truppe sagte: „Los!", und seine Leute zogen auf Kommando Pistolen, Totschläger, Munitionsgürtel und andere Waffen hervor. In Windeseile wurden zwei Maschinengewehre montiert, die die Straße in Schach hielten. Die Burnsleute wichen zurück und blieben in einiger Entfernung unglücklich stehen; sie schwangen ihre Schlagstöcke.

Unser Leutnant rief: „Was ist denn los, meine Herren?"

Ein Mann von Burns erwiderte: „Ist der Mann da George Groby?"

„Sind Sie George Groby?" fragte mich der Leutnant.

„Nein. Ich bin Mitchell Courtenay."

„Sie hören es selbst!" rief der Leutnant. Auf ein Zeichen ihres Anführers luden die Leute die Waffen durch. Das Klicken hallte im Gewölbe wider, und die wenigen Neugierigen, die noch aus den Türen schauten, verschwanden.

„Ach so", sagte der Mann von Burns schwach. „Ist in Ordnung. Sie können weitergehen." Er wandte sich an seine Leute. „Na? Worauf wartet ihr Idioten noch? Habt ihr mich nicht verstanden?"

Sie verschwanden wieder, und wir schlenderten die Straße hinunter; die Bewaffneten wiegten ihre Gewehre liebevoll im Arm.

Die Filiale von Fowler Schocken in Luna City befand sich in Nummer 75, und pfeifend gingen wir in das Gebäude hinein. Die Wachtposten stellten ihre Waffen in der Halle auf.

Es war ein phantastisches Schauspiel. Ich hatte so etwas noch nie erlebt. Fowler Schocken erklärte mir, als er mich in das Innere der Agentur führte: „Wir befinden uns hier an der Front, Mitch. Der Rang eines Menschen bedeutet hier oben nicht viel. Eine durchtrainierte bewaffnete Leibwache ist das wichtigste in der Stratosphäre. Hier zählen nur die elementaren Dinge des Lebens, Mensch ist einfach Mensch, seine Sozialversicherungsnummer spielt keine Rolle."

Wir kamen an einer Tür vorbei. „O'Sheas Zimmer", sagte er. „Er ist natürlich nicht zu Hause. Der kleine Mann sammelt junge Mädchen, solange sein Ruhm dauert – und lange wird das nicht mehr sein. Der einzige Mensch, der auf der Venus war. Wir werden's schon schaffen, nicht wahr, Mitch?" Er schob mich in einen kleinen Raum und stellte eigenhändig das Bett auf. „Hier, eine kleine Bettlektüre", sagte er und zog ein Bündel Notizen aus seiner Brusttasche. „Nur ein paar Entwürfe zur Durchsicht. Ich schicke Ihnen Essen und Coffiest. Ein, zwei Stunden Arbeit, dann der gesunde Schlaf des Gerechten, he?"

„Ja, Mr. Schocken."

Er strahlte mich an und ging; den Vorhang hatte er zugezogen. Ich starrte auf die Entwürfe. „Sechsfarben-Doppelfoto. Nicht erwähnen: erfolglose frühere Flüge. Erwähnen: Learoyd 1959, Holden 1962, McGill 2002 und andere heroische Pioniere, die ihr Leben opferten etc. etc. Nicht erwähnen: Myers-White 2010; explodierte, bevor Mondumlaufbahn erreicht war; versuchen, M.-W. aus den Unterlagen der Nachrichtendokumentation und aus den Geschichtsbüchern herauszunehmen? Kostenvoranschlag einholen. Archive nach Fotos von L., H. und McG. durchsuchen. Sollten blond, brünett und rothaarig sein. Im Hintergrund Raumschiffe. Verschwommen. Verführerische Frau, heldenhafte Pioniere mit entschlossenem Blick, nicht interessiert. Reizvoll, weil unerreichbar ..."

Man hatte sogar einen Bleistift und Papier bereitgelegt. Ich begann gequält zu schreiben: „Wir waren ganz gewöhnliche Menschen. Wir liebten die Erde und die guten Dinge, die sie uns gab. Den Geruch von Coffiest am frühen Morgen ... den ersten Zug aus einer Starr ... das gute Gefühl, in einen nagelneuen Verily-Nadelstreifen-Anzug zu steigen ... das warme Lächeln eines Mädchens in einem bunten Frühlingskleid – doch all das genügte uns nicht. Es gab ferne Orte, die wir sehen, Dinge, die wir wissen wollten. Der Kleine ist Learoyd. Neunzehnhundertneunundfünfzig. Ich bin Holden. Neunzehnhundertzweiundsechzig. Der Rothaarige mit den breiten Schultern ist McGill – zweitausendzwei. Ja, wir sind tot. Aber wir haben die fernen Orte gesehen und haben erfahren, was wir wissen wollten, ehe wir starben. Wir wollen kein Mitleid; wir haben es für euch getan. Die klugen Astronomen konnten über die Venus lediglich Vermutungen

anstellen. Giftgas, sagten sie. Winde, so heiß, daß sie das Haar versengen, und so heftig, daß es einen herumwirbelt. Aber sie waren sich ihrer Sache nicht sicher. Und was tut man, wenn man sich einer Sache nicht sicher ist? Man geht selbst hin und überzeugt sich an Ort und Stelle von den Dingen."

Ein Wachtposten erschien mit belegten Broten und Coffiest.

Mit einer Hand aß ich, mit der anderen schrieb ich.

„Für die damalige Zeit waren unsere Raumschiffe sehr gut. Gerade so groß, daß wir nebst genügend Brennstoff für den Hinflug hineinpaßten. Nur für den Treibstoff zum Rückflug reichte es nicht. Habt jedoch kein Mitleid mit uns; wir mußten es wissen. Es bestand durchaus die Möglichkeit, daß sich die Intellektuellen geirrt hatten, daß wir vielleicht aussteigen könnten, saubere Luft atmen und in kühlem Wasser baden könnten – um dann Treibstoff für die Heimkehr herzustellen. Doch es kam anders. Es stellte sich heraus, daß die Intellektuellen ihre Sache verstanden. Learoyd wartete nicht, bis er in seiner Kiste verhungerte; er öffnete die Luke und atmete Methan ein, nachdem er die Eintragungen in das Bordbuch beendet hatte. Mein Fahrzeug war leichter. Der Wind packte und zerschmetterte es – und damit auch mich. McGill hatte Extrarationen und ein schweres Schiff. Er setzte sich hin, schrieb eine Woche lang, und dann – nun, nachdem zwei Männer nicht zurückgekehrt waren, wußte er, was ihn erwartete. Er hatte Zyanid mitgenommen. Dennoch, kein Mitleid bitte. Wir fuhren hin und überzeugten uns, und in gewisser Weise erhieltet ihr die Nachricht ja dadurch, daß wir nicht zurückkehrten. Jetzt wißt ihr, was zu tun ist und wie man es tun muß. Ihr wißt, daß die Intellektuellen recht hatten. Die Venus ist eine niederträchtige Dame, und man muß alles Notwendige, vor allem aber Wissen mitnehmen, um sie zu zähmen. Wenn man das tut, behandelt sie einen gut. Habt kein Mitleid mit uns, wenn ihr uns und unsere Fahrzeuge findet. Wir haben es für euch getan. Wir wußten, daß wir es nicht umsonst getan haben."

Ich war wieder daheim.

14

„BITTE, Fowler", sagte ich. „Morgen. Nicht heute."

Er blickte mich fest an. „Gut, Mitch, ich respektiere Ihren Wunsch", sagte er. „Ich war nie der Typ, der andere drängt, etwas zu überstürzen." Er zeigte damit eine seiner Eigenschaften, die ihn zum Chef befähigten. Er verbannte die brennende Neugier aus seinen Gedanken und hielt seine Fragen, wo ich gewesen war und was ich getan hatte, zurück. „Das ist ein guter Text", sagte er und warf meine Arbeit des vergangenen Abends schwungvoll auf den Schreibtisch. „Sprechen Sie mit O'Shea darüber, ja? Er kann vielleicht noch einige Einzelheiten hinzufügen, wenn das überhaupt möglich ist. Und bereiten Sie sich auf den Rückflug mit der *Vilfrede Pareto* vor. Stimmt ja, das habe ich ganz vergessen. Sie haben ja gar nichts zu packen. Hier ist Geld, kaufen Sie ein, wenn Sie etwas Zeit haben. Sie nehmen natürlich einige von den Leuten mit. Sie wissen ja ..."

Er zwinkerte mir zu.

Ich fand O'Shea aufgerollt wie eine Ratte mitten auf seinem großen Bett in der Kabine neben mir. Der kleine Mann sah arg mitgenommen aus, er rollte sich auf die andere Seite und starrte mich entsetzt an.

„Mitch", sagte er mit schwerer Zunge. „Schon wieder so 'n verdammter Alptraum."

„Jack", erwiderte ich eindringlich. „Wach auf, Jack."

Er schnellte in die Höhe und starrte mich an. „Was ist los –? Hallo, Mitch. Ich erinnere mich. Jemand hat mir was gesagt, als ich heute morgen nach Hause kam." Er hielt seinen kleinen Kopf. „Ich sterbe", sagte er schwach. „Holen Sie mir was, ja? Mein letzter Rat vom Totenbett ist: Versuchen Sie nie, ein Held zu sein. Sie sind ein zu netter Bursche ..."

Der Zwerg starrte benommen geradeaus, er schwankte mit jedem Pulsschlag ein wenig hin und her. Ich ging in die Küche und besorgte Coffiest, Thiamax und ein Stück Brot. Ich war schon halbwegs wieder im Zimmer, als ich noch einmal umkehrte, zur Bar ging und zwei Bourbon holte.

O'Shea blickte auf das Tablett und bekam einen Schluckauf. „Was, zum Teufel, ist denn das?" fragte er mit schwacher Stimme und deutete auf Coffiest, Thiamax und Brot. Er kippte den Bourbon hinunter und schüttelte sich.

„Lange nicht gesehen, Jack", sagte ich.

„Nein", stöhnte er. „Das hat mir gerade noch gefehlt. Warum fallen einem diese Phrasen, wenn man verkatert ist, besonders auf die Nerven?" Er versuchte, sich zu seiner Einmetergröße aufzurichten, und fiel mit baumelnden Beinen auf sein Bett zurück. „Mein Rücken schmerzt", sagte er. „Ich glaube, ich werde in ein Kloster eintreten.

Ich versuche, meinem Ruf gemäß zu leben, und das bringt mich langsam, aber sicher um. Also diese Touristin aus Neuschottland! Es ist Frühling, nicht wahr? Ob das wohl eine Erklärung ist? Vielleicht hat sie Eskimoblut."

„Es ist Spätherbst", sagte ich.

„Hup. Vielleicht hat sie keinen Kalender ..., reichen Sie mir die Tasse Coffiest." Kein „bitte". Und kein „danke". Nur die kühle, selbstbewußte Überzeugung, daß die Welt ihm gehöre. Er hatte sich verändert.

„Können Sie heute morgen arbeiten?" fragte ich ein wenig steif.

„Vielleicht", erwiderte er unbestimmt. „Schließlich bin ich ja im Auftrag von Schocken hier. Sagen Sie, was, zum Teufel, ist eigentlich mit Ihnen passiert?"

„Ich habe Nachforschungen angestellt."

„Kathy gesehen?" fragte er. „Sie haben wirklich ein wunderbares Mädchen, Mitch." Sein Lächeln war möglicherweise ein bißchen zweideutig. Ich war jedenfalls sicher, daß es mir nicht gefiel – ganz und gar nicht gefiel.

„Fein, daß sie Ihnen gefällt", sagte ich steif. „Kommen Sie jederzeit vorbei."

Er trank sein Coffiest und sagte, während er sich vorsichtig setzte: „Was für eine Arbeit war das denn, von der Sie gerade sprachen?"

Ich zeigte ihm meinen Text.

Er schluckte das Thiamax, und während er las, wurde er wieder munter.

„Ausgemachter Mist, was Sie da fabriziert haben", sagte er schließlich zornig. „Ich kenne keinen Learoyd, Holden und McGill; keinesfalls jedoch waren sie selbstlose Entdecker. Kein Mensch *will* zur Venus. Man wird dorthin abgeschoben." Er saß mit gekreuzten Beinen auf dem Bett und brütete vor sich hin.

„Wir behaupten, daß sie es wollen, mein Lieber", sagte ich. „Wir versuchen, die Leute davon zu überzeugen, daß sie unbedingt wollen. Wir verlangen von Ihnen lediglich Sinneseindrücke, die in den Text eingestreut werden sollen. Ich frage Sie direkt und bitte um eine ehrliche Antwort: Wie reagieren Sie darauf?"

„Mit Übelkeit", sagte er gelangweilt. „Bestellen Sie mir eine Dusche, Mitch? Zehn Minuten Frischwasser, heiß. Egal, was es kostet. Sie könnten auch eine berühmte Persönlichkeit sein. Sie brauchten dazu nur soviel Glück wie ich." Er schwang seine kurzen Beine über die Bettkante und betrachtete seine Zehen, die achtzehn

Zentimeter über dem Fußboden baumelten. „Tja", sagte er mit einem Seufzer, „ich nehme, solange ich nehmen kann."

„Was ist mit meinem Text?" fragte ich.

„Lesen Sie meine Berichte", erwiderte er. „Was ist mit meiner Dusche?"

„Rufen Sie Ihren Diener", sagte ich und ging kochend vor Wut davon. Wieder in meinem Zimmer, arbeitete ich ein paar Stunden im Schweiße meines Angesichts, um Sinneseindrücke in den Text hineinzubringen, dann besorgte ich mir eine Leibwache und ging einkaufen. Es gab keine Zwischenfälle mit der Mond-Patrouille. Ich entdeckte an Warren Astrons Tür ein neues Schild: „Dr. Astron bedauert, daß ihn dringende Geschäfte vorübergehend auf die Erde zurückgerufen haben."

Ich fragte einen meiner Leute: „Ist die *Ricardo* schon fort?"

„Vor ein paar Stunden, Mr. Courtenay. Als nächstes Schiff geht morgen die *Pareto*."

Ich konnte also reden.

Ich erzählte Fowler Schocken die ganze Geschichte.

Und Fowler Schocken glaubte mir nicht ein einziges Wort. Er war sehr freundlich und versuchte, meine Gefühle nicht zu verletzen.

„Niemand macht Ihnen einen Vorwurf, Mitch", sagte er freundlich. „Sie haben große Belastungen hinter sich. Es kann uns allen passieren, dieser Kampf mit der Wirklichkeit. Fühlen Sie sich nicht einsam, mein Junge. Wir werden es schon überstehen. Es gibt Zeiten, da braucht jeder – Hilfe. Meine Analytiker –"

Ich fürchte, ich schrie ihn an.

„Nun, nun", sagte er noch immer freundlich und verständnisvoll. „Nur so zum Zeitvertreib – Laien sollten die Finger von diesen Dingen lassen; aber ich glaube, ich kenne mich ein bißchen darin aus und kann objektiv darüber sprechen – ich will versuchen, es Ihnen zu erklären –"

„Und wie erklären Sie das?" brüllte ich ihn an und hielt ihm meine gefälschte Sozialversicherungsnummer unter die Nase.

„Nun ja", sagte er ruhig. „Es gehörte einfach zu Ihrem kurzen – nun, nennen wir es Urlaub von der Wirklichkeit. Sie haben eine psychologische Sauftour hinter sich. Sie haben Urlaub von sich selbst gemacht. Sie haben eine neue Identität angenommen, die Sie so gewählt haben, daß sie möglichst weit von Ihrem normalen, schwerarbeitenden, ungeheuer fähigen Ich entfernt war. Sie wählten das faule, leichte Leben eines Abschöpfers, der in der tropischen Sonne vor sich hin döst – Ihre entsetzlichen Verleumdungen gegen Taunton sind jemandem, der etwas von Psychologie und den menschlichen Trieben versteht, sonnenklar. Ich bin froh, daß Sie sich ausgesprochen haben. Das bedeutet nämlich, daß Sie halbwegs wieder Ihr tatsächliches Ich erreicht haben. Was ist unser Zentralproblem – das Zentralproblem des echten Mitchell Courtenay, des Texters? Er muß mit der Konkurrenz fertig werden! Die Konkurrenzfirmen am Boden zerschmettern! Sie zerstören! Ihre Geschichten über Taunton beweisen einem Eingeweihten ebenfalls, daß Sie auf dem Wege sind, den echten Mitchell Courtenay, den Texter, wiederzufinden. Verschleiert in Symbolik, verdunkelt durch ambivalente Haltung, liegt die Taunton-Phantasie dennoch klar zutage. Ihre eingebildete Begegnung mit dem Mädchen ‚Hedy' ist geradezu ein Paradebeispiel aus dem Lehrbuch!"

„Verdammt noch mal!" brüllte ich. „Sehen Sie sich doch meinen Kiefer an! Sehen Sie das Loch? Es schmerzt noch immer!"

Er lächelte nur und sagte: „Wir wollen froh darüber sein, daß Sie sich nichts Schlimmeres angetan haben, Mitch. Das Es, müssen Sie wissen –"

„Und was ist mit Kathy?" fragte ich ungehalten. „Was ist mit den vollständigen Daten über die Natschus, die ich Ihnen gegeben habe? Gesten, Lautsignale, Parolen, Treffpunkte?"

„Mitch", sagte er ernst, „wie ich bereits sagte, will ich dem Analytiker nicht ins Handwerk pfuschen, aber das ist alles Einbildung. Sexuelle Feindseligkeiten aufgrund Ihrer Persönlichkeitsspaltung in ‚Groby'/Courtenay haben dazu geführt, daß Sie Ihre Frau mit einem Haß-und-Furcht-Objekt, mit den Natschus, identifizieren. Und ‚Groby' wußte es so einzurichten, daß Ihre Angaben über die Natschus nicht zu überprüfen und daher nicht zu widerlegen sind. ‚Groby' hatte für Sie – Ihr eigentliches Ich – alles so arrangiert, daß die imaginären ‚Daten' so lange zurückgehalten wurden, bis die Natschus die Gelegenheit hätten, alles zu verändern. ‚Groby' handelte in Notwehr. Courtenay kam zurück, und er wußte es; ‚Groby' spürte, daß er ‚verdrängt' wurde. Sehr gut; er kann warten. Er hat alles so arrangiert, daß er zurückkommen kann –"

„Ich bin nicht verrückt –"

„Mein Analytiker –"

„Sie müssen mir glauben!"

„Diese unbewußten Konflikte –"

„Ich sage Ihnen, Taunton hat Killer!"

„Wissen Sie, was mich überzeugt hat, Mitch?"

„Was?" fragte ich verbittert.

„Die phantastische Geschichte von einer Natschu-Zelle unter *Chikken Little*. Die Symbolik –", er errötete ein wenig, „ja, die Symbolik ist unmißverständlich."

Ich gab auf, nur auf einem Punkt blieb ich bestehen: „Im allgemeinen läßt man einem Verrückten doch immer seinen Willen, Mr. Schocken?"

„Sie sind nicht verrückt, mein Junge. Sie brauchen – Hilfe – wie viele –"

„Ich will mich genauer ausdrücken. Werden Sie mir in einem Punkt glauben?"

„Natürlich", sagte er grinsend.

„Lassen Sie sich selbst und mich bewachen. Taunton hat Killer – schon gut; ich oder Groby oder sonstwer glaubt, daß Taunton Killer hat. Wenn Sie mir so weit glauben, daß Sie sich selbst und mich bewachen lassen, dann verspreche ich, den Mund zu halten und nicht mehr davon zu sprechen. Ich werde sogar zu Ihrem Analytiker gehen."

„Gut", sagte er lächelnd.

Der arme alte Fowler. Wer konnte ihm schon Vorwürfe machen? Seine eigene Traumwelt wurde von jedem einzelnen Wort, das ich gesagt hatte, angegriffen. Mein Bericht war Blasphemie gegen den Gott des Verkaufs. Er konnte und konnte es nicht glauben, daß ich – mein wirkliches Ich – es glaubte.

Wie konnte Mitchell Courtenay, Texter, vor ihm sitzen und so entsetzliche Dinge erzählen wie: „Die Interessen von Produzenten und Verbrauchern sind nicht identisch ... Die meisten Menschen auf der Welt sind unglücklich ... Arbeiter finden nicht automatisch die geeignetste Beschäftigung ... Unternehmer halten die Regel ‚Hart, aber fair' nicht ein ... Die Natschus sind normal, intelligent und gut organisiert ..."

Das mußte ihn wie Keulenschläge treffen, aber Fowler Schocken war widerstandsfähig. Die Schläge glitten an ihm ab und hinterließen nur leichte Kratzer.

Es gab für alles eine Erklärung, und der Verkauf war über alle Irrtümer erhaben. Es war also nicht Mitchell Courtenay, der Texter, der da vor ihm saß und all diese Dinge sagte. Es war Mitchell Courtenays böses, ungezähmtes *Es* oder der diabolische „George Groby" oder sonstwer – nur nicht Courtenay.

In einer Art Doppelbewußtsein, das Fowler Schocken und seinen Analytiker entzückt hätte, sagte ich zu mir: „Weißt du, Mitch, du redest schon wie ein Natschu."

Ich antwortete: „Wieso, das bin ich doch. Wie entsetzlich."

„Nun", erwiderte ich, „das würde ich nicht unbedingt sagen. Vielleicht ..."

„Ja", sagte ich nachdenklich. „Vielleicht ..."

Ein Grundsatz in meinem Beruf besagt, daß die Dinge unsichtbar sind, es sei denn, sie stehen vor einem Kontrasthintergrund. Wie zum Beispiel die Ansichten und die Haltung Fowler Schockens.

Glauben Sie mir, Fowler, dachte ich. Lassen Sie mich bewachen. Ich will nie wieder einem ambivalenten Hirngespinst wie Hedy begegnen. Die Symbolik lag vielleicht auf der Hand, dennoch hat sie mich mit ihren symbolischen kleinen Nadeln verletzt.

15

RUNSTEAD war nicht da, als unsere kleine Prozession das Angestelltenterritorium des Schocken-Hochhauses erreichte. „Wir", das waren Fowler, ich, Jack O'Shea, Sekretärinnen – und die Leibwache, die ich gefordert hatte.

Runsteads Sekretärin sagte, er sei unten in der Halle, und so warteten wir ... und warteten ... und warteten. Nach einer Stunde sprach ich die Vermutung aus, er komme vielleicht nicht mehr zurück. Nach einer weiteren Stunde erfuhren wir, daß man auf einem Sockel des Hochhauses, ein paar hundert Meter weiter unten, einen zerschmetterten Körper gefunden habe. Er sei kaum zu identifizieren.

Die Sekretärin weinte hysterisch und öffnete Runsteads Schreibtisch und den Safe. Schließlich fanden wir Runsteads Tagebuch aus den letzten Monaten vor seinem Tod.

Neben Einzelheiten über seine Arbeit, seine Liebschaften und neben kurzen Abrissen für künftige Werbefeldzüge, Notizen über gute, entlegene Restaurants und so weiter fanden wir Eintragungen wie: „Er war gestern abend wieder hier. Er sagte mir, ich solle härter rangehen, mehr schockieren. Er flößt mir Furcht ein ... Er sagt, die Starrzeliuskampagne brauche mutige Leute. Ich habe Angst vor ihm. Habe erfahren, daß er jeden ängstigte, früher, als er noch lebte ... G. W. H. war gestern abend wieder da ... *Sah ihn zum erstenmal bei Tageslicht*. Hüpfte und schrie, aber niemand hat etwas bemerkt. Wünschte, er ginge fort ...

G. W. H.s Zähne scheinen heute größer und spitzer. Ich brauche Hilfe ... Er sagte, ich tauge nichts, sei eine Schande für den Beruf ..."

Nach einer Weile merkten wir, daß „er" der Geist von George Washington Hill war, der Vater unserer Branche, Erfinder der gesungenen Werbung, des Schockeffekts und Gott weiß was noch alles.

„Armer Kerl", sagte Schocken mit weißem Gesicht. „Der arme, arme Kerl. Wenn ich nur davon gewußt hätte. Wenn er doch nur rechtzeitig zu mir gekommen wäre."

Die letzte Eintragung hieß: „Sagte, ich tauge nichts. Ich weiß, daß ich nichts tauge. Wertlos für den Beruf. Sie alle wissen es. Kann es in ihren Gesichtern lesen. Jeder weiß es. Er hat es ihnen gesagt. Verfluchter Kerl. Verfluchter Kerl mit seinen Zähnen. Verfluchter –"

„Armer, armer Mensch", sagte Schocken und weinte fast. Er wandte sich an mich: „Sehen Sie? Die Überbelastung unseres Berufes ..."

Und ob ich sah. Ein vorgefertigtes Tagebuch und ein nicht zu identifizierender Protoplasmafleck. Das da unten auf dem Vorsprung konnten ebensogut 180 Pfund *Chicken Little* sein.

ABER ich hätte nur meinen Atem verschwendet. Also nickte ich kurz und ließ ihm seinen Willen.

Ich nahm wieder meine Position als Leiter der Venusabteilung ein.

Ich suchte täglich Fowlers Analytiker auf. Und ich behielt meine Leibwache. In qualvollen Sitzungen sagte mir der alte Mann bisweilen: „Sie müssen sich von dieser Symbolik freimachen. Das ist alles, was noch zwischen Ihnen und der Wirklichkeit steht, Mitch. Dr. Lawler sagte mir –"

Dr. Lawler sagte Fowler Schocken das, was ich Dr. Lawler sagte. Und das war der langsame Fortschritt meiner „Integrierung": Ich heuerte einen Medizinstudenten an, der Traumata ausarbeitete, die von der Annahme ausgingen, daß meine Zeit als Verbraucher eine Art Selbstflucht gewesen sei, und er ließ sich wirklich etwas einfallen. Einige Traumata mußte ich ablehnen, weil sie sich nicht ganz mit meiner Würde vereinbaren ließen, aber es blieben genug übrig, die dafür sorgten, daß Dr. Lawler hin und wieder seinen Bleistift sinken ließ. Ein Trauma nach dem anderen wurde ausgegraben, und ich habe mich niemals in meinem Leben derartig gelangweilt.

Nur eines konnte ich nicht überwinden, nämlich die Überzeugung, daß das Leben von Fowler Schocken und mir in Gefahr war.

Fowler und ich kamen einander immer näher. Er glaubte, mich überzeugt zu haben. Ich schämte mich, weil ich ihm etwas vormachte. Er war sehr gut zu mir. Aber es ging um Leben und Tod. Alles andere war nebensächlich.

Eines Tages sagte Fowler Schocken freundlich: „Mitch, ich fürchte, jetzt müssen heldenhafte Maßnahmen stattfinden. Ich verlange nicht, daß Sie diesen Schutz vor der Wirklichkeit, soweit es Sie betrifft, selbst niederreißen. Ich jedoch werde meine Leibwache entlassen."

„Man wird Sie umbringen, Fowler!" entfuhr es mir.

Er schüttelte freundlich den Kopf. „Sie werden sehen. Ich habe keine Angst." Argumente waren sinnlos. Abschließend sagte er dem Leutnant der Wache: „Ich brauche Sie nicht mehr. Bitte melden Sie sich mit Ihren Leuten beim Fabrikschutz für einen neuen Einsatz. Ich danke Ihnen sehr für Ihre Loyalität und Aufmerksamkeit in diesen Wochen."

Der Leutnant salutierte, doch er und seine Männer sahen nicht gerade glücklich aus. Sie verließen einen angenehmen Posten und würden nun wieder auf Patrouille geschickt werden, um als Postenwachen oder Boten zu gottloser Stunde eingesetzt zu werden. Sie verließen den Raum, und ich wußte, daß Fowler Schockens Stunden gezählt waren.

Am gleichen Abend wurde er auf dem Heimweg von jemandem erdrosselt, der den Chauffeur überfallen und sich selbst an die Pedale von Fowler Schockens Cadillac gesetzt hatte. Der Mörder, offenbar ein Irrer, widersetzte sich der Festnahme und ließ sich kichernd zu Tode prügeln. Seine Tätowierung war vernichtet; er war nicht zu identifizieren.

Es gehört nicht viel Phantasie dazu, sich vorzustellen, was am nächsten Tag im Büro alles los war. Eine Gedächtnissitzung wurde einberufen, und Resolutionen gingen herum, in denen stand, es sei eine Schande und diesen großartigen Mann werde man nie vergessen können und so weiter. Beileidsbotschaften von anderen Agenturen trafen ein, auch eine von Taunton. Man sah mich mit Befremden an, als ich das Schreiben von Taunton in der geballten Faust zerknitterte und ein paar deftige Schimpfworte ausstieß. Kommerzielle Rivalität hat seine Grenzen. Wir sind schließlich alle Gentlemen. Ein harter, sauberer Kampf. Und die beste Agentur soll gewinnen.

Aber kein Mitglied der Geschäftsleitung machte sich ernsthaft Gedanken darüber. Sie alle dachten nur an eines: an das Schockenpaket der Stimmanteile.

Die Fowler Schocken AG besaß ein Kapital von 7×10^{12} Millionen

Stimmanteilen zum Nennwert von $M^2$0,1, insgesamt also 7×10^{13} Anteile. Davon waren $3{,}5 \times 10^{13} + 1$ Anteile ausschließlich für Angestellte bestimmt, und zwar für Angestellte, die AAAA-Arbeitskontrakte oder noch bessere hatten; grob gesagt, die Starklasse also. Die übrigen Anteile mußten laut Vorschrift auf dem offenen Markt verkauft werden. Wie üblich hatte Fowler Schocken diese Aktien durch Strohmänner an den obskuren Börsen, an denen sie angeboten wurden, selbst aufgekauft.

Unter eigenem Namen besaß er bescheidene $0{,}75 \times 10^{13}$ Anteile und verteilte den Rest mit großzügiger Hand. Ich selbst besaß, weil ich noch ziemlich jung war, ungeachtet der Tatsache, daß ich die zweitbeste Position der Organisation innehatte, durch Boni und Leistungsprämien nur etwa $0{,}857 \times 10^{10}$ Anteile. Der erste Mann am Konferenztisch war vermutlich Harvey Bruner. Er war Schockens ältester Gesellschafter und hatte im Laufe der Jahre $0{,}83 \times 10^{13}$ Anteile gesammelt. Nominell stand er damit über Fowler – aber er wußte natürlich, daß notfalls für die restlichen $3{,}5 \times 10^{13} + 1$ Anteile waggonweise Beauftragte einlaufen und mit geheimnisvoller Einstimmigkeit Fowler unterstützen würden. Außerdem war er loyal. Er schien sich für den Erben zu halten, und einige naivere Leute aus der Forschungs- und Entwicklungsabteilung hängten sich bereits an ihn, ausgemachte Narren.

Bruner war ein äußerst unkreativer, ungemein ehrlicher Karrengaul. Unter seiner schwerfälligen Regie würde ein so kompliziertes Unternehmen wie die Fowler Schocken AG innerhalb eines Jahres zusammenbrechen.

Wäre ich eine Spielernatur gewesen, so hätte ich mich an Sillery gehängt, den Medien-Chef; ihm gab ich die größten Chancen, den Schocken-Block zu erben – ich selbst rangierte unter ‚ferner liefen'. Und dieser Meinung waren offenbar auch die meisten anderen, mit Ausnahme des wütenden Bruner und ein paar Begriffsstutziger. Sillery wurde umringt von einem ehrerbietigen kleinen Gefolge, das sich zweifellos an einige Bemerkungen Fowlers erinnerte, wie zum Beispiel: „Die Medien, meine Herren, sind die elementare Basis!" und „Für Medien braucht man Grips, zum Texter Talent." Ich wurde praktisch wie ein Aussätziger behandelt und saß am Ende des Tisches, während meine Leibwache schweigend das Geschehen beobachtete. Sillery warf meinen Leuten einen Blick zu, der mehr als eindeutig besagte: „Das hat nun ein Ende; dieser Exzentriker fliegt als erster."

Diejenigen, auf die wir warteten, erschienen zuletzt. „Die Herren von der Amerikanischen Schiedsgerichts-Gesellschaft, Abteilung Testamentseröffnung, sind da, meine Herren."

Traditionsgemäß gaben sie sich, als wohnten sie einem Begräbnis bei. Entweder waren sie durch ihren Beruf sehr abgehärtet, oder aber es fehlte ihnen jeglicher Humor – jedenfalls verzogen sie keine Miene, als Sillery eine angemessene kleine Begrüßungsansprache hielt, von ihrer traurigen Pflicht sprach und davon, daß wir ihnen lieber unter glücklicheren Umständen begegnet wären.

In schnellem, murmelndem Ton verlasen sie das Testament und verteilten Abschriften.

Als erstes las ich: „Meinem lieben Freund und Gesellschafter Mitchell Courtenay hinterlasse und vermache ich meinen Ring aus Eichenholz mit Elfenbeineinlage (Vermögensverzeichnis Nr. 56987) und meine fünfundsiebzig Aktien für das *Institut zur Verbreitung Psychoanalytischen Wissens* mit der Verfügung, daß er seine Freizeit der aktiven Teilnahme an dieser Organisation und der Förderung ihrer edlen Ziele widmet."

Na, Mitch, sagte ich mir, aus und vorbei. Ich warf meine Abschrift auf den Tisch und lehnte mich zurück, um geschwind meine flüssigen Mittel zu überschlagen.

„Harte Worte, Mr. Courtenay", sagte ein mutiger, mitleidiger Mann aus der Forschungsabteilung, den ich kaum kannte. „Mr. Sillery scheint mit sich zufrieden zu sein."

Ich warf einen Blick auf das Erbe Sillerys – Paragraph eins. Er erbte Fowlers persönliche Anteile und ein beträchtliches Paket an Wertpapieren des *Manager-Investment-Syndikats,* der *Underwriters-Holding-Gesellschaft* und einiger anderer Firmen.

Der Mann aus der Forschungsabteilung studierte meine Abschrift des Testaments. „Wenn Sie gestatten, Mr. Courtenay, daß ich mich dazu äußere", sagte er zu mir, „ich meine, der alte Herr hätte Sie besser behandeln können. Ich habe noch nie von diesem Institut gehört, und ich bin mit dem Gebiet der Psychoanalyse ziemlich vertraut."

Ich glaubte Fowler neben mir kichern zu hören und richtete mich kerzengerade auf. „Dieser alte –", keuchte ich. Es paßte nahtlos ineinander wie Schlüssel und Schloß, sein bizarrer Humor ölte die Mechanik.

Sillery räusperte sich, und plötzliche Stille senkte sich über den Konferenzraum. Der große Boß sprach. „Es ist ein bißchen voll hier, meine Herren. Mir wäre es lieb, jemand stellte den Antrag, daß alle

Personen, die nicht zur Geschäftsleitung gehören, den Raum verlassen –"

Ich stand auf und sagte: „Ich werde Ihnen diese Mühe ersparen, Sillery. Kommt, Jungs. Sillery, wir sehen uns vielleicht noch einmal wieder." Ich verließ mit meiner Leibwache den Raum.

DAS *Institut zur Verbreitung Psychoanalytischen Wissens,* eine karitative New Yorker Körperschaft, war – so stellte sich heraus – eine schäbige Dreizimmerwohnung in Yonkers. Im Empfang hackte ein müdes, ältliches Mädchen auf einer Schreibmaschine herum. Die Atmosphäre ließ mich an Dickens denken. Auf einem schiefen Stand lagen gedruckte Broschüren voller Fliegendreck zur Ansicht aus.

„Ich komme von der Fowler Schocken AG", sagte ich zu ihr. Sie sprang auf. „Verzeihen Sie, Sir! Ich habe Sie nicht bemerkt. Wie geht es Mr. Schocken?"

Ich erzählte ihr, was passiert war, und sie begann zu schluchzen. Er sei ein so guter Mensch gewesen und hätte so großzügig für „die Sache" gespendet. Was um alles auf der Welt sollten sie und ihr Bruder nun anfangen? Der arme Mr. Schocken! Das arme Mädchen! Der arme Bruder!

„Vielleicht ist noch nicht alles verloren", sagte ich zu ihr. „Wer leitet diesen Laden hier?" Sie brachte unter Schluchzen hervor, daß ihr Bruder hinten im Büro sei. „Bitte, bringen Sie ihm die Nachricht vorsichtig bei, Mr. Courtenay. Er ist so sensibel und empfindlich –"

Das versprach ich ihr und betrat das Zimmer. Der Bruder lag stockbetrunken quer über seinem Schreibtisch. Ich weckte ihn unsanft; er schaute mich aus trüben, zynischen Augen an. „Was ist los?"

„Ich komme von der Fowler Schocken AG und möchte mir die Bücher anschauen."

Er schüttelte heftig den Kopf. „Nein. Nur der alte Herr persönlich hat Einsicht in die Bücher."

„Er ist tot", sagte ich. „Hier ist das Testament." Ich zeigte ihm den entsprechenden Abschnitt im Testament und meinen Ausweis.

„Ja", sagte er. „Die schönen Zeiten sind vorbei. Oder behalten Sie uns? Sehen Sie, was das heißt, Mr. Courtenay? Er fordert Sie auf –"

„Das habe ich durchaus verstanden", sagte ich. „Die Bücher bitte."

Er holte sie aus einem Geheimfach hinter einer ganz normalen Tür.

Innerhalb von drei Stunden harter Arbeit gelangte ich zu der Erkenntnis, daß die einzige Aufgabe der Stiftung darin bestand, sechsundfünfzig Prozent der Aktien der *Allgemeinen Phosphat-Reduzie-*

rungs-Gesellschaft in Newark zu verwalten und Fowler Schockens Anweisungen entsprechend zu handhaben.

Ich ging hinaus in den Korridor und sagte zu meiner Leibwache: „Kommt, Jungs, jetzt geht's nach Newark."

Ich will Sie nicht mit den Einzelheiten langweilen. Über drei Stationen lief der Weg eingleisig, dann spaltete er sich. Eine Spur endete zwei Stufen weiter in der *Frankfort Agentur für gebrauchte Maschinenwerkzeuge,* die zweiunddreißig Prozent jener Aktien der Fowler Schocken AG besaß, die zur „öffentlichen Versteigerung" gekommen waren. Die andere Spur teilte sich eine Stufe weiter und endete schließlich bei der *Vereinigten Konzessions-Corp.* und dem *Waukegan College für Zahnmedizin und Zahnorthopädie,* die über die restlichen Anteile verfügten.

Zwei Wochen später betrat ich morgens mit meiner Leibwache den Konferenzraum.

Sillery präsidierte. Er sah hager und müde aus, als hätte er in den letzten Wochen nicht geschlafen, sondern krampfhaft nach etwas gesucht.

„Courtenay!" schnarrte er mich an. „Ich dachte, Sie wüßten, daß Ihr Regiment draußen zu bleiben hat!"

Ich nickte dem ehrlichen, naiven Harvey Bruner zu, den ich bereits eingeweiht hatte. Er war Schocken und mir gegenüber loyal und sagte: „Herr Präsident, ich stelle den Antrag, daß sich alle Mitglieder vom Betriebsschutz eskortieren lassen dürfen, sofern sie das für ihren persönlichen Schutz für angebracht halten."

„Ich unterstütze den Antrag, Herr Präsident", sagte ich. „Holt sie herein, Jungs, ja?" Grinsend begannen meine Leibwächter kistenweise Aktien hereinzuschleppen.

Augen traten vor, Kiefer klappten herunter, während der Berg wuchs. Es dauerte lange, bis die Aktien gezählt und für echt befunden waren. Zuletzt hieß es: $5{,}73 \times 10^{13}$ gegen $1{,}27 \times 10^{13}$, und zwar für mich. Sillery hatte als einziger gegen mich gestimmt. Es gab keine Stimmenthaltungen. Die anderen sprangen auf meine Seite wie Katzen von einem Backblech.

Der loyale alte Harvey stellte den Antrag, man solle mir den Vorsitz übertragen; der Antrag wurde einstimmig angenommen. Dann forderte er, man solle Sillery pensionieren, seine Aktien zum Nennwert verkaufen und im Bonusfonds deponieren. Einstimmig angenommen. Dann – als Peitschenhieb, um es ihnen ins Gedächtnis einzuprägen – stellte er den Antrag, einen Thomas Heatherby, einen jüngeren Mann aus der Abteilung „Kunst", der sich zu auffällig an Sillerys Rockschöße gehängt hatte, zu degradieren und ohne Entschädigung seines unbedeutenden Aktienanteils zu entheben. Einstimmig angenommen. Heatherby wagte nicht einmal, dagegen aufzubegehren. Ein halbes Brot ist besser als gar keines, mag er sich gesagt haben, und schluckte seinen Ärger hinunter.

Das war erledigt. Ich war Chef der Fowler Schocken AG, und ich hatte gelernt, alles, was sie vertrat, zu verachten.

16

„Kurzmeldung, Mr. Courtenay", sagte die Stimme meiner Sekretärin. Ich drückte auf den Knopf. „Natschu in Albany auf Denunzierung des Nachbarn festgenommen. Soll ich ihn auf die Liste setzen?"

„Verdammt noch mal!" explodierte ich. „Wie oft soll ich Ihnen grundsätzliche Anweisungen wiederholen? Natürlich kommt er auf die Liste. Warum, zum Teufel, denn auch nicht?"

Sie sagte unglücklich: „Es tut mir leid, Mr. Courtenay – ich dachte, Albany sei ein bißchen weit weg –"

„Dann hören Sie eben auf zu denken. Veranlassen Sie seine Überführung." Vielleicht hätte ich nicht so grob sein sollen – aber ich wollte Kathy finden, und wenn ich jede einzelne Natschu-Zelle des Landes auf den Kopf stellen müßte. Ich hatte Kathy ins Versteck getrieben – sie befürchtete, ich würde sie anzeigen, jetzt wollte ich sie zurückhaben. Eine Stunde später war ich im Hauptquartier der *Upstate Mutual Protective AG*. Es war ein lokales Unternehmen, das viele Verträge in dieser Gegend, vor allem in Albany, hatte. Der Präsident begrüßte mich und meine Leibwache persönlich am Aufzug. „Eine Ehre", murmelte er. „Eine große, große Ehre, Mr. Courtenay. Was kann ich für Sie tun?"

„Meine Sekretärin bat Sie, Ihren Natschu-Verdächtigen in Ruhe zu lassen, bis ich käme. Haben Sie sich daran gehalten?"

„Natürlich, Mr. Courtenay! Einige der Angestellten sind vielleicht ein bißchen grob mit ihm umgesprungen, inoffiziell, aber er befindet sich in recht guter Verfassung."

„Ich will ihn sehen."

Eifrig ging er voran. Er hätte gern ein Gespräch angebahnt und beiläufig einfließen lassen, daß er gern mit Fowler Schocken ins Geschäft kommen würde, wagte aber nicht, das Wort zu ergreifen.

Der Verdächtige saß auf einem Schemel unter der üblichen Blendlampe. Er war ein Verbraucher der gehobenen Klasse, etwa dreißig Jahre alt. Sein Gesicht zeigte Spuren von Mißhandlung.

„Knipsen Sie das Ding aus!" befahl ich.

Ein grobschlächtiger Vorarbeiter sagte: „Aber wir haben immer –"

Einer meiner Leute schob ihn, ohne ein Wort zu verschwenden, beiseite und schaltete die Lampe aus.

„Schon gut, Lombard", sagte der Präsident hastig. „Sie werden diese Herren unterstützen."

„Stuhl", sagte ich und setzte mich dem Verdächtigen gegenüber. „Ich heiße Courtenay. Wie heißen Sie?"

Er blickte mich mit Pupillen an, die sich allmählich weiteten. „Fillmore", erwiderte er korrekt. „August Fillmore. Können Sie mir sagen, was das hier zu bedeuten hat?"

„Sie stehen unter dem Verdacht, ein Natschu zu sein."

Alle Angestellten im Raum blickten mich sprachlos an. Dadurch, daß ich den Angeklagten über die Art des ihm zur Last gelegten Verbrechens informierte, hatte ich eines der Grundprinzipien des Rechtswesens verletzt. Ich wußte das alles, doch scherte ich mich den Teufel darum.

„Völlig absurd", sagte Fillmore aufgebracht. „Ich bin ein unbescholtener Bürger, verheiratet, Vater von acht Kindern, das neunte ist unterwegs. Wer, um Himmels willen, hat diesen Unsinn aufgebracht?"

„Sagen Sie ihm, wer es war", sagte ich zum Präsidenten.

Er starrte mich fassungslos an, unfähig zu glauben, was er gehört hatte. „Mr. Courtenay", sagte er schließlich, „bei allem Respekt, ich kann die Verantwortung für ein derartiges Vorgehen nicht übernehmen! Das ist unerhört. Die Rechtsprechung respektiert grundsätzlich das Recht des Informanten –"

„Ich übernehme die Verantwortung. Soll ich es Ihnen schriftlich geben?"

„Nein, ich bitte Sie! Doch nicht schriftlich! Bitte, Mr. Courtenay – genügt es, wenn ich Ihnen den Namen des Informanten nenne und dann den Raum verlasse? Wir wissen, daß Sie sich im Recht auskennen und ein verantwortungsbewußter Mensch sind."

„Mir ist es einerlei, wie Sie es machen."

Er grinste besänftigend und flüsterte mir ins Ohr: „Eine Mrs. Worley. Die beiden Familien teilen sich einen Raum. Bitte seien Sie vorsichtig, Mr. Courtenay –"

„Danke“, sagte ich. Er senkte die Augen und zog sich beunruhigt mit seinen Angestellten zurück.

„Nun, Fillmore“, wandte ich mich wieder an den Verdächtigen, „er sagt, es sei eine Mrs. Worley gewesen.“

Er begann zu fluchen, und ich schnitt ihm das Wort ab.

„Ich bin ein vielbeschäftigter Mann“, sagte ich. „Ihnen ist natürlich klar, daß Sie geliefert sind. Sie wissen doch, was Vogt über den Naturschutz sagt?“

Der Name sagte ihm anscheinend gar nichts. „Wer ist das denn?“ fragte er verwirrt.

„Macht nichts. Wechseln wir das Thema. Ich habe eine Menge Geld. Ich kann Ihrer Familie eine großzügige Pension aussetzen, während Sie fort sind, wenn Sie sich kooperativ zeigen und gestehen, daß Sie ein Natschu sind.“

Er dachte eine Weile angestrengt nach und sagte dann: „Natürlich bin ich ein Natschu. Was soll's? Schuldig oder nicht schuldig. Ich bin auf jeden Fall geliefert; warum soll ich dann nicht sagen, ich sei ein Natschu?“

„Wenn Sie ein so überzeugter Natschu sind, dann können Sie mir gewiß einige Passagen aus Osborne zitieren?“

Er hatte noch nie von Osborne gehört und faselte unsicher langsam drauflos: „Na ja, eine Stelle beginnt so: ‚Die erste Pflicht eines Natschu ist, hm, einen allgemeinen Aufstand vorzubereiten –‘, an den Rest erinnere ich mich nicht mehr genau, aber so fängt es jedenfalls an.“

„Ja, so ähnlich“, sagte ich. „Und nun zu den Versammlungen Ihrer Zelle. Wer gehört dazu?“

„Ich kenne die Namen nicht“, sagte er etwas gesprächiger. „Wir haben Nummern. Ein dunkelhaariger Bursche ist der Chef und, hm –“

Es war eine bemerkenswerte Vorstellung. Keinesfalls jedoch hatte sein Bericht etwas mit den halbmythischen Helden der Naturschutzbewegung Vogt und Osborne zu tun, deren Bücher in allen Zellen gelesen werden mußten – sofern Ausgaben zur Verfügung standen.

Wir verließen den Raum.

Ich sagte zu dem Präsidenten, der ängstlich auf dem Gang wartete: „Ich glaube nicht, daß er ein Natschu ist.“

Ich war Präsident der Fowler Schocken AG, und er war eigentlich nur Vorsitzender einer örtlichen Polizeistelle, doch das war einfach zuviel für ihn gewesen. Er gab sich einen Ruck und sagte würdevoll: „Wir sind Hüter des Gesetzes, Mr. Courtenay. Und ein altes Grundprinzip der Rechtsprechung lautet: ‚Lieber sollen tausend Unschuldige Unrecht erdulden, als daß ein Schuldiger entkommt.'"

„Diesen Grundsatz kenne ich", sagte ich. „Guten Tag."

Mein Leibwächter stöhnte, als ihm das Dringlichkeitssignal ins Ohr tönte, und reichte mir das Telefon. Es war meine Sekretärin im Schokken-Hochhaus, die mir von einer neuen Verhaftung berichtete, diesmal in Pile City Three, bei Cape Cod.

Wir flogen nach Pile City Three, das sich auf Säulen über dem Wasser in der Bucht erhob. Ich hasse Pfeilerstädte, denn wie ich bereits erwähnte, leide ich unter Kinetose.

Es stellte sich heraus, daß dieser Natschu ein Berufsverbrecher war. Er hatte einen Raubüberfall auf einen Juwelenladen begangen, dabei mehrere Nadeln aus Eiche und Mahagoni entwendet und einen Drohbrief hinterlassen, in dem alles mögliche über die Machtergreifung und die Rache der Natschus stand: Sobald sie an die Regierung kämen, würde ein großer Sturm losbrechen, und alle reichen Leute würden getötet werden. Damit wollte er von der Spur ablenken.

Er war sehr dumm.

Diese Stadt wurde von der Burns-Agentur bewacht, mit deren Leiter ich eine kurze Unterhaltung hatte. Er räumte zunächst ein, daß es sich bei den meisten Natschu-Verdächtigen des vergangenen Monats um keine wirklichen Natschus gehandelt habe, und gestand im Verlauf des Gesprächs schließlich, daß sich sämtliche Natschu-Verhaftungen des vergangenen Monats als Fehlmeldungen erwiesen hätten. Früher sei in dieser Gegend im Schnitt pro Woche eine echte Natschu-Zelle gesprengt worden. Er hielt das für ein saisonbedingtes Phänomen.

Wir kehrten wieder nach New York zurück, wo man gerade einen anderen Natschu verhaftet hatte. Ich sah ihn mir an und hörte ihn ein paar Minuten lang toben. Er war ganz gut informiert und konnte Vogt und Osborne mit Seitenangabe zitieren. Er behauptete, Gott habe ihn erwählt, damit er Mutter Erde von den Verschwendern und Ausbeutern befreie. Er behauptete natürlich auch, Mitglied der regulären Natschu-Organisation zu sein und daß er lieber sterben wolle, als ein einziges Geheimnis zu verraten. Und ich wußte, daß er es ernst meinte, weil er keines kannte. Die Natschus hätten niemanden aufgenommen, der so labil war, selbst wenn sie nur noch drei Mitglieder gehabt hätten, von denen eines am Ertrinken wäre.

Bei Sonnenuntergang kehrten wir zum Schocken-Hochhaus zurück, und meine Leibwache wechselte. Es war ein schlimmer Tag gewesen. Was die Ergebnisse betraf, so unterschied er sich in nichts von all den anderen Tagen, seit ich das Erbe der Firma angetreten hatte.

Eine Konferenz war angesetzt. Ich hatte zwar keine Lust, doch mein Gewissen plagte mich bei dem Gedanken an den Stolz, das Vertrauen und die Zuversicht, die Fowler Schocken dazu bewegt haben mußten, mich zu seinem Erben einzusetzen. Bevor ich mich aufraffte, den Konferenzraum zu betreten, unterhielt ich mich kurz mit dem Leiter einer Sonderabteilung der Industriespionage, den ich mit einem speziellen Auftrag auf diesen Posten gesetzt hatte.

„Nichts, Sir", sagte der Mann. „Keinerlei Spuren von Ihrer – von Dr. Nevin. Der Mann, den wir bei Chlorella hatten, ist fort. Sollen wir es weiterhin versuchen?"

„Versuchen Sie es weiter", sagte ich. „Wenn Sie ein größeres Budget brauchen oder mehr Leute haben wollen, zögern Sie nicht. Sie müssen nur gute Arbeit leisten."

Er beteuerte seine Loyalität und legte auf; vermutlich hielt er seinen Chef für einen alten Narren, der einer Frau nachtrauerte, mit der er nicht einmal richtig verheiratet gewesen war und die es vorgezogen hatte, von der Bildfläche zu verschwinden. Was aus den anderen geworden war, die er suchen sollte, wußte ich nicht. Ich wußte nur, daß sie verschwunden waren; alle Kontakte, die ich in Costa Rica, in den Kanalisationsanlagen von New York und auf dem Mond geknüpft hatte, waren zerrissen. Kathy war nie in ihre Wohnung oder in die Klinik zurückgekehrt; Warren Astron hatte sein „Büro" in der Einkaufsstraße eins nicht wieder aufgesucht, meine Zellenkollegen aus der Chlorella-Fabrik waren untergetaucht – und so weiter, niemand war zu finden.

Konferenz.

„Es tut mir leid, meine Herren, daß ich mich verspätet habe. Ich verzichte auf die Eröffnungsworte. Charlie, wie kommt die Forschungs- und Entwicklungsabteilung mit dem Venusprojekt voran?"

Er stand auf. „Mr. Courtenay, meine Herren, ohne unbescheiden sein zu wollen, glaube ich inoffiziell sagen zu können, daß die Abteilung gut vorankommt und daß meine Leute der Fowler Schocken AG alle Ehre machen. Insbesondere sind wir mit dem Treibhauseffekt fertig geworden. Die auf Theorie und Mathematik basierenden Thesen unserer fähigen Abteilung für Physikalische Chemie und Thermodynamik haben sich durch unsere Experimente jetzt als richtig erwiesen. Eine ca. 1,5 mm dicke, sich selbst regulierende, selbständige CO_2-Hülle in einer Höhe von etwa 12000 m würde die Oberflächentemperaturen pro Jahr um fünf Grad senken. Wir erforschen augenblicklich die verschiedenen Methoden, wie man dieses ungeheure Gasvolumen erhalten und mit hoher Geschwindigkeit in die Stratosphäre der Venus schleudern kann. Grob gesagt, ließe sich das CO_2 sowohl finden als auch herstellen. Ich würde sagen, wir finden es. Es gibt zwar vulkanische Tätigkeit auf der Venus, aber die typischen oberflächlichen Venuseruptionen scheinen eher flüssiges NH_4 zu sein, das durch die Schwerkraft in Spalten gedrückt wird, durch Risse und porösen Fels in schwächere Formationen sinkt und dann hervorbricht. Wir sind jedoch sicher, daß man durch Tiefenbohrungen auf beträchtliche Vorkommen an flüssigem CO_2 stoßen wird."

„Wie sicher?" fragte ich.

„Ziemlich sicher, Mr. Courtenay", sagte er, und es gelang ihm nicht ganz, ein Lächeln zu unterdrücken, das soviel besagte wie: „Man kann schließlich nicht erwarten, daß Sie das verstehen", ein Lächeln, das Leute, die sich mit technischen Dingen beschäftigen, Laien gern entgegenbringen. „Eine Phasenanalyse des O'Shea-Berichtes –"

Ich unterbrach ihn erneut. „Würden Sie aufgrund dieser Gewißheit zur Venus fliegen?"

„Gewiß", sagte er ein wenig beleidigt. „Soll ich jetzt in die technischen Details gehen?"

„Nein, vielen Dank, Charlie. Fahren Sie fort wie vorher."

„Ja, also, augenblicklich beschäftigen wir uns in zweifacher Hinsicht mit dem Treibhauseffekt. Wir erstellen eine Karte von Bohrstellen mit maximalen Erfolgschancen und entwerfen eine automatische Standardmaschine für Tiefenbohrungen. Bei der Konstruktion berücksichtige ich geringen Kostenaufwand, Eigenenergie und Fernsteuerung. Ich hoffe, das genügt?"

„Durchaus. Vielen Dank, Charlie. Aber noch eins. Wenn es das Zeug da oben gibt, und zwar in Hülle und Fülle, bekommen wir Ärger. Wenn es zuviel davon gibt und zu leicht zugänglich ist, so wäre es möglich, von der Venus flüssiges CO_2 zur Erde zu exportieren – was wir auf keinen Fall wollen. CO_2 ist hier gerade ausreichend vorhanden, und es würde niemandem dienen, wenn der Preis auf der Erde unterboten wird. Wir müssen stets daran denken, daß sich das Venusprojekt dadurch bezahlt machen soll, daß sie die Erde mit Rohmaterialien beliefert, die hier knapp sind; die Venus soll keineswegs mit dem Mutterplaneten konkurrieren. Eisen, ja. Nitrate, ganz besonders wichtig. Wir werden so gut dafür zahlen, daß sie weiterhin irdische Produkte kaufen und in der Lage sind, Bankiers und Versicherungsgesellschaften zu beschäftigen und Geschäfte zu machen. Der wichtigste Punkt jedoch bleibt der, daß wir die Venus ausbeuten wollen, und nicht umgekehrt. Ich möchte, Charlie, daß Sie sich mit der Rechnungsabteilung zusammensetzen und feststellen, ob es der Venus durch ihr unterirdisches CO_2 jemals möglich sein wird, CO_2 frei Haus nach New York zu konkurrierenden Preisen zu liefern. Sollte das der Fall sein, so sind Ihre gegenwärtigen Pläne hinfällig. Dann müssen Sie Ihr Gas auf kostspieligere Weise herstellen."

„Gut, Mr. Courtenay", sagte Charlie und machte sich eifrig Notizen.

„In Ordnung. Hat noch jemand etwas Besonderes zum Venusprojekt beizusteuern, bevor wir weitergehen?"

Bernhard, unser Revisor, erhob die Hand, und ich nickte.

„Eine Frage bezüglich Mr. O'Shea", polterte er. „Wir führen ihn als Berater, und zwar mit einem recht gepfefferten Gehalt. Ich habe herumgehorcht – und hoffe, ich habe damit meine Kompetenzen nicht überschritten, Mr. Courtenay, aber das ist schließlich meine Aufgabe –, ich habe die Leute gefragt und dabei festgestellt, daß wir von ihm verdammt wenig beraten worden sind. Auch sollte ich vielleicht erwähnen, daß er in den letzten Wochen einen ziemlich hohen Vorschuß genommen hat, der noch nicht fällig war. Wenn wir – wenn wir heute unsere Verbindungen mit ihm abbrächen, würde er uns noch Geld schulden. Außerdem – na ja, das ist nebensächlich, vielleicht aber ganz aufschlußreich. Die Mädchen in meiner Abteilung beschweren sich darüber, daß er sie belästigt."

Ich hob die Augenbrauen. „Ich glaube, wir sollten uns darum nicht weiter kümmern, Ben, obgleich seine Beliebtheit zu schwinden scheint. Weigern Sie sich, ihm weitere Vorschüsse zu geben. Und was die Mädchen betrifft – so bin ich überrascht. Mir ist, als hätten die sich früher nicht gerade beschwert, wenn er ihnen Anträge machte."

„Haben Sie ihn in letzter Zeit gesehen?" fragte Bernhard.

„Nein." Ich hatte ihn wirklich lange nicht mehr gesehen. Die Konferenz ging schnell zu Ende.

Als ich wieder in meinem Büro war, fragte ich meine Nachtsekretärin, ob O'Shea im Gebäude sei, und sagte ihr, sie solle nach ihm schicken.

Er kam, roch nach Alkohol und beschwerte sich lautstark.

„Verdammt, Mitch, was zuviel ist, ist zuviel! Ich bin gerade gekommen, um mir eine Puppe für die Nacht zu besorgen, und schon packst du mich. Nimmst du die Sache nicht ein bißchen zu ernst? Ihr könnt meinen Namen verwenden; was wollt ihr noch mehr?“ Er sah jämmerlich aus. Eine Miniaturausgabe des fetten, quengeligen, heruntergekommenen Napoleon I. auf St. Helena. Aber kaum war er eingetreten, mußte ich plötzlich nur noch an Kathy denken. Es dauerte eine Weile, bis ich wußte, warum.

„Nun?“ fragte er. „Was gibt es so zu starren? Ist etwa mein Lippenstift verschmiert?“

Der Duft war unverkennbar, wenn auch von Alkoholdunst etwas überlagert; Ménage à deux, das Parfüm, das ich für Kathy, für sie allein, geschaffen hatte, als wir in Paris waren; das Parfüm, das sie liebte und von dem sie manchmal etwas zuviel nahm. Ich hörte sie sagen: „Ich kann nichts dafür, Liebster; es riecht so viel schöner als Formalin, und danach rieche ich gewöhnlich nach einem Arbeitstag im Krankenhaus ...“

„Tut mir leid, Jack“, sagte ich freundlich. „Ich wußte nicht, daß Sie etwas vorhatten. Viel Spaß.“

Er schnitt eine Grimasse und ging hinaus, mir kam es vor, als schwanke er auf seinen kurzen Beinen.

Ich nahm den Hörer ab und rief meine Sonderabteilung in der Industriespionage. „Heften Sie sich an Jack O'Sheas Fersen“, stieß ich hervor. „Er verläßt in Kürze das Gebäude. Verfolgen Sie ihn und jeden, mit dem er Kontakt aufnimmt. Tag und Nacht. Wenn etwas Positives dabei herauskommt, werden Sie und Ihre Leute befördert, und Sie erhalten einen Bonus. Aber Gott stehe Ihnen bei, wenn Sie versagen.“

17

NIEMAND wagte sich mehr in meine Nähe. Ich konnte nicht anders. Ich lebte nur noch für eines: für die täglichen Berichte über O'Shea. Alles andere langweilte und ärgerte mich.

Nach einer Woche verfolgten vierundzwanzig Detektive O'Shea und die Leute, mit denen er gesprochen hatte. Es waren Oberkellner, seine Agenten, Mädchen, ein alter Testpilot in Astoria, ein Polizist, mit dem er eines Abends Streit hatte, als er betrunken war – war er wirklich betrunken, und war es wirklich ein Streit? –, und andere unauffällige Leute.

Eines Abends war der Liste folgende Bemerkung hinzugefügt: „Verbraucher, weiblich, um die Dreißig, etwa einssechzig groß, Gewicht ca. 110 Pfund, rothaarig, Augenfarbe nicht erkannt, billig gekleidet. Besagte Person betrat *Hash Heaven* (Restaurant) um 18.37 Uhr, nachdem sie vierzehn Minuten draußen gewartet hatte, und ging sofort an den Tisch, den die neue Kontaktperson bediente. Tisch wurde unmittelbar vorher frei. Mutmaßung: Besagte Person zeigte sich in erster Linie an der Kellnerin interessiert. Bestellte Haschee, aß sehr wenig, wechselte ein paar Worte mit der Kellnerin. Es könnten Papiere ausgetauscht worden sein, auf die große Entfernung hin nicht genau zu erkennen. Detektivin hat Kontakt aufgenommen."

Etwa dreißig, einssechzig, hundertzehn Pfund. Es könnte sein. Ich rief meine Spezialtruppe an und sagte: „Kümmern Sie sich um diese Person. Halten Sie mich unmittelbar auf dem laufenden. Wie wär's, wenn Sie sich das Restaurant einmal näher anschauten?"

Man erklärte mir bestürzt, daß man es selbstverständlich tun würde, wenn ich darauf bestünde, technisch jedoch sei es nicht ratsam. Gewöhnlich erführe die beschattete Person davon und –

„Gut", sagte ich. „Erledigen Sie es auf Ihre Weise."

„Einen Augenblick, Mr. Courtenay, bitte. Unsere Detektivin hat sich gerade gemeldet – die neue Kontaktperson ist ins Tauntongebäude zurückgegangen. Sie hat die Treppe 17–18 im fünfunddreißigsten Stock."

„Für wen ist der fünfunddreißigste?" fragte ich mit schwerem Herzen.

„Für Ehepaare."

„Ist sie –?"

„Sie ist allein, Mr. Courtenay. Unsere Detektivin tat so, als interessiere sie sich für den freien Platz. Man sagte ihr, Mrs. 17 halte 18 für die Ankunft ihres Mannes frei. Er hilft augenblicklich bei der Ernte."

„Wann werden die Treppen bei Taunton geschlossen?" fragte ich.

„Um 22 Uhr, Mr. Courtenay."

Ich blickte auf die Uhr. „Rufen Sie Ihren Detektiv zurück", sagte ich. „Das wär's für heute." Ich stand auf und sagte zu meinen Leibwächtern: „Ich gehe ohne Sie aus, meine Herren. Bitte warten Sie hier. Leutnant, leihen Sie mir Ihre Pistole?"

„Natürlich, Mr. Courtenay", sagte er und reichte mir eine 25er. Ich überprüfte das Magazin und ging allein zu Fuß aus dem Gebäude.

Als ich die Halle des Schocken-Hochhauses verließ, löste sich ein junger Mann von der Wand und folgte mir wie ein Schatten. Ich durchkreuzte seine Pläne, indem ich auf die leere Straße trat, ein dunkler Spalt zwischen den mächtigen Gebäuden der Innenstadt. Monoxid und Smog hingen schwer in der Luft, aber ich trug Anti-Ruß-Stöpsel. Er nicht. Ich hörte ihn in beträchtlichem Abstand hinter mir keuchen. Ein einsames geschlossenes Taxi glitt an uns vorbei, der Fahrer schnaufte und keuchte, als er in die Pedale trat.

Ohne mich umzuschauen, bog ich um die Ecke des Schocken-Hochhauses und drückte mich gegen die Mauer. Mein Schatten trieb vorbei und blieb verblüfft stehen, schaute angestrengt in den Nebel.

Ich schlug ihm den langen Pistolenlauf in den Nacken – ein gezielter Schlag – und ging weiter. Vermutlich war er einer meiner eigenen Leute; aber ich wollte allein sein. Gegen 21.59 Uhr erreichte ich den Eingang für die Nachtbewohner des Tauntongebäudes. Hinter mir wurde die Tür durch das Zeitschloß verriegelt. Es gab einen kleinen Aufzug. Ich steckte eine Münze in den Schlitz, drückte auf 35 und las, während der Aufzug ächzend hinauffuhr. „Nachtbewohner sind verantwortlich für sich selbst. Das Management haftet nicht für Diebstahl, Überfall oder Raub! Die Sperre wird um 22.10 Uhr geschlossen! Natürliche Bedürfnisse sind entsprechend einzurichten. Die Miete ist pro Nacht im voraus zu entrichten, zahlbar am Automaten. Das Management behält sich das Recht vor, Starrzeliuskunden die Aufnahme zu verweigern."

Die Tür öffnete sich zum Treppensatz des fünfunddreißigsten Stockwerks. Die Treppe glich einem Käse voller Maden. Die Männer und Frauen wanden sich unbehaglich, versuchten eine bequeme Lage zu finden, bevor die Sperren schlossen. Ich blickte auf die Uhr, es war 22.08 Uhr.

Ich stieg sehr vorsichtig und sehr langsam unter vielen Entschuldigungen im Dämmerlicht über die Glieder und Körper; ich zählte ... Auf der siebzehnten Stufe ging ich über eine zusammengekauerte Gestalt hinweg, als meine Uhr gerade auf 22.10 Uhr rückte.

Mit rostigem Klirren fielen die Sperren zu und schlossen die Stufen siebzehn und achtzehn; in dem winzigen Käfig waren ich und –

Sie richtete sich auf; sie sah verängstigt und ärgerlich aus, in der Hand hielt sie eine kleine Pistole.

„Kathy", sagte ich.

Sie senkte die Pistole. „Mitch. Du Narr." Ihre Stimme klang leise und eindringlich. „Was tust du hier? Man hat dich noch nicht aufgegeben, sie wollen dich noch immer umbringen –"

„Das weiß ich", sagte ich. „Ich bin trotzdem gekommen, Kathy. Ich lege meinen Kopf in den Rachen des Löwen, um dir zu beweisen, daß ich es ernst meine, wenn ich sage, daß du recht hattest und ich mich geirrt habe."

„Wie hast du mich gefunden?" fragte sie mißtrauisch.

„O'Shea roch nach deinem Parfüm. Ménage à deux."

Sie schaute sich in dem überfüllten Quartier um und kicherte. „Stimmt, nicht wahr?"

„Ich habe mich abgekühlt, Kathy", sagte ich. „Ich bin nicht hier, um dich anzufassen, mit oder ohne deine Zustimmung. Ich bin hier, um dir zu sagen, daß ich auf deiner Seite stehe. Nenn den Preis, und ich zahle."

Sie blickte mich aus schmalen Augenschlitzen an und fragte: „Die Venus?"

„Sie gehört dir."

„Mitch", sagte sie, „wenn du lügst – wenn du lügst –"

„Wenn wir hier lebendig herauskommen, wirst du es morgen wissen. Bis dahin läßt sich nichts weiter darüber sagen, nicht wahr? Heute nacht sitzen wir fest."

„Ja", sagte sie. „Heute nacht sitzen wir fest." Dann fügte sie plötzlich leidenschaftlich hinzu: „Mein Gott, habe ich dich vermißt!"

DER Weckruf ertönte um sechs Uhr. Die Unterschalltöne sprengten einem fast den Schädel; doch sie stellten immerhin sicher, daß kein Langschläfer die morgendliche Evakuierung behinderte.

Kathy begann geschwind, das Bettzeug unter die Stufe zu schieben. „In fünf Minuten werden die Sperren eingezogen", sagte sie kurz. Sie öffnete die Schublade von Treppe siebzehn und holte eine flache Schachtel heraus, die sich als Schminkgarnitur entpuppte. „Stillhalten."

Ich schrie auf, als sie mit einem Rasiermesser über meine rechte Augenbraue fuhr. „Stillhalten!", und schon hatte ich einen Verband über der linken Augenbraue. Geschwind betupfte sie hier und dort mein Gesicht mit geheimnisvollen Bürsten.

„Flopp!" sagte ich, als sie mir ein Kunststoffplättchen unter die Oberlippe schob. Zwei kleine Pflaster klebten meine abstehenden Ohren fest an den Kopf, dann sagte sie: „Da" und hielt mir den Spiegel vors Gesicht.

„Gut", antwortete ich. „Es ist mir schon einmal gelungen, morgens mit der Menschenmenge hier herauszukommen. Vielleicht klappt es noch einmal."

„Die Sperren werden geöffnet", sagte sie angespannt; sie kannte die

Geräusche, die diesen Vorgang ankündigten, meinen unerfahrenen Ohren waren sie entgangen.

Die Sperren verschwanden. Wir waren die einzigen Schläfer, die sich noch im fünfunddreißigsten Stock befanden. Aber wir waren nicht allein. B. J. Taunton und zwei seiner Leute standen vor uns. Taunton schwankte ein wenig; auf seinem geröteten Gesicht lag ein Grinsen. Seine beiden Leute hatten ihre Maschinenpistolen auf mich gerichtet.

Taunton hatte einen Schluckauf und sagte: „Dies war der denkbar schlechteste Ort, sich eine Puppe zu suchen, Courtenay. Für ungebetene Gäste wie Sie haben wir nämlich ein Fotoregister. Süße, könntest du wohl einen Schritt beiseite gehen –"

Sie machte keinen Platz. Sie ging geradewegs auf Taunton zu und rammte ihm ihre Pistole in den Magen. Sein rotes Gesicht wurde aschfahl. „Sie wissen ja, was Sie zu tun haben", sagte sie drohend.

„Jungs", sagte er schwach, „laßt die Waffen fallen. Um Himmels willen, werft sie fort!"

Sie blickten sich an. „Werft sie fort!" bat er flehend. Es dauerte eine Ewigkeit, bis sie die Maschinenpistolen auf die Erde legten, aber sie taten es. Taunton begann zu schluchzen.

„Dreht euch um", sagte ich, „und legt euch hin." Ich hatte meine geliehene Pistole herausgeholt. Es war ein wunderbares Gefühl.

Den Aufzug hätte man leicht mit Gas füllen können. Also stiegen wir zu Fuß die Treppe hinunter. Es war eine langwierige, anstrengende Sache, obgleich alle Schläfer bereits vor Stunden das Haus hatten räumen müssen, um B. J.s Plan nicht zu behindern. Er schluchzte und jammerte vor sich hin. Im zehnten Stockwerk wimmerte er: „Ich brauche etwas zu trinken, Courtenay. Ich sterbe. Hier ist eine Bar, Sie können mich mit der Pistole begleiten –"

Kathy lachte bitter bei dem bloßen Gedanken daran, und wir setzten unseren langsamen Abstieg fort.

Am Ausgang für Nachtbewohner legte ich meinen Mantel über Kathys Hand, damit man die Pistole nicht sah; vergaß dabei allerdings, daß Winter war. „Alles in Ordnung!" rief B. J. zitternd einem mißtrauischen Wachtposten zu, der auf uns zukam. „Diese Leute sind Freunde von mir. Es ist alles in Ordnung!"

Wir gingen mit ihm bis zur Bahnstation, stiegen ein und ließen ihn schwitzend, mit grauem Gesicht, auf der Straße stehen. Jetzt waren wir sicher. Seine einzige Chance wäre, die gesamte Bahnstation in die Luft zu jagen, und darauf war er nicht vorbereitet.

Eine Stunde lang fuhren wir kreuz und quer durch die Stadt, und ich rief von einer Telefonzelle aus mein Büro an. An einer anderen Station erwartete uns ein Kommando vom Fabrikschutz, und fünfzehn Minuten später waren wir wieder im Schocken-Hochhaus.

Das einzige, worüber wir an diesem Morgen lachen konnten, war die Zeitung, in der zu lesen stand, um drei Uhr nachts habe man im Treppenschacht des Tauntongebäudes ein Leck in der Klimaanlage entdeckt. B. J. Taunton persönlich habe unter Einsatz seines Lebens die Evakuierung der Nachtbewohner des Gebäudes überwacht, Unfälle habe es keine gegeben.

Über den Frühstückstisch hinweg sagte ich zu Kathy: „Dein Haar sieht ja fürchterlich aus. Kann man das herauswaschen?"

„Genug der Komplimente", sagte sie. „Du hast gesagt, ich könne die Venus haben. Mitch, ich meinte es ernst. Und die Venus gehört uns wahrhaftig. Wir sind die einzigen, die richtig damit umgehen können, außerdem war der erste Mensch, der dort gelandet ist, einer von uns. O'Shea gehört zu uns, Mitch."

„Seit wann?"

„Seitdem seine Mutter und sein Vater feststellten, daß er nicht mehr wuchs, seither gehört er zu uns. Sie wußten, daß die WNG bald Raumpiloten benötigen würde – und zwar je kleiner, desto besser. Nicht die Erde hat die Venus entdeckt, sondern die Welt-Naturschutz-Gesellschaft. Und wir fordern das Recht, sie zu besiedeln. Wie steht's?"

„Ja", sagte ich. „Du lieber Gott, das wird ein Durcheinander geben. Unsere Listen sind bereits voll – lauter eifrige Leute, die zur Venus wollen, die bereit sind, sich für die Erde und Fowler Schocken ausbeuten zu lassen. Na ja, dann mache ich eben einen eleganten Rückzieher."

Ich drückte auf den Knopf und stellte eine Verbindung mit der Abteilung „F. & E." her. „Charlie!" sagte ich. „Es handelt sich um die CO_2-Ausschreibung mit hiesigen Produzenten. Vergessen Sie die Angelegenheit. Ich habe festgestellt, daß die meisten Hersteller mit Taunton zusammenarbeiten."

„Geht in Ordnung, Mr. Courtenay", sagte Charlie gut gelaunt. „Soweit wie die Vorarbeiten schon angelaufen sind, wird das denen einen ganz schönen Schlag versetzen."

Ich fragte Kathy: „Kannst du Runstead für mich wieder zum Leben erwecken? Ich habe keine Ahnung, wo die WNG ihn versteckt hält, aber wir brauchen ihn. Es wird eine harte Arbeit. Die Kunst des

Texters besteht darin, die Menschen zu überzeugen, ohne sie merken zu lassen, daß sie überzeugt werden. Ich stehe vor einer schwierigen Aufgabe: Ich muß meine Texter von dieser Überzeugung wieder abbringen, ohne daß Texter und Verbraucher erfahren, was geschieht. Ich brauche dringend ein paar gute Arbeitskräfte, jemanden, mit dem ich offen reden kann."

„Das läßt sich arrangieren", sagte sie und küßte mich flüchtig. „Das ist für das ‚wir'."

„Hmm?" fragte ich. „Habe ich ‚wir' gesagt?" Dann begriff ich. „Oh, Liebling, bitte, ich habe eben eine luxuriöse Wohnung, zwölf mal zwölf. Du hast eine harte Nacht hinter dir. Ich schlage vor, du gehst hinauf und schläfst ein bißchen. Ich habe eine Menge zu erledigen."

Sie küßte mich erneut und sagte: „Arbeite nicht zu schwer, Mitch. Bis heute abend."

18

OHNE Runstead hätte ich es nie geschafft – jedenfalls nicht rechtzeitig. Er kam sofort von Chi zurück, dort hielt er sich seit seinem vorgetäuschten Selbstmord versteckt; Kathy hatte ihm eine Geheimbotschaft geschickt. Er platzte mitten in eine Konferenz herein; wir schüttelten einander die Hand, und die Anwesenden schluckten die Geschichte von einem Geheimauftrag, der sein Verschwinden erklären sollte, ohne weiteres.

Sie hatten es schließlich schon einmal geglaubt. Er wußte, um was es ging; er stürzte sich förmlich auf seine Arbeit.

NATSCHU oder nicht, ich traute Runstead noch immer nicht über den Weg. Aber ich mußte zugeben, daß die Dinge vorankamen. Die Fowler Schocken AG hatte einen gigantischen Slogan-Wettbewerb für alle Kunden ausgeschrieben. Fünfzehnhundert erste Preise – jeweils ein Platz in der Venusrakete. Insgesamt gab es achthunderttausend Preise, aber die übrigen waren unwichtig. Die Auslosung wurde einer neutralen Firma übertragen, der zufällig der Schwager eines Freundes von Runstead vorstand. Nur vierzehnhundert Gewinner waren laut Matt tatsächlich Mitglieder der Natschu-Bewegung. Die übrigen hundert waren erfundene Namen, so blieb uns Spielraum für eventuelle Notfälle.

Ich flog mit Kathy nach Washington, um die letzten Vorbereitungen für den Raketenstart zu treffen, während Runstead sich in New York um die Dinge kümmerte. Ich war oft genug zu einem Essen oder für einen Nachmittag in Washington gewesen, diesmal jedoch wollten wir zwei Tage bleiben: Ich freute mich wie ein Kind. Ich setzte Kathy im Hotel ab, und sie mußte mir versprechen, nicht ohne mich loszugehen, um sich die Stadt anzuschauen; dann nahm ich ein Taxi zum State Department. Ein mürrischer kleiner Mann mit einem Bowler wartete im Vorzimmer; als er meinen Namen hörte, erhob er sich hastig und bot mir seinen Platz an. Das ist was anderes als die Zeit bei Chlorella, Mitch, sagte ich mir. Unser Attaché kam aufgeregt herbeigeeilt und begrüßte mich; ich beruhigte ihn und erklärte, was ich wollte.

„Die einfachste Sache der Welt, Mr. Courtenay", versicherte er mir. „Noch heute nachmittag passiert das Ermächtigungsgesetz den Ausschuß, und mit etwas Glück erteilen heute abend beide Häuser ihre Zustimmung."

Ich sagte überschwenglich: „Großartig. Brauchen Sie Rückendekkung?"

„O nein, das glaube ich nicht, Mr. Courtenay. Es wäre aber vielleicht ganz nett, wenn Sie morgen früh eine kurze Ansprache hielten, falls Sie Zeit dafür erübrigen können. Man würde es gern von Ihnen selbst hören, und es würde eine schnellere Abwicklung der Angelegenheit sicher begünstigen."

„Ja, gern", erwiderte ich und griff nach meiner Tasche. Der Mann mit dem Bowler kam mir zuvor und reichte sie mir mit einer kleinen Verbeugung. „Setzen Sie eine Zeit fest, Abels", sagte ich zum Attaché. „Ich werde kommen."

„Vielen Dank, Mr. Courtenay!" Er öffnete mir die Tür.

Der kleine Mann fragte: „Mr. Abels?"

Der Gesandte schüttelte den Kopf: „Sie sehen doch, daß ich beschäftigt bin", meinte er nicht unfreundlich. „Kommen Sie morgen wieder."

Der kleine Mann lächelte dankbar und folgte mir durch die Tür. Wir warteten beide auf ein Taxi; als eines kam, öffnete er mir die Tür. Sie wissen ja, wie es in Washington um Taxis bestellt ist.

„Kann ich Sie irgendwo absetzen?" fragte ich.

„Das ist sehr nett von Ihnen", erwiderte er und stieg ein. Der Fahrer lehnte sich zurück und sah uns fragend an.

Ich sagte: „Ich will zum *Park Starr*. Aber diesen Herrn setzen wir vorher ab."

„Gewiß", nickte der Fahrer. „Zum Weißen Haus, Herr Präsident?"

„Ja, bitte", erwiderte der kleine Mann. „Ich kann Ihnen gar nicht sagen, wie froh ich bin, daß ich Sie getroffen habe, Mr. Courtenay", fuhr er fort. „Ich habe, wie Sie wissen, Ihre Unterhaltung mit Mr. Abels mit angehört. Es war sehr interessant zu erfahren, daß die Venusrakete so dicht vor ihrer Vollendung steht. Der Kongreß ist von seiner Gewohnheit abgegangen, mich auf dem laufenden zu halten. Ich weiß natürlich, daß die Untersuchungen und Vorarbeiten laufen. Aber –" Er lächelte. Spitzbübisch sagte er: „Ich habe auch an Ihrem Wettbewerb teilgenommen, Mr. Courtenay. Mein Slogan war: ‚Die Starr, die Starr, die schmeckt so wunderbar.' Ich glaube allerdings nicht, daß ich hätte mitfliegen können, selbst wenn ich gewonnen hätte."

Ich sagte aufrichtig: „Ich glaube auch, das wäre nicht möglich gewesen." Und ein bißchen weniger aufrichtig: „Außerdem haben Sie hier unten ja ziemlich viel zu tun."

„Ach, eigentlich nicht. Der Januar ist nicht leicht; ich berufe den Kongreß ein, wissen Sie, und dann verliest man den Bericht zur Lage der Nation. Aber der Rest des Jahres vergeht langsam. Wollen Sie morgen wirklich vor dem Kongreß eine Rede halten, Mr. Courtenay? Das würde bedeuten, daß man eine Hauptversammlung abhält, und normalerweise lädt man mich dazu ein."

„Ich würde mich freuen, wenn Sie kämen", sagte ich herzlich. Der kleine Mann schenkte mir ein warmes Lächeln und blinzelte hinter seiner Brille.

Das Taxi hielt an, der Präsident schüttelte mir herzlich die Hand und stieg aus. Er steckte den Kopf noch einmal durch die Tür. „Hm", sagte er und schaute besorgt zum Fahrer. „Sie waren sehr nett. Vielleicht verstoße ich jetzt ein wenig gegen die Regel, aber falls ich einen Vorschlag machen dürfte – ich verstehe etwas von Astronomie, das ist eine Art Hobby von mir; ich hoffe, Sie verzögern den Start des Raumschiffes nicht; er sollte während der gegenwärtigen Konjunktion stattfinden."

Ich starrte ihn an. Die Venus befand sich in einer Gegenstellung von zehn Grad und entfernte sich – das spielte allerdings keine Rolle, weil der größte Teil des Flugs ohne Energie stattfinden würde.

Er legte den Finger an die Lippen. „Auf Wiedersehen, Sir", sagte er. Ich blickte die restliche Fahrt auf die behaarten Ohren des Fahrers und überlegte, worauf der kleine Mann angespielt hatte.

ABENDS schauten Kathy und ich uns die Stadt an. Ich war nicht allzusehr beeindruckt. Die berühmte Kirschblüte war herrlich, das stimmte schon, aber für meine neu erwachten Naturschutzgefühle war sie doch zu prunkvoll. „Ein Dutzend hätte gereicht“, wandte ich ein. „Daß man sie hier überall auf Vasen verteilt hat, war reine Verschwendung der Steuergelder. Weißt du, was sie bei Tiffany kosten?“

Kathy kicherte. „Mitch, Mitch“, sagte sie. „Warte nur, bis wir die Venus übernommen haben. Hast du dir jemals überlegt, was es bedeutet, wenn einem ein ganzer Planet zur Verfügung steht und man ihn bepflanzen kann? Viele Morgen voller Blumen, Bäume und allem möglichen?“

Ein untersetzter Schullehrertyp, der neben uns am Geländer lehnte, richtete sich auf, warf uns einen starren Blick zu, schnaufte empört und ging fort. „Du bringst uns in Verruf“, sagte ich zu Kathy. „Laß uns ins Hotel zurückgehen, bevor wir Schwierigkeiten bekommen.“

EIN aufgeregter Schrei von Kathy weckte mich. „Mitch!“ rief sie aus dem Badezimmer, und zwei runde Augen schauten verwundert unter dem Handtuch hervor, das sie um sich herumdrapiert hatte. „Hier gibt es eine Badewanne! Ich wollte die Tür zur Dusche öffnen, aber das war gar keine Dusche! Darf ich, Mitch? Bitte!“

Es gibt Augenblicke, da hat selbst ein aufrichtiger Anhänger des Naturschutzes sein Vergnügen daran, sich als Leiter der Fowler Schocken AG geben zu können. Ich gähnte, warf ihr eine Kußhand zu und sagte: „Gewiß. Und – nimm nur frisches Wasser, hörst du?“

Kathy tat, als fiele sie in Ohnmacht, doch ich bemerkte, daß sie keine Zeit verlor, den Zimmerkellner zu rufen. Während das Bad eingelassen wurde, kleidete ich mich an. Wir frühstückten gemütlich und schlenderten Hand in Hand zum Kapitol.

Ich besorgte Kathy einen Platz in der Pressekabine und ging ins Erdgeschoß.

Unser Lobbychef in Washington bahnte sich einen Weg durch die Menge. Er trug einen Papierstreifen in der Hand. „Hier steht alles, Mr. Courtenay“, sagte er. „Wie ist es – alles in Ordnung?“

„Alles in Ordnung“, sagte ich. Ich entließ ihn mit einer Handbewegung und schaute mir das Papier an. Es war von Dicken, über den augenblicklichen Stand der Dinge bei der Rakete: „Passagiere und Mannschaft startbereit. Beladen des Raumschiffs beginnt um 11.45 Uhr EST, Ende gegen 16.45 Uhr EST. Raumschiff getankt, versorgt und mit Verpflegung ausgestattet seit 9.15 Uhr. Sicherheitsvorkehrungen getroffen, MIA, CIC und Time-Life haben jedoch verschlüsselte Berichte durch Strohmänner weitergeleitet. Navigationsraum bittet, daran zu erinnern: Start nur in den Vormittagsstunden möglich."

Ich rieb den Streifen zwischen meinen Handflächen; er zerfiel zu Asche. Als ich das Podium bestieg, zupfte mich jemand am Ärmel. Es war der Präsident, der sich aus seiner Ehrenloge herauslehnte. „Mr. Courtenay", flüsterte er, und das Lächeln lag starr wie eine Maske auf seinem Gesicht. „Ich vermute, Sie haben verstanden, was ich Ihnen gestern im Taxi sagen wollte. Ich bin froh, daß die Rakete startklar ist." Sein Lächeln verstärkte sich, und seine Kopfbewegungen waren die eines Staatsmannes, der Belanglosigkeiten mit einem Ehrengast wechselt. „Wahrscheinlich wissen Sie es, aber – er ist auch hier."

Ich hatte keine Gelegenheit festzustellen, wer „er" war. Als der Sprecher des Hauses mit ausgestreckten Armen auf mich zukam und vom Parkett Applaus erklang, zwang ich ein Lächeln auf mein Gesicht. Aber es war nichts weiter als eine Muskelbewegung. Es gab wenig zu lächeln, wenn die Nachrichten über die Venusrakete bereits zum Präsidenten durchgedrungen waren.

FOWLER SCHOCKEN war ein frommer Heuchler, Fowler Schocken war ein grinsender Schwindler; aber ohne Fowler Schocken hätte ich diese Ansprache niemals durchgestanden. Ich hörte seine Stimme in meinen Ohren: „Gib's ihnen, Mitch; du kannst ihnen alles verkaufen, wenn du nur daran denkst, daß sie kaufen wollen." Und ich verkaufte der gesamten anwesenden Regierung genau das, was sie haben wollte. Ich erwähnte kurz den amerikanischen Unternehmungsgeist; ich bot ihnen eine Welt zum Plündern und ein ganzes Universum zum Ausbeuten; das alles würde auf sie warten, wenn Fowler Schokkens tapfere Pioniere erst einmal den Weg geebnet hätten. Ich entwarf ein Bild von Fließbandplaneten, die uns gehörten und auf denen wir wirkten, wir, die unternehmungslustigen amerikanischen Geschäftsleute, die der Zivilisation zu wahrer Größe verholfen hatten. Es gefiel ihnen. Der Beifall war phantastisch.

Als die ersten Begeisterungsstürme verebbten, standen etwa ein Dutzend Gestalten in der Halle, klatschten in die Hände und baten um Gehör. Ich nahm es kaum wahr: Merkwürdigerweise war Kathy aus der Pressekabine verschwunden.

Der Parlamentssprecher wählte den weißhaarigen alten Colbee aus, dem vier Jahrzehnte Dienst Haltung und Würde verliehen hatten.

„Der Vertreter vom *Yummy-Cola* hat das Wort."

„Vielen Dank, Herr Vorsitzender." Ein höfliches Lächeln lag auf Colbees Gesicht; aber seine Augen hatten etwas ausgesprochen Schlangenhaftes. *Yummy-Cola* war offiziell eines der wenigen großen, unabhängigen Unternehmen; aber ich erinnerte mich, daß Fowler einmal bemerkt hatte, daß sie Taunton erstaunlich nahestünden. „Wenn ich es wagen darf, für die Oberste Kammer zu sprechen, dann möchte ich unserem verehrten Gast für seine wohlgesetzten Worte danken. Ich bin sicher, daß es uns allen Vergnügen bereitet hat, einem Mann seines Kalibers und Standes zuzuhören." Geh noch mal zur Berlitz-School, du Schwindler aus Westchester, dachte ich erbittert. Ich spürte förmlich, was kam, als Colbee in seinem fürchterlichen Slang fortfuhr. „Mit Erlaubnis des Vorsitzenden möchte ich unserem Gast einige Fragen stellen, die in unmittelbarem Zusammenhang mit dem Gesetz stehen, über das wir heute beraten sollen." Ja wirklich, *beraten,* du Idiot. Ich überlegte. Inzwischen hatte man sogar auf der Galerie begriffen, was hier gerade vor sich ging. Ich brauchte den Rest kaum zu hören.

„Es ist vielleicht Ihrer Aufmerksamkeit entgangen, aber wir haben das Glück, einen weiteren Gast unter uns zu haben. Ich meine damit natürlich Mr. Taunton." Er deutete elegant zur Besuchergalerie hinüber, wo B. J.s rotes Gesicht zwischen zwei untersetzten Gestalten auftauchte, die ich auf den ersten Blick als seine Leibwache hätte erkennen müssen. „In einer kurzen Unterhaltung vor der Sitzung war Mr. Taunton so freundlich, mir einige Informationen zu geben, über die ich gern mit Mr. Courtenay sprechen möchte. Zunächst –" Die Schlangenaugen waren jetzt stählern, „möchte ich Mr. Courtenay fragen, ob ihm der Name George Groby, gesucht wegen Mordes und Vertragsbruchs, bekannt ist. Zweitens möchte ich wissen, ob Mr. Courtenay mit Mr. Groby identisch ist. Drittens möchte ich Mr. Courtenay fragen, ob etwas Wahres an dem Bericht ist, den ich durch eine Vertrauensperson erhielt, der, wie mir Mr. Taunton bestätigte, durchaus vertraut werden kann. In diesem Bericht heißt es, Mr. Courtenay sei ein angesehenes Mitglied der Welt-Naturschutz-Gesellschaft, einer Organisation, die den meisten von uns, die wir loyale Amerikaner sind, als –"

Selbst Colbee kann die letzten Worte seines Satzes nicht verstanden haben. Der Aufruhr brach los wie eine wahre Explosion.

19

RÜCKBLICKEND war alles, was sich in der nächsten wilden Viertelstunde ereignete, verschwommen und zersplittert; so, als sähe man durch ein sich schnell drehendes Kaleidoskop. Ich erinnere mich noch an einzelne Bilder, erstarrte Zeitmomente, die beinahe beziehungslos nebeneinander zu stehen schienen.

Die Wogen der Verachtung und des Hasses, die mir entgegenschlugen, das verzerrte Gesicht des Präsidenten unter mir, der dem Toningenieur in seiner Kabine etwas Unverständliches zuschrie, der zornige Blick des Parlamentssprechers, als er mich ergreifen wollte.

Dann kam das wilde Getöse zum Stillstand, als nämlich die Stimme des Präsidenten durch die auf volle Stärke eingestellten Lautsprecher im Saal erklang: „Ich erkläre die Sitzung für vertagt!" Ich sehe noch die erstarrten Gesichter der Abgeordneten, denen diese unglaubliche Verwegenheit einfach unfaßbar war. Der kleine Mann hatte Format. Bevor sich noch jemand bewegen oder besinnen konnte, hatte er schon in die Hände geklatscht – durch den Verstärker klang es wie eine Atomspaltung –, und ein uniformiertes Wachkommando kam auf uns zu. „Führen Sie ihn ab", erklärte der Präsident mit großartiger Geste; im Nu hatten mich die Wachen umringt und vom Podest gehoben. Der Präsident begleitete uns bis zur Tür, während die Versammlung allmählich begriff, was da vor sich ging. Sein Gesicht war weiß vor Furcht, als er flüsterte: „Ich kann die endgültige Entscheidung nicht verhindern, aber es wird den ganzen Nachmittag dauern, bis eine Verfügung vorliegt. Gott behüte Sie, Mr. Courtenay."

Und er ging zurück, um ihnen gegenüberzutreten.

Caligulas Christen können die Arena nicht mutiger betreten haben.

Die Wache gehörte dem Präsidenten persönlich, sie war zusammengestellt aus der Elite der Brink-Akademie. Der Leutnant sprach kein einziges Wort mit mir, doch sein unterdrückter Abscheu für mich war auf seinem Gesicht deutlich zu erkennen, als er den roten Papierstreifen las, den ihm der Präsident gegeben hatte. Ich wußte, daß ihm der Befehl nicht paßte, daß er ihn aber ausführen würde.

Sie brachten mich nach Anacostia und setzten mich in das Flugzeug des Präsidenten; sie blieben bei mir und gaben mir zu essen; einer von ihnen spielte sogar Karten mit mir, als die Düsenmaschine den Flugplatz verließ. Aber niemand sprach mit mir.

Es war ein langer Flug in dem behäbigen alten Luxusflugzeug, das dem Präsidenten den Anstrich von „Tradition“ verlieh. Auf dem Flugplatz hatten wir Zeit verloren; unter uns schlängelte sich verschwommen das Band der Landebahn. Als wir zur Landung ansetzten, war es stockfinster.

Aber das Warten war noch nicht vorbei, genausowenig meine Besorgnis, ob Kathy heil davongekommen war und wann ich sie wiedersehen würde. Der Leutnant verließ das Flugzeug allein; er blieb lange, lange fort.

Ich vertrieb mir die Zeit, indem ich immer wieder dieselben Fragen durchging – Fragen, die ich mir bereits früher gestellt, jedoch stets wieder verworfen hatte. Jetzt, da ich unendlich viel Zeit hatte und meine ganze Zukunft ein einziges Fragezeichen war, holte ich sie hervor und grübelte darüber nach.

Zum Beispiel: Kathy, Matt Runstead und Jack O'Shea hatten sich verbündet und mich buchstäblich auf Eis gelegt. Gut, damit waren die meisten Dinge, die mich verwirrten, bereits erklärt. Nicht aber Hester. Und genau genommen wäre auch Runsteads Rolle keinesfalls damit erklärt.

Die Natschus befürworteten die Raumfahrt. Aber Runstead hatte doch den Venustest in Cal-Mex sabotiert. Daran bestand kein Zweifel; sein Sündenbock hatte es praktisch zugegeben. Trieb er vielleicht doppeltes Spiel? Spielte Runstead vielleicht nur den Natschu, der sich als Texter ausgab? Wer aber war er dann in Wirklichkeit? Ich begann mich jetzt aus einem völlig neuen Grund nach Kathy zu sehnen.

Als der Leutnant zurückkehrte, war es Mitternacht. „Alles in Ordnung“, sagte er. „Draußen wartet ein Taxi auf Sie. Der Fahrer kennt den Weg.“

Ich kletterte aus dem Flugzeug und reckte mich. „Vielen Dank“, sagte ich verlegen.

Der Leutnant spuckte gezielt zwischen meine Füße auf den Boden. Die Tür wurde zugeschlagen, und ich beeilte mich, die Startbahn zu verlassen.

Der Fahrer war Mexikaner. Ich versuchte, ihm eine Frage zu stellen; aber er verstand kein Englisch. Ich versuchte es noch einmal mit meinem Chlorella-Spanisch; er starrte mich an. Es gab gute Gründe, warum ich mich ihm nicht anvertrauen wollte, ehe ich wußte, was geplant war. Aber im Grunde blieb mir überhaupt keine Wahl. Der Leutnant hatte seinen Befehl ausgeführt. Die Mission war erfüllt. Ich sah förmlich, wie sein aktives kleines Militärgehirn den Bericht verfaßte, der einen kleinen Hinweis enthalten würde, wo der berüchtigte Natschu, Mitchell Courtenay, zu finden sei.

Ich saß in der Falle; die Frage war lediglich, wer das Rennen machen würde, Taunton oder die Polizei. Es hatte keinen Sinn, lange darüber nachzudenken.

Ich stieg in das Taxi.

Eigentlich hätte mich die Tatsache, daß der Fahrer Mexikaner war, beruhigen sollen. Tat es aber nicht. Erst als ich das Sternenlicht auf dem riesigen Projektil vor mir glitzern sah, wußte ich, daß ich in Arizona war, und wußte, was der Präsident für mich getan hatte.

Eine Wache, bestehend aus Pinkerton-Leuten und unserem eigenen Fabrikschutz, umringte mich und führte mich an Wachtposten vorbei über den leeren Landestreifen zur Rakete. Der Kommandant deutete auf den Himmel und sagte: „Jetzt sind Sie in Sicherheit, Mr. Courtenay."

„Aber ich will nicht zur Venus!" sagte ich.

Er lachte laut.

Das ganze Hin und Her und der lange ermüdende Flug hatten mein Gehirn blockiert; die Ereignisse vorher und nachher waren zu turbulent gewesen, als daß ich hätte nachdenken können. Auch jetzt hatte ich keine Gelegenheit zum Überlegen. Ich spürte, daß mich jemand am Hosenboden packte und in die Rakete schob. Drinnen wurde ich in meine Kabine gezerrt, auf einen Liegesitz geschnallt und allein gelassen.

Der Sitz schwankte und drehte sich beim Start der Rakete, zwölf Titanen hockten auf meiner Brust. Auf Wiedersehen, Kathy; auf Wiedersehen, Schocken-Hochhaus. Ob es mir nun paßte oder nicht: Ich war auf dem Weg zur Venus. Aber es war kein Abschied von Kathy.

SIE selbst erschien, um mich loszuschnallen, nachdem der erste Stoß vorüber war.

Ich erhob mich, schwebte schwerelos durch den Raum und rieb mir den Rücken. Ich öffnete den Mund, um Kathy zu begrüßen, brachte jedoch nur ein krächzendes „Kathy" heraus.

Es war nicht gerade eine brillante Rede, aber dazu hatte ich auch gar keine Zeit. Kathys Lippen und meine waren beschäftigt.

Als wir innehielten, um Luft zu holen, fragte ich: „Sag mal, welche Alkaloide setzt du eigentlich deinem Produkt bei?" Aber das hörte sie gar nicht. Sie wollte weitergeküßt werden, und ich tat ihr den Gefallen.

Das war im Stehen harte Arbeit. Jedesmal, wenn sie sich bewegte, stießen wir an die Griffe oder schwebten empor; eine einzige Ersatzdüse arbeitete, und wir waren jenseits der Gewichtsgrenze.

Wir setzten uns. Nach einer Weile sprachen wir miteinander.

Ich reckte mich und schaute mich um. „Nett hast du's hier", sagte ich. „Dafür ist also gesorgt, doch jetzt zu wichtigeren Dingen. Ich habe ein paar Fragen, genauer gesagt: zwei." Und ich verriet ihr, um welche Fragen es ging.

Ich erklärte, wie Runstead den Test in San Diego damals sabotiert und damit das Venusprojekt verzögert hatte, und auch von Hesters Tod.

„O Mitch", sagte sie. „Wo soll ich anfangen? Wie hast du es eigentlich geschafft, in die Starklasse zu kommen?"

„Ich habe die Abendschule besucht, und ich höre noch immer."

„Du hättest ja eigentlich selbst dahinterkommen können. Natürlich wollten wir Natschus den Raumflug. Die Menschheit braucht die Venus. Wir brauchen einen unverdorbenen, nicht ausgebeuteten, nicht geplünderten, nicht –"

„Oh", sagte ich.

„– einen nicht verwüsteten – na ja, du weißt ja selbst. Natürlich wollten wir, daß ein Raumschiff zur Venus fliegt. Aber wir wollten keinesfalls Fowler Schocken auf der Venus. Und Mitchell Courtenay auch nicht. Jedenfalls nicht, solange Mitchell Courtenay in der Venus nur die Möglichkeit sah, ein besonders großes Geschäft zu machen. Es gibt nicht allzu viele Planeten, auf die wir Menschen ausweichen können. Wir konnten es nicht zulassen, daß Fowler Schockens Venusprojekt ein Erfolg würde."

„Hm", sagte ich und verdaute das Gehörte. „Und Hester?"

Kathy schüttelte den Kopf. „Die Antwort dafür findest du bitte selbst", sagte sie.

„Natürlich kenne ich die Antwort. Sie ist nicht schwer."

Ich redete auf sie ein, aber sie rückte mit der Antwort nicht heraus. Ich küßte sie also eine Weile, bis uns so ein Kerl mit den Offiziersabzeichen an der Schulter unterbrach.

„Wollt ihr euch ein bißchen die Sterne ansehen, Leute?" fragte er wie ein Touristenführer, was mir überhaupt nicht gefiel. Doch es hatte keinen Sinn, sich mit ihm anzulegen; Schiffsoffiziere geben sich grundsätzlich gewichtiger, als sie es sind; es wäre zumindest unhöflich gewesen, ihn deswegen zurechtzuweisen. Außerdem ...

Außerdem.

Der Gedanke lähmte mich einen Augenblick; ich war inzwischen daran gewöhnt, der Starklasse anzugehören. Es würde sicher kein rechtes Vergnügen werden, einer von vielen zu sein. Ich unterzog meine Natschu-Theorie einer schnellen Überprüfung. Nein, es bestand nicht die geringste Chance, daß man mich weiterhin umschmeicheln und verwöhnen würde.

Hallo, Kathy. Auf Wiedersehen, Schocken-Hochhaus.

WIR standen auf und gingen zum Beobachtungsraum im Bug des Raumschiffs. Alle Gesichter waren mir fremd.

In Mondschiffen gibt es keine Fenster; aus Gründen der Sicherheit und der Stabilität der Schiffe wird auf das ästhetische, doch nutzlose Vergnügen, die Sterne betrachten zu können, verzichtet. Ich sah jetzt den Sternenhimmel zum erstenmal von einem Raumschiff aus. Draußen war es weiße Nacht. Strahlend helle Sterne standen vor einem Hintergrund aus Sternpartikeln und kosmischem Staub. Es gab nicht eine einzige Stelle, wo Dunkelheit herrschte; alles leuchtete in glühenden Pastellfarben. Ein Feuerkranz am Rand der Luke zeigte die Richtung der Sonne an. Wir gingen wieder zurück.

„Wo ist Matt Runstead?" fragte ich.

Kathy kicherte. „Daheim im Schocken-Hochhaus; er lebt von Tabletten und versucht, mit dem Durcheinander fertig zu werden. Einer mußte schließlich zurückbleiben, Mitch. Zum Glück kann Matt an deiner Stelle abstimmen. Wir hatten Zeit, uns in Washington miteinander zu unterhalten; er wird mit einer Menge Fragen fertig werden müssen, ohne jemanden zu haben, der sie ihm beantwortet."

Ich starrte sie an. „Was, um alles in der Welt, hat denn Runstead in Washington getan?"

„Dich fortgeschafft, Mitch! Nachdem Jack O'Shea ausgeflippt war ..."

„Nachdem was?"

„Meine Güte! Also schön, der Reihe nach. O'Shea ist ausgeflippt. Er hat mal wieder ein Glas zuviel getrunken und fand keine freie Stelle mehr an seinem Arm für die Nadel, ist an das falsche Mädchen geraten und vor ihr zusammengebrochen. Sie haben ihn ganz schön rangenommen und alles aus ihm rausgeholt. Über dich, über mich, über die Rakete und alles übrige."

„Wer hat ihn sich vorgenommen?"

„Dein guter alter Freund B. J. Taunton." Kathy zündete grimmig ein Streichholz an. Ich konnte ihre Gedanken erraten. Der kleine Jack

O'Shea, knapp sechzig Pfund erstarrtes Porzellan und geschmolzenes Wachs, ein Meter gefoltertes Fleisch und verrenkte Knochen. Es hatte Zeiten gegeben, in denen ich Jack nicht gemocht hatte. Doch bei dem Gedanken, daß sich dieser zerbrechliche kleine Mann in den Händen von Tauntons Anthropoiden befand, war das alles vergessen.

„Taunton hat alles erfahren, Mitch", sagte Kathy. „Jedenfalls alles Wichtige. Wenn Runstead Tauntons Zimmer, in dem die Verhöre stattfinden, nicht angezapft hätte, wären wir jetzt erledigt. Aber Matt hatte noch Zeit genug, nach Washington zu fliegen und mich und den Präsidenten zu warnen – o nein, der Präsident ist kein Natschu, aber er ist ein guter Mensch. Er kann nichts dafür, daß man ihn gewählt hat. Und – ja, und jetzt sind wir hier."

Der Kapitän unterbrach uns. „In fünf Minuten berichtigen wir unseren Kurs", sagte er. „Sie schnallen sich besser wieder an Ihren Sitzen fest. Die Kursberichtigung muß zwar nicht unbedingt heftige Stöße auslösen – aber sicher ist sicher."

Kathy nickte und zog mich fort. Ich nahm ihr die Zigarette aus dem Mund, machte einen Zug und gab sie ihr zurück. „O Mitch!" sagte sie.

„Ich bin bekehrt", erwiderte ich. „Übrigens – Kathy. Eine Frage noch. Keine angenehme Frage."

Sie seufzte. „Dasselbe wie zwischen dir und Hester", sagte sie.

Ich fragte: „Sag mal, was war mit Jack – hm?"

„Du hast ja gehört. Zwischen Jack und mir war dasselbe wie zwischen dir und Hester. Absolut einseitig. Jack liebte mich wohl. Glaube ich jedenfalls. Ich ihn nicht." Und dann fügte sie ungestüm hinzu: „Weil ich wie eine Verrückte in dich verliebt war!"

„Oh", erwiderte ich. Das schien mir der richtige Augenblick zu sein, sie aufs neue zu umarmen und zu küssen, aber ich hatte mich offenbar geirrt, denn sie schob mich zurück. Ich stieß mit dem Kopf gegen die Wand. „Au", sagte ich.

„Geschieht dir nur recht, bei all deiner Dummheit", sagte sie. „Jack wollte mich, aber ich wollte nur dich und keinen anderen. Und du hast dir nicht mal die Mühe gemacht, darüber nachzudenken – du hast nie gewußt, was ich für dich empfand, und ebensowenig wußtest du, wie es um Hester stand. Die arme Hester – sie wußte, daß sie dich niemals bekommen würde. Du lieber Himmel, Mitch, wie blind bist du eigentlich?"

„Hester hat mich geliebt?"

„Ja, verdammt noch mal! Warum hätte sie sonst Selbstmord begangen?" Kathy stampfte mit dem Fuß auf den Boden, als Resultat der unüberlegten Bewegung schwebte sie gleich darauf einen halben Meter über dem Boden.

Ich rieb mir die Stirn. „Hm“, sagte ich betäubt.

Das Sechzigsekundensignal erklang. „Anschnallen“, meinte Kathy, und Tränen stürzten ihr aus den Augen. Ich legte meinen Arm um sie.

„Eine widerliche, unwürdige Situation, in der wir da stecken“, sagte sie. „Ich habe genau eine Minute Zeit, um dich zu küssen, mich zurechtzumachen, abzuwarten, bis dein Frage-und-Antwort-Spiel vorbei ist, um dir anzudeuten, daß ich eine Privatkabine für zwei Personen habe, und um uns beide festzuschnallen.“

Ich hatte mich schnell erholt. „Eine Minute ist viel Zeit, Liebling“, sagte ich.

So lang war sie gar nicht.

C. M. Kornbluth / F. Pohl

„Ich halte Science-fiction für wichtig", erklärt Frederik Pohl, einer der beiden Autoren von „Eine Handvoll Venus und ehrbare Kaufleute", „weil sie die Einbildungskraft anregt. Sie hilft dem Leser, sich ein wenig von der jugendlichen Naivität zu bewahren, die man braucht, um der Phantasie freien Lauf zu lassen."

Frederik Pohl, am 26. November 1919 als Enkel deutscher Einwanderer in New York geboren, gilt als einer der vielseitigsten und kreativsten Vertreter seiner Literaturgattung. Er ist nicht nur populärer Autor, sondern auch Lektor, Herausgeber, Vortragsreisender, Verbandsmitglied und Juror in Sachen Science-fiction. Seine Bücher wurden mit allen wichtigen Literaturpreisen des Genres ausgezeichnet: Zum Beispiel erhielt er 1978 allein für seinen Roman „Gateway" den „Hugo", den „Nebula Award" und den „John W. Campbell Award".

„Eine Handvoll Venus und ehrbare Kaufleute" erschien 1953; längst wurde die Satire auf die fragwürdige Perfektion der amerikanischen Werbebranche zu einem Klassiker. Das Buch entstand in Gemeinschaftsproduktion mit Cyril M. Kornbluth (*1923, †1958), einem Schriftsteller, der sich wie Frederik Pohl vor allem durch Kurzgeschichten einen Namen gemacht und wesentlich zur Renaissance der Science-fiction nach dem Krieg beigetragen hatte.

Wie gelang es den beiden Autoren, zu zweit *ein* Buch zu schaffen? Unglaublich, aber wahr: Sie schrieben im Wechsel immer vier Seiten. „Natürlich mußten wir unser Werk nach dem ersten Durchgang gründlich überarbeiten", erzählt Frederik Pohl, „aber die Geschichte war gleich auf Anhieb vollständig vorhanden. Für mich war es schön zu wissen, daß ich mich stets ganz auf Cyril verlassen konnte. Zu einer ähnlich intensiven Zusammenarbeit mit einem Kollegen ist es allerdings in späteren Jahren niemals wieder gekommen."

HESTIA

von CAROLINE JANICE CHERRYH

Ins Deutsche übertragen von Thomas Schichtel

Titelillustration: Steve R. Dodd

1

DURCH das regenbesprühte Glas hindurch konnte man die Fähre sehen, eine in New Hope fremde Form, die sich schnittig und silbern zwischen braunen, nicht gestrichenen Gebäuden erhob. Sie stand hier nur für kurze Zeit: die *Adam Jones* befand sich im Orbit um den Planeten, ein Zwischenspiel von wenigen Tagen auf ihrer Reise von Stern zu Stern, und die Fähre gehörte zu ihr und zu einem anderen Dasein, ein fremdartiger Traum in Hestias einziger brauner Stadt.

Regen war die vorrangige Realität auf Hestia, Nebel verschleierte die Entfernungen und ließ die Kanten von Gegenständen im Hintergrund verschwimmen.

Auf den schlammigen Straßen bildete der Regen Pfützen, und er tropfte wie Schweiß von verfallenden Gebäuden. Die graue Eintönigkeit der Wolken und des Brauns der Erde und des Wassers blieb, während die Kolonie im Sterben lag.

Ein dünner Ruf erhob sich in den Straßen. Eine Gruppe Zecher schlängelte sich Arm in Arm vorbei; sie winkten, rutschten im Schlamm aus und mißachteten den Nieselregen. Ein Schiff war im Hafen, und das war ein Fest. Sie blieben stehen, erhoben eine Flasche zum Betrunkenensalut, riefen etwas und torkelten davon, immer noch Arm in Arm, eintönig braun gekleidete Leute, die rasch hinter dem Regenschleier und im Irrgarten der baufälligen Häuser verschwanden.

Sam Merritt ließ den Vorhang über den niederdrückenden Anblick fallen und ging zu seinem Stuhl zurück, vor dem Papiere auf einem verschrammten Tisch verstreut lagen. Dieses ungestrichene Zimmer mit dem knarrenden Holzfußboden war alles, was Hestia an Regierungspracht zu bieten hatte, New Hopes offizieller Amtssitz, die höchste Form seiner Gastfreundschaft. Merritt warf einen bedauernden Blick auf sein immer noch ungeöffnet herumstehendes Gepäck, eine verlorene Ansammlung schwarzer Kisten mitten auf dem Fußboden.

Unten an der Treppe ging eine Tür auf und fiel krachend wieder zu; schwere Schritte knarrten die Stufen empor. Merritt setzte sich auf den harten Stuhl am Tisch, lehnte sich gegen dessen Kante und blickte wie beiläufig auf, als die Tür geöffnet wurde und Don Hathaway regenfeucht und grimmig hereinlatschte.

Hathaway wischte sich Regentropfen von der Jacke, strich sich das Haar zurück und sank mit hängenden Schultern auf eine Ecke des näher stehenden Bettes hinab. Er war älter als Merritt mit seinen achtundzwanzig Jahren, und seine Schläfen waren ergraut. Sein Gesicht stand im Begriff, einen schwermütigen und gewohnheitsmäßig verdrossenen Ausdruck anzunehmen, und seit ihrer Landung hatten sich die Furchen darin vertieft.

„War draußen in der Stadt", sagte Hathaway.

Merritt nickte. Dieser finstere Blick lud nicht zum Kommentar ein.

„Sam", sagte Hathaway, „nachdem wir gelandet waren und uns umgesehen hatten, blieb ich dabei, mir selbst einzureden, daß es irgendwo besser sein müßte ... in der Stadt, draußen auf dem Land, irgendwo. Aber die Anweisung des Gouverneurs heute morgen ..." Er gestikulierte unbestimmt zu dem Tisch mit den verstreuten Papieren. „Es ist vorbei, Sam."

„Was meinst du damit?"

„Vor wenigen Minuten habe ich draußen in der Stadt mit Al gesprochen. Und wenn diese Fähre startet, werden wir an Bord sein."

Merritt sah ihn an, schluckte, schüttelte den Kopf: keine Zurechtweisung, sondern ein Echo auf Hathaways Verzweiflung. Sein Herz schlug heftig. „Wir waren sieben Jahre lang unterwegs, um herzukommen, Don – nur um wieder umzukehren ...?"

„Und vielleicht leben wir lange genug, um wieder nach Hause zu kommen." Hathaway wischte sich über das ergrauende Haar, stand auf, trat an den Nachttisch, auf dem eine Flasche stand, nahm sie und die schmutzigen Gläser, trug sie zum großen Tisch, stellte sie darauf und goß ein. Eines der Gläser setzte er ab und schob es zu Merritt hinüber. „War draußen in der Stadt. Habe sie mir angesehen. Habe genug gesehen, Sam. Schlamm und Bauern und Dinge, die auseinanderfallen. Und die Mentalität dieser Leute – sieh dir nur diesen Ort an. Er zerfällt, und keine Hand rührt sich, um ihn zu säubern, geschweige denn ihn wieder instand zu setzen. Habe dort draußen einen Mann im Regen sitzen sehen – er saß nur da, war betrunken und starrte ins Wasser. Habe mit Holzteilen ausgebesserte Maschinen gesehen, die von Hand bedient werden. Mit Holz und Papier ausgebesserte Fenster. Letzte Nacht hat ein Junge versucht, einen Mannschaftsangehörigen zu erdolchen. Hast du davon gehört?"

„Wahrscheinlich betrunken."

„Hat versucht, ihn zu berauben."

„Diese Leute haben vor fünfzig Jahren um Hilfe gebeten, Don. Sie sind verarmt. Ist das ihr Fehler?"

„Es ist aber auch nicht unsere Schuld. Wir müssen keineswegs mit einem Jahr unseres Lebens dafür bezahlen."

„Die Regierung bezahlt uns reichlich. Denk daran. Rechne zusammen, was dabei für uns herausspringt."

„Die Übereinkunft besagt ..." – Hathaway stach mit einem Finger in seine Handfläche –, „... daß wir hierherkommen und uns zuerst einen Überblick über die Lage verschaffen sollten, daß wir nachsehen sollten, ob wir ein System ausarbeiten können, um die Fluten unter Kontrolle zu bringen – oder um festzustellen, ob die Welt überhaupt die Ressourcen hat, um dem Problem beikommen zu können. *Ob ihr die Ressourcen verblieben sind.* Ich habe meine Entscheidung in dieser Frage getroffen. Falls du mir zustimmst und folgst ..."

„Uns davonmachen, bevor wir überhaupt einen Blick in das obere Tal geworfen haben? Don, zumindest soviel schulden wir ihnen."

„Das Schiff ruft die Fähre und wird nicht warten. Du weißt, was alles daran hängt, wenn man ein Sternenschiff aus seinem Fahrplan bringt."

„Also wirst du wegen einem Jahr Wartezeit auf das nächste Schiff diese Kolonie und eine gute Scheibe unseres eigenen Lebens wegwerfen ..."

„Sam, Sam, wenn ich der Meinung wäre, daß etwas dabei herauskommen könnte, würde ich dort hinaufgehen und das Tal anstarren, bis die Sonne gefriert. Aber hör mir einmal zu! Selbst der ursprüngliche Bericht besagte, daß dieses Tal nicht für eine ständige Siedlung geeignet ist. Und was haben diese Leute gemacht? Sie haben die Anweisung ignoriert und hier Häuser gebaut. Das ist ihre eigene Dummheit. Ein weiterer Punkt ist die Ausrüstung. Sie kann nicht wiederhergestellt werden, ist weggeschwemmt, verloren, ausgeschlachtet, kaputt, was auch immer. Unser Vertrag beläuft sich auf höchstens fünf Jahre Planetenaufenthalt. Was können wir in dieser Zeit hier ausrichten? Nichts. Nichts, das einen Unterschied machen würde. Sie würden weitere Ingenieure brauchen, die uns ablösen, und das würde Jahrzehnte dauern, in denen alles, was wir geschaffen hätten, wieder im Schlamm versunken und von Bürokraten vertrödelt worden wäre. Hestia kann keine weitere lange Wartezeit durchstehen. Nein. Jemand muß die Entscheidung treffen, diese Leute von dieser Welt wegzubringen oder zumindest aus diesem Tal hinaus, und das ist nicht unsere Zuständigkeit. Ich schlage vor, daß wir die Aussiedlung empfehlen, eine Notbasis, und nichts in den Händen der Bürokraten belassen. So streichen wir die Millionen dafür ein, daß wir hergekommen sind und uns umgeschaut haben. Dann teilen wir sie, fahren zur nächstgelegenen reichen Welt und ziehen uns zurück. Das wird das beste sein, auch für die Hestianer. Wir brauchen uns nicht dafür zu schämen. Ein anderer Weg wäre grausamer."

Merritt schüttelte den Kopf, ließ den Blick durch das Zimmer zu Hathaway schweifen. „Sie werden nicht gehen wollen. Ein Jahr, ein Jahr, nur den Versuch, selbst wenn er nutzlos ist ... Meinst du nicht, daß sie die Entscheidung, die Kolonie aufzugeben, wesentlich leichter akzeptieren würden, wenn sie wüßten, daß wir die Situation selbst kennengelernt haben, wenn sie wüßten, daß wir es versucht haben?"

„Sam, ich bin vierzig Jahre alt. Bis ich wieder woanders hinkomme, werde ich an die fünfzig sein. Ich bin hergekommen, um mich vielleicht niederzulassen und meinen Beruf auszuüben; aber es ist hoffnungslos. Hier gibt es nichts. Ich werde jetzt von hier verschwinden, solange es noch ruhig ist, bevor diese betrunkenen Bauern die Gelegenheit haben zu erkennen, worum es geht. Selbstsüchtig – vielleicht. Aber soweit es mich angeht, habe ich diesen Vertrag erfüllt, und es gibt nichts, dessen ich mich schämen müßte. Ich bin hergekommen, was die meisten nicht getan hätten; ich habe die Gelegenheit ergriffen und gesehen, was ich sehen wollte und was ich jemals sehen möchte. Ich werde nicht den Rest meines Lebens hiermit verschwenden."

„Ist Al ...", fragte Merritt schließlich, „ist Al derselben Meinung?"

„Ja. Sieh mal, du wirst an einen Ort kommen, wo es sich zu leben lohnt, wenn du sechsunddreißig, siebenunddreißig bist ungefähr. Du wirst Zeit haben, um neu anzufangen und dich an der halben Million zu erfreuen. Vielleicht hast du jetzt gerade noch den Raum, Fehler zu machen, oder glaubst ihn zu haben. Denk nicht, daß ich deine Gefühle nicht verstehe. Ich war sieben Jahre jünger, als ich mit diesem verrückten Vorhaben angefangen habe. Sieben weitere Jahre werden deine Perspektive mächtig ändern. Du schuldest dir selbst Besseres, als Hestia dir geben kann."

„Gib der Sache ein Jahr."

Hathaway runzelte die Stirn, blickte zu Boden und wieder auf. „Ich bin zu lange auf der *Adam Jones* gewesen, um das Schiff zu wechseln, wenn dabei für jeden nur ein so kleiner Vorteil herausspringt. Na gut, ich gebe ja zu, daß ich Leute um mich haben möchte, die ich kenne. Ich will zu meinen Freunden. Ich möchte an dem Ort leben, den ich gewohnt bin. Ich habe Hestia den größten Teil meiner Jugendjahre gegeben, und ich werde nicht auch noch die übrigen für eine verlorene Sache wegwerfen. Ich gehe wieder auf das Schiff, mit dem wir gekommen sind."

„Ist das nicht vielleicht etwas, was du schon beschlossen hast, bevor du diese Welt überhaupt gesehen hast?"

„Sam – das weise ich zurück."

„Ist es nicht doch die Wahrheit? Jetzt hast du Al dazu überredet, dir zuzustimmen. Du wirst ihn dazu bringen, diesen Rückzug zu unterschreiben, und alles, was du jetzt noch brauchst, bin ich."

„Sieh mal, in jedem Jahr, in dem wir diese Leute noch mit falschen Hoffnungen hinhalten, werden auf lange Sicht mehr von ihnen sterben. Das ist keine Wohltat. Du weißt: Wenn wir nicht bleiben, wenn wir einen Marker mit dieser Order oben zurücklassen, werden sie mit dem nächsten Schiff von hier weggebracht. Und das ist das Beste, was wir für sie tun können."

„Die Kolonisten würden nicht gehen wollen. Sie werden darum kämpfen, daß es auf andere Weise geschafft wird. Das haben sie bewiesen. Die *Adam Jones* hat schon einmal versucht, sie wegzubringen; auch andere Schiffe haben es versucht. Die Leute wollen nicht. Du, Al und ich, wir könnten ihnen beweisen, daß es für sie so am besten wäre."

„Wir können das beweisen, indem wir gehen. Sie werden nachgeben, wenn sie die Wirklichkeit erkennen, wenn sie einsehen müssen, daß von der Erde keine Hilfe kommen wird. Und wenn sie wirklich wegen dieser Frage kämpfen wollen, erhalten wir dadurch Ausrüstung oder Hilfe, um den Regen zu beenden?"

„Es ist einfach nicht richtig."

„Es ist nicht mehr so, daß das ganze Kolonisierungsprogramm noch weiterhin von Hestia abhängen würde. Sie ..."

„... sind unwichtig."

„Sam, sie hätten vor fünfzig Jahren schon von Phase eins zur Industrialisierung übergehen sollen, aber statt dessen geht es mit ihnen ständig bergab. Sie haben keine Maschinen und keine Energie. Der größte Teil der jüngsten Generation hat nicht einmal lesen gelernt."

„Also bringen wir sie von Hestia weg in eine Kultur, die zu begreifen sie nicht hoffen können."

„Oder laß sie hier darben. Sam, sie wußten es, sie wußten, daß es soweit kommen mußte. Sie wußten von Anfang an, daß das Tal jedesmal überflutet werden würde, sobald das Wetter zu einem seiner langen nassen Zyklen umschwenkt. Sie hätten das Tal nutzen und dann verlassen sollen; aber nein, sie haben dem Geogutachten nicht geglaubt. Hundert Jahre lang haben sie, stur, wie sie sind, hier gehockt und die Hilfeleistungen absorbiert, die man ihnen zukommen ließ. Und jetzt erwarten sie, daß wir ihnen ihre Dämme bauen, so daß sie weiterhin hier hocken und vegetieren können."

„Die Fluten haben sie erwischt, bevor sie eine Chance hatten. Was konnten sie denn noch machen, sobald sie einmal die Maschinen und ihren Impuls verloren hatten? Sie haben überlebt, und das haben sie selbst geschafft."

„Erzähl mir nicht, daß sie es versucht haben. Diese verrottende Villa ist das einzige Gebäude in der ganzen Stadt, das wirklich als Amtssitz gebaut worden ist, und es war der alte Schlafsaal der Kolonie. Die anderen Gebäude waren nur Lagerhäuser oder sind es bis auf den heutigen Tag. Kein einziges Haus in der ganzen Stadt ist jünger als hundert Jahre. Sie haben diesen Ort unverändert gelassen, sie haben nichts gemacht und nichts gebaut, seitdem die Kolonie gegründet wurde. Sie haben ihre kleinen Flecken Erde flußaufwärts ausgesucht und kümmerten sich weder um eine Regierung noch um die Zukunft der Kolonie. Sie ließen alle gemeinschaftlichen Vorhaben liegen, bis es fast zu spät war. Um Himmels willen, sie haben nicht einmal Elektrizität! Jetzt ist das Anbauland fort, in die Bucht geschwemmt, und jetzt können sie auch das nicht mehr nutzen. Im Sommer brüten sie dort draußen in dieser Lagune Insekten und Krankheiten aus. Sie sterben an Krankheiten, von denen niemand sonst etwas gehört hat. Auf der *Adam Jones* wird man uns alle einer Entseuchung unterziehen müssen oder anderenfalls riskieren, eine Seuche von hier nach Pele zu schleppen."

„Durch Trockenlegung, Dämme, Energieerzeugung ..."

„Ach, Sam, das werden sie machen, wenn sie keine Hilfe erhalten. Nein. Al und ich haben angeordnet, daß unser Gepäck zurück auf das Schiff gebracht wird. Möchtest du deines mitgehen lassen, oder willst du es allein machen?"

Merritt starrte anderswohin, auf die Fenster, auf das stetige Tropfen von Regen.

Dünne Rufe schallten von draußen herauf.

„So sieht es aus", sagte Hathaway. „Wenn du den Rückzug nicht unterzeichnest, wird er nicht durchkommen. Wir werden das Geld verlieren. Al bekommt seines. Sein Vertrag ist im voraus bezahlt. Alles, was du tun kannst, ist, mich um mein Geld zu bringen, meine

Zukunft zu zerstören, mir alles zu nehmen, was ich zurückgelassen habe. Willst du das tun?"

Merritt schüttelte den Kopf. „Wenn du und Al gehen, kann man nicht mehr groß diskutieren, nicht wahr? Wenn du ohne das Geld gehen willst – da kann man nichts machen. Na gut. Ich unterschreibe dein Papier."

„Die Mannschaft wird uns helfen. Sie wird einige unauffällige Lattenkisten verladen, unser Gepäck wegschaffen. Wenn die Leute hier herausfinden ..."

Die Tür unten an der Treppe ging auf und wieder zu. Hathaway sprang auf die Füße, ebenso Merritt, der ans Fenster trat und ängstlich hinausblickte. Dort war niemand.

Einzelne Schritte waren auf den Holzstufen zu hören, leicht und schnell, und sie erreichten die Tür.

Sie ging auf. Lilith Courtenay schlüpfte mit einer geschmeidigen Bewegung herein und schloß sie wieder. Sie trug einen silbrigen Anzug und glitzerte vor Regen, ein Schimmer von anderswo in diesem eintönigen Zimmer.

Sie warf ihre Kapuze zurück und sah sich mit einer Grimasse und einem Ausdruck des Unglaubens um. Der Name *Adam Jones* war auf ihren Ärmel eingestickt, ebenso die Embleme von Welten und Sternen, lichtjahreweit von Hestia entfernt. Sie gehörte zur Mannschaft, verachtete die Welten, die dort genannt waren – war von anderer Herkunft als Weltlinge.

„Dich hätte ich nicht erwartet", sagte Merritt. Sein Puls raste noch wegen eines Augenblickes schuldbewußter Furcht. Und plötzlich war er verlegen, schämte sich dafür, hier gefunden zu werden, von ihr, inmitten dieser Schäbigkeit. Sie zuckte mit ihren silbernen Schultern.

„Wieso, könnten wir dem Karneval fernbleiben, Liebster? Den ganzen betrunkenen Bauern? Hörst du sie nicht auf den Straßen? Ganz New Hope feiert am Hafen, und wir auch." Ihre Miene wurde sachlich. „Al hat mir die Neuigkeit erzählt. Du kommst wieder zur Vernunft."

„Neuigkeiten verbreiten sich zu schnell. Wer weiß es sonst noch?"

„Ich habe es von Al erfahren. Er ist an Bord."

„Ich laufe am besten in dieselbe Richtung", meinte Hathaway. „Sam, du wartest besser noch ein wenig, dann machst du einen beiläufigen Spaziergang und gehst ebenfalls in Richtung des Landeplatzes. Kein Gepäck! Wir werden es uns besorgen, wenn wir können. Wenn sie uns erwischen – das könnte unangenehm werden."

„Denke ich auch", stimmte Merritt zu und beobachtete mürrisch, wie Hathaway ging.

Lilith Courtenay zuckte die Achseln, ging um den Tisch herum und legte die Hand auf Merritts Arm. Sie sah auf und drückte seinen Ellbogen. „Sam, ich freue mich sehr darüber, daß du wieder zur Vernunft kommst, auch wenn es sieben lange Jahre gedauert hat. Haben wir dir nicht dauernd erzählt, wie es auf Hestia sein würde? Wir haben versucht, dich zu warnen."

„Don hat schließlich die Ausrede gefunden, nach der er gesucht hatte."

Ihre dunklen Augen blickten besorgt. „Aber du stimmst ihm doch zu. Du begreifst, wie es hier aussieht. Du stehst im Begriff wegzugehen."

„Das nehme ich an."

„Du begreifst diese Leute nicht. Sie würden dir nicht dankbar sein, wenn du es versuchst und scheiterst. Wahrscheinlich würden sie sich auf dich stürzen und dich töten. So sind sie. Und manche von uns würden dich vermissen, wenn du zurückbliebst. Ich würde es, ich. Wir sind sieben Jahre lang zusammengewesen."

„Keine Bindungen, Lil, das hast du immer gesagt."

„Es würde mindestens vierzehn Jahre dauern, bevor ich wieder nach Hestia komme. Wenn du den ganzen Fünfjahresvertrag lang hierbleibst und dann woanders hingehst, würde ich dich bei dieser Runde verfehlen, und wir beide wären dann beinahe fünfzig, bevor wir wieder eine Möglichkeit hätten, uns zu treffen. Du warst ein Durchreisender. Ich gehöre zur Mannschaft. Wir bleiben bei unserer Aufgabe. Das könnte sich jedoch ändern. Wenn du zur Familie gehören würdest ..."

„Für dich ist das richtig, Lil, aber ich bin mir nicht sicher, ob es auch für mich richtig wäre. Du bist auf dem Schiff geboren worden, die vierte oder fünfte Generation, die so lebt. Ich bin anders. Ich bin erdgeboren."

Sie lachte lautlos, nur ein Abwinkeln der Augenlider. „Na ja, ein Teil von mir gehört zur *Adam*, aber meine Mutter hat ihre Leidenschaften zwischen Sol und Centauri und wieder zurück verstreut, und ich bin niemals neugierig genug gewesen, das zurückzuverfolgen und Bescheid zu wissen. Also haben wir vielleicht die Erde gemeinsam, wer weiß? Würdest du dein Leben an Hestia verkaufen?"

„Ich schaffe es nicht, mir darüber klarzuwerden. Ich werde gedrängt. Ich kann dir keine Versprechungen machen."

„Das kannst du nicht? Aber ich dachte, ich hätte niemals nach welchen gefragt." Sie machte eine Handbewegung in Richtung der Fenster. „Heute nacht gibt es eine Feier, das Ende der Festlichkeiten. Die Leute von der *Adam* sind da draußen und führen eine weitere unserer zahlreichen Dienstleistungen durch – sie kümmern sich darum, daß es im Genpool keine Inzucht gibt. Und in neun Monaten wird es wieder neue Hestianer geben, so grausam das auch ist. Ein Kolonist hat jedes Jahr Karneval; für uns liegen Jahre dazwischen. Diesmal habe ich aber kein Interesse daran. Ich will dich zurückhaben. Du weißt, daß ich Kinder von dir haben wollte, bevor wir auseinandergehen, wirklich. Ich konnte mir nicht vorstellen, mein erstes von jemand anderem zu haben. Du hättest das nicht gewollt. Jetzt ist das anders – wird anders werden."

„Du hättest dich immer dafür entscheiden können, mit mir auf Hestia zu bleiben. Ich habe darauf gewartet."

Sie schauderte sichtlich und schüttelte den Kopf. „Manche Dinge sind einfach zuviel, als daß man jemand darum bitten könnte."

„Arme Zigeunerin. Du weißt nicht, wie es ist, einen Ort als Heimat zu haben."

„Die *Adam* ist meine Heimat. Komm zurück auf das Schiff! Wir lieben Erdlinge und Passagiere nicht. Komm zurück! Bleib bei uns! Jetzt kann alles anders werden."

Er nickte langsam. „Na gut. Okay, du hast gewonnen. Ich werde kommen. Verschwinde hier, und geh wieder zum Hafen. Ich denke, daß du am besten zuerst an Bord gehst. Es wird bald dunkel sein. Sobald es dämmert, mache ich einen Spaziergang in diese Richtung."

„Nein, komm jetzt!"

„Wir würden Aufmerksamkeit erregen. Am besten gehen wir getrennt."

„Ich habe Angst, Sam, ich habe Angst vor diesen Leuten."

„Dann sei vorsichtig, ich werde es auch sein." Er berührte ihr Gesicht, küßte sie mit der beiläufigen Leidenschaft einer langen Gewöhnung.

Es war anders – die Berührung dauerte, und Schuld und Verlangen vermischten sich in ihm zu einem Knoten im Bauch. Er faßte sie am Arm und schob sie zur Tür. „Geh jetzt, geh, verschwinde von hier! Je länger du bleibst, desto länger wird es dauern, bis wir beide auf dem Schiff sind. Ich folge dir, sobald ich dir genug Zeit gelassen habe, dorthin zu kommen."

Es REGNETE wieder, prasselte in Sturzbächen herab, als Hestias Sonne von einem grauen Tag in einen düsteren Abend sank. Merritt zog den Vorhang zurück und beobachtete die Straße. Sie war menschenleer, zeigte nichts außer zertrampelter Erde und vom Regen aufgerührte Pfützen. Nur das Rauschen des Regens war zu hören.

Er schlüpfte in seine Jacke und zog den Reißverschluß bis zum Kinn, stopfte die persönlichen Habseligkeiten, an denen er am meisten hing, in die Taschen, durchsuchte das Gepäck auf irgendeinen Gegenstand, der ihm fehlen würde, schloß es wieder und hoffte trotzdem, daß die Mannschaft es würde an Bord bringen können. Gleichzeitig neigte er dazu, sie darum zu bitten, es nicht zu versuchen, keinen Schaden für Einwohner oder Mannschaftsangehörige bei einem Streit zu riskieren. Auch ohne das hatte er schon genug Last auf seinen Schultern.

Die Tür unten an der Treppe wurde aufgerissen. Zahlreiche Schritte polterten die Stufen empor. Die Mannschaft, dachte er und fürchtete, zu lange gewartet zu haben. Und dann ging die Tür auf, und er wurde eines Besseren belehrt.

Hestianer! Ein halbes Dutzend von ihnen, braungekleidet und mit den Armbinden der örtlichen Polizei.

„Wollen Sie irgendwo hingehen, Mr. Merritt?"

Merritt rührte sich nicht, erinnerte sich daran, daß seine Hand noch in einer Tasche steckte, und zog sie ganz langsam heraus. Er war unbewaffnet. Die Hestianer hatten Polizeiknüppel und Schußwaffen am Gürtel.

„Kann ich etwas für Sie tun?" fragte er und hoffte, daß sie immer noch zögern würden, die lebenspendende Mutter Erde herauszufordern.

„Der Gouverneur will Sie sprechen", antwortete der diensthabende Offizier. „Sofort."

Merritt überdachte das zahlenmäßige Verhältnis und die geringe Chance, zwischen bewaffneten Polizisten hindurch und durch eine feindliche Stadt zu rennen.

Wahrscheinlich gab es draußen noch Mannschaftsangehörige, die Möglichkeit eines Aufruhrs. Er vermutete, daß Lilith Courtenay schon auf dem Schiff wartete und daß das Warten zu Ungeduld und zu Nachforschungen und Handlungen führen würde. Er hoffte verzweifelt darauf.

Er zuckte die Achseln, zeigte seine leeren Hände und ging mit.

GOUVERNEUR LEE war ein dicker Mann mit beginnender Glatze und freundlichen Umgangsformen – ein andauernd besorgter Mann, der zerstreut wirkte, keineswegs eine Gestalt, die Furcht einflößte. Merritt hatte ihn schon getroffen, sich Gedanken über ihn gemacht und ihn eingestuft. Und diese Überlegungen lagen jetzt in Trümmern. Lee betrachtete ihn mit demselben besorgten Ausdruck von Kopf bis Fuß, während die Polizisten in einer Reihe um das Zimmer standen und die Tür bewachten, und Merritt fühlte sich in diesem Augenblick sehr einsam.

Lee besaß weder Ansehen noch Autorität. Die von der *Adam* gegebenen Instruktionen sprachen von zwanzig Jahren Untätigkeit, von zwanzig Jahren Kontakt mit Sternenschiffen, von Zusammenkünften, die auf seiten der Besatzungen von Verachtung und auf seiten Lees von schmeichelnder Ängstlichkeit geprägt worden waren. Es gab in der Tat einige Leute, die für Lees Regierungsstil empfänglich waren, und er stützte sich verzweifelt auf die Versorgungsgüter und die Wohltätigkeit der Erde. Aber urplötzlich machte dieser Mann einen Zug, den niemand für möglich gehalten hatte, und allein diese Tatsache ließ die Situation als unsicher erscheinen. Merritt faltete die Hände vor sich und verzichtete auf Proteste, die nichts eingebracht hätten.

„Setzen Sie sich, setzen Sie sich!" sagte Lee.

Merritt tat wie geheißen und betrachtete Lee über die Breite des Tisches hinweg, begegnete diesen faltigen Augen und versuchte, diesen Kontakt nicht zu unterbrechen.

„Sie wollten weglaufen, Mr. Merritt."

Merritt sagte nichts.

„Nun", meinte Lee, „ich habe es am Tage der Landung in Ihren Gesichtern gelesen, und heute nachmittag – ich wußte, daß ich die anderen nicht überzeugt hatte, aber ich hatte gehofft, wenigstens Sie überzeugt zu haben."

„Ich wollte gerade hinausgehen und mir die Stadt ansehen. Ihre Polizei ..."

„Bitte, Mr. Merritt! Sie waren im Begriff zu verschwinden. Wir wissen, wo die anderen sind. Ein Mann, der das herausgefunden hat, ist tot. Es wäre viel leichter, wenn wir ehrlich zueinander sein würden."

„Wir dachten ..." Die Worte kamen nur zögernd heraus. „Wir dachten, wir könnten mit Ihnen reden, wenn wir uns zurückziehen, könnten Sie überzeugen, die Kolonie aufzugeben. Gouverneur, Sie haben selbst zugegeben, daß keinerlei Ausrüstung vorhanden ist, überhaupt keine. Was erwarten Sie von uns?"

„Guten Rat, Mr. Merritt. Know-how. Berufliche Qualifikation. Sie sagen uns, wie's geht – und wir machen die Arbeit."

„Eine Kolonie von fünftausend Menschen, ohne Maschinen und ohne verfügbare Arbeitskräfte. Und wenn Sie einen Fehler machen, Gouverneur, werden Sie gar nichts erreichen. Hören Sie auf meinen fachmännischen Rat. Verlassen Sie das Tal; noch besser, verlassen Sie Hestia, solange Sie noch können!"

„Wir haben um Waffen gebeten, um Metall für Maschinen und um Treibstoff, um sie zu betreiben; wir haben um Sensoren gebeten, wie Sie sie haben, damit wir uns im Hochland selbst schützen können. Aber wir bekommen diese Dinge nicht. Wir können nicht damit umgehen – das ist die Meinung, die wir zu hören bekommen. Es würde bedeuten, ein Sternenschiff für mehrere Jahre umzuleiten, um eine solche Expedition zu unterstützen, und fünftausend Menschenleben sind das Geld nicht wert, nicht wahr? Wir hatten nie eine Chance, und man ist nicht bereit, die Finanzen des Büros zu gefährden, nur um Hestia zu retten. Nein, es ist alles eine Frage des Budgets. Das ist immer so. Sie verlängern unsere Qual, Mr. Merritt, darin besteht Ihre ganze Hilfe."

„Sir ..."

Die müden Augen des Gouverneurs fingen Merritts Blick ein und hielten ihn fest. „Sie drei waren genug motiviert zu kommen. Was geschah dann? War Ihnen das Geld nicht genug?"

„Warum wollen Sie diese Kolonie nicht aufgeben? Warum wollen Sie nicht zuhören?"

„Warum kann uns ein anderer Bodenbewohner nicht begreifen, Mr. Merritt? Dies ist unsere Heimat, so einfach ist das. Und eines Tages wird auch der Regen wieder aufhören. Aber es ist recht wenig, an das wir uns halten können – unsere Felder stehen während beider Wachstumsperioden unter Wasser, im Winter haben wir kein Wasser, und im Sommer haben wir Fieber."

„Sie müssen Hestia ja auch nicht verlassen. Im Hochland gibt es alles, was Sie brauchen. Wenn Sie dem Gutachten gefolgt wären ..."

„Die Hochlandgebiete haben auch andere Bewohner, Mr. Merritt."

Merritt verschränkte die Arme und starrte abwesend zu Boden.

„Sie glauben mir nicht."

Merritt zuckte die Achseln und blickte kalt in Lees Augen. „Die Menschen haben schon immer Geister gesehen. Vielleicht folgen die uns sogar von Welt zu Welt. Nein, Sir. Ich habe von ihnen gehört, aber die Überprüfung hat keine Ergebnisse gebracht."

„Es gibt sie wirklich, Mr. Merritt, und sie sind zahlreicher als wir. Sie hinterlassen ihre Spuren in der Umgebung unserer Höfe, töten unser Vieh, zerbrechen manchmal Zäune oder legen Feuer. Manchmal töten sie uns, wenn wir nicht aufpassen. Es gibt sie wirklich, und Sie wollen uns keine Waffen und keine Sensoren geben. Also bleiben wir im Tal. Das haben sie uns überlassen, und wir werden es halten, solange es Menschen auf Hestia gibt. Sie drei waren unsere letzte wirkliche Hoffnung, und jetzt, wo Sie sich anders entschieden haben, was bleibt uns noch?"

„Es tut mir leid, Sir, ich sehe einfach keine Möglichkeit."

„Auch ich habe keine Wahl. Nein, nein, Mr. Merritt, dies ist unsere Gelegenheit. Ich habe Sie hier in der Stadt, und ich denke nicht, daß die *Adam Jones* in dieser Sache etwas unternehmen wird. Wenn Sie ein Sternenschiff nicht für die Rettung von fünftausend Menschen aus dem Fahrplan werfen wollen, werden sie es auch wegen eines Mannes nicht tun, denke ich. Sie sind ein Opfer derselben Art von Logik wie wir, Mr. Merritt. Es tut mit leid. Ganz gewiß möchte ich Ihnen nichts antun, aber bedenken Sie meine Motive. Fünftausend Leben gegen die Bequemlichkeit von einem: wiederum die Logik der Zahlen."

„Die *Adam Jones* wird einen Marker zurücklassen, und was wird dann aus Ihnen? Kein Sternenschiff wird hierherkommen."

„Aber wir haben unseren Ingenieur."

„Ich kann nicht allein arbeiten, Sir."

„Ich wünschte, die anderen hätten Sie nicht im Stich gelassen und wären geblieben und dies wäre nicht nötig. Aber sie können diesen Signalmarker zurücklassen, ob wir Sie nun gehen lassen oder nicht, habe ich nicht recht? Dann ständen wir völlig mit leeren Händen da. Wir würden hier sterben. Es tut uns leid, Mr. Merritt. Der Zug ist getan. Jetzt gibt es kein Zurück mehr."

Merritt ließ langsam den Atem fahren, lehnte sich auf dem Stuhl zurück und dachte über Lee und die Männer um ihn herum nach. „Ich mag es nicht, wenn man mich drängt. Egal, was Ihre Gefühle sind, mir gefällt es nicht, gedrängt zu werden. Meine Möglichkeiten sind eindeutig begrenzt – aber ich habe sie noch."

„Ja."

„Dann werde ich ein Geschäft mit Ihnen machen und mich daran halten."

„Was für eine Art von Geschäft, Mr. Merritt?"

„Sie benötigen meine Mitarbeit, und ich will Hestia verlassen. Also werde ich ein Jahr lang an diesem Projekt arbeiten, und zwar nach bestem Vermögen, solange Sie mir die nötige Unterstützung gewähren. Aber wenn das nächste Schiff kommt, mache ich Schluß, sofern ich bis dahin keine Lösung für Ihr Problem gefunden habe."

„In Ihrem Vertrag steht etwas von fünf Jahren."

„Eines."

„Wenn das Schiff erst einmal weg ist, gibt es wirklich nur noch sehr wenig Grund für einen Handel, nicht wahr? Wenn wir es nicht zulassen, gibt es für Sie keine Möglichkeit, auch nur in die Nähe dieses nächsten Schiffes zu kommen. Sie werden hier leben, wie wir es tun, mit uns zusammen. Falls dieser Damm nicht gebaut wird, Mr. Merritt, bleiben Sie. Das ist die letzte und einzige Drohung, die ich Ihnen gegenüber ausspreche."

„Was für eine Ausrüstung soll ich benutzen? Alles, was ich habe, ist in der Fähre."

„Dann lassen Sie es ausladen."

„Aber selbst das wird nicht reichen. Das wissen Sie."

Lee machte eine kleine und unvollständige Handbewegung. „Das liegt bei Ihnen und Ihren Freunden. Fragen Sie sie. Wir werden die Verbindung herstellen."

„Wir haben Alternativen", sagte Don Hathaways Stimme. „Verbinde uns mit dem Gouverneur. Wir werden sie ihm klarmachen."

„Ich denke, sie sind es schon", antwortete Merritt. Die Statik knisterte. Das mit Sonnenenergie betriebene Funkzentrum der Villa war eine Sammlung von Flickwerk aus überholter Ausrüstung, die einmal jährlich abgestaubt worden sein mußte, um mit den Sternenschiffen und Fähren Kontakt aufzunehmen. „Hör mir zu! Es wird Tote geben, wenn ihr etwas in dieser Richtung unternehmt, und das will ich nicht. Abgesehen davon würde es Ärger für die *Adam* geben. Das Kolonialamt würde kein Verständnis für einen Schußwechsel zwischen einem Sternenschiff und einer Kolonie haben. Diese Leute hier sind verzweifelt und werden kämpfen. Also begnügt euch damit, die Geräte und Vorräte aus dem Schiff zu bringen. Kein Streit! Bitte!"

„Spiel nicht den Märtyrer, Sam. Gib mir ein Zeichen, daß du nicht mit einer Gewehrmündung an deinem Kopf sprichst."

Der Wachoffizier bewegte sich, fuhr mit der Hand dazwischen.

Merritt hielt die Hände von den Apparaturen fern, machte eine kleine Geste und erhielt die Erlaubnis.

„Es ist mein freier Wille, Don, so sicher, wie wir uns auf der Stationsfähre getroffen haben."

„Das genügt. Alles klar!"

„Ich wünschte, du wärest hier bei mir. Ich könnte die Hilfe brauchen. Aber das wäre zuviel verlangt, nicht wahr?"

Schweigen. „Ja", sagte Hathaway schließlich.

„Das habe ich mir gedacht", erwiderte Merritt. Seine Stimme klang hohl, und sein Herz fühlte sich genauso an. Seltsamerweise verspürte er keine Bitterkeit. „Ist Lil da?"

„Ich bin hier, Sam."

„Dieselbe Einladung, Lil. Ich könnte deine Gesellschaft brauchen."

Es entstand eine lange Pause. „Ich kann nicht", sagte sie schließlich elend.

„Auch das habe ich erwartet. Keine bösen Gefühle."

„Es tut mir leid, Sam."

Es war unglaublich – es hörte sich so an, als weinte sie, und das entsprach keineswegs ihren Gewohnheiten. „Mach's gut", sagte sie.

Die Verbindung wurde unterbrochen.

2

Wiederum kam ein Sprühregen herab, der Himmel über New Hope zeigte sein gewohntes häßliches Grau, das Wasser war farblos vom Schwimmdock bis zur Lagune und zum Himmel. Merritt schritt die hölzernen Stufen zum Schwimmdock hinab, blieb stehen und zog sich die Kapuze über den Kopf wegen des kalten Windes, der hier im Freien blies und ihn durchnäßte.

Er hatte sich gerade gefragt, welche Transportmöglichkeiten es auf Hestia geben mochte, als sie ihm ein stromaufwärts gelegenes Boot versprachen. Hier lag die Antwort: *Celestine*, und sie hatte einen breiten Boden und mittschiffs einen hohen Schornstein. Das Ruderhaus beanspruchte den größten Teil des Decks, und der Rest des verfügbaren Platzes war mit Seilwerk und Lattenkisten vollgestopft; Merritt nahm an, daß sie seine Ausrüstung enthielten. Die *Celestine*, oft geflickt und mittlerweile dringend einen neuen Anstrich erfordernd, schien ein gutes halbes Jahrhundert alt zu sein, zumindest halb so alt wie Hestia.

Merritt blickte zurück zu den Polizisten des Gouverneurs, die am Ufer standen mit Leuten aus der Stadt hinter ihnen. Es war überflüssig. Die Raumfähre war vom Feld verschwunden, die *Adam* war fort und das lange Schweigen wieder über Hestia gekommen. Er zuckte die Achseln, drehte sich um, spürte ihren Blick auf seinem Rücken, ging über die sich hebende und senkende Oberfläche des Docks zur Laufplanke, ein tückisches Brett, das zwischen dem schwankenden Dock und dem stampfenden Boot lag.

Er schaffte es, taumelte nur geringfügig und gewann auf dem Deck wieder das Gleichgewicht.

Ein grauhaariger Mann stand gegen das Ruderhaus gelehnt und betrachtete ihn – er regte sich nicht, um ihn willkommen zu heißen, hatte die Hände in die Taschen seines vielfach geflickten Mantels gesteckt, während der unrasierte Kiefer gemächlich einen Zahnstocher bearbeitete.

„Amos Selby?" erkundigte sich Merritt, da ihm schien, als wolle der Mann ihn bis in alle Ewigkeit anstarren.

Der Hestianer regte sich, zog eine Hand aus der Tasche und bot sie an, ohne dabei ein Zeichen des Willkommens zu geben. „Sie sind ganz sicher Mr. Merritt. Ihre Sachen sind alle an Bord."

„Wo bleibe ich?"

Selbys Mund zuckte, vielleicht ein Zeichen von Humor. „Nun, Sie werden da bleiben, wo Sie Platz zum Sitzen finden, Mr. Merritt. Wo es Ihnen beliebt. Wir haben hier ein Deck und keine Polizei, nur Wasser, ringsherum."

Auf dem Dock rührte sich etwas. Schnelle Schritte hallten auf den Holzplanken. Ein Junge raste die Stufen hinab und über das Schwimmdock. Amos knurrte.

„Mein Sohn", erklärte er. „Los, komm schon! Beeil dich!"

Der Junge sprang herüber, zog die Mütze von seinem blonden Haar, setzte sie wieder auf und starrte Merritt an. Er war etwa zwanzig Jahre alt, beinahe zierlich und blonder, als es sein Vater jemals gewesen sein konnte. Merritt dachte an die Sternenschiffe und den alljährlichen Karneval in New Hope und fragte sich, ob ...

„Sam Merritt – Mr. Merritt – mein Sohn Jim. An die Arbeit, Jim. Wir müssen irgendwann heute noch losfahren, wie du weißt."

„Ja, Sir", sagte Jim, machte ein zerknirschtes Gesicht und verschwand, um sich um den Motor zu kümmern. Amos schüttelte den Kopf und machte sich zum Ruderhaus auf, zu dem er vier Stufen einer hölzernen Leiter emporklettern mußte.

Mit viel Geduld wurde der Motor, ein zischendes, schwerfälliges Museumsstück, zum Leben erweckt. Merritt ging zum Heck, um ihn sich zu betrachten, und Jim blickte mit einem scheuen Grinsen zu ihm auf, jedoch war der Lärm zu laut, als daß sie sich hätten unterhalten können. Jim rief den Leuten am Ufer Befehle zu; zwei Männer warfen die Seile herüber, und der Motor fing an zu arbeiten, während Jim hin und her rannte und die Seile einzog. Merritt betrachtete vom Heck aus das sich ausbreitende Kielwasser, ein weißes Kräuseln auf dem braunen, regengepeitschten Strom. Er blickte zum Ufer, und die Menschen verwandelten sich in bloße Umrisse neben einer Ansammlung brauner Häuser. Das Ufer blieb zurück; zu beiden Seiten war der Strom jetzt gleich breit, und die Uferbänke waren mit Sand und Gras bedeckt.

Dann ging Merritt nach vorne zum Bug und starrte voraus auf die Landschaft und den Strom. Das Land war flach und überflutet und hinter Sprühregen verborgen. Der Wind schnitt durch seine Jacke. Er begann schließlich zu zittern, suchte sich seinen Weg zum Ruderhaus zurück und kletterte die Stufen zu diesem dürftigen Unterstand hinauf, in dem Amos das Ruder führte. Die offene Kabine gewährte Ausblick und ließ den Wind hindurchpeitschen.

„Es friert", sagte Merritt mit zusammengebissenen Zähnen.

„Es wird ein bißchen kalt", stimmte Amos zu.

„Fahren Sie diese Strecke auch im Winter?"

„Auf Hestia bewegt sich auf andere Art nichts. Das Boot muß verkehren."

„Wie viele andere Boote gibt es?"

„Fünf."

„Man hat mir gesagt, daß Sie den Strom am besten kennen."

„Das muß ich." Amos nahm den Zahnstocher aus dem Mund und steckte ihn in die Tasche, als ob er sich endlich zu einer Unterhaltung entschlossen hätte. „Ich soll Sie bis zu Burns' Station bringen und bei Ihnen bleiben. Wie ich höre, sollen Sie Hestia retten."

Merritt ließ sich an einer Stelle, wo er wenigstens etwas geschützt war, auf die abgenutzte Bank nieder, die an einer Seite des Ruderhauses entlanglief. „Ich habe den Eindruck, Mr. Selby, daß Sie von dieser Sache nicht viel halten."

„Sie sind seit hundert Jahren der erste Erdenmensch, der beide Füße auf Hestia setzt, und wie ich höre, gefällt es Ihnen nicht sehr. Was mich angeht, ich traue Außenweltlern nicht sonderlich. Ich meine, wir haben nie viel von draußen erhalten."

„Andererseits haben wir nie viel von Hestia bekommen, bei allem, was hineingesteckt wurde."

Amos Selby nickte kurz. „Richtig, das kann man nicht bestreiten, Mr. Merritt. Aber Sie haben auch niemals etwas benötigt, das wir hätten geben können. Da haben Sie es. Ich nehme an, wir sollten Ihnen dafür etwas schuldig sein, nicht wahr?"

Merritt verzichtete darauf, sich auf die Diskussion einzulassen. Es schien im Augenblick wenig lohnend.

„Nun", sagte Amos schließlich, „mein Rat ist frei erhältlich, wenn Sie Verstand genug haben, danach zu fragen." Er langte nach der Pfeife und blies sie scharf, zeigte auf den Anlegeplatz, als Merritt aufstand und Ausschau hielt. Ein baumumstandenes Haus erhob sich auf einem Hügel außer Reichweite des Stromes. „James' Haus", erklärte Amos. „Hier war mal ein Dock. Der schönste Platz am Strom, dicht bei der Stadt. Das Dock wurde diesen Herbst weggespült und ist bislang nicht wiederhergestellt worden."

„Haben Sie auf dieser Strecke planmäßige Aufenthalte?"

„Diesmal nicht. Sie sind meine einzige Fracht. Aber gewöhnlich ja. Manche sind planmäßig, manchmal signalisiert man mir anzulegen. Eine Gruppe von Höfen kann überall für mich einen Anlegeplatz bereithalten. Ohne uns Flußleute gäbe es Hestia nicht. Ich mußte die *Celestine* schon oft dicht heranfahren, um eine Familie von der Veranda zu holen, oder hatte das Deck voller Schafe und Schweine, wenn jemandes Felder überspült worden waren. Wir sind ein eigensinniges Volk, aber bisher hat noch keiner von uns gelernt, Wasser zu atmen."

UM MITTAG brachte Jim Tee und Brötchen ins Ruderhaus herauf, dessen Wände mit Merritts Zeichenblättern übersät waren und in dem in einer Ecke ein Kartenbuch aus Plastik lag. Amos zog eine Schlinge über das Ruder und blickte mit einem Auge weiterhin voraus, während er aß, was er hin und wieder unterbrach, um den Kurs zu korrigieren oder Merritt anzustarren.

„Wie alt sind die?" fragte er schließlich Merritt.

„Es sind die ursprünglichen Vermessungskarten. Sie haben sie mir gegeben, um damit zu arbeiten."

„Sie meinen die Vermessung vor hundert Jahren?"

„Nach dem, was Sie gesagt haben und was ich sehe, kann ich etwas über das Ausmaß der Veränderungen sagen. Es sieht schlecht aus. Es ist noch viel schlimmer, als es berichtet wurde."

Amos spülte einen Bissen Brötchen hinunter. „Sie werden noch mehr herausfinden. Ich lese nicht viel, wie Sie vermuten werden. Aber ich kenne dieses Tal und diesen Strom, und ich kann viel zeigen, wie es war und wie es ist. Ich kann Ihnen fast jede Sandbank und jede Strömungsveränderung von hier bis Burns' Station nennen."

„Und dahinter?"

„Nein, Sir. Niemand geht weiter hinauf, und niemand wird Sie hinaufbringen."

„Um keinen Preis?"

„Nein. Nein, Sir. Zuallererst hätten Sie weißes Wasser gegen die Strömung zu durchqueren, und kein Boot kann das schaffen. Und dahinter wären Sie auf einem nicht kartographierten Strom und in wildem Land. Nein – ich werde zwischen der Station und New Hope und allen Punkten dazwischen jeden Auftrag ausführen, den Sie mir geben, aber ich lege zuviel Wert auf mein Boot und mein Genick, um über die Station hinauszufahren. Ich weiß, daß ich Sie nicht so rasch werde überzeugen können, aber gelegentlich wird es für Sie am sichersten sein, Rat anzunehmen, ohne ihn auf die Probe zu stellen."

„Ist der Strom zwischen der Station und New Hope das ganze Jahr über passierbar?"

„Meistens." Amos winkte mit seiner Tasse in Richtung des Ausblicks. „Nach dem Ende der Regenfälle sinkt er beträchtlich, und dann gibt es da, wo wir jetzt hoch und leicht darüber hinwegfahren, Sandbänke. Zu Beginn des Frühjahrs, wenn im Hochland das Eis schmilzt, werden Schweine bis ins Meer geschwemmt. Im Sommer regnet es nur selten, und es ist heiß und stickig. Die Killerfluten sind die im Frühjahr, wenn der Strom plötzlich ansteigt. Sollte jemand das Glücksspiel versuchen und auf seinem Land bleiben, wenn bei Höchststand das Ertrinken eine Frage von wenigen Zentimetern ist – nun, wir verlieren jedes Jahr einige, die versuchen, schlauer zu sein als der Strom."

Merritt blickte hinaus und bot dem Wind die Stirn. An dieser Stelle war der Strom sehr breit, und er umspülte tote Bäume, Erdhügel, Zaunpfosten, kleine Flecken von Feldern und Häuser, die nicht mehr bewohnbar waren. Gelegentlich waren neuere Häuser vor dem Hintergrund rauheren Hochlandes zu beiden Seiten des Stromes erkennbar, mit terrassenförmigen Feldern auf den Hügeln. Im Norden erhob sich wie ein grauer Horizont eine zerklüftete, dicht mit Bäumen bewachsene Bergkette.

„Ist das der Oberlauf, den Sie so fürchten?" fragte Merritt.

„Das da? Ein Teil davon. Das sind die Williamshöhen, nur ein großer Wald. Was mich angeht, ich traue keinem Wald, aber es gibt Leute, die den Nerv haben, sich ganz in seiner Nähe niederzulassen. Das Schlimme ist, er erstreckt sich immer weiter, bis an den Oberlauf selbst, und was am Oberlauf lebt, kann auch in ihm leben, sollten Sie wissen. Ich mag solche Plätze überhaupt nicht. Niemand tut das, aber es gibt jetzt nicht mehr genug Land, als daß die Leute noch wählerisch sein könnten. Manche sind sogar tapfer genug geworden, im tiefen Wald einige Bäume zu fällen und neues Land zu gewinnen."

„Was sollte sie daran hindern?"

Amos widmete ihm einen seiner vorsichtigen Blicke, biß gedankenvoll in das Brötchen und schluckte wieder. „Na ja, Mr. Merritt, es ist auf Hestia recht gut bekannt, daß es im Wald Dinge gibt, die keine Äxte mögen, und einige von ihnen sind geradezu klug darin, das auch zu zeigen. Niemand vermißt kleine Bäume; aber sollten Sie einen großen Baum fällen, einen wirklich alten, nun, Ihre Zäune könnten einstürzen, oder Ihr Vieh könnte sterben, oder Ihr Haus könnte Feuer fangen."

„Wirklich?"

„Wirklich. Und was auch wirklich ist, mein Freund – wenn Sie damit anfangen, bei Burns' Station Ihren Damm zu bauen und einen See im Oberlauf rückzustauen, werden Sie einige Dinge dort aufscheuchen, die keiner von uns als Nachbarn haben möchte. Aber der See muß sein. Das andere Problem werden wir lösen, wenn es uns auf unserem eigenen Boden gegenübertritt."

„Vielleicht sollte man den Damm nicht dort bauen. Vielleicht wären mehrere kleine Reservoire stromaufwärts günstiger."

„Hm. Sie werden keinen Hestianer zum Oberlauf bringen, bevor nicht der Regen aufwärts fällt. Nicht früher. Glauben Sie mir."

„Weil Sie davon überzeugt sind, daß dort etwas lebt. Aber sagen Sie mir dann doch, Mr. Selby, wie eine Gruppe mit Intelligenz begabter Wesen bei der ersten Vermessung übersehen werden und wie sie dann hundert Jahre lang in unmittelbarer Nachbarschaft einer menschlichen Kolonie leben konnte, ohne so etwas wie einen greifbaren Beweis für ihre Existenz zu liefern."

„Wir haben reichlich Beweise. Tote Menschen und totes Vieh."

„Dafür könnten Tiere verantwortlich sein. Dazu bedarf es keiner Menschenähnlichen."

„Ich habe nicht behauptet, daß sie menschlich sind, wohl aber schlau und entschlossen, das ja. Mein Freund, Sie befinden sich jetzt noch mitten in der Zivilisation. Wenn Sie erst mal einen Monat lang oder so in der Nähe der Oberlaufwälder gelebt haben, werden Sie an viele Dinge glauben, die Sie jetzt noch nicht für möglich halten." Schwungvoll und plötzlich begann er zu handeln, setzte das Essen ab und nahm wieder das Ruder, denn sie kamen jetzt in flaches Wasser, das sich an Steuerbord zu kleinen Wellen kräuselte. Auf dieser Seite stand ein Haus zwischen Bäumen und Einlässen für Flutwasser. Die Flut hatte Gestrüpp auf der Höhe der Hochwassermarkierung ans Ufer gespült, und wo das Land nicht überflutet war, da war es mit kleinen Seen durchsetzt, die dauerhaft genug waren, daß überreichlich Schilf darin wuchs.

„Sehen Sie diesen Ort?" fragte Amos.

„Es sieht so aus, als sei dieser Hof aufgegeben."

„Sie brauchen nur die Füße auf den Boden zu setzen und versinken sofort bis zu den Knien, auch da, wo der Boden fest wirkt. Man kann ihn nicht mehr bearbeiten. Nur Überlebenssaaten werden dort jetzt noch wachsen, und auch davon nur noch Sommergemüse. Mehr nicht. Früher blieb der Strom hier zwischen den Uferbänken, und dies war ein schöner Hof. Als ich noch ein Junge war, gab es hier Uferdämme und ein Haus näher am Strom. Sie haben zwei Kinder verloren, als das erste Haus weggespült wurde. Dann haben sie neu gebaut. Der alte Mann hat dieses Frühjahr seine Frau in der Flut verloren. Nun sitzt er in diesem Haus da, das keine Fenster mehr hat, hat nicht mehr genug zu essen und schießt auf jeden, der seinen Grund und Boden betritt. Vielleicht ist er mittlerweile tot. Ich bin nachts hier vorbeigekommen und habe kein Licht gesehen. Also ist er wahrscheinlich tot, oder er hat auch kein Licht mehr. So steht es jetzt mit dieser ganzen verlassenen Gegend. Wir wissen Bescheid, aber dies ist unsere Welt, und wir werden bleiben, gegen alle, die uns zum Gehen drängen wollen. Wenn Sie Hestia verstehen lernen wollen, Freund Außenseiter, dann versetzen Sie sich in diesen alten Mann. Verstehen Sie, was ihn ausharren läßt. Wir haben keine Verwendung für Erdleute und ihre Einstellungen. Mutter Erde ist nicht unsere Mutter, und ich weiß nicht, warum Sie hergekommen sind, aber ich bin sicher, Sie haben mittlerweile herausgefunden, daß wir es nicht gepackt haben. Unser Temperament ist etwas reizbar, und wir empfinden eine ziemliche Scheu vor fremder Hilfe. Sie helfen uns jedoch zu unseren Bedingungen: das ist Hilfe. Das ist Hilfe, mit der wir es schaffen können. Möglicherweise sehen Sie das ein. Ich hoffe es wenigstens."

„Wenn ich den Damm dort bauen muß, wo Sie es haben wollen, kann ich für nichts garantieren; aber wenn Sie es so haben wollen, werden Sie es so bekommen. Ich sage Ihnen meine Meinung dazu, aber ich werde es so machen, wenn ich keine Wahl habe."

„Sie wissen, es gibt keinen Mann und keine Frau auf Hestia, der oder die nicht weiß, daß sie packen und mit dem nächsten Sternenschiff abreisen können. Aber keiner hat es gemacht, kein einziger. Wir sind hartnäckig. Wir bleiben."

„Sie denken, daß Sie die Möglichkeiten haben, den Strom zu bändigen?"

Amos runzelte die Stirn. „Na ja, was das angeht – ich weiß es nicht. Ich habe gesehen, daß der Strom bisher jede Runde gewonnen hat. Aber wir geben jedesmal nur ein klein wenig nach."

Merritt hatte erwartet, daß das Boot für die Nacht an irgendeinem Dock anlegen würde; bis zu Burns' Station war es noch eine Reise von vielen Tagen. Aber eine geraume Weile nach Anbruch der Dämmerung fuhr es immer noch, jetzt mit stark herabgesetzter Geschwindigkeit, als schon nichts mehr sichtbar war außer den entfernten und einsamen Lichtern eines der wenigen Häuser auf dem Südufer. Das Klatschen und Saugen des Wassers am Rumpf des fahrenden Bootes, das eintönige und langsame Pochen der Maschine waren die einzigen Geräusche in der Dunkelheit. Die *Celestine* hielt sich in der Strommitte, und nur eine einzige matte Lampe brannte außerhalb des Ruderhauses.

Nachdem Amos nach einer langen Pause schließlich wieder das Ruder übernommen hatte, öffnete Jim den einzigen Kabinenraum der *Celestine,* ein Loch mit niedriger Decke und kümmerlicher Ventilation unterhalb des Ruderhauses, in das man nur hineinkriechen konnte.

Jim ging zuerst, und Merritt folgte ihm und fand dünne Matratzen und eine Lage Decken, die die bloßen Planken polsterten. Durch Schlitze gelangte ein wenig Licht herein, und ein kalter Wind milderte die erstickende Wärme, die vom Motor ausging. Die Maschine allerdings verbreitete ein betäubendes Knattern und ließ die Decksplanken vibrieren, so daß Schlafen eine zweifelhafte Angelegenheit zu sein schien.

„Mehr haben wir nicht, Mr. Merritt", sagte Jim. „Ich weiß, daß Sie Besseres gewohnt sind, aber gegen Morgen wird das Deck kalt, und dann wird es hier bequemer."

Merritt arbeitete sich bis zu seinem Lager vor und kämpfte in der

Dunkelheit mit den Decken, bis er sie sich zurechtgelegt hatte. Schweiß strömte ihm übers Gesicht. Er rollte sich in der engen Räumlichkeit auf einen Arm und fing an, sich aus Jacke und Stiefeln herauszukämpfen, während das langsame Tuckern des Motors seine Knochen durchrüttelte. „Benutzt ihr das hier bei Wachwechseln, du und dein Vater?"

„Ja, Sir, zumindest auf diesem Abschnitt, auf dem es kein Dock gibt, wo man sicher anlegen könnte. Man kann hier nirgendwo am Ufer ein Tau festmachen, es sei denn, man wollte sich alle Sorten von Plagen zulegen. Darum schlafen Dad und ich meistens bei Tag. Das ist sicherer."

Merritt schlug das Lager hoch und zog ein Laken hervor, um sich gegen die rauhe Decke zu schützen. „Ich vermute, daß da einiges dran sein kann. Anscheinend begreife ich nicht ganz, womit ihr eigentlich ringt – oder auch eine Menge andere Dinge auf Hestia, was das angeht."

„Das muß etwas sein – in einem Sternenschiff zu reisen!"

Merritt runzelte die Stirn über den unerwartet bedauernden Tonfall und betrachtete neugierig den Jungen in dem Licht, das durch die Schlitze hereinfiel. „Ich wußte gar nicht, daß Hestianer solche Gedanken hegen", sagte er, und fast schon bevor das letzte Wort heraus war, fiel ihm ein, daß er das nicht hätte sagen sollen.

„Hat man es Ihnen gesagt?" fragte der Junge mißtrauisch.

„Was?"

„Daß ich ein halber Außenweltler bin? Oder kann man das so deutlich sehen?"

„Nein, niemand hat es erwähnt. Ich wußte es nicht."

Der Junge sank zurück, und Lichtbalken fielen über sein Gesicht und seinen Arm hinweg in die Dunkelheit. „Es spielt auch keine Rolle. Vergessen Sie es."

„Hast du je daran gedacht, Hestia mit einer dieser Fähren zu verlassen?" erkundigte sich Merritt.

„Nein." Und einen Augenblick später: „Das war eine Lüge. Aber mich erwartet hier soviel und anderswo sowenig. Es gibt eine Menge von Unterlauf-Hestianern, die eine Herkunft wie ich haben. Und sie bleiben einfach Unterlauf-Hestianer – was nicht sehr viel ist, wie Sie wissen, wenn Sie Hestia kennen. New Hope ist eine Senkgrube. Aber dieser alte Strom – er ist etwas anderes. Er ist Hestia. Sie kennen uns nicht, solange Sie das obere Tal nicht kennen. Darum haben sich die Sternenschiffe nie gekümmert. – Ja, ich habe schon daran gedacht wegzugehen. Ich habe jedes Jahr daran gedacht, wenn ich eines dieser großen silbernen Schiffe sah, die nach oben aus dem Blickfeld verschwanden. Aber ich habe nicht die geringste Ahnung davon, wohin sie fliegen, und ich weiß, daß die Millers und die Burns und die anderen auf die *Celestine* warten. Und so sind wir jetzt wieder stromaufwärts unterwegs."

3

BURNS' STATION tauchte vor dem Hintergrund des wolkenumrahmten Himmels auf, sonnenbeschienene Wolkenstreifen vor schwarzen, baumbestandenen Bergen, und die Station selbst war weniger ein Hof als vielmehr eine Bergfestung, deren Haus mit den umgebenden Mauern und Außenanlagen sich hoch auf einem Vorgebirge an einer Flußbiegung erhob.

Die gegenüberliegende Höhe war völlig mit Bäumen bewachsen, aber auf der besiedelten Seite war der Wald weitgehend gerodet, wodurch ein gewisses Maß an Anbau- und Weideland gewonnen worden war.

Die Abenddämmerung sank bereits schwer herab, als die *Celestine* an das Schwimmdock tuckerte. Zwei Pfiffe erweckten den Berg zum Leben, Tore gingen auf, und Männer mit Laternen eilten die hölzernen Stufen an der Flanke des Vorgebirges herab.

Es standen genug Hände zur Verfügung, um die Taue entgegenzunehmen. Jim warf eines vom Bug herüber und Merritt das zweite vom Heck.

Merritt eilte dann herbei, um Jim beim Auslegen der Planke zu helfen, während der Motor erstarb und Amos sich auf der Laufplanke zu ihnen gesellte.

Hilfreiche Hände wurden ausgestreckt, die freundlichen Gesichter im Laternenschein waren alle männlich und überwiegend bärtig. Jim ging als erster, schüttelte Hände und klopfte auf Schultern. Merritt folgte ihm in den Tumult und wurde wegen Amos, der hinter ihm kam, übersehen. „Der Ingenieur", stellte Amos ihn vor, und es gab Freudenrufe und jede Menge Hände, die willkommenheißend ausgestreckt wurden.

„Meine Ausrüstung", protestierte Merritt, als die Laternenträger wieder hinaufstiegen. Es blieben jedoch einige Männer, die das Boot entluden, und Merritt ließ sich die gewundenen Stufenplanken hinaufführen, immer höher und höher bis zu den offenen Toren der Station.

Innen auf dem schmutzigen Hof wartete eine weitere Gruppe in blakendem Fackellicht. Aus den Fensterschlitzen des Steinhauses drang gelber Feuerschein, und aus den großen quadratischen Fenstern der oberen Stockwerke glomm ein freundliches Willkommen.

Ein großer rothaariger Bursche aus der neuen Gruppe trat vor und ergriff Amos' angebotene Hand herzlich und fest. Dann betrachtete er Merritt, das Überbleibsel eines Lächelns auf dem Gesicht festgefroren.

„Frank", sagte Amos, „das ist Sam Merritt. Wir haben einen Ingenieur von der Erde aufgetrieben. Sam, das hier ist Frank Burns. Der Burns, Oberhaupt der Station."

Burns grinste einnehmend und streckte Merritt seine große Hand hin. „Also haben Sie unseren Hilferuf gehört. Aber ...", fragte er plötzlich und blickte an ihnen vorbei auf die anderen, „sollten nicht mehr von Ihnen kommen? Haben Sie keine Mannschaft, keine Helfer?"

„Ich fürchte, nein", sagte Merritt.

„Warten Sie eine Minute", kam es von einem Mann mit sich lichtendem Haar, der links neben Burns stand. „Die Erde hat uns zumindest zwei Leute und eine Arbeitsmannschaft versprochen."

„Es tut mir leid", antwortete Merritt. „Ich bin der einzige."

Von einigen der Anwesenden kam ein zorniges Murmeln, das Merritt plötzlich daran zweifeln ließ, ob er hier willkommen und sicher war, aber Burns legte ihm seine schwere Pranke auf die Schulter und betrachtete den Mann, der sich beschwert hatte.

„Mr. Merritt", sagte er, „ich möchte Ihnen Tom Porter vorstellen. Tom ist ein Nachbar, der heraufgekommen ist, um auf das zu warten, was uns die *Celestine* bringen mag. Tom Porters Besitz ist so groß wie unserer und ganz in der Nähe. Es gibt zahlreiche Familien in Porters Station, aber sie benutzen unseren Landeplatz."

„Mr. Porter." Merritt ergriff die angebotene Hand.

„Freue mich, Sie kennenzulernen", sagte Porter mit verspäteter Höflichkeit. „Tatsache ist, daß wir uns generell über jede Hilfe freuen, aber wir haben eben auf mehr gehofft."

„Ich wünschte mir auch, Helfer zu haben", meinte Merritt, „aber man hat mir berichtet, Sie könnten Arbeitskräfte und Vorräte zur Verfügung stellen. Von letzteren haben wir herzlich wenig."

„Das werden wir hinkriegen", versprach Burns. „He, ich weiß

nicht, wozu wir alle hier draußen im Wind stehen. Ken, Fred, ihr Jungen bringt alles in den Schuppen, was an Ausrüstung da ist, und das Gepäck ins Hauptzimmer, wohin ihr wollt. Du hast den richtigen Zeitpunkt erwischt, Amos, Hannah hat gerade das Abendessen auf den Tisch gestellt."

„Sehr gut", grinste Amos. „Ich freue mich auf einen Winter mit Hannahs Küche. Wie stehen die Dinge hier?"

„Alles in Ordnung, überwiegend wenigstens." Frank Burns drängte sie in den offenen Eingang des Hauptgebäudes, hinein in Licht und Wärme. Hinter ihnen wurden die äußeren Tore knarrend geschlossen, und der größte Teil der Menge folgte ihnen.

Das aus Stein und bloßen Balken errichtete Haus war eindrucksvoller als die Gouverneursvilla in New Hope, und es war neuer. Der Boden bestand aus massiven, festen Holzplanken, die Wände waren mit notwendigen Utensilien behangen, wie Seile und andere Dinge dieser Art. Die Möbel waren handgefertigt und abgenutzt, und die Luft roch nach Holzfeuern und schmackhaften Speisen. Öllampen und ein gewaltiger Kamin spendeten Licht und warfen Schatten in Seitengänge und auf eine über der Treppe gelegene Balustrade mit Geländer.

Frauen und Kinder hasteten hin und her und deckten den Tisch; ein vernachlässigtes Baby kreischte vor Entrüstung. Draußen brüllten Rinder und blökten Schafe, und drinnen überschrien menschliche Stimmen das Durcheinander.

„Wir sind nicht nur ein Hof, sondern auch ein Hotel", sagte Burns. „Der letzte Posten am Strom auf dem bei Flut höchsten Grund. Ein halbes Dutzend Höfe ringsum halten hier ihre Versammlung ab und betreiben ihren Handel an unserem Anlegeplatz, und bei Flut kommen sie hierher. Wie lange, schätzt du, daß du hierbleiben wirst, Amos? Habe ich dich den ganzen Winter sagen hören?"

„Ich weiß es nicht genau", antwortete Amos. „Ich soll hier bei unserem Freund bleiben und das Boot für ihn bereithalten für den Fall, daß er es braucht ..." Er hielt inne, um eine frühere Bekanntschaft anzugrinsen, Hände zu schütteln und kurze Bemerkungen auszutauschen. Sie waren jetzt der Mittelpunkt der ganzen Versammlung, alt und jung drängte sich um sie, Kinder tollten herum und fragten nach den von stromabwärts mitgebrachten Genüssen. Es war unmöglich, sich ausführlich zu unterhalten. „Gib es auf", empfahl Burns, als Amos es weiter versuchte. „Legt jetzt die Mäntel ab und setzt euch!"

Merritt öffnete den Reißverschluß der Jacke und übergab sie einem Mädchen, das die Hände danach ausstreckte, wandte sich der Tafel zu und ließ sich einen Platz nahe dem Kopfende zuweisen, neben Burns selbst und Amos und Porter und Jim auf der anderen Seite. Eine ältere Frau trocknete sich die Hände an ihrer Schürze ab und hieß die Gäste willkommen. „Hannah Burns", stellte sie sich vor, während ein Junge sich an Merritts anderer Seite herbeidrängte und eine Tasse Tee absetzte. In großen Schüsseln und Kesseln wurde das Essen aufgetragen und mit großer Vorsicht ergriffen und weitergereicht.

„Es ist mir ein Vergnügen, Hannah Burns", sagte Merritt. „Sam Merritt. Danke, daß Sie Platz für uns haben."

Hannah Burns nickte kurz. Etwas zog ihren raschen Blick auf sich, sie rief einen Namen und Anweisungen zum Servieren und war wieder verschwunden.

Merritt blinzelte und bemerkte die ununterbrochene Reihe männlicher Gesichter am Tisch; weder Frauen noch Kinder waren dabei. Urplötzlich entwickelte er ein Gefühl für den Unterschied – seine Verhaltensformen, seine maschinell gewebten Kleider und sein glattrasiertes Gesicht stachen als fremdartig hervor.

„Wie schnell", fragte Porter und beugte sich mit einem Löffel in der Hand vor, „wie schnell werden Sie anfangen, Herr Ingenieur?"

Merritt wartete ab, um das Mädchen, das mit dem Kessel die Runde machte, einen Schöpflöffel voll Eintopf an seiner Schulter vorbei auf die Platte befördern zu lassen, dankte ihr mit einem Nicken und beugte sich wieder vor. „Nun, sobald ich kann. Ich werde etwas Zeit brauchen, um mir die in Frage kommenden Stellen anzusehen ..."

„Das haben wir schon besorgt", schoß Porter zurück. „Wir haben nicht genug Zeit, um Sie fünf Jahre lang an dem Projekt arbeiten zu lassen, Mr. Merritt. Wir haben ein paar Familien im unteren Tal, die nächstes Frühjahr weggeschwemmt werden, die jetzt darum beten, daß die Fluten nicht schlimmer werden, bevor der Winter sie aufhält. Wir brauchen sofort Hilfe und rasch. Wir haben keine Zeit zum Warten."

Das allgemeine Gerede am Tisch hatte plötzlich aufgehört. Das Herumeilen der Frauen und Kinder erstarb. Der ganze Raum lauschte. Von draußen drang das Bellen eines Hundes herein.

„Wenn das, was wir bauen, nicht hält", meinte Merritt, „werde ich Ihnen nicht zu sagen brauchen, was nächstes Frühjahr passiert. Das würde eine Katastrophe geben, Mr. Porter."

„Ich denke", sagte Burns vom Kopfende des Tisches, „daß die

Stelle, die uns vorschwebt, gut ist. Sie liegt nur eine halbe Meile stromaufwärts von hier, wo die Schlucht den Strom verengt. Dort gibt es genug Gestein, das man verwenden kann, und die Schlucht teilt das obere Talbecken vom unteren. Wir könnten weder Männer noch Vorräte weiter den Oberlauf hinaufbringen, und wenn wir den Damm flußabwärts bauen, würde unser bestes Anbauland verlorengehen."

„Das klingt vernünftig", sagte Merritt. „Aber trotzdem muß ich mir die Stelle selbst anschauen, bevor ich damit anfangen kann, Pläne zu machen. Auch ich habe vor, das Projekt bis zum Frühjahr fertigzustellen, Mr. Porter. Auf dem Weg den Strom herauf habe ich genug von dem gesehen, wovon Sie reden, um zu begreifen, was Sie meinen. Aber ich will nicht unsere begrenzten Vorräte verschwenden und Menschenleben und Besitztümer riskieren, indem ich mich ohne vorherige Untersuchungen in diese Sache stürze. Ich kann Ihnen versprechen, von jetzt an fortwährend zu arbeiten, bis das Wasser herabkommt, und ich hoffe, daß Sie einige Pläne für mich gemacht haben, so daß wir mit der Arbeit anfangen können. Sie können mir helfen, indem Sie jetzt eine Arbeitsmannschaft finden."

„Burns und ich können in einem Monat tausend Mann aufstellen", meinte Porter. „Brauchen Sie mehr?"

Das war ein Fünftel der Gesamtbevölkerung von Hestia. Merritt dachte über diese beiden Männer nach, zur einen Seite und zur anderen. „Die Zahl, die wir brauchen, hängt von der Zeit, der Stelle und der Gesteinsmenge ab, die wir zu bewegen haben werden."

„Sie werden alle Hilfe erhalten, die wir geben können", versicherte ihm Burns. „Sie verstehen, Mr. Merritt – wir haben viel Land und nicht wenige unserer Freunde und Verwandten an diesen Strom verloren. Es wird nicht leichter, Geduld zu haben, wenn wir wissen, daß wir in Sichtweite einer Lösung sind. Ich kann Ihnen gar nicht sagen, wie begierig wir alle darauf sind, dieses Projekt im Bau zu sehen, aber wir begreifen, welche Schwierigkeiten es dabei gibt. Wir haben es zweimal selbst versucht und nicht geschafft."

„Nun, morgen werde ich als erstes zu dieser Stelle gehen und sehen, was ich erfahren kann."

Burns machte eine wegwerfende Handbewegung. „Nein, nein, Mr. Merritt, lassen Sie sich einen Tag Zeit, um wieder zu Atem zu kommen. Ich dränge keinen Gast an den Rand des Oberlaufs. Ich habe da einige unserer Karten, die Sie interessieren werden, und Vorratslisten von Dingen, die wir schon seit Jahren in Vorbereitung dieses Projektes lagern."

„Frank", sagte Hannah Burns, die herbeigekommen war und sich auf die Stuhllehne ihres Mannes stützte, „ich bin sicher, daß das bis morgen warten kann. Laß sie um Himmels willen in Frieden essen. Ich bin sicher, daß sie müde sind." Sie richtete den Blick auf Merritt und lächelte angespannt, wobei sich ihre sonnengebräunten Runzeln kräuselten. „Das Zimmer wartet auf Sie. Nach einer guten Mahlzeit und mit festem Boden unter den Füßen werden Sie sich dorthin sehnen. Trauen Sie dem mehr als dem alten Strom: feste Mauern und viele Leute um Sie herum. Sie werden hier schlafen, keine Sorge."

NACH beengten, schwülen Nächten und kalten Tagen auf der *Celestine* war das kleine Zimmer eine Treppe hoch in Burns' Haus luxuriös und anheimelnd, mit derselben groben Möblierung, handgefertigten Teppichen und einem samtweichen Bett.

Merritt probierte es in vollständiger Bekleidung aus, legte sich darin zurück, während die welligen Matratzen um ihn herum emporstiegen, schloß einen Moment lang die Augen und öffnete sie wieder, um das auf staubigen Balken flackernde gelbe Lampenlicht zu betrachten. Aus einer solchen Perspektive wirkte die *Adam Jones* unglaubhaft.

Ein Holzofen spendete Hitze, zuviel Hitze, und das Zimmer war geschlossen. Merritt rollte sich von der nachgiebigen Matratze und ging zum Fenster mit den geschlossenen Läden, entriegelte und öffnete sie und sog die saubere, frische Luft aus der Dunkelheit ein, lehnte dort und blickte hinaus.

Er sah ein schräges, mit Schindeln gedecktes Dach und jenseits einer schmalen Lücke das Dach eines Schuppens und einen unregelmäßig geformten Teil des Hofes und jenseits davon die steinerne Mauer und den Wald. Eine Fackel leuchtete, bewegte sich, verschwand. Der Hof, das ganze Haus begab sich zur Ruhe. Der Lärm eine Treppe tiefer war erstorben.

Er drehte sich um und öffnete das Gepäck, das einer von Burns' Leuten neben der Tür abgestellt hatte. Er fing an auszupacken, dachte einen Augenblick lang über die Aufgabe nach, seine Habseligkeiten zu verstauen, gab es wieder auf, hängte nur die Sachen bereit, die er am nächsten Morgen anziehen wollte, und stellte sein Rasierzeug auf den Tisch.

Jemand kam die Halle herauf. Schritte gingen hierhin und dorthin, während sich das Haus zur Ruhe begab. Diese Schritte hielten jedoch inne, und jemand klopfte.

„Herein", sagte Merritt halb umgewandt und entdeckte eine junge

Frau, die Arme voll mit Handtüchern. Ihr erster Blick galt ihm, der zweite dem offenen Fenster, und sie setzte die Handtücher auf das Bett, ging sofort ans Fenster, schloß die Läden und sicherte sie mit dem Riegel.

„Es tut mir leid", sagte sie. „Es ist furchtbar gefährlich, so zu schlafen. Wir haben die Fensterläden nachts geschlossen und die Türen verriegelt."

„Danke", sagte er verblüfft.

„Meg Burns", stellte sie sich vor und lächelte plötzlich. „Die Tochter."

Er hatte sie schon unten gesehen, aber dort war das Licht schlecht gewesen. Wie sie so neben der Lampe stand, zeigten ihre rotbraunen Haare eine Helle und ihre braunen Augen eine Freundlichkeit, die einen zu einem Extrablick bewegen konnten. Vielleicht keine Konkurrenz für die leicht zu liebenden Töchter der *Adam Jones*, aber sie strahlte eine Gesundheit aus, deren angemessener Platz in Wind und Sonnenlicht war, nicht in der sterilen Atmosphäre eines Sternenschiffes.

„Ich habe die Handtücher gebracht", sagte sie. „Unten am Ende der Halle gibt es ein Bad mit heißem Wasser auf dem Ofen; füllen Sie es für den nächsten wieder auf, und leeren Sie die Wanne nicht eher aus, als es sein muß. Das mit dem Fenster tut mir leid, aber das Licht zieht alle Arten von Plagegeistern an. Falls Sie morgen zum Frühstück aufwachen – es wird zu Tagesanbruch bereitstehen. Kommen Sie einfach herunter. Es gibt immer genug. Oder verschlafen Sie es, das spielt keine Rolle."

„Danke", murmelte er ein zweites Mal, und Meg Burns wandte sich zum Gehen, erwiderte sein Lächeln über die Schulter und war dann mit einem Tappen von Pantoffeln draußen zur Halle hinab verschwunden.

Er schloß die Tür hinter ihr, dachte über das geschlossene Fenster nach, legte die Handtücher auf den Tisch und blickte wieder zur Tür. Das waren nicht die Verhaltensweisen, die er kannte, entschied er beim Gedanken an die Tischordnung und die Verwickelungen einer Hausordnung, die von einer Art war, die er nicht leicht zu durchschauen vermochte. Er entschloß sich zur Vorsicht, in der Überzeugung, daß es hier Grenzen und Barrieren gab.

Er probierte das Bad in der Reihe nach einem der Burns. Man mußte herausfinden, wer der nächste war, und an dessen Tür klopfen, wenn man fertig war. Der aus rohen Brettern bestehende Raum war erstickend heiß und feucht. Es gab keine Wasserleitung außer einem Abfluß im Boden, und es gab eine angebrachte Mahnung, nur Waschwasser hineinzuleeren.

Und am Morgen, als seine Muskeln wegen der zu weichen Matratzen schmerzten, dachte er an seine Außenweltlerkleidung und seine Außenweltlermanieren, rasierte sich wieder und zog sich wieder an, wie er es an Bord der *Adam Jones* getan hätte. Er hatte seine eigene Art und war entschlossen, bei ihr zu bleiben.

Das Tageslicht verlieh der festungsartigen Station und dem sie umgebenden Land eine hellere Färbung. Den Bauch mit einem guten Frühstück gefüllt (er hatte sich verspätet gehabt, aber Hannah Burns hatte Eier und Wurst für ihn aufbewahrt, als einen Sonderfall unter ihren Gästen), kletterte Merritt den grasbedeckten Abhang zum Kamm des Vorgebirges empor, die Hände in die Jackentaschen gerammt, denn der Morgenwind war sehr kalt, noch kälter, als er es vom Strom her kannte.

Die Wolken waren völlig verschwunden und hatten einen strahlend blauen Himmel hinterlassen, in dem die blasse Morgensonne zu klein wirkte, sowie eine Landschaft mit unerwarteten Farben, die sich im ersten hellen Tageslicht ausbreiteten, das er auf Hestia erlebte: Orange und Gelb und das Blaugrün des Herbstes in diesen fremden Wäldern, und kein Regen, der einen Vorhang über sie zog.

Am Fuß des Vorgebirges floß der Strom durch die Verengung rasch dahin und war gelbbraun vor Schlamm. Die *Celestine* ruckte am Dock, das durch die Strombiegung geschützt war, an ihren Tauen, ein Spielzeugboot auf einem Miniaturstrom. Durch einen Zufall der Luftströmungen drang das Geräusch des Wassers aus der Tiefe herauf.

Vor dem nördlichen und östlichen Himmel erhoben sich noch mehr Berge, als er bisher gesehen hatte, eine waldbedeckte Silhouette, die normalerweise vom Regen verhüllt wurde. Es handelte sich um die Vorberge der Wasserscheide, der Quelle der Fluten und wetterbestimmenden Barriere. Es war das, was man den Oberlauf nannte, zumindest ein Teil davon, dessen nähere Ausläufer unter einem Mantel dunklen Waldes lagen.

Der Wind wurde beißend. Merritt drehte ihm die Schulter zu, zog sich die Kapuze über und blickte zurück zu den weitläufigen Mauern der Station, den Feldern und Wiesen unten am Abhang. Zwei der Frauen saßen bei den Schafen, während ein schwarzer und ein brauner Hund um die Herde herumtrotteten.

Merritt hatte noch ein Stück der windabgelegenen Seite hinabzuwandern und machte sich an einen langsamen und unregelmäßigen Abstieg, und als er sich den Hirten und Schafen näherte, erkannte er eine der beiden Schafhirtinnen in Coveralls als Meg Burns.

Sie sah ihn in der Ferne und winkte mit einer Hand einen versuchsweisen Gruß.

Er wagte sich auf das taufeuchte Gras, wanderte vorsichtig zwischen scheuen Schafen einher und machte den Hunden Arbeit, die die Schafe wieder zurück- und zusammentrieben.

„Guten Morgen“, wünschte er den Frauen, und beide, die auf einem Stück nackten Felsens saßen, nickten ihm freundlich und willkommenheißend zu. Dann erhob sich Meg und betrachtete ihn auf ihre eigene Art so wachsam wie der braune Hund, der herbeikam und sich neben sie setzte.

„Sind Sie dabei, sich zu entscheiden, wo Sie bauen werden?“ fragte sie ihn.

„Ich habe mir die Karten angesehen und mir Gedanken darüber gemacht.“ Er widmete dem halbwüchsigen Mädchen, das Megs Begleiterin war, ein oberflächliches Lächeln und wandte den Blick wieder Meg zu. „Kennen Sie den Strom hinter dieser Stelle?“

„Nicht gut“, sagte sie. „Ich gehe da nicht hin. Niemand macht das.“

„Haben Sie Ihr ganzes Leben hier verbracht?“

„Ich bin hier geboren worden“, erklärte sie und lächelte auf eine Art, die ihr einfaches Gesicht schön wirken ließ. „Ich fürchte, wir sind keine großen Reisenden. Ich bin überhaupt noch nirgendwo gewesen.“

„Was, nicht einmal in New Hope?“

„Nein, nicht einmal auf dem nächsten Hof.“

„Machen Sie sich manchmal Sorgen darüber, daß Sie hier am Rand der Menschenwelt leben?“

Sie lachte lautlos, als ob die Frage sie überraschte. „Nicht wirklich. Nicht oft. Unser Ort ist immer sicher gewesen, unsere Mauern schützen uns, und die meisten Dinge im Wald fürchten die Hunde. Uns passiert nichts, solange wir uns vor Einbruch der Dunkelheit vom Wald entfernen und niemals die großen Bäume fällen. Wir sind damit einverstanden, und es kümmert uns nicht. So leben wir halt hier. Wir passen hierher.“

„Die Dinge könnten sich ändern, wenn der Strom geändert wird, wissen Sie.“

„Ich weiß. Aber das muß schließlich sein. Alles wird sich ändern, aber vielleicht wird Hestia dann auch irgendwie lebenswerter sein. Vielleicht wird die Erde uns dann mehr Hilfe schicken." Sie blickte über die Herde, pfiff und deutete, und die Hunde rannten los und drängten ein streunendes Tier von der Kante ab. Dann wandte sie sich wieder Merritt zu. „Ich bin hier aufgewachsen", sagte sie, „und den größten Teil meines Lebens haben wir auf Sie gewartet. Ich hatte fast schon aufgegeben."

Er wußte nicht genau, was er darauf sagen sollte. Es war insgesamt ein besseres Argument, als der Gouverneur benutzt hatte.

„Glauben Sie", fragte er, „daß Sie mir die Stelle zeigen können, an der wir nach Meinung Ihres Vaters bauen sollen? Oder ist es zu weit?"

Sie machte ein zweifelndes Gesicht und betrachtete ihn, als ob sie ihn abschätzte. „Na gut", stimmte sie nach einem Moment zu. „Aber Sie gehen besser zurück ins Haus und holen ein Gewehr."

4

„Das ist es", sagte Meg Burns und balancierte standfest auf einer Felsspitze. Der Hund huschte hinter ihnen im Wald durch das Gestrüpp, störte aber nichts außer Vögeln auf.

Merritt blickte hinab auf das tief unter ihnen weiß brodelnde Wasser, dann hinauf in das Tal, das er vom Kamm bei Burns' Station aus nicht hatte sehen können.

Der Kamm, auf dem die Station stand, und diese Engen, an denen sie jetzt standen, bildeten ein natürliches Hindernis zwischen zwei großen Tälern. Hier war es tatsächlich möglich, einen Damm zu bauen, zumindest auf den ersten Blick. Das östliche Tal würde zerstört werden, beinahe vollständig überschwemmt bis hin zu den steilen Abhängen seiner bewaldeten Berge, aber die Menschen auf Hestia hatten viel Land zur Verfügung, um ihre Wahl zu treffen. Jetzt glänzte das Tal mit seinen Felsspitzen und hohen Nadelbäumen in herbstlichen Farben.

„Was für eine Schande, so etwas zu tun", meinte er, während er sich umsah. „Aber ich nehme an, wir haben sonst nicht viele Möglichkeiten, selbst angenommen, wir könnten die Engen mit einem Boot durchfahren ..."

„Da gibt es Felsen", sagte Meg. „Vor einigen Jahren gab es einen Unfall, als wir versuchten, selbst zu bauen: Eines unserer Boote stieß auf einen Felsen und ging in die Luft. Der Kessel explodierte, und alle an Bord wurden getötet. Zwanzig Leute. Ich glaube nicht, daß Sie Amos je dazu überreden könnten, da hinaufzufahren. Abgesehen davon wimmelt es im oberen Tal von Gefahren. Es ist kein angenehmer Ort, und Sie würden keine Leute finden, die Vorräte da durchbringen."

„Das ist ja wirklich ein wildes Land, nun ja." Merritt warf einen Blick nach Osten, wo sich die Baumwipfel wie ein bunter Teppich bis hin zu den Rändern der Berge erstreckten, eine blaugrüne und orangefarbene Fläche, durchschnitten vom Adernetz der Wasserläufe und dem Strom selbst. Es gab kein Geräusch außer dem fernen Rauschen des Wassers und dem Wind, der in den Blättern seufzte, sowie dem gelegentlichen Rascheln des braunen Hundes, der sie begleitete und sich in eigener Angelegenheit im Dickicht herumtrieb.

„Einsam hier", sagte Meg nach einem Moment. „Ist es wie auf der Erde? Ist es überhaupt dasselbe?"

Es löste ein unheimliches Gefühl in ihm aus, daß diese Hestianerin nicht umhinkonnte zu fragen – ein Jahrhundert der Trennung von der Mutterwelt, und sie hatten alle einen leicht veränderten Akzent und benannten Dinge, die nur oberflächlich ihren irdischen Gegenstükken entsprachen, mit irdischen Bezeichnungen, hatten vielleicht schon vergessen, wie die Dinge auf der Erde waren. Das Kolonialprogramm hatte etwas geschaffen, was vielleicht nicht geplant gewesen war: eine Generation von Menschen, die die Erde nicht mehr verstanden.

„Dort ist es ähnlich", sagte er, „oder war es einmal. Es gibt dort nur noch wenig unberührte Natur."

Sie betrachtete ihn mit einem angedeuteten Stirnrunzeln. „Sie müssen denken, daß wir sehr rückständig sind."

„Ich beschwere mich nicht."

„Warum sind Sie nach hier draußen gekommen?"

„Der Gouverneur hat mich überredet."

„Aber warum haben Sie zu Anfang den weiten Weg nach Hestia angetreten? Ein weiter Weg für das Wohl von Fremden."

„Na ja, meine Gründe von vor sieben Jahren waren anders als die, wegen denen ich stromaufwärts gegangen bin, und vielleicht werden sie sich nach einem Weilchen wieder ändern."

Sie blickte ihn von der Seite her an und begann zu lächeln. Das leichte Rotbraun ihres Haares, die Röte ihrer Wangen und die schwachen Sommersprossen waren die Farben Hestias. Er hatte Meg beim ersten Anblick nicht als berückend schön empfunden – das war etwas, das er im stillen herausgefunden hatte, in der Sonne und den leichten Falten eines Lächelns. Er fragte sich, wie alt sie wohl war – neunzehn, zwanzig vielleicht – und ob sie wußte, wie sie auf einen einsamen Mann wirkte.

„Wir sollten zurückgehen", sagte sie und wandte sich plötzlich von seinem Blick ab, klatschte in die Hände, um den Hund zu rufen. „Dad wird sich Sorgen machen, wenn wir zu lange hier draußen bleiben. Sie werden Sucher ausschicken."

„Sie gehen nicht viel spazieren, nehme ich an."

„O nein, keineswegs", sagte sie und beugte sich hinab, um die Blätter von einem Zweig abzustreifen. „Hier sind wir noch in Reichweite von zu Hause, aber schon am Fuß der Felsen da unten, da beginnt das Gebiet des Oberlaufs. Das ist die Grenze. Das ist die Linie, die wir nie überschreiten."

DAS schlafende Haus war still, unter der Türspalte kam kein Licht hindurch. Merritt lag für einen Moment reglos wie ein Stein, hob schließlich den Kopf vom Kissen, geplagt von dem unerklärlichen Gefühl, etwas gehört oder gespürt zu haben. Er hörte Geräusche, jedoch nur die erwarteten – das Knacken der Bohlen bei sinkender Temperatur, das Seufzen des Windes am Fenster –, und etwas, das synchron mit den Windstößen dumpf schlug.

Plötzlich bellte ein Hund hysterisch; draußen drängten Schafe und Rinder gegen ihre Pferche, blökten und brüllten wild vor Panik. Schritte rannten die Treppen hinab, und jemand nahm einen Klöppel und fing an, damit auf eine Metallpfanne zu schlagen. Es hörte sich an wie der Jüngste Tag, und Merritt, jetzt hellwach geworden, stand aus seinem Bett auf und sammelte Kleider, Stiefel und Gewehr auf.

Halb angezogen und bewaffnet erreichte er den Balkon des Hauptzimmers im selben Augenblick wie Porter, Meg und einige der anderen Bewohner.

Merritt folgte ihnen die Treppen hinab, während aus den Flügeln des Erdgeschosses Männer und Frauen in Schlafanzügen kamen, die herumeilten und Riegel und Vorlegebalken überprüften.

„He!" schrie jemand Merritt zu. „Haben Sie Ihr Fenster geschlossen und verriegelt?"

„Ja", rief er zurück.

„Eine von euch Mädchen überprüft noch einmal die oberen Fenster der Halle!" rief Burns. „He, Amos, wohin gehst du?"

Amos Selby kämpfte sich in seinen Mantel, ebenso wie Jim, und eilte bereits zur Tür. „Mein Schiff liegt da unten, und mit ihm steht für mich zuviel auf dem Spiel, als daß ich hier oben bleiben könnte."

Jim war bei seinem Vater, als dieser die Haupttür entriegelte und losrannte.

Merritt zögerte und fragte sich verwirrt, worin die Bedrohung lag. Aber er war sich sicher, daß er mit seinem modernen Gewehr eine weit wirkungsvollere Waffe hatte als die beiden Hestianer und daß Amos und Jim etwas Voreiliges taten. Er schnappte sich einen Mantel vom Haken und rannte hinter ihnen her auf den dunklen Hof, versuchte, beide einzuholen, bevor sie die Sicherheit der Mauern verlassen konnten. Hinter ihm verfluchte jemand sie alle drei und befahl ihm stehenzubleiben, entweder wegen des Mantels oder aus Furcht. Er hörte, daß Männer hinter ihm her rannten.

Amos erreichte das Haupttor, stemmte den Riegel hoch und ließ Jim und sich hinaus, und dort holte Merritt ihn ein und die Porters sie alle. Vom Tor aus konnte man den Strom sehen und die Stufen, die sich in Schleifen den steilen Abhang des Hügels hinunterwanden – und das erste, was alle erkannten, war die Tatsache, daß die *Celestine* nicht mehr an ihren Tauen hing, sondern seitwärts die Strömung hinuntergetragen wurde.

Amos fluchte unterdrückt und rannte los – er war ein alter Mann, aber er konnte rennen, und er lief die schräge Flanke des Vorgebirges hinab über den grasbewachsenen Abhang auf die Bäume und die Flußbiegung zu.

Merritt erkannte, daß Amos versuchte, die *Celestine* einzuholen; aber der Weg führte durch dichtbewachsenes Gelände und an einem Dutzend Gelegenheiten für Hinterhalte vorbei, und die Strömung war schneller, als sie rennen konnten.

Jim tauchte von der Seite her auf und rutschte den Hang hinunter, kreuzte den Weg seines Vaters ein wenig voraus und verschwand für einen Moment im Gebüsch.

„Das führt zu nichts!" brüllte Merritt verzweifelt hinter ihnen her. „Gebt sie auf! Es bringt nichts, wenn ihr euch selbst umbringt!"

Amos beachtete ihn nicht, sondern rannte stolpernd weiter, bis er nicht mehr konnte, stehenblieb und sich die Brust hielt. Jim lief weiter.

„Sie haben ein Gewehr", keuchte Amos, als Merritt bei ihm anhielt. „Bleiben Sie bei meinem Jungen, er hat keines."

Daraufhin rannte Merritt wieder los und versuchte, Jim einzuholen. Porter war dicht hinter ihm, aber einige der anderen waren bei Amos stehengeblieben. Jim behielt die Führung, ein eilender Schatten im Dickicht, der ihre Rufe mißachtete und nicht stehenblieb.

Ein wenig vor ihnen wand sich der Strom scharf nach links. Die *Celestine* war liegengeblieben. Als sie die Stelle erreichten, mußten sie feststellen, daß das Boot auf ein Hindernis gelaufen war. Die dunkle Masse zeichnete sich scharf vor dem monderleuchteten Wasser ab.

Jim blieb zwischen den jungen Bäumen am Ufer stehen, wo Merritt, Porter und die anderen Männer ihn einholten. „Ihr fehlt nichts", meinte Jim und schlüpfte aus seinem Mantel. „Ich geh hin."

„Halt, Junge", meinte Porter. „Niemand weiß, was dich an Bord erwarten könnte."

„Jemand muß hin", erklärte Jim. „Ich werde es schaffen, und das Volk hat sich bisher nie um Maschinen gekümmert. Ich werde sie starten und versuchen, sie wieder flottzubekommen."

„Sei vorsichtig, Junge", mahnte Porter.

„Ja, Sir." Jim reichte Merritt den Mantel, und Merritt versuchte, einen Einwand zu formulieren, aber es klappte einfach nicht. Er kannte die Flußleute zu gut. Dort draußen lagen ihr Leben und ihr Lebensunterhalt; es gehörte Amos, und Jim, der Sohn, wollte es nicht verlieren.

Jim, eine schlanke Gestalt im Mondlicht, ging hinunter an den Rand des Wassers und prüfte dessen Temperatur, beugte sich einige Augenblicke lang darüber, um sich richtig zu spannen, bevor er es versuchte.

Dann watete er in die schwarzen Fluten, bis sie ihm an die Taille reichten.

Behutsam watete er hinaus. Bis jetzt mußte er noch nicht schwimmen. Einmal, zweimal verschwand der schwarze Punkt auf dem Wasser, der Jims Kopf war, und tauchte wieder auf. Er schwamm jetzt und kämpfte gegen die Strömung.

Amos gesellte sich zu ihnen. Einer von Porters Leuten hatte ihm durch das Dickicht geholfen. Er machte sich frei, kam ans Ufer herab und schaute zu.

„Jim wird es schaffen", sagte Porter sanft. „Mach dir keine Sorgen, Amos. Wir kriegen es wieder."

„Denkst du, ich mache mir um das Boot mehr Sorgen als um meinen Jungen?" fragte Amos kurz angebunden, schwieg dann und sah wieder hinaus, denn Jim hatte das Boot erreicht und verschwand im Schatten. Am Ufer erhob sich ängstliches Murmeln. Dann tauchte Jim wieder auf, kletterte an einem Tau hinauf, das vom Heck herabhing, und die Leute am Ufer atmeten hörbar aus.

Die Zeit verging. Kein Geräusch kam vom Boot. Niemand sprach oder brach einen Zweig ab.

„Ich werfe den Motor an", rief Jim plötzlich herüber. „Aber ich fürchte, es wird nicht reichen, um sie loszukriegen. Sie liegt zu ruhig, um noch viel Wasser unter sich zu haben."

„Sei vorsichtig da draußen, Junge!" rief Amos. „Bist du allein an Bord?"

„Ja, Sir, soweit ich es feststellen kann. Mach dir keine Sorgen. Wenn es sein muß, kann ich bis zum Morgen hierbleiben, und dann können einige Männer herüberkommen. Sollte sie wieder freikommen, um so besser. Ich denke, der Rumpf ist unbeschädigt."

„Hat sie sich losgerissen, oder wurde sie losgeschnitten?" rief Porter hinaus.

„Sie wurde losgeschnitten", gab Jim zurück.

Die Maschine begann zu arbeiten, aber es war, wie Jim befürchtet hatte. Das Boot konnte sich nicht selbst freischleppen. Taue mußten zum Ufer und wieder zurück gezogen werden, und es dauerte bis eine geraume Weile nach der Morgendämmerung, ehe die *Celestine* endlich freigeschleppt werden konnte und wieder in tiefem Wasser schwamm.

Es war eine kalte, abtötende Arbeit. Als die *Celestine* endlich befreit war und wieder stromaufwärts zum Liegeplatz tuckerte, machte sich auch die Mannschaft vom Ufer aus wieder auf den Weg zur Station, blind vor Erschöpfung und halb erfroren. Die Gespräche drehten sich nur um trockene Kleidung, Frühstück und Schlaf – in dieser Reihenfolge –, und Merritt krümmte die Handflächen mit den Hautabschürfungen und stimmte den anderen zu. Er hatte kein Gefühl mehr in den Füßen, jedoch zuviel davon im Rücken, und es war Balsam für seine Schmerzen, als ihm einer von den Porters auf die Schultern klopfte und mitteilte, daß ihm ein Drink zustehe, sobald sie alle wieder zu Atem gekommen seien.

Sie taumelten, als sie den Kamm erreichten, wo Burns und seine Leute das offene Tor bewachten.

„Wir waren nahe daran, sie zu verlieren", teilte Porter Burns mit, sobald sie wieder in Sicherheit waren, und blickte von der Höhe aus auf das Boot hinab, das sich langsam wieder dem Dock näherte.

Burns holte tief Atem und wies mit dem Kopf den Weg hinab:

„Erdenmann, kommen Sie mit zum Dock hinunter. Ich möchte Ihnen etwas zeigen."

Merritt öffnete den Mund zum Protest, entrüstet darüber, daß er vom Tor weggerufen wurde. Er war zu müde, um sich das Hinab- und wieder Heraufsteigen auch nur vorzustellen; aber das Boot zurückgewonnen zu haben und einer von diesen Leuten geworden zu sein versetzte ihn in eine ansprechbare Stimmung – obendrein war es sowieso zu spät, denn Burns war bereits unterwegs, ohne auf seine Meinung zu warten.

Er folgte ihm mit tauben Füßen und zitternden Knien. Am Fuß der Treppe wartete Burns darauf, daß Merritt wieder zu Atem kam, wartete ein Stück weiter wiederum, abseits der Planken, wo der Lehm der Uferbank feucht und weich war.

„Da", sagte Burns und deutete hinab, „da. Werfen Sie einen Blick dorthin, Freund. Davon haben wir gesprochen, als wir sagten, daß wir nie zum Oberlauf gehen. Ich habe schon viele gesehen, aber noch keinen, der so deutlich und offenkundig war."

Tief in den regenweichen Boden eingegraben, als hätte sich jemand beim Hinabklettern auf die Uferbank gestützt, um das Gleichgewicht zu halten, war der Abdruck einer Hand mit langen Fingern, einer Hand mit gegenüberstehendem Daumen, aber mit zu langen Knochen, um die eines Mannes, einer Frau oder eines Kindes sein zu können.

Ein paar Meter unterhalb davon, am Ende einer Rutschspur, war ein Fußabdruck zu sehen, in den entsprechenden Proportionen und mit Zehen wie bei einem Menschen.

Die Abdrücke setzten sich hangabwärts fort und führten auf das Dock zu, wo durchtrennte Taue immer noch um die Pfeiler geschlungen waren und wo eine Handvoll Burns-Leute bereitstanden, um die Taue der *Celestine* aufzufangen.

5

ES WAR einer der Tage mit blauem Himmel, die beim Herannahen des Winters zunehmend häufiger wurden. Die Bäume waren jetzt entweder schon kahl oder trugen noch die letzten Blätter, nackte Skelette in Weiß mit blaugrünen Schatten der Nadelbäume. Der Erdboden hatte zur Gänze braune und gelbe Farbe angenommen, und die Wälder hatten einen dichten Blätterteppich, der staubtrocken raschelte.

Mit dem Notizbuch in der Hand nahm Merritt den unteren Pfad um die Biegung des Vorgebirges herum zum Ufer des Stromes. Der Flußpegel lag jetzt viel tiefer als bei seiner Ankunft. Vormals untergetauchte Felsen erhoben sich jetzt ein gutes Stück über die Wasserlinie, und man konnte einen sicheren Sims benutzen, wenn man am Strom entlangging. Mit Hilfe der *Celestine* und ein wenig Anstrengung von seiten der Menschen würde es möglich sein, eine Leine zum anderen Ufer hinüberzuziehen, und diese Leine konnte der Anfang einer Brücke sein, die die Schlucht überspannte. Es würde nötig werden, zwischen den Ufern der Baustelle viel hin und her zu verkehren.

Merritt stieg bis an den Rand des Wassers hinab und ging dabei vorsichtig zu Werke, denn das Gestein war rutschig, und weißer Schaum wogte dort bis an die Sohlen seiner Stiefel. Während er die Stromenge betrachtete, formte sich in seinem Geist das Bild eines Bauwerks, das über den Schlund dieses Abgrundes hinweg Gestalt annahm, und des gewaltigen Sees, der sich dahinter stauen würde; Überlaufrinnen zum Ablaufen des Wassers, um zur rechten Zeit die Felder zu bewässern; Sicherheit für das Land am Unterlauf; der Strom zum Dienst am Menschen gezähmt.

Sobald der Strom einmal in seinen Ufern blieb, sobald es einmal trockenes und zuverlässiges Land gab, konnte Hestia damit anfangen zu wachsen. Boote würden frei auf dem Unterlauf verkehren und sogar sicher den See befahren können. Es würde reichlich Ernte geben, Verkehr auf Schiene und Strom würde sie befördern und vollen Nutzen aus der Dampfmaschine ziehen, die jetzt Hestias Hauptquelle an Energie war. Elektrizität würde folgen, gewonnen durch Wasserkraft und von der Sonne, und die Menschen würden in Licht und Wärme leben. Und darüber hinaus würde sich diese Welt in eine ansehnliche Kolonie verwandeln, ein Stäubchen von einer Oase auf dem Weg der Sternenschiffe – wenn man diesen ersten Anfang machen konnte.

Wenn die Zeit reichte.

Ein Rascheln kam von den Blättern weiter oben auf dem Pfad. Nägel klickten auf Stein. Merritt riß die Pistole heraus und drehte sich um; sein Herz raste, aber er sah nur die braune Lady, die fröhlich mit dem Schwanz wedelte und schnaufend zu ihm herunterkletterte. Er steckte die Pistole weg und liebkoste den seidigen Kopf des Hundes.

„Nun“, fragte er ihn, „wo ist denn dein Frauchen, eh?“

Und einen Moment später kam Meg Burns in Ladys Gefolge den Pfad herunter.

„Hallo", sagte sie und ließ sich auf dem Sims nieder, auf dem Merritt stand.

„Bleib von mir weg", meinte er. „Habe ich dir nicht gesagt, daß ich es nicht mag, wenn du allein hier herauskommst? Du hattest doch sonst gesunden Menschenverstand."

Sie grinste und schmiegte sich in seine Arme, ein angenehmes Bündel aus weichem Leder, Pelzen und Wolle, denn die Luft war kalt. Er küßte sie auf die Lippen und setzte sie wieder ab.

„Dieser Hund ist kein großer Schutz für dich, weißt du", erklärte er ihr. „Er ist nicht sonderlich scharf."

„Du hast hier draußen überhaupt niemanden bei dir, und du bleibst so lange und immer allein."

„Ich bin bewaffnet, du nicht."

„Das stimmt. Ich mag Gewehre nicht, und Lady leiht mir ihre Ohren. Zu welcher Entscheidung bist du mit dir selbst gekommen? Warum hast du die Männer zurückgeschickt?"

„Weil es heute für sie hier nichts mehr zu tun gab und ich versuche, mir darüber schlüssig zu werden, was ich als nächstes mache."

„Und was wird das sein?"

Er setzte sich auf einen runden Stein, machte Platz für sie, damit sie sich neben ihn setzen konnte, und legte dann den Arm um sie. „Na ja", meinte er, „du kennst Porters Gedanken. Er möchte, daß der Damm im Frühjahr fertig ist, und ich bin mir da nicht so sicher. Ich denke, daß wir dieses Jahr eine behelfsmäßige Arbeit machen könnten, ja, aber sie würde uns weggeschwemmt werden. Ein bißchen mehr Planung, ein wenig mehr Sicherheit – aber siehst du, wenn wir nicht sofort anfangen, dann besteht die Möglichkeit, daß wir die Frühjahrsregenfälle nicht besiegen werden. Porter hat mir die vergangenen zwei Wochen im Nacken gesessen und heute einen seiner Männer vor Ort gehabt, der mich fast an den Rand des Wahnsinns trieb. Der Bursche wollte nicht begreifen, was ich ihm sagte. Er sieht, daß es möglich ist; ich sehe, daß es gefährlich ist. Was meinst du, Meg? Sollen wir das Glücksspiel wagen, oder können wir warten?"

„Warum fragst du mich das? Was weiß ich denn schon?"

„Was Hestia angeht, viel mehr als ich. Kann das Tal noch ein weiteres Jahr überleben? Ich weiß nur, was der Strom wahrscheinlich tun wird, mehr nicht. Hat Porter recht, und habe ich unrecht, wenn ich warten will, wenn ich ein paar Monate bis zum Sommertiefstand warten will?"

Sie blickte ins Wasser hinab und wollte einen Moment lang nichts sagen. „Sam“, sagte sie dann, „es ist wirklich zweifelhaft, nicht wahr?“

„Es ist zweifelhaft. Und wenn sie wollen, daß ich alles aufs Spiel setze, Leben, Besitztümer, all die für dieses Projekt angesammelten Vorräte ... Es ist nicht so, daß es bei einer Verzögerung um meinen eigenen Vorteil ginge. Sie haben mir versprochen, daß ich von meinem Kontrakt freikomme, wann immer ich den Damm fertig habe.“

Sie spannte sich plötzlich innerlich an; er spürte es. Mit gerunzelter Stirn sah sie zu ihm auf.

„Meg, ich möchte die Dinge nicht auf diese Weise erledigen. Ich habe einiges Interesse hier, persönliches Interesse.“ Er entlockte ihr damit ein Lächeln, und sie schlang die Arme um ihn.

Es war ruhig hier, wo der Strom unter ihnen murmelte und selbst die Geräusche des Waldes verschluckte; und sehr einsam, nur mit der alten Lady, die dalag und sie beobachtete. Merritt drückte Meg fester an sich, und sie drückte sich an ihn, warm, weich und zufrieden, und erweckte in ihm Gedanken, die er immer wieder zurückgedrängt hatte.

„Keiner von uns beiden“, meinte er schließlich, „hat auch nur ein wenig gesunden Menschenverstand, wo wir hier draußen sind.“

„Oben beim Haus können wir nicht allein sein. Seitdem diese Menschen ankommen, ist immer jemand unterwegs.“

„Hat man dir nicht beigebracht, etwas Distanz zu Außenweltlern zu halten?“

„Doch“, sagte sie, ein warmer Atem in seinem Nacken. „Aber du solltest nicht weggehen, Sam, besser nicht.“

„In diesem Fall sollten wir beide besser an die Folgen denken.“ Er überlegte erst die eine Möglichkeit, dann die andere, seufzte schließlich, nahm ihre Arme, hielt sie ein Stück von sich weg und sah ihr in die Augen. „Du gehörst nicht zum Volk der Sternenschiffe; du bist Hestianerin bis zu deinem kleinen sterblichen Herzen, und du weißt das – und obendrein eine Hinterland-Hestianerin. Du gehst auf kein Schiff. Das wäre nicht dein Weg, Meg.“

„Ich möchte dich nicht verlieren, Sam.“ Ihre Stimme klang schwach, und ihre Lippen bewegten sich kaum. „Du wirst nicht weggehen, wenn du fertig bist, nicht wahr? Sam, du hast nie vom Weggehen gesprochen.“

„Vergiß das. Nein. Aber vergiß es mitsamt dem Rest, bis wir andere Dinge erledigt haben. Bis der Damm steht. Bis dahin ist meine

Zukunft auf Hestia gar nicht so sicher. Und um ehrlich zu sein, Meg: du kennst mich überhaupt nicht so gut."

„Ich denke doch."

„Was weißt du denn schon? Daß ich von der anderen Seite der Sonne komme und daß das bei dir romantische Ideen weckt? Daß ich anders bin und deshalb etwas Besonderes?"

„Und du denkst, daß ich ein kleines Mädchen von nirgendwo bin, das mit dir anbändeln will, um dich hier festzuhalten, und du versuchst, mich daran zu hindern, daß ich einen Fehler mache, weil ich es nicht besser weiß. Du bist ein freundlicher Mann, Sam. Manchmal zu freundlich."

Meg konnte entzückend weinen, wobei nur eine einzige Träne die Wange hinabglitt.

Merritt schüttelte verzweifelt den Kopf, wischte die Träne weg und zog Meg fest an sich, bis sie aufhörte zu zittern.

„Komm", sagte er sanft zu ihr, „du hast nicht ganz unrecht, aber ich denke, daß du dir selbst nicht genug zutraust, Meg, bei weitem nicht. Sieh mal, du machst dir über mich Gedanken, und ich muß mir über dich Gedanken machen, und ich habe nicht vor, dich zu etwas zu überreden, das du bereuen könntest. Ich bin mir nicht sicher, ob du nicht deine Meinung über viele Dinge ändern könntest, sollte ich Hestia verlassen müssen oder sollte etwas danebengehen. Streite nicht mit mir. Komm mit, sofort. Ich bring dich nach Hause."

„Es ist mir egal, was die Leute denken."

„Mir ist es nicht egal, was sie über dich denken." Er stellte sie auf die Füße und legte wieder den Arm um sie, setzte sich hangaufwärts zum Pfad in Bewegung. „Durch dich werden meine Nächte kein bißchen friedvoller. Ich denke – über das Hierbleiben nach. Falls der Damm hält, falls – falls! – diese Welt mich haben will, falls ... so viele Dinge. Man könnte mich zum Bleiben überreden, wenn eine ganze Reihe von Dingen zusammenkommt. Aber nicht auf deine Kosten. Nicht hier an eine ungewisse Zukunft gebunden. Nicht, wenn ich bei diesem Projekt versage. Ich weiß nicht, wie meine Zukunft aussehen wird. Ich fürchte, daß manche eurer Nachbarn nicht vernünftig sind, und ich möchte nicht, daß jemand an mich gebunden ist – jemand, der die Dinge komplizieren könnte."

„So würde es nicht sein, Sam."

„Ich hoffe, daß du recht hast, aber ich bin nicht bereit zuzulassen, daß du dich einmischst. Nach dem ersten Frühling werde ich vielleicht auch so denken können über das Hierbleiben. Und mit dir –

die Entscheidung würde zum Bleiben fallen müssen, nicht wahr? Es gibt hier nichts, das weniger dauerhaft wäre."

Er beobachtete, wie Röte in Megs Wangen stieg. „Wenn", sagte sie mit zitternden Lippen, „wenn es so sein muß, werde ich damit leben, Sam. Ich ..." Sie verlor den Faden und wandte den Blick ab, und Merritt lachte freundlich und drückte sie fest an seine Seite. Es tat ihm leid, daß er über sie lachen mußte, denn sie fing an zu weinen.

„Meg, Meg, das hat man dir nicht beigebracht, nicht wahr? Du könntest nicht; und ich könnte dich nicht hier sitzenlassen, nachdem ich dich bei deinen Nachbarn unmöglich gemacht hätte. Komm doch, sei vernünftig!"

„Ich würde mit dir gehen, Sam, wohin immer du gehst."

„Du bist Hestianerin", wandte er ein, und nachdem er sich des Tonfalls bewußt geworden war, in dem er das gesagt hatte, erkannte er, daß er es weniger um ihretwillen als vielmehr für sich gemeint hatte. Er stellte sich Meg Burns auf einem Sternenschiff vor oder irgendwo sonst außerhalb Hestias und wußte, daß er sie dann noch mehr würde lieben müssen – mehr, als er meinte, überhaupt etwas lieben zu können. Er würde für sein ganzes Leben an sie gebunden bleiben.

Megs Blick begegnete seinem und wirkte verwundet. Da wußte er, daß sie weit mehr begriffen hatte, als er gesagt hatte. Sie war bereit gewesen, diesen Schritt zu ihm hinüber zu tun, für immer; und er war nicht bereit gewesen, und jetzt war es zu spät, ihren Stolz noch zu retten oder etwas anderes vorzugeben.

Sie löste sich aus seiner Umarmung und holte tief Luft, preßte die Lippen zusammen. Sie wurde nicht hysterisch, und dafür bewunderte er sie.

„Du bist ehrlich", sagte sie ruhig.

„Du auch", meinte er und wußte nicht, was er sonst noch sagen sollte. Eine andere Frau hätte ihn vielleicht einfach stehenlassen, aber Meg blieb da, wohlerzogen, mit gefalteten Händen, und versuchte, nicht zu weinen.

„Ich empfinde zuviel für dich", sagte er, „als daß ich dich noch stärker verwunden könnte, als schon geschehen ist. Haß mich deswegen nicht. Meg, haß mich nicht."

Sie schüttelte langsam den Kopf. „Schon gut", erklärte sie und stieß die Luft aus. „Es ist schon gut."

„Komm", sagte er und bot ihr die Hand an. „Gehen wir nach Hause."

Sie nahm seine Hand, ließ ihre wieder hinter seinen Arm gleiten, während sie einhergingen, als sei alles in Ordnung, obwohl sie sich mit dem Handrücken verstohlen über das Gesicht fuhr – neunzehn Jahre alt, ihre Träume ein Schlachtfeld. Merritt hatte viel Zeit zum Nachdenken: über Lilith Courtenay; über sich selbst mit einundzwanzig und jetzt mit achtundzwanzig, nach der Sternenreise. Er dachte an den Versuch, Meg von Lilith und der *Adam Jones* zu erzählen, und konnte sich nicht vorstellen, wie er das tun sollte, ohne Meg Burns als etwas erscheinen zu lassen, das geringer war. Liebe war etwas, das er nicht mit Megs Einfachheit sagen und meinen konnte; das erkannte er in diesem Augenblick und hatte sich noch niemals zuvor durch jemand anders so niedergeschmettert gefühlt, durch die Entdeckung eines Mangels in ihm, von dem er noch nichts gewußt hatte. Er war schon bereit gewesen, sich selbst für seine Anwesenheit auf Hestia zu gratulieren, für sein Siebenjahresgeschenk, für seine übertriebene Hingabe an Bauern, die zu ihm aufblicken mußten, zu seinen Träumen für eine Welt – und für ihre Dankbarkeit.

Und Meg Burns zeigte ihn sich selbst.

Schweigend erreichten sie wieder die Station und traten durch eins der Tore auf den Hof, auf dem jetzt eine Menge neuer und behelfsmäßiger Baracken standen.

Und plötzlich, auf halbem Wege zu den Stufen des Hauses, versteifte sich Meg und wandte den Blick suchend nach hinten, einen alarmierten Ausdruck im Gesicht.

„Lady – wo ist Lady?"

Merritt sah sich um. Die Hündin war nirgendwo zu sehen, und er konnte sich nicht erinnern, wann oder wo sie sie verlassen hatte.

„Vielleicht hat sie sich über den Berg davongemacht oder jagt noch", meinte er. „Mach dir keine Sorgen um sie."

„Oh, aber sie streunt sonst nie. Die Sonne geht schon fast unter, und zum Abendessen ist sie immer zurück. Sie würde nie jagen gehen, wenn es Zeit zum Abendessen ist."

Er zögerte, betrachtete den dunkler werdenden Himmel und dann Meg. „Ich weiß, wie du diese Hündin liebst", sagte er. Er konnte ihre Furcht nicht mehr ertragen. „Ich werde zurückgehen und nachsehen. Vielleicht kann ich sie finden."

Meg faßte ihn am Arm, als er losgehen wollte. „Nein. Nein. Du weißt es besser und solltest das nicht tun. Sie wird von selbst nach Hause kommen, sie wird. Bitte, versuche es nicht!"

Sie sagte das nur, um ihn aufzuhalten, und er wußte es, wußte auch, daß es vernünftig war, wenn sie ihn zurückzuhalten versuchte, und den fundamentalen Regeln ihres Lebens entsprach. Er blieb stehen und verzichtete auf diese Geste. „Es tut mir leid", sagte er elend. „Meg, es tut mir leid."

„Sie ist nicht verloren", sagte Meg und legte eine fröhliche Zuversicht an den Tag, wie man neue Kleider anzieht. „Komm schon, sie wird es ohne unsere Hilfe wieder nach Hause schaffen. Laß uns nicht länger in der Kälte herumstehen."

„ICH werde Ihnen sagen, wie es laufen wird." Porters Faust krachte auf den Tisch, der zwischen ihnen stand, daß die Teller klapperten. „Sie werden noch in dieser Woche anfangen, Mr. Merritt. Unsere Männer sitzen nutzlos da draußen herum. Sie werden uns nicht bis nächsten Sommer oder Winter vertrösten."

„Ich bin nicht zufrieden ..."

„Nun, ich bin es und ebenso die Leute stromabwärts. Mit wie vielen von uns wollen Sie sich eigentlich streiten? Meine Männer sind heute hinausgegangen und wollten arbeiten, und morgen werden sie es wieder tun, und wir erwarten, daß wir endlich anfangen können, Herr Ingenieur."

„Was immer wir da oben machen, diese Familien stromabwärts sehen besser zu, daß sie bis nächstes Frühjahr auf höher gelegenes Gelände kommen, und das ist die offene und harte Wahrheit. Wir haben damit angefangen, Bauholz zu schlagen; wir können mit dem Umleitungskanal anfangen, so daß wir dort arbeiten können, aber ich bin nicht bereit, schon jetzt all unsere Vorräte und so viele Menschenleben auf die Baustelle zu bringen, ohne den weiteren Verlauf des Stromes eingehender untersucht zu haben. Sie sagen, uns wird die Zeit knapp, und ich sage Ihnen, daß es generell langsamer vorangehen wird, als Sie denken. Ich bin nicht damit einverstanden, wenn Sie sagen, daß wir in dieser Jahreszeit genug Zeit haben werden. Wenn Sie darauf bestehen, gegen meinen Rat draufloszuarbeiten, lehne ich jede Verantwortung ab."

„Sie werden verantwortlich sein, Mr. Merritt", sagte Porter, „denn wenn diese Pläne mangelhaft sind, werden Sie unsere Zeit verschwendet haben. Und Sie hoffen besser, daß Sie etwas können, denn wenn nicht, werden stromabwärts Leute sterben; und wenn Leute sterben, bezweifle ich sehr, daß Sie einfach packen und abreisen können. Rechnen Sie nicht damit!"

„Ich habe nicht vor, mich drängen zu lassen."

„Sie haben hier im Tal dieselben Aussichten wie wir. Wenn wir untergehen, werden Sie es auch tun – also überlegen Sie es sich noch einmal, Mr. Merritt."

„Tom", schaltete Frank Burns sich ein, „ich glaube nicht, daß das zu etwas führt. Mr. Merritt, ich versichere Ihnen, daß wir nicht unvernünftig sein wollen, sondern wir versuchen nur, Ihnen begreiflich zu machen, daß wir lieber die Chance ergreifen wollen. Auf einigen Höfen stehen wir am Rande einer Hungersnot – nicht alle, keineswegs, und hier spüren wir die Not noch nicht, aber wir werden sie spüren, wenn es noch eine weitere Katastrophe wie letztes Frühjahr gibt. Bedenken Sie: Hungernde Menschen können nicht arbeiten, und wir sind nicht bereit, noch einmal fünfzehn Familien den Strom hinabgehen zu lassen, während wir dasitzen und warten. Nun, wenn Sie klarmachen können, daß eine Gefahr besteht, dann werden wir den Leuten raten, sofort höher gelegenes Gelände aufzusuchen für den Fall, daß wir es mit dem Damm nicht schaffen. Das eine, das Sie von uns aber keinesfalls erwarten können, ist, dazusitzen und nichts zu tun."

„Wenn wir unsere Vorräte bei einem gescheiterten Versuch verschwenden ..."

„Auf Hestia ist alles begrenzt; unser Land ist begrenzt. Tom hat recht: Wir haben einfach nicht die Zeit, daß Sie so sichergehen können, wie Sie gerne möchten."

Merritt warf Amos Selby einen fragenden Blick zu, und der Flußmann zog leicht die Brauen hoch, zuckte die Achseln und starrte auf den Tisch.

„Amos", beharrte Merritt.

„Nun", meinte Amos. „Ich sage dir eines: Ich vertraue deiner Vernunft, Sam, aber ich weiß auch, was im Frühjahr auf uns runterkommen wird, und ich könnte mich nicht entscheiden."

„Wir stellen die Leute", sagte Porter, „und wir wissen, wie wir uns entscheiden. Sie haben keine Wahl, Merritt, keine!"

Merritt stieß sich vom Tisch ab und betrachtete sie alle der Reihe nach, all die schweigenden Gesichter und die Frauen und Kinder, die schweigend im Zimmer standen. Dann drehte er sich um und ging zur Treppe.

„Merritt!" schrie Porter hinter ihm her, und als er sich nicht schon im selben Augenblick wieder umdrehte, verließ ein Mann das Kopfende des Tisches, um die Treppe zu verstellen.

Daraufhin drehte sich Merritt um und blickte Porter gemächlich an.

„Wenn Sie die Idee haben sollten, die Pläne zu vernichten, überlegen Sie es sich besser noch einmal", warnte Porter. „Vance, geh die Treppe hinauf und sieh nach, was du in seinen Papieren finden kannst!"

„Jetzt warte eine Minute", sagte Amos und stand auf. „Ich glaube nicht, daß das nötig ist."

„Nicht in meinem Haus, nein!" sagte Burns. „Ich denke, Mr. Merritt versteht die verzweifelten Gefühle unserer Leute, nicht wahr, Mr. Merritt? Ich kann mir nicht vorstellen, daß sie Ihnen gleichgültig sind."

Merritt stieß langsam die Luft aus. „Sie werden sich später daran erinnern, daß wir gegen meinen Rat weitergemacht haben. Das sage ich Ihnen."

„Wir sind damit zufrieden", meinte Porter, „wenn wir nur anfangen. Ich habe schon zu lange darauf gewartet, daß sich Erdenleute entschließen. Ihr Leute findet niemals eine Antwort, die euch auch zusagt. Ihr seid daran gewöhnt, dort zu sitzen, wo es sicher ist, und Theorien zu machen, weil ihr die Muße dazu habt. Nun, ich habe genug gewartet, und so geht es auch allen anderen auf Hestia; und ich kann Ihnen nur raten, daß diese Pläne etwas taugen, Mr. Merritt!"

„Wenn sie es nicht tun", sagte Merritt, „können Sie sich zusammensetzen und selbst welche entwerfen. Rufen Sie Ihren Mann zurück, Porter! Ich werde hinaufgehen."

Porter entgegnete nichts, aber Burns widmete ihm einen harten Blick, und schließlich machte Porter eine ruckhafte Handbewegung, die seinen Verwandten anwies, die Treppe freizugeben.

EIN Rind brüllte, und dieses Geräusch paßte nicht mitten in die Nacht. Merritt drehte sich im Bett um, ruhelos gemacht durch den Aufruhr, den es im Haus gegeben hatte. Das Geräusch beunruhigte ihn; er lauschte noch einige undeutliche Minuten länger, irgendwo zwischen Schlaf und Wachsein, sich dessen nicht sicher, ob er es überhaupt gehört hatte oder ob es einen Alarm wert war. Sein Ansehen im Haus war niedrig genug.

Dann erhob sich eine allgemeine Unruhe in den Pferchen, ein sicheres Zeichen dafür, daß etwas auf dem Hof nicht stimmte. Merritt warf die Decken von sich und fing an, sich anzuziehen. Einer der Hunde bellte wütend, jaulte dann und wurde still.

„Aufwachen!" schrie Merritt die Halle hinab, schlüpfte mit dem noch bloßen Fuß in den Stiefel und rannte los. Er selbst und einer von

Porters Männern waren schon an der Treppe, bevor der Alarm ertönte. Überall regten sich die Leute, und inzwischen mußten auch die Bewohner der Baracken draußen alarmiert sein. Rufe erklangen dort.

Und andere Geräusche: das Zersplittern von Holz, die Bewegung schwerer Körper, als ein Teil des Viehs ausbrach und vor Panik brüllte. Im Haus flammten Lichter auf, als Fackeln und Laternen am Kamin angezündet wurden. Kinder klammerten sich in erstickter Angst an die Seiten ihrer Mütter.

„Paßt auf die Tür auf!" befahl Burns. „Sam Merritt, haben Sie Ihr komisches Gewehr?"

„Hier!" rief Merritt zurück und stieß sich den Weg nach vorne frei. „Ich gehe auf den Hof, wenn mir jemand hilft."

Drei Männer meldeten sich freiwillig und stießen sich hinter ihm durch. Andere zogen den Riegel der Vordertür zurück und ließen sie hinaus auf den nackten Erdboden des Hofes zwischen den Mauern.

In den Baracken mit ihren geschlitzten Fenstern brannte Licht, aber niemand machte dort eine Tür auf. Die massigen Gestalten einiger Rinder drängten sich in einer Mauerecke, flüchteten dann mit der Unvorhersagbarkeit von Herdentieren in wilder Panik auf den offenen Platz und liefen dort verwirrt an den drei Männern vorbei, ein Donnern von Hufen in der Dunkelheit.

Sobald sie vorbei waren, trat Merritt hinaus und starrte forschend in die Schatten und auf den Rand der Mauern, suchte nach Eindringlingen und sah nichts.

„Kommt!" sagte er zu seinen Gefährten und führte sie um die Ecke zur Rückseite des Hauses, wo sich die Rinderpferche befanden.

Auch Schafe waren los, drängten sich in die Ecken und kletterten übereinander, als ob sie hofften, in diesem Winkel des unregelmäßigen Hofes über die Mauer klettern zu können. Tote Schafe und Rinder lagen auf dem Boden, ebenso der schwarze Hund, wie eine Schattenpfütze im Schmutz.

„Die Kehlen sind durchgeschnitten", sagte einer der Männer, der niedergekniet war, um ein totes Schaf zu untersuchen.

Hinter ihnen ertönten Stimmen, die Türen des Haupthauses und der Baracken gingen auf, bewaffnete Männer kamen heraus und trugen Fackeln und Laternen.

Und das Licht fiel auf eine dunkle Silhouette in Kopfhöhe inmitten der Schafhürde: ein schwarzes Ding auf einem Pfahl, der aufrecht in der Erde steckte. Merritt nahm einem Mann in seiner Nähe die Laterne ab und trat vor, um das Ding zu begutachten, trat dann den Pfahl mit einem Fluch nieder. Ladys Kopf fiel herab und starrte blicklos in die Dunkelheit.

„Es ist einer der Hunde", sagte jemand. „Wie konnten sie das so lautlos machen?"

In der Stimme war deutlich zunehmende Panik zu vernehmen. Merritt reagierte schroff. „Sie fehlte heute abend", sagte er rasch. „Behalten Sie die Nerven, und halten Sie die Augen offen. Wir wissen nicht, ob wir nicht gerade jetzt beobachtet werden."

„Aber warum der Hund – warum so etwas? Warum überhaupt diese ganzen Schwierigkeiten?"

„Ich würde vermuten", sagte eine tiefe, weittragende Stimme, „daß das eine Warnung ist, die gar nicht groß übersetzt werden muß. Der Hund ist ein Tier der Menschen. Die Hunde hassen sie am meisten."

„Holen Sie eine Schaufel!" befahl Merritt. „Es besteht kein Grund, daß die Kinder das zu sehen bekommen. Wir werden die Schafe und Rinder wieder einfangen – ziehen Sie die Kadaver aus dem Weg, damit wir die anderen zurück in die Pferche treiben können."

Aus den Türen des Haupthauses strömte jetzt eine Flut weiterer Menschen – darunter die Stimmen von Frauen. Merritt verließ die arbeitenden Männer für einen Moment und ging zurück, um die anderen fernzuhalten. Meg war mit ihrem Vater da, und sie wollte er am wenigsten von allen hierhaben.

„Wieviel haben wir verloren?" fragte Burns.

„Etwa ein halbes Dutzend", sagte Merritt und faßte Megs Arm mit hartem Griff. „Bring die Kinder wieder hinein, ja? Hier draußen geht viel durcheinander."

„Ich habe einen Hund bellen hören. Ist Lady ..."

Er zögerte mit einer Lüge, dachte daran, wie Meg dann immer noch auf das Tier warten würde. „Sie ist tot, Meg. Beide Hunde, fürchte ich. Es tut mir leid."

Den plötzlichen Ausbruch der Tränen schluckte sie rasch wieder hinunter; sie machte keine Anstalten, hinzugehen und nachzusehen. Merritt war erleichtert.

„Geh ins Haus!" bat er sie, und nachdem sie gegangen war, blickte er Burns an und Porter, der sich zu ihnen gesellt hatte.

„Sie sind noch nie innerhalb des Tores gewesen", sagte Burns.

„Wer auch immer das ist", erklärte Merritt, dessen Hände zitterten, „sie haben es mit einer Klinge gemacht, und sie sind menschenähnlich genug, um Werkzeuge und Symbole zu benutzen."

„Wir wußten, daß sie kommen würden, sobald Menschen anfingen, sich hier in großer Zahl zu versammeln und Bäume zu fällen", sagte Porter. „Ich fürchte, das war erst der Anfang, nicht der letzte Schlag. Sie wollten einen überzeugenden Grund, warum wir nicht warten können, Mr. Merritt. Ich glaube nicht, daß ich diesen noch erläutern muß."

6

„FAST fertig, Mr. Merritt."

Merritt wandte den Blick von der Kluft aus zu dem jungen Arbeiter – George Andrews, von einem der kleineren Höfe – und zog sich ein Stück von der Kante zurück.

„In Ordnung", sagte er und reichte Andrews die Checkliste. „George, wenn alle klar sind, wenn Sie jeden Namen auf dieser Liste einem lebendigen Menschen zugeordnet haben, geben Sie mir das Signal."

„Ja, Sir."

Andrews rannte los, denn sie waren an diesem Tag hinter ihrem Plan zurück, und nahm seinen Posten bei der Hängebrücke ein, trieb die Männer, die sie überquerten, mit Rufen und Flüchen zu größerer Eile an, um die gewaltige Klippe, die einen beträchtlichen Teil ihrer Oberfläche verlieren sollte, freizumachen. Im gegenüberliegenden Felshang wartete die größte Sprengladung, die sie bisher angebracht hatten, und sie würde ausreichend Gestein lossprengen, um im Bett des Stromes ein wirkliches Fundament zu errichten. Es war der Anfang.

„Heda!" erklang Amos Selbys Stimme in einem Moment, in dem Amos eigentlich nicht hier erwartet wurde. Merritt drehte sich um, sah den Flußschiffer und seinen Sohn und streckte grinsend die Hand aus.

„Seid ihr hier, um dem großen Knall zuzuschauen?"

„Wenn du vorhast, meinen Strom zu ruinieren", sagte Amos, „dann habe ich vor zu beobachten, wie du das machst. Kommen wir gerade noch rechtzeitig?"

„Du bist an und für sich zu spät, wie es sich gerade trifft; aber sie überqueren die Brücke so langsam, als ob sie den ganzen Tag dafür Zeit hätten."

„Huh. Wir Hestianer sind nicht dazu geschaffen, Höhen zu lieben, weder beim Fliegen noch sonstwie. Du würdest mich nicht auf diese Brücke bringen, nein, Sir."

„Bis jetzt hat sie gehalten", meinte Merritt.

Amos beäugte die zerbrechliche Seilkonstruktion mit einem Ausdruck des Abscheus. „Was mich überrascht, ist, daß noch keine vom Volk bis jetzt an dir vorbeigekommen sind und sie zerschnitten haben."

„Dazu dienen diese kleinen Schuppen an beiden Enden: als Wachstationen. Wir haben gehört, wie sich in den letzten zwei Wochen welche hier herumgeschlichen haben, aber sie hatten noch nicht den Nerv dazu, etwas zu versuchen. Wie stehen die Dinge stromabwärts? Bringst du uns weitere Männer?"

„An die neununddreißig mit dieser Fuhre – und noch mehr wollen zu Fuß heraufkommen. Das wird eine richtige Stadt, die jetzt da hinten an der Station wächst."

„Und eine Straße von hier bis dahin. Vergiß das nicht neben der Tatsache, daß wir den Verlauf deines Stromes ändern."

„Das könnte ich nicht übersehen. Der Ort sieht schon zivilisierter aus als New Hope. Ich kann mir gar nicht vorstellen, wie die Gegend mit dem kleinen Ozean aussehen wird, wo jetzt noch der Oberlauf ist."

„Der Damm wird mehr Aufwand erfordern als die von hier ausgehenden Befestigungen. Sieh dir mal in einigen Augenblicken jene Klippe an. – He, Ed, besorge Helme für die Selbys. Und ihr beide tragt sie auch, klar? Man kann nicht vorhersehen, ob nicht vielleicht hier etwas runterkommt. Wir sind gleich bereit zu sprengen."

„Das möchte ich sehen", sagte Jim. „Ist es sicher genug, hier draußen zu stehen?"

„Es sollte eigentlich, es sollte. Ich muß euch sagen, daß dies das erste Mal ist, daß ich so etwas organisiere. Auf der Mutterwelt sind die Methoden anders."

Er sah Andrews' Signal, und auch auf der Brücke war alles klar. Er winkte zurück und ließ dann die Selbys sich um die Sache kümmern.

Es hatte viel Planung und viel Streit mit dem hitzigen Porter erfordert, um festzustellen, wo die Ladung angebracht werden sollte, und zum Schluß kam es nun zur Berührung eines Schalters auf dieser Seite des Stromes. Ein Teil der Klippenseite beulte sich aus und zersplitterte, während die Geräusche verspätet die Leute erreichten. Die Trümmer kamen langsam wieder zur Ruhe und warteten darauf, mit Wagen weiterbewegt zu werden. Zusammen mit einer ganzen Erdschicht von weiter oben lösten sich große Bäume und rutschten ebenfalls herunter, verschwanden im aufwallenden Staub, bevor die Echos die Schlucht hinauf und hinab wieder erstarben.

Nachdem alles wieder zur Ruhe gekommen war, gab Jim Selby einen langen, gellenden Pfiff von sich, und Merritt, der gar nicht bemerkt hatte, daß er den Atem zu lange angehalten hatte, ließ ihn fahren und entspannte sich.

Die Männer wußten, daß alles geklappt hatte, und jubelten. Die Erfahrung mit kleineren Sprengungen ließ sie beurteilen, wie diese verlaufen sollte, und genauso war sie verlaufen, ihre lange Arbeit hatte sich bezahlt gemacht.

Merritt trat an die Sicherungsverkleidung und ließ die Tragetaue los, Jim und Amos hinter sich. Bei ihnen waren die Miller-Vettern, die die Wachstation auf der anderen Seite besetzen sollten, die während der Sprengung leergestanden hatte. Die drei Millers gehörten zu den besten Schützen am oberen Strom, und sie waren mit den besten Gewehren ausgerüstet.

Die Wachstation auf der gegenüberliegenden Seite war die gefährlichste, die am meisten ausgesetzte, wo ein zerschnittenes Brückentau sie für eine Nacht oder noch länger isolieren konnte. Unabhängig davon, daß der Posten bisher nie ernsthaft bedroht worden war, kamen drei Tage Wachdienst auf der anderen Seite einer ganzen Woche Dienst am diesseitigen Ufer gleich und berechtigten die Wachen, die übrigen vier Tage in der Station im Haupthaus zuzubringen, in richtigen Betten und in der Wärme. Aber selbst dieser Anreiz brachte nicht viele Freiwillige.

Sie blieben am Eingang des Wachhauses auf der niedrigen Veranda stehen. „Hat die Landschaft ganz schön verändert, was?" stellte Dan Miller fest, lehnte sich auf sein Gewehr und blickte zu den Bergen hinauf. Merritt nickte. Dort, wo die hohe Klippe gewesen war, war außer gelbem Staub, großen Felsbrocken und zersplitterten Bäumen nichts geblieben.

„Ich werde mir das noch genauer ansehen", meinte Merritt. „Es wird nicht lange dauern, und ich werde in Sichtweite bleiben. Ihr könnt von hier aus zusehen – es ist nicht nötig, daß wir es alle riskieren."

„Ja, Sir", sagte Dan Miller, aber Jim gab seinem Vater ein Zeichen, und Amos zuckte die Achseln und lehnte sich an den Schuppen. Jim wollte offensichtlich mitkommen.

„Bleib hinter mir!" riet ihm Merritt, aber es tat ihm nicht leid, diese

Gesellschaft zu haben, denn die Einsamkeit am anderen Ufer des Stroms prickelte selbst im Mittagslicht im Nacken, selbst mit den Geräuschen der Sprengung, die immer noch in den Sinnen widerhallte. Hier herrschte eine Stille, die alle Anstrengungen der Menschen noch nicht zerstört hatte.

Steinchen knirschten und rollten unter den Füßen weg. Von ferne war das Rauschen des Stromes zu hören. Merritt widmete seine Aufmerksamkeit dem Pfad, der das Sprenggebiet unten am Hang säumte, und Jims Schatten wanderte dicht hinter seinem über die sonnengebackene Erde.

Es war ein für die Jahreszeit typischer Tag: Es wehte ein eisiger Wind, und doch reichte die Sonnenhitze aus, um einem Mann beim Klettern übermäßig warm werden zu lassen.

Ein steiler Anstieg über Stufen aus hart gewordenem Matsch brachte sie auf die Sicherheit der Uferanhöhe, wo die Erde sich nicht gelokkert hatte. Von diesem Punkt aus konnte man den ganzen Bereich der Schlucht überblicken und die von Menschen gezeichnete gegenüberliegende Seite des Stromes.

„Mann“, hauchte Jim, „ich habe schon gesehen, wie Leute versuchten, den Strom einzudämmen, aber sie sind nie in diesem Maßstab darangegangen. Du wirst wirklich Dinge in Bewegung bringen, wenn du dich dazu entschließt.“

„Die Frage ist nur“, meinte Merritt, „ob selbst das schnell genug ist. Porter hat über die Zeit geschimpft, die wir zum Anlegen von Straßen und Errichten der Wachhäuser gebraucht haben. Aber wir haben zumindest bis jetzt keinen Mann verloren. Na ja, Harkness, aber ...“

„Das war nicht bei der Arbeit.“

„Nein. Aber ich möchte keinen weiteren Unfall.“

Jim sah sich um und schnitt der Sonne, die aus dem Osten, vom Oberlauf her, in ihre Gesichter schien, eine Grimasse. „Weißt du“, sagte er, „es ist mir vorher noch nicht in den Sinn gekommen, aber ich vermute, daß die Station die erste Niederlassung auf Hestia ist, die gleichzeitig beide Seiten des Stromes in Anspruch nimmt. Diese Seite hat uns noch nicht gehört, aber jetzt tut sie es.“

„Bis jetzt unbestritten, aber ich fürchte, dabei wird es nicht bleiben.“

Sie gingen auf dem Kamm nach Westen bis zu einem Punkt, wo eine Spalte in Fels und Wald einen Blick auf das Vorgebirge von Burns' Station zuließ, ein einsamer Außenposten in all der Wildnis um sie herum; und dann gingen sie wieder zurück, um sich den

Schaden am östlichen Abhang zu betrachten, so dicht an der Rutschstelle, wie sie nur heranzukommen wagten.

„Sieht stabil genug aus", meinte Merritt und dachte an die Arbeiter, die an der Kante entlang würden schleppen müssen, und wußte, daß er auch dabei Porter im Nacken haben würde.

Etwas polterte hangabwärts, ein Stein, der sich von seinem Platz gelöst hatte, und es hätte sich wie eine Nachwirkung der Sprengung angehört, wäre ihm nicht ein heftiges Scharren gefolgt. Merritt ging auf die Quelle dieses Geräusches zu, stieg mit Jim im Gefolge weiter hinauf.

Plötzlich erblickten sie eine braune Gestalt, die sich zwischen den Felsen bewegte, sich scharrend verzweifelt nach oben kämpfte und inmitten von Staub wieder herabrutschte, sich seitwärts davonmachen wollte und dabei noch schlechter zurechtkam und dann in einem furchteinflößenden Rutschen hinabstürzte, Staub aufwirbelte und über Felsen scheuerte.

„Wir haben einen", sagte Jim an Merritts Schulter. „Die Sprengung muß ihn erwischt haben."

Merritt rannte die Kante entlang in diese Richtung los, blieb stehen und suchte sich mit dem Auge einen Weg. Jim faßte seinen Arm, protestierte schweigend; er schüttelte die Warnung ab und stieg hinab, konzentrierte sich auf seine Schritte. Polternde Steine hinter ihm setzten ihn davon in Kenntnis, daß Jim folgte.

„Bleib stehen!" sagte Merritt. „Wenn ich ausrutsche, brauche ich Hilfe."

Daraufhin blieb Jim stehen, während Merritt langsam weiterging, Steine fest in den Boden trat, nicht auf sein Ziel blickte, sondern auf den Boden, auf dem er gehen mußte, bis er sein Ziel fast erreicht hatte.

Das fremde Geschöpf lag mit den Füßen hangabwärts, hatte dieselbe Färbung wie Erde und Felsen, war jedoch mit silbernem Flaum bedeckt, war bewußtlos und bewegte sich nicht – Rippen und Bauch hoben und senkten sich mit der Atmung.

Und war weiblich. Merritt näherte sich ihr vorsichtig, nicht zuletzt wegen der Rutschgefahr: eine frauengroße, zerbrechliche Gestalt mit langen Gliedern. Die flaumige Haut war aufgerissen und blutete; auch das Haar, das den langgestreckten Schädel verdickte und eng bedeckte, war an den Schläfen blutbesudelt. Merritt beugte sich hinab und berührte behutsam die langgliedrige Hand, die so verwandt und doch so nichtmenschlich war, sah die Füße mit den langen Zehen, von der Art, die in der Nacht, in der das Boot losgeschnitten worden war, die Abdrücke hinterlassen hatte.

Das Gesicht war menschenähnlich: länglich ovale Augen, jetzt geschlossen, mit silbernen Wimpern und schwach silbernen Brauen; eine kurze flache Nase; ein dünner, breiter Mund – Backenknochen und Kiefer stärker hervortretend als beim Menschen, jedoch zierlich; der Körper dünn und drahtig, die Brüste kaum stärker entwickelt als die eines sehr jungen Mädchens, aber das Gesicht vermittelte den Eindruck eines etwas höheren Alters.

Merritt überlegte einen Moment lang, während unter seinen festgestemmten Füßen und Knien Steinchen hangabwärts rieselten. Er wollte sie rasch von hier wegbringen, denn dies war kein Ort zum Verweilen; aber sie war keine menschliche Frau, und diese schlanken Glieder verfügten wahrscheinlich über eine eindrucksvolle Kraft wie bei einem Tier. Er schreckte davor zurück, dieses furchterregende fremdartige Ding in die Arme zu nehmen, nahe an seine Kehle zu bringen, aber da er kein Anzeichen von Bewußtsein entdeckte, zog er sie wegen ihrer Verletzungen behutsam an sich und stand auf. Sie war überraschend schwer mit erschlafften Muskeln, wie bei einer entspannten Katze. Langsam stieg er den Hang hinauf, schwitzte vor Anstrengung und Vorsicht, und endlich packte Jims Hand seinen Ärmel und zog ihn auf festen Boden hinauf. Auf dem Kamm bettete er sie zu Jims Füßen auf den Boden.

„Ich habe noch nie einen gesehen", sagte Jim ehrfürchtig, sank auf die Knie, und Röte stieg in sein junges Gesicht. „Sam, sie ist beinahe menschlich, nicht wahr?"

„Beinahe." Merritt zögerte und tastete dann die zerbrechlichen Glieder und den Körper nach gebrochenen Knochen ab. Er konnte keine finden, und unter der Berührung seiner Hände regte sich das Wesen und öffnete die Lippen – auch die Zähne waren nicht ganz menschlich. Die Eckzähne waren stark entwickelt. Merritt zog rasch die Hand zurück, bis ins Mark erschrocken.

Braune Augen, beinahe nur aus Pupillen bestehend, öffneten und weiteten sich, und mit einem fauchenden Knurren kam das Wesen hoch und versuchte zu fliehen.

Merritt packte sie, und es war wie das rasche Ergreifen eines rasenden Tieres. Sie wand sich und kämpfte, daß es schien, sie müsse sich etwas ausrenken, und als er einen festeren Griff suchte, grub sie ihre scharfen kleinen Zähne in seine Hand und hielt fest wie der Tod selbst.

„Pack sie!“ brüllte er Jim zu, denn der Biß drohte ihm die Handknochen zu zermalmen, und er konnte sich nicht losreißen; und es dauerte mehrere wilde Momente auf dem Kamm, in denen er und Jim gemeinsam versuchten, das Wesen zu unterwerfen. Sie kämpfte, solange sie auch nur eine Hand oder einen Fuß frei hatte, und es erforderte sie beide, ihr Gewicht und ihre Kraft, diesen sich windenden Körper festzuhalten, ohne sie sinnlos zu schlagen.

Merritt nahm seinen Gürtel und fesselte ihre Hände, und mit dem Gürtel Jims um die Fußknöchel zeigte sie nur noch stoische Unterwerfung. Sie lag nur da, schnappte keuchend nach Luft und starrte zu den Bergen hoch, während Merritt und Jim zurücktraten und ihre eigenen Wunden begutachteten. Sie waren alle gleichermaßen mit dem Blut der Fremden und ihrem eigenen beschmiert, und Jims ganzer Kommentar bestand darin, Merritt anzuschauen und verwundert den Kopf zu schütteln.

„Zumindest kann ihr nicht viel fehlen“, sagte Merritt und preßte die sich purpurn färbende Wunde an seiner Hand aus. Sie war tief und äußerst schmerzhaft. „Ich kann mich glücklich schätzen, daß sie zuerst an meine Hand gegangen ist und nicht an meine Kehle.“

„Ich vermute, daß sie vor Schrecken den Verstand verloren hat“, sagte Jim, bückte sich und langte nach ihrer Schulter. Sie schnappte nach ihm wie ein Hund, aber als er verharrte und ihr wie einem verletzten Tier den Kopf tätschelte, erduldete sie diese harmlose Aufmerksamkeit, wenn auch ohne Vergnügen. Sie fing an zu zittern.

„Was sollen wir mit ihr machen?“ fragte Jim.

„Ich weiß nicht“, gestand Merritt. Er kniete an ihrer anderen Seite nieder, und ihr Kopf ruckte herum, um ihn zu betrachten. Ihre seltsamen Augen waren jetzt braun, nicht mehr schwarz vor Hysterie. Sie zeigten keinerlei Weiß, nur das Braun der Iris war mit bernsteinfarbenen Flecken durchsetzt. Es waren keine menschlichen Augen, aber sie waren schön.

„Hör zu!“ sagte er zu dem Geschöpf und streckte die Hand so weit aus, daß sie gerade außerhalb der Reichweite ihres Bisses blieb. „Hör zu, wir haben nicht vor, dir etwas zu tun, wir wollen dir nichts tun, klar? Du bleibst ruhig? So ist es richtig.“

Er berührte ihre Schulter, wie Jim es gemacht hatte, drehte sie um und hob sie hoch, hielt sie so fest, daß sie ihm nicht an die Kehle gehen konnte. Sie hätte es unmöglich machen können, getragen zu werden, tat es aber nicht. Sie spannte sich nur, als er aufstand, gab ihm dann ein wenig nach, immer noch nicht ganz entspannt, aber auch nicht widerspenstig. Er hielt ihren Arm mit festem Griff und hinderte sie, so gut es ging, daran, ihm das Gesicht zuzuwenden.

„Bringen wir sie zurück ins Haus?" erkundigte sich Jim ungläubig. „Sam, sie werden sie einfach umbringen."

„Nein, das werden sie nicht", sagte Merritt.

Es war unmöglich, auch nur die Brücke zu überqueren, ohne daß sich am anderen Ende eine Menge versammelte, und als sie den Vorhof des Haupthauses erreicht hatten, waren ihnen die Neuigkeiten vorausgeeilt, und alle Männer, die keinen Dienst hatten, sowie der gesamte Haushalt waren versammelt.

Merritt fand es unmöglich, sich einen Weg freizukämpfen, weil sich alle herandrückten, um zu schauen, alle zugleich neugierig und voller Abscheu für den alten Feind, den nächtlichen Schrecken, der nun gebunden und hilflos ins helle Tageslicht gebracht wurde.

Er sah sich schließlich gezwungen, das Geschöpf abzusetzen, mitten auf dem Vorhof, ließ ihren Körper auf den gebundenen Füßen und an sich gelehnt ruhen. All die Gesichter, die sich heranschoben, und all die Augen, die sich auf sie richteten, waren zuviel für sie, und sie wandte ihr Gesicht an seine Brust und lehnte sich zitternd daran.

Frank Burns kam herbei. Die Menge ließ ihn durch, und er starrte ungläubig auf das Geschenk, das Merritt ihm mitgebracht hatte; auch Hannah kam heraus und trocknete sich die Hände an der Schürze ab, während sie dazutrat.

„Ich konnte es nicht glauben", sagte Burns endlich. „Wie haben Sie sie gefangen?"

„Sie ist in den Bereich der Sprengung geraten", erklärte Merritt, „und ich brauche sofort einen Platz, wo ich sie unterbringen kann."

„Nicht in meinem Haus", sagte Hannah Burns, die für jeden die Seele der Gastfreundschaft war; und als Merritt sie enttäuscht anblickte, seufzte sie kurz und schüttelte schmerzlich den Kopf. „Sam Merritt, erwarten Sie von mir, das da hineinzulassen? Sehen Sie doch nur, was sie mit Ihnen gemacht hat. Sehen Sie sich selbst an."

„Wir haben jetzt die Möglichkeit herauszufinden, wer diese Wesen sind und was sie denken. Ich brauche einen Platz, wo ich sie unterbringen kann und wo sie nicht ausbrechen kann. Vielleicht in einem der Lagerhäuser ..."

„Es gibt im oberen Stockwerk einen Vorratsraum", sagte Burns. „Neben dem Wandschrank. Sie kennen ihn."

„Danke", sagte Merritt und hob seine Last wieder auf, schwang sie seitwärts, um sie durch die neugierigen Umstehenden zu bringen, trug sie die Stufen hinauf und ins Haupthaus.

Sie kreischte und kämpfte, als sie in diesen Schatten gebracht wurde. Sie wand sich so heftig, daß sie sich beinahe aus seinen Armen löste, und er hätte sie fallen lassen, wäre nicht Jim dagewesen, der rasch ihre Füße packte. Sie kämpfte weiter, bis sie sie mit dem Gesicht nach unten auf einen der Tische werfen und festhalten mußten, bis sie endlich zu erkennen schien, daß es hoffnungslos war. Sie lag still, atmete mit der Schnelligkeit der Hysterie, und Merritt lockerte vorsichtig seinen Griff, ließ aber die Hand auf ihrem Kreuz liegen, damit sie sich nicht selbst vom Tisch warf und verletzte. Sie regte sich nicht.

Als Merritt aufblickte, entdeckte er Meg, die am Fuß der Treppe stand und ihn beobachtete, und ohne eine bewußte Entscheidung nahm er die Hand von der warmen Haut des Geschöpfes. Meg durchquerte den Raum, um die Gefangene zu betrachten, blieb ein paar Schritte entfernt stehen und studierte sie, schritt dann herum, um ihr ins Gesicht zu blicken, der eigene Ausdruck besorgt. Die Besorgnis verwandelte sich in Angst, als das Geschöpf sich plötzlich wand und beinahe vom Tisch fiel. Ohne Jims Eingreifen wäre sie hinabgefallen, und sie gab keine Ruhe, bis sie sich in Jims Händen in eine Stellung gekämpft hatte, von der aus sie beide betrachten konnte.

„Sie ist weiblich“, sagte Meg mit einem überraschten Stirnrunzeln und starrte sie unruhig an, wie sie halb an Jim lag. „Ich habe sie vom Fenster aus gesehen und konnte nicht glauben, daß du sie ins Haus bringen würdest. Was hast du mit ihr vor, Sam?“

„Lernen.“ Er packte den Riemen um die Knöchel des Wesens und machte ihn los. Er hatte sich grausam eingeschnitten. Das Wesen saß ganz still, zog nur die Füße an, nachdem er sie befreit hatte.

„Meg“, sagte er, „gibt es heißes Wasser? Ich würde sie gerne saubermachen. Es steckt Dreck in den Kratzern.“

Meg rümpfte die Nase und nickte.

DEM Geschöpf gefiel es nicht, gebadet zu werden, nicht im geringsten, und sie zitterte und bebte während des ganzen Vorgangs des Auswaschens ihrer Wunden und schüttete Wasser über Hannah Burns' ganzen Fußboden und die Eßtische. Sie widersetzte sich noch mehr, als Meg versuchte, sie in ein Laken zu wickeln, empört und erschrocken zugleich. Merritt sah die Reaktion und befreite sie wieder von dem Laken.

„Versuch es nicht", riet er Meg. „Sie begreift nicht, was du machst."

Meg starrte ihn und die Gefangene an und war eindeutig bestürzt über die Nacktheit des Geschöpfes, und bei den Männern auf dem Hof hatte es irgendwie ähnliche Blicke gegeben, die Schuldbewußtsein wegen ihrer Gedanken ausdrückten. Merritt erkannte es schließlich. Hestianer waren solche Freizügigkeiten nicht gewöhnt: In ihrem kalten Klima war das nur natürlich. Die Natur hatte jedoch dieses goldene Geschöpf mit einer beträchtlichen Körperhitze sowie einem Flaumpelz ausgestattet, der sich der Berührung stärker offenbarte als dem Blick, außer im Sonnenlicht. Es war recht wahrscheinlich, daß sie die Hitze im Zimmer als erstickend empfand und das Laken nur um so mehr.

„Ich frage mich", sagte Jim, „was sie denkt. Sie kann von Gebäuden und Leuten nicht viel verstehen."

„Wahrscheinlich denkt sie", meinte Meg, „daß sie uns gern alle töten möchte und erfreut darüber sein würde, die Möglichkeit dazu zu erhalten. Ich glaube nicht, daß sie sich mehr vor Strafe fürchtet als ein wildes Tier. Sie wünscht sich einfach die Chance, uns anzufallen."

Merritt mißachtete die Warnung und nickte Jim zu. Sie hielten das Geschöpf zwischen sich und zogen sie die Stufen empor, hielten sie fest, als sie stockte, ließen sie gehen. Merritt öffnete den Vorratsraum und sah, daß er leer war, ein bloßer Wandschrank mit einem Fensterschlitz, durch den nicht einmal der schlanke Körper dieses Geschöpfes passen würde.

Und als sie erkannte, daß sie in dieses trostlose Loch gesperrt werden sollte, stieß sie ein stöhnendes Wimmern hervor und schrak zurück, preßte ihr Gesicht, so fest es ging, an Merritt und zitterte.

„Armes Ding", sagte Jim, „das wird ihr nicht gefallen, überhaupt nicht, aber was sollen wir sonst mit ihr machen?"

„Mach ihre Hände los – ich werde sie festhalten. Vielleicht wird sie die Kammer zerlegen, aber wir können sie nicht gefesselt darin lassen."

Sie blieb ruhig, solange das Losbinden dauerte, aber erwartungsgemäß versuchte sie dann auszureißen. Merritt hielt sie diesmal in einem besonders starken Griff, und ihre fast schon erschöpfte Kraft war rasch vollends verausgabt. Sie gab das Kämpfen auf und starrte sie mit Augen an, die vor Haß oder Furcht oder beidem dunkel waren. Eine Träne rollte ihre Wange herab.

Einmal drinnen, machte sie eine heftige Drehung und befreite sich durch die Überraschung, zog sich in die von den leeren Regalen und der Ecke geformte Nische zurück. Merritt trat zurück, bedrohte sie nicht, machte keine Anstalten, ihre Bewegungsmöglichkeit einzuschränken, und nach einem Moment entspannte sie sich und besah sich das Fenster.

Dann zuckten ihre Augen zu ihm zurück, als ob sie einen plötzlichen Angriff erwartete.

„Es ist alles in Ordnung", sagte er freundlich.

Sie erschauerte, zog sich so weit wie möglich in die Ecke zurück und sank zu einem kleinen Häufchen zusammen. Die langfingrigen Hände bedeckten die Augen, die Schultern zuckten ein- oder zweimal wie bei Schluchzern, aber es war nichts zu hören.

„Sie hätten sie erschießen sollen", sagte Porter auf der Konferenz, die sich ungerufen in der Haupthalle versammelt hatte. Merritt funkelte ihn an.

„Ich habe die Freiheit, zu tun und zu fragen, was ich will, solange es zu der Arbeit hier beiträgt", sagte er, „und meiner Meinung nach ist das, was wir von einem ihrer Rasse erfahren können, wertvoll."

„Und was sie hier anrichten wird, ist Ärger", sagte Porter, und nicht wenige der anderen brummten zustimmend.

„Den Ärger haben wir bereits", sagte Merritt. „Es wäre besser, ihn begreifen zu lernen. Sie wird niemandem von Ihnen zur Last fallen, wo sie jetzt ist. Lassen Sie es gut sein!"

„Wir sollten sie sofort beseitigen", sagte einer der Porter-Vettern. „Schickt sie zurück, wie wir den Hund zurückbekommen haben!"

„Ich sage nein", sagte Merritt, „und damit ist die Sache erledigt."

„Sie begreifen nicht", meinte Porter. „Sie kennen sie nicht. Aber wir."

„Kein Streit, Porter! Solange ich meinen Job mache und dabei keinem von Ihnen etwas zustößt, will ich nicht, daß Sie sich mit mir streiten. Ich denke nicht, daß ich unvernünftig bin."

Darauf erfolgte ein Aufschrei, und Frank Burns baute seinen umfangreichen Körper neben Merritt auf.

„Seht her!" sagte er. „Mir gefällt es nicht, einer von ihnen Unterkunft zu gewähren, aber ich denke nicht, daß Sam Merritt so sehr unrecht hat. Nach hundert Jahren wissen wir immer noch nicht, was das für Wesen sind; und selbst wenn er verrückt ist, bis jetzt hat noch keiner von uns deswegen Schaden genommen. Merritt hat bis jetzt gute Arbeit geleistet und dabei selbst mehr doppelte Schichten gemacht als einfache, und ich sehe keinen Grund dafür, sich wegen dieser Sache zu schlagen. Wir müßten zu weit gehen, um einen neuen Ingenieur aufzutreiben, und mit dem, den wir haben, ist alles in Ordnung. Also laßt ihn in Ruhe, solange ihr auf meinem Grund und Boden steht! Und denkt darüber nach: Ihr schuldet ihm etwas Besseres als dies hier!"

„Du hast recht", sagte Amos Selby von der anderen Seite des Raumes aus. „Auch ich mag das Volk nicht, aber Sam hat bisher ganz schön wenig von uns verlangt. Ihr habt recht darin, daß er ein Außenstehender ist und nicht viel davon begreift, wie wir in manchen Dingen empfinden, aber es würde nicht zu ihm passen, wenn er uns da in eine Sache hineintreiben würde. Ich schätze, daß wir ihm dieselbe Geduld schulden, selbst wenn er unrecht haben sollte, wie er mit uns gehabt hatte, als er im Recht war. Was schadet schon diese eine kleine Kreatur, da oben eingesperrt?"

„Und was, wenn sie freikommt und jemanden von uns im Schlaf tötet?"

„Ich werde aufpassen", versprach Merritt. „Ich übernehme die Verantwortung dafür, sie sicher unter Verschluß zu halten. Niemand sonst braucht sich darum Gedanken zu machen."

„Wir kommen damit zurecht", sagte Burns; und sich noch immer beschwerend, jedoch milder gestimmt, verließen die Männer den Raum, Porter mit ihnen. Merritt warf Amos Selby und den Burns einen dankbaren Blick zu.

„Für den Moment ist alles klar", meinte Burns. „Aber ich hoffe, Sie wissen, was passieren wird, wenn tatsächlich etwas schiefgeht oder wenn sie freikommt und jemanden verletzt."

„Es ist sicher", sagte Meg, die neben ihrer Mutter stand, „daß du sie nicht in diesem kleinen Wandschrank eingeschlossen halten kannst – sei es auch nur aus ganz praktischen Gründen, an die du sicher denken wirst, Sam. Es wäre wesentlich besser, wenn du sie wegschaffen würdest."

Merritt runzelte die Stirn und war unglücklich darüber, daß Meg nicht auf seiner Seite stand. „Nein. Vielleicht kommen wir nicht zurecht, ohne einige Dinge dort oben neu einzurichten, aber ..."

„Wir sind nicht dazu eingerichtet, die Gefängniswärter zu spielen", sagte Burns. „Wir haben einfach nicht die Einrichtungen dazu. Sie sehen, welche Art von Problem das ist."

„Sicher ist, daß sie jedem Zwang entschlüpfen wird", sagte Meg.

„Eisen ... davon könnte sie sich nicht befreien", meinte Merritt.

„Mir gefällt es nicht, so was zu tun, aber wenn es darum geht, entweder das zu machen oder sie zu erschießen ..."

„Sie wird sich an einer Kette selbst in Stücke reißen", meinte Amos. „Dann wäre es gnädiger, sie zu erschießen, Sam."

Der Streit war beendet. Das abgehackte Kreischen des Geschöpfes erstarb plötzlich, als Merritt das ledergepolsterte Eisen um ihre Knöchel legte und den Dauerverschluß zuschnappen ließ. Jim hielt sie fest, die Arme von hinten fest um sie gelegt, aber sie kämpfte nicht mehr.

Als Jim sie losließ, setzte sie sich auf den Boden, riß und zerrte an dem Metallring, ergriff dann die Kette mit den Händen und versuchte, sie Merritt zu entreißen, erhob sich dabei. Die großen braunen Augen waren jetzt nur an den Rändern braun, die Nüstern ihrer flachen Nase waren geweitet, und ihr Blick veränderte sich auf einmal, von Panik zur Wildheit vor dem Angriff. Merritt sah ihn kommen, riß hart an der Kette und schleuderte sie zu Boden.

Selbst so erforderte es beide, sie festzuhalten und sie die Halle hinabzutragen zu ihrem neuen Quartier, einem lange unbenutzten Gästezimmer mit einem größeren Fenster; und ihre Wutschreie erfüllten das Haus und mußten bis in den Hof hinaus hörbar sein. Erst als sie erkannte, daß sie sich in einem größeren und helleren Zimmer befand, beruhigte sie sich ein wenig, und sie ließen sie los.

Sie ging zum Fenster, während Merritt das andere Ende der Kette mit Bolzen sicherte – sie so kurz anbrachte, daß das Geschöpf nicht in der Lage war, das Fenster anzufassen. Und jedesmal, wenn sie stehenblieb und die Kette sie festhielt, schüttelte sie kurz den Fuß, setzte sich schließlich trostlos zu Boden und zerrte an der Kette.

„Es tut mir leid", sagte Merritt freundlich, steckte die Werkzeuge in seine Taschen und stand auf. Von der Platte auf dem Tisch nahm er einen Apfel und bot ihn ihr an. Man sagte, daß das Volk menschlichen Import mochte und Früchte aus Obstgärten stahl.

Er näherte sich zu sehr, beugte sich wieder hinab. Die langfingrige Hand packte seine so fest, daß es schmerzte, ihm der Apfel aus den Fingern fiel und zu Boden rollte. Aber dann starrte sie ihn nur mit einem verwundeten Blick an, warnte ihn mit den Augen davor, näher zu kommen.

„In Ordnung", sagte er freundlich. „In Ordnung."

Er stand wieder auf und ging zurück zur Tür, an der Jim stand. Mit dunklen Augen starrte sie sie an – verstohlen streckte sie die Hand nach dem Apfel aus, lange Finger legten sich darum, und sie zog ihn an ihren Bauch.

„Ithn", sagte sie kläglich; es war gesprochen, kein Winseln oder Knurren. *„Ou'ii oi."*

„Ist das Sprechen?" wunderte sich Jim, und Merritt ging wieder auf sie zu, kniete vor ihr nieder und bot ihr seine Hand an, wenn auch in sicherem Abstand.

„Komm her", sagte er. „Komm her!"

„Kirr", wiederholte die hohe Stimme. Merritt drehte die Handfläche nach oben und bot sie offener an. Sie wich zurück, beugte sich dann nervös vor und legte den Apfel in Merritts Reichweite auf den Boden – zog sich dann wieder zurück, die Arme um sich selbst geklammert.

„Ich will ihn nicht zurückhaben", sagte er und rollte ihn wieder zu ihr hin. Sie nahm ihn, wischte den Staub ab und hielt ihn mit beiden Händen, Verwirrung in den Augen.

„He", sagte Jim und beugte sich ebenfalls hinab, um sich auf ihre Höhe zu begeben. „Heda – du verstehst ein wenig, was?"

„Eh", sagte sie, kurz und scharf. *„Eh!"*

„Du", sagte Merritt, und sie wiederholte auch diesen Klang, jedoch in etwas anderem Tonfall.

„Ich glaube, sie versucht zu wiederholen, was wir sagen", meinte Jim. „Aber ich glaube nicht, daß sie selbst reden kann."

Merritt tippte sich mehrmals gegen die Brust, eine uralte Geste. „Sam", sagte er.

„Ssam", antwortete sie; und dann, als ob es irgendeinen Zweifel an ihrem Begriffsvermögen gegeben hätte, berührte sie sich selbst. *„Sazhje."*

„Sazhje", wiederholte er und zeigte auf sie. „Sazhje?"

Sie tippte bestätigend gegen sich selbst. *„Sazhje."* Und dann breitete sie die Hände aus, streckte sich und ruckte an der Kette, breitete die Hände erneut aus. Das erforderte keine Übersetzung. Merritt schüttelte traurig den Kopf, aber das war eine menschliche Geste, und sie schien sie nicht zu begreifen. Sie zerrte heftiger an der Kette und stieß kurze, durchdringende Schreie aus, kämpfte mit einer Konzentration, die Merritt von neuem an ihrer Intelligenz zweifeln ließ. Er sah, daß sie sich weh tat, und streckte instinktiv die Hand aus, um sie aufzuhalten.

Sie biß ihn heftig und ließ nicht wieder los, und in seiner Verzweiflung knuffte er sie seitlich so lange gegen den Kopf, bis sie losließ. In dem Blick, den sie ihm daraufhin zuwarf, gab es kein Anzeichen von

Zivilisation oder Reue. Seine Hand blutete wieder aus neuen Bissen neben den alten. Er wischte sie am Bein ab und stand auf, trat zurück, und Sazhje, die ihn immer noch mit wilder Befriedigung betrachtete, hielt den Apfel an die Lippen und biß hinein.

7

Die Baustelle hatte sich schon sehr verändert, jetzt, wo der Wall über den Grund der Schlucht angefangen hatte emporzuwachsen und die Felswand auf der anderen Seite im Begriff stand, sich beträchtlich zu verkleinern, so daß weitere Sprengungen – diesmal ein wenig weiter vom Rand entfernt – erforderlich sein würden. Das Gestein würde über einen gewundenen Pfad auf der anderen Seite durch die Arbeit von Menschen, Ochsenkarren und Schlitten hinabtransportiert werden müssen. Es war ein zum Verrücktwerden langsamer Vorgang, dieses primitive Abbrechen des Gesteins, während die nachlassende Strömung des Winters sich von ihrem Bett aus in den Holzkanal und von dort in Kaskaden zurück in das ursprüngliche Bett des Stromes ergoß.

„In einigen Tagen werden wir für diese Mannschaften mehr Leute brauchen", sagte Merritt zu Porter, während sie den ersten Mann beobachteten, der auf dem Weg zu seiner Tagesarbeit auf die Hängebrücke zuging. „Wenn wir sie nicht auftreiben, werden wir die Schichten verlängern müssen. Wir machen langsamere Fortschritte, als nötig wäre."

„Es freut mich zu sehen, daß Sie das betrifft."

Merritts Blick war rasch und scharf. Er entdeckte, daß Porters Gesichtsausdruck seinen Erwartungen entsprach.

„Ich meine, was ich sage", betonte Porter. „Seit Sie andere Dinge im Kopf haben ..." Er deutete auf Merritts Hand, die an diesem Morgen einen neuen Verband trug. „Sie macht Ihnen wieder Ärger, eh?"

Merritt starrte ihn nur an, und das war nicht die Reaktion, die Porter sich offensichtlich gewünscht hatte. Der große Mann änderte die Richtung seines Angriffes merklich.

„Was ich sagen will", meinte Porter, „ist, daß Sie hoffentlich nicht so weit gehen, das Wohlergehen dieser Kreatur dem unseren überzuordnen."

„Wie sollte ich?"

„Ich weiß nicht, welche Gründe Sie gefunden haben."

„Vielleicht würden Sie besser in offene Worte fassen, was Sie denken, damit wir beide wissen, wovon Sie sprechen."

„Nun gut, es handelt sich um folgendes: Wir wissen, daß Sie diese Stelle nie gemocht haben. Und, Mr. Merritt, es ist für mich eine Quelle der Verwunderung, warum Sie mit dieser Kreatur weitermachen, bis in die Nacht in jenem Zimmer sitzen, ihr Gesellschaft leisten, über eine Verständigung mit ihr reden. Ich frage mich einfach, über was Sie sich zu verständigen haben, he? Oder was die ganze menschliche Rasse denen zu sagen hat, was das angeht." Er winkte mit der Hand nach Osten, wo das Tal vor lauter Wald dunkel war. „Dieser Damm wird da oben einen großen See erzeugen, und es geht dabei um die Frage: ihre Rasse oder unsere. Ich glaube nicht, daß wir uns über irgend etwas zu verständigen haben, selbst wenn sie genug Hirn dazu hätten, was nicht der Fall ist. Ich hoffe, daß Sie keine Hintergedanken zu dem Projekt haben. Das meine ich. Das ist es, was sich eine Menge Leute fragen."

„Nein, Mr. Porter, ich weiß gut genug, was für uns auf dem Spiel steht. Ich weiß, daß wir keine Wahl haben."

„Und warum machen Sie dann mit ihr weiter?"

„Weil ich neugierig bin. Ist das nicht meine Aufgabe, Mr. Porter?"

„Und die Tatsache, daß sie ein Weibchen ist, hat natürlich nichts damit zu tun."

„Wollen Sie das nicht auch ein wenig deutlicher fassen, Mr. Porter?"

„Wenn sie männlich wäre, würden Sie sie töten? Oder handelt es sich um irregeleitete Gefühle?"

„Nein, daß sie weiblich ist, hat nichts damit zu tun, nichts. Tatsache ist, daß sie wie Sie denken und fühlen kann, wie ein Mensch."

„Nein, Sir, nicht wie ein Mensch, und in dem Punkt machen Sie Ihren Fehler. Es ist, als versuchten Sie, eine Katze in einen Hund zu verwandeln. Vier Füße, Schwanz, alle Teile passen, aber nur falsche Signale. Eines Tages, wenn Sie zu freundlich werden, wird sie an Ihre Kehle gehen, und wir werden um einen Ingenieur ärmer sein. Das nenne ich ein nicht zu rechtfertigendes Risiko."

„Und wenn wir sie freilassen?"

„Ein losgelassener Killer mehr, das ist alles. Sie wissen, was Sie mit ihr machen könnten."

„Ich habe nicht vor, sie mir vom Hals zu schaffen. Sie ist sicher untergebracht, und sie tut niemandem etwas."

„Wir sind nicht sicher, solange sie in diesem Zimmer steckt, das, was noch wichtiger ist, für Menschen geeignet wäre, während ich Männer habe, die in Baracken schlafen. Ich sage Ihnen so offen, wie ich kann, daß mir das nicht gefällt. Mir gefällt nicht, daß sie unter demselben Dach wohnt wie ich, nachts ohne einen Grund losschreit, wie ein wildes Tier knurrt und spuckt ..."

„Wenn sie Ihren Schlaf gestört hat: sie ist jetzt ruhiger."

„Ist das ein Grund zu glauben, daß sie auch sicherer ist? Weiblich oder nicht, was mich betrifft, spielt das keine Rolle. Sie sind alle Killer, alle. Sie wird andere anziehen. Daran zweifle ich nicht. Und wir sind verwundbar, wirklich verwundbar, sind auf das Warenhaus angewiesen, auf die *Celestine*, auf unsere Wachposten hier draußen. Menschen haben schon zuvor versucht, diese Wesen zu bekämpfen, und Vorsichtsmaßnahmen ergriffen und sind trotzdem aufgewacht, als das Haus brannte oder Schlimmeres passiert war."

„Ich bestreite nicht, daß eine Gefahr besteht."

„Warum dann das Risiko eingehen? Was nützt es? Merritt – wenn ich es nicht besser wüßte, würde ich vermuten, daß es sich um mehr handelt als Neugier von Ihrer Seite."

„Sie können Ihre Verdächtigungen für sich behalten, Mr. Porter. Tatsache ist, daß sie meiner Meinung nach dem Menschen zu nahe steht, und ich muß sie nicht töten. Und ich greife nicht auf Mord als beliebige Möglichkeit zurück; und Mord wäre es, sie zu töten."

„Sie ist eine andere Lebensform, nicht menschlich. Mord ist nicht das richtige Wort."

„Aber ich sehe es so."

„Dann ..." Porter deutete wieder zum Oberlauf. „Dieser See wird sehr viele Morde begehen, nicht wahr?"

„Ich kämpfe für meine eigene Rasse, wenn es sein muß, aber nicht, wenn es auch anders geht. Also werde ich wählerisch sein, was meine Greueltaten angeht. Machen Sie sich keine Sorgen um Ihren Damm. Das geht klar. Und schneller, wenn Sie mir mehr Leute besorgen."

Und daraufhin ging er davon und ließ Porter stehen. Seine Nähe war eine zu große Versuchung, und er war zu sehr auf ihn angewiesen. Er verbannte diesen Mann und seine Umgangsformen aus seinen Gedanken und ging hinab zum Rand, wo die Mannschaften ihre Geräte an sich nahmen und noch auf die warteten, die zuerst über die Brücke gehen und die Seile untersuchen mußten. Sie kehrten schließlich zusammen mit den Wachen vom jenseitigen Ufer zurück.

Er winkte den anderen beiläufig zu, aber sobald die Wachen auf dieser Seite angekommen waren und ihn erblickten, bahnten sie sich ihren Weg zwischen den wartenden Männern hindurch und kamen direkt auf ihn zu. Der Rest versammelte sich hinter ihnen, um zuzuhören.

„Wir hatten eine schlimme Nacht", sagte einer der Burns, der zu den Wachen gehörte. „Mr. Merritt, wir hatten zahlreiche Besucher, und wir konnten sie deutlich sehen. Wir haben sie bei den Seilen gesehen und auf sie gefeuert – das hat sie vertrieben, aber ich denke, wir lassen die Arbeit besser ruhen, bis wir die Gegend abgesucht haben. Ich weiß nicht, was sie alles an Menschenfallen einrichten konnten."

Merritt nickte ruhig. „Dann werden wir es auch machen. Ihr habt gute Arbeit geleistet, oder wir hätten heute morgen keine Brücke mehr gehabt. Jetzt werden wir die Wachen auf dem jenseitigen Ufer verdoppeln müssen. Habt ihr heute morgen irgendein Zeichen von ihnen gesehen?"

„Viele Spuren, aber keine Kadaver. Wir dachten aber, wir hätten einen oder zwei getroffen. Kann sein, daß sie die Toten mitgenommen haben oder daß sie in die Schlucht gefallen sind. Von dort könnten wir sie nicht wieder holen."

„Es wird gefährlich da drüben", sagte der andere Mann. „Das Wachehalten macht mir nichts aus, aber ich hätte dabei gerne Hilfe."

Merritt nickte erneut. „Was immer erforderlich ist. Wir haben bisher niemanden verloren, und dabei soll es auch bleiben. Freiwillige, geht hinüber und seht euch um, vorsichtig! Ich komme mit."

„Nein, Sir", sagte der ältere Burns-Vetter. „Nein, Sir, mit Ihnen gehen wir kein Risiko ein. Wir wollen nicht, daß unser einziger Ingenieur in etwas hineinstolpert. Wir kennen das Land. Aber keiner wird heute morgen viel tun, bevor wir uns selbst umgesehen haben."

SAZHJE saß wie üblich auf dem Tisch. Sie hatte die Bequemlichkeit von Möbeln nie eingesehen – obwohl sie ein Feldbett und einen Stuhl hatte, benutzte sie beides nie. Sie zerrte jedoch das Bett zum Tisch und machte ihr Nest darunter, wo sie nachts schlief und zu anderen Zeiten obendrauf saß – nach welcher Logik sie dabei vorging, hatte bisher noch keiner herausgefunden.

Das Abendessen war eine Zeit, die sie vorauszuahnen schien, und jeden Abend, wenn Jim und Merritt ihr Essen brachten, hüpfte sie vom Tisch herunter und schritt aufgeregt vor und zurück, gerade außerhalb

Armreichweite. Seit kurzem wagte sie es sogar, das Essen entgegenzunehmen, schnappte es sich und fuhr zurück.

An diesem Abend griff sie versuchsweise nach dem, was Jim ihr anbot, fuhr zurück und nahm es dann mit einer plötzlichen Bewegung. In ihrer Gegenwart schien sie sich wohler zu fühlen, als ob die Vorsicht selbst ein Ritual geworden wäre. Sie sprang wieder auf den Tisch, hockte sich hin, aß und betrachtete sie, bis sie beinahe fertig war.

„Ssam-Zhim“, sprach sie aus, wie sie es manchmal im Plauderton machte, und bot ihnen einen halbverzehrten Apfel an. Jim riskierte zerbissene Finger, nahm ihn und biß hinein.

„Zhim“, sagte sie, nahm den angebotenen Apfel zurück und biß selbst feierlich wieder hinein. Ihre glatte Stirn furchte sich, als sei sie tief in Gedanken versunken, und unterwegs zu einem weiteren Bissen streckte sie ihnen den Apfel wieder entgegen.

„Ah?“

„Sazhjes Apfel“, sagte Jim.

„Sazhje Ap-pf.“ Sie hatte Schwierigkeiten mit den Silben, aber sie waren verständlich. Sie verfügte über einige Wörter, die verständlich waren für diejenigen, die ihren kleinen Wortschatz kannten. „Sazhje Zhim-Ssam.“ Und was das bedeutete, entzog sich aller Vermutung, aber Sazhje kam vom Tisch herab und lief ein wenig außer Reichweite herum, als wollte sie näher kommen und traute sich nicht ganz.

„Komm!“ sagte Merritt. Dieses Wort kannte sie. Sie wagte sich in Reichweite, streckte die Hand aus, um seine zu berühren, dann Jims, schien dann durch ihre eigene Keckheit sehr erschrocken zu sein und zog sich wieder zurück.

„Komm!“ wiederholte Merritt.

Sazhje zögerte, ging dann zum Tisch, auf dem sie ihr letztes Stück Obst liegengelassen hatte, nahm es, brachte es den beiden Männern und bot es ihnen mit großer Ernsthaftigkeit an.

Als Jim es von ihr entgegennahm, beugte sie sich herab und zerrte an der Kette um ihren Knöchel, sah auf und streckte die geöffneten Hände zu ihnen aus.

„Sie möchte das so gern loswerden“, sagte Jim. „Sam, wem würde das schon schaden?“

„Ihr“, sagte Merritt. „Nein, es bleibt dran.“

Sie sah ziemlich niedergeschlagen aus, als keiner von beiden auf ihre Forderung hin etwas unternahm, ging zu ihrem Tisch zurück und setzte sich wieder darauf. Jim ging zu ihr, obwohl er dabei ein Risiko einging, und klopfte ihr auf die Schulter. Diese Aufmerksamkeit munterte sie tatsächlich auf, und sie drehte den Kopf so, daß ihre Wange seine Hand berührte. Sie schnatterte etwas in ihrer Sprache, wenn es eine Sprache war, und sah traurig aus.

„Du hast eine Freundin gefunden“, meinte Merritt.

„Ich denke auch. Und jetzt sieh zu, wie sie meine Hand wegnimmt.“

Aber Sazhje tat nichts dergleichen. Sie streckte ihren spinnenartigen Arm aus, klopfte Jim auf die Schulter und plapperte etwas Unverständliches. Sie langte an seinen Kopf und berührte das Haar, offensichtlich neugierig, zupfte sehr sanft an den Locken.

„Zhim“, sagte sie, und ein kleines Lächeln zuckte um ihre dünnen Lippen. „Zhim-Ssam.“

Es war das erste Mal überhaupt, daß sie ihr ein Lächeln entlockt hatten.

Jim hob sie unbekümmert von ihrem Tisch herunter, und sie tolerierte es und entschied dann offenbar, daß das in keiner Weise eine feindselige Handlung gewesen war. Sie schlüpfte ein wenig außer Reichweite und betrachtete sie mit einem koketten Halblächeln und leicht abgewandtem Kopf, wurde dann jedoch aus unerklärlichen Gründen wieder scheu und wollte keine Annäherung mehr. Sie zischte sie an und bleckte die Zähne.

„Sie hat genug“, sagte Merritt. „Wir wollen sie nicht drängen.“

Merritt klappte seine Aufzeichnungen wieder zu, ließ sie auf dem Schreibtisch liegen und fing an, sich fürs Bett auszuziehen. Gerade als er seine Stiefel abstreifen wollte, hörte er von unten aus der Halle ein seltsames Geräusch: Sazhjes Wutkreischen, gedämpft, worum sie sich niemals zuvor bemüht hatte.

Er stand auf, lauschte, hörte nichts mehr. Aber die Erinnerung an Versuche bei der Brücke machte ihm Sorgen. Auf diesen Impuls hin ergriff er leise sein Gewehr, öffnete die Tür und schlich die erleuchtete Halle hinab, ohne Alarm zu schlagen. Er verspürte kein Verlangen danach, Sazhjes Unpopularität zu vergrößern, indem er das Haus unnötig weckte.

Die Tür war von außen verriegelt, wie es sein sollte; sie hatten sich nach dem Abendessen darum gekümmert. Er zog den Riegel völlig lautlos zurück und drückte die Klinke, schob die Tür in die Dunkelheit dahinter auf.

Sazhje stand so dicht an dem geschlossenen Fenster, wie es ihr möglich war, ein Schatten zwischen Schatten. Als sie sich umdrehte und ihn erblickte, gab sie ein weiches Zirpen von sich, und ihre Augen spiegelten das Licht wider. Etwas stieß zweimal gegen den schmalen Sims draußen oder gegen das Fenster und wurde wieder still.

Merritt blieb stehen. Er hatte zuviel Respekt vor Sazhjes Schnelligkeit, als daß er es gewagt hätte, selbst ans Fenster zu treten. Er schloß die Tür zu ihr wieder und stürmte auf den Balkon über der Haupthalle, um eine Warnung zu rufen, und Sazhje stieß einen durchdringenden Schrei aus, der ausreichte, jeden Eindringling zu warnen und das schlafende Haus aufzustören, bevor Merritt laut rufen konnte.

Beinahe im selben Moment wurde draußen Alarm geschlagen. Es wurde auf Becken gehämmert, Männer riefen und eilten zu den Waffen. Eine schwere Faust donnerte gegen die Vordertür, und eine menschliche Stimme brüllte; Merritt polterte die Treppe hinab und schob den Riegel zurück. Andere kamen halb angezogen und voll bewaffnet aus allen Teilen des Hauses herbei und sammelten sich hinter ihm.

Andrews war an der Tür, George Andrews, mit einem blutigen Schnitt im Gesicht und außer Atem, eine wilde Gestalt im Licht des Herdes im Haus und der Fackeln, die drinnen und auf dem Hof flackerten.

„Wir haben einen Toten", keuchte Andrews. „Das Volk hat uns erwischt, Sir. Ben Porter ist tot – er versuchte, etwas aufzuhalten, das vom Haus kam. Er und ich hatten Wache. Ich weiß nicht, wie es passierte oder wie es zu Anfang an uns vorbeikam, aber ..."

„Ben ist tot?" Tom Porter schob sich den Weg zur Tür frei und packte Andrews fest am Kragen. „Mein Vetter ist tot?"

„Es tut mir leid", sagte Andrews.

„Wie sieht die Lage jetzt aus?" erkundigte sich Burns von einer anderen Stelle aus. „Sind sie jetzt weg?"

„Ja, Sir", sagte Andrews. „Wir haben nur einen von ihnen gesehen, und den auch nur, als er Ben ansprang. Es tut mir leid, Mr. Porter. Ich habe auf das Ding gefeuert, es aber nicht getroffen. Wir beide haben Wache gestanden, und als wir etwas hörten – es war zu spät. Ich glaube nicht, daß es auch nur vorhatte zu kämpfen. Wir standen ihm nur im Weg."

„Randy", wies Burns einen seiner älteren Neffen an, „geh raus und sieh nach, wie die Dinge auf dem Hof aussehen. Andrews, kommen Sie herein und lassen Sie Hannah sich diesen Schnitt ansehen."

Andrews kam herein, und Merritt, der an der Tür stand, blickte zu Porter, erwartete, daß dieser hinausging, um nach seinem toten Verwandten zu sehen; Porter machte jedoch keine Anstalten dazu. Seine Augen begegneten Merritts in diesem Moment.

„Ich habe Sie davor gewarnt, daß das passieren würde", sagte Porter. Das war berechtigt, und jetzt war nicht der Augenblick, mit diesem Mann zu streiten, nicht wenn einer seiner Verwandten tot war. Merritt wagte nicht zu antworten, nicht einmal, um zu einem unpassenden Zeitpunkt Mitgefühl zu bekunden.

Und Tom Porter drehte sich um und ging in Richtung auf den hinteren Teil der Halle davon.

Dieser Rückzug brachte Merritt aus dem Gleichgewicht, bis ihm einfiel, wohin diese Richtung sonst noch führte. Und dieser zweite Gedanke ließ ihn Porter folgen, der mit dem Gewehr in der Hand die Stufen hinaufrannte.

„Porter!" schrie Merritt ihm nach, zog alle Augen im Raum auf sich und ließ alle Anwesenden in einer Szene des Schreckens erstarren, alle außer Porter. Merritt rannte ihm nach, die Treppe hinauf, wobei er mit jedem Schritt zwei Stufen nahm; und Jim Selby kam wieder zu sich und lief ihm nach. Dann regten sich die anderen.

Porter war oben und rannte die Halle entlang, seine Schritte donnerten auf den Bodenplanken. Er erreichte Sazhjes Zimmer, riß die Tür weit auf und hob das Gewehr.

Sazhje stieß einen durchdringenden Schrei in der Dunkelheit aus, Merritt traf Porter beim Heranstürzen in Hüfthöhe und schlitterte mit ihm auf dem Boden noch einige Längen weiter gegen die Türen am Ende des Korridors.

Das Gewehr entlud sich betäubend in eine Wand, und Holz zersplitterte. Eine der Frauen kreischte, ebenso Sazhje. Es ging alles wie in Zeitlupe, als Merritt das Gewehr packte und versuchte, es Porters Griff zu entziehen. Es ging wieder los, wohin, das konnte Merritt nicht sehen. Sazhjes schnatterndes Kreischen übertönte alle anderen Geräusche.

Endlich gelang es ihm, Porters Arm zu packen und eine Hand frei zu haben. Er schlug seinen Gegner wiederholt, aber immer noch klammerte sich dieser am Gewehr fest.

Inzwischen waren auch andere die Treppe heraufgekommen; Jim Selby war da und versuchte, bei der Bezwingung des großen Mannes zu helfen, ohne ihn dabei zu verletzen, und zusammen schafften sie es, ihm das Gewehr aus der Hand zu reißen.

Merritt ließ Porter daraufhin wieder aufstehen und hielt sich in sicherer Entfernung von ihm. Porters rotes Gesicht schwoll vor Wut und Raserei an, und für einen Moment versteifte sich Merritt in Erwartung eines erneuten Angriffs.

„Das ist Ihre Tat!" schrie Porter ihn an. „Ich habe Sie gewarnt, Merritt, ich habe Sie gewarnt!"

„Sie hat keine Schuld", sagte Jim Selby und ignorierte den Versuch seines Vaters, ihn weg- und zu den anderen zurückzuziehen, die sich an der Treppe drängten. „Sie hatte nichts damit zu tun."

„Solange diese Kreatur im Haus ist, wird keiner von uns ruhig schlafen können. Mein Vetter ist tot. Ben ist tot. Ich warne dich – töte sie!"

„Diese Kreatur", sagte Jim, „ist eine Frau, kein Tier, und Sie halten sich von ihr fern, Mr. Porter. Wenn Sie ihr etwas antun, hüten Sie sich vor mir ..."

„Wenn du dieses Ding als Frau bezeichnest, ist das dein Geschmack, Junge, nicht meiner. Ist das klar? Nun, bis jetzt konntet ihr mit eurem Haustier machen, was ihr wolltet, aber ich werde nicht um ihretwillen weitere Angehörige verlieren."

„Gehen Sie wieder hinunter, Porter!" sagte Merritt. „Gehen Sie mit Ihrem anderen Vetter hinaus; er braucht Sie. Dort können Sie etwas Gutes tun, aber nicht hier."

„Nein", sagte Jim, das junge Gesicht weiß vor Zorn. „Wenn er Ärger mit mir haben will, dann hat er ihn schon."

Porters Blick wanderte an Jims schlanker unhestianischer Gestalt hinauf und hinab und wieder zu seinem Gesicht. „Spar dich auf, bis du älter bist, Junge! Amos, mach etwas mit diesem Bastard, bevor ich es tun muß!"

Mit einem Wutschrei warf sich Jim auf Porter und landete einen guten Hieb, aber Porters Gegenschlag warf ihn rücklings halb über das Balustradengeländer und entriß den anderen damit einen Aufschrei. Porter setzte zu einem Angriff an, aber Merritt riß ihn herum und hielt ihn am Arm.

Porter leistete keinen Widerstand, obwohl er dazu bereit war. Die Augen des großen Mannes zeigten eine dunkle Wut, aber auch Berechnung; zumindest in Größe und Alter war das Verhältnis zwischen ihm und Merritt ausgeglichen.

„Gehen Sie hinunter", sagte Merritt ruhig, als handele es sich um eine Bitte.

Porter ging. Die Leute machten ihm den Weg frei und folgten ihm die Treppe hinab. Meg befand sich unter ihnen; sie verharrte und warf

Merritt einen kalten Blick zu, einen verletzten und beschämten Blick, und folgte dann Porter. Nur Burns, Amos und Jim waren noch bei ihm auf der Balustrade.

„Wie Sie die Sache jetzt auch regeln“, meinte Burns, „jemand wird verletzt sein.“

„Fordern Sie von mir, sie zu beseitigen?“ fragte Merritt.

„Nein, weil ich weiß, daß Sie tun werden, was Sie tun wollen. Aber jetzt, wo wir draußen auf dem Hof einen Toten haben, denke ich, daß Sie es sich besser noch einmal überlegen. Sie denken besser darüber nach, ob das, was Sie tun, die Kosten wert ist, die es von uns fordert.“

Mit gesenktem Kopf ging Burns weg und die Treppe hinunter. Amos packte Jim energisch am Arm und gab ihm einen Stoß auf ihr Zimmer zu, und als Jim zögerte, gab er ihm einen zweiten Stoß. Jim warf einen wütenden Blick zurück, ging dann aber in das Zimmer und knallte die Tür zu.

„Sam“, meinte Amos, „ich habe dir etwas zu sagen, und ich kenne nur einen Weg, es dir zu sagen. Ist es wahr, was Porter sagt? Findest du, daß mein Junge zu sehr an diesem Weibchen hängt? Stimmt das?“

„Nein“, versicherte Merritt.

„Nun, mir gefällt es nicht. Ich will nicht, daß mein Jim etwas mit ihr zu tun hat, und ich mache dich dafür verantwortlich, Sam. Und ich meine, was ich sage. Halte ihn von ihr fern!“

„Jim ist erwachsen, und er hat seinen eigenen Willen. Erwarte nicht von mir, das zu tun, was du nicht tun kannst. Ich kann ihm nicht sagen ...“

„Hör zu!“ zischte Amos ihn an. „Hör zu, und ich erzähle dir etwas! Jim ist nicht mein Sohn, und ich nehme an, daß du es schon vermutet hast, falls es dir noch niemand erzählt hat. Und vielleicht ist es das Blut seines wirklichen Vaters, das ihn so wild macht, ihn dazu treibt, seinen Kopf in den Wolken zu tragen und seine Vorstellungskraft immer an Dingen zu messen, um die er sich besser nicht kümmern sollte. Aber er ist der Sohn meiner Frau, ihre Seele ruhe in Frieden, den sie von einem Fremden hatte, bevor ich sie geheiratet habe, und auf jeden Fall liebe ich ihn, vielleicht mehr, als ich sollte. Ich habe jedoch genug Verstand, um ihn zu kennen, und ich weiß, daß es seine wilde Ader ist, die ihn zu dem Ding da drin hinzieht. Das würde ihn reizen. Also mach mit ihr, was du willst, mein Freund – darüber kann ich hinwegsehen. Du bist ein Außenseiter, und ich kann dir nicht mehr sagen, was richtig und was falsch ist. Aber ich will nicht, daß du meinen Jungen mit der Art und der Moral von Fremden ansteckst. Jim wird auf dieser Welt leben müssen, nachdem du längst wieder auf und davon sein wirst; also setze ihm nicht Dinge in den Kopf, mit denen er nicht leben kann. Erzähle ihm nicht, daß dieses Ding menschlich ist und was für dich richtig und falsch ist, wenn es das dort überhaupt gibt, wo du herkommst."

Merritt starrte ihn nur an, darüber bestürzt, das von Amos zu hören; auch Amos selbst machte einen unbehaglichen Eindruck.

„Du bist ein guter Mann", setzte Amos hinzu, „aber auf dieser Welt gibt es richtig und falsch, und ich erwarte von meinem Jungen, daß er beides unterscheiden kann und sich danach richtet. Und wenn du genug Verstand hast, wirst du es auch machen."

„Was meinst du damit?"

„Mach nicht so ein schuldbewußtes Gesicht, vor allem wenn du nicht schuldig bist. Man sagt dir etwas Häßliches nach, und ich will nicht, daß es auch meinen Jungen berührt."

„Was sagen die Leute, Amos?"

Amos blickte zu Boden und drehte ruckartig den Kopf zur Seite. „Daß es seltsam ist, daß man dich immer weniger mit Meg Burns sieht, seitdem du diese Kreatur hergeschafft hast – ich weiß, daß es nicht stimmt, Sam, aber auf Hestia gibt es ein Sprichwort über Außenseitersitten, und so sieht es aus. Es schadet Meg, es schadet dir, und es schadet meinem Jungen; und je schneller du diese Kreatur los wirst, desto besser."

Merritt schwieg für einen Moment, traute sich nicht, etwas zu sagen, bevor er aufgehört hatte zu zittern. Amos blieb standhaft, mit schmerzlichem, aber unnachgiebigem Gesicht.

„So", sagte Merritt, „aber natürlich glaubst du es nicht."

„Sagen wir so", meinte Amos, „wenn es stimmen würde, wäre es mir egal. Ich habe dich für einen Freund gehalten – trotz dem, wie du bist, nicht weil. Wir sind offene Leute, und das ist so offen, wie man es nur ausdrücken kann. Wenn es bedeutet, daß du dich jetzt gegen mich stellst, na gut, aber du hast nur noch recht wenige Freunde, Sam. Du hörst besser auf deren Rat. Sollte noch mehrmals etwas so schiefgehen, wird es für dich recht ungemütlich werden. Sag mir, ob dieses Wesen das wert ist."

„Ich habe nicht vor, klein beizugeben."

„Dieser starrköpfige Stolz wird eines Tages dein Untergang sein. Ich habe noch nie jemanden gekannt, der in einer so kleinen Sache so stur gewesen wäre."

„Für mich ist das keine kleine Sache, Amos. Ich werde dieses

Projekt auf meine Weise führen. Porter tut mir leid und mehr noch sein Vetter, aber es war nicht das erste Mal, daß Sazhjes Leute über die Mauern gekommen sind. Ich denke nicht, daß es mein Fehler ist; ich glaube es nicht."

„Sag mir, was du vorhast, Sam – nein, laß mich raten. Du bist überzeugt, daß sie menschlich ist; das steht dahinter."

„Was meinst du damit?"

„Wenn es dir gefällt, zu versuchen, gleichzeitig auf ihrer und auf unserer Seite zu stehen – nun, vielleicht bist du eben so. Vielleicht kannst du immer noch dieselben Schlüsse ziehen wie wir, aber die meisten von uns werden deine Einstellung nicht verstehen, und es gibt einige unter den Hergekommenen, die vor allem die Erdenmenschen hassen; du tust dir selbst keinen Gefallen. Bei dem, was du mit dir selbst machst, kann ich dir nicht helfen. Aber ich schwöre dir, Sam, wenn ich die *Celestine* nehmen und meinen Jungen von hier wegbringen muß, um ihn vor dem zu retten, was sie von ihm sagen, werde ich es tun. Wenn die Leute Jim betrachten, wissen sie schon, daß er nicht von mir ist und woher er kommt – und ich dulde nicht, daß du ihn fertigmachst. Er mag seine Träume und wilden Ideen haben, die nicht zu Hestia passen, aber er ist trotzdem ein Stromland-Hestianer, und er wird es immer sein müssen. Kein Sternenschiff wird ihn mitnehmen, wenn er nicht mehr kann als einfache Additionen durchführen und mit seinem Namen unterschreiben. Bring ihn nicht in einen Gegensatz zu seinen Nachbarn. Schneide dir deine eigene Kehle durch, wenn es dir Spaß macht, aber mach es allein, Sam, mach es allein."

„Jetzt verstehe ich dich."

„Aber du änderst deine Einstellung zu dieser Kreatur nicht, was?"

„Nein, zu ihr nicht." Er drehte sich um, ging zurück zu Sazhjes Zimmer und zögerte dort. Sie hatte sich in den Schatten der gegenüberliegenden Ecke zusammengekauert, bedeckte das Gesicht vor ihm und blickte ihn zwischen den Händen hindurch an.

„Ich bin Sam, Sazhje", sagte er in der Vermutung, daß sie ihn in der Dunkelheit vielleicht nicht erkannte, und sie hatte genug Schrecken für eine Nacht durchgemacht.

„Ssam-Ssam", sagte sie, stand auf und durchquerte das Zimmer bis so dicht an die Tür, wie sie gehen konnte. Das Licht der Lampen in der Halle glitzerte auf ihrem tränengestreiften Gesicht. Flehend streckte sie die langen Finger aus, krümmte sie wieder, streckte sie aus. „Ssam."

„Es ist alles in Ordnung“, sagte er ruhig. Das war der Ausdruck, den er immer gebrauchte, wenn sie erschreckt war. Er ging zu ihr, denn er konnte die Tür nicht vor ihr schließen, wenn sie solche Angst hatte. Sie legte die spinnenartigen Arme um ihn und drückte den Kopf an seine Brust.

Sie zitterte, die stahlharten dehnbaren Glieder umarmten ihn fest und freundlich, die flaumige Haut war heiß und schwitzte, wie immer, wenn Sazhje sehr beunruhigt war. Er tätschelte die seidige Kappe ihres Haares und fuhr mit einem Finger hinter die spitzen Tierohren, wo die Haut weich und faltig war wie bei einem Baby, da die Ohren beweglich waren. Und sie bewegten sich, als Sazhje den Kopf hob und ihm ins Gesicht blickte, richteten sich nach hinten und aufwärts in die Lauschhaltung.

„Ssam-Zhim? Zhim?“

„Mit Jim ist alles in Ordnung.“

„Ah“, sagte sie. Es war eine Art Ja. Sie sah erleichtert aus. „Ssam inohrd?“

„Sam in Ordnung“, bestätigte er, und über dieses bißchen Gespräch von ihrer Seite hätte er sich zu einem früheren Zeitpunkt gefreut, jetzt jedoch mußte er nachdenken.

Amos hatte ihm die Wahrheit gesagt; das mußte er glauben, da er ihn kannte.

Und schlimmer, er mußte sich eingestehen, daß auch Porter einige Berechtigung auf seiner Seite hatte. Egal, ob Sazhje schuldlos war; teilweise traf ihn die Schuld, da er versuchte, sie in etwas anderes zu verwandeln, und beharrlich glaubte, daß die Menschen ebenso geändert werden konnten. Es gibt immer einen Zeitpunkt, an dem eine Niederlage eingestanden werden muß. Und wenn ein Auseinanderbrechen des Camps drohte, war es Zeit, den Stolz hinunterzuschlucken und zu versuchen, einen begangenen Fehler ungeschehen zu machen.

Er ging in sein Zimmer zurück und holte Werkzeuge, breitete sie dann vor Sazhje auf dem Boden aus. Seine Handlungen schienen sie zu ängstigen, versetzten sie aber nicht in Panik, und als er sie herbeiwinkte, gehorchte sie.

Ruhig und geduldig begann er am Verschluß des Fußringes zu arbeiten und versuchte dabei, nicht auszurutschen und sie dadurch zu verletzen. Als sie erkannte, was er tat, stieß sie kleine Freudentöne hervor, wie bisher nur das Angebot von Essen sie ihr entlockt hatte. Als sie zu aufgeregt wurde und ihn dadurch behinderte, faßte er hinauf und liebkoste sie seitlich am Kopf. Sie wurde wieder still, bis er sie befreit hatte und das Metall zu Boden fiel.

Sazhje umfaßte den befreiten Knöchel mit den Händen und fing an, ihn eifrig zu reiben. Dann erhob sie sich geschmeidig auf die Füße und drehte sich einige Male vor Freude um sich selbst. Sie stieß einen Triumphschrei hervor, unterdrückte ihn jedoch wieder, als Merritt eine warnende Geste machte.

Daraufhin kam sie auf ihn zu und streckte einen langen Arm nach seinem aus, ihr Gesicht mit den vorspringenden Backenknochen zu einem zähneblitzenden Lächeln verzogen. „Ssam, Ssam", sagte sie, „Sazhje inohrd."

„Das ist fein, Sazhje. Sei jetzt still, sei still! Und komm!"

Das waren Worte, die sie kannte und selbst benutzen konnte, zumindest symbolisch, und als er sie mit zur Tür zog, wurde sie sehr aufgeregt. Als sie auf die Balustrade traten und entdeckten, daß die Halle unten voller Leute war, verwandelte sich die Aufregung in Angst.

„Alles in Ordnung, Sazhje", beruhigte er sie. Er legte einen Arm um sie, während er sie hinabführte, und Sazhje ging vorsichtig auf dieser ihr fremden Konstruktion.

Die Versammlung unten vor der Treppe sah, was da kam, und zog sich zu einem feindseligen Halbkreis zurück. Andrews, Burns, Porter, Meg und Hannah waren da und etwa zwanzig andere.

„Was machen Sie da?" verlangte Porter zu wissen, sobald Merritt und Sazhje unten ankamen.

„Ich tue, was Sie wollen. Ich lasse sie frei."

„Das ist weniger, als ich will", sagte Porter.

„Das ist alles, was Sie bekommen werden", antwortete Merritt, obwohl andere Porter zustimmten.

„Das da wird eines Tages zurückkommen und jemandem die Kehle durchschneiden", sagte Ken Porter, Bens jüngerer Bruder. „Und wir laden sie geradezu ein, wenn wir sie freilassen."

„Sie hat keinem je etwas getan", versetzte Merritt, „und wird es auch nie, solange sie nicht bedroht wird."

„Sie wird zurückkommen", sagte Porter, und manche stimmten ihm zu, ein häßliches Murmeln menschlicher Stimmen, das Sazhje veranlaßte, sich so eng wie möglich an Merritt zu drängen, die Hände fest um seinen Arm geklammert.

Merritt erkannte die Stimmung der Gruppe und die Sazhjes und bahnte sich einen Weg, denn niemand war begierig darauf, in Sazhjes

Nähe zu geraten. Er ging zur Tür hinaus und über den Hof, an Menschengruppen vorbei, die auch nicht freundlicher auf die beiden starrten, und vorbei an Viehpferchen, in denen die Tiere in brüllende Panik gerieten, als sie ihren alten Feind wahrnahmen, und weiter zum Tor. Es war nicht erforderlich, die Wachen um Öffnung zu bitten, nicht für Sazhje.

„Sazhje jetzt in Ordnung", beruhigte er sie.

„Ssam", sagte sie, warf für einen Moment die dünnen Arme um ihn und war dann verschwunden. Ein Schatten huschte durch das Fackellicht nahe der Ecke und glitt einen Augenblick später über die Mauer, ohne dabei den Anschein irgendeiner Anstrengung zu zeigen. Das zeigte ihm, welchen Schutz die Mauern jemals gewährt hatten.

Er fürchtete die Rückkehr in die Halle. Keiner der dort Versammelten war gegangen, außer Meg – sie war nicht mehr da. Er ging an ihren Blicken vorbei durch völliges Schweigen, als ob das, was auch immer sie in seiner Abwesenheit gesagt hatten, mehr gewesen wäre, als sie ihm ins Gesicht sagen wollten. Er ging die Treppe hinauf, verfolgt von ihren Blicken und ihrem Schweigen, und warf die Tür zu seinem Zimmer hinter sich zu.

8

DER Himmel war wieder bewölkt und bildete über dem Wald ein bedrückendes Dach, das bisher noch keinen Niederschlag gebracht hatte. Es gab eine nicht jahreszeitgemäße Feuchtigkeit in der Luft, und der Wind war unbeständig.

Merritt blickte in die Kluft hinab, in der das Wasser mit der gewohnten Geschwindigkeit durch den Kanal strömte und auf den Felsen darunter schäumte.

Regen oder Schneeschmelze in den Bergen hätte diese Flut beträchtlich anschwellen lassen. Stromabwärts waren jetzt Sandbänke zu sehen und zeigten, um wieviel höher der Wasserstand im Herbst gewesen war, und die halb beladenen Flußboote befuhren die Strommitte noch mit größter Vorsicht.

„Wenn die Regenfälle und die Schneeschmelze sich nur verzögern", sagte Merritt zu Frank Burns, während sie von der Kante weggingen, „schaffen wir es vielleicht. Wenn sie nicht zu früh eintreten ..."

„Wir geraten jetzt nicht in Panik", sagte Burns. „Manchmal gibt es mitten im Winter eine kleine Erwärmung und ein wenig Regen; ein falscher Frühling. Aber ich schätze, wir haben noch mindestens einen Monat, vielleicht zwei, und wenn wir selten großes Glück haben, drei."

Merritt warf einen besorgten Blick über die Schulter. „Beten Sie um drei. Oder besorgen Sie mehr Leute für hier oben."

„Sam", sagte Burns, „die Männer, die weder beim erstenmal noch auf den zweiten Ruf kamen, taten dies, weil sie Familien beschützen und Eigentum bewachen müssen. Sie sind jetzt lange genug hier, um zu wissen, was es für eine Frau mit Kindern bedeuten würde, einen Ort zu halten, wenn keine Männer in der Nähe sind, oder was Ihnen auf einem Hof verblieben wäre, den Sie vernagelt hätten, um einen Monat anderswo zu verbringen."

„Wir sind an dem Punkt, an dem wir diese Hilfe benötigen, selbst wenn sie kostet. Wir werden noch die Frauen dazu aufrufen müssen, Steine zu schleppen, wenn es soweit ist. Wir werden diese Woche noch mehr sprengen, und wenn das Wetter es zuläßt, werden wir von Tagesanbruch bis zur Dunkelheit arbeiten und vielleicht noch länger."

„Sie haben selbst zu oft die doppelte Schicht gemacht, seit langem. Man sieht Ihnen die Auswirkungen an, und meine Jungs müssen Sie von den gefährlichen Arbeiten wegjagen. Dadurch gewinnen Sie nichts, wie Sie wissen. Andere Männer können manches von Ihrer Arbeit erledigen. Sie müssen uns nichts beweisen. Ich hoffe, Sie wissen das."

Merritt zuckte die Achseln. „Darüber mache ich mir keine Gedanken, aber es tauchen in beiden Schichten Probleme auf, das ist alles, und sie müssen gelöst werden. Frank, wenn es vorzeitig Frühjahr wird, ist alles vorbei. Das ist die bittere Wahrheit. Am besten warnt jemand diese Familien flußabwärts."

„Ich denke nicht, daß der Winter schon bald zu Ende ist, noch nicht. Die Tiere tragen immer noch Winterfelle, der Strom ist noch niedrig, und es gibt noch keinen Seewind. Die Tatsache, daß es sich hier erwärmt, berührt noch nicht den hochgelegenen Schnee."

„Bauerninstinkt?"

Burns lachte sanft. „Ich weiß, daß Sie unsere Art nicht schätzengelernt haben, Sam, aber wir sind jetzt noch nicht in Schwierigkeiten."

„Aber wir werden sie haben, sobald der erste Regen auf den oberen Strom niedergeht. Dieser Kanal wird keine Flut befördern, und dieser

Deich wird gerade lange genug standhalten, um uns ernsthafte Sorgen zu bereiten."

„Ich habe schon vor geraumer Zeit bekanntgegeben, daß jede Familie, die am Strom lebt, jetzt ihr Leben riskiert. Sie werden Vorsichtsmaßnahmen ergreifen. Wir kennen diesen alten Strom – kein Außenweltler muß Hestianern erklären, wann es gefährlich ist zu bleiben. Das ist nicht beleidigend gemeint."

„Wurde auch nicht so aufgefaßt."

„Sie sind ein Pessimist, Sam. Sind Sie wirklich davon überzeugt, daß er nicht halten wird?"

„Ich bin davon überzeugt, daß er nicht das Beste ist, was ich hätte bauen können, sondern das Schnellste. Vielleicht können wir ihn, wenn er dieses Jahr hält, zum Umleiten benutzen, während wir einen neuen bauen. Das hoffe ich jedenfalls."

„Ich habe von Ihren Plänen für das nächste Stadium gehört", meinte Burns. „Meg hat mir davon erzählt. Also denken Sie ernsthaft ans Bleiben."

„Das tue ich. Ich bin stur. Dies hier ist mein Lebenswerk, vielleicht alles, was ich jemals erreichen werde, dank meiner jugendlichen Dummheit, die mich das Herkommen unterschreiben ließ. Und wenn es ein Jahr lang dauert oder so, um die Sache zu beenden, nun, man könnte mich vielleicht zu noch mehr Dingen überreden. Ich weiß nicht. Nach dem, was es mich kostet, was sonst kann ich noch erwarten? Aber es wird auch Sie etwas kosten, vielleicht mehr, als Ihnen recht ist."

„Man bezahlt Sie bereits großzügig."

„Na ja. Welchen Nutzen hat das hier schon?"

„Von welcher Art Bezahlung sprechen Sie dann?"

„Freie Konzession fürs Bauen, Durchführen von Projekten, Entscheidungsfreiheit."

Burns widmete ihm unter zusammengezogenen Brauen einen Blick, runzelte leicht die Stirn. „Sam, wenn wir alle das hier überleben, können Sie Ihren Preis zu jeder Bedingung nennen. Aber ich frage mich, was Sie hier anzieht."

„Es liegt irgendwo", sagte er mit Bestimmtheit, blockte die Befragung ab, seufzte und blickte erneut zum dunkler werdenden Himmel hinauf. „Die Tagesmannschaft geht jetzt zurück. Sie begleiten sie besser."

„Kommen Sie nicht?"

„Ich muß mich noch um eine Sache kümmern. Gehen Sie nur,

Frank. Ich komme nach. Ich habe meine Pistole, und ich bin den Weg schon hundertmal allein gegangen."

„Nicht in der Dunkelheit."

„Dann werde ich vorher gehen."

Burns zögerte, nickte dann und ging hinüber, um sich zu der Reihe von Menschen zu gesellen, die zur Station zurückkehrten. Merritt folgte seinem Weg zur Brücke und langsam über diesen schwankenden Steg hinweg zur anderen Seite, um einen letzten Blick auf das Sprengungsgebiet zu werfen.

ALS er sich auf den Rückweg machte, war es später, als er geplant hatte. Er ging wieder über die Brücke und am Wachposten vorbei. „Bleiben Sie über Nacht", drängte ihn einer der Männer dort, aber er war müde und lehnte ab und war auch nicht bereit, die Leute im Haus mit der Suchaktion zu stören, die sie sicher nach ihm einleiten würden. Der Himmel hatte ihn betrogen. Es gab plötzlich nur noch wenig Licht, die Wolkendecke verhüllte den Himmel zu einer frühen Nacht, und der zuvor zu warme Wind blies jetzt mit messerscharfer Kälte. Sam ließ den Posten hinter sich und trabte trotz seiner Müdigkeit den sandigen Pfad hinab, fürchtete am meisten den Hohlweg, wo ein wenig Wald zwischen der Baustelle und der Sicherheit des Hauses verblieben war, eine Strecke von zweihundert Metern, die, obwohl die Bäume ein Stück vom Weg entfernt standen, eine unangenehme Enge an sich hatte, wo der Weg sich zwangsläufig bog und man das Gefühl hatte, innerhalb des graugliedrigen Waldes zu allen Seiten eingeschlossen zu sein. Hier, wo seine Schritte durch trockene Blätter raschelten, war es fast dunkel, das Licht ausgesperrt, außer direkt über ihm.

Ein kleiner Gegenstand schlug vor ihm auf dem Weg auf und hüpfte, und der nächste traf ihn an der Brust. Er stolperte zur Seite, riß die Pistole heraus, entsicherte sie mit dem Daumen, schwang sie in die Richtung, in der Zweige knackten.

„Ssam", ertönte eine Stimme in geringer Höhe.

Er blickte hinauf in die Zweige des am nächsten stehenden Baumes. Da war Sazhje.

„Inohrd, Ssam?" fragte sie.

Er erinnerte sich an die Pistole in seiner Hand und steckte sie weg. Sazhje sprang von ihrem Baum herunter und landete auf den Füßen, sah sich um, wie um sich zu vergewissern, daß er wirklich allein war.

„Sazhje in Ordnung?" fragte er und streckte die Hände aus.

Ihr Gesicht entspannte sich zu einem zähnebleckenden Grinsen. Sie kam näher, schnatterte ihm etwas vor und legte die langgliedrigen Hände in seine.

„Ssam komm!“ sagte sie und zog ihn.

„Wohin?“ Und als er sich erinnerte, daß sie diese Frage nicht verstehen konnte: „Sam in Ordnung?“

„Ah“, bestätigte sie und zog wieder an seinen Händen, begierig darauf, den Pfad zu verlassen.

Wachsam ging er mit ihr in den Schatten der Bäume, wo es tatsächlich schon fast Nacht war. Sie wollte ihn noch weiter hineinführen, aber er blieb stehen und weigerte sich. Sie schnatterte verärgert.

„Nein“, sagte er, und sie verstand. Er setzte sich auf einen umgestürzten Baum, und sie setzte sich rittlings neben ihn darauf. Sie zupfte ein paarmal an seinem Arm und machte ein finsteres Gesicht.

„Nein“, wiederholte er.

Sie erhob sich auf ein Knie, schob sich eng an ihn heran, die Hand auf seiner Schulter, tätschelte aufgeregt seinen Arm und versuchte ihm etwas zu sagen. Ihre Enttäuschung war ergreifend.

Schließlich legte sie ihm einen ihrer dünnen Arme um den Nacken, tätschelte mit freundlichen Fingern sein Gesicht, mit Fingern, die sich nicht menschlich anfühlten, die warm waren trotz Sazhjes Nacktheit und des kalten Windes und zu schlank für die Finger einer Frau.

„Ssam“, klagte sie in sein Ohr.

„Was fehlt dir denn?“ fragte er laut und liebkoste ihren seidigen Kopf. Er entlockte ihr damit ein Zirpen der Zufriedenheit, und sie kuschelte sich fast in seinen Schoß und plapperte sinnlos, zufrieden damit, gehätschelt zu werden.

Er blieb lange dort und redete in ähnlicher Weise mit ihr. Das letzte Licht schwand jedoch rasch, und er fürchtete, daß man sich im Haus Sorgen um ihn machte.

Schließlich stand er auf, um sie zu verlassen, und sie war sichtlich aufgebracht, flehte erst und zankte dann, packte seinen Arm mit solcher Kraft, daß er erschrocken zurückwich und versuchte, den Griff ihrer stählernen Finger zu durchbrechen. In ihm erhob sich die Befürchtung, daß er sie verletzen mußte, wenn er wieder freikommen wollte.

Als er zurückwich und die Hand auf die Pistole legte, veränderte sich ihr Gebaren grundlegend. Sie streckte die Hände aus und flehte mit stockender Stimme, aber er brach sich seinen Weg durch den Wald, erreichte wieder den Pfad und rannte in echter Furcht los, fürchtete Verrat. Eine Zeitlang verfolgte ihn ein Blätterrascheln, aber sobald er den Hohlweg hinter sich gelassen hatte und wieder offenes Gelände erreichte, begleitete es ihn nicht mehr.

Den Hügel hinauf rannte er immer noch; Lichter brannten, und die äußeren Tore waren geschlossen, als er die Station erreichte, und lautes Rufen erhob sich, als ihm geöffnet wurde. Er war erleichtert darüber, sich wieder innerhalb der Station zu befinden, mit den massiven Holztoren, die hinter ihm dröhnend ins Schloß fielen, und von menschlichen Gesichtern und menschlichen Stimmen umgeben zu sein.

Als er die Stufen zum Haupthaus hinaufschritt und eintrat, zitterten ihm immer noch die Knie.

„Sam!" sagte Burns sichtlich erleichtert. „Wir standen schon kurz davor, hinauszugehen und nach Ihnen zu suchen."

„Ich weiß, ich weiß. Es tut mir leid." Er behielt seine Stimme unter Kontrolle und schälte sich aus dem Mantel, hängte ihn neben die anderen an den Kleiderhaken.

„Sie sind gerannt", meinte Hannah Burns.

„Etwas. Ich wußte, daß ich spät dran war, und es ist kalt draußen in dieser Gegend."

„Wir haben uns furchtbare Sorgen gemacht. Hier, Meg, besorge etwas heißen Tee für Sam und etwas vom Eintopf, ja?"

Es waren noch andere da, die aßen, und Merritt setzte sich an den Tisch, der dem prasselnden Feuer am nächsten stand. Er nickte Meg dankbar zu, als sie ihm das Abendessen vorsetzte. Andere gingen ringsumher ihren Beschäftigungen nach. Meg setzte sich neben ihn auf die Bank und lehnte sich an den Tisch.

„Sam, du hättest heute abend beinahe erreicht, daß das ganze Haus nach dir sucht."

„Es tut mir leid. Ich sagte schon, daß es mir leid tut."

„Du bleibst immer so lange draußen. Du überforderst dich. Ich hasse es zu sehen, wie müde du bist."

Er entdeckte, daß er einen Löffel voll Eintopf hochgehoben hatte und töricht anstarrte, und senkte ihn wieder in die Schüssel. Statt dessen griff er zur Tasse, trank daraus und richtete dann die Augen auf Meg.

„Hast du heute einmal den Himmel betrachtet?" fragte er. „Deswegen blieb ich so lange."

„Nützt es etwas, wenn du dich umbringst?"

„Laß es gut sein, Meg", sagte er schärfer, als er vorgehabt hatte, und empfand sofort Bedauern. Er faßte hinüber und nahm ihre Hand. „Meg, ich bin müde. Vergiß es."

„Du warst mehr als nur müde, als du durch das Tor gekommen bist."

„Laß es gut sein."

„Ist draußen etwas passiert?"

Er überlegte einen Moment lang und erwog, wie weit er bei Meg mit einer Lüge kommen würde. „Sazhje ist wieder da", sagte er ruhig. „Aber erzähl es nicht weiter."

„Hast du sie gesehen?"

„Ich habe einen Moment lang mit ihr gesprochen – zumindest soweit sie überhaupt reden kann. Ich weiß nicht, was sie wollte – nur, daß ich vielleicht ihrem merkwürdigen kleinen Geist heute in den Sinn gekommen bin und sie deshalb am Abend auf mich gewartet hat."

„Nachdem sie drei Wochen lang weg war?"

„Ich weiß nicht, warum sie gekommen ist und was sie wollte. Wirklich."

Meg lachte kurz und humorlos. „Vielleicht warst du selbst der Grund."

„Meg ..."

Sie lächelte ein wenig. „Es tut mir leid, Sam. Das war schäbig."

„Du weißt die Wahrheit über alles, was jemals mit ihr war. Es tut mir leid, daß dich das jemals berührt hat. Das ist der Hauptgrund, warum ich nicht will, daß du Sazhjes Kommen heute abend erwähnst. Ich will nicht, daß alles wieder losgeht. Ich habe auch ohne das schon genug Scherereien."

„Du brauchst mir das nicht zu erklären. Ich kenne dich zu gut."

„Gut oder schlecht?"

Ihre Hand schloß sich um die seine und drückte sie. „Gut genug, daß du mich nicht anlügen kannst; gut genug, um sicher zu sein, warum du die meisten Dinge machst, und zu wissen, daß dich die Sorgen um die Arbeit da draußen krank machen. Falls du denkst, daß ich deine Probleme vermehren werde, irrst du dich."

Das war ein richtiger Schuß und gut gezielt. Er blickte ihr in die Augen und glaubte ihr. „Vor einiger Zeit habe ich Dinge gesagt", meinte er, „von denen ich mir täglich wünsche, ich hätte sie nicht gesagt. Es tut mir furchtbar leid, Meg. Ich wünschte, du könntest mich damals und heute verstehen – aber es gibt Dinge, die zu hart treffen, um jemals völlig vergessen zu werden."

„Willst du denn, daß ich vergesse?" fragte sie, und es war die schreckliche Art, direkte Fragen zu stellen, die Meg immer an sich hatte und mit der sie den Kern der Dinge traf.

„Mußt du so fragen?"

Sie verzog einen Mundwinkel zu einem Lächeln und zuckte die Achseln. „Nur wenn die Antwort klar ist. Was wahr gewesen ist, ist es immer noch."

„Weniger. Weniger. Meg, manchmal möchte ich die erste Gelegenheit ergreifen, diese elende Welt zu verlassen, und zehn Minuten später bin ich mir wieder nicht sicher. Ich bin mir immer weniger sicher, ob du sie verlassen könntest, wenn du müßtest; aber ich weiß nicht, ob du anderswo glücklich sein würdest."

„Ich weiß, was du denkst", sagte sie.

Er setzte zu der Frage an, worauf sie sich damit bezog, aber ein Stampfen ertönte, die Vordertür ging auf, und da waren Amos Selby und Jim, und sie verursachten reichlich Aufregung.

Meg sprang auf, um sie willkommen zu heißen und ihnen die Umhänge abzunehmen, und Amos kam herbei, um Merritts angebotene Hand zu ergreifen.

„Ich wußte nicht, daß du zurück bist", sagte Merritt. „Oder bist du gerade erst angekommen?"

„Wir sind vor ungefähr drei Stunden zurückgekommen", sagte Amos und stieg über die Bank, um sich zu setzen. Jim nahm an der anderen Seite Platz, und Meg setzte sich neben Amos.

„Wir haben ausgeladen", sagte Jim. „Wir ... danke, Hannah", warf er ein, als Hannah Burns eine Schüssel Eintopf und eine Tasse Tee vor ihn stellte. Eine andere Frau reichte Amos dasselbe. „Wir haben eine Menge Vorräte und ein paar neue Arbeiter gebracht, die meisten noch Kinder. Und Nahrung für die nächsten Wochen sowieso."

„Wie stehen die Dinge flußabwärts?"

„Nicht viel anders als sonst", meinte Amos, „aber in einigen Gebieten ist die Versorgung recht knapp. Die Leute sind bereit, den Mangel zu akzeptieren, um sicherzustellen, daß wir essen. Das wird so sein, solange sie wissen, daß wir da oben an der Arbeit sind und der Damm wächst."

„Du ...", setzte Merritt zu seiner nächsten Frage an.

Aber da begann der Alarm zu ertönen. Schritte polterten zur Tür, sie flog mit einem donnernden Krachen auf, und Ken Porter stand im Durchgang. „Wir haben ein Feuer!" schrie er in die Stille.

Bänke wurden verschoben, und Männer eilten zur Tür, zum Gerätelager und zu Schaufeln, und Frauen riefen nach Umhängen und Eimern. Kinder weinten.

„Paßt auf!" schrie Amos allen zu. „Ihr wißt, wer es gelegt hat!"

Aber niemand hörte zu, und er sah Merritt an.

„Am besten verdoppeln wir die Wachen", meinte Merritt. „Meg, du und die Frauen, ihr schließt die Vordertür hinter uns und paßt auf, wem ihr sie wieder öffnet."

Dann rannte er mit den anderen los, schnappte sich seinen Mantel, in dem die Pistole steckte. Amos und Jim folgten ihm auf dem Fuße.

Es handelte sich um ein Lagerhaus; es brannte rasch, der gesamte Hof wurde durch das Feuer erleuchtet, das auch auf das Dach und zumindest einen Teil eines angrenzenden Gebäudes übergegriffen hatte. Menschen waren dabei, die Vorräte hinauszuschaffen, ignorierten die Einsturzgefahr, denn die Vorräte, die Nahrungsmittel, bedeuteten das Leben.

Merritt schnappte sich einige Männer und schickte sie zu den Wachstationen, um sicherzugehen, daß jeder Punkt besetzt war; und dann packte er eine Schaufel und ließ sie wieder fallen, denn in seiner Erschöpfung fiel ihm das dritte Lagerhaus erst jetzt ein. Der Kampf um das erste Gebäude war verloren, vergeblich versuchten die Menschen, das Feuer mit Kübeln voll Erde zu ersticken, denn auf dem Hügel gab es kein Wasser – das mußte vom Strom heraufgebracht werden. Beißender Rauch und der den Staub verteilende Wind vereitelten alle Bemühungen.

„Laßt es gut sein!" brüllte er im Rennen. „Schafft die Vorräte aus dem anderen raus! Den Sprengstoff – holt ihn raus!"

Benommene Männer ließen ihre Schaufeln fallen und starrten, einige regten sich, andere wischten sich über die Augen und versuchten einfach nur, zu sehen und zu atmen. Es war außerordentlich schwer, durch das Brüllen von Feuer und Wind hindurch etwas zu hören. Merritt schrie ihnen wieder etwas zu und ging schließlich von einem zum anderen, stieß und schob sie in Aktion. Dann ging er zur Tür des dritten Lagerhauses, blind durch die Dunkelheit und den Rauch, versuchte, die Kisten mit den Kapseln auszumachen und den Sprengstoff – versuchte, sich daran zu erinnern, wie viele es insgesamt waren. Fünfzehn – dachte er –, zwei bereits auf der Baustelle und der Rest, der größte Teil, in diesem Lagerhaus. Hitze, tödliche Hitze ließ die Luft erzittern.

Er entdeckte die Kisten, wuchtete zwei von ihnen hoch und ging auf die Tür zu.

„Sam!" brüllte Burns' gewaltige Stimme aus der Dunkelheit. „Haben Sie sie gefunden?"

„Helfen Sie mir!" rief Merritt zurück und taumelte unter seiner Last. Er sah auf, als sich zwischen den Dachschindeln Feuerschein zeigte, und fluchte atemlos. „Es brennt", keuchte er, als er sich an Burns vorbei zur Tür kämpfte.

Dort standen Männer bereit, nahmen ihm seine Last ab und brachten sie behutsam aus dem Bereich des Feuers.

„Kümmert euch nicht darum!" sagte Merritt über die Vorräte, die sie retteten. „Geht da rein und helft uns, bevor der ganze Schuppen explodiert!"

Burns kam wieder herausgestolpert und gab seine Last an wartende Hände weiter. Wenig genug waren willens, in den überheißen Schuppen zu gehen. Die Zeit reichte auch nicht mehr, sie zu drängen.

Noch zweimal machten er und Burns jeder den Weg nach innen und wieder zur Tür hinaus, und dann kamen Funkenschauer vom Dach, und Feuer regnete in trübem Rauch herab. Sie bahnten sich ihren Weg zurück und durch das Gewirr von Kisten und Säcken, schwitzten und keuchten unter ihrer hitzeempfindlichen Last.

Ein letztes Mal reichte Merritt Sprengstoff an einen der wartenden Männer weiter und taumelte hinaus ins Freie und in die klare Luft, hustete und wischte sich über die Augen. Dann spürte er einen Windstoß und Druck und ein Geräusch, zu tief, um gehört werden zu können.

Er lag auf etwas Hartem und auf dem Gesicht, war nackt bis zur Taille und verspürte einen Schmerz im oberen Rücken, der durch seine Knochen und das Rückgrat zu laufen schien. Er bemühte sich verzweifelt, die Hände zu bewegen, aber jemand stützte sich auf seinen Rücken und hielt ihn am Boden fest.

Der Schmerz wurde schlimmer, und er verlor kurz wieder die Besinnung.

Als die Betäubung aus seinen Sinnen wich, lag er immer noch auf dem Gesicht – er erkannte den Hauptraum des Hauses und Jim Selby, der neben ihm kniete und die Hand freundlich auf seiner Stirn ruhen ließ.

„Sam?" fragte er immer wieder.

„Er ist explodiert", sagte Merritt dumpf und versuchte erneut, sich zu bewegen. „Er ist explodiert, Frank ... er ist explodiert ..."

Jims stetiger harter Griff um seinen Arm zog ihn wieder in die

Gegenwart zurück. „Mr. Burns war drin, und auch fünf andere hat es erwischt. Wir wissen nicht, was passiert ist. Niemand weiß, warum er wieder hineingegangen ist; man hat ihn den Eingang räumen sehen, dann ging er wieder hinein."

„Es waren noch einige Kisten drin", erinnerte sich Merritt. „Wir waren uns nicht sicher, was ... wir ... Meg. Wo ist Meg?"

„Bei ihrer Mutter. Sachte, Sam! Du hast einen großen Holzsplitter in den Rücken bekommen und einen Schlag auf den Kopf, wie es sich anfühlt. Bleib liegen!"

„Wer sonst, wer sonst, Jim?"

„Frank Burns: im Schuppen, als er explodierte. George Remington; Len Andrews; wir wissen noch nicht, was mit Ted Miller und den Hansfordbrüdern passiert ist; wir denken, daß sie auch da drin sind. Und wir haben einige Verletzungen, kleinere – wir hatten Angst, daß du uns unter den Händen sterben würdest. Bleib ruhig!"

„Welche Vorräte verloren?"

„Eine Menge."

Ein Knie gelangte in Merritts Blickfeld. Er drehte qualvoll den Kopf und erblickte Amos Selby.

„Ich bin in Ordnung", krächzte er. „Amos ..."

„Wir haben das Feuer gelöscht", sagte Amos. „Es hat uns viel gekostet. Wir sind dabei, die verbliebenen Vorräte ins Haus zu schaffen, abgesehen vom Sprengstoff. Wenn sie an unsere Nahrung wollen, müssen sie erst uns bekommen."

„Das könnten sie nächstes Mal." Merritt versuchte aufzustehen. Jim und Amos hinderten ihn nachdrücklich daran.

„Es gibt für dich nichts zu tun", sagte Jim.

„Wie nimmt Meg es auf? Und Hannah?"

„Sie schaffen es, sie schaffen es, Sam. Lieg still!"

„Warum ist er wieder hineingegangen?"

„Ich weiß nicht. Niemand konnte etwas darin erkennen."

„Vielleicht dachte er, ich hätte es nicht geschafft. Vielleicht ..."

„Bleib ruhig! Es gibt nichts auf der Welt, das du jetzt für jemanden tun könntest. Bleib einfach ruhig, bis wir genug Zeit haben, dich hinaufzubringen."

„Ich kann gehen."

„Das wirst du nicht tun!"

„Die Zeit reicht nicht ..."

„Die Zeit reicht nicht, um dich zu ersetzen. Bleib liegen und hör zu! Wir können stromabwärts neue Vorräte bekommen. Wir haben das schon geplant. Es wird einige Zeit dauern; es wird den Leuten Opfer abverlangen. Aber dies ist nicht unser Ende. Nicht diesmal."

„Force – sollte hinausgehen und sich um die Männer draußen bei der Brücke kümmern. Wenn ..."

„Wir werden uns darum kümmern, Sam. Wir werden dafür Sorge tragen."

Der untere Raum zeigte immer noch die Spuren der vorangegangenen Nacht, die verrückten Tische und Bänke, die Stapel von Waren, den Rauchgestank. Regelmäßig wie das Leben selbst war Meg Burns, die versuchte, die Dinge in Ordnung zu bringen, die schweren Tische herumschob und Lattenkisten rückte.

Merritt kam die Treppe herunter bis zu der Stelle, von wo an die Stufen verzogen waren, bevor sie ihn hörte und aufblickte, und sie wischte sich die Hände an ihrem Coverall ab und eilte auf ihn zu.

„Es geht mir gut", sagte er und setzte seinen Weg nach unten fort, hielt sich dabei am Geländer fest, um im Gleichgewicht zu bleiben. Sie wartete angespannt, bis er den Boden erreicht hatte, und führte ihn dann zu einer Bank am nächst stehenden Tisch.

„Du solltest noch nicht wieder auf den Beinen sein."

„Wo sind die anderen?"

„Mutter ruht sich aus. Die übrigen sind auf dem Hof und versuchen aufzuräumen und eine Bestandsaufnahme des Schadens zu machen. Wir ..." Ihre Stimme schwankte. „Die Begräbnisandacht war heute morgen."

„Meg, wenn ich nur ..."

„Komm mir nicht mit ‚wenn ich nur'." Sie sank ihm gegenüber auf eine Bank, stützte einen Augenblick lang den Kopf in die Hände, hob dann den tränenverschleierten Blick zu seinem. „Du bist mit ihm da drin gewesen. Du hast es versucht."

„Andere auch, Meg. Und sie sind tot. Sie haben nur ..." Es gab nichts zu sagen, nichts, das die Sache vernünftig erscheinen lassen würde, nicht einmal ihm. Er schüttelte den Kopf und starrte sie hilflos an. „Ich weiß nicht, warum ich am Leben bin. Ich wußte nicht, daß er nicht hinter mir war, ich wußte es nicht, Meg."

Sie nahm seine Hand und legte die Finger darum, als ob er es wäre, der Trost benötigte. „Es gab für dich keine Möglichkeit, mehr zu tun", sagte sie. „Geh wieder hinauf! Geh wieder ins Bett, Sam! Es ist nicht nötig, daß du hier unten bist."

Er schüttelte den Kopf. „Es wäre besser, wenn ich herausfinde, was getan werden muß."

„Überlaß das Amos und Mr. Porter. Sie kommen im Moment gut zurecht. Amos wird in etwa einer Stunde abfahren, um weitere Vorräte zu besorgen. Er wird sie mit Bitten oder Drohen flußaufwärts schaffen. Es wird gut werden, Sam."

„Was ist mit den Männern auf der Baustelle? Ist ihnen etwas passiert?"

„Nein." Sie betrachtete ihn einen Augenblick lang, überlegte und sprach es schließlich aus. „Sie hat versucht, dir etwas zu sagen, nicht wahr? Sie wußte, was passieren würde."

Merritt nickte langsam. „Ich nehme an", sagte er, „daß sie das versucht hat. Aber ich habe sie nicht verstanden."

9

Merritt pausierte einen Moment, um Luft zu schnappen, und setzte dann in Sichtweite des Dammgebietes seinen Weg bergauf fort. Andrews sah ihn als erster und eilte ihm den Hang hinab entgegen, bot ihm seine helfende Hand an. Merritt wehrte sie ab und ging neben ihm her zu seinem üblichen Aussichtspunkt.

„Das war nicht nötig, Sir."

„Du weißt, daß es das doch war", sagte Merritt kurz und setzte sich auf einen Holzklotz, der schon lange vorher zu diesem Zweck heraufgeschafft worden war. Von dieser Stelle aus konnte er einen Großteil der Schlucht überblicken und besonders die gegenüberliegende Wand. Der größte Teil der Felsen am oberen Abhang dahinter hätte nicht mehr dort sein sollen, war es aber doch noch.

„Einige Männer versuchen herauszufinden, was dort schiefgegangen ist", sagte Andrews.

„Ganz sicher ist nicht geschehen, was hätte geschehen sollen", sagte Merritt.

„Vielleicht", sagte eine Stimme hinter ihm, „hat es etwas mit den Instruktionen zu tun, die uns gegeben wurden."

Merritt mußte sich nicht umdrehen, um zu wissen, daß es Tom Porter war. Die Stimme war unverkennbar. Er drehte sich langsam und vorsichtig um und betrachtete ihn.

„Das ist eine Möglichkeit unter anderen", meinte Merritt. „Ich nehme an, daß es eine sehr gute ist."

Porter hatte in Gegenwart eines Zeugen einen Streit anfangen wollen. Jetzt verschränkte er die Arme und blickte auf Merritt hinab.

„Dann denken Sie, daß Sie hier draußen etwas tun können, das Sie vom Haus aus nicht tun konnten? Oder haben Sie gerade irgendwelche guten Ideen?"

Merritt raffte sich langsam auf und sah Andrews an. „Geh und informiere dich über eventuelle Neuigkeiten vom jenseitigen Ufer", sagte er, und weise machte sich George Andrews eilig davon.

Merritt wandte sich mit eisiger Ruhe um und blickte Porter in die Augen. „Porter, ich bin gerade jetzt nicht in der Stimmung, mit Ihnen oder sonst jemandem zu streiten. Wenn Sie Ihren Willen durchsetzen wollen, werde ich einfach zurück ins Haus gehen und Sie Ihre Probleme selbst lösen lassen. Aber andernfalls gehen Sie mir besser aus dem Weg."

„Wir haben bereits eine Woche vergeudet, und es sieht danach aus, als ob wir noch mehr Zeit verlieren werden. Ich habe nicht darauf bestanden, daß Sie hier herauskommen, weil ich gut genug wußte, daß Sie nicht konnten, aber wo Sie jetzt hier sind ..."

„Porter", sagte Merritt mit soviel Ruhe, wie er aufbringen konnte, „Sie haben auf überhaupt nichts zu bestehen, was mich betrifft. Wenn Sie denken, dieses Projekt zu Ende führen zu können, versuchen Sie es nur."

„In Ordnung, schlecht gewählte Worte. Aber Sie waren eine Woche nicht da, und nichts, das Sie mir hinterlassen haben, hat funktioniert. Die Sprengung klappte nicht wie geplant. Reynolds rutschte den Hang hinab und fiel beinahe über die Kante; er kann von Glück sagen, daß er mit einem gebrochenen Bein davongekommen ist. Letzte Nacht wurden auf der gegenüberliegenden Seite zwei unserer Ochsen erschlagen, und wir können vor Ablauf einer Woche nicht damit rechnen, Ersatz zu bekommen. So, wie Sie diese Erweiterung der Straße auf den Deich zu haben möchten, klappt es nicht. Die Decke brach ein, und ein Mann wurde verletzt. Ich habe Sie bis jetzt nicht mit solchen Details belästigt. Soll ich die Liste fortsetzen?"

Merritt holte tief Atem und wischte sich den kalten Schweiß aus dem Gesicht. Er war nicht in gesprächiger Stimmung, wandte sich von Porter ab und trat an den Rand der Schlucht.

„Ihre Antwort?" bohrte Porter.

Merritt schüttelte langsam den Kopf. „Ich kenne sie nicht. Sieht so aus, als hätte ich mich geirrt. Oder ... ich weiß nicht. Wäre ich hiergewesen, hätte ich eine letzte Untersuchung vorgenommen. Vielleicht hat jemand meine Karten nicht begriffen. Am besten gehe ich hinüber und seh mir die Sache an."

„Ich habe eine Menge Leute, die sinnlos herumstehen, während Sie nachdenken."

„Das ist nicht erforderlich. Beschäftigen Sie sie mit Holzschlagen. Brauchen sie dafür Instruktionen? Und was das andere angeht, so weiß ich es noch nicht. Ich weiß es nicht. Am besten stochern nicht zu viele herum, bis wir Bescheid wissen. Möglicherweise ist eine Ladung nicht hochgegangen. Eine Menge Dinge sind möglich. Ich werde Ihnen Antworten geben, nachdem ich die Möglichkeit hatte, mich umzusehen. Lassen Sie mich einfach in Ruhe."

MEG stand in der Tür, als die Kolonne abends zurückkam, zweifellos durch das Knarren des äußeren Tores informiert. Das Abendessen erwartete sie wie üblich, Hannah Burns war da und hieß alle mit einer warmen Mahlzeit willkommen, wobei die anderen Frauen und Kinder des Haushaltes unter ihrer Leitung agierten.

Merritt setzte sich sehr vorsichtig zu Tisch. Der Rückweg hatte sich beinahe als zuviel für ihn erwiesen. Er stützte sein Gewicht auf die Ellbogen, setzte sich und widmete Meg ein müdes Lächeln.

„Wie war es?" fragte sie und machte eine Pause beim Bedienen. „Wir haben uns furchtbare Sorgen gemacht, als wir eine zweite Sprengung hochgehen hörten."

„Das war geplant. Es lief so, wie es sollte."

„Du siehst schrecklich aus."

„Mit mir ist alles in Ordnung."

„Sicherlich gehst du morgen nicht wieder hinaus."

„Das werde ich schon müssen. Außerdem ist es den größten Teil des Tages nicht so schlimm. Das Gehen ist das Problem."

Das Abendessen bestand wieder aus Eintopf, wie so oft, da eine große Zahl von Menschen zu ungewissen Zeiten essen mußten. Merritt betrachtete, was Meg ihm in den Napf tat, rührte es um, schluckte ein paar Löffel voll hinunter, so gut er konnte, entschuldigte sich dann, um nach oben zu gehen.

Einer von den Burns-Burschen bot ihm seine Hilfe an, aber er winkte ab, ging langsam die Treppe hinauf, erreichte die Sicherheit seines Zimmers und schloß die Tür hinter sich. Nur zu gern hätte er sich in Kleidern hingelegt, zwang sich aber dazu, sich trotzdem auszuziehen, öffnete den Wasserhahn, wusch sich und ließ sich dann behutsam auf das Bett sinken.

Der Schmerz in seinem Rücken war zwischen den Schultern konzentriert, wo sich eine kaum verheilte Wunde von der Länge einer

Hand befand. Es wäre nichts gewesen, hätten die medizinischen Einrichtungen eines Sternenschiffes zur Verfügung gestanden, aber in Anbetracht der medizinischen Praxis auf Hestia war es ernst genug. Mehr als einmal hatte er seit seiner Verwundung voller Sehnsucht an die *Adam Jones* gedacht. Ein Aufenthalt auf Hestia war selbst unter besten Umständen eine Geduldsprobe. Verwundet zu sein und von der hestianischen Medizin abhängig, gezwungen zu sein, sich mit von Läufern überbrachten Nachrichten zu begnügen, stundenlang auf dieser zu nachgiebigen Matratze zu liegen – das war eine ganz andere Sache.

Er schlief endlich ein. Er wußte nicht, wie lange er geschlafen hatte, aber das letzte Stück des Dochtes hatte in der Lampe gebrannt, und das Zimmer war jetzt dunkel. Er erkannte, daß ihn das Brüllen von Rindern geweckt hatte, diesmal nicht so rasch wie sonst; im unteren Stockwerk gingen noch Leute umher.

Etwas kratzte beharrlich am Fenster. Er erhob sich mit heftig klopfendem Herzen in der Dunkelheit, nahm die Pistole vom Tisch, schlich zum Fenster und lauschte, wobei er kaum zu atmen wagte. Als das Geräusch sich nicht wiederholte, klopfte er mit dem Pistolenlauf ans Fenster.

„Ssam“, kam ein Zischen von draußen.

Er entriegelte die inneren Läden mit der linken Hand, beeilte sich aus Furcht, die Wachen könnten sie entdecken und auf sie schießen. Als er die Läden nach innen schwang, erblickte er Sazhjes ängstliches Gesicht hinter dem trüben Glas, blaß in der Dunkelheit und dem Mondlicht.

Er fluchte unterdrückt und öffnete das Fenster, so daß sie hereinschlüpfen konnte. Sie tat es, blickte sich ängstlich um in der Dunkelheit, um sicherzugehen, daß sie allein waren, tätschelte dann erleichtert seine Arme und schnatterte los. Er hielt die Pistole an seiner Seite außerhalb von Sazhjes Blickfeld und starrte besorgt auf das offene Fenster, das kalten Wind hereinließ.

„Ssam“, sagte sie.

„Du freust dich, mich zu sehen, was?“ Er faßte sie am Arm und zog sie vom Fenster weg. „Du bleibst – bleib da, Sazhje.“

Er zog sich einen Morgenmantel an und steckte die Pistole in die Tasche, band sich den Gürtel zu und betrachtete dann Sazhje, die, seinen Rat mißachtend, auf dem Fußende des Bettes im Mondlicht hockte. Draußen hatte der Aufruhr den Hof erreicht, und wütende Menschen hielten nach den Eindringlingen Ausschau.

„Hörst du das, Sazhje?" Er deutete auf das Fenster. „Sie suchen dich, Sazhje."

Seltsamerweise schien sie etwas davon zu verstehen. Sie blickte zum Fenster und legte sich dann ihre langgliedrige Hand auf die Brust. „Sazhje inohrd. Inohrd."

„Ich freue mich, daß du dich für in Ordnung hältst. Sie werden dich erschießen, verstehst du das nicht? Warum bist du zurückgekommen?"

Sie machte ein finsteres Gesicht und runzelte die flache Nase. „Ah?" fragte sie, und dann, als habe sie beschlossen, daß keine seiner möglichen Antworten von Bedeutung wäre, ging sie zum Fenster und sah hinaus.

„Nein", sagte er scharf und zog sie zurück. Die Bewegung erschreckte sie. Ihre Ohren legten sich nach hinten, die Augen weiteten sich, aber nicht zum Ausdruck des Angriffs. Es war ganz offensichtlich Angst.

Schritte donnerten die Treppe herauf. Es blieb nicht einmal mehr genug Zeit, zu überlegen, was zu tun war, bis jemand gegen die Tür hämmerte.

„Merritt!" brüllte Porter und warf ohne weitere Warnung die Tür auf.

Mit einem Angstschrei krümmte Sazhje ihren biegsamen Körper zusammen und flog geradezu zum offenen Fenster hinaus, während Merritt in Porters Schußlinie trat. Porter kam näher, als hielte er Merritts Verhalten für zufällig, wollte hinter dem Eindringling herschießen, und sein feistes Gesicht verzerrte sich vor Wut, als Merritt ihm den Weg verstellte.

„Haben Sie das hereingelassen?" fragte Porter ungläubig. Merritt bemerkte, wie andere sich in das Zimmer und draußen auf dem Balkon drängten, erkannte Meg, Andrews und ein Dutzend weitere.

„Es war Sazhje", sagte er. „Ich glaube nicht, daß sie etwas Schlechtes vorhatte."

„Jetzt hören Sie mir einmal zu!" sagte Porter. „Ich bin hier heraufgerannt, weil ich dachte, sie hätten sich Zugang erzwungen; wir haben von draußen das Fenster offenstehen sehen. Ich konnte mir nicht vorstellen, daß jemand so dumm ist. Was, wenn andere ihr gefolgt wären? Was, wenn sie ins Haus gelangt wären? Sie hätten uns alle die Kehle durchschneiden können. Und wer weiß, ob Sazhje nicht dabei war, als das Warenhaus abbrannte?"

„Sie war nicht dabei."

„Können Sie das wissen?"

Merritt hatte sie dicht bei sich gespürt, noch bevor er die Zurückweisung geäußert hatte. Er sah Meg an – sie sagte nichts. Irgendwo draußen krachte ein Gewehrschuß.

Merritt trat ans Fenster und blickte hinaus. Er konnte nichts erkennen.

„Sorgen um sie?" fragte Porter spöttisch. „Sie hätten ein wenig dieser Betroffenheit für uns zeigen können, bei dem, was Sie getan haben."

Merritt sah sich wieder um. „Ich will nicht mit Ihnen streiten", sagte er. Es schien kaum der richtige Augenblick dafür zu sein. Selbst Andrews betrachtete ihn mit Abscheu, war aber loyal genug, die Leute wieder hinaus- und zu ihren Zimmern zu schicken. Auch Porter ging, und dann war nur noch Meg da.

„Willst du das Fenster nicht wieder schließen?" fragte sie ihn mit dünner, harter Stimme.

Er drehte sich um und tat es, und als er sich erneut umwandte, stand sie immer noch da. „Sie ist ans Fenster gekommen", sagte er. „Ich habe gewußt, wer es war. Ich habe sie hereingelassen, weil ich Angst hatte, daß jemand auf sie schießen könnte."

„Wenn ich sie noch einmal sehe", meinte Meg, „werde ich sie erschießen."

Ihre Haltung brachte ihn völlig aus dem Gleichgewicht. „Ich wußte, daß du aufgebracht sein würdest", sagte er, „aber wenn das die Art ist, wie du fühlst, hättest du Porter etwas über Sazhjes vorheriges Kommen sagen können."

„Ich will dir nicht in den Rücken fallen. Aber du denkst besser daran, Sam: wenn du dich nicht dazu entschließen kannst, dieses Ding, das du hergeschafft hast, loszuwerden ..."

„Sie tut niemandem etwas."

„Dann glaube, was du glauben willst, aber ich fange an zu begreifen, daß du recht damit hattest, wie verschieden wir beide sind. Wenn du dir nicht darüber klarwerden kannst, welcher Rasse du den Vorzug gibst, ich jedenfalls kann es. Ich nehme an, daß es dir nicht viel bedeutet, aber durch dich bin ich schon zuvor verletzt worden, und ich denke, daß ich jetzt kuriert bin. Mein Vater ist tot, dank denen; und nach allem, was ich weiß, war es deine Sazhje, die sie über die Mauer geführt hat. Und wenn du für unsere Gefühle oder selbst unsere Sicherheit nicht mehr Respekt hast, als so was zu tun ... Ich hoffe, daß sie sie erwischt haben, Sam, ich hoffe es!"

„Du kannst mir glauben: Ich werde nicht aufhören, bevor ich nicht herausgefunden habe, was ich suche."

„Wie oft hast du sie gesehen, Sam?"

„Ich wüßte nicht, was das für eine Rolle spielt. Oder worauf willst du hinaus?"

„Wenn ich nur wüßte, worauf du hinauswillst, wäre ich zufrieden. Warum sorgst du dich nur um dieses Ding? Warum ist es so wichtig angesichts all dessen, was sonst passiert ist? Warum kannst du sie nicht töten?"

„Ist es wirklich das, was du willst?"

„Ist es so unmöglich?"

„Sie kann fühlen, Meg!"

„Hast du schon einmal daran gedacht, daß ich es auch kann?" erwiderte sie und schlug die Tür hinter sich zu, als sie ging.

Im Wald war es kalt zu dieser Zeit, da die Sonne gerade aufging, bevor im Haus viele Leute auch nur aufgestanden waren. Merritt schritt vorsichtig über die feuchten Blätter, sich dessen bewußt, wieviel Geräusch selbst das in dieser Stille machte, eine Ruhe, die nicht einmal vom Wind gestört wurde.

Er hatte gehofft, daß Sazhje auf ihn warten würde, wo sie es schon einmal getan hatte, und daß er nicht den ganzen Wald auf sich aufmerksam machen mußte.

Aber sie war nicht da, und er rang sich den Ton ab und rief laut ihren Namen.

Die einzige Antwort, die er erhielt, war ein leichtes Huschen in den Blättern, ein Huschen von etwas so Kleinem, daß man es nicht sehen konnte, wie es im Dickicht davonhüpfte.

„Sazhje!" rief er wieder.

Er verließ den Pfad und ging in die Richtung, in die sie ihn in jener Nacht des Feuers zu ziehen versucht hatte, und rief immer wieder ihren Namen, bis er dachte, daß es wohl nichts mehr im Wald gab, das nichts von seiner Anwesenheit wußte.

Etwas ziemlich Großes kam ihm entgegen. Er zog die Pistole und wartete, während das Rascheln von Blättern und Dickicht näher kam.

„Sazhje?" wandte er sich an das Unbekannte jenseits der Bäume.

Da war sie, näher, als er gedacht hatte. Sie umrundete einen Baumstamm und blieb dort stehen, hielt sich nervös daran fest.

„Inohrd?" fragte sie ihn. „Sazhje inohrd?"

„Sazhje in Ordnung. Komm her!"

Sie war verletzt. Er erkannte es, als sie ganz aus dem Dickicht herauskam.

Eine flache Wunde zog sich über ihren Oberschenkel, nichts Ernsthaftes, aber sicherlich schmerzhaft. Immer noch zeigte ihr Verhalten keine Feindseligkeit. Er steckte die Pistole weg, und Sazhje kam zu ihm und ergriff seine ausgestreckten Hände, ließ ihn sie zu einer Stelle bringen, wo sie sich auf einen alten umgestürzten Baumstamm setzen konnten.

Er hatte vorgehabt, die Wunde zu untersuchen und festzustellen, was er für sie tun konnte, aber als er es versuchte, zuckten ihre Ohren nach hinten, und sie schlug nach ihm, aber nicht, um zu verletzen, berührte ihn nicht einmal.

„Nein, Ssam."

„Ist Sazhje in Ordnung?"

„Ah", bestätigte sie und legte ihm eine Hand auf die Schulter, lächelte mit zähnebleckender Fröhlichkeit. „Ssam – komm Sazhje!"

„Du hast ein gutes Gedächtnis, nicht wahr?" Er war überrascht darüber, daß sie die Wörter, die man ihr so mühsam beigebracht hatte, behielt.

Aber dann streckte sie die Hand zu dem Frühstücksbeutel aus, den er bei sich hatte, daran nicht weniger interessiert als an seiner Anwesenheit, wie er dachte. Wahrscheinlich war sie noch nicht zum Jagen gekommen oder mit was sie ihren Unterhalt bestritt. Er fragte sich, wo die anderen ihrer Rasse waren, ob sie ihr helfen würden oder ob ihre Neigung zu Menschen sie irgendwie zu einer Ausgestoßenen gemacht hatte.

„Was will Sazhje?"

„Ap-pf", sagte sie und zerrte bittend an dem Beutel.

Er wickelte alles aus und reichte es ihr. Er hatte vor allem an ihre Leidenschaft für Äpfel gedacht und ihr einen mitgebracht. Sazhje biß mit einem Ausdruck der Ekstase hinein, aber bevor er gänzlich verschwunden war, erinnerte sie sich an ihre sozialen Anstandsformen und hielt ihm das Überbleibsel hin.

„Sazhjes Apfel", sagte er. Sie lächelte ihn an und beendete den Rest mit zwei Bissen.

Bevor sie mit der Mahlzeit fertig war, hatte sie das Fleisch zwischen den Sandwichhälften herausgenommen, eine kalte Kartoffel mit viel Grimassen und einem Ausdruck des Abscheus verzehrt und das Brot versucht. Sie wies es jedoch zurück.

„Danke", sagte er ernst und steckte das Brot wieder in den Beutel, um es später selbst zu essen. Sazhje streckte sich und lehnte sich in katzenhafter Zufriedenheit an ihn.

„Inohrd", verkündete sie.

„Ich muß jetzt gehen, weißt du. Wenn ich nicht vor den anderen bei der Arbeit bin, werden sie nachforschen, wo ich gewesen bin, zumindest was ich vorgehabt hatte. Also ..." Er stand auf, aber Sazhje kam ihm mit einer Körperdrehung, die ihm den Weg versperrte, zuvor.

Ihre langen Arme waren zu ihm ausgestreckt, die Ohren nach hinten gelegt, und die Augen blickten sehnsüchtig.

„Nein, Ssam."

„He", sagte er freundlich und umfaßte ihre stählerne Taille mit den Händen. Solange er die harte Muskulatur mit den Fingern spürte, ebenso den unsichtbaren Flaum, der ihre goldene Haut bedeckte, konnte er nicht vergessen, daß sie nicht zu seiner Art gehörte. Das Gesicht, so fremdartig es auch war, hatte eine Form von Schönheit an sich, besaß seine eigene Mimik.

Ihre Gefühle erkannte man am Ausdruck der Stirn, der Gespanntheit des Mundes, dem Drehen der Ohren – sie hatten feinste Pelzhärchen an den Spitzen, die gegen das Licht sichtbar waren – und überwiegend an den wundervollen Augen, braun mit goldenen Flecken, veränderlich von Schwarz bei geweiteten Pupillen bis hin zu ungetrübter Wärme, ganz Iris.

Die langen Arme umschlangen Merritts Nacken, ihr glückliches Gesicht näherte sich seinem, und sie drehte den Kopf und rieb die Wangen an seinen.

„Ssam", sagte sie zufrieden.

„Hör zu, Sazhje!" Er tätschelte ihre Schulter, und sie hob ihm das Gesicht entgegen. „Sazhje – Ssam geht nicht. Verstehst du? Geht nicht!"

„Ssam kommt Sazhje?"

„Ja", versprach er. Die Besorgnis auf ihrem Gesicht veränderte sich zu einem Grinsen – sie wirkte am fremdartigsten, wenn sie lächelte. Langgliedrige Hände glitten an seinen Armen herab und ließen ihn los.

„Ssam komm!" wiederholte sie, als er gehen wollte.

„Sam kommt zurück", bestätigte er und wandte sich der Schlucht zu.

10

DIE *Celestine* stieß gegen das Dock, und Jim Selby warf eines der Taue aus. Merritt gehörte zu denen, die es auffingen – die meisten Leute von der Station waren unten am Dock, waren hier seit dem ersten Pfiff der Bootspfeife von jenseits der Strombiegung.

Das Hecktau wurde festgemacht, die Laufplanke ausgelegt, und man begann, die Fracht auszuladen und sie die gewundenen Stufen hinauf in die Sicherheit des Hauses zu bringen – Scheffel von Gemüse, Säcke mit Getreide, genug Nahrung, um die Arbeitsmannschaften einige weitere Wochen lang zu versorgen.

„Sam", wurde Merritt von Amos Selby begrüßt, der die angebotene Hand ergriff, als er ans Ufer kam. „Gut, dich wieder auf den Beinen zu sehen. Wie sieht's aus?"

„Jede Menge Arbeit. Komm, soll sich jemand anderes um das Entladen kümmern. Der größte Teil unserer Arbeiter war heute ohnehin untätig."

„Keine Schwierigkeiten, hoffe ich."

„Nein, nur Vorbereitungen für einige weitere Sprengungen. Wir werden schwer daran zu tun haben, sobald sich morgen der Staub legt."

Jim gesellte sich zu ihnen. Merritt ergriff seine Hand und grinste ihn an, und Jim ging auf dem langen Anstieg hinter ihnen her und neben ihnen durch das Tor auf den Hof. Meg und Hannah Burns standen am Hauseingang, und drinnen gab es ein emsiges Hin und Her, als sie eintraten – die Tische wurden gedeckt und für die Ankömmlinge eine Mahlzeit aufgetischt.

„Setzt euch, setzt euch!" drängte Hannah sie. „Meg, nimm ihre Mäntel, ja?"

Die Mäntel wurden zu ihren Plätzen an den Kleiderhaken bei der Tür gebracht, der Tee wurde serviert, und Merritt und die Selbys setzten sich an den Tisch beim Feuer. Die Flußleute wirkten erschöpft, aber nichts beeinträchtigte ihren Appetit auf das übliche Mahl aus Eintopf und Kartoffeln. Eine Schüssel wurde geleert und dann noch eine.

„Es ist eine Sünde", meinte Amos Selby, „wenn Leute stromabwärts selbst auf alles verzichten müssen, um uns versorgt zu halten."

„Es ist nicht so schlimm, hoffe ich", sagte Merritt.

„Nein", antwortete Jim. „Wir haben einige Familien, die sich zusammen im Tiefland niedergelassen haben, um auf wildem Land etwas Wintergetreide zu ziehen. Dort bei New Hope ist es warm genug, selbst im Winter etwas Nahrung zu erhalten. Sie bauen gemeinsam an, genau wie wir am Damm arbeiten, während Männer rund um die Uhr die Felder bewachen. Sie haben welche vom Volk herumschleichen sehen, aber bis jetzt ist ihnen keiner in die Hände gefallen."

„Es hat sich zum Guten verändert", meinte Amos. „Es ist lange her, daß ich die Leute unten am Strom habe etwas anderes tun sehen, als das Wetter und den Wald und die Dinge, die ihn erhalten, zu verfluchen. Die Leute wittern bessere Zeiten. Sie sind bereit, jetzt eine Weile kurzzutreten. Sie hoffen, daß es sinnvoll ist, Kinder und urbar gemachtes Land zu haben. Es ist einige Jahre her, daß es auf Hestia Freude machte, überhaupt zu heiraten, und Kinder zur Welt zu bringen bedeutete, ihnen etwas Schreckliches zu wünschen. Es ist Jahre her, seit ich ein Paar sah, das Kinder als einen Segen betrachten konnte. Aber unten bei Williams sind wir auf einer richtigen altmodischen Hochzeit hängengeblieben."

„Wer?" fragte Meg, die die Teekrüge neu füllte.

„Lew Williams und Liz Brown."

„Sie ist doch die Älteste von den Browns?"

„Die Zweitälteste. Ruth ist noch ledig. He, Meg, eine Gelegenheit hier auf der Station in Sicht?"

„Ich bezweifle es", sagte Meg in kaltem Ton und ging ans Feuer zurück. Amos blickte Merritt ziemlich bestürzt an und pfiff durch die Zähne.

„Tut mir leid", sagte er.

Merritt schüttelte langsam den Kopf, starrte in den Teekrug und drehte ihn leicht, so daß sich das Licht darin brach. „Spielt keine Rolle", meinte er.

„Erzählen Sie ihnen den Rest", sagte eine Stimme in der Nähe, und Merritt wandte sich auf dem Stuhl um und sah Ken Porter, der Freischicht hatte und den Nebentisch mit einigen anderen Burschen teilte.

„Erzählen Sie ihnen, wo Sie Ihre Abende verbringen", sagte der junge Porter, „und mit was."

Merritt betrachtete ihn ruhig, während der Zorn wie ein Kloß in seiner Kehle saß und ihm den Atem raubte. Ken Porter war gerade neunzehn. Merritt konnte aufstehen, den Burschen halb bewußtlos schlagen oder damit drohen, aber dann gab es immer noch den Rest von Hestia. Er regte sich nicht, ebensowenig wie der junge Porter, der ihn mit der Arroganz und Ignoranz der Jugend anlächelte.

„Ich denke nicht, daß mich das sehr interessiert", erklärte Amos.

„Du wirst dich dafür interessieren müssen", sagte der Bursche. „Sagen Sie ihnen, Mr. Merritt, wohin Sie gehen und was Sie machen – erzählen Sie, was Sie machen, wenn Sie nicht uns sagen, was zu tun ist."

Merritt ging hinüber zu Porters Bank und sah auf den jungen Mann herab, obwohl Jim dazukam, um ihn an Gewalttätigkeiten zu hindern. „Ich habe es Tom Porter gesagt, und ich sage es Ihnen jetzt auch: Falls Sie meinen, erwähnenswerte Ideen zu haben, gehen Sie dort hinaus und setzen Sie sie in die Tat um! Oder sehe ich jemals bei der Arbeit, daß Sie etwas anderes machen als anderen Schwierigkeiten oder danebenzustehen und zu warten, daß jemand anders Ihre Arbeit tut?"

Ken Porter sprang mit einer halb geäußerten Obszönität auf, taumelte dann aber unter Merritts Schlag blutspuckend nach hinten. Der Tisch leerte sich, die anderen Burschen sprangen über die Bänke davon, um aus der Gefahrenzone zu kommen. Auch der junge Porter wich zurück, und Amos Selby versuchte, Merritt zurück an ihren Tisch zu ziehen.

Merritt gab nach, drehte sich um und blieb wieder stehen, die Augen auf Meg gerichtet, die am Feuer stand. Sie hielt dort inne, mit dem großen Löffel für Eintopf in der Hand und einer Schüssel, die sie gefüllt hatte; und sie hatte sich nicht bewegt. Plötzlich warf sie den Löffel in den Kessel zurück und ging weiter, rammte die Schüssel an Merritts Platz auf den Tisch, so daß eine große braune Pfütze hinausschwappte.

Merritt begegnete dem Blick, den sie ihm widmete, nur einen Augenblick lang, ging dann ungeachtet der Selbys und der anderen zur Tür, nahm seinen Mantel vom Haken und stapfte hinaus.

Im Wald herrschte der letzte Schimmer der Dämmerung, gerade genug Licht, um an der Stelle, an der Sazhje gewöhnlich wartete, sehen zu können. Merritt warf Blicke zu beiden Seiten seines Weges. Er hätte bei jedem Schritt beinahe kehrtgemacht beim Gedanken an die Gefahr hier: jemand anderen von Sazhjes Rasse zu treffen, der weniger freundlich war. Er war nur mit dem Mantel hinausgegangen, ohne Waffe, ohne alles.

„Sazhje?" rief er und erneut: „Sazhje?"

Es dauerte seine Zeit – das tat es meistens. Und dann, mit dem Flüstern einer Bewegung wie Wind in den kahlen Zweigen, war Sazhje da. Sie stand einen Moment lang reglos, die Augen geweitet, so dunkel wie die hereinbrechende Nacht, die Ohren nach hinten gelegt. Dann ruckten sie nach oben, um in Merritts Richtung zu lauschen, und er wußte, daß sie beruhigt war und sprechen würde.

„Ssam? Ssam inohrd?"

„Ja."

„Ap-pf?"

Instinktiv fühlte er in seine Taschen, um festzustellen, ob er ihr etwas anbieten konnte. „Nein. Es tut Sam leid, Sazhje. Kein Apfel, kein Essen."

Er hatte erwartet, daß sie verärgert sein würde, aber sie akzeptierte die Tatsache mit etwas, das sehr nahe an ein Achselzucken herankam, zirpte sanft und kam zu ihm. Er setzte sich mit ihr auf den Baumstamm, den sie schon zuvor benutzt hatten.

„Komm Sazhje!" sagte sie. „Ssam inohrd?"

Sie war durch die ungewohnte Stunde beunruhigt; er sah sich außerstande, es ihr zu erklären, und sie spürte einfach seine Stimmung, lehnte sich an seinen Arm und tätschelte seine Hand mit all dem freundlichen Trost, den sie ihm geben konnte.

Schließlich schien sie eine Idee zu haben, und sie sah zu ihm auf. „Ssam – will essen?"

„Nein", sagte er. „Sam will nicht." Er saß eine geraume Weile da, die Ellbogen auf den Knien, und starrte auf die mit Blättern bedeckte Erde. „Willst du sprechen?"

„Sazhje sprechen. Will?"

„Sam weiß nicht, was er will."

Sie sah ihm ins Gesicht. Der Mond war aufgegangen, und der helle Flaum an ihren Ohren, auf ihrem Körper und Kopf wurde silbern, wo das Licht auf ihn fiel, so hell wie der Mond selbst. Eine langgliedrige Hand suchte die seine und legte sich um sein Handgelenk.

„Ssam komm?" fragte sie ihn und zog ihn auf die Füße.

Er hatte gewußt, daß sie nicht weit von hier einen Platz für sich haben mußte. Er hätte ihn nie gefunden und auch nicht erwartet, daß sie ihm ein solches Maß an Vertrauen erweisen würde. Als er die Stelle sah, erkannte er, daß er sie nie durch Suchen gefunden hätte.

Es handelte sich um eine Art Höhle in der Seite einer Klamm, tief im Dickicht zwischen zwei großen Bäumen, deren ineinander verschlungene Wurzeln ein teilweises Dach bildeten – ein dunkler Ort, der auf einen Menschen bedrohlich wirkte. Als sie ihn drängte, ihr weiter zu folgen, zögerte er, aber sie schien nichts Böses vorzuhaben, und die Nacht war kalt.

Innen war es sauber, größer, als er erwartet hatte, mit glatten, trockenen Blättern und beißend duftenden Nadelbaumzweigen ausgekleidet, die Seiten gemütlich abgerundet – selbst für einen Menschen groß genug, um sich dort voll auszustrecken.

Sazhje eilte umher, brachte die Höhle in den Zustand, den sie haben wollte, verteilte die Blätter überall glatt. Aus irgendeiner Vertiefung holte sie einen Bissen Räucherfleisch hervor und bot ihn Merritt an.

In Erwägung ihrer Bedürftigkeit wie auch seiner eigenen Verwöhntheit lehnte er ihn ab. Sie brachte ihn wieder in Sicherheit und setzte sich dann wieder neben Merritt.

Es war warm in der Nähe ihrer Körperhitze und dem Schutz, den sie vor dem Wind hatten. Nach einer Weile raffte er sich dazu auf, den Mantel abzulegen und seine Kleidung zu lockern, nahm dann wieder gemütlich Platz.

Sazhje kuschelte sich so eng wie möglich an ihn, und er streichelte ihren flaumbedeckten Rücken auf eine Art, von der er wußte, daß es sie glücklich machte.

Sie legte die Arme um ihn und kämmte schelmisch das Haar auf seinem Nacken, was ihn – wie sie wußte – irritierte. Er langte nach hinten und gab ihr einen Klaps auf die Finger, und sie lachte zirpend und tat es wieder.

Diesmal griff er nach ihrer Hand und hielt sie fest, aber einen Moment später plagte sie ihn erneut, zog an den Haaren auf seiner Brust. Er gab ihr einen Klaps, und wiederum lachte sie und biß ihn in den Winkel zwischen Nacken und Schulter, fest genug, um ihm einen ärgerlichen Aufschrei zu entlocken. Leicht alarmiert packte er sie an beiden Handgelenken.

Sie ließ sich diesmal leicht niederringen und lachte, und in dem Mondlicht, das durch den Eingang auf sie fiel, blickte er hinab auf ihr Gesicht – erkannte angsterfüllt und erschrocken, daß es kein Spiel war, was sie da spielte.

„Sazhje“, sagte er elend, „du kleine Idiotin …“

Sie schnatterte in ihrer eigenen Sprache zu ihm, verschränkte ihre spinnenartigen Arme hinter seinem Nacken und zog ihr Gesicht an seines heran. Merritt hielt sie sanft fest, glättete ihr Haar und versuchte, mit ihr zu reden. Sie vergrub das Gesicht unter seinem Kinn und stieß leise, sinnlose Laute hervor – ihre scharfen kleinen Zähne an ihn gelegt, ohne ihn zu verletzen, obwohl er nicht umhinkonnte, sich vorzustellen, wozu sie in der Lage waren.

„Sazhje", sagte er, „Sazhje, weißt du nicht, daß du etwas anderes bist als ich? Sazhje, hör auf, Sazhje ... nein!"

Er zerrte grob an ihr, und sie blickte ihn mit geweiteten Augen und zurückgelegten Ohren an, den Mund geöffnet, so daß er diese nichtmenschlichen Zähne schwach erkennen konnte.

Einen Moment lang mußte er sich daran erinnern, welch tödliche Gefahr sie darstellte, wenn sie aufgebracht war, wie schnell und stark. Und er wußte, daß sie jetzt nicht in einer ansprechbaren Stimmung war. Die Ohren blieben unten, aber er kannte diesen Blick, so sehnsüchtig und traurig.

„Ssam", sagte sie und streckte eine langgliedrige Hand nach seinem Gesicht aus. Ihre Berührung war äußerst sanft, ihre eigentümlich glatten Finger vermittelten eine seltsame Empfindung. „Ssam komm Sazhje. Nicht reden, Ssam, nein, nicht reden. Guter Ssam."

Er mußte lächeln. Sie gab ihm zurück, was er ihr zu sagen pflegte, wenn sie sich so benahm. Und Sazhje sah das Lächeln und lachte und legte den Kopf an ihn, hob ihn dann wieder, um seine Reaktion zu beobachten.

„Sazhje", sagte er kopfschüttelnd, „du hast einen Verstand in deinem Kopf. Wirklich. Ich wünschte, ich könnte zu ihm vordringen. Ich wünschte, du würdest begreifen, so viele Dinge; und daß ich dich verstehen könnte."

„Was? Was, Ssam?"

„Ich wünschte, daß ich es selbst wüßte – aber du bist nicht dumm, wie sie meinen, nicht wahr, Mädchen? Du denkst. Du fühlst. Und ich weiß nicht, ob dich das menschlich macht oder nicht oder zu was es mich macht."

ETWAS regte sich draußen in den Blättern, ein merkwürdiges rhythmisches Geräusch. Merritt öffnete die Augen einem düsteren Tageslicht und sah, daß die Blätter draußen mit Wassertropfen gesprenkelt wurden. Es regnete.

Er richtete sich, auf einen Arm gestützt, auf und erschreckte Sazhje, die erwachte und sich über ihn beugte, um zu sehen, was die Ursache der Aufregung war.

Als Merritt sich aus dem Loch hinaus in den Regen schob, schalt sie ihn aus, als hätte sie das Vertrauen in seinen Verstand verloren, aber als er seinen Mantel mitschleifte und sie erkannte, daß er wirklich gehen wollte, kam sie ebenfalls heraus, hielt seine Hände fest, redete ihm zu und schnatterte bekümmert.

Er antwortete ihr mit einem Klaps ins Gesicht, die einzige Möglichkeit, ihr begreiflich zu machen, daß sie nicht die Schuld traf – und rannte, rannte mit voller Kraft, zog sich den Mantel an, als er auf seinem Weg durch die graue Regenwand stehenbleiben mußte, um Atem zu holen.

Er erreichte den Ausguck beim Damm und stellte fest, daß die Männer bereits dort waren; es war lange nach Tagesanbruch. Sie standen in kleinen Gruppen herum und waren ebenso durchnäßt wie er, und der Regen überzog die kiesige Erde mit schimmernder Nässe. Blitze erhellten die Landschaft und färbten die Dinge weiß. Einen Augenblick später rollte der Donner von einem Ende des Tales zum anderen.

Der junge Miller war der erste, der Merritt erblickte, und Tom Porter der zweite. Merritt blieb kurz vor der Gruppe stehen und rührte sich nicht, als er Porter auf sich zukommen sah und die anderen hinter ihm.

„Schön, daß Sie es wichtig genug gefunden haben herzukommen", meinte Porter.

Merritt hatte keine Antwort für ihn, spürte die Atmosphäre der Bedrohung, als die anderen sich dicht um ihn herum verteilten.

„Halbmenschlich", sagte einer von ihnen voller Abscheu. „Wie ist es, wenn man es mit so einem Ding treibt, Merritt? Was juckt einen denn dabei?"

Merritt betrachtete den Sprecher. Von der anderen Seite ergriff jemand seinen Arm, und er wirbelte reflexhaft herum. Es war Jim Selby.

„Bill", sagte Jim, „Sam ist nicht das Problem, und er fragt auch nicht nach dem, was wir machen. Er hat reichlich über unserem Damm geschwitzt. Es waren seine Pläne, seine Arbeit, bevor die meisten von euch überhaupt hier heraufgekommen sind. Er war sieben Jahre lang zu unserer Welt unterwegs, und es gibt keine harte und lange Arbeit, die er euch nicht erst einmal vorgemacht hat. Wenn ihr also über die Unterbrechung der Arbeit gereizt seid, verflucht das Wetter. Ihr werdet auf jeden Fall gleichviel zustande bringen."

„Du hast dir deine Freunde ausgesucht, Selby, oder wie du eigentlich heißen solltest. Du bist nur wenig mehr Hestianer als er, und nach dem, was ich gehört habe, müssen ihm seine Gewohnheiten im Blut liegen."

Merritt blickte Porter an. „Bereinigt das irgend etwas? Sie haben also alles abgeladen, was Sie denken – wir haben nicht soviel Zeit zu verschwenden. Es sind eure Höfe flußabwärts; ich habe da nichts."

„Oh, Sie haben ein Interesse daran, den Damm fertigzustellen, Merritt, ein gewaltiges Interesse sogar – weil Sie nie wieder auf dieses Sternenschiff kommen werden, wenn dieses Projekt scheitert. Sie sitzen mit uns in einem Boot, was immer passiert."

Mit dieser letzten Anmerkung bewegte er die anderen zum Gehen, und Merritt starrte auf ihre regenverschleierten Rücken und zitterte heftig vor Zorn, spürte kaum Jims Hand auf seiner Schulter.

„Sam, Sam, du hast richtig gehandelt. Du kannst nicht gegen sie kämpfen und am Leben bleiben. Du mußtest es hinnehmen wie ich."

Merritt sah ihn an und schaffte es, zustimmend zu nicken.

„War es", wagte Jim zu fragen, „war es, wie sie sagten, Sam? Was ist letzte Nacht geschehen?"

„Ist das wirklich ein Thema? Spielt es für dich eine Rolle, ob es so war oder anders?"

„Nein", sagte Jim, ohne nachdenken zu müssen. „Aber für sie spielt es eine Rolle."

11

ZUSÄTZLICH zum Regen war Wind aufgekommen, ein südlicher Wind, der Atem des Frühlings, der die Seilbrücke schwanken ließ. Merritt stand auf der schaukelnden Laufplanke und hielt sich mit beiden Händen an den Seilen fest. Tief unter seinen Füßen floß der Strom lauter als üblich, und der vergrößerte Kanal ließ eine angeschwollene Flut hinter dem Damm hinabdonnern, während zum Oberlauf hin der aus Erde errichtete Umlenkdeich zunehmend tieferes Wasser aufgestaut hatte, allem Anschein nach immer noch mehr Wasser, bis es gewaltig über dieses Gefälle hinabströmte und zwischen den Felsen schäumte, bevor es seinen Weg zum Meer fortsetzte.

Am jenseitigen Ende des Damms ging die Arbeit immer noch voran. Die Dammkrone, endlich zu respektabler Höhe und erkennbarer Form emporgewachsen, wimmelte von winzigen dunklen Gestalten. Die Plattform aus festgestampfter Erde und Holz, auf der die meiste Arbeit erledigt wurde, befand sich fast auf gleicher Höhe mit der

Dammkrone. Ochsenkarren verkehrten geduldig zwischen Sprengstelle und Plattform, wo sie ihre Fracht abluden, Gestein, das in endloser Wiederholung abgeladen und verteilt wurde: Sprengung an den oberen Kämmen, Transport mit Ochsenkarren zum Damm – eine Arbeit wie die von Ameisen an einem Kadaver, bis die Klippen Stück für Stück verschwanden und der Damm wuchs.

Die Arbeit wurde jetzt nicht mehr unterbrochen, nicht einmal mehr bei Nacht. Mit Laternenlicht und bei jedem Wetter verkehrten auf den Straßen zum Sprenggebiet, wo sie das Gestein abholten, bewaffnete Mannschaften, die die Lasten transportierten, die dann von Mannschaften bei Tageslicht zu den exakten Positionen gebracht wurden. Die Hälfte der menschlichen Bevölkerung von Hestia lagerte jetzt bei Burns' Station, in Baracken, in Zelten, innerhalb der Mauern und hinter einer hölzernen Palisade an der Stelle, wo die Schafwiese gewesen war. Die potentielle Bevölkerung von Burns' Station war weit größer als die von New Hope, wenn die drei Schichten jemals zusammen im Camp gewesen wären.

Wenn man die Brücke verließ, gelangte man auf einen Pfad, der an der Wachstation vorbeiführte. Merritt schlug ihn ein und schritt mit dem Wind im Rücken rasch aus.

Seine Kleidung war schon lange durchtränkt, aus den Haaren floß ihm Wasser in die Augen, in den meisten Pfützen versanken seine Stiefel bis über die Knöchel, und er war völlig mit dem allgegenwärtigen gelben Lehm bespritzt. In den letzten Wochen hatte es häufig geregnet, aber das war noch nicht die ganze Sintflut, die der Frühling auf sie herabschütten würde, denn noch war die Eisschmelze im Hochgebirge nicht dazugekommen; die Winde führten jedoch eine endlose tropfende Feuchtigkeit mit sich, die von Umhängen und aus den Haaren troff und den Lehm und die Felsen an den oberen Abhängen verräterisch glitschig machte.

Dort, wo die Straße von der Sprengstelle und die vom Damm auf den Pfad von der Brücke stießen, stand Andrews. Merritt trat von hinten zu ihm und wartete neben ihm auf einen der schwerfälligen und gefährlich hoch beladenen Ochsenkarren, dessen Weg an ihnen vorbei zu der sich abwärts windenden Straße führte und über diese zum Plateau neben dem Damm. Fugen knarrten, hölzerne Räder scharrten und rumpelten über das Gestein, und die geduldigen Tiere nahmen die erste Kurve. Ein handgroßer Stein löste sich und hüpfte und polterte vor dem Wagen die Straße hinab.

„Einer ist vor einer Stunde da oben steckengeblieben", sagte

Andrews, der noch stärker mit Schlamm bedeckt war als an einem solchen Tag üblich. „Haben ihn schließlich freibekommen, aber eine Achse ist gebrochen."

Merritt blickte die gefährliche Neigung hinab, der der Ochsenkarren folgte. Mit festgezogenen Bremsen und gegen die Holzleisten schwankender Fracht nahm er eine weitere Kurve. Unerbittlich schwenkte der ganze überladene Wagen um die Kurve – die Ochsen mühten sich vergeblich, ihn zu halten.

Im allerletzten Augenblick blieb er stehen. Ein Rad war über den Rand geraten, und der durchgerüttelte Fahrer schrie die Ochsen an und versuchte, sie wieder in Bewegung zu setzen.

Merritt war losgerannt, ohne zu merken, was er tat. Andrews war dicht hinter ihm, und auch alle anderen, die den Unfall gesehen hatten, kamen auf der Stelle zusammen. Der unüberlegt handelnde Fahrer, einer von den Harpers, drosch hysterisch auf die Tiere ein und versuchte, sie mit Gewalt dazu zu bringen, den Wagen wieder in Bewegung zu setzen. Die Tiere rollten die Augen und stemmten sich gegen das Gewicht, aber ihre Kraft reichte nur dazu aus, den ziehenden Wagen in seiner Position zu halten. Der Versuch lockerte den regenfeuchten Lehm nur noch mehr, und ein kleiner Erdrutsch wälzte sich hangabwärts.

„Komm runter!" riet jemand dem Fahrer, aber als er es versuchte, ließ die Gewichtsverlagerung den Wagen alarmierend nach hinten rucken. Männer schrien auf und stemmten sich gegen die erreichbaren Räder, mißachteten die Gefahr einer abbröckelnden Kante und eines schwindelerregenden Absturzes, halfen den erschreckten Ochsen, den Wagen wieder ins Gleichgewicht zu bringen.

Merritt sah der ganzen Sache hilflos zu; er kannte die Grenzen der Tiere nicht, aber es war unvermeidlich, daß die Ochsen ermüden oder die vom Regen durchweichte Kante nachgeben würde. Um den Karren zu entladen, war es unumgänglich hinaufzuklettern – aber das Fahrzeug würde das Gewicht niemals tragen können.

„Wenn wir von vorne ziehen", schlug er vor. „Wenn wir ein weiteres Paar Ochsen hätten ... Hat jemand ein Seil?"

Andrews hielt den Plan offensichtlich für durchführbar. Er drehte sich um und eilte den Hang hinauf davon, während Merritt einen weiteren Mann ausschickte, um Seile und Stricke zu besorgen.

„Bleiben Sie ruhig", rief er dann zu Harper hinauf. „Wir sind dabei, eine Möglichkeit zu finden, um Sie da rauszubekommen. Springen Sie nicht, bevor es nötig ist. Harris, gehen Sie zur nächsten Kurve hinunter und sagen Sie den Männern Bescheid, daß sie den Weg freimachen sollen. Wenn die Ladung über Bord geht ..."

Es war nicht erforderlich, diesen Satz zu beenden. Der arme Harper saß reglos auf seinem Platz, während die anderen Männer ihr Bestes taten, um den Ochsen beim Halten zu helfen, sie zu beruhigen und festzuhalten.

Der Mann mit dem Seil kam zurückgerannt. Als er dem nervösen Gespann näher kam, ging er langsamer und vorsichtig weiter.

„Hier", sagte er, „George ist dabei, ein weiteres Gespann von da oben herunterzuholen. Es wird nur noch eine Minute dauern, bis es hier ist."

Merritt nickte, wickelte das Seil zu genügender Länge auf und warf Harper ein Ende zu. „Benutzen Sie das zum Sichern; binden Sie es fest, und wenn es klappt, werden Sie uns erhalten bleiben. Achten Sie nur darauf, sich nicht darin zu verwickeln. Nehmen Sie diese Seite, wenn Sie springen müssen. Und sagen Sie mir: Wollen Sie jetzt springen und das Gespann und den Wagen verlieren, oder wollen Sie versuchen, ihn wieder flottzukriegen?"

Harper überlegte und band sich dabei schon einmal das Seil um. „Ich bleibe sitzen, solange es geht", sagte er.

Vorsichtig zogen sie sich, das Seil haltend, von der Kante zurück, beruhigten die Ochsen, während sie ein dickeres Seil an der Waage befestigten und versuchten, den auf den Tieren lastenden Zug durch ihr Ziehen zu mindern.

Es wurde kurz darüber diskutiert, das Geschirr zu durchtrennen, Harper und die Tiere zu retten und den Wagen aufzugeben, aber die auf dem Geschirr lastende Spannung war zu groß. Wenn die Tiere nicht gleichzeitig freikamen, konnte das Ergebnis für jeden Beteiligten katastrophal ausfallen.

Bei klapperndem Geschirr und den Rufen eines weiteren Kutschers kehrte Andrews mit seiner Verstärkung zurück. Harpers Gespann scheute beängstigend und verursachte einen weiteren Erdrutsch, beruhigte sich dann aber wieder unter den Händen der dabeistehenden Männer.

Es dauerte seine Zeit, die zusätzlichen Ochsen heranzuführen und anzuschirren, aber dann fing der gefährdete Wagen unter dem Zug dieser zusätzlichen beeindruckenden Muskeln an, sich zu bewegen, als sie im Einklang mit dem ersten Gespann zogen, und das über den Rand geratene Rad hob sich wieder und fand erneut Halt auf der abbröckelnden Erdkante.

Etwas krachte, Holz zersplitterte heftig, und in einem polternden Rutschen fiel die Fracht herunter, und der größte Teil des Wagens kippte nach hinten; während die zerbrochene Waage die Ochsen zunächst vorwärts stolpern ließ, rutschte der Wagen zurück über die Kante, die furchterfüllten Tiere wurden rückwärts gezogen, und Harper geriet außer Sicht, wenn auch das Sicherungsseil in den Händen der Männer noch straff gespannt war. Dort an der Kante hing das Wrack, die zu Boden gezogenen Tiere versuchten, wieder aufzustehen, während der Wagen jetzt frei in der Luft baumelte und dabei an einem Teil des Geschirrs und dem zerbrochenen Unterbau hing.

Der Kutscher, dem das zweite Gespann gehörte, reagierte als erster, versuchte, die beiden Gespanne freizuschneiden; und Merritt hielt zusammen mit Andrews und den Miller-Jungen das Seil und versuchte, Harper heraufzuziehen.

Die Ochsen kamen teilweise frei und wieder auf die Beine, torkelten in Panik vorwärts, und die schon aufgelockerte Erdbank gab nach. Der Kutscher und der ihm zunächst stehende Mann stürzten an dem hilflosen Harper vorbei in die Tiefe. Die Männer verschwanden hangabwärts in Schlamm und Gestein, während oben die vom Zug befreiten Tiere losstürmten und davonliefen, nach eigenem Ermessen die gewundene Straße hinab.

„Nimm die Straße nach unten!" schrie Merritt Andrews zu, der hinter ihm Harpers Sicherheitsleine hielt. „Finde diese Männer wieder!"

Andrews verschwand und führte die anderen, die von sich aus zum selben Entschluß gekommen waren. Merritt und die Millers zogen Harper wieder herauf in Sicherheit, wenn er auch die Katastrophe nicht unversehrt überstanden hatte: Sein rechter Arm hing schlaff herab, sein Gesicht war aschfahl.

„Kümmert euch um ihn!" wies Merritt die Millers an und erhob sich schwankend wieder. Er eilte die Straßenwindungen hinab zum Grund des Rutsches, überholte dabei die verwirrten Ochsen, die immer noch furchterfüllt einhertrabten.

DREI Bahren waren es, die sie über die schwankende Brücke und die Waldstraße zurück zur Station brachten. Einer war am Leben, Harper mit seinem gebrochenen Arm; die beiden anderen waren tot, der Kutscher Wylie und Ron Ormstead, ein Cousin der Burns. Die Leichen waren mit gelbem Schlamm bedeckt und schicklich in ihre Arbeitsmäntel gewickelt.

Der Schlamm bedeckte auch die anderen, die sie zu retten versucht hatten, müde Männer, deren blutunterlaufene Augen aus Gesichtern blickten, die sich kaum von denen der Toten unterschieden. Sie hoben sich ab von den anderen, die die Ankömmlinge auf dem Weg zum Haupthaus erwarteten, die reglos standen, während ein Murmeln durch die Menge lief, darüber, um wen es sich handelte und was passiert war.

Die Verwandten waren es, die schließlich die Stille brachen, die sich ihren Weg durch die Menge bahnten, um den vor Müdigkeit tauben Trägern die Bahren abzunehmen und sie in den Badeschuppen zu begleiten. Dort gingen alle nach der Arbeit immer hin, um sich den Schlamm abzuwaschen, die Arbeitskleidung abzulegen und den Dreck in gelben Strömen flüssigen Lehms aus ihr herauszuwaschen. In diesem Moment gab es keinen anderen Platz, um die Toten für ein anständiges Begräbnis zu reinigen und die vom Schmutz zu befreien, die die Leichen geborgen hatten.

Es war eine gräßliche Arbeit, aber auf Hestia gab es dafür keine Fachkräfte und auch keine Ärzte, die sich darum kümmerten. Die männlichen Verwandten und diejenigen, die beim Unfall dabeigewesen waren, wuschen die Toten, wickelten sie für das Begräbnis in saubere Laken, reinigten Harper und richteten und schienten den gebrochenen Arm, alles ohne den Segen von Betäubungsmitteln. Der einzige Chirurg auf Hestia hatte nur eine Anfängerschulung und lebte stromabwärts. Und danach ging es um das Waschen und Wechseln der Kleider, alles in demselben Holzgebäude.

Einige der Jungen holten für sie saubere Kleidung aus dem Haus und ihren Quartieren, wo immer es welche gab; und als sie gebadet und die Kleidung gewechselt hatten, waren seit dem Unfall fast vier Stunden vergangen, und die Sonne näherte sich dem Horizont.

Merritt humpelte mit den anderen zusammen hinaus, hielt seine durchnäßten Stiefel in einer Hand und folgte dem Pfad der gespaltenen Klötze zum Haupteingang des Hauses.

Er bemerkte Tom Porter, der auf der Veranda stand, nicht, bis er fast vor ihm stand – sonst hätte er die Konfrontation vermieden. Er wäre vor ihr zurückgewichen, falls ihm eine Möglichkeit dazu eingefallen wäre, aber er stapfte weiter, blickte den Mann nicht an, versuchte, ihn nicht anzublicken.

„Merritt. Was ist da draußen passiert?"

„Lassen Sie es", sagte Merritt ruhig. Porter verstellte ihm den Weg. Er blieb stehen.

„Was ist passiert?“

„Es gab einen Unfall“, sagte Merritt und bewahrte mit einer großen Anstrengung seine Selbstbeherrschung. „Es war ein Absturz.“

„Das weiß ich. Aber wer hatte drüben die Verantwortung?“

„Andrews und ich.“ Merritt holte tief Atem, stieß ihn wieder aus und entschloß sich zu reden. „Der Karren war unter den gegebenen Bedingungen überladen. Er konnte die erste Etappe nach unten nicht schaffen. Harper hätten wir auf jeden Fall gerettet; es war der Versuch, die Tiere freizubekommen, der zu dem tödlichen Unfall führte. Wir haben vier lebende Ochsen und zwei tote Männer. Wir werden etwas Holz schlagen und die Straße abstützen müssen. Sie ist beträchtlich unterspült.“

„Wenn wir noch einen Wagen verlieren, werden wir mit Schubkarren weitermachen müssen.“

„Das weiß ich.“

„Wer ist da draußen an der Arbeit? Es sah so aus, als wäre die gesamte Schicht zurückgekommen.“

„Ist sie auch. Wir wechseln früh.“

„Die Männer hier im Lager hatten keine Freischicht, sie haben Holz geschlagen. Niemand hat Sie aufgefordert, das eigenmächtig durchzuführen.“

„Sehen Sie sich die Männer an, die mit mir zurückgekommen sind. Wir haben die halbe Bergwand weggeschaufelt, um Wylie und Ormstead zu bergen, und wir haben uns dabei kein einziges Mal ausgeruht. Sie werden jede Wache ein wenig früher zurückgehen, aber Sie können die anderen hinausschicken.“

Porter schüttelte den Kopf. „Nein, Mr. Merritt, Sie werden es ihnen erklären. Das wird Ihre Aufgabe sein – Sie haben sie sich eingehandelt. Ich bin es leid, daß Sie mir die Schmutzarbeit überlassen.“

Merritt starrte ihn an und verstand nur zu gut, warum Porter wollte, daß die weniger populären Anordnungen alle von Sam Merritt kamen. Und Porter wußte, daß er das wußte, was diesen Augenblick für ihn nur um so angenehmer machte und einen Schimmer von Selbstzufriedenheit in seinen kleinen Augen aufleuchten ließ. Merritt verspürte den Wunsch, ihm ins Gesicht zu dreschen, aber er war zivilisiert und auf dem Schiff trainiert worden und gab dem ersten Impuls nicht nach. Er war müde und wußte nicht, was er tun oder sagen konnte. Er stand nur da, als Porter die Stufen herabkam und ihn grob anrempelte. Der große Mann warf ihn damit beinahe vom Weg hinunter in den Schlamm.

Merritt legte seine ganze Kraft in den Schlag, einen Augenblick vor der klaren Erkenntnis, daß er ihn bereuen würde. Der Anblick von Tom Porter, der seitlich in den Schlamm stürzte wie ein an die Küste gespülter Fisch, war nicht erheiternd, obwohl er es hätte sein sollen. Auch die Blicke der anderen Männer zeigten keine Belustigung, sondern nur Beunruhigung darüber, diesen Vorfall zwischen den Männern, die sie führten, mitzuerleben, noch dazu zu einem solchen Zeitpunkt.

Was Porter anging, so rappelte er sich wieder auf – eine Seite mit gelbem Schlamm bedeckt –, stand da mit seiner verletzten Würde und starrte Merritt an, überließ ihm den nächsten Zug. Ein Blutfaden lief ihm über das schlammbesudelte Kinn.

Merritt hatte weder den Männern noch Porter etwas zu sagen, außer daß es Arbeit gab, die getan werden mußte. Die unangenehme Ankündigung lag schließlich bei ihm. Nur dies würde die Zeugen wieder wegschicken.

Aber angesichts dieser versteinerten Gesichter war es unmöglich, überhaupt etwas zu tun oder zu sagen. Falls er den Befehl gab, der eine Schicht zurück an die Arbeit schickte, war es wahrscheinlich, daß die Männer sich nicht regen würden, und es wäre Porter gewesen, der sie losgeschickt hätte. Angesichts der aufgerührten Gefühle und der noch zu begrabenden Toten war nicht der Augenblick, jemanden zu zwingen. Besser blieb die Baustelle bis zum regulären Beginn der dritten Schicht leer, als daß die Situation zur offenen Meuterei getrieben wurde.

Merritt drehte sich abrupt um und nahm die Stufen zur Veranda – er hatte vor, dem Schauplatz der Auseinandersetzung so würdevoll wie unter den Umständen möglich den Rücken zu kehren. Aber da stand Meg am Eingang, und entweder bewegte sie sich, oder er konnte nicht hinein. Er hielt einen halben Schritt lang inne und widmete ihr einen elenden Blick, ging dann weiter und versuchte, an ihr vorbeizukommen.

Ihre Hand fand seinen Arm, und sie ging mit ihm hinein, während er damit gerechnet hatte, daß sie eine Szene machen und ihre Freude daran haben würde. Das warf alle seine Berechnungen derart über den Haufen, daß er nicht protestierte, als sie ihn hinüber zur Feuerstelle führte, obwohl er vorgehabt hatte, hinaufzugehen und bis zum Morgen nicht wieder herunterzukommen. Er setzte sich auf den Stuhl neben dem Feuer, stellte seine Stiefel zum Trocknen ab, wärmte die nackten Füße auf den Kaminfliesen und hielt die Hände ans Feuer.

„Möchtest du eine Tasse Tee?" fragte sie ihn, denn das war es, was jedem Mann zustand, der von der Arbeit auf der Baustelle kam. Er nickte.

„Wenn es sie ohne Fragen gibt."

„Na klar." Sie trat an den Serviertisch neben dem Kamin, maß den Tee ab und goß heißes Wasser aus dem Kessel dazu, der immer am Haken bereithing. Sie machte den Tee so, wie er ihn mochte, würzte ihn ein wenig mit dem Kräuterstimulans, das eines von Hestias eigentümlichen Lastern war, eine vornehme Verruchtheit.

„Danke", sagte er und nahm die Tasse aus ihren Händen entgegen. Er nahm den ersten Schluck, atmete erfreut die würzige Wärme ein. Meg zog einen Stuhl zum Kamin herüber und setzte sich, ohne etwas zu sagen.

„Es gab nichts, was ich machen konnte", sagte er schließlich. „Vielleicht, wenn ich den Mann angehalten hätte, als ich sah, daß der Wagen überladen war; wenn ich schon früher darauf bestanden hätte, die Straße abzustützen ..."

„Du kannst dich nicht gleichzeitig um alles kümmern."

„Ich habe gesehen, was passieren würde, und im nächsten Moment war es schon zu spät."

„Sam", begann sie und schüttelte dann den Kopf, als ob sie ihre Meinung über das, was sie hatte sagen wollen, geändert hätte. „Sam, du trinkst deinen Tee, gehst dann hinauf und ruhst dich aus. Ich bringe dir das Abendessen hinauf."

„Sicher", sagte er und starrte ins Feuer, ohne sich zu bewegen. „Laß mich, Meg! Das ist alles, was ich im Moment will."

„Niemand wirft dir etwas vor."

„Tun sie das nicht?" Er sah sich nach dieser sarkastischen Äußerung zu ihr um und entschied, daß sie ihn im Grunde nicht beschuldigt hatte. „Hast du dich nicht oft genug selbst verbrannt, wo es um mich ging, ohne mir jetzt auch noch dein Beileid auszusprechen? Ich denke, daß es unangebracht ist. Ron Ormstead war dein Vetter."

„Du machst dir immer selbst die schlimmsten Vorwürfe über Dinge, die du nicht ändern kannst, und gibst niemals deinen Fehler in Dingen zu, in denen du dich wirklich irrst."

„Meg, laß uns nicht wieder diesen alten Streit anfangen!"

„Nein, das habe ich nicht vor. Das habe ich überhaupt nicht vor."

„Wir haben genug gesagt, was wir nicht meinen, bei so mancher Gelegenheit." Er trank die Tasse halb aus, dann den Rest. „Es tut mir leid, Meg. Ich weiß, daß du es gut meinst, und schätze es."

Sie nahm die Tasse von ihm entgegen, und ihre Augen schimmerten vor Tränen und ihr Haar rot im Schein des Feuers. Der Augenblick hatte etwas Zerbrechliches an sich, so sehr, daß Merritt das Zurückziehen der Hand erst unterbrach, dann langsamer fortsetzte.

„Der Kummer ist der", sagte sie, „daß wir immer auch gemeint haben, was wir sagten. Du hast mir vor langer Zeit gesagt, ich sei nur eine Hestianerin vom hintersten Strom und schrecklich einfältig. Du hattest natürlich recht. Du hättest mich damals zu allem überreden können, wenn du es nur fertiggebracht hättest, ein wenig zu lügen."

„Ich wollte nichts sagen, das gegen dich gerichtet war, Meg."

„Ich weiß. Ich hätte uns ins Elend gestürzt, nicht wahr, weil ich von dir erwartete, dich so zu benehmen, wie du es einfach nicht konntest."

„Ich suche nicht nach Gelegenheiten, Kummer zu bereiten. Sie ergeben sich einfach."

„Weil du in eine Art Krieg eingetreten bist – gegen uns und diesen Strom und alles, was damit zusammenhängt. Und du bist nicht betroffen, wenn wir es sind, und du bist betroffen, wenn wir es nicht sind. Vielleicht denkst du sogar, daß du es dir leisten kannst zu verlieren; schließlich lebt deine Erde weiter, selbst wenn du hier draußen stirbst. Aber unsere Welt lebt nicht weiter. Sie stirbt hier, nur in diesem Tal, für immer und ewig, Sam. Und das scheint dich nicht zu erschrecken. Du sprichst ständig über die Zukunft, und wir wollen nur dieses eine Jahr überleben. Vielleicht werden wir eines Tages das Herz dazu haben, uns um die Dinge zu sorgen, die dich beschäftigen – wenn wir überleben. Aber manchmal haben wir den Eindruck, daß es dir nicht völlig leid tun würde, wenn dieser Damm nicht fertig wird."

„Das ist nicht wahr." Es traf ihn wie ein Hieb, wie draußen Porter, und der Zorn schwoll in ihm an. „Nein, das ist nicht wahr!"

„Und was ist mit Sazhje?"

Er blickte Meg an. Das war ein Name, den sie eine lange Zeit nicht erwähnt hatte. „Ich weiß, daß dieser Damm in diesem Jahr fertig werden muß. Ich bin dabei. Und ich weiß auch, daß jede Ladung Gestein, die wir herunterholen, ein Schritt zur Auslöschung einer anderen Lebensform ist, einer, die schon in diesem Tal gelebt hat, bevor Menschen Hestia auch nur betreten haben. Denkst du nicht daran? Spielt das für dich überhaupt keine Rolle? Das sollte es aber."

„Es sollte und tut es nicht. Das ist der wunde Punkt, nicht wahr?"

„Ich kann diese Haltung bei dir nicht verstehen. Ich kann sie nicht verstehen."

„Wir wollen leben. Und es gibt keine Möglichkeit, daß beide Rassen, ihre und unsere, überleben können. Es ist unser Leben, das Leben meiner Freunde, um das es geht."

„Ich kann nicht akzeptieren, daß es nur diese Alternative geben soll."

„Das kannst du nicht?" Ihr Blick verriet Schmerz. „Manchmal, Sam, habe ich das furchtbare Gefühl, daß Hestianer und Sazhjes Rasse in deinen Augen gleich viel bedeuten, denn keine von beiden ist wirklich deine Rasse. Du bist ein guter Mann; du meinst es gut. Aber ich wünschte, ich wüßte, auf welcher Seite du in erster Linie stehst."

„Ich arbeite – ich habe gearbeitet, von morgens bis abends. Ist das nichts?"

„Jeder anerkennt das. Aber wieviel ist es wert, Sam, wenn jedermann weiß, daß du Richtung Oberlauf und Sazhje verschwinden würdest, wenn man dich nicht beobachten würde? Und du wirst beobachtet, wie du weißt. Das mußt du bemerkt haben."

„Ja, das habe ich auch. Porters Burschen sind leicht auszumachen, besonders wenn sie mich hin und zurück begleiten."

Meg preßte die Lippen zusammen. „Sam, ich ... ich habe gesehen, was du draußen mit Porter gemacht hast. Mein Vater lebt nicht mehr. Die Dinge liegen jetzt anders. Weißt du nicht, daß du nicht gegen sie gewinnen kannst? Du bist auf Porter angewiesen, wenn du jemals auf das Sternenschiff gelangen willst, wenn es kommt."

„Ich weiß, worum es geht, Meg. Du erzählst mir nichts Neues."

„Muß ich noch deutlicher werden? Es gibt welche unter Porters Männern, die dich am liebsten sofort töten würden. Sie sind so. Und wenn der Damm fertig ist und du nicht mehr gebraucht wirst, mußt du Hestia mit diesem Schiff verlassen. Du mußt. Du hast dir selbst keine andere Wahl gelassen."

Merritt lächelte dünn. „Der Damm ist über das Stadium hinaus, in dem ich für das Unternehmen wichtig war. Sie haben meine Aufzeichnungen. Sie lassen sie mich nicht anfassen, ohne daß jemand von ihnen dabei ist und aufpaßt. Die Vorarbeiter verstehen sich jetzt auf ihre Aufgabe. Aber Porter will mich nicht tot sehen. Es könnte noch lange dauern, bis Hestianer denken, daß sie alle Projekte ausgeschöpft haben, die Sam Merritt für sie entwerfen kann. Und wie du sagst, hier draußen gibt es kein Gesetz, nichts, das besagt, daß ich ein Recht habe, diese Welt wieder zu verlassen. Die *Adam Jones* wird die Nachricht von dem, was mir widerfahren ist, in einigen Jahren zurück zur Erde bringen. Und sieben Jahre später könnte die Erde einen scharfen Protest gegen eure Methoden vorbringen, aber es wird keine Macht dahinterstehen. Porter weiß das. Er wird die Möglichkeit, diese Welt zu verlassen, als Köder vor meiner Nase baumeln lassen, solange ich die Lüge zu glauben scheine. Wenn ich ihn merken lasse, daß ich die Farce durchschaue, wird er sich auf andere Mittel besinnen."

„Tom Porter spricht nicht für alle von uns. Aber du hast so eine Art, jedem den Boden zu entziehen, der versucht, dir zu helfen."

„Wie du?"

„Wie ich, mehr als einmal."

„Alles, mit dem ich dir jemals Schmerzen zugefügt habe, tut mir leid. Aber ich kann nicht sagen, daß mir irgend etwas anderes leid tut."

Sie starrte ihn an, einen Moment lang in ihren eigenen Gedanken versunken. Schließlich seufzte sie kurz. „Und ich verstehe das."

„Das Schlimmste, das sie von mir sagen, ist wahr. Ist es das, was du verstehst?"

Ein leichter Schmerz erschien in ihrem Blick. „Na ja", sagte sie, „ich hatte auf etwas mehr gehofft, aber ich nehme an, daß ich in Wirklichkeit nur das erwartet habe."

„Sag mir dies: Würdest du das nächste Schiff von hier nehmen, wenn ich es schaffen könnte, jetzt, wo du mich wirklich kennst?"

Meg lächelte traurig. „Wahr ist, daß ich es immer noch könnte. Kein Mensch, der mich kennt, würde das verstehen, außer vielleicht Jim. Ich schäme mich zuzugeben, daß es immer noch wahr ist."

„Ich würde es sowieso nicht zulassen. Sieh mich an – was ich auf Hestia bin. Das ist ein Beispiel dafür, was es bedeutet, dort zu sein, wo man nicht hingehört. Abgesehen davon – es wird kein Schiff für mich geben. Überhaupt keines." Er zog die Stiefel an, stand auf und blieb stehen, um ihr noch einen Blick zuzuwerfen. „Meg", sagte er im Weggehen, „danke für den Versuch."

„Wo gehst du hin?"

„Hinaus", sagte er und ergänzte: „Hinab zur *Celestine*. Ich nehme an, daß Jim und Amos dort sein werden."

„Sam ..."

„Mach dir keine Sorgen um mich. Euer Damm wird fertig werden, auf die eine oder andere Art."

„Es gibt noch mehr, das für mich eine Rolle spielt."

Er dachte einen Moment lang darüber nach, nickte, drehte sich dann um und ging.

12

„ICH habe Gerüchte gehört", sagte Jim, „und ich freue mich, daß du heruntergekommen bist."

Merritt wischte sich das triefende Haar von den Augen weg und setzte sich, im geschützten Ruderhaus an das Fensterbrett gelehnt. Sie waren allein, abgeschieden durch das Wasser, das in Sturzbächen vom Dach strömte und alle Geräusche von draußen ertränkte. Der Strom wogte unter ihnen, ein andauerndes rhythmisches Heben und Senken unter der Kraft der Strömung.

„Was für Gerüchte?" fragte Merritt.

„Wie du mit Porter aneinandergeraten bist. Daß einige von seinen Leuten davon sprechen, es dir heimzuzahlen. Sam, Sam, warum hast du das gemacht? Du kannst dich nicht gegen Männer wie Porter stellen und ungeschoren davonkommen. Er hat eine Familie; er hat mehr als ..."

„Wo ist dein Vater?"

„Oben bei der Palisade. Er war da schon den ganzen Nachmittag wegen irgendwas. Warum? Was willst du?"

„Eine kleine Gunst. Oder eine große, je nachdem, wie sich die Dinge entwickeln. Ich möchte, daß ihr beide mich für diese Nacht deckt."

„Sam ..., du hast doch nicht vor, eine Flucht zu versuchen. Nein, das werde ich nicht tun. Sieh ..." Er legte Merritt die Hand auf die Schulter. „Sieh, sie werden sich wieder beruhigen, wenn du ihnen die Möglichkeit gibst. Du bleibst heute nacht hier unten in Deckung, und bis zum Morgen werden sie es sich anders überlegt haben. Aber wenn du versuchst, etwas Verrücktes zu machen, wie die Station zu verlassen ..."

Merritt schüttelte langsam den Kopf. „Ich gehe, Jim."

„Wenn du das machst, gibt es keinen Weg zurück."

„Doch, den gibt es, selbst wenn sie erfahren, daß ich weg bin. Was können sie schon machen? Mich unter Bewachung stellen? Das machen sie bisher schon. Oder Schlimmeres? Nicht, solange sie denken, daß sie meine Hilfe für andere Projekte haben können. Aber wenn ich jetzt nicht gehe, wenn ich diese Möglichkeit nicht wahrnehme, finde ich vielleicht keine andere mehr – nicht rechtzeitig für Sazhje. Ich kann ein wenig mit ihr sprechen. Ich kann sie warnen, denke ich – ich habe vor, es zu versuchen. Vielleicht haben sie genug Verstand, um zu begreifen, was geschehen wird. Ich weiß nicht. Aber ich möchte ihr helfen, wenn ich kann."

„Und wenn sie erfahren, was du vorhast, werden sie dich auf der Stelle töten."

„Das bezweifle ich in diesem Stadium sehr. Jim, ich kann es schaffen, wenn du mich deckst. Ich habe es mir überlegt – dieser Regen, ihr Wissen, daß ich hier unten bin – alles, was ich zu tun habe, ist, zurück auf das Dock zu gehen, um die Biegung herum und unter die Bäume. Alles, was ich von dir verlange, ist, keinen Alarm zu schlagen."

„Und wenn etwas schiefgeht, wenn sie herausfinden ..."

„Ich bitte dich darum, weil ich dachte, daß du als einziger von allen verstehen könntest, warum ich das mache. Aber wenn dir das Risiko zu groß ist, sag es nur und gestehe nicht ein, mich heute überhaupt gesehen zu haben. Das ist vielleicht meine letzte Chance, Jim, die letzte überhaupt für Sazhjes Rasse. Porter würde mir vielleicht nie wieder die Möglichkeit geben wegzukommen. Aber dieses eine Mal werde ich tun, was ich will, und du weißt, daß ich es mir bereits reiflich überlegt habe. Ich gehe wirklich davon aus, daß sie mir nichts tun werden. Aber wenn ich mich irre, sind meine Chancen auf keinen Fall sehr groß, egal, wie ich mich verhalte."

„Ich glaube, diesmal wird nicht einmal mein Vater Verständnis haben oder dir verzeihen. Aber das spielt keine Rolle, nicht wahr?"

„Wie ist deine Antwort, Jim?"

Jim schüttelte den blonden Kopf und blickte stirnrunzelnd auf. „Wenn du schnell bist, wenn du bis zum Morgen zurück bist, werde ich für dich lügen. Ich werde sagen, du hättest auf der *Celestine* geschlafen, und Dad wird mich nicht als Lügner bezeichnen und dich auch nicht. Kannst du es in einer Nacht wieder zurück schaffen – den ganzen Weg hin und wieder zurück?"

„Wie steht es mit deinem Vater? Ich möchte keinem von euch schaden. Was werden sie schlimmstenfalls machen?"

„Hm. Sie brauchen uns ebensosehr wie dich. Ich werde Dad Bescheid sagen, sobald es zu spät ist, dich noch aufzuhalten. Er wird über deinen Mangel an Verstand fluchen, aber er wird Porter nicht den Grund liefern, dich zu hängen. Er mag Porter nicht mehr als du. Abgesehen davon, wenn sie es herausfinden, bevor du wieder da bist – dann habe ich nur hier gearbeitet und nicht gemerkt, daß du nicht wieder die Stiege hinaufgegangen bist, nachdem du das Boot verlassen hattest." Er zog sich die Jacke aus. „Hier, nimm die! Sie ist schwerer als deine und trockener. Und es gibt im Lager ein Dutzend ähnliche, und du hättest sie dir nehmen können, wie du das Boot verlassen hast, hinter meinem Rücken."

Die Wolken waren zerfetzt und dünn gesät, und der Mond war aufgegangen, als Merritt sich Sazhjes Höhle näherte. Das Mondlicht reichte aus, den Weg durch den Wald zu finden. Aber die Sorge nagte bereits an ihm, dieselbe, die schon seit dem Moment da war, in dem er den Plan erdacht hatte: daß Sazhje nicht dasein würde. Es war schon lange her, daß er sie zuletzt gesehen hatte, und die Grenzen für ihr Gedächtnis und ihre Geduld kannte er nicht. Die Einsamkeit konnte sie schon vor langer Zeit zu ihrer Rasse zurückgetrieben und sie aus seiner Reichweite entfernt haben.

Leise ging er die Klamm hinab. Dort standen die Bäume, deren Wurzeln sich durch den Hügel wanden, da war der dunkle Eingang. Er gab ein tiefes Pfeifen von sich und rief laut Sazhjes Namen.

Er hörte keine Antwort.

Er ging dichter heran und blickte hinein, dann kroch er hinein und spürte die Blätter, die die Höhle auskleideten, und das Herz sank ihm angesichts der Bestätigung seiner Befürchtungen. Keinerlei Körperwärme war mehr zu spüren; es gab kein Zeichen eines Bewohners, den sein Kommen hätte verscheuchen können. Sie war weg.

„Sazhje!" rief er laut in den lauschenden Wald und wartete. Nichts brach die Stille. „Sazhje!"

Schließlich ging er verzweifelt wieder los und suchte sich seinen Weg zur *Celestine* zurück. Jim hatte um seinetwillen genug riskiert, und es gab nichts, das eine Vergrößerung der Schuld gerechtfertigt hätte. Er hatte es versucht, und mehr konnte er nicht tun.

Ein Schatten huschte über Merritts Kopf durch die kahlen Bäume, und er blieb stehen, blickte hinauf und erkannte einen vom Mondlicht gezeichneten silbernen Körper.

„Sazhje?" fragte er und erkannte seinen Irrtum, als sich das Geschöpf bewegte. Er kannte Sazhjes zierliche Grazie, und dieser Körper war anders, massiver und eckiger. Diese Erkenntnis kam gleichzeitig mit der Erinnerung daran, daß er nicht bewaffnet war.

Auch hinter ihm raschelte es im Dickicht. Er wirbelte herum, um der Bedrohung zu begegnen, und sah noch jemanden von Sazhjes Rasse, ein großes Männchen, das so nackt ging wie Sazhje, außer einem um die Taille geknoteten Streifen, und es hatte ein Messer in der rechten Hand. Über seine Absichten konnte es keinen Zweifel geben. Es schlich geduckt heran, die beweglichen Ohren flach an den langgestreckten Schädel gelegt, die Augen im fahlen Licht schwarz und gefährlich.

Der andere über ihnen schnatterte etwas, und es antwortete darauf und hielt sich widerwillig zurück. Die Ohren richteten sich nicht auf, und der Blick verlor nichts von seiner vernunftlosen Wildheit.

Hinter ihm rutschte und knackte es im Dickicht, und Merritt drehte sich auf den Fersen um; das andere Männchen war zu Boden gesprungen.

Der heranprallende Körper packte ihn in Brusthöhe, und er warf sein eigenes Gewicht gegen das des Angreifers, versuchte, das Kinn unten zu behalten und mit den Fingern die Kehle des Geschöpfes zu packen. Aber wenn Sazhje schon stark gewesen war, so war die Kraft dieses erwachsenen Männchens ihrer Rasse unglaublich.

Merritt setzte sein Gewicht und seine Größe ein – das waren die einzigen Vorteile, die ihm sein Menschsein verlieh; und er schaffte es, das Geschöpf auf den Boden zu drücken und kurz festzuhalten – und fragte sich dabei sogar, warum der andere hinter ihm sich heraushielt.

Dann schlossen sich langgliedrige Hände unerbittlich um seine Arme und zogen seine Hände auseinander, brachen seinen Griff um die Kehle. Und mit schlangenhafter Beweglichkeit erzielte die Kreatur mit diesen schlanken Beinen eine Hebelwirkung und wuchtete sich frei, schlug Merritt, als er aufzustehen versuchte, warf ihn nieder, und diesmal war er es, der am Boden lag.

Die tödlichen Fänge kamen dicht an seine Kehle heran, aber er wand sich, bekam die Beine unter seinen Gegner und trat mit äußerster Kraft zu.

Der Tritt traf feste Muskeln, die nicht nachgaben, und die Kreatur stieß ein spuckendes Knurren hervor und warf sich diesmal mit wirklicher Wut nach vorne. Kräftige Zähne gruben sich in Merritts schützenden Arm, rissen ihn auf, und als er nach diesem rohen Angriff wieder freikam und auf die Füße taumelte, warf ihn ein weiterer Stoß an einen Baum und fast zu Boden.

Schwankend erhob er sich, stieß die Kreatur kraftvoll mit der Schulter, wurde aber mit geschmeidigem Griff festgehalten und nach hinten gebogen, und lange Zähne gruben sich in seinen Arm.

Beinahe konnte er sich wieder freistemmen, aber jetzt griff der andere in den Kampf ein, packte Merritts tauben und zerbissenen Arm und fügte sein Körpergewicht dem des anderen hinzu. Merritt kämpfte verzweifelt, seine eigenen Laute waren von dem gutturalen Zischen und Knurren der Angreifer jetzt nicht mehr zu unterscheiden. Er versuchte, das Kinn unten zu behalten – es gelang ihm nicht. Einer der Angreifer durchbrach seine Verteidigung und schlug knurrend und würgend wie ein Tier die Fänge in Merritts Kehle. Blut und Luft schossen hervor, Merritt kämpfte für einen Moment um so rasender, fing dann an, schwächer zu werden, jedoch schlossen sich die Kiefer nicht weiter – schüttelten ihn jedesmal rachsüchtig, wenn er zappelte, und minderten den Druck, wenn er ruhig lag. Als diese Tatsache endlich sein betäubtes Gehirn erreichte und er zu kämpfen aufhörte, ließ das Geschöpf von ihm ab, lehnte sich auf Merritts Arme und starrte auf ihn hinab.

Es war ein schrecklicher Anblick, diese männliche Version von Sazhjes Gesicht: die Ohren angelegt, die Nasenlöcher geweitet, die Augen dunkel und mörderisch – die Lippen zu einem Zähnefletschen zurückgezogen, bei dem blutige Fänge sichtbar wurden, denen gegenüber die Sazhjes wirkungslos erschienen. Die Arme und Schultern, die seine Arme niederhielten, waren über alle Maßen stark. Gegen diesen Griff konnte Merritt nichts ausrichten, und er konnte beide Hände bald nicht mehr spüren.

Vorsichtig ließ das Geschöpf ihn los und wich zurück, ebenso sein Begleiter, so daß Merritt sich wieder erheben konnte. Er schaffte es und taumelte, und seine Wunden begannen dumpf zu pochen.

Der näher Stehende sprach ihn an. Er konnte nichts davon verstehen, und der andere dahinter wurde sichtlich ungeduldig, gestikulierte mit seinem Steinmesser und drängte mit kurzen gutturalen Silben.

Der erste brachte ihn mit einem knappen, spuckenden Geräusch zum Schweigen und wandte sich wieder Merritt zu.

„Sazhje?“ fragte das Geschöpf.

Merritt versuchte sein Bestes, um Bestätigung zu signalisieren. „Sam“, benannte er sich und berührte seine Brust. „Ruf Sazhje. Sag Sazhje.“

Das Geschöpf brachte ihn mit einem Zähnefletschen zum Schweigen, äußerte etwas, das ihn und Sazhjes Namen einschloß, drängte ihn zum Gehen.

Merritt zögerte, und der andere schlug mit dem Handrücken in knochenbrechender Gewalt zu, ließ Merritt seitlich in die Richtung stolpern, in die sie ihn haben wollten. Man konnte ihr Selbstvertrauen daran messen, daß sie ihm keine Fesseln anlegten, sondern ihn nur von Zeit zu Zeit in die Richtung stießen, wohin er sich wenden sollte. Sie trauten ihm nicht zu, fliehen zu können, nicht einmal im Dickicht und Gebüsch, das beiderseits dicht heranrückte.

Als es auf die Dämmerung zuging, machten sie Rast – so weit im tiefen Wald, daß Merritt keine Vorstellung davon hatte, wo sie sich befanden. Seine beiden Bezwinger banden seine Hände äußerst unbequem mit ihren Gürtelschnüren um einen Baum und rollten sich zufrieden zusammen, um einige Stunden lang zu schlafen, während er sich aufrecht stehend ausruhte, so gut es ging, und seine Hände taub wurden.

Dann gingen sie weiter und stiegen von den Höhen in ein sumpfiges Gebiet hinab, das zweifellos durch einen Nebenfluß des Stromes geformt worden war. Es war ein schwerer Weg – sie mußten teilweise waten und ansonsten durch Schlamm und nasses Schilf gehen, und Merritts durchweichte Stiefel fingen an auseinanderzufallen und seine Füße wund zu reiben.

Die zweite und die dritte Nacht bestanden aus zunehmender Qual. Wenn die anderen schliefen, gewöhnlich in Dreistundenperioden, verbrachte Merritt die Zeit durchnäßt und zitternd – die beiden Eingeborenen lagen Rücken an Rücken zusammengerollt auf dem trokkensten Punkt oder einzeln in irgendeiner Baumgabel. Ein keifender Husten fing Merritt an zu plagen – über den Schmerz hinaus hörte er auf, sich um irgend etwas anderes zu kümmern als Gelegenheiten zum Ausruhen.

Seine Ungeschicklichkeit unterwegs irritierte Rejkh – Rejkh war der mürrischere der beiden. Der andere, der ihn zuerst bezwungen hatte, war Otrekh, ein großer und fast gutmütiger Bursche mit einiger Geduld. Von Zeit zu Zeit jedoch ließ das kleinere Männchen seine Laune aus, indem es Merritt stieß, und manchmal, indem es ihn trat, wenn er nicht schnell genug aufstand.

Und da der Tritt tief und gemein war, holte Merritt schließlich Luft und marschierte gehorsam los. Die Gedanken an Flucht waren jedoch durch eine einfachere, eher erreichbare Absicht ersetzt worden. Er tat alles, um Rejkh zu Gefallen zu sein, zog den Kopf ein und beeilte sich, wenn Rejkh ihn anknurrte, und wich vor jeder Drohung zurück.

Und dann überquerten sie einen kleinen Fluß mit Hilfe eines darübergelegten Baumstammes, und Merritt blickte mit einer gewissen Befriedigung in die Wassertiefen hinab. Rejkh gab ihm wegen der

Verzögerung den üblichen Stoß in den Rücken und knuffte ihn gegen den Kopf.

Mit einem Knurren, nicht menschlicher als das Rejkhs, überraschte Merritt ihn mit einem Angriff in Hüfthöhe, der sie beide hinabwarf, drückte Rejkh die Kehle zu und hielt ihn unter Wasser.

Rejkh drosch und kreischte, gewürgt und selber würgend, und war plötzlich mehr an Flucht interessiert als an Kämpfen. Luftblasen stiegen auf.

Ein Schlag krachte gegen Merritts Schädel, und ein kräftiger Arm umklammerte von hinten seinen Nacken, riß ihn von Rejkh weg, der tropfend und würgend auf die Füße taumelte und angriff. Merritt trat und fand sich plötzlich unter Wasser wieder, bis er es einsog und erbrach. Dann schleppten sie ihn durchnäßt und zappelnd ans Ufer.

Dort brach auch Rejkh zusammen und begann, das Wasser wieder hinauszuhusten, das er verschluckt hatte. Und Otrekh fing an, ein seltsames Geräusch zu machen, das Merritt als Gelächter erkannte, und sein zähneblitzendes Gesicht wurde von einem furchterregenden Grinsen gespalten.

Er klatschte Rejkh in äußerster Erheiterung auf die Schulter, eine Erheiterung auf Rejkhs Kosten.

Dieser knurrte etwas als Antwort, stand auf und trat Merritt, um ihn in Bewegung zu bringen, und Merritt erhob sich taumelnd. Dann verabreichte Rejkh ihm eine schallende Ohrfeige, und Merritt spie Blut und warf sich wieder an Rejkhs Kehle, aber Otrekh packte ihn am Arm, riß ihn zur Seite und hielt ihn zurück, wobei er immer noch leise lachte.

„Ssam, Ssam khue", sagte er, was Merritt als Befehl zum Marschieren verstehen gelernt hatte.

Merritt warf Rejkh einen finsteren Blick zu und tat wie geheißen. Otrekh zerrte an dem Arm, den er hielt, und sagte ihm etwas in warnendem Tonfall, der nicht übersetzt werden mußte, aber es gab keine Tritte mehr.

Rejkh folgte ihnen, wobei er immer wieder vor sich hin knurrte.

Den größten Teil des verbleibenden Tages stiegen sie bergan, über enge Pfade und durch Unterholz, verloren manchmal an Höhe, wenn sie enge, von Flüssen geschaffene Einschnitte durchquerten, arbeiteten sich aber immer höher. Merritts Stiefel waren inzwischen ganz kaputt und seine Füße von Steinen zerschunden, die seine barfüßigen Bezwinger gar nicht kümmerten. Gegen Abend versuchte er, sich zu setzen und auszuruhen, was in den Tagen zuvor sogar Rejkh toleriert hatte, aber diesmal zogen sie ihn das dritte Mal ohne jede Freundlichkeit wieder auf die Füße. Als er gestikulierte, sie wenigstens um Nahrung bat, knurrten sie ihn an und trieben ihn voran.

Bald verstand er ihren Mangel an Geduld, denn sie erreichten ein Gebiet mit vielen Pfaden, ein blind endendes Tal, durch das ein Bach plätscherte – und am Ende des Tales waren neben einem uralten Baum Höhlen in die Bergflanke gegraben worden, und andere durchzogen einen Erdhügel, der möglicherweise künstlich aufgeschichtet worden war.

Die Vorderseite der Behausungen – das waren sie ganz sicherlich – bestanden aus Stein, mit winzigen Fenstern und kleinen Türen, die durch Oberschwellen aus Stein oder Holz abgestützt wurden. Die auf dem Berg verfügten über die unwahrscheinlichsten Zugänge, gewundene Pfade über die Schwelle der einen, um die Tür der anderen zu erreichen, ein Irrgarten aus Steinterrassen und Pfaden, mit geschickt und dekorativ angeordneten Steinen. Der Ort hatte einen gewissen Reiz an sich, bis sie die ziemlich abgenutzte Mittelfläche des Dorfes erreichten, unter diesem uralten Baum; und Merritt erblickte die Früchte an den Zweigen – bleichende Schädel, nicht von Menschen, sondern von ihrer eigenen Rasse, aufgehängt wie Schmuckstücke.

Otrekh gab einen schrillen Ruf von sich, und aus Höhlen, von Berghöhen und selbst den Wäldern quollen die Bewohner hervor, Männchen, Weibchen, Junge, die herumhüpften und nachgeahmte Feindseligkeiten kreischten; und Alte waren da, die gebeugt einherschlurften. Die jungen Männchen wagten sich am dichtesten heran, und eines schwang drohend ein Messer und schrie gellend, als wolle es sich Mut zu einem Angriff machen.

Merritt erkannte im letzten Augenblick, daß es kein Bluff war, sprang vor dem Angriff zurück und entkam mit einem brennenden Kratzer des Messers über seine Rippen. Andere schlugen ihn dann, fletschten die Zähne und kratzten.

Und Merritt tauchte nach dem einen, der den Angriff begonnen hatte, packte ihn, dachte nur noch an seinen Versuch, das Leben aus diesem häßlichen Gesicht zu prügeln, bevor die anderen an seine Kehle gingen. Sie zogen ihn jedoch weg und warfen ihn von einem zum anderen, lachten und zirpten in heiserer Erheiterung, rissen an seinen Kleidern, die sie besonders anzuziehen schienen.

Eine Hand packte ihn am Kragen und zog ihn aus dem Getümmel, und Otrekh trat zwischen die Jungen und verteilte schallende Ohrfeigen, die sie wieder auf einen respektvollen Abstand brachten. Merritt schüttelte das Haar aus der Stirn und bemühte sich, aus dem Griff freizukommen, der ihn hielt und der sich als der Rejkhs herausstellte. Aber dann kam Otrekh und packte ihn von der anderen Seite, drängte ihn eilig und unfreundlich voran.

Schließlich blieb Otrekh unter den Zweigen dieses bedrohlichen Baumes stehen und ließ Merritt los. Ein junges Weibchen kam herbeigerannt und drückte Otrekh und Rejkh willkommen heißend an sich und wandte dann ihr Gesicht Merritt zu.

Es war Sazhje. Unter all den fremdartigen Gesichtern erkannte er sie. Es war der Blick ihrer Augen.

„Ssam“, sagte sie dann, und das war alles, aber in ihrer Stimme schien Mitleid mitzuschwingen.

Ältere Männchen kamen und einige Weibchen von sehr hohem Alter, und Sazhje unterbrach Otrekh, als er anfing, mit ihnen zu sprechen. Als sie sie mißachteten, wurde ihre Stimme schriller als die der anderen und eindringlicher, und sie gestikulierte wütend und dann bittend, bis einer der Älteren sie mit erhobener Hand bedrohte. Otrekh brachte sie mit einer brutalen Ohrfeige, die Merritts Zähne in Mitgefühl schmerzen ließ, zum Verstummen.

Die arme kleine Sazhje taumelte rückwärts, fing sich mit einem Zischen und Zähneblecken wieder, aber als Otrekh knurrte und auf sie losstürzte, eilte sie schnell genug aus seiner Reichweite und schlich davon, wobei sie Blicke nach hinten warf und in tiefer Kehle knurrte.

Andere Weibchen hatten sich versammelt und fingen an, sich um Merritt zu drängen, ihn und seine Kleidung neugierig zu betasten; auch einige der jüngsten Männchen waren dabei. Sazhje stürzte sich auf sie, um ihre Wut auszulassen, bleckte die Zähne und spuckte und scheuchte sie davon – sogar Rejkh, der kräftig genug war, sie zu besiegen, sich aber für den Rückzug entschied. Daraufhin legte Sazhje die Arme um Merritt und redete freundlich zu ihm, tätschelte ihn und hielt selbst dann seine Hand fest, als sie sich umdrehte und die Ohren spitzte, um der Diskussion zwischen Otrekh und den Älteren zuzuhören.

„Sam nicht in Ordnung, nicht wahr?“ sagte Merritt zu ihr, und ihre langen Finger verstärkten den Griff um seine Hand.

„Inohrd“, beharrte sie, und er hatte sich nie vorstellen können, in dieser nichtmenschlichen Stimme eine Lüge zu erkennen. Sazhje hatte Angst. Ihre Nägel schnitten schmerzhaft in seine Handfläche, und sie hörte nicht auf, dem zu lauschen, was in dem Kreis gesagt wurde, bis die Diskussion vorüber war.

Als sich der Rat dann auflöste, ließ sie seine Hand los und stürzte erneut vor, hielt sich außer Otrekhs Reichweite und schrie die anderen an, ballte die schlanken Hände zu Fäusten und klopfte damit auf ihre Schenkel, um das Argument zu betonen, das sie vorbrachte.

Endlich schien Otrekh ihr beizupflichten. Er kehrte mit Sazhje zu Merritt zurück und packte ihn am Arm, führte ihn einen steilen Pfad zu einer Höhle hinauf, die etwa auf halber Bergeshöhe lag. Rejkh und ein paar andere trotteten hinterher.

Merritt ging auf die Knie und kroch hinein, was sie von ihm zu wünschen schienen – und eines der erwachsenen Männchen blieb draußen als Wache. Ein wirkungsvolles Gefängnis, denn es gab nur einen möglichen Ausgang, den er nur auf Händen und Knien durchqueren konnte.

Dann rollte er sich zusammen und ruhte sich einfach aus, taub für alles andere.

DIE Nacht kam, düster und sternenschimmernd, und die Geräusche des Lagers erstarben, abgesehen vom raschelnden Kommen und Gehen bei den Höhlen.

Und schließlich tauchte im Eingang ein silberumrandeter Schatten auf und kam herein zu ihm.

„Ssam“, sagte Sazhjes Stimme, und sanfte Finger berührten ihn in der Dunkelheit. Er streckte die Hand zu ihrem Arm aus, und sie beugte sich herüber und berührte sein Gesicht mit den Lippen, eine menschliche Geste, die sie in einer Nacht vor langer Zeit von ihm gelernt hatte. So, wie ihr Gesicht geformt war, handelte es sich dabei eher um eine keusche und trockene Ausdrucksform, aber eine von äußerster Zärtlichkeit; und er wünschte sich ernsthaft, Worte zu haben, um mit ihr zu sprechen.

Sie kehrte zum Eingang zurück und zerrte Kürbisbehälter zu sich herein, Nahrung und Getränke, die sie anbot und die er dankbar annahm, ohne sich darum zu kümmern, woraus das Essen bestand.

„Danke“, sagte er rauh, sobald er fertig war, und sie langte hinauf und betastete sein unrasiertes Gesicht, drängte ihn dann mit sanftem Zupfen an seinem Kragen, seine feuchte und verschmutzte Kleidung abzulegen.

Er tat es. Sie behandelte seine Verletzungen, wie es offenbar die Methode ihrer Rasse war, mit dem Mund und mit Wasser aus dem

Kürbis; und sie verschloß die schlimmsten Wunden mit etwas, das sich wie schnell trocknender Lehm anfühlte. Es milderte das Brennen. Er hielt seine Zukunft nicht für lang genug, um sich Sorgen wegen einer Infektion zu machen. Der Trost des Augenblicks war genug.

Als sie fertig war, bildete sie aus den Binsen, mit denen die Höhle ausgelegt war, ein Nest und ließ sich neben Merritt nieder, wärmte ihn mit ihrem Körper, bis er sich zum erstenmal seit Tagen wieder entspannen konnte.

Er lag mit dem Kopf auf ihr und schlief sogar eine Zeitlang, bis ihre Bewegung ihn weckte.

„Sazhje?“ murmelte er und erkannte erst dann, daß er geschlafen hatte. Ihre sanften Finger stießen ihn gegen die Schulter, und er bewegte sich, weil ihm bewußt wurde, daß er ihr Unbequemlichkeit verursacht hatte.

„Guter Ssam“, brummte sie in sein Ohr.

„Sazhje – Sam kam, Sam kam, um Sazhje zu finden.“

„Ah“, bestätigte sie. „Ssam nicht komm, Ssam nicht komm, morgen, morgen. Sazhje zu Sazhje Volk. Armer Ssam. Otrekh komm Ssam.“

„Ist Otrekh Sazhjes?“

„Otrekh ...“, Sazhje zögerte lange dabei, versuchte offensichtlich, Worte zu finden für das, was Otrekh für sie war. Merritt dachte, daß sie wahrscheinlich verwandt waren, da Otrekh nicht dagegen protestiert hatte, daß Sazhje zu ihm in die Höhle kam – vorausgesetzt, daß Otrekh wußte, wo sich Sazhje momentan aufhielt.

„Sazhje“, sagte er, „Sam kam, um Sazhje zu sagen ... Der Damm ..., du erinnerst dich, der Damm ...“

„Ah.“ Sie formte mit den Händen eine Pyramide. Sie wußte, woran er jeden Tag baute. Eines Morgens hatte er versucht, es ihr zu erklären. „Tamm.“

„Hohes Wasser kommt, Sazhje. Der Damm wird das Wasser halten. Halten, siehst du. Wasser kommt zu Sazhjes Volk. Wasser ...“

„Wa“, bestätigte sie. Dieses Wort hatte sie noch nie aussprechen können.

„Wasser kommt zu Sazhjes Volk. Sam kam, um Sazhje zu sagen ...“

„Ah.“ Begreifen dämmerte in ihrer Stimme. „Ah. Ah, Ssam. Sazhje Volk – Sazhje Volk nicht inohrd.“

„Ja“, sagte Merritt. „Sazhje sagt ihrem Volk: laufen – verstehst du, laufen.“

Sie machte ein Geräusch, das ihre bestmögliche Annäherung an das Wort ‚verstehen' war, und er erkannte an der Spannung ihres Körpers, daß sie verängstigt war. Plötzlich schob sie sich zum Ausgang.

„Ssam", sagte sie, hielt inne und schien nach Worten zu suchen. „Guter Ssam", schloß sie hilflos und war verschwunden.

13

„Ssam khue."

Merritt drehte sich um, als der Wächter an seinem Knöchel rüttelte, noch durch den Schlaf verwirrt und momentan unfähig, sich an seine Lage zu erinnern. Aber Rejkhs schwere Hand hatte ihn gelehrt, wie wenig Geduld diese Wesen hatten, und dieser Reflex ließ ihn aus der Höhle hinauskriechen, bevor sein Geist sich klärte. Es war ein fremdes Männchen, das ihn gerufen hatte. Auf Händen und Knien liegend, langte er in die Höhle und zog seine Kleider heraus. Er war erst teilweise angezogen, als der Bursche die Geduld mit ihm verlor. Achselzuckend zog Merritt sich im Gehen Hemd und Jacke über.

Von dem Pfad an der Bergflanke aus konnte er ins Zentrum des Dorfes hinabblicken, auf den Wipfel des alten Baumes mit seinem schrecklichen Schmuck. Unter den Zweigen drängte sich eine Versammlung der Dorfbevölkerung, und Merritt behagten die damit verbundenen Aussichten nicht.

Als er den Fuß des Pfades und des Berges erreichte, konnte er etwas von den Vorgängen hören. Es war ein Gesang, in dem sich ein Sprecher mit einem rhythmischen Klatschen von Schenkeln und Handflächen abwechselte. Die Menge saß jetzt rings um den Baum auf dem Boden. Der Wächter stieß Merritt vorwärts, und er ging notgedrungen darauf zu, mehr als besorgt. Plötzlich trat Stille ein – sein Näherkommen unterbrach den Gesang.

Sazhje sprang zwischen den anderen auf und trat zu ihm, ergriff und hielt seinen Arm in einer Geste der Beruhigung. Und jetzt stand Otrekh auf und half einem uralten Männchen dabei, das gleiche zu tun. Plötzlich erhob sich ein wildes Geschnatter, aber Rejkh brüllte etwas, und es wurde wieder ruhiger.

Otrekh hielt der Menge und dem Ältesten eine leidenschaftliche Ansprache, und Merritt beobachtete ängstlich die Reaktionen. Sazhje neben ihm blieb jedoch gelassen.

Schließlich fingen die anderen an, mit den Händen auf die Oberschenkel zu schlagen und immer wieder dieselbe Silbe zu singen. Es war wie in einem Tollhaus, und Merritt wäre zurückgewichen, hätte Sazhje ihn nicht am Arm festgehalten.

Plötzlich endete der Aufruhr, und die Menge löste sich auf, verteilte sich in alle Richtungen, die Jungen rasch und die Alten auf ihre Weise, bis nur noch eine Gruppe junger Männchen zurückblieb, alle bewaffnet. Auch das betrachtete Merritt mit Mißtrauen, aber Sazhje hielt seinen Arm fest und drückte ihn mit all ihrer Kraft an sich, als Otrekh mit ihr sprach. Es gab einen scharfen Wortwechsel; sie schnellte in einer gespannten Geste scheinbaren Triumphes empor und blickte zu Merritt auf, ohne ihn loszulassen.

„Ssam komm", sagte sie. „Sazhje Volk komm Gairh Volk. Ssam inohrd. Ssam komm inohrd."

Die jungen Männchen hatten sich für eine Reise versammelt, auf einer Spur den Weg zurück, den sie gekommen waren. Und er würde mitgehen und Sazhje mit ihm. Er begriff endlich – nicht, wohin es ging, wenn es nicht ein anderes, wichtigeres Lager war, aber daß er für die Dauer der Reise in Sicherheit war und daß Sazhje daran glaubte. Rejkh war dabei, ebenso Otrekh. Rejkh wollte in Merritts Nähe, aber Sazhje fauchte ihn an, und sofort änderte er seine Absicht. Sie setzten sich in Bewegung, bildeten eine unregelmäßige Reihe, die das Dorf verließ, und die Kleinen hüpften nebenher mit, bis sie den ersten Schatten der Bäume erreichten. Rejkh warf düstere Blicke, jedoch verzichtete Merritt darauf, sie zu erwidern, erachtete die Möglichkeit, frei gehen zu können, mit Sazhje an seiner Hand neben ihm, als alles, was er sich wünschen konnte, oder sogar mehr.

„Wohin?" fragte er Sazhje und machte eine schlängelnde Geste in Richtung des gewundenen Pfades vor ihnen. „Wohin gehen Sam-Sazhje?"

„Gairh Volk", sagte sie erneut. „Tamm." Sie wandte ihm im Gehen das Gesicht zu, und es drückte tiefe Konzentration aus. „Gairh Volk nicht gut, nicht gut Ssam Volk."

Das klang bedrohlich genug, wenn man die Wörter richtig aneinanderreihte.

„Freunde von Sazhje?" lieferte er das Wort, das sie, wie er glaubte, suchte.

Sie runzelte die Stirn. Nein, das war es nicht. Sie ließ seine Hand los, um mit den Fingern eine Pyramide zu formen. „Tamm?"

„Ja, der Damm. Ich verstehe."

Die Pyramide fiel herab. „Tamm töten."

„Was, den Damm töten?"

„Ah. Ah. Gairh Volk töten Tamm. Töten Ssam Volk.“

Merritt runzelte die Stirn und suchte nach Worten. In den darauffolgenden Minuten versuchte er herauszufinden, was sie meinte, bis sie des Gesprächs ziemlich müde wurde. Aber die Bedeutung lag jenseits ihres gemischten Wortschatzes. Sogar Otrekh kam dazu und beteiligte sich an der Diskussion, und Rejkh versuchte, mit Zeichen und Symbolen und wütenden Gesten Erklärungen zu geben, aber schließlich mußte Merritt zu dem Schluß kommen, daß das Volk, zu dem sie unterwegs waren, den Damm zerstören würde. Es gab keine andere Interpretation.

Und als er zu fragen versuchte, was aus ihm werden würde, zogen sich Otrekh und Rejkh von dem Gespräch zurück.

„Sam töten?“ fragte er.

„Ssam inohrd.“ Das war alles, was Sazhje ihm sagen konnte, und sie schien es nicht mit völliger Überzeugung zu sagen.

Kurz bevor sie an diesem Abend das Lager aufschlugen, begann sich der Himmel zu bedecken. Die Dämmerung kam früh, aber es gab keinen Regen. Sie befanden sich bereits in höherem Gebiet, hatten vor einiger Zeit den Pfad, auf dem Merritt gebracht worden war, seitlich verlassen, und sie ließen sich nieder zu dem, was für ihre Rasse eine normale Pause war, jedoch kurz, gemessen am menschlichen Schlafbedürfnis.

Rejkh stieß Merritt zu einem passenden Baum hinüber, für das, was zum nächtlichen Ritual geworden war. Er hatte vor, ihn für den Schlaf zu sichern, und Sazhje explodierte geradezu vor Empörung. Sie kreischte und fuchtelte wild mit den Armen, störte das ganze Lager auf, knurrte erst Rejkh und dann Otrekh an und andere, die sich in den Streit einmischten, so daß Merritt anfing, um ihrer beider Leben zu fürchten angesichts all dieses Spuckens und Grollens. Die Männchen bedrohten sie mit den Fäusten und schlugen sie zweimal sogar mit offenen Händen, ohne etwas zu erreichen. Aber schließlich verabreichte Otrekh ihr einen deutlich hörbaren Hieb, und sie taumelte und wimmerte und schlich beiseite.

„Otrekh!“ schrie Merritt, und der große Bursche senkte die Ohren und knurrte, machte aber noch keine Anstalten anzugreifen. Es war nur Bluff. Merritt hatte schon genug gelernt, um das zu wissen, und dies war reines Gesichtwahren. Sazhje hielt es ebenfalls dafür, denn sie gab ein verächtliches Schnauben von sich, schlich zurück und faßte Merritt am Arm.

Otrekh hatte immer noch etwas zu sagen, und er bewegte sich

nicht. Diesmal drückte seine Haltung Entschlossenheit aus, und ein toter Punkt trat ein, der die Tendenz dazu enthielt, daß jemand verletzt werden würde. Merritt wog den Profit auf beiden Seiten ab, stieß Sazhje schließlich weg, ging ruhig zu dem Baum und setzte sich dort nieder, wo Rejkh ihn haben wollte, und Rejkh machte sich daran, ihn mit dem Seil zu sichern, nicht weniger grob als üblich. Sazhje war nicht einverstanden und sah mit viel Verdruß und Wut zu, und als Rejkh fertig war und das ganze Lager sich anschickte, sich zur Nacht niederzulassen, kam sie und setzte sich neben Merritt nieder, legte den Kopf unter sein Kinn und lag dort schwer atmend und immer noch wütend.

„Es tut mir leid", sagte Merritt zu ihr, und ihre lange Hand tätschelte tröstend seine Seite.

„Sazhje inohrd", versicherte sie ihm. „Sazhje inohrd."

„Gehen wir zum Damm, Sazhje?"

„Ah", bestätigte sie, und er spürte ihr Zittern. Einige Regentropfen begannen zu fallen. „Gehen Tamm, Gairh Volk Tamm. Ssam inohrd. Ssam Volk nicht inohrd. Töten Ssam Volk. Ssam inohrd Sazhje."

„Ich verstehe nicht, Sazhje."

„Gairh Volk nicht gut Ssam Volk. Töten Tamm."

Merritt schüttelte verzweifelt den Kopf. Wenn sie am mitteilungsfreudigsten war, war Sazhje am schwersten zu verstehen. Und sie blickte ihn ihrerseits kummervoll an, wußte, daß sie es nicht geschafft hatte, ihm all das begreiflich zu machen, was sie gesagt hatte. Schließlich legte sie einfach den Kopf an seine Brust und tätschelte ihn tröstend.

DAS Wetter war schon den ganzen Nachmittag lang bedrohlich gewesen. Als sie ihr Ziel erreichten, glitten weiche Meereswolken auf dem Westwind über sie hinweg, türmten sich zu immer dunkleren Massen auf, und die Luft hatte einen Anflug von Wärme. Sie erreichten dieses Lager an einer Bergflanke früh, aber die meisten Einwohner hatten schon vor der kommenden Nacht Zuflucht gesucht.

Auch hier gab es, wie an dem anderen Ort stromaufwärts, eine Gruppe von in die Erde der Bergflanke gegrabenen Höhlen. Allerdings strahlte dieser Ort nicht den Eindruck von Dauer aus, wie es Sazhjes Dorf getan hatte. Hier gab es keine mit Steinen gesäumte Pfade, sondern nur schwindende Erddämme, aus denen die Fußpfade geformt waren; keine ordentlichen Unterkünfte mit steinernen Fronten, sondern nur hastig angebrachte Windschutzeinrichtungen an den unregelmäßigen Vorderseiten der Behausungen. Lediglich das Zentrum des Lagers war genauso wie im anderen; es wurde von einem besonders alten Baum gebildet, und Merritt nahm an, daß er irgendeine religiöse Symbolik hatte. Auch dieser war mit Schädeln behangen, ob sie nun von getöteten Feinden stammten oder eine gräßliche Form der Verehrung ihrer eigenen Toten darstellten.

Auch die Bevölkerung war anders. In Sazhjes Dorf hatte es Kinder gegeben und den Eindruck eines Volkes, das in seiner Heimat ein normal verlaufendes Leben führte. Aber hier waren die Bewohner, die aus ihren Höhlen strömten, um ihre Besucher zu betrachten, Männchen, und es gab nur sehr, sehr wenige junge Weibchen.

Dies, dachte Merritt, als er den sich versammelnden Kreis unbehaglich betrachtete, war sehr wahrscheinlich die Operationsbasis, von der aus die Angriffe gegen die Station vorgetragen wurden. Keine zufälligen Streifzüge untermenschlicher Kreaturen, sondern ein geplanter Feldzug, geleitet von einem organisierten Feldlager aus ... einem Lager, das den Dörfern bekannt war und vielleicht verschiedene Bevölkerungsgruppen in sich vereinte – unter einem Anführer, einem fremden Cäsar, zu gemeinschaftlicher Absicht vereint.

Und Sazhje hatte ihn mit ihren Sicherheitszusagen in das Zentrum davon gebracht – nein, war mit ihm hierhergekommen; seine Einschätzung ihrer Versprechungen hatte sich unglücklich bestätigt. Tapfere, hartnäckige Sazhje. Sie stand jetzt fest neben ihm, ihre Finger in seinen verschränkt, und er erkannte, daß auch sie erschrocken war. Er hoffte, daß Otrekh sie beschützen konnte; er selbst konnte es sicherlich nicht.

Im Zentrum des Lagers neben dem Stamm des alten Baumes entspann sich eine Auseinandersetzung. Otrekh und Rejkh und einige der anderen debattierten mit einigen der hiesigen Anführer mit ohrenzerreißendem Kreischen und heftigen Gesten. Merritt wandte sein Gesicht ab und kümmerte sich nicht darum. Er war erschöpft vom langen Gehen und den schlaflosen Nächten und auch dem Hunger, denn sie gaben ihm nie genug; und es schien so, als ob die Diskussion und das Schreien noch einige Zeit dauern würden. Diese Art des lauten Zusammentreffens war bei ihnen anscheinend ein Brauch – mit welchem Ausgang letztlich, das wollte er im Augenblick gar nicht wissen.

Er erblickte einen bequemen Platz, einen Baumstamm, der vielleicht zum Daraufsitzen vorgesehen war, und er zog an Sazhjes Hand, drängte in diese Richtung. Sie verstand und ging die wenigen

Schritte mit ihm, ließ sich neben ihm nieder, hielt seinen Arm und umschloß seine Hand mit der ihren, den Kopf an seine Schulter gelegt. Ihre Ohren zuckten jedoch ständig zur Debatte im Zentrum, jenseits der Ansammlung, die sie davon abschirmte. Schließlich wurden Fackeln angezündet, und das Licht schien zwischen den zusammengedrängten Leibern hindurch. Das Rufen wurde unterscheidbar, erst eine Seite und dann die andere, während die Menge von Zeit zu Zeit etwas dazwischenrief.

„Was erzählt Otrekh ihnen, Sazhje? Was sagt Otrekh?"

Entweder verstand Sazhje in alldem Aufruhr nicht, was er fragte, oder sie zog es vor, nicht zu antworten. Sie streckte die Hand aus, tätschelte sein Knie und hielt die Ohren auf die Debatte gerichtet.

Dann spannten sich ihre Finger, und ihre freie Hand kehrte zu Merritt zurück, ein Zeichen der Vorsicht. Eines der größeren Männchen kämpfte sich seinen Weg durch die Menge frei, kam auf sie zu, und Merritt sprang auf die Füße.

Er wäre freiwillig mitgekommen, denn er hatte keine Wahl. Die starken Hände umklammerten seinen Ärmel und zerrten ihn vorwärts in den Kreis, stießen ihn aus dem Gleichgewicht und warfen ihn in das eigentliche Zentrum gegen den Baum.

Otrekh packte ihn am Arm und hielt ihn beschützend zurück, knurrte den anderen, die Anstalten machten, sich heranzudrängen, eine Warnung zu. Merritt stand still, die Füße gegen den Boden gestemmt, und glaubte einen Moment lang, daß er und Otrekh davorstanden, der Mittelpunkt eines Kampfes zu werden, aber die anderen wagten nicht mehr, als um sie herumzuschleichen und Scheinangriffe zu machen.

Dann sprang ihn einer von hinten an und versuchte, ihn wegzuziehen, riß ihm dabei halb die Jacke herunter, behinderte dadurch seine Arme. Das löste einen Ausbruch unmenschlichen Gelächters aus, das seinen Quälgeist ermutigte. Die Jacke wurde ihm ganz herabgerissen, zerriß dabei, und Merritt taumelte und stürzte beinahe wieder zu Boden.

Otrekh schlug Hände beiseite und knurrte die wagemutigsten der anderen Gruppe drohend an. Rejkh deckte die andere Flanke, bleckte Zähne und kreischte vor Zorn. Ein zweiter Ausfall ließ Sazhje herein, ihre schrille Stimme übertönte das tiefere Knurren der Männchen, und ihre leidenschaftlichen Drohgesten und ihr spuckendes Grollen vertrieben einige der weniger entschlossenen Feinde aus ihrer Nähe, selbst die größeren Männchen, die entweder duldsam waren oder gehemmt, sich mit ihr auseinanderzusetzen. Es blieb ein Kreis wütenden Streites um Merritt herum, der fortdauerte, bis er durch ihr Brüllen und Kreischen beinahe taub geworden war und sich schließlich auf ein Dreierfeld reduzierte: Otrekh und zwei häßliche Männchen, die anscheinend die Befehlshaber der anderen Seite waren. Ältere gab es hier nicht; diese beiden waren die ersten, zernarbt und mächtig.

Einer von ihnen jagte Sazhje hinter Otrekhs schützenden Rücken, und Rejkh gesellte sich zu ihr. Damit schien die erste Runde der Debatte beendet zu sein. Die plötzliche Stille war ebenso entnervend, wie es das Durcheinander vorher gewesen war, und der Größere der Gegenseite blickte Merritt mit einem Grinsen an, das keinerlei Freundlichkeit enthielt, sondern eher dazu diente, seine gewaltigen Fänge vorteilhaft zur Geltung zu bringen. Er gab einem seiner Untergeordneten einen Befehl, machte eine unbekümmerte Handbewegung und wartete, atmete schwer nach der heftigen Auseinandersetzung, während der Befehl ausgeführt wurde.

Sazhje wich zurück; Merritt spürte, wie ihre Hand sich in die Beuge seines Ellbogens stahl und ihre langen Finger sich mit seinen verschränkten. Er war froh, daß sie bei ihm war.

„Ssam. Ssam, Gairh will Tamm töten."

Der große Bursche, Gairh, wollte den Damm zerstören. Merritt runzelte ungläubig die Stirn und blickte wieder nach links, als der andere mit dem zurückkehrte, was er hatte bringen sollen. Es war eine Kiste mit Sprengstoffen, ordentlich unter einen spinnenartigen Arm geklemmt: eine der Lattenkisten von der Baustelle, eine ihrer eigenen. Merritt erkannte es an der im Fackellicht sichtbaren Beschriftung.

Der Träger beugte sich hinab und postierte die Kiste inmitten der Versammlung, und der Gairh Genannte sagte etwas mit viel Vehemenz und Zähneblecken. Dann deutete er auf Merritt; und Merritt hatte schon eine Vorahnung davon, bevor Sazhje es übersetzte.

„Gairh will Ssam Tamm töten."

„Nein", sagte Merritt, ohne sich die Antwort zu überlegen. „Sag ihm nein, Sazhje! Sam wird den Damm nicht für ihn töten."

Sazhje zerrte wild an seinem Arm, um ihn dazu zu bringen, sie anzuschauen. „Ssam. Nein, nein, Ssam. Gairh töten Ssam. Sazhje sagt nicht nein Gairh, nein, nein, nicht gut Ssam Volk, nicht gut. Ssam töten Ssam Volk, bleib Sazhje Volk."

„Nein", sagte Merritt. „Sam wird Sams Volk nicht töten. Sag Gairh nein."

„Sazhje sagt nicht", protestierte sie heftig, und Gairh packte sie am

Arm und redete laut und lang mit ihr, etwas, dem Sazhje nur mit bekümmerter Ablehnung antwortete.

Gairh schleuderte sie beiseite und funkelte Otrekh an, gab dann seinem Leutnant einen Befehl, und der Leutnant hockte sich nieder und klappte den bereits angebrochenen Deckel der Kiste auf.

Einige der Ladungen der obersten Schicht waren bereits mit Kappen und Zündern versehen, zum Anzünden vorbereitet und unbekümmert wieder in die Kiste zurückgeworfen worden, so daß das ganze Ding für Hitze oder Schlag anfällig geworden war. Merritt sah es und blickte erschrocken darauf hinab.

Jemand – er konnte nicht glauben, daß es einer von Gairhs Leuten gewesen war – hatte einige der Zylinder vorbereitet und die ganze Kiste in eine Bombe verwandelt, groß genug, den unmittelbaren Bereich zu verwüsten.

Gairh kreischte ihn jetzt an, schäumte vor Zorn und Leidenschaft – packte einen der Zylinder mit der Faust, schwenkte ihn in Merritts Richtung und schrie etwas. Dann deutete er mit der anderen knochigen Hand nach oben, und einer seiner Leute packte einen Ast des Baumes, holte den Gegenstand herab, den Gairh wollte, und hielt ihn am Haar hoch.

Dan Millers Gesicht starrte Merritt blicklos an wie das von Lady in jener Nacht auf dem Hof – Miller, der oft auf der gegenüberliegenden Seite Wache bezogen hatte, weil er die langen Freizeiten im Haus liebte, der in Explosivstoffen ein Experte wie Merritt geworden war, so daß er üblicherweise die Ladungen angebracht hatte.

Das Geschöpf schwenkte den abgeschlagenen Kopf, schnitt Grimassen und kreischte höhnisch – die anderen heulten im Chor vor Vergnügen. Merritt schluckte eine Aufwallung hinunter und betrachtete Gairh.

Das Gelächter erstarb plötzlich, und es entstand ein Moment intensiver Stille, in der sich keiner regte. Gairh ließ die Brust anschwellen und sah so aus, als wüßte er, daß die Einschüchterung wirkungsvoll gewesen war.

Wild heulend warf sich Merritt an Gairhs Kehle und schleuderte ihn heftig in den Schlamm.

Starke Hände zerrten ihn fort von seinem zähnefletschenden Gegner, zogen ihn hinter einen Wall anderer Schultern zurück. Merritt schüttelte sie ab und spürte plötzlich einen sanfteren Griff, hörte Sazhjes Stimme, denn Otrekh war herbeigekommen und stand vor ihm, und Sazhje hielt ihn fest, versuchte, vernünftig mit ihm zu reden, und vermischte dabei Worte ihrer beider Sprachen. Er schnappte nach Luft und zwang sich dazu, ruhig zu sein, wenn auch nur die geschlossenen Reihen von Sazhjes Volk zwischen ihm und den anderen standen und diese dünne Linie nachzugeben begann. Er stand so still, daß einer von Sazhjes Freunden, der ihn festhielt, losließ – und als die Hände sich lockerten, tauchte er weg und rannte los, weg vom Licht.

„Ssam!" Sazhjes empörter schriller Schrei verfolgte ihn; und dann ging ihre schrille Stimme in solch einem vielfachen Heulen der Wut und der Pein unter, daß er nicht mehr ausmachen konnte, was weiter geschah.

Am Waldesrand und dahinter, verloren in Dunkelheit und Gewirr, blieb er stehen und blickte zurück, und jedesmal, wenn er das tat, erkannte er zu seiner Überraschung, daß ihm niemand folgte. Vom Lager kam immer noch solch ein Durcheinander von Schreien und Gebrüll, daß es jedes seiner Geräusche überdeckte – und der Name von alledem mochte Sazhje und Otrekh lauten.

Er traf auf einen Pfad, der, wie er glaubte, zum Strom hinunterführte, fing an zu rennen, so schnell er nur konnte. Sie würden ihn einholen können, wenn sie erst einmal seine Spur hatten; daran zweifelte er nicht, aber ihm standen einige kostbare Augenblicke zur Verfügung, um den Vorsprung herauszuholen, den er irgendwie halten mußte.

Oder vielleicht – der Gedanke nagte fortwährend am Rande seines Bewußtseins – folgten sie ihm nicht, weil sie wußten, daß er keine Hilfe finden würde. Er wußte nicht, was bei der Station passiert war; und was die Verbindung zwischen Feuer und Sprengstoffen anging, der Gedanke mochte nicht zu schwierig für Sazhjes Rasse sein – in keiner Weise.

Wenn diese Kiste an die Erdarbeiten oder den Umgehungskanal gesetzt wurde, würde sie den angestauten See auf den halbfertigen Damm loslassen. Und wenn der Damm nicht hielt, würde sich eine größere Flut in den Unterlauf ergießen, als Hestia sie je erlebt hatte.

14

DER Damm war in Sicht, die Schlucht ein helleres Gebiet in der Dunkelheit. Merritt wischte sich den Regen aus den Augen und suchte die Gegend nach einem Zeichen des Feindes ab, wobei ihm die Blitze halfen, die einen Moment später dem Feind helfen mußten, ihn an jeden Beobachter verraten mußten, während er dieses offene Gelände zur Wachstation überquerte.

Er schnappte nach Luft und stolperte voran, rutschte im Schlamm und in den Pfützen aus, und der Schmerz in seiner Seite fühlte sich wie der einer tödlichen Wunde an. Er hatte es geschafft. Er hatte es geschafft, die Nase vor allen Verfolgern zu behalten, die vielleicht hinter ihm her waren, und jetzt war das Ziel in Sicht, die Blockhütte, die die Brücke diesseits bewachte.

„He!" grüßte er die unsichtbaren Wachen, als er in das Blickfeld der Fensterschlitze gelangte. Er wollte nicht das Opfer eines nervösen Postens in dieser Düsterkeit von Nacht und Sturm werden. „He, ihr da drin ... Nicht schießen!"

Die Blitze zeigten ein blasses Gesicht in dem Schlitz und schimmerten auf einem feuchten Gewehrlauf.

„Es ist Merritt!" hörte er jemanden sagen, und dann sah er in der Szenenfolge eines dreifachen Blitzes, wie der Mann das Gewehr hob und auf ihn zielte.

Der Schuß hatte vielleicht die Stelle getroffen, die er verließ. Er blieb nicht stehen, um es zu sehen, nicht bevor er wieder tief in den Wäldern war. Vom Wachposten kam keinerlei Entschuldigung. Es war kein Irrtum gewesen.

Erschüttert und zitternd blieb er stehen, um sich den Blick wieder klarzuwischen und den Pfad hinter sich zu überblicken; er fürchtete, der Schuß habe die Verfolger auf seine Fährte gezogen. Die Blitze offenbarten ihm nur die dunklen Baumstämme und ineinanderhängende Zweige.

Er sog Luft ein und drehte sich um, fing wieder an zu rennen, den Pfad entlang, der zur Klamm führte und der einzige verbleibende Weg war. Der Strom war angeschwollen: er hörte ihn donnernd aus der Enge hinausfließen. Die Zeit reichte nicht mehr, um es über die Uferbank zu versuchen, den Weg um den Fuß des Vorgebirges herum, nicht seit den Regenfällen.

Er eilte vorwärts, den langen Abhang der wassergefüllten Klamm hinauf und wieder unter den Bäumen hervor. Donner rollte durch die Schlucht, und der Strom brüllte aus ihr herauf und ertränkte mit seinem Tosen alles andere.

Die Lichter brannten, das große äußere Tor war verriegelt. Merritt erreichte die erste Ecke der Steinmauer und lehnte sich einen Moment lang daran, keuchte und rang nach Luft. Die Blitze trieben ihre seltsamen Spiele mit der Landschaft und erzeugten Schatten zwischen Merritt und der Holzmauer des Außenlagers.

Vor ihm führten die Stufen hinab zum Dock und zur *Celestine*. Bevor er die erste Stufe erreichen konnte, mußte er für einen Augenblick vor die Gewehre der Wachen am Tor des Haupthauses. Und die hatten vielleicht eben den Schuß am Damm gehört.

Und vielleicht war die *Celestine* weg, oder vielleicht hatten Amos und Jim für diese Nacht Zuflucht im Haus gesucht. Vielleicht war solch ein Risiko überhaupt sinnlos.

Er wischte sich die Augen und ging los, hielt sich dicht an der Mauer, versuchte, etwas durchzuführen, das zu verhindern er die Wachen selbst angewiesen hatte – glitt in kleinen raschen Sprüngen an der Mauer entlang von Schatten zu Schatten, solange das ging, raste dann ins Freie und auf die Stufen zu.

Hinter ihm krachte ein Schuß. Vor ihm spritzte Wasser von einer Pfütze auf. Er warf sich über den Erdwall, rollte und rutschte durch den Schlamm, bis er über den ersten Absatz kollerte und vor den Stufen landete, voller blauer Flecken und halb betäubt. Er kroch auf die Stufen zu, rappelte sich auf und eilte hinab, betete darum, daß die Selbys nicht so schnell den Finger am Abzug krümmen würden. Oben am Haus wurde tosend Alarm geschlagen. Aber da war die *Celestine* und dümpelte an ihren Tauen.

„Amos!“ schrie er, rutschte auf den nassen Planken aus, fing sich wieder und rannte taumelnd das Dock hinab. „Amos! Jim!“

Auf dem Deck erschien eine flackernde Laterne. Merritt winkte ihr heftig zu, verdoppelte seine Anstrengung, um die Laufplanke zu erreichen, bevor er für jemanden hinter ihm ein deutliches Ziel abgab, so, wie er sich jetzt gegen das Licht abzeichnete.

„Es ist Sam!“ hörte er Jims Stimme über die Laufplanke, und als er auf das schwankende Brett stolperte und auf das Deck springen wollte, zogen ihn freundliche Hände an Bord und hielten ihn fest.

Er plumpste auf das Deck und stützte sich auf die Hände, versuchte, wieder zu Atem zu kommen, während der Alarm oben am Haus immer noch in seinen Ohren dröhnte und irgendwo Stimmen riefen. Amos und Jim versuchten gegen seinen Willen, ihn auf die Füße zu ziehen, und er konnte nicht genug Luft schnappen, um dagegen zu protestieren, daß er nun aufrecht in der Lücke für die Laufplanke zu sehen war.

„Sam“, sagte Amos und hielt ihn am Arm. „Sam, bist du verletzt?“

Merritt schüttelte den Kopf und schnappte nach Luft. Seine vernebelte Sicht zeigte ihm Lichter, die in einer Reihe die Stufen vom Haus zum Dock herabkamen. Er warf den Selbys einen wilden Blick zu.

„Ich habe versucht, sie zu warnen. Sie haben auf mich geschossen ..."

„Sollen wir fragen, wo du gewesen bist?" unterbrach ihn Amos mit rauher Stimme. „Oder sollen wir diesmal nur Vermutungen anstellen?"

„Amos ..." Er taumelte auf die Füße und hielt sich an der Reling fest. „Amos, das Volk hat Sprengstoff, und sie sind wahrscheinlich gerade jetzt damit zum Damm unterwegs."

Jim riß ihn zur Seite und schleuderte ihn rückwärts gegen das Ruderhaus, und Merritt war zu betäubt und außer Atem, um sich zu wehren. Er starrte Jim bestürzt an.

„Wir wissen bereits, wie sie an das Zeug gekommen sind", sagte Jim, sein junges Gesicht verbissen vor Wut. „Sie haben uns Millers geköpften Leichnam geschickt, zwei Tage nachdem das Zeug draußen auf der Baustelle vermißt worden war. Aber wenn sie es benutzen können, dann sag mir, woher sie das Wissen haben, Sam. Oder vielleicht sollen wir es anders addieren, wenn das Volk mit Sprengstoffen auftaucht und Sam Merritt fehlt."

Für einen Sekundenbruchteil blickten Merritts Augen über Jims Schulter hinweg auf die Reihe von Laternen, die das Dock erreicht hatten; dann zuckten sie zurück auf Jims Gesicht.

„Es ist nicht mehr viel Zeit", berichtete er ihm. „Du hältst sie besser auf, oder du wirst nie meine Stellungnahme dazu hören."

Jim starrte ihn an, das Gesicht immer noch vor Wut verzerrt, wurde jedoch ein wenig weicher unter dem Blick, den Merritt ihm widmete. Er drehte sich zur Seite, traf eine Entscheidung und nahm das Gewehr, das an der Reling lehnte. Er entsicherte es, und sein Vater machte eine ansatzweise Bewegung, um ihn aufzuhalten, nahm dann Jim das Gewehr aus der Hand und stellte sich selbst der herankommenden Menge entgegen.

„Nicht schießen!" rief Amos zum Dock hinüber. „Kommt nicht näher!"

„Alles klar bei dir, Amos?"

„Alles klar bei uns. Du hältst dich zurück, Porter. Wir haben Merritt wieder. Haltet euren Abstand, ihr alle, bis ich ausgeredet habe."

„Frag Merritt, wo der Sprengstoff ist!"

„Er sagt, daß das Volk vorhat, den Damm zu sprengen. Hört mir zu, ihr – ich kenne nicht die ganze Geschichte. Ich hatte noch nicht genug Zeit, ihn zu fragen, aber ihr haltet euch fern, bis ich mich entschieden habe. Und ich meine das so, wie ich es sage. Ihr wißt es."

„Du warst ihm gegenüber schon immer blind, Selby – aber laß dir Zeit. Wenn er eine Antwort zu alldem hat, laß sie uns hören."

„Ich gebe euch die Antwort!" rief Merritt zurück und lehnte sich leichtsinnig gegen die Reling. „Millers Tod war für mich eine Überraschung – auch, daß sie den Sprengstoff hatten. Sie sind ohne meine Hilfe daran gekommen."

„Da sind wir nicht sicher", schaltete sich eine neue Stimme ein. „Nur, wo Sie sie in Ihrem Auftrag hingeschickt haben!"

„Das ist nicht wahr!" rief Merritt zurück.

„Sie wollten nie, daß der Damm fertig wird, Merritt." Das war wieder Porter. „Sie haben sich immer dagegengestellt. Ich habe gehört, daß Sie versucht haben, den Planeten zu verlassen, als die Männer des Gouverneurs Sie in New Hope schnappten."

„Ich habe diesen Damm gebaut. Was wollen Sie mehr? Und wenn Sie nicht wollen, daß er gesprengt wird, dann stellen Sie heute nacht mehr Wachen an der Baustelle auf."

„Wenn das Volk mit Sprengstoff umgehen kann, wer hat es ihnen gezeigt, Merritt? Beantworten Sie uns das!"

„Ich habe es ihnen nicht gezeigt. Aber sie können sprengen. Vielleicht wissen sie es von Miller – ich weiß es nicht."

„Das ist eine Lüge!" Die Stimme gehörte einem der Miller-Vettern. „Das ist eine dreckige Lüge, Merritt, mit der Sie Ihre eigene Haut retten wollen."

„Ich kann nicht mit dir streiten, John. Ich weiß nicht, wie sie daran gekommen sind. Vielleicht haben sie sie von Dan geholt, nachdem er sie an der Baustelle angebracht hatte. Oder vielleicht wollte er sie in ihrem Lager hochjagen – vielleicht hat er es versucht. Aber die vom Volk haben Gehirne, mit denen sie Dinge zu Ende denken können. Es sind intelligente Wesen, und sie haben die Mittel, um den Damm zu zerstören. Alle könnten jetzt diese Ladungen zünden. Vielleicht haben wir Glück, und sie sprengen sich selbst in die Luft, bevor sie den Damm erreichen, aber sie wissen, daß ich frei bin und daß sie nicht mehr viel Zeit zu verlieren haben. Seht zu, daß ihr dahin kommt und unsere Wachposten warnt, ob ihr nun denkt, daß ich lüge oder nicht. Es sind zu viele vom Volk da draußen, als daß ein paar Gewehre sie aufhalten könnten."

„Und vielleicht haben Sie Ihre Gründe, weswegen Sie wollen, daß wir alle dahin rennen."

„Porter", sagte Amos, „vielleicht hörst du besser auf ihn!"

„Du glaubst diesem Außenweltler, Selby? Dann wirst du alles glauben."

„Ich denke, daß wir alle in einer verflucht beschissenen Lage sein werden, wenn dieser Damm hochgeht."

„Und ich glaube, daß er uns alle in einen Hinterhalt schicken will, während er hierbleibt – und wir die Station unbewacht zurücklassen."

„Wollen Sie Männer zum Damm schicken oder nicht?"

Es gab eine lange Verzögerung, und niemand meldete sich freiwillig. „Sicher", sagte Porter, „wir werden uns darum kümmern. Aber wir werden uns erst etwas mit Merritt beschäftigen. Nimm das Gewehr runter, Amos. Er ist es nicht wert."

„Bleiben Sie, wo Sie sind, Porter! Den ersten, der näher kommt, werde ich zu verscheuchen versuchen, aber ich kann in diesem Regen nicht viel sehen und möchte nicht meine Nachbarn erschießen. Ihr haltet einfach den Abstand. Und während ihr da steht, schickt jemanden rauf, der eine Entsatztruppe für die Männer beim Damm aufstellt, oder wollt ihr sie da oben allein lassen?"

„Was machen wir jetzt, Dad?" fragte Jim ruhig, als die Menge sich in Schweigen hüllte.

„Ich denke, daß du und Sam besser die Maschine in Gang setzt. Wir haben die Möglichkeit, von hier zu verschwinden, und nebenbei traue ich Porter nicht, daß er diese Verstärkung wirklich losschickt."

„Amos ...", begann Merritt, seinen Dank anbietend.

„Sam, ich schätze, daß du die Wahrheit sagst, oder einen Teil davon. Wenn ich herausfinde, daß es sich anders verhält, bist du besser nicht in meiner Reichweite. Setz dich in Bewegung! Ich weiß nicht, wie dicht wir die alte *Celestine* an den Damm heranbringen können, aber wenn es klappt, schätze ich, daß wir die ersten sein werden, die Bescheid wissen."

DER Wind wehte stromabwärts aus der Schlucht hervor und trieb blendenden Regen und Gischt gegen die kleine *Celestine*, und sie fuhr langsam, qualvoll langsam, ihr Deck war überspült, und der Bug tastete sich durch Dunkelheit und unkartographiertes Fahrwasser.

„Weiß nicht, wie weit wir es noch schaffen werden", sagte Amos. Er hielt das regenglatte Ruder mit festem Griff und ließ mit einer Hand wieder los, um sich mit dem Unterarm über die Augen zu wischen.

Gischt peitschte sie, und Strömung und Wind versuchten, sie zur Umkehr zu zwingen.

Amos kämpfte gelassen dagegen an, aber das Tuckern der Maschine stockte. Jim griff hastig nach der Klinke, duckte sich durch die Luke und schlug die Tür hinter sich zu. Das Boot stampfte und schlingerte, und an Steuerbord erhoben sich bedrohlich nahe Felsen im Licht der Blitze.

„Ich seh mal nach, ob Jim Hilfe braucht", sagte Merritt und hatte gerade die Klinke in der Hand, als die *Celestine* krängte und in jeder Planke erzitterte. Mit knarrendem Holz wälzte sich das Boot wieder in die richtige Lage. Merritt ließ den angehaltenen Atem aus seinen Lungen entweichen, und Amos stieß einen heftigen Fluch aus.

Wieder scharrte das Boot über Stein, und Amos riß in dem Versuch, es freizubekommen, das Steuer hart herum. Das Boot hing für einen Moment fest, kreischte und schleppte sich dann auf einer Welle an dem Hindernis vorbei.

Es war nicht erforderlich, nach Jim zu suchen. Die Tür wurde aufgerissen, und er steckte den durchnäßten Kopf in das Ruderhaus, während er sich am Eingang festhielt.

„Wir können nicht weiter. Dad, um ..."

„Kein Boot ist jemals weiter als bis hierhin gekommen, sicher!" rief Amos zurück. „Ich weiß, Sohn, ich weiß, und ich fahre zur einzigen Landestelle, die wir haben."

Er hielt das Ruder jetzt mit aller Konzentration und steuerte geradeaus. Felswände und halb unter Wasser befindliche Blöcke türmten sich aus der blitzerleuchteten Gischt auf wie ein dahineilender Alptraum.

Die *Celestine* näherte sich jetzt dem diesseitigen Ufer, wo sich Merritt an einen einzelnen Uferstreifen erinnerte, der allmählich zu den Höhen dahinter anstieg, eine Stelle, die bis hoch hinauf mit Gebüsch und Sand bedeckt war. Und wenn bei der Anfahrt auf diesen Uferstreifen der Rumpf der *Celestine* aufgerissen wurde und der Kessel hochging – es würde zumindest schnell gehen.

Der Streifen kam ins Blickfeld, eine große Buschzeile, die sporadisch von Blitzen beleuchtet wurde, zwischen dem Auf und Ab des gischtüberschwappten Buges der *Celestine*.

„Jungs", sagte Amos, „geht nach vorne auf das Deck und macht euch zum Springen bereit. Nehmt das Tau mit, wenn ihr könnt. Ich will das alte Mädchen nicht verlieren, wenn es sich vermeiden läßt."

Merritt packte den Türrahmen und zog sich hinter Jim hinaus. Sich festhaltend, wo es ging, arbeiteten sie sich zum Bug und dem zusammengerollten Tau vor.

Das Ufer kam jetzt rasch näher, es tanzte in der Dunkelheit wie verrückt auf und ab, und plötzlich traf der Bug der *Celestine* auf Sand. Der heftige Ruck schleuderte sie beide zu Boden, und als sie wieder auf die Füße kamen, krängte das Boot und schwenkte in der Strömung herum.

Ein letzter Blitz zeigte das Ufer beinahe unter ihnen, und Jim legte die Hand auf Merritts Rücken und drängte ihn über die Reling.

Er landete im Wasser und verspürte einen betäubenden Kälteschock; und für einen Augenblick kämpfte er, fand dann Grund unter den Füßen und zerteilte die Oberfläche. Er trat gerade von der dunklen Form der *Celestine* zurück, als das Tau hervorschnellte und sich in Richtung seiner erhobenen Hände entrollte. Jim sprang seitlich herab, und zusammen packten sie das Tau und zerrten es zu einem hervorstehenden Felsen, legten es herum und versuchten, es zu halten.

Es wurde ihnen aus den Händen gerissen und schrammte dabei das Fleisch auf, und der Bug der *Celestine* drehte sich vom Ufer weg und wurde von der Strömung gepackt.

„Dad!" heulte Jim in den Wind.

Einen Moment später sprang ein Schatten von der diesseitigen Reling herab ins Wasser, ein weißes Platschen, und Amos stolperte hustend und fluchend ans Ufer. Er warf einen Blick zurück auf die beschädigte *Celestine*, die sich halb umgewendet hatte und auf eine schnellere Strömung zuschaukelte, packte dann Jim und Merritt an je einer Schulter und drehte sie der höher gelegenen Uferbank zu, stieß sie in Bewegung.

DER Wind trug Brandgeruch in sich, als sie die Straße erreichten, einen beißenden, ekelhaften Rauch. Der Regen hatte nachgelassen und war nur mehr ein Tropfensprühen, und das meiste davon schüttelte der Wind von den Bäumen; jedoch enthielt die feuchte Luft den seltsamen Brandgeruch.

Und als sie die Nähe der Baustelle erreichten, erkannten sie deutlich, daß etwas in Flammen stand, ein rotes Flackern zwischen den Bäumen.

Sie hielten sich daraufhin im Wald und wagten sich nicht ins Freie. Sie hatten keine Waffen, denn die waren auf der *Celestine* geblieben.

„Die Wachstation“, bemerkte Merritt rauh, nachdem er die Position des Brandes geschätzt hatte.

Sie gingen weiter durch den tropfenden Wald und erhaschten einen deutlichen Blick darauf, auf feuerdurchsetzten Rauch, der hinauf in die Dunkelheit wallte. Ausläufer des Feuers leckten sogar an den Brückentauen, brandtrocken, ein Flammengitter.

Kein Feind war in Sicht, überhaupt nichts bewegte sich im Feuerschein. Im Bereich der Wachstation lagen Körper im Schlamm, um sie herum reflektierten Pfützen das Feuer.

Amos stieß einen Fluch hervor. Merritt warf einen Blick in beide Richtungen und verließ die Deckung, sich dessen bewußt, daß beide Selbys ihm ungebeten folgten. Er huschte an die Seite eines toten Mannes, fand ein Gewehr im Schlamm, wischte es ab, durchsuchte die Taschen des Mannes – es war Sid, einer von den Burns – und zog zwei Patronen heraus.

„Wie viele Leute waren hier draußen?“ fragte er Amos, der einen anderen ausplünderte.

„Vier auf dieser Seite, fünf auf der anderen. Sieht so aus, als hätten sie sie alle erwischt.“

Und die Brücke schwand dahin: brennende Taue rissen, und die Konstruktion sackte würdevoll in die Tiefe und über die Schlucht hinweg, hinterließ eine Spur brennender Fragmente, die wie Sterne wirkten.

„Sam, Dad!“ rief Jim plötzlich von seinem Platz näher an der Kante. „Da unten bewegt sich ein Licht.“

Merritt rannte hin, um nachzusehen, Amos dicht neben sich, und sie rutschten neben Jim, wo ein großer Stein den Beginn von einem der mehreren Pfade markierte, die hinab zum Damm führten. Jim deutete.

Von weit unten auf dem Pfad kam ein schwacher Feuerschein, der sich zum Umlenkdeich hinunterschlängelte, von dem aus der Strom seine donnernde Fracht zur schwarzen Masse des Damms und darüber hinaus führte.

„Könnte sein“, meinte Amos, „daß das einige der Burschen von der jenseitigen Station sind, die da unten Jagd auf die Unruhestifter machen wollen.“

„Das hoffe ich“, sagte Merritt und stürmte los.

„Sam“, sagte Jim, packte seinen Arm und glitt hinab, um Merritt aufzuhalten. „Du bist verrückt, wenn du da runtergehst.“

„Was willst du? Wenn das keine von uns sind ...“

„Du willst in einen Schlamassel rennen, den du nicht angerichtet hast", meinte Amos. „Und du bist ein lausiger Schütze, Sam, zumindest mit einem unserer Gewehre. Du gibst das Ding besser Jim, bevor du unsere Patronen verschwendest. Jim, du tust mir einen Gefallen und bleibst hier oben."

„Nein, Sir", sagte Jim.

Merritt zögerte einen Moment lang und überlegte, daß Amos ein Gewehr von einem der Toten hatte, Jim jedoch unbewaffnet war. Er warf das Gewehr Jim in die Hände, drehte sich um und eilte bergab davon, rutschte an der Biegung aus und fing sich wieder. Als er sich umsah, entdeckte er die beiden Selbys hinter sich. Er blickte wieder nach vorn. Die Lichter entfernten sich vom Deich. Dann verschwanden sie außer Sicht. Dort unten gab es einige mächtige Felsen. Er eilte so schnell vorwärts, wie er sich traute, rannte an Stellen, wo es möglich war. Der Pfad war beim Abstieg glatt, Lehm war mit verstreutem Kies durchsetzt. Alle drei bewegten sich, so schnell sie konnten, benutzten die Hände, um sich in der Dunkelheit zu orientieren und das Gleichgewicht zu halten in dem Wind, der vom Grund heraufpeitschte.

„Ich kann sie nirgendwo sehen", sagte Jim, als sie den tieferen Abschnitt des Pfades erreichten, wo neben ihnen das mächtige Rauschen des Stromes erklang.

Merritt schnappte nach Luft und rannte über den matschigen und rauhen Boden hinweg, rannte, bis sie am Fuß der nächsten Treppe angelangt waren, am Deich vorbei und in die Dunkelheit hinab, wo der Überlaufkanal Gestalt annahm. Die gewaltigen Holzstützen des Umlenkkanals erhoben sich über ihnen, Wasser rauschte um sie herum in einem nicht endenden Schauer herab – nur ein kleiner Teil des reißenden Stromes, der über ihnen brüllte und am Ende des Kanals in den unterhalb des Dammes liegenden Teich hinabdonnerte. Geräusche wurden an diesem Ort vergeudet; sie versetzten Knochen und Gehirn in Schwingungen.

Dann zeigte Lichterglanz weithin die Erdkonstruktion, die den Strom auf den Kanal zuführte, und es wirkte wie das Schimmern einer Illusion, ein optischer Trick der Nacht und des Wasservorhangs.

„Da!" schrie Merritt und deutete auf einen Schatten, der sich ganz in der Nähe zwischen den Stützen bewegte – das war die ganze Warnung, aus dem Augenwinkel heraus. Merritt wirbelte herum, und es erwischte ihn voll an der Brust, ein gewaltiger Aufprall, der ihn nach hinten warf.

Eine menschliche Stimme schrie – sie klang entfernt in dem Donner, aber er konnte nicht antworten. Seine Hände umklammerten die Schultern der Kreatur, versuchten, deren Gesicht von seiner Kehle fernzuhalten, gaben jedoch nach.

Ein Stoß fuhr durch die drahtigen Glieder, und die Kreatur ließ los, erhob sich taumelnd und mit einem fast unhörbaren Schrei und stürzte sich auf Jim und Amos.

Merritt erhob sich auf die Knie und sah noch jemanden, der sich auf sie stürzte, ergriff einen handgroßen Stein, kam schwankend auf die Füße und zielte mit aller Kraft auf den Hinterkopf des Neuankömmlings.

Selbst so brauchte die Kreatur einen Moment zum Fallen – langsam, als ob der muskulöse Körper trotz des zertrümmerten Gehirns noch über genug eigene Zielstrebigkeit verfügte; und in diesem langsamen Moment kamen die anderen heran.

Die Gewehre gingen los, zwei von den Gegnern wanden sich am Boden; und Merritt geriet mit einem weiteren aneinander. Er konnte einem ersten Hieb nach seinem Arm ausweichen und traf selbst hart genug, um die Kreatur taumeln zu lassen. Der Gegenschlag traf ihn über der Hüfte, ein stechender Schmerz. Er ignorierte ihn, ebenso den atemberaubenden Schmerz, der danach kam, und schmetterte die Faust mit verbissener Wut in das zähnebleckende Gesicht, dessen Atem er im Gesicht spürte, bis der Griff schwächer wurde und der leblose Körper zu Boden sank und seine Hände noch im Fallen an Merritts Kleidern rissen.

Wieder entlud sich ein Gewehr, gedämpft in dem Donner, und wieder brach eine der Kreaturen über Jims niedergestreckter Gestalt zusammen. Amos beugte sich hinab, um das tote Wesen von seinem Sohn wegzuschieben. Schwach versuchte Jim, wieder aufzustehen. Merritt stemmte sich von der Stütze ab, an der er gelehnt hatte, und versuchte ihnen zu helfen, während weiterhin bewegte Lichter sichtbar waren.

„Gib mir das Gewehr!" sagte er zu Amos, versuchte, die Waffe zu ergreifen, und schaffte es nicht – schwankte auf den Füßen, als Amos sie ihm wegriß. „Sie sind da draußen am Deich", beharrte er bittend. „Amos, sie sind immer noch da draußen."

„Bleib bei meinem Jungen", sagte Amos. „Bring ihn hier weg!"

„Amos ...", protestierte Merritt, aber der ältere Selby fluchte und stieß ihn grob zur Seite, fing an zu rennen. Merritt versuchte zu folgen, aber der Schmerz in seiner Seite war so stark, daß er nicht laufen konnte, und die Beine gaben unter ihm nach. Er lehnte sich gegen eine der Stützen, und Amos hatte ihn inzwischen schon weit hinter sich gelassen. Also stolperte Merritt zu Jim zurück und zog ihn hoch. Jim versuchte zu gehen und ihm zu helfen, und Merritt eilte los und zog den verletzten Jungen in einem humpelnden Gang über die Front des Deichs und wieder zurück, zum Fuß der Treppe und diese hinauf.

Ein Schuß krachte schwach in der Ferne, dann noch einer. Merritt blieb stehen und blickte zurück, suchte die Lichter; er stützte Jim, und sie beide kletterten eine weitere Biegung des Pfades hinauf unter den freien Himmel.

Wieder fiel ein Schuß.

„Er ist noch okay", sagte Merritt.

Dann flackerte unglaublicherweise eine gewaltige Menge Licht auf, es gab eine verspätete Geräuschwelle, und die ganze aufgestaute Flut schäumte weiß und strömte auf den Damm zu, türmte sich zu einer großen Welle auf und brach, schmetterte, donnerte auf die Kanalstützen zu und zerbrach sie wie Streichhölzer, kochte weiß an ihren Stümpfen hoch und schnellte über den noch nicht fertiggestellten Überlaufkanal hinweg, fraß sich hinein und riß große Mengen an Gestein fort, erweiterte den Bruch.

„Dad", sagte Jim immer wieder, und Merritt zog ihn schließlich zurück, zog ihn fort und den Pfad hinauf, einen mühsamen Schritt nach dem anderen. Manchmal mußte er sich ausruhen, um den Schmerz in der Seite abklingen zu lassen, und es dauerte eine geraume Zeit, bis sie den Rand erreichten.

Dort mußte er stehenbleiben, sank auf die Knie und ließ Jim zu Boden, schnappte nach Luft und berührte Jims ausdrucksloses Gesicht.

„Jim. Jim, hörst du mich?"

Jim murmelte etwas und versuchte, sich zu bewegen.

„Jim, wir müssen zur Station, was immer uns dort erwartet. Verstehst du mich? Sie sind überall in diesen Wäldern. Kannst du dich noch aufrecht halten?"

Als Antwort versuchte Jim, wieder aufzustehen, und Merritt wollte ihm helfen: Seine Hand schloß sich um Jims Arm, und Jim gab einen tierischen Schmerzenslaut von sich, fand sein Gleichgewicht und machte torkelnde Schritte.

Inzwischen hatte sich der Schmerz in Merritts Seite zu einem stetigen Pulsieren entwickelt. Er wußte, daß er stark blutete, erinnerte sich daran, daß der Kerl, der ihn angegriffen hatte, ein Messer gehabt hatte.

Er wollte nicht tasten, um sich zu überzeugen. Es war keine tödliche Wunde; er war noch auf den Beinen, und eine tödliche Wunde hätte taub sein müssen – das hatte er irgendwann einmal in seiner Jugend gehört und entschloß sich jetzt, es zu glauben. Er legte den Arm fester um Jim und wandte sich der Waldstraße zu, dem Weg zur Station zurück, und verscheuchte die Gedanken an das, was ihn dort erwarten könnte oder wie viele Angehörige des Volkes übriggeblieben sein mochten, aus seinem Bewußtsein.

15

„SIE fallen nicht über uns her. Warum tun sie es nicht?"

„Ruhig", befahl Merritt rauh. Er stützte sein Gewicht und das Jims gegen einen Baumstamm und lauschte dem Wind, der rings um sie in den Zweigen stöhnte. Es war wieder ruhig. Das war es immer, wenn sie stehenblieben und lauschten.

Merritt legte eine Hand an die Seite und drückte zu, fühlte sich schwindlig. Er wollte gar nicht wissen, wieviel von der Feuchtigkeit, die seine Kleidung durchnäßte, Regenwasser war oder Blut; aber er konnte kaum noch weitergehen, und Jims halb gestütztes Körpergewicht war eine fast untragbare Last. Jim tat sein Bestes. Sein blasses Gesicht fuhr hoch, als Merritt den Griff verstärkte, und er ging folgsam in Merritts Richtung.

Das leise, huschende Geräusch begleitete sie wieder. Merritt wußte, daß er es vielleicht durch einen Überraschungseffekt überlisten konnte, wenn er jetzt plötzlich stehenblieb, aber das war ein Spiel, in dem er nicht gewinnen wollte. Vielleicht amüsierten sich ihre Verfolger. Zumindest für den Moment war die Straße frei und die Station endlich in der Nähe, nur noch die letzte Steigung hinauf. Vielleicht war es das, worauf sie warteten; vielleicht entsprach es dem Sinn des Volkes für Humor, die Beute bis an die Grenze zur Sicherheit fliehen zu lassen; oder vielleicht war das Volk damit zufrieden, den Damm zerstört zu haben, und für diese Nacht fertig. Es nutzte nichts, über ihre Absichten Mutmaßungen anzustellen. Das einzig Hilfreiche war weiterzugehen, bis sie ihren Vorsprung für das nutzen konnten, was sie wollten.

Der Schein von Lichtern drang jetzt durch die dünner stehenden

Bäume. Vor ihnen erhob sich die Mauer um das Haupthaus, das Ende ihres Weges. Merritt hievte Jims schwankendes Gewicht etwas höher.

„Jim, siehst du? Siehst du die Lichter? Wir haben es geschafft."

Jim brachte ein Geräusch hervor, das zu sagen schien, er habe verstanden, und verdoppelte seine Anstrengungen.

Merritt umfaßte ihn mit einem besseren Griff, und unbeholfen, mit halben und ganzen Schritten, verließen sie den Wald und gingen an der Mauer entlang in den Lichterkreis hinein, hinauf zu den Toren zum Hof.

„Wer ist da?" rief ihnen ein Wachposten zu, und diese Worte störten im Innern Menschen auf. Ein großes Umhereilen und Rufen war innerhalb der Tore zu hören.

„Merritt und Jim Selby!" rief Merritt hinauf. „Macht auf, ja? Jim ist verletzt. Er braucht Hilfe."

Die Tore schwangen nach innen, und Merritt wollte hindurchgehen, aber bewaffnete Männer versperrten mit Gewehren den Weg. Merritt starrte sie an, die Knie unter seinem Gewicht und dem Jims zitternd, und zögerte, Jim zu Boden zu lassen. Er dachte, daß sie vielleicht schießen würden, sobald keine Gefahr mehr bestand, daß sie Selby trafen; er schämte sich dafür, aber er hielt Jim aufrecht an sich.

Noch mehr Menschen versammelten sich, vom Palisadenlager außerhalb der Mauern ebenso wie vom Haus und den Baracken. Völlig eingeschlossen, machte Merritt schließlich Anstalten vorzutreten und gab Jim in die Obhut von zwei Männern aus dem Lager. Kein Wort wurde gesprochen, kein Ton kam von jemandem außer Jim, der einen Protest stöhnte.

Und als Merritt sich von ihnen zurückzog, wagte er es, zu den anderen zu blicken, die aus dem Haupthaus gekommen waren: Hannah Burns – und Meg, die ihren Mantel mit den Armen fest um sich gezogen hatte. Sie erwiderte seinen Blick mit zusammengepreßten Lippen und hartem Gesicht, abgesehen davon, daß Tränen das Laternenlicht zurückwarfen.

„Ich habe versucht, euch zu warnen." Merritt sprach zu ihr, unter all den anderen. „Ich habe versucht, sie aufzuhalten. Niemand wollte zuhören ..."

„Merritt!" Das war Porters Stimme. „Wer hat den Sprengstoff benutzt?"

Merritt suchte unter den Gesichtern und fand seinen Mann, als Porter nicht weit von ihm ins Licht hinaustrat.

„Wo ist Amos?" wollte Porter von ihm wissen.

„Tot“, sagte Merritt. „Er starb, als er versuchte, sie aufzuhalten. Warum wollten Sie nicht kommen? Warum wollten Sie nicht auf mich hören? Dann hätten vielleicht genug von uns dort sein können.“

„Wie viele treiben sich da draußen herum?“

„Möglicherweise einige tausend.“

Es gab ein bestürztes Murmeln.

„Und Sie waren es“, meinte Porter, „Sie waren es, der sie aufgestört hat, es war Ihr Herumgetue mit dem Volk, das hierzu geführt hat, und das können Sie nicht bestreiten, ob Sie nun wußten, was Sie taten, oder nicht. Und ich für meinen Teil denke, daß es Ihnen egal ist. Ich denke, daß Sie immer noch glauben, im Recht gewesen zu sein, nach alldem.“

„Ich hatte keinen Anteil daran, Porter. Keinen.“

„Wir haben Verwandte stromabwärts, und ich bete zum Himmel, daß sie auf höherem Grund sind. Unsere Höfe und Häuser und alles, was wir besitzen, wird dank Ihnen ausgelöscht werden. Sie haben Hestia ein Ende gemacht. Sie haben uns mit einem Schlag erledigt. Aber Sie werden dieses Jahr auf kein Sternenschiff gelangen und frei von der Sache wegkommen. Nein, Sam Merritt, Sie nicht!“

„Ich habe versucht, euch zu helfen!“ schrie Merritt über die ansteigende Flut der Stimmen. Er trat zurück, als Männer aus der Reihe vorwärts drängten, aber es gab keine Möglichkeit, ihrer Umkreisung zu entkommen. Porters Leute hatten ihn eingeschlossen. Megs dünne Stimme schrie eine Warnung, und er wirbelte halb herum, als sie ihn von hinten packten.

Ein Schuß krachte in weniger als hundert Meter Entfernung, aber nicht aus der Menge heraus. Als diese in Panik auseinanderbrach und den Blick in diese Richtung wandte, kam ein schriller Schrei von der Mauerkante direkt über ihren Köpfen.

Es war Sazhje.

„Erledigt sie!“ brüllte Porter, und ein halbes Dutzend Gewehre richtete sich auf dieses Ziel.

Merritt schrie auf und stemmte sich gegen die, die ihn festhielten, als die Salve gefeuert wurde, riß sich plötzlich frei und warf sich auf Porter, blind vor Zorn, blind für alles außer Porters verblüfftem Gesicht.

Er schlug den großen Mann zweimal, bevor Porter mehr tun konnte, als zu versuchen die Hiebe abzuwehren.

Dann rammte Porters Faust seine verwundete Seite und raubte ihm den Atem. Er schwankte heftig und warf sich wieder auf ihn, rammte den Mann ungeschickt mit der Schulter gegen die Mauer und rutschte im Matsch aus.

Etwas traf ihn auf den Hinterkopf, immer wieder, und immer noch schlug er fortwährend auf Porter ein, bis Hände ihn wegrissen und zur Seite schleuderten, wo er auf Händen und Knien im Matsch landete. Für einen Moment konnte er weder sehen noch Luft schnappen, aber dann erkannte er, daß auch Porter am Boden lag. Und die Menge – die Menge beobachtete etwas hinter ihm.

Er stand auf und drehte sich schwankend um, schüttelte den Kopf und wischte sich die Augen, blinzelte, bis die Sicht sich klärte. Ein halbes Dutzend vom Volk stand ganz in der Nähe, mit vielleicht fünfzig weiteren am Waldrand; der Nächststehende und Größte hielt unpassenderweise ein Gewehr in seinen spinnenhaften Händen.

Huschende Schritte platschten hinter ihm über den regendurchtränkten Boden und hielten an. Merritt blickte sich um und sah Meg, folgte ihrem erschrockenen Blick zur Mauerkante über ihm.

Dort stand Sazhje für einen Moment aufrecht im Blickfeld aller und sprang dann zu Boden, fing den Stoß dieses Sprunges über drei Meter leicht auf. Sie richtete sich auf und kam auf ihn zu; ihre Ohren zuckten nervös, ihre Augen waren mit wachsamer Überheblichkeit auf Meg fixiert.

„Erledige doch jemand das Ding!“ rief Porters würgende Stimme. „Holt das Burns-Mädchen da weg.“

Meg blickte zu Porter zurück und klammerte die Arme fest um sich, weigerte sich offen wegzugehen. Jemand ging aus der Menge nach vorn, blieb aber stehen, als sich sonst niemand regte. Dann gab es eine zweite Bewegung nach vorne, als mehrere Männer gleichzeitig den Mut dazu fanden.

„Ihr zählt besser noch einmal“, schrie Merritt. „Es ist nur ein Stamm des Volkes, der hier draußen steht, und es sind weit mehr da, als ihr sehen könnt. Sie sehen nicht so aus, als wollten sie angreifen, wenn sie nicht jemand anstachelt.“

Eine andere Frau aus dem Haus setzte sich in Bewegung, und ein Mann streckte die Hand aus, um sie aufzuhalten, aber Hannah Burns schlug sich entrüstet den Weg frei und gesellte sich zu ihrer Tochter. Einige der überlebenden Burns-Männer taten dasselbe.

Auch von der anderen Seite gesellte sich ein Mann zu ihnen: George Andrews, und noch einer: Harper, einen Arm in der Schlinge.

„Sam“, sagte Andrews, „wenn du mit diesen Geschöpfen reden kannst, tu es. Wie es steht, haben wir zuviel zu verlieren.“

Merritt legte Sazhje die Hand auf die Schulter, und sie wandte sich von den anderen Menschen ab und sah zu ihm auf, ihre Augen ganz Pupillen.

„Ssam?“ fragte sie.

„Sazhje – sag Sazhjes Volk geh, geh nach Hause! Sam hat genug Schwierigkeiten.“

Ihr spinnenartiger Arm legte sich kurz um ihn und fiel wieder herab. Immer noch sah sie zu ihm auf. „Ssam inohrd?“

„Geh nach Hause, Sazhje! Sams Volk könnte Sazhje töten. Geh, geh jetzt nach Hause!“

Ihr seltsames kleines Gesicht zog sich zu einem Ausdruck des Schmerzes zusammen. Sie berührte seine Wunde und blickte ihn stirnrunzelnd an. Ihre Ohren zuckten. „Sazhje Volk nicht machen töten Tamm. Wa komm, Ssam. Ssam Volk töten. Ssam komm Sazhje Volk, geh 'igh 'igh.“

Er liebkoste ihre seidig-glatte Wange und schüttelte den Kopf. „Nein, Sazhje. Sam kann nicht. Sam kann nicht kommen. Sams Volk ist hier, dieser Ort, Sams Ort.“

„Ssam bleiben?“

„Ja. Geh, geh, Sazhje! Geh nach Hause, solange du noch kannst.“

Sie trat von ihm zurück und ging weg, wandte noch einmal den Blick, als sie die dazwischenliegende Fläche überquerte, und erneut, als sie beinahe wieder die Ihren erreicht hatte. Dann blieb sie stehen – rang sichtbar um eine Entscheidung, hämmerte mit den Fäusten auf ihre Schenkel und schrie dem einen ihrer Rasse, der das Gewehr hielt, etwas zu: Otrekh, sicherlich Otrekh. Ihre Stimme flehte, schalt, hielt eine so leidenschaftliche Rede, daß sich auf beiden Seiten niemand regte.

„Sam“, sagte Andrews, der dicht links neben Merritt stand, „kannst du etwas davon verstehen?“

Merritt schüttelte den Kopf. „Ich kann in unserer Sprache mit ihr reden, aber nicht in ihrer. Sie hat mir gesagt, sie erwartet, daß die Flut bald über uns kommt. Sie glaubt nicht, daß wir noch eine große Chance haben.“

„Warum bist du zu ihnen gegangen?“

„Fragst du das nur jetzt?“ erwiderte Merritt und kümmerte sich nicht um eine Antwort, denn das war zu anstrengend.

Otrekh unterbrach Sazhjes Appell mit einer brüsken Bewegung des Gewehres; und sie zögerte, rannte dann ängstlich zurück bis fast zur Menschenmenge, blieb stehen, beugte sich vor und schrie.

„Otrekh sagt nicht töten Ssam Volk. Ssam Volk inohrd, Ssam. Ah! Sazhje Volk nicht töten. Nicht machen Tamm, nicht Tamm – Sazhje Volk inohrd. Ssam Volk geh 'igh, ah, ah, Ssam! Sazhje kommt morgen. Sazhje machen inohrd Ssam Volk. Ssam-Zhim-Ssam Volk kommt morgen, 'igh, 'igh."

„Verstehst du das?" fragte ihn Andrews. „Ist das Menschensprache, was sie da benutzt?"

Merritt nickte und sah wieder zu den anderen. „Sie sagt", rief er mit angespannter Stimme, „daß es nicht ihr Stamm war, der den Damm gesprengt hat, daß sie mit dem Anführer gesprochen hat, und der ist bereit, die Menschen in das Hochland zu lassen, wenn es keinen Damm gibt. Sie wissen, daß wir verzweifelt sind. Und diesmal hört ihr besser darauf."

„Sie werden uns abschlachten!" rief jemand.

„Dann bleibt im Tiefland und ersauft! Dann kann euch niemand helfen. Dies ist die einzige Chance, die ihr habt!"

„Nein!" schrie jemand, und Merritt sah, wie Porter einem Mann in seiner Nähe ein Gewehr entriß – rief Sazhje eine Warnung zu, im selben Moment, in dem sich andere regten und das Gewehr hochschlugen.

Es entlud sich harmlos in die Luft, und mehrere Männer entwanden es Porter mit vereinter Kraft. Unter ihnen war einer von den Miller-Burschen, und er kam mit dem Gewehr zu Merritt.

„Wir haben genug Ratschläge gehört, die uns Menschenleben und den Damm gekostet haben. Wir haben nichts mehr zu verlieren, Sam. Sagt diese Kreatur die Wahrheit?"

„Soweit ich es beurteilen kann, ja", antwortete Merritt, „und es ist das Beste und einzige, das wir haben. Wir werden ins Tal hinausgehen, wir werden die Familien hier in der Station hinter Mauern versammeln, und wenn wir sie sicher dort haben, können sich einige von uns dem Wort des Volkes anvertrauen und in die Berge hinaufgehen. Der Stationsberg wird halten, was auch immer den Strom herabkommt, und wir werden neu bauen, wo es ihnen und uns paßt. Wir sind noch nicht am Ende."

„Er hat recht", sagte einer von den Burns-Männern. „Es ist bei weitem das Beste, das uns bleibt. Ihr alle bringt euch hinter Mauern in Sicherheit, und wir werden diese Sache begutachten, wenn sich die Lage wieder beruhigt hat, bei Tageslicht."

Die Menschen begannen, sich zurückzuziehen, langsam, argwöhnisch. Andrews jedoch und einige der Männer blieben noch.

„George", sagte Merritt, „geh schon, bring die anderen von hier weg! Und behalte Porter im Auge!"

„Kommst du hier draußen klar?"

Merritt nickte, wartete, hielt sich die Seite, bis Andrews und all die anderen gegangen waren. Dort war Sazhje, stand immer noch da und wartete auf eine Antwort. Er streckte ihr die Hand hin, und sie kam herbei und ergriff sie.

„Es ist alles in Ordnung. Sazhje, wenn das Wasser kommt, werden die Orte der Menschen untergehen. Wir werden Nahrung brauchen, verstehst du – Nahrung, Nahrung. Viele Sams Volk werden herkommen, bleiben – verstehst du?"

„Ah", sagte Sazhje. „Sazhje sagt Otrekh."

„Otrekh wird die Leute nicht töten."

„Nicht töten, Ssam. Otrekh sagt nicht töten." Ihre schlanken, seltsamen Hände drückten seine. „Ssam komm Sazhje! Komm Sazhje!"

Er schüttelte traurig den Kopf. „Das wird nicht klappen, Sazhje, überhaupt nicht. Nein – nein, Sam kann nicht bei Sazhje bleiben."

Sie schien diese Antwort erwartet zu haben. Sie warf einen flüchtigen Blick auf etwas hinter ihm und blickte dann sehr traurig in sein Gesicht. Ihre Hände glitten von seinen, und dann ging sie schnell weg und gesellte sich zu Otrekh und den anderen. Noch einmal wandte sie den Blick zurück.

„Ssam", fiel es ihr noch nachträglich ein zu sagen. „Gairh töten Tamm – Tamm töten Gairh, Gairh Volk. Kein Gairh." Und ihr Gesicht verzog sich zu einem befriedigten Lächeln. Mit beschwingtem, fröhlichem Schritt legte sie die letzte Entfernung zurück und gesellte sich zu ihrem Volk, das sich zurückzog.

Merritt sah zu, wie sie gingen, und fühlte dann erneut das Elend seiner Verletzungen. Er drehte sich mit einer vorsichtigen Bewegung um und ging auf das Tor zu, blieb wieder stehen, als er sah, daß Meg seinen Weg versperrte.

Sie wartete auf ihn und nahm seinen Arm, als sie auf den Hof traten. „Komm", sagte sie freundlich. „Komm, Sam!"

16

MERRITT sah die Papiere durch, warf einen kurzen Blick über den Tisch hinweg zum Schreibtisch des Gouverneurs, unterzeichnete dann alle nacheinander und reichte sie Lee unter den Augen des silbergekleideten Offiziers von der *Pilgrim*. Der Gouverneur unterzeichnete; der Offizier fügte seine Unterschrift hinzu und sammelte die Papiere ein.

„Eine Formalität", sagte Merritt. „Es gibt da einen Mann auf Pele oder irgendwo auf dem Weg; er ist mit der *Adam Jones* geflogen. Ich weiß nicht, ob das Geld ihn je einholen wird; aber es ist seines, wenn er seine Hälfte haben will. Meine auf das Konto der Kolonie."

Der Offizier schaute unbehaglich drein und betrachtete den Gouverneur, und die silbergekleideten Männer, die ihn begleiteten, standen neben der Tür und rührten sich während des ganzen Gespräches nicht.

Merritt las die Blicke – das war nicht so schwierig. „Ich begleite Sie nach unten", sagte er. „Der Gouverneur wird nichts dagegen einwenden. Meine Angelegenheit hier ist erledigt."

„Der Vertrag ist erledigt", erwiderte der Gouverneur und bot ihm einen bittenden Blick, eine versöhnliche Geste an. „Wir sind quitt, soweit es uns betrifft."

Der Offizier von der *Pilgrim* betrachtete ihn von oben bis unten und machte seinen Leuten ein Zeichen, die Tür zu öffnen. Merritt ging mit ihnen, die Hände in den Taschen. Die Tür schloß sich hinter ihnen, als sie die ungestrichene Holztreppe hinabgingen.

„Wir bringen Sie hier raus", sagte der Mann vom Schiff. „Wir haben die Erlaubnis dazu und die Waffen. Lehnen Sie nicht ab aus Furcht, etwas zu verlieren. Wir haben die Signalnachricht. Sie ist aufgezeichnet. Welche Mittel wir auch einsetzen müssen – wir werden diese Kolonie zerstören, wenn es sein muß."

Merritt schüttelte den Kopf. „Sie haben die Papiere bei sich. Halten Sie Ausschau nach meinen Partnern, das ist alles." Er öffnete die ungestrichene Tür, trat mit ihnen in den Regen hinaus, seine eigene auf Hestia hergestellte Kleidung saugte auf, was von ihrem Silber abgewiesen wurde. Er bot die Hand an. „Auf Wiedersehen, Sir, und vielen Dank. Ich hoffe, Sie werden diese Vorräte ausladen. Ein Wagen wird sie wegbringen. Wir werden Hilfe in dieser Hinsicht zu schätzen wissen. Es war verflucht knapp dieses Jahr."

„Sie sind sicher? Keine Hilfe erforderlich?"

„Ich bin sicher." Er steckte die Hand wieder in die Tasche, wandte sich ab und ging an den offenen Läden vorbei die Straße hinauf. Die silberne Form der Sternenschiffähre war über den braunen Dächern sichtbar. Es war ein Fest – ein gehemmtes, denn die *Pilgrim* hatte eine bewaffnete Fähre herabgeschickt. Aber die Situation würde sich bessern. Im kommenden Sommer würde es neue Hestianer geben.

Er wanderte die Straße hinauf zum Stadtrand, zum Anlegeplatz, die hölzernen Stufen hinab und hinauf zu einem der beiden Boote, die dort an ihren Tauen dümpelten. Sie hatte viel neues Holz an ihrem Rumpf, die *Celestine*, aber Bergung war eine lebensnotwendige Kunst am Strom.

Seine Schritte auf dem Deck brachten Jim auf den Plan. Der junge Flußschiffer kam aus dem Ruderhaus und betrachtete ihn von Kopf bis Fuß, als suche er an ihm nach irgendeinem Zeichen von Außenseitertum.

„Wir werden auf dieser Fahrt Fracht haben", sagte Merritt und sah begehrlich auf, als auch Meg aus dem Ruderhaus und über das Deck auf ihn zukam. Sie legte die Arme um ihn; er streichelte ihr Haar und fragte sich, welche Fragen sie sich wohl gestellt oder ob sie seine Rückkehr erwartet hatte.

„Man hört, daß in der Stadt Gewehre sind", sagte Jim.

Merritt zuckte die Achseln. „Es wird sich regeln. Die Fähre wird die Vorräte ausladen und sich mit dem Schiff um das Funkfeuer kümmern, so daß es bei der nächsten Landung keine Schwierigkeiten geben wird. Wir werden am späten Vormittag schon unterwegs sein."

„Jetzt", sagte Meg. Und mit einem scharfen Blick auf die Stadt und ihre Umgebung, das Schiff und die Lagune: „Jim, es gibt noch die *Hazel*, um diese Vorräte stromaufwärts zu bringen. Laß uns abfahren. Jetzt, in dieser Minute."

Jim zögerte. Merritt setzte an, Einspruch gegen die Sinnlosigkeit dieser Maßnahme zu erheben, aber plötzlich nickte Jim nachdrücklich: „Richtig", sagte er, „wir haben unsere eigenen Angelegenheiten."

Und er marschierte nach hinten zur Maschine, und kurz darauf erwachte sie langsam pochend zum Leben, während er umherrannte und den am Ufer herumlungernden Männern Befehle zurief. Taue wurden losgeworfen; Merritt packte das Bugtau und holte es ein, rollte es auf und ließ es auf das Deck fallen, während Jim das andere einholte und zum Ruder lief.

Die *Celestine* kam auf Kurs und fuhr sicher auf den Kanal zu. Die Stadt fiel achtern zurück.

Der kalte Herbstwind und der andauernde Nebel ließen es auf dem Deck kalt werden, und Merritt drückte Meg fest an sich und ging mit ihr in den Windschutz des Ruderhauses.

Das braune Wasser wogte unter ihnen weg, und schilfumrandete Uferbänke, mit Baumleichen überhäuft, zogen langsam vorbei. Am zweiten Tag erblickten sie einen Fischer am Strom, eine merkwürdige, völlig zusammengekauerte Gestalt, die sich am Ufer vornüberbeugte. Sie blickte auf, als sie vorbeifuhren, drehte etwas den Kopf – nackt und flaumbedeckt, jemand aus dem Volk, für so weit stromabwärts ungewöhnlich mutig geworden.

Er hatte einen Fisch gefangen und umklammerte ängstlich seine Beute, stand auf und sah ihnen zu, wie sie weiterfuhren.

Über die Höhe zog sich die Narbe einer Straße, die von der neuen Siedlung herabführte und zweispurig an der Südseite entlang. Sie würde New Hope im Sommer erreichen.

Und Ruinen gab es, jetzt verlassene Häuser, schilfbewachsene Felder, von anhaltendem Nebel verschleiert.

Am dritten Tag, in der Morgendämmerung, war die Abflugzeit der Fähre gekommen.

Merritt stand an der Reling und betrachtete diesen Teil des Himmels, dunstverschleiert und bewölkt – zuckte schließlich die Achseln und wandte sich ab, entdeckte, wie Meg vorgab, ihn nicht gesehen zu haben, als er Ausschau gehalten hatte. Er ging zu ihr und ließ seine Arme zwischen ihre und ihren Körper gleiten.

„Ich vermisse es nicht", sagte er und betrachtete die voraus gelegenen Uferbänke, vertrautes Gebiet. Sie waren jetzt in Sichtweite der Hügel, die hinter dem Regenschleier Gestalt anzunehmen begannen.

„Sam", rief Jim ihm zu. „Hier läßt sich leicht steuern. Möchtest du für eine Runde ans Steuer? Ich vertraue dir. Ich bin für ein Nickerchen und dafür, die Nacht durchzufahren. Dann sind wir morgen zum Abendessen bei der Station."

Er stieg die Stufen hinauf und ging hinein, Meg hinter sich, nahm das Ruder in die Hand, als Jim Meg zunickte und im Gehen die Tür schloß. Meg ließ sich auf der Bank nieder, die rings um das Ruderhaus führte, erhob sich schließlich wieder, stellte sich neben ihn und betrachtete den Strom.

„Wir fahren zur neuen Siedlung hinauf, sobald die Vorräte da sind", informierte er sie. „Ich denke, daß wir die Straße diesen Winter zumindest bis zur Station fertigbekommen."

„Ich werde kommen", sagte sie.

Er sah zu ihr hinab, nahm sie beim Wort – widmete seine Aufmerksamkeit wieder dem Strom, spürte die Strömungen.

„Sam?" fragte sie.

„Sie sahen anders aus", meinte er, „die vom Schiff. Es gab nichts an ihnen, was ich erkannte." Er deutete voraus, wo die Berge graugrün durch den Regen schimmerten. „Ich habe nicht darüber gesprochen – über den Oberlauf. Es geht sie nichts an – noch nicht. Wenn Hestianer den Schiffen zu ihren eigenen Bedingungen gegenübertreten, dann wird es auch der Oberlauf. So ist es am besten, finde ich."

„Unsere Enkel werden geboren sein, bevor das geschieht."

Er nickte, dachte das auch. Meg lehnte sich über den Sims vor, das Haar regenfeucht, wischte sich die Nässe aus dem Gesicht. An den Bergen leuchteten schon die Farben des Herbstes, Orange, Blaugrün und Braun, wurden dunkler im Schleier der Dämmerung und schließlich in der Dunkelheit.

Aber in diesem Jahr gab es keine Lichter entlang dem Strom, keine bis zur Station.

Caroline Janice Cherryh

Nach eigenen Angaben fing die 1942 im amerikanischen St. Louis geborene Caroline Cherryh bereits als Zehnjährige mit dem Schreiben von Romanen an. Zum Beruf wurde die schriftstellerische Tätigkeit allerdings erst 1977, nachdem mit „Gate of Ivrel" (Das Tor von Ivrel) ein erstes Werk von ihr publiziert worden war. Ermutigt durch diesen Erfolg, wandte die studierte Altphilologin ihrer Lehrtätigkeit in den Fächern Latein und Geschichte den Rücken und etablierte sich in einer wahren Blitzkarriere als eine der führenden Science-fiction-Autorinnen.

Innerhalb von sechs Jahren erschienen dreizehn Romane aus C. J. Cherryhs Feder, und gleich zweimal gelang es ihr, den begehrten „Hugo Award" zu erringen: 1979 für die Kurzgeschichte „Cassandra" und 1982 für „Downbelow Station" – einen Zukunftsroman, in dem die Menschheit sich längst von Stern zu Stern ausgebreitet hat.

Insgesamt ist C. J. Cherryh als eine Vertreterin der neuen Space Opera anzusehen, die neben einem gehörigen Actionanteil auch Psychologie oder Religion nicht zu kurz kommen läßt. Dank ihres profunden Wissens in Geschichte und alten Sprachen fällt es ihr leicht, fremde Kulturen zu entwerfen und sie bis ins Detail glaubwürdig auszugestalten. Wie in „Hestia" gilt das Augenmerk der Autorin immer wieder der Konfrontation zwischen Mensch und Außerirdischen, wobei sie nicht selten das Geschehen aus der Sicht der Fremden schildert. Neben Ursula K. Le Guin und Kate Wilhelm zählt C. J. Cherryh ganz unbestritten zu den interessantesten SF-Schriftstellerinnen unserer Zeit.

Ich Gorilla gut

Können Tiere sprechen?

Auch Tiere können sich untereinander verständigen, doch Sprache besitzt allein der Mensch – oder etwa nicht? Amerikanische Psychologen haben zwei Jahrzehnte lang versucht, Affen menschliche Sprache beizubringen. Mit Erfolg: Der Bonobo Kanzi lernte Tastensymbole zu bedienen, der Gorilla Koko philosophierte per Zeichensprache angeblich gar über das Leben nach dem Tod. Kritiker dagegen behaupteten, das sei gar keine Sprache, sondern ein Zirkustrick. So ist die zentrale Frage bis heute unbeantwortet: Wieviel Menschensprache beherrscht der Menschenaffe denn nun wirklich?

Das Paradies war auch der Ort, wo Menschen mit den Tieren sprechen konnten. Die Sehnsucht danach ist sicher so alt wie die Menschheit, und auch das Gegenteil – der Stolz, daß wir nicht sind wie die Tiere, daß wir etwas viel Besseres sind, und der Beweis ist: Wir haben Sprache und sie nicht.

Doch da wir seit Darwin wissen, wie sehr wir den Tieren stammesgeschichtlich verbunden sind, mußte die Frage noch einmal gestellt werden: Haben Tiere wirklich keine Sprache? Kein einziges Tier? Kein bißchen?

Bei welchen Tieren sollte der Versuch gemacht werden? Vielleicht bei den Meeressäugern mit ihrem relativ großen Gehirn? Experimente mit Delphinen und Seelöwen sind tatsächlich in Gang. Doch am ehesten wäre natürlich bei unseren nächsten Verwandten etwas zu finden, bei den Menschenaffen, den sogenannten Pongiden.

Das erste Experiment, das ausdrücklich der Affensprache galt, fand in den späten vierziger Jahren statt und scheiterte. Ein amerikanisches Psychologenehepaar, Keith und Katherine Hayes, zog ein Schimpansenmädchen namens Viki wie ein Kind zu Hause auf und versuchte, ihm wie einem Kind das Sprechen beizubringen. Trotz aller Mühsal lernte es jedoch nur vier Wörter und auch die nur undeutlich: *momma, poppa, up* (hochnehmen) und *cup* (Trinkgefäß).

Als in den sechziger Jahren ein anderes Psychologenehepaar, Beatrix und Allen Gardner von der Universität Reno, einen Film über Vikis vergebliche Mühen sah, kam ihm eine bahnbrechende Idee. Was, wenn es Viki gar nicht an Sprachfähigkeit gefehlt hatte, sondern nur ihre Sprechwerkzeuge nicht darauf eingerichtet waren, menschliche Lautsprache zu artikulieren? Dann käme man vielleicht mit einer anderen als einer Lautsprache weiter.

Die Gardners beschlossen, einen Versuch mit Ameslan zu machen, der Zeichensprache der amerikanischen Taubstummen. Ameslan ist kein in Gebärden übersetztes Englisch, sondern eine echte Sprache mit einem „Wortschatz" von etwa viertausend Zeichen, eigenen grammatischen Regeln und einer über hundertjährigen Geschichte.

Die Gardners adoptierten 1966 ein in der Wildnis geborenes, einjähriges Schimpansenmädchen, nannten es Washoe und zogen es wie ein menschliches Kind auf. Washoe lebte in einem Wohntrailer, schlief in einem Bett, benutzte Toilette und Dusche, putzte sich die Zähne, zog sich selber an und aus, hatte Bilderbücher und Fernseher. Ihre menschlichen Gefährten waren gehalten, keinerlei Lautsprache mit ihr zu sprechen, sondern immer nur Ameslan, und sie versuchten ihr die Zeichen beizubringen, wie man einem Kind Sprache beibringt: Sie machten sie vor und halfen zuweilen nach, indem sie Washoes Hände in die richtige Position brachten. Damit ihr ein Zeichen gutgeschrieben wurde, mußte sie es mindestens zwei Wochen lang jeden Tag spontan – also von sich aus – und sinngemäß richtig anwenden. Nach knapp fünf Jahren beherrschte Washoe 132 Zeichen und verstand ein paarmal so viele. Es waren nicht nur Zeichen für konkrete Dinge *(Kuh, Blume, Hammer)* und Handlungen *(gehen, beißen, kitzeln)*, sondern auch für Begriffe, die eine gewisse Abstraktionsfähigkeit voraussetzen: die Possessivpronomen *mein* und *dein,* Eigenschaftswörter wie *komisch, dumm,* Verneinungen wie *nein, genug, kann-nicht.* Mit diesen Zeichen „sagte" Washoe Sätze, wie man sie von einem Schimpansenkind erwarten würde: *gib-mir süß, bitte kitzeln, raus schnell raus ...*

Offenbar war das Experiment ein gewisser Erfolg. Immerhin schien Washoe, was die Länge ihrer Sätze anging, das Stadium eines achtzehn Monate alten Menschenkindes erreicht zu haben, in anderer Hinsicht sogar das eines dreijährigen.

Parallel mit den Gardners hatte in Kalifornien der Psychologe David Premack einem Schimpansenmädchen namens Sarah Sprachunterricht erteilt. Premack benutzte kein Ameslan; die Wörter seiner Sprache bestanden aus symbolhaften Plastikchips, die Sarah auf einer Tafel anordnen mußte. Premack gelang es, Sarah Symbole beizubringen, die abstrakte Aussagen ermöglichten: vor allem Symbole für *gleich* und *verschieden,* mit denen sie allerlei schwierige Kategorisierungsaufgaben löste, und ein Symbol für die logische *wenn-dann*-Aussage.

In den siebziger Jahren führten in Atlanta der Psychologe Duane Rumbaugh und seine Frau Sue Savage-Rumbaugh eine weitere künstliche Sprache ein, „Yerkish" genannt. Eine junge Schimpansin namens

Lana war die erste, die sie erlernte. Sie tippte ihre „Wörter" auf eine mit verschiedenen abstrakten Symbolen versehene Tastatur, woraufhin ein Automat Smarties und ähnliches spendierte. Die Apparatur war außerdem mit einem Computer verbunden. Dieser Versuchsaufbau bot Vorteile: Lana „sprach" auch, wenn kein Mensch in der Nähe war, der ihr etwas hätte vorsagen können, und der Computer zeichnete ihre Äußerungen garantiert unparteiisch auf.

Aus Kalifornien kam noch verheißungsvollere Kunde. Dort hatte die Psychologiedoktorandin Francine Patterson einem Zoo ein kleines Gorillakind abgetrotzt. Nach einigen Jahren Ameslanunterricht berichtete Francine Patterson wahre Wunderdinge von Koko: Sie beherrschte nicht nur weit mehr Zeichen (inzwischen sollen es über 1000 sein) als ihre Vorgänger, die Schimpansen, sondern sie sprach auch über Vergangenes und Zukünftiges. Koko log, wenn sie sich Unannehmlichkeiten entziehen wollte, sie scherzte und schimpfte *(du Vogel; du Nuß; du Dreck).*

Einer der überlieferten Dialoge geht so. Koko: *Durstig trinken Nase.* „Deine Nase durstig?" Koko: *Durstig.* Helferin (holt Apfelsaft): „Wo wollen das?" Koko: *Nase.* „Okay." Koko: *Auge.* „In dein Auge?" Koko: *Ohr.* „In dein Ohr?" Koko (lacht): *Trinken* (und öffnet den Mund).

Die Gorilladame konnte sogar wahlweise grob oder höflich sein. Als eine Lehrerin bei ihr mit einer neuen, kurzen Frisur erschien, fragte sie Koko: „Wie sehe ich aus?" Koko diplomatisch: *Haar gut.* „Danke." Koko: *Ich Gorilla gut.* „Was ist an meinem Gesicht sonst noch gut?" Koko: *Ich Gorilla höflich.* Ein paar Tage später wurde Koko deutlicher. Koko: *Haar du.* „Ich habe es schneiden lassen. Es ist kürzer als deins, glaube ich." Koko: *Komisch du.* Noch ein paar Tage später ließ sie dann alle Rücksicht fahren: *Haar du.* „Was hältst du davon?" Koko: *Teufel.* „Es sieht aus wie der Teufel?" Koko: *Haar Klo.* „Es wächst wieder." Koko: *Gut. Komisch.* „Sieht es jetzt komisch aus?" Koko: *Haar Klo. Kokos Haar gut.*

Der tiefsinnigste Dialog, der je mit einem Tier geführt wurde, war wohl der: „Wie fühlen sich Gorillas, wenn sie sterben? Glücklich, traurig, ängstlich?" Koko: *Schlafend.* „Wohin gehen Gorillas, wenn sie sterben?" Koko: *Bequemes Loch adieu.* „Wann sterben Gorillas?" Koko: *Ärger alt.* (Ihr Wissen um Gräber, vermutet Francine Patterson, hatte Koko aus einer der Illustrierten bezogen, die sie sich reichlich zu Gemüte führte.)

So schien die Forschung Ende der siebziger Jahre an einigen Orten

Das Ehepaar Rumbaugh mit Lana und Kanzi

langsam voranzukommen. Dann geschah etwas, was das Klima völlig veränderte. Es ereignete sich der Fall Nim.

An der Columbia-Universität in New York hatte sich der Psychologe Herbert Terrace 1973 einen neugeborenen Schimpansenjungen beschafft, den er in Ameslan unterrichten ließ. Nim lernte 125 Zeichen, blieb aber hinter Terraces ehrgeizigen Erwartungen zurück, so daß Terrace den Versuch nach knapp vier Jahren abbrach. Eine sorgfältige Computerauswertung von Nims spärlichen Äußerungen brachte Terrace zu dem Ergebnis, daß der Schimpanse keinerlei grammatikalische Sätze bilden konnte. Sein Schluß, den er seit 1979 nicht müde wird zu wiederholen, lautet: Menschenaffen können keine neuen Sätze bilden. Affen, so Terrace wörtlich, „können Vokabularien aus visuellen Symbolen lernen. Es gibt jedoch keinen Beweis dafür, daß Menschenaffen diese Symbole kombinieren können, um neue Bedeutungen hervorzubringen." Mithin: Menschenaffen haben keine Sprachfähigkeit, und wenn es bei früheren Versuchen so aussah, als hätten sie eine zumindest rudimentäre, so sei das Täuschung gewesen.

Es schien, als sei Terraces Fehlanzeige ein Signal, auf das man sehnlich gewartet hatte, um die genierliche Verwandtschaft aus dem

Sprachunterricht am Institut für Primatenforschung in Oklahoma. Ein Psychologe erklärt dem Schimpansen das Zeichen für Hut …

… das Zeichen für Trinken …

… und das Zeichen für Baby.

Tierreich endlich loswerden zu können. Plötzlich wurden alle erdenklichen Einwände laut. Im Handumdrehen geriet die ganze Sprachforschung an Pongiden in Verruf.

Der Dämpfer wirkt bis heute, und vielleicht tut das dieser Forschung sogar gut. Es finden nur noch wenige Experimente statt, aber alles, was neu in Angriff genommen wird, ist nun um größte Hieb- und Stichfestigkeit bemüht.

Koko muß wohl für die Wissenschaft verlorengegeben werden. Francine Patterson hat sich mit ihrer verwöhnten Ziehtochter auf eine alte Farm in Kalifornien zurückgezogen. Alle Brücken zur Universität hat sie abgebrochen. Es geht ihr wie einigen Menschen, die mit Menschenaffen zu tun hatten und dabei eine starke Beziehung zu ihnen entwickelten, die sich mit der kühlen Distanz der Wissenschaft nur noch schlecht vertrug. All die verheißungsvollen Spuren – das lügende, das scherzende, das schimpfende, das diplomatische Tier – werden eines Tages noch einmal verfolgt werden müssen, vorsichtiger, genauer, „kontrollierter" in strikt wissenschaftlichen Tests.

Für Schwung in der Sprachforschung mit Menschenaffen sorgt derzeit vor allem Kanzi, ein Bonobo. Die wenigen Bonobos, die es noch gibt, leben in den Regenwäldern von Zaire. Sie sind etwas kleiner und schwärzer als normale Schimpansen, ihnen äußerlich sonst aber sehr ähnlich, obwohl sie eindeutig eine eigene Art bilden. Erforscht sind die Bonobos kaum. Der Zufall verschlug einige in das Sprachforschungszentrum in Atlanta, einen Ort, wo die Versuchstiere unter nahezu idealen Umständen leben: in Häuschen inmitten eines riesigen abgeschiedenen Waldgebiets.

Sue Savage-Rumbaugh und ihre Mitarbeiterinnen versuchten dort, einer erwachsenen Bonobofrau den Umgang mit den einst für die Schimpansin Lana ersonnenen Tastatursymbolen beizubringen – mit wenig Erfolg, denn genau wie erwachsene Menschen erwerben auch erwachsene Menschenaffen kaum noch neue Sprachkenntnisse. Aber was das Bonoboweib nicht begriff, erfaßte ihr kleiner Stiefsohn Kanzi, der während der Lektionen auf ihr herumturnte. Ohne Sprachunterricht, gleichsam nebenbei, lernte Kanzi in siebzehn Monaten 46 Symbole sicher zu gebrauchen und 66 richtig zu verstehen. Nicht nur darin unterscheidet er sich von gewöhnlichen Schimpansen, die keinerlei Sprache ohne intensives Training erwerben. Kanzi hat auch ein für Schimpansen unerhörtes Verständnis für gesprochenes Englisch und versucht, eine eigene Lautsprache hervorzubringen, auch wenn wenig Verständliches dabei herauskommt.

Im Laufe der gesamten Kontroverse um die Affensprache wurden eine Reihe von Argumenten vorgebracht, die dagegen sprechen, die Äußerungen von Washoe, Sarah, Lana, Nim und all den anderen, als etwas der Menschensprache Ähnliches zu deuten.

Erstens: Die Menschenaffen sprächen überhaupt nur wenig, müßten zu jeder Äußerung eigens veranlaßt werden, und wenn sie dann etwas sagten, ahmten sie meist einfach die vorgemachten Zeichen nach, während menschliche Kindersprache nur wenige Imitationen enthalte. Dies scheint vor allem Nims spezielles Problem gewesen zu sein. Zumindest die Zeichen, die Washoe bei ihrem Vokabeltest von sich gegeben hatte, konnten keine Imitationen gewesen sein: Niemand „sprach" in dieser Situation mit ihr. Für Kanzi existieren sogar harte Zahlen: 70 bis über 90 Prozent seiner Äußerungen waren spontan und selten mehr als 10 Prozent Imitationen.

Zweitens: Die Tiersprache wimmele von Wiederholungen. Das stimmt. Die Tiere wiederholen, um ihren Bitten Nachdruck zu verleihen. Aber auch Kinder wiederholen sich dauernd.

Drittens: Die Tiere benutzten die Sprachzeichen selten oder nie untereinander. Wo man die entsprechenden Gelegenheiten schuf, in Atlanta oder bei den Schimpansen unter der Obhut von Roger Fouts, taten sie es aber doch, wenn auch längst nicht in dem Maße, in dem Kinder untereinander von dem neuen Werkzeug Sprache Gebrauch machen.

Viertens: Ameslansprecher modulierten ihre Zeichen und fügten ihnen so Bedeutung hinzu, die Tiere hingegen nie. Es ist aber zum Beispiel dokumentiert, daß Washoe Fragen bildete: Sie sah ihrem Gesprächspartner in die Augen und zog das letzte Zeichen in die Länge. Nicht anders machen es menschliche Ameslansprecher.

Fünftens: Die Schimpansen machten einen zu stereotypen Gebrauch von ihren Kenntnissen. Nun sind aber zahlreiche Fälle von beachtlicher Kreativität berichtet worden. Als Fouts mit Washoe einmal auf dem See herumruderte, der die Schimpanseninsel umgab, sahen sie einige Schwäne. Fouts fragte, was er Washoe oft fragte: „Was (ist) das?" Sie signalisierte: *Wasser Vogel,* als hätte sie in Ermangelung eines Zeichens für „Schwan" hilfsweise ein zusammengesetztes Zeichen erfunden. Zu dieser „Anekdote" meinte Terrace, Washoe habe keineswegs den Begriff *Wasservogel* gebildet, sondern nur einerseits das Wasser, andererseits den Vogel auf dem Wasser bezeichnet: nur zufällig sei dabei etwas herausgekommen, was wie ein zusammengesetztes Substantiv aussah. Indessen hatte Washoe die

Schwäne nicht nur jenes eine Mal als *Wasservogel* bezeichnet, sondern nannte sie von nun an ständig so und gebrauchte das Doppelzeichen später auch für Enten und Sumpfhühner. Der Fall ist nicht der einzige. Washoe nannte Kautabak einmal *Rauch-Schnur-Futter*. Koko soll eine große Fülle solcher Neuprägungen eingefallen sein: *Barfußkopf* für einen Mann mit Glatze, *Giraffenvogel* für einen Strauß, *Weißtiger* für ein Spielzeugzebra und *Augenhut* für eine Maske.

Diese Argumente tragen also alle nicht weit. Zwei andere jedoch kommen zum Kern der Sache.

Das erste ist jenes, das Terrace nicht müde wird vorzutragen: Affen können keine Sätze bilden, haben keine Grammatik und damit nichts, was den Namen Sprache verdient. Wie jedermann weiß, ist die menschliche Sprache mehr als ein Lexikon von Wörtern. Zu jeder Sprache gehört auch ein System von Regeln, die Wörter aufeinander zu beziehen – eine Grammatik. Unter dem Eindruck von Noam Chomskys Syntaxtheorie hat sich die Linguistik viele Jahre lang für wenig anderes interessiert als für die Grammatik. Entsprechend herablassend hat sich Chomsky über die Sprachexperimente mit den Pongiden vernehmen lassen: Nur die Menschen verfügten über einen ange-

Kanzi, der Meisterschüler, beherrscht rund fünfzig Tastensymbole.

borenen Syntaxapparat; Affen, die zu sprechen versuchten, seien sowenig im Besitz einer Sprache wie Kinder, die ein wenig mit den Armen flattern, Vögel seien. Eines der wichtigsten Kennzeichen einer Syntax ist für Chomsky ihre Rekursivität: die Möglichkeit, bei der Bildung eines Satzes die gleiche Regel immer wieder anzuwenden und die so gebildeten Satzteile in den entstehenden Satz einzubetten: „Lana ißt den Apfel, den Sue holt, die das Kleid trägt, das ..." und so weiter. Ihre Rekursivität verleiht der Syntax ihre ungeheure Produktivität; sie erlaubt die Bildung beliebig langer Sätze.

So gesehen ist die Frage natürlich schnell entschieden. Kein Tier hat jemals zu erkennen gegeben, daß es über eine rekursive Syntax verfügt. Wenn nur Symbolsysteme mit einer rekursiven Syntax Sprache sind, dann allerdings hat kein Tier Sprache, und wir können die Sache vergessen. Jeder kann irgendwo eine Grenze ziehen und sagen: Oberhalb davon ist Sprache, und darunter gibt es nur Armgefuchtel. Was an den sprechenden Tieren interessant sein könnte, sogar für Linguisten, hat er damit freilich wegdefiniert.

Zweifellos können Menschenaffen lernen, Zeichen in einer bestimmten Reihenfolge anzuordnen; Lanas Computer akzeptierte

Manchmal klappt die Verständigung auch ohne Sprache.

ihre Sätze nur, wenn sie bis ins kleinste einer vorgegebenen Ordnung genügten. Aber eine auswendig gelernte Reihenfolge ist keine Grammatik. Zweifellos können Menschenaffen auch neue Sätze bilden. Wenn sie *gib-mir Apfel* sagen können und ein neues Zeichen für *Erdbeere* lernen, können sie auch *gib-mir Erdbeere* sagen, ohne daß ihnen dieser Satz erst andressiert werden muß. Aber eine neue Zeichenkombination bilden zu können ist ebenfalls noch kein Beweis für eine Grammatik.

Haben Nim und seine Genossen wenn schon keine Menschensyntax, so doch ein wenig Grammatik? Terrace hat fast 20000 seiner Zeichenkombinationen in den Computer gefüttert und diesen nach Regelmäßigkeiten in der Reihenfolge der Zeichen suchen lassen. Das Ergebnis: Manche Folgen waren häufiger als andere, der reine Zufall schien also nicht zu herrschen. Trotzdem schloß Terrace aus, daß Nim eine grammatische Regel befolgt hatte. Es war dem Material nämlich nicht anzusehen, daß Nim grammatische Klassen kannte. Hätte Nim zum Beispiel immer *Nim kitzeln* gesagt, wenn er selber jemanden kitzeln wollte, aber *kitzeln Nim,* wenn er gekitzelt werden wollte, so hätte er bewiesen, daß er „Agenten" und „Rezipienten" unterscheiden und aus diesem Wissen eine einfache Grammatik bauen kann.

Nun konnte aber gerade Terrace mit seiner Methode diesem Fall nicht auf die Spur kommen. Wenn Nim bald so und bald so gesagt hätte, könnte der Computer nämlich nur zu dem Ergebnis kommen: Reihenfolge zufällig, keinerlei Grammatik. Um festzustellen, ob Nim derlei semantische Unterschiede machte und durch die Reihenfolge der Wörter ausdrückte, hätte auch der Kontext jeder Äußerung berücksichtigt werden müssen; der aber war nicht festgehalten.

David Premack hat in einem Versuch nachgewiesen, daß Schimpansen sehr wohl in der Lage sind, „Agenten", „Objekte" und „Handlungen" zu unterscheiden, also eigentlich auch im Besitz einer simplen Grammatik sein könnten. Vielleicht hat Terrace trotzdem recht, und auch die einfachste Grammatik ist zu hoch für Tiere.

Elementarer als Grammatik ist aber etwas anderes. Um über Sprache zu verfügen, muß man zunächst Begriffe bilden, und dann muß man in der Lage sein, an diese Begriffe willkürliche Symbole zu heften. Dahin zielt denn auch das radikalste Argument gegen die Behauptung, die Menschenaffen hätten durchaus eine, wenn auch bescheidene Sprachmächtigkeit unter Beweis gestellt. Es lautet in seiner extremen Form: Die Zeichen, die diese Tiere gebrauchen, haben für sie keinerlei Bedeutung. Was ihre Lehrer in Sätze wie *bitte Maschine gib Trinken* übersetzen, seien für sie bloße Ketten von Nonsenssymbolen, so als müßte ein Mensch an einem Getränkeautomaten vier Knöpfe drücken, um zu seiner Dose zu kommen.

Der Fall scheint hoffnungslos. In das Bewußtsein anderer Lebewesen läßt sich nun einmal nicht hineinsehen.

Das Verdienst, diese schwierigste aller aufgeworfenen Fragen frontal angepackt zu haben, kommt Sue Savage-Rumbaugh zu. Sie unternahm 1981 ein raffiniertes Experiment. Ihre Versuchstiere waren zwei junge Schimpansen namens Sherman und Austin, die im Gebrauch der abstrakten Lexigramme auf den Computertasten unterrichtet wurden. Schrittweise wurde den beiden beigebracht, die Symbole von drei Nahrungsmitteln *(Apfelsine, Brot, Kuchen)* einem Symbol für *Futter* zuzuordnen, die Symbole für *Stock, Schlüssel, Münze* einem anderen *(Werkzeug)*. Und als sie das schließlich konnten, gab man ihnen Symbole, die sie noch nie kategorisiert hatten, solche für Schwämme, Bananen, Magneten, Kartoffeln und vieles andere, und forderte sie auf, sie als Futter oder Werkzeug einzuordnen. Die Tiere konnten es meist auf Anhieb. Eine solche Aufgabe aber war nur zu lösen, wenn die Lexigramme Bedeutungen trugen. Sherman und Austin hatten Operationen vollbracht, die man sich nur als begriffliche Operationen denken kann.

Die Frage, ob die Menschenaffen nun Sprache haben oder nicht, ist also nicht eindeutig mit Ja oder Nein zu beantworten. Die Grundvoraussetzung aller Sprache scheinen diese Tiere jedenfalls mitzubringen: Sie können verschiedenste Dinge und Zustände mit willkürlichen Symbolen belegen und auf einer begrifflichen Ebene damit umgehen. Sie hätten intellektuell auch das Zeug zu einer primitiven Grammatik, machen davon aber in der Natur keinen erkennbaren Gebrauch. Unter günstigsten Umständen gleicht das Sprachvermögen der Affen dem eines anderthalb- bis dreijährigen Kindes. Wie weit sie im äußersten Fall gelangen können, ist vorerst offen.

Zu tiefen Gesprächen mit Menschenaffen wird es demzufolge nie kommen, obwohl ihnen manche interessante Erfahrung und Einsicht zuzutrauen ist. Wir sind nicht wie sie, aber sie stecken in uns. Indem wir ihre Fähigkeiten und deren Grenzen erkunden – und nur darin liegt der Sinn dieser Experimente –, lernen wir gleichzeitig, die vertrackten Voraussetzungen unserer Sprache zu durchschauen.